E L JAMES

Shades of Grey
Geheimes Verlangen

GOLDMANN
Lesen erleben

E L James

Shades *of* Grey

Geheimes Verlangen

Band 1

Roman

Deutsch
von Andrea Brandl
und Sonja Hauser

GOLDMANN

Die Originalausgabe erschien 2011 bei
The Writer's Coffee Shop Publishing House, Australia.

Die Autorin hat online
unter dem Pseudonym Snowqueen's Icedragon
eine frühere Version dieser Story mit anderen Figuren
unter dem Titel »Master of the Universe«
als Fortsetzungsgeschichte veröffentlicht.

Verlagsgruppe Random House FSC-DEU-0100
Das für dieses Buch verwendete FSC®-zertifizierte Papier
München Super liefert Arctic Paper Mochenwangen GmbH.

6. Auflage
Deutsche Erstausgabe August 2012
Copyright © der Originalausgabe 2011
by Fifty Shades Ltd.
Copyright © der deutschsprachigen Ausgabe 2012
by Wilhelm Goldmann Verlag, München,
in der Verlagsgruppe Random House GmbH
Gestaltung des Umschlags und der Umschlaginnenseiten:
UNO Werbeagentur, München
Umschlagfoto: © Andrew Unangst/Corbis
Umschlaginnenseiten: © Andrew Unangst/Corbis;
iStockphoto/EyenEye; Aaron Mason/First Light/Corbis
Redaktion: Kerstin von Dobschütz
BH · Herstellung: Str.
Druck und Bindung: GGP Media GmbH, Pößneck
Printed in Germany
ISBN: 978-3-442-47895-8

www.goldmann-verlag.de

Für Niall,
den Herrn und Meister meines Universums

EINS

Frustriert betrachte ich mich im Spiegel. Verdammte Haare, die einfach nicht so wollen, wie ich will, und verdammte Katherine Kavanagh, die krank ist, weswegen ich diese Tortur auf mich nehmen muss. Eigentlich sollte ich für die Abschlussprüfung nächste Woche lernen, aber was mache ich stattdessen? Ich versuche, meine Haare zu bändigen. *Ich darf nicht mit nassen Haaren ins Bett gehen.* Wie ein Mantra sage ich mir das immer wieder vor, während ich mich mit der Bürste abmühe. Verzweifelt schaue ich das blasse Mädchen mit den braunen Haaren und den viel zu großen Augen im Spiegel an und gebe mich geschlagen. In der Hoffnung, halbwegs passabel auszusehen, binde ich meine widerspenstige Mähne zu einem Pferdeschwanz zusammen.

Ausgerechnet heute kämpft Kate mit einer Grippe. Deshalb kann sie nicht für die Studentenzeitung zu dem Interview mit dem megawichtigen Industriemagnaten fahren, von dem ich noch nie gehört habe, und ich muss für sie einspringen. Ich sollte für die Abschlussprüfung büffeln und eine Seminararbeit schreiben, aber nein: Ich muss über zweihundertfünfzig Kilometer nach Seattle fahren und mich mit diesem mysteriösen CEO von Grey Enterprises Holdings, Inc. treffen. Für einen Unternehmer und wichtigen Gönner unserer Universität wie ihn ist Zeit kostbar – bedeutend kostbarer als für mich. Dass er Kate einen Interviewtermin gewährt hat, ist ein echter Coup, behauptet sie. Verfluchte Studentenzeitung!

Kate lümmelt auf dem Sofa im Wohnzimmer herum. »Ana, tut mir echt leid. Ich hab neun Monate gebraucht, diesen Termin zu bekommen. Es würde noch einmal sechs dauern, einen neuen zu finden, und bis dahin haben wir beide unseren Abschluss. Als Herausgeberin der Studentenzeitung kann ich das nicht abblasen. Bitte«, krächzt sie.

Wie macht sie das bloß? Trotz ihrer Grippe sieht sie mit ihren ordentlich frisierten rotblonden Haaren und ihren strahlend grünen Augen, die momentan rot gerändert sind, auf androgyne Art umwerfend aus. Mein Mitleid verpufft in null Komma nichts.

»Ja klar fahr ich hin, Kate. Soll ich dir ein Aspirin bringen?«

»O ja, bitte. Hier sind die Interviewfragen und der Rekorder. Zum Aufnehmen drückst du auf den Knopf da. Und mach dir Notizen, ich schreibe später alles ins Reine.«

»Ich weiß nichts über ihn«, gebe ich zu bedenken und kann nur mühsam meine aufsteigende Panik unterdrücken.

»Halt dich einfach an die Fragen. Du musst los, du darfst auf keinen Fall zu spät kommen.«

»Okay. Leg dich wieder ins Bett. Ich hab dir eine Suppe gekocht. Die kannst du dir aufwärmen.« *Für niemanden sonst würde ich das tun, Kate.*

»Gut. Viel Glück. Und danke, Ana. Du bist ein Schatz.«

Ich schnappe mir meinen Rucksack, verabschiede mich und gehe hinaus zum Wagen. Ist das zu fassen, dass ich mich von Kate habe breitschlagen lassen? Aber Kate könnte jeden überreden. Bestimmt wird sie mal eine tolle Journalistin. Sie kann sich gut ausdrücken, besitzt Überzeugungskraft, ist willensstark, streitlustig und attraktiv – und meine allerbeste Freundin.

Als ich mich von Vancouver, Washington, zur Interstate 5 auf den Weg mache, ist auf den Straßen Gott sei Dank noch nicht viel los, denn um zwei muss ich in Seattle sein. Zum Glück hat Kate mir ihren spritzigen Mercedes CLK geliehen. Ob ich es mit Wanda, meinem alten VW-Käfer, pünktlich schaffen würde, ist fraglich. Doch mit dem Mercedes macht die Sache Spaß, und ich trete das Gaspedal durch.

Mein Ziel ist die Zentrale von Mr. Greys weltweit operierendem Unternehmen. Es handelt sich um ein zwanzigstöckiges Bürogebäude aus Glas und Stahl, die ultimative Phantasie eines Architekten von einem Zweckbau. Über den gläsernen Eingangstüren steht in diskreten Stahllettern GREY HOUSE. Um Viertel vor zwei betrete ich, erleichtert darüber, dass ich nicht zu spät dran bin, das riesige, ziemlich beeindruckende Foyer aus Glas, Stahl und weißem Sandstein.

Am massiven Sandsteinempfang lächelt mich eine ausgesprochen attraktive, gepflegte junge Blondine freundlich an. Sie trägt einen todschicken anthrazitfarbenen Blazer und eine makellos weiße Bluse.

»Ich habe einen Termin bei Mr. Grey. Anastasia Steele für Katherine Kavanagh.«

»Einen Moment, bitte, Miss Steele.« Sie taxiert mich und hebt die Augenbrauen.

Hätte ich mir doch nur einen von Kates Business-Blazern ausgeliehen, statt meine marineblaue Jacke anzuziehen! Ich trage meinen einzigen Rock, meine bequemen Kniestiefel und einen blauen Pullover. Für meine Verhältnisse ist das ultraelegant. Ich schiebe eine Haarsträhne hinters Ohr und bemühe mich, mich nicht von der Blondine einschüchtern zu lassen.

»Mr. Grey erwartet Sie. Bitte unterzeichnen Sie hier, Miss Steele. Es ist der letzte Aufzug auf der rechten Seite, zwanzigster Stock.« Sie lächelt freundlich und vermutlich auch ein wenig belustigt, als ich unterschreibe. Dann reicht sie mir einen Besucherausweis.

Ich kann mir ein Schmunzeln nicht verkneifen. Es liegt auf der Hand, dass ich zu Besuch da bin; ich passe nicht hierher und komme mir völlig fehl am Platz vor. *Das ist oft so.* Ich stoße einen stummen Seufzer aus. Nach einem Dankeschön an die Blondine gehe ich an zwei Sicherheitsleuten vorbei, die in ihren gut geschnittenen Anzügen beide deutlich schicker gekleidet sind als ich.

Der Lift bringt mich mit Schallgeschwindigkeit ins oberste Stockwerk. Die Türen gleiten lautlos auf, und ich betrete einen weiteren riesigen Vorraum – ebenfalls aus Glas, Stahl und weißem Sandstein. Erneut sehe ich mich einer Rezeption aus Sandstein und einer jungen, makellos in Schwarz und Weiß gekleideten Blondine gegenüber, die sich zur Begrüßung erhebt.

»Miss Steele, würden Sie bitte hier warten?« Sie deutet auf eine weiße Ledersitzgruppe.

Hinter den Ledersesseln befindet sich ein geräumiges Sitzungszimmer mit Glaswänden, einem riesigen dunklen Holztisch und mindestens zwanzig dazu passenden Stühlen. Dahinter ein vom Boden bis zur Decke reichendes Fenster mit Blick auf die Skyline von Seattle und den Sund. Die Aussicht ist atemberaubend. *Wow.*

Nachdem ich Platz genommen habe, fische ich die Liste mit den Fragen aus meinem Rucksack. Dabei verfluche ich Kate innerlich dafür, dass sie mir keinen kurzen Lebenslauf beigelegt hat. Ich weiß absolut nichts über den Mann, den ich gleich interviewen soll. Er könnte neunzig sein oder dreißig. Diese Unsicherheit macht mich nervös. Interviews unter vier Augen sind mir nicht geheuer. Ich mag lieber Gruppendiskussionen, bei denen ich mich im Hintergrund halten kann. Offen gestanden, sitze ich am liebsten mit einem britischen Klassiker allein in der Unibibliothek. Viel lieber als in einem Monstrum aus Glas, Stahl und Sandstein.

Ich verdrehe die Augen. *Reiß dich zusammen, Steele.* Dem Gebäude nach zu urteilen, das ich zu steril und modern finde, ist Grey über vierzig: durchtrainiert, braungebrannt und blond, passend zu seinen Angestellten.

Noch eine elegante, makellos gekleidete Blondine tritt aus einer Tür zu meiner Rechten. Was hat es nur mit diesen makellosen Blondinen auf sich? Ich komme mir vor wie bei den *Stepford Wives* in dem Roman von Ira Levin. Ich hole tief Luft und stehe auf.

»Miss Steele?«, fragt die Blondine.

»Ja«, krächze ich und räuspere mich. »Ja.« Gut, das klang selbstbewusster.

»Mr. Grey wird Sie gleich empfangen. Darf ich Ihnen die Jacke abnehmen?«

»Ja, gern.« Unbeholfen ziehe ich sie aus.

»Hat man Ihnen schon eine Erfrischung angeboten?«

»Äh … nein.« Oje, kriegt Blondine Nummer zwei jetzt meinetwegen Probleme?

Blondine Nummer drei runzelt die Stirn und sieht zu der jungen Frau am Empfang hinüber.

»Möchten Sie Tee, Kaffee oder Wasser?«, fragt sie, wieder an mich gewandt.

»Ein Glas Wasser, bitte. Danke«, murmle ich.

»Olivia, bitte holen Sie Miss Steele ein Glas Wasser«, weist sie ihre Kollegin mit strenger Stimme an.

Olivia springt auf und huscht zu einer Tür auf der anderen Seite.

»Sie müssen entschuldigen, Miss Steele, Olivia ist unsere neue Praktikantin. Nehmen Sie doch bitte Platz. Mr. Grey ist in fünf Minuten bei Ihnen.«

Olivia kehrt mit einem Glas eisgekühltem Wasser zurück.

»Bitte sehr, Miss Steele.«

»Danke.«

Blondine Nummer drei marschiert zu ihrem Schreibtisch; das Klacken ihrer Absätze hallt auf dem Sandsteinboden wider. Sie setzt sich, und beide wenden sich wieder ihrer Arbeit zu.

Vielleicht besteht Mr. Grey darauf, dass alle seine Angestellten blond sind. Ich denke gerade darüber nach, ob das politisch korrekt ist, als die Bürotür aufgeht und ein groß gewachsener, elegant gekleideter, attraktiver Afroamerikaner mit kurzen Dreadlocks herauskommt. Ich habe mich eindeutig für das falsche Outfit entschieden.

Er fragt ins Zimmer gewandt: »Spielen wir diese Woche Golf, Grey?«

Die Antwort höre ich nicht.

Als der Mann mich bemerkt, lächelt er. Dabei legt sich die Haut um seine dunklen Augen in Fältchen.

Olivia ist aufgesprungen und holt den Aufzug. Immerhin scheint sie das Aufspringen vom Schreibtisch ja schon sehr gut zu beherrschen.

»Auf Wiedersehen, meine Damen«, verabschiedet der Afroamerikaner sich, bevor er durch die Tür verschwindet.

»Mr. Grey wird Sie jetzt empfangen, Miss Steele. Gehen Sie doch bitte hinein«, sagt Blondine Nummer drei.

Ich stehe mit zittrigen Knien auf, stelle das Wasserglas ab, stecke die Fragenliste zurück in den Rucksack und trete an die halb offene Tür.

»Sie brauchen nicht zu klopfen – gehen Sie einfach hinein.« Sie bedenkt mich mit einem freundlichen Lächeln.

Ich drücke die Tür auf, stolpere über meine eigenen Füße und falle hin.

Scheiße! Zwei linke Hände, zwei linke Füße! Ich lande auf Knien in Mr. Greys Büro und spüre sanfte Hände, die mir aufhelfen. Mein Gott, wie peinlich! Ich nehme all meinen Mut zusammen und hebe den Blick. Wow, ist der Mann jung!

»Miss Kavanagh.« Sobald ich wieder auf den Beinen bin, streckt er mir seine langfingrige Hand hin. »Ich bin Christian Grey. Alles in Ordnung? Möchten Sie sich setzen?«

Jung – und attraktiv, sehr attraktiv. Er ist groß, trägt einen eleganten grauen Anzug, ein weißes Hemd und eine schwarze Krawatte und hat widerspenstiges, kupferfarbenes Haar und wahnsinnig graue Augen, mit denen er mich mustert. Ich brauche einen Moment, um meine Stimme wiederzufinden.

»Äh … eigentlich …«, stammle ich. Wenn dieser Mann über dreißig ist, fresse ich einen Besen. Benommen lege ich meine Hand in die seine, und er schüttelt sie. Als unsere Finger sich berühren, habe ich das Gefühl, dass Funken sprühen. Verlegen ziehe ich die Hand zurück. War wohl statische Energie. Ich blinzle, ungefähr so schnell, wie mein Herz schlägt.

»Miss Kavanagh ist indisponiert und hat mich geschickt. Ich hoffe, Sie haben nichts dagegen, Mr. Grey.«

»Und wer sind Sie?« Seine Stimme klingt freundlich, vielleicht auch belustigt. Wegen seiner Gelassenheit lässt sich das schwer beurteilen. Er wirkt halbwegs interessiert, vor allen Dingen jedoch höflich.

»Anastasia Steele. Ich studiere mit Kate ... äh ... Katherine ... äh ... Miss Kavanagh Englische Literatur an der Washington State University in Vancouver.«

»Aha«, lautet sein Kommentar. Ein Lächeln spielt um seine Mundwinkel. »Möchten Sie sich nicht setzen?« Er dirigiert mich zu einer L-förmigen, weißen Ledercouch.

Sein Büro ist viel zu groß für einen einzelnen Menschen. Am Panoramafenster steht ein moderner Schreibtisch aus dunklem Holz, an dem bequem sechs Leute essen könnten. Er passt genau zu dem Beistelltisch neben dem Sofa. Alles andere ist weiß – Decke, Boden und Wände, nur nicht die Wand an der Tür, an der ein Mosaik aus kleinen Gemälden hängt, sechsunddreißig Stück, zu einem Quadrat arrangiert. Eine Serie banaler Objekte, so detailliert gemalt, dass sie aussehen wie Fotos. In ihrer Gesamtheit sind sie atemberaubend schön.

»Ein örtlicher Künstler, Trouton«, erklärt Grey, als er meinen Blick bemerkt.

»Toll. Sie verwandeln das Gewöhnliche in etwas Außergewöhnliches«, stelle ich fest.

Er stutzt. »Ich bin ganz Ihrer Meinung, Miss Steele«, pflichtet er mir mit so sanfter Stimme bei, dass ich rot werde.

Abgesehen von den Bildern wirkt das Büro steril. Ich frage mich, ob es die Persönlichkeit des leibhaftigen Adonis spiegelt, der anmutig in einen der weißen Ledersessel sinkt. Ich schüttle den Kopf, beunruhigt über die Richtung, die meine Gedanken nehmen, und hole Kates Fragenliste und den Rekorder aus dem Rucksack. Dabei stelle ich mich so ungeschickt an, dass mir das Aufnahmegerät zweimal auf den Beistelltisch fällt. Mr. Grey wartet geduldig, während ich immer verlegener und nervöser werde. Als ich den Mut aufbringe, ihn anzusehen, merke ich, dass er mich beobachtet, die eine Hand locker im Schoß, die andere um sein Kinn gewölbt. Sein langer Zeigefinger zeichnet seine Lippen nach. Ich habe den Eindruck, dass er nur mit Mühe ein Lächeln unterdrücken kann.

»T...tut mir leid«, stottere ich. »Ich mache das nicht so oft.«

»Lassen Sie sich Zeit, Miss Steele«, sagt er.

»Haben Sie etwas dagegen, wenn ich Ihre Antworten aufnehme?«

»Das fragen Sie mich jetzt, nachdem es Sie so viel Mühe gekostet hat, den Rekorder aufzustellen?«

Lacht er mich etwa aus? Was soll ich darauf erwidern?

»Aber nein, ich habe nichts dagegen.«

»Hat Kate, ich meine Miss Kavanagh, Ihnen erklärt, wofür das Interview ist?«

»Ja. Es soll in der letzten Ausgabe der Studentenzeitung erscheinen, weil ich dieses Jahr bei der Abschlussfeier die Zeugnisse überreiche.«

Ach. Das ist mir neu. Ich soll mein Zeugnis von jemandem bekommen, der kaum älter ist als ich? – Na ja, vielleicht sechs Jahre oder so und megaerfolgreich. Erstaunlich, denke ich, runzle die Stirn und zwinge mich, mich auf das Interview zu konzentrieren.

»Gut.« Ich schlucke nervös. »Ich habe einige Fragen an Sie, Mr. Grey.«

»Das habe ich mir schon gedacht«, entgegnet er trocken.

Also macht er sich doch über mich lustig. Ich straffe die Schultern, als würde ich jeden Tag zehn solcher Interviews führen, und drücke den Aufnahmeknopf des Rekorders.

»Für ein solches Imperium sind Sie sehr jung. Worauf gründet sich Ihr Erfolg Ihrer Ansicht nach?« Ich sehe ihn an.

Er lächelt wehmütig und irgendwie enttäuscht. »Im Geschäftsleben geht es um Menschen, Miss Steele, und ich bin ein guter Menschenkenner. Ich weiß, wie sie ticken, was ihren Erfolg oder Misserfolg ausmacht, was sie antreibt und wie man sie motiviert. Ich beschäftige ein außergewöhnliches Team, das ich großzügig entlohne.« Er fixiert mich mit seinen grauen Augen. »Meiner Überzeugung nach lässt sich Erfolg auf einem bestimmten Gebiet nur erzielen, wenn man dieses Gebiet voll und ganz beherrscht, es bis ins letzte Detail erforscht. Dafür arbeite ich hart. Ich treffe Entscheidungen, die auf Logik und Fakten basieren, und besitze einen gesunden Instinkt, der gute, realistische Ideen und fähige Leute erkennt. Am Ende kommt es immer auf die fähigen Menschen an.«

»Vielleicht haben Sie einfach nur Glück.« Das steht zwar nicht auf Kates Liste, aber er provoziert mich mit seiner Arroganz.

Seine Augen blitzen erstaunt auf. »Ich verlasse mich nicht auf Glück oder Zufall, Miss Steele. Je härter ich arbeite, desto mehr Glück scheine ich zu haben. Im Endeffekt geht es nur darum, die richtigen Leute im Team zu haben und ihre Energie in die richtigen Bahnen zu lenken. Ich glaube, Harvey Firestone hat einmal gesagt: ›Die Entwicklung und das Über-sich-Hinauswachsen von Menschen sind das höchste Ziel fähiger Führung.‹«

»Hört sich an, als wären Sie ein Kontrollfreak.« Die Worte rutschen mir heraus, bevor ich es verhindern kann.

»Ich übe in der Tat in allen Bereichen des Lebens Kontrolle aus, Miss Steele«, bestätigt er ohne einen Funken von Humor in seiner Stimme und starrt mich an.

Mein Puls beschleunigt sich. Wieso bringt er mich so aus der Fassung? Liegt es an seinem unverschämt guten Aussehen? An seinem durchdringenden Blick? Oder daran, dass er mit seinem

Zeigefinger andauernd seine Unterlippe nachzeichnet? Kann er damit nicht endlich aufhören?

»Außerdem erwirbt man sich große Macht, indem man seinen Traum von Kontrolle lebt«, fährt er mit sanfter Stimme fort.

»Haben Sie denn das Gefühl, große Macht zu besitzen?« *Mr. Kontrollfreak.*

»Miss Steele, ich beschäftige mehr als vierzigtausend Menschen. Das verleiht mir ein gewisses Gefühl der Verantwortung – und der Macht, wenn Sie so wollen. Wenn ich zu dem Schluss käme, dass mich das Telekommunikationsgeschäft nicht mehr interessiert, und ich es abstoßen würde, hätten zwanzigtausend Menschen Probleme, ihre Hypothekenzahlungen zu leisten.«

Sein Mangel an Bescheidenheit verblüfft mich. »Sind Sie denn nicht dem Vorstand und Aufsichtsrat Rechenschaft schuldig?«, frage ich erstaunt.

»Das Unternehmen gehört mir. Ich bin niemandem Rechenschaft schuldig.« Er hebt eine Augenbraue.

Natürlich wüsste ich das, wenn ich mich vorher informiert hätte. Ich wende mich einem anderen Thema zu.

»Haben Sie außer Ihrer Arbeit noch andere Interessen?«

»Eine ganze Menge, Miss Steele. Und sehr unterschiedliche.« Abermals macht mich sein Blick nervös, denn in seinen Augen schimmert etwas Dunkles.

»Was tun Sie zum Chillen nach der Arbeit?«

»Zum Chillen?« Er lächelt. Dabei kommen ebenmäßige weiße Zähne zum Vorschein. Es verschlägt mir den Atem. Er ist wirklich unverschämt attraktiv. So gut darf kein Mensch aussehen.

»Zum ›Chillen‹, wie Sie es nennen, segle und fliege ich und genieße diverse körperliche Vergnügungen.« Er schlägt die Beine übereinander. »Ich bin ein sehr wohlhabender Mann, Miss Steele, und pflege äußerst teure Hobbys.«

Ich werfe einen Blick auf Kates Fragen, um von diesem Thema wegzukommen.

»Sie investieren in die Produktion. Warum?«, frage ich. Wieso fühle ich mich in seiner Gegenwart so unsicher?

»Ich schaffe gern Dinge. Mich interessiert, wie sie funktionieren, wie man sie zusammensetzt und auseinanderbaut. Und ich liebe Boote.«

»Das klingt eher nach dem Herzen als nach Logik und Fakten.«

Seine Mundwinkel deuten ein Lächeln an, er betrachtet mich abschätzend. »Möglich. Obwohl es Menschen gibt, die behaupten, dass ich kein Herz besitze.«

»Warum behaupten sie das?«

»Weil sie mich gut kennen.« Nun lächelt er spöttisch.

»Würden Ihre Freunde sagen, dass Sie ein offener Mensch sind?« Ich bedaure diese Frage, sobald sie heraus ist. Sie steht ebenfalls nicht auf Kates Liste.

»Ich lege Wert auf eine gesicherte Privatsphäre, Miss Steele, und gebe nicht oft Interviews.«

»Warum haben Sie sich auf dieses eingelassen?«

»Weil ich die Universität finanziell unterstütze und Miss Kavanagh nicht abwimmeln konnte. Sie hat meine PR-Leute ziemlich lange bearbeitet, und solche Hartnäckigkeit nötigt mir Bewunderung ab.«

Ich weiß, wie beharrlich Kate sein kann. Deshalb sitze ich ja hier und winde mich unter seinem durchdringenden Blick, während ich eigentlich für meine Prüfungen lernen sollte.

»Sie investieren auch in landwirtschaftliche Technologie. Warum?«

»Geld kann man nicht essen, Miss Steele, und auf diesem Planeten gibt es zu viele Menschen, die hungern.«

»Sie scheinen ja ein wahrer Menschenfreund zu sein. Ist es Ihnen tatsächlich ein Anliegen, die Armen der Welt mit Nahrung zu versorgen?«

Er zuckt mit den Achseln. »Es ist ein einträgliches Geschäft.«

Ich halte diese Antwort für unaufrichtig. Sie ergibt keinen

Sinn – die Armen der Welt mit Nahrung versorgen? Ich kann den finanziellen Nutzen nicht erkennen, nur die idealistische Seite. Verwirrt werfe ich einen Blick auf meine Fragenliste.

»Haben Sie eine bestimmte Geschäftsphilosophie? Und wenn ja, wie sieht sie aus?«

»Nein, nicht im engeren Sinne, eher einen Leitsatz, der sich an Carnegie orientiert: ›Wer die Fähigkeit erwirbt, seinen eigenen Geist voll und ganz zu beherrschen, wird auch alles andere beherrschen, auf das er ein Anrecht besitzt.‹ Ich bin sehr eigen, ein Getriebener. Ich liebe Kontrolle – über mich selbst und die Menschen, die mich umgeben.«

»Dann besitzen Sie gern Dinge?« *Kontrollfreak.*

»Ich möchte ihrer würdig sein … Und ja, letztlich haben Sie Recht.«

»Sie klingen wie der ideale Verbraucher.«

»Der bin ich.« Ein Lächeln umspielt seine Mundwinkel, aber es erreicht seine Augen nicht.

Seine Aussage steht im Widerspruch zu seinem Wunsch, die Welt mit Nahrung zu versorgen, und ich werde den Verdacht nicht los, dass wir über etwas anderes reden, worüber, weiß ich allerdings nicht. Ich schlucke. In dem Raum ist es ziemlich warm, finde ich und sehne das Ende des Interviews herbei. Bestimmt hat Kate schon genug Material. Sicherheitshalber sehe ich mir aber die nächste Frage auf der Liste an.

»Sie wurden adoptiert. Wie sehr, glauben Sie, hat das Ihre Persönlichkeit beeinflusst?« Oje, das ist ziemlich persönlich. Hoffentlich nimmt er mir die Frage nicht übel.

Er runzelt die Stirn. »Das kann ich nicht beurteilen.«

Ach, wie interessant. »Wie alt waren Sie denn, als Sie adoptiert wurden?«

»Das können Sie auf Ämtern recherchieren, Miss Steele.« Er klingt streng.

Scheiße, ich hätte mich echt besser informieren sollen. Verlegen wende ich mich der nächsten Frage zu.

»Sie mussten das Familienleben der Arbeit opfern.«

»Das ist keine Frage.«

»Entschuldigung.« Ich rutsche unruhig hin und her, komme mir wie ein unartiges Kind vor, wage aber dennoch einen neuen Versuch. »Mussten Sie das Familienleben der Arbeit opfern?«

»Ich habe eine Familie, einen Bruder und eine Schwester und Eltern, die mich lieben. Und ich habe keinerlei Interesse, meine Familie darüber hinaus zu vergrößern.«

»Sind Sie schwul, Mr. Grey?«

Er holt deutlich hörbar Luft.

O Gott, wie peinlich! *Mist.* Warum habe ich die Fragen nicht vorher durchgelesen? Wie soll ich ihm das erklären? *Verdammt, Kate!*

»Nein, Anastasia, das bin ich nicht.« Seine Augen schimmern kühl.

»Entschuldigung. Es ... äh ... steht hier.« Zum ersten Mal hat er mich beim Vornamen genannt. Mein Puls rast. Nervös schiebe ich eine Haarsträhne hinters Ohr.

»Das sind nicht Ihre eigenen Fragen?«

Ich werde blass. »Äh ... nein. Kate – Miss Kavanagh – hat sie zusammengestellt.«

»Sind Sie beide in der Redaktion der Studentenzeitung?« Oje. Ich habe nichts mit der Studentenzeitung zu tun. Die ist Kates Baby. Mein Gesicht glüht.

»Nein, ich lebe mit ihr in einer WG.«

Er reibt sich nachdenklich das Kinn und taxiert mich mit seinen grauen Augen. »Haben Sie sich freiwillig bereiterklärt, dieses Interview mit mir zu führen?«

Moment, wer soll hier wem Fragen stellen? Sein Blick ist so durchdringend, dass ich mich gezwungen sehe, die Wahrheit zu sagen.

»Nein, sie hat mich abkommandiert. Sie ist krank«, gestehe ich mit leiser Stimme.

»Das erklärt manches.«

Es klopft an der Tür, und Blondine Nummer drei tritt ein.

»Mr. Grey, entschuldigen Sie die Störung, aber Ihr nächster Termin beginnt in zwei Minuten.«

»Wir sind noch nicht fertig, Andrea. Bitte sagen Sie den nächsten Termin ab.«

Andrea sieht ihn mit großen Augen an. Er runzelt die Stirn. Sie wird tiefrot. *Gut. Es geht also nicht bloß mir so.*

»Wie Sie meinen, Mr. Grey«, murmelt sie und verschwindet.

Er wendet sich mir zu. »Wo waren wir stehen geblieben, Miss Steele?«

Aha, jetzt bin ich wieder Miss Steele.

»Bitte lassen Sie sich von mir nicht aufhalten.«

»Ich möchte mehr über Sie erfahren. Das ist, glaube ich, nur fair.« Er wirkt neugierig. *Junge, Junge, wo soll das hinführen?* Er stützt die Ellbogen auf die Armlehnen des Sessels und faltet die Finger vor seinem Mund. Sein Mund … verwirrt mich. Ich schlucke.

»Da gibt's nicht viel zu erfahren.«

»Was haben Sie nach dem Abschluss vor?«

Ich zucke, verblüfft über sein Interesse, mit den Achseln. *Mit Kate nach Seattle ziehen, mir einen Job suchen.* Über die Zeit nach der Abschlussprüfung habe ich mir keine Gedanken gemacht.

»Ich habe noch keine genaueren Pläne, Mr. Grey. Zuerst muss ich die Abschlussprüfung bestehen.« *Für die ich lernen sollte, statt in deinem protzigen, sterilen Büro zu sitzen.*

»Unser Unternehmen offeriert ein ausgezeichnetes Praktikantenprogramm«, erklärt er.

Ich sehe ihn überrascht an. Ist das ein Jobangebot? »Gut zu wissen«, entgegne ich. »Allerdings glaube ich nicht, dass ich hierher passen würde.« *O nein, wieso rutscht mir nur dieses ganzes Zeugs heraus?*

»Warum sagen Sie das?«

»Das liegt doch auf der Hand, oder?« *Ich habe zwei linke Hände, außerdem zwei linke Füße und bin alles andere als blond und gut gekleidet.*

»Für mich nicht«, widerspricht er ohne die geringste Spur von Ironie.

Plötzlich ziehen sich mir bisher unbekannte Muskeln in meinem Unterleib zusammen. Ich wende den Blick von ihm ab und betrachte stattdessen meine ineinander verschlungenen Finger. *Was läuft hier eigentlich ab?* Ich muss hier weg – und zwar sofort. Ich beuge mich vor, um den Rekorder einzupacken.

»Soll ich Ihnen alles zeigen?«, erkundigt er sich.

»Sie haben sicher Wichtigeres zu tun, Mr. Grey, und ich habe noch eine lange Fahrt vor mir.«

»Sie wollen zurück nach Vancouver?« Er sieht überrascht, sogar ein wenig besorgt zum Fenster hinaus. Es hat zu regnen begonnen. »Seien Sie vorsichtig, fahren Sie nicht zu schnell.« Sein Tonfall ist streng, duldet keinen Widerspruch. Wieso kümmert ihn das? »Haben Sie alle Informationen, die Sie wollten?«, fragt er.

»Ja, Sir«, antworte ich und stecke den Rekorder in meinen Rucksack. »Danke für das Interview, Mr. Grey.«

»Das Vergnügen war ganz meinerseits«, sagt er, höflich wie eh und je.

Als ich aufstehe, erhebt er sich ebenfalls und streckt mir die Hand entgegen.

»Bis bald, Miss Steele.«

Das klingt wie eine Herausforderung oder Drohung. Ich runzle die Stirn. Wo sollten wir uns noch mal über den Weg laufen? Ich schüttle seine Hand und spüre wieder dieses seltsame Knistern zwischen uns. Das müssen meine Nerven sein.

»Mr. Grey.« Ich nicke ihm zu.

Mit geschmeidigen Schritten geht er zur Tür und hält sie mir auf. »Nur um sicher zu sein, dass Sie es durch die Tür schaffen, Miss Steele.« Er schenkt mir ein kleines Lächeln.

Offenbar denkt er an meinen alles andere als eleganten Auftritt, und ich kann nicht verhindern, dass ich knallrot werde.

»Danke, sehr zuvorkommend, Mr. Grey«, zische ich zurück.

Sein Lächeln wird breiter. *Schön, dass du mich amüsant findest.* Ich betrete das Vorzimmer und wundere mich, dass er mich begleitet. Andrea und Olivia heben ebenfalls perplex den Blick.

»Hatten Sie einen Mantel?«, erkundigt sich Grey.

»Eine Jacke.«

Olivia springt auf – das kann sie sogar ziemlich gut – und holt meine Jacke, die Grey ihr abnimmt, dann hilft er mir hinein. Einen Moment lang ruhen seine Hände auf meinen Schultern, so dass mir der Atem stockt. Falls er meine Reaktion auf seine Berührung überhaupt wahrnimmt, lässt er es sich nicht anmerken. Er betätigt den Aufzugknopf, und wir warten – ich unsicher, er kühl und selbstbeherrscht. Als die Lifttüren sich öffnen, schlüpfe ich erleichtert hinein. *Endlich komme ich hier raus.* Während er mich nicht aus den Augen lässt, schießt mir noch einmal durch den Kopf, wie unfassbar gut er aussieht.

»Anastasia«, sagt er zum Abschied.

»Christian«, antworte ich.

Gott sei Dank schließen sich die Türen.

ZWEI

Mein Herz klopft wie wild. Als der Lift im Erdgeschoss ankommt, haste ich stolpernd am Empfang vorbei, lande aber zum Glück nicht auf dem blitzblanken Sandsteinboden. Ich eile durch die breiten Glastüren, und kurz darauf hebe ich das Gesicht in den kühlen, erfrischenden Regen. Ich schließe die Augen und atme tief durch, um mich zu beruhigen.

Kein Mann hat je eine solche Wirkung auf mich ausgeübt wie Christian Grey, und ich begreife nicht, warum. Liegt es an seinem Aussehen? An seinen guten Manieren? Seinem Reichtum? Seiner Macht? Ich verstehe nicht, wie er mich so durcheinanderbringen konnte. Ich stoße einen tiefen Seufzer der Erleichterung aus, lehne mich an eine der Stahlsäulen des Gebäudes und bemühe mich tapfer, meine Gedanken zu sammeln. *Was um Himmels willen war das?*

Erst als ich wieder in der Lage bin, normal zu atmen, gehe ich zum Wagen.

Auf dem Weg aus der Stadt lasse ich die Begegnung noch einmal gedanklich Revue passieren und komme mir allmählich albern vor. Bestimmt habe ich mir alles nur eingebildet. Gut, er ist sehr attraktiv, selbstbewusst und gelassen – aber auch arrogant und trotz seiner tadellosen Manieren selbstherrlich und kühl. Jedenfalls an der Oberfläche. Unwillkürlich bekomme ich eine Gänsehaut. Er mag arrogant sein, doch mit Recht – er hat in jungen Jahren viel erreicht, und Dummheit ist ihm ein Gräuel. Erneut ärgere ich mich darüber, dass Kate mir keinen kurzen Lebenslauf mitgegeben hat.

Während der Fahrt kreisen meine Gedanken weiterhin um Mr. Grey, und ich frage mich, was jemanden dazu bringen kann, so sehr auf Erfolg aus zu sein. Einige seiner Antworten waren hintergründig – als hätte er etwas zu verbergen. Und Kates Neugierde – puh! Die Sache mit der Adoption und die Frage, ob er schwul ist. Nicht zu fassen, dass ich die tatsächlich gestellt habe. Am liebsten wäre ich im Erdboden versunken. Daran werde ich mich bestimmt noch lange voller Scham erinnern. Verdammte Katherine Kavanagh!

Ein Blick auf den Tacho sagt mir, dass ich verhaltener fahre als sonst. Das hat mit den grauen Augen zu tun, die mich so eindringlich angesehen haben, und mit der Stimme, die mich so streng ermahnt hat, vorsichtig zu sein und nicht zu schnell zu fahren. Ich schüttle den Kopf. Christian Grey benimmt sich wie ein Mann, der doppelt so alt ist wie er.

Vergiss es, Ana, ermahne ich mich selbst. Ich komme zu dem Schluss, dass es alles in allem eine sehr interessante Erfahrung war, mit der ich mich nicht länger auseinandersetzen sollte. *Hak das Kapitel ab.* Zum Glück muss ich ihn nie wiedersehen. Ich schalte die Stereoanlage ein und drehe auf volle Lautstärke, lehne mich zurück und lausche wummerndem Indie-Rock, während ich das Gaspedal durchdrücke. Als ich die Interstate 5 erreiche, habe ich endlich wieder einen klaren Kopf, der mir nur eines sagt: Hey, ich kann so schnell fahren, wie ich will.

Kate und ich wohnen in einer kleinen Anlage mit zweistöckigen Apartments in der Nähe des Vancouver-Campus der Washington State. Ich kann mich glücklich schätzen – Kates Eltern haben ihr die Wohnung gekauft, und ich zahle so gut wie keine Miete, schon vier Jahre lang. Mir ist klar, dass ich Kate alles haarklein erzählen muss. Sie ist, wie Mr. Grey erwähnte, tatsächlich ziemlich beharrlich. Ich hoffe nur, dass ich ihrer für sie so typischen Inquisition auf irgendeine Art entkommen kann.

»Ana! Da bist du ja wieder.« Kate lernt im Wohnzimmer für die Abschlussprüfung. Sie trägt den pinkfarbenen Flanellpyjama mit den süßen Häschen, den sie nur anhat, wenn sie sich gerade von einem Freund getrennt hat, krank oder irgendwie niedergeschlagen ist. Sie springt auf und drückt mich.

»Ich hab mir schon Sorgen gemacht. Ich hatte dich früher zurückerwartet.«

»Angesichts dessen, dass das Interview länger gedauert hat, bin ich gut durchgekommen.« Ich halte den Rekorder hoch.

»Ana, ganz herzlichen Dank. Du hast was gut bei mir. Und wie war's? Wie ist er?« Oje – und schon beginnt die Katherine-Kavanagh-Inquisition.

Ich versuche, eine angemessene Antwort zu finden. Was soll ich sagen?

»Ich bin froh, dass ich's hinter mir habe und ihn nicht mehr sehen muss. Er war ziemlich einschüchternd.« Ich zucke mit den Achseln. »Er ist sehr selbstgefällig – und dabei so jung. Echt jung.«

Kate sieht mich mit unschuldigem Augenaufschlag an.

»Tu nicht so. Warum hast du mir keinen Lebenslauf mitgegeben? Ich bin mir wie der größte Idiot vorgekommen, weil ich absolut nichts über ihn wusste.«

Kate schlägt die Hand vor den Mund. »Oje, Ana, tut mir leid, das hab ich glatt vergessen.«

Ich schnaube verärgert. »Er war höflich, sachlich, ein bisschen steif und wirkt älter, als er ist. Wie alt ist er überhaupt?«

»Siebenundzwanzig. Ana, tut mir wirklich leid. Ich hätte dich vorbereiten sollen, aber ich war in Panik. Gib mir den Rekorder, dann schreibe ich das Interview ab.«

»Du siehst besser aus als heute Morgen. Hast du die Suppe gegessen?«, frage ich, um das Thema zu wechseln.

»Ja. Sie war köstlich wie immer. Und mir geht's wirklich schon viel besser.« Sie dankt mir mit einem Lächeln.

Ich werfe einen Blick auf die Uhr. »Ich muss zu Clayton's.«

»Aber du bist doch sicher müde.«

»Kein Problem. Bis später.«

Ich arbeite bei Clayton's, seit ich an der WSU studiere. Clayton's ist der größte unabhängige Baumarkt in der Gegend von Portland, und in den vier Jahren dort habe ich mir, obwohl ich keinerlei Begabung fürs Heimwerken besitze – Reparaturarbeiten überlasse ich meinem Dad –, Wissen über fast alle unsere Artikel angeeignet.

Ich bin froh, dass ich in die Arbeit muss, weil mich das von Christian Grey ablenkt. Es ist viel zu tun – wie immer zu Beginn der Sommersaison, denn alle renovieren ihre Wohnungen. Mrs. Clayton wirkt erleichtert, als sie mich sieht.

»Ana! Ich hatte schon befürchtet, dass Sie es heute nicht schaffen.«

»Der Termin hat nicht so lange gedauert, wie ich dachte. Ich kann noch ein paar Stunden hier mithelfen.«

»Sehr schön.«

Sie schickt mich ins Lager, Regale auffüllen, eine Arbeit, die mich tatsächlich von allen anderen Gedanken ablenkt.

Als ich später nach Hause komme, tippt Katherine, mit roter Nase und Kopfhörer über den Ohren, auf ihren Laptop ein. Hundemüde von der langen Fahrt, dem aufreibenden Interview und der Schicht bei Clayton's falle ich aufs Sofa und denke an meine Seminararbeit und das Lernpensum, das ich heute nicht bewältigen konnte, weil ich bei … *ihm* war.

»Supermaterial, Ana. Gut gemacht. Nicht zu fassen, dass du sein Angebot, dir alles zu zeigen, ausgeschlagen hast. Offenbar wollte er mehr Zeit mit dir verbringen.« Sie sieht mich fragend an.

Ich werde rot, und mein Puls beschleunigt sich. Das war bestimmt nicht der Grund! Er wollte mich herumführen, um mir seine Macht zu demonstrieren. Ich ertappe mich dabei, wie ich auf meiner Lippe kaue. Hoffentlich merkt Kate das nicht. Zum Glück scheint sie ganz in ihre Arbeit vertieft zu sein.

»Jetzt verstehe ich, was du mit sachlich gemeint hast. Hast du dir irgendwelche Notizen gemacht?«, erkundigt sie sich.

»Äh … nein.«

»Egal. Aus dem Material kann ich trotzdem einen Bombenartikel basteln. Schade, dass wir keine Fotos haben. Er ist attraktiv, oder?«

»Ich denke schon.« Ich bemühe mich, nicht allzu interessiert zu klingen, und habe das Gefühl, dass mir das gelingt.

»Ach, Ana – nicht mal du bist immun.« Sie hebt eine perfekt gezupfte Augenbraue.

Scheiße! Da meine Wangen rot werden, versuche ich, sie mit Schmeichelei abzulenken. Das ist immer eine gute Strategie.

»Du hättest wahrscheinlich viel mehr aus ihm herausgekitzelt.«

»Das bezweifle ich. Er hat dir doch praktisch ein Jobangebot gemacht. Angesichts der Tatsache, dass ich dir das Interview im allerletzten Moment aufgehalst habe, ist es absolut prima gelaufen.«

Hastig ziehe ich mich in die Küche zurück.

»Was hältst du denn wirklich von ihm?«

O Mann, kann sie nicht lockerlassen? Warum gibt sie keine Ruhe? *Denk dir was aus – schnell.*

»Er ist kontrollsüchtig, arrogant, unheimlich, aber sehr charismatisch. Ich kann verstehen, warum die Leute von ihm fasziniert sind«, füge ich wahrheitsgetreu hinzu, in der Hoffnung, dass sie endlich mit der Fragerei aufhört.

»Du, fasziniert von einem Mann? Das ist ja mal ganz was Neues«, spottet sie.

Ich hole die Zutaten für ein Sandwich aus dem Kühlschrank, so dass sie mein Gesicht nicht sehen kann.

»Warum wolltest du wissen, ob er schwul ist? Die Frage war mir schrecklich peinlich, und er war sauer.«

»Zu gesellschaftlichen Anlässen kommt er immer ohne Begleitung.«

»Es war eine scheißpeinliche Situation, und ich bin heilfroh, dass ich nie wieder etwas mit ihm zu tun haben werde.«

»Ana, so schlimm kann's doch nicht gewesen sein. Ich finde, er klingt richtig angetan von dir.«

Angetan von mir? Kate, das ist absurd!

»Möchtest du ein Sandwich?«

»Ja, gern.«

An dem Abend reden wir Gott sei Dank nicht mehr über Christian Grey. Nach dem Essen setze ich mich mit Kate an den Tisch, und während sie an ihrem Artikel schreibt, wende ich mich meiner Seminararbeit über Thomas Hardys *Tess von den d'Urbervilles* zu. Verdammt, die Frau hat am falschen Ort, zur falschen Zeit und im falschen Jahrhundert gelebt. Als ich fertig bin, ist es Mitternacht und Kate längst im Bett. Erschöpft schleppe ich mich in mein Zimmer, bin jedoch froh, dass ich an diesem Tag so viel geschafft habe.

Ich rolle mich in meinem Bett mit dem weißen Metallgestell zusammen, schlinge den Quilt meiner Mutter um meinen Körper und schlafe sofort ein, träume jedoch von düsteren Orten, weißen Böden und grauen Augen.

Den Rest der Woche lerne ich für die Prüfung und arbeite bei Clayton's. Auch Kate hat viel zu tun. Sie stellt die letzte Ausgabe der Studentenzeitung zusammen, bevor sie sie der neuen Herausgeberin übergibt, und büffelt ebenfalls für die Abschlussprüfung. Am Mittwoch fühlt sie sich deutlich besser, und ich muss nicht länger den Anblick des pinkfarbenen Flanellpyjamas mit den Häschen ertragen.

Als ich mich bei meiner Mutter in Georgia melde, um mich

zu erkundigen, wie es ihr geht, erzählt sie mir von ihrem neuesten Projekt, dem Kerzenziehen – Mom versucht sich ständig an neuen Geschäftsideen. Im Grunde langweilt sie sich und sie ist stets auf der Suche nach etwas, mit dem sie sich die Zeit vertreiben kann, aber leider besitzt sie die Konzentrationsfähigkeit eines Goldfischs. Nächste Woche hat sie sich garantiert schon dem nächsten Projekt zugewendet. Trotzdem mache ich mir ihretwegen Sorgen. Hoffentlich hat sie zur Finanzierung der Kerzensache nicht das Haus beliehen. Und hoffentlich hat Bob – ihr vierter, noch relativ neuer, jedoch älterer Ehemann – ein Auge auf sie, nicht so wie Ehemann Nummer drei.

»Wie läuft's bei dir, Ana?«

Als ich zögere, sehe ich förmlich vor mir, wie Mom die Ohren spitzt.

»Gut, danke.«

»Ana? Hast du jemanden kennen gelernt?«

Wow – wie macht sie das? Die Erregung in ihrer Stimme ist fast mit Händen zu greifen.

»Nein, Mom. Du wärst die Erste, die's erfahren würde.«

»Ana, Schätzchen, du musst mehr ausgehen. Ich mache mir Sorgen um dich.«

»Mom, bei mir ist wirklich alles in Ordnung. Wie geht's Bob?« Ablenkung ist wie immer die beste Strategie.

Später am Abend rufe ich Ray, meinen Stiefvater, an, Moms Ehemann Nummer zwei, den ich als meinen Vater erachte und dessen Namen ich trage. Das Gespräch dauert nicht lange. Letztlich handelt es sich weniger um ein Gespräch als um eine Reihe von Grunzern seinerseits auf vorsichtige Fragen meinerseits. Ray ist grundsätzlich maulfaul. Er schaut gern Fußball im Fernsehen, geht Kegeln oder Fliegenfischen und schreinert Möbel, worin er sehr geschickt ist. Von ihm wusste ich schon vor Clayton's, was ein Fuchsschwanz ist. Bei ihm scheint alles in bester Ordnung zu sein.

Am Freitag, gerade als Kate und ich darüber diskutieren, was wir mit dem Rest des Abends anfangen sollen, klingelt es an der Tür. Es ist José mit einer Flasche Champagner.

»José! Schön, dich zu sehen!« Ich umarme ihn zur Begrüßung. »Komm rein.«

José war der Erste, den ich an der Washington State kennen lernte; er irrte genauso einsam und verloren herum wie ich. Wir erkannten einander sofort als Seelenverwandte und sind seitdem befreundet. Wir lachen nicht nur über dieselben Dinge, sondern haben außerdem festgestellt, dass Ray und José Senior in derselben Einheit der Armee waren. Deshalb sind unsere Väter ebenfalls gute Freunde geworden.

José, ein kluger Kopf, studiert Maschinenbau und ist bisher der Einzige in seiner Familie, der es auf die Uni geschafft hat. Seine wahre Leidenschaft gilt jedoch der Fotografie. Er hat den richtigen Blick dafür.

»Ich habe Neuigkeiten.« Er grinst, seine dunklen Augen funkeln.

»Lass mich raten – du hast's geschafft, wieder eine Woche nicht rausgeschmissen zu werden«, necke ich ihn.

Er reagiert gespielt schockiert. »Nächsten Monat werden meine Fotos in der Portland Place Gallery ausgestellt.«

»Toll – Gratuliere!« In meiner Freude umarme ich ihn ein zweites Mal.

Kate strahlt. » Super, José! Das muss in die Zeitung. Es geht doch nichts über neue Artikel in allerletzter Minute.« Sie tut so, als wäre sie ihm böse.

»Lasst uns feiern. Du musst zur Ausstellungseröffnung kommen.« José sieht mir tief in die Augen. »Ihr seid natürlich beide eingeladen«, fügt er mit einem unsicheren Blick in Richtung Kate hinzu.

José und ich sind gute Freunde, doch ich ahne, dass er mehr möchte. Er ist witzig und irgendwie süß, aber nicht der Richtige für mich. Ich sehe in ihm eher den Bruder, den ich nie hatte.

Kate zieht mich oft auf, dass mir das Ich-brauche-unbedingt-einen-Freund-Gen fehlt, doch in Wahrheit ist mir einfach noch keiner begegnet, bei dem ich weiche Knie und Schmetterlinge im Bauch kriege.

Manchmal frage ich mich, ob mit mir etwas nicht stimmt. Vielleicht verbringe ich zu viel Zeit mit den romantischen Helden in meinen Büchern und stecke meine Erwartungen zu hoch.

Bis vor Kurzem, flüstert die Stimme meines Unterbewusstseins. NEIN! Sofort schiebe ich den Gedanken beiseite. Nach dem katastrophalen Interview will ich mich damit nicht mehr befassen. *Sind Sie schwul, Mr. Grey?* Bei der Erinnerung daran verziehe ich das Gesicht. Mir ist bewusst, dass ich seit der Begegnung mit ihm fast jede Nacht von ihm geträumt habe – vermutlich, um diese schreckliche Erfahrung zu bewältigen.

José öffnet die Flasche Champagner. Er ist groß, und unter seiner Jeans und dem T-Shirt zeichnen sich seine Muskeln und breite Schultern ab. Er hat sonnengebräunte Haut, dunkle Haare und Glutaugen. Ja, José ist ziemlich heiß. Vielleicht begreift er ja allmählich, dass wir nur Freunde sind. Der Korken knallt, und José strahlt übers ganze Gesicht.

Der Samstag im Baumarkt ist der Horror. Er wird von Heimwerkern gestürmt, die ihre Häuser auf Vordermann bringen wollen. Mr. und Mrs. Clayton, John und Patrick – die beiden anderen Teilzeitkräfte – und ich werden von Kunden belagert. Als es mittags etwas ruhiger wird, bittet Mrs. Clayton mich, die Bestellungen zu überprüfen, also verschwinde ich hinter die Ladentheke neben der Kasse. Während ich die Katalognummern mit den Produkten, die wir bestellt haben oder brauchen, vergleiche, gönne ich mir einen Bagel. Mein Blick huscht zwischen dem Bestellbuch und dem Bildschirm des Computers hin und her. Irgendwann hebe ich den Kopf … und sehe in die grauen Augen von Christian Grey, der mich beobachtet.

Vor Schreck bleibt mir fast das Herz stehen.

»Miss Steele, was für eine angenehme Überraschung.«

Was zum Teufel macht *der* denn hier? Mit seinen zerzausten Haaren, dem cremefarbenen Pullover, der Jeans und den bequemen Schuhen wirkt er, als wollte er Wandern gehen.

Ich starre ihn mit offenem Mund an, kann keinen einzigen vernünftigen Gedanken fassen.

»Mr. Grey«, presse ich schließlich hervor.

Ein Lächeln spielt um seine Lippen, und seine Augen funkeln belustigt. »Ich war gerade in der Gegend«, erklärt er. »Ich brauche ein paar Dinge. Freut mich, Sie wiederzusehen, Miss Steele.« Seine Stimme klingt warm und verführerisch wie dunkler Schokoladenkaramell.

Mein Herz schlägt rasend schnell, und unter seinem durchdringenden Blick werde ich wieder einmal tiefrot. Er bringt mich völlig aus der Fassung. Das Bild, das ich von ihm hatte, wurde ihm nicht gerecht. Er ist nicht nur attraktiv, sondern der Inbegriff männlicher Schönheit, und er steht hier vor mir. In Clayton's Baumarkt. Wie das?

»Ana«, murmle ich. »Mein Name ist Ana. Womit kann ich Ihnen dienen, Mr. Grey?«

Er lächelt amüsiert. Das verunsichert mich. Ich hole tief Luft und setze meine Profimiene auf, die sagt: Ich arbeite seit Jahren in diesem Laden. Ich bin kompetent.

»Ich brauche einige Dinge, zum Beispiel Kabelbinder.«

Kabelbinder?

»Wir führen unterschiedliche Längen. Darf ich sie Ihnen zeigen?«, frage ich mit zitternder Stimme. *Reiß dich zusammen, Steele.*

Grey runzelt die Stirn. »Gern, Miss Steele.«

Während ich hinter der Theke hervortrete, versuche ich, den Anschein von Lässigkeit zu erwecken, obwohl ich mich mächtig darauf konzentrieren muss, nicht über die eigenen Füße zu stolpern – plötzlich sind meine Beine wacklig. Zum Glück trage ich meine beste Jeans.

»Gang acht, bei den Elektroartikeln«, verkünde ich ein wenig zu fröhlich. Ich sehe Grey an und bedaure es sofort. Gott, ist der Mann schön!

»Nach Ihnen.« Er signalisiert mir mit seiner langfingrigen, manikürten Hand, dass er mir den Vortritt lässt.

Was macht er in Portland? Warum ist er hier bei Clayton's? Aus einem kleinen, selten benutzten Teil meines Gehirns – wahrscheinlich irgendwo am unteren Ende der Medulla oblangata, ganz in der Nähe meines Unterbewusstseins – steigt der Gedanke hoch: *Er ist da, um dich zu sehen.* Vergiss es! Warum sollte dieser attraktive, mächtige, weltläufige Mann mich sehen wollen? Absurd!

»Sind Sie geschäftlich in Portland?«, frage ich. Meine Stimme klingt zu hoch, als hätte ich mir den Finger in der Tür eingeklemmt. *Versuch, cool zu sein, Ana!*

»Ich habe gerade die landwirtschaftliche Abteilung der Washington State in Vancouver besucht, weil ich deren Forschungsarbeit über Bodenbeschaffenheit und wechselnde Bewirtschaftung von Feldern finanziell unterstütze«, erklärt er sachlich.

Siehst du? Er ist nicht deinetwegen da, spottet mein Unterbewusstsein, ziemlich laut und schadenfroh.

»Gehört das auch zu Ihrem Welternährungsprogramm?«, erkundige ich mich.

»So ähnlich.« Seine Lippen verziehen sich zu einem leichten Lächeln.

Er betrachtet die Auswahl an Kabelbindern, die Clayton's zu bieten hat. Was will er bloß mit denen? Ich kann ihn mir nicht als Heimwerker vorstellen. Seine Finger gleiten über die Packungen, er bückt sich und wählt eine aus.

»Die da«, sagt er.

»Brauchen Sie sonst noch etwas?«

»Ja, Kreppband.«

Kreppband?

»Wollen Sie malern?«, platze ich heraus. Bestimmt erledigen das Handwerker für ihn.

»Nein, das will ich nicht«, antwortet er mit einem süffisanten Grinsen.

Ich habe das bittere Gefühl, dass er sich über mich lustig macht. *Findet er mich komisch? Oder sehe ich irgendwie merkwürdig aus?*

»Hier entlang«, nuschle ich verlegen. »Das Kreppband ist bei den Malersachen.«

»Arbeiten Sie schon lange hier?«, will er wissen.

Wieder werde ich rot. Warum, verdammt, übt er eine solche Wirkung auf mich aus? Ich komme mir wie eine Vierzehnjährige vor – linkisch wie immer und fehl am Platz. *Augen geradeaus, Steele!*

»Seit vier Jahren«, murmle ich, als wir unser Ziel erreichen und ich zwei Rollen mit unterschiedlich breitem Kreppband aus dem Regal hole.

»Das da«, sagt Grey und deutet auf das breitere.

Ich reiche es ihm. Dabei berühren sich unsere Finger kurz – wieder dieses Knistern. Ich schnappe nach Luft, als ich spüre, wie sich alles in meinem Bauch zusammenzieht. Verzweifelt versuche ich, meine Fassung wiederzuerlangen.

»Darf es sonst noch etwas sein?«, hauche ich.

Seine Pupillen weiten sich ein wenig. »Ein Seil, denke ich.« Seine Stimme klingt genauso kehlig wie meine.

»Hier entlang.« Ich gehe mit gesenktem Kopf voran. »Was genau haben Sie sich vorgestellt? Wir haben Seile aus synthetischen und aus natürlichen Fasern … Taue … Kordeln …« Ich verstumme, als ich merke, wie seine Augen dunkler werden. *Hilfe!*

»Fünf Meter von dem Naturfaserseil, bitte.«

Mit zitternden Fingern messe ich fünf Meter ab. Dabei wage ich nicht, ihn anzusehen. Herrgott, sehr viel nervöser könnte ich nicht sein. Ich ziehe mein Teppichmesser aus der Gesäßtasche meiner Jeans, schneide das Seil ab, rolle es auf und verschlinge es zu einem Schlippstek. Wie durch ein Wunder gelingt es mir, mir dabei nicht in den Finger zu schneiden.

»Waren Sie mal bei den Pfadfindern?«, fragt er, die sinnlichen Lippen belustigt verzogen.

Schau nicht auf seinen Mund!

»Organisierte Gruppenaktivitäten sind nicht so mein Ding, Mr. Grey.«

Er hebt eine Augenbraue. »Was ist denn dann Ihr Ding, Anastasia?« Wieder dieses geheimnisvolle Lächeln.

Ich sehe ihn mit großen Augen an, unfähig, etwas Vernünftiges zu antworten. Ich habe das Gefühl, die Erde tut sich vor mir auf. *Ganz ruhig, Ana*, fleht mein gequältes Unterbewusstsein mich an.

»Bücher«, flüstere ich, doch mein Unterbewusstsein kreischt: *Dich will ich!* Ich bringe es zum Schweigen, entsetzt darüber, dass es zu solcher Vehemenz fähig ist.

»Was für Bücher?« Er legt den Kopf ein wenig schief.

Warum interessiert ihn das?

»Ach, das Übliche. Klassiker. Hauptsächlich britische Literatur.«

Er streicht nachdenklich mit Zeigefinger und Daumen über sein Kinn. Vielleicht ist ihm langweilig, und er versucht, das zu überspielen.

»Benötigen Sie sonst noch etwas?« Ich muss das Thema wechseln -- die Finger an seinem Kinn sind zu verführerisch.

»Ich weiß es nicht. Könnten Sie mir denn noch etwas empfehlen?«

Empfehlen? Ich weiß ja nicht mal, was du mit dem Zeug vorhast!

»Hier von den Werkzeugen?«

Er nickt. Wieder dieser belustigte Ausdruck in seinen Augen.

Mein Blick wandert zu seiner engen Jeans. »Einen Overall«, antworte ich, ohne nachzudenken.

Er hebt fragend eine Augenbraue.

»Sie wollen sich sicher nicht die Kleidung ruinieren.« Ich mache eine vage Geste in Richtung seiner Jeans.

»Die könnte ich ausziehen.« Er grinst spöttisch.

»Hm.« Wieder schießt mir die Röte ins Gesicht. Wahrscheinlich leuchte ich wie das Kommunistische Manifest. *Halt den Mund. AUF DER STELLE.*

»Okay, einen Overall. Schließlich will ich mir nicht die Kleidung ruinieren«, wiederholt er trocken.

Ich versuche, mir nicht vorzustellen, wie er ohne Jeans aussieht.

»Brauchen Sie sonst noch etwas?«, krächze ich, als ich ihm den blauen Overall reiche.

Ohne auf meine Frage einzugehen, erkundigt er sich: »Wie kommen Sie mit dem Artikel voran?«

Endlich etwas Klares ohne Andeutungen und verwirrende Doppeldeutigkeiten … eine Frage, die ich beantworten kann. Ich klammere mich mit beiden Händen daran fest wie an einem Rettungsring und entscheide mich für Aufrichtigkeit.

»Den verfasse nicht ich, sondern Katherine, Miss Kavanagh, meine Mitbewohnerin. Sie schreibt gern und ist die Herausgeberin der Studentenzeitung. Sie war ganz geknickt, dass sie das Interview nicht selbst führen konnte.« Ich habe das Gefühl, wieder frei atmen zu können – endlich ein normales Gesprächsthema. »Sie findet es nur schade, dass sie keine Fotos von Ihnen hat.«

»Was für Fotos hätte sie denn gern?«

Mit dieser Antwort hatte ich nicht gerechnet. Ich zucke mit den Achseln, weil ich es nicht weiß.

»Ich bleibe fürs Erste in der Gegend. Vielleicht morgen …«

»Sie wären zu einem Fotoshooting bereit?« Kate wäre im siebten Himmel, wenn ich das hinkriege, flüstert dieser dunkle Ort in meinem Gehirn. Mein Gott, wie albern …

»Kate würde sich freuen – vorausgesetzt, wir treiben so schnell einen Fotografen auf.«

Sein Mund öffnet sich, als wollte er tief Luft holen, und er blinzelt. Den Bruchteil einer Sekunde wirkt er irgendwie verloren.

Wow, Christian Grey kann auch verloren aussehen! Wer hätte das gedacht?

»Lassen Sie es mich wissen, ob es morgen klappt.« Er zieht seine Brieftasche hervor. »Meine Visitenkarte mit meiner Handynummer. Sie müssen vor zehn Uhr morgens anrufen.«

»Okay.« Kate wird aus dem Häuschen sein.

»Ana!«

Am anderen Ende des Gangs taucht Paul auf, Mr. Claytons jüngster Bruder. Ich hatte zwar schon gehört, dass er von Princeton auf einen Besuch nach Hause kommen würde, ihn aber nicht heute erwartet.

»Entschuldigen Sie mich bitte einen Augenblick, Mr. Grey.« Er runzelt die Stirn, als ich mich von ihm abwende.

Paul ist ein Kumpeltyp. In diesem merkwürdigen Augenblick mit dem reichen, mächtigen, hyperattraktiven Kontrollfreak Grey finde ich es wunderbar, mit einem normalen Menschen wie ihm sprechen zu können. Paul umarmt mich zur Begrüßung.

»Ana, hallo, schön, dich zu sehen!«

»Hi, Paul, wie geht's? Bist du zum Geburtstag deines Bruders da?«

»Ja. Du siehst gut aus, Ana, wirklich gut.« Er mustert mich lächelnd und legt einen Arm um meine Schulter.

Verlegen trete ich von einem Fuß auf den anderen, denn Paul ist wie immer einen Tick zu vertraulich.

Christian Grey beobachtet uns mit zusammengepressten Lippen. Mit einem Mal ist aus dem seltsam aufmerksamen Kunden ein kühler, distanzierter Mann geworden.

»Paul, ich habe gerade einen Kunden, den ich dir vorstellen

möchte«, sage ich, um der Feindseligkeit, die ich in Greys Blick erkenne, entgegenzuwirken. Ich schleife Paul zu ihm, und sie taxieren sich gegenseitig. Plötzlich ist die Atmosphäre arktisch.

»Paul, das ist Christian Grey. Mr. Grey, das ist Paul Clayton. Seinem Bruder gehört der Baumarkt.« Aus mir unerklärlichen Gründen habe ich das Gefühl, weitere Erklärungen abgeben zu müssen. »Obwohl ich Paul kenne, seit ich hier arbeite, sehen wir uns nicht oft. Er studiert in Princeton Business Administration.« Ich gerate ins Plappern ... *Halt die Klappe!*

»Mr. Clayton.« Grey streckt ihm mit undurchdringlicher Miene die Hand hin.

»Mr. Grey.« Paul erwidert seinen Händedruck. »Moment – doch nicht der Christian Grey von Grey Enterprises Holdings?«, fragt Paul zutiefst beeindruckt. Grey bedenkt ihn mit einem Lächeln, das seine Augen nicht erreicht. »Wow – kann ich Ihnen irgendwie behilflich sein?«

»Danke, Anastasia ist sehr aufmerksam, Mr. Clayton.« Er wirkt ruhig, doch seine Worte ... Ich habe den Eindruck, dass sie etwas vollkommen anderes bedeuten – wie verwirrend.

»Okay«, antwortet Paul. »Bis später, Ana.«

»Ja, Paul.« Ich sehe ihm nach, wie er ins Lager verschwindet. »Kann ich sonst noch etwas für Sie tun, Mr. Grey?«

»Danke, das wäre alles.« Er klingt kühl.

Mist ... habe ich etwas falsch gemacht? Ich hole tief Luft, drehe mich um und gehe zur Kasse. *Was hat der Mann bloß für ein Problem?*

Ich gebe die Preise für das Seil, den Overall, das Kreppband und die Kabelbinder in die Kasse ein.

»Macht dreiundvierzig Dollar.« Ich sehe direkt in Greys Augen und bereue es sofort, denn er beobachtet mich mit einem Adlerblick, der mich völlig aus der Fassung bringt.

»Wollen Sie eine Tüte?«, frage ich, als ich seine Kreditkarte entgegennehme.

»Ja, bitte, Anastasia.« Seine Zunge liebkost meinen Namen,

und mein Herzschlag setzt einen Moment aus. Ich bekomme fast keine Luft mehr. Hastig verstaue ich seine Sachen in einer Plastiktüte.

»Sie rufen mich an, wenn Sie über den Fototermin Bescheid wissen?« Nun ist er wieder ganz Geschäftsmann.

Ich nicke und gebe ihm seine Kreditkarte zurück.

»Gut. Vielleicht bis morgen.« Er wendet sich zum Gehen und hält inne. »Ach, und Ana: Ich bin froh, dass Miss Kavanagh das Interview nicht führen konnte.«

Mit energischen Schritten verlässt er den Laden, und ich bleibe als zitterndes Häuflein weiblicher Hormone zurück. Mehrere Minuten starre ich wie benommen auf die geschlossene Tür, durch die er soeben gegangen ist, bevor ich auf die Erde zurückkehre.

Na gut, ich mag ihn. Es hat keinen Sinn, mir noch länger etwas vorzumachen. *Und ja, ich finde ihn attraktiv, sehr attraktiv.* Doch das Ganze ist aussichtslos, das weiß ich, und ich seufze in bittersüßer Verzweiflung. Es war reiner Zufall, dass er hier aufgetaucht ist. *Aber okay, dann werde ich ihn eben aus der Ferne anhimmeln.* Das ist ungefährlich. Und falls ich einen Fotografen auftreibe, kann ich ihn morgen weiter anhimmeln. Ich grinse wie eine verliebte Vierzehnjährige, dann ermahne ich mich, Kate anzurufen, um mit ihr einen Fototermin zu organisieren.

DREI

Kate ist völlig aus dem Häuschen.

»Was wollte er bei Clayton's?«, fragt sie.

Ich telefoniere vom Lagerraum aus mit ihr und versuche, so lässig wie möglich zu klingen. »Er war gerade in der Gegend.«

»Das ist aber ein ziemlich großer Zufall, Ana. Meinst du nicht, dass er da war, weil er dich wiedersehen wollte?«

Mein Herz macht bei dem Gedanken einen Sprung, doch die Freude währt nur kurz, weil ich weiß, was Sache ist.

»Er war wegen der WSU hier. Er unterstützt die landwirtschaftliche Forschungsabteilung«, erkläre ich.

»Stimmt. Er hat der Fakultät 2,5 Millionen Dollar zur Verfügung gestellt.«

Wow.

»Woher weißt du das?«

»Ana, ich bin Journalistin und habe ein Feature über den Typ geschrieben. Es ist meine Aufgabe, so etwas zu wissen.«

»Okay, okay, Miss Pulitzer-Preisträgerin in spe, reg dich ab. Willst du nun Fotos von ihm?«

»Klar. Aber wer macht sie und wo?«

»Wir könnten ihn fragen, wo. Er hat gesagt, er würde in der Gegend bleiben.«

»Kannst du ihn denn erreichen?«

»Ich habe seine Handynummer.«

Kate schnappt nach Luft. »Der reichste, unnahbarste und mysteriöseste Junggeselle von Washington State hat dir so einfach mal eben seine Handynummer gegeben?«

»Äh … ja.«

»Ana! Er mag dich. Das liegt auf der Hand.«

»Kate, er ist eben nett.« Ich weiß, dass das nicht stimmt – Christian Grey ist nicht *nett*. Höflich, ja. Eine leise Stimme in meinem Innern flüstert: *Vielleicht hat Kate Recht.* Ich bekomme eine Gänsehaut bei dem Gedanken, dass er möglicherweise doch etwas an mir findet. Immerhin hat er gesagt, er sei froh, dass nicht Kate das Interview geführt habe. Kate reißt mich aus meinen Gedanken.

»Keine Ahnung, wer das Fotografieren übernehmen soll. Levi, der das sonst macht, ist übers Wochenende daheim in Idaho Falls. Der beißt sich sicher in den Hintern, wenn er hört, dass er einen der führenden Unternehmer von Amerika hätte ablichten können.«

»Hm … Was ist mit José?«

»Superidee! Frag ihn – für dich tut er alles. Und ruf Grey an und finde heraus, wo wir hinkommen sollen.« Kates Unbekümmertheit im Hinblick auf José ärgert mich.

»Ruf lieber du ihn an.«

»Wen, José?«, spottet Kate.

»Nein, Grey.«

»Ana, du hast doch die Beziehung zu ihm.«

»Beziehung?«, quäke ich mehrere Oktaven zu hoch. »Ich kenne den Mann kaum.«

»Immerhin hast du schon persönlich mit ihm gesprochen«, erwidert sie mit Verbitterung in der Stimme. »Und es sieht ganz so aus, als wollte er dich besser kennen lernen. Ana, ruf ihn an«, zischt sie und legt auf.

Was für eine Tyrannin! Ich strecke meinem Handy die Zunge heraus.

Gerade als ich José auf den Anrufbeantworter spreche, betritt Paul auf der Suche nach Schmirgelpapier das Lager.

»Draußen ist ziemlich viel los, Ana«, stellt er fest.

»Ja, tut mir leid«, sage ich und gehe zur Tür.

»Woher kennst du Christian Grey?«, erkundigt er sich ein wenig zu beiläufig.

»Ich musste ihn für unsere Studentenzeitung interviewen. Kate war krank.« Ich zucke mit den Achseln, als wäre das die normalste Sache der Welt, stelle mich jedoch genauso dumm an wie er.

»Christian Grey bei Clayton's. Ist das zu fassen?« Paul schüttelt verwundert den Kopf. »Egal. Hast du Lust auf einen Drink heute Abend?«

Jedes Mal, wenn er hier ist, will er mit mir ausgehen, und jedes Mal handelt er sich einen Korb ein. Das ist fast schon ein Ritual zwischen uns. Ich halte es für keine gute Idee, etwas mit dem Bruder des Chefs anzufangen. Außerdem ist Paul ein süßer, typisch amerikanischer Junge von nebenan, kann aber meinen Romanhelden nicht das Wasser reichen. *Kann Grey das?*, fragt mein Unterbewusstsein mich. Ich bringe es zum Schweigen.

»Findet da nicht ein Familienessen oder so was für deinen Bruder statt?«

»Das ist morgen.«

»Vielleicht ein anderes Mal, Paul. Heute Abend muss ich lernen. Nächste Woche sind die Prüfungen.«

»Ana, eines Tages wirst du schon noch Ja sagen.« Er schmunzelt, als ich in den Verkaufsraum entschwinde.

»Ich fotografiere Orte, nicht Menschen, Ana«, stöhnt José.

»José, bitte«, bettle ich. Ich laufe im Wohnzimmer unseres Apartments auf und ab, das Handy in der Hand, den Blick durch das Fenster auf den abendlichen Himmel gerichtet.

»Gib mir das Telefon.« Kate reißt es mir aus den Händen und wirft ihre rotblonde Mähne über die Schulter zurück.

»Hör zu, José Rodriguez, wenn du möchtest, dass unsere Zeitung über deine Vernissage berichtet, machst du morgen das Fotoshooting für uns, kapiert?«

Die harte Kate, wie sie leibt und lebt. »Gut. Ana ruft dich

noch mal an, wann und wo. Wir sehen uns morgen.« Ohne ein weiteres Wort beendet sie das Gespräch.

»Gebongt. Jetzt müssen wir den Treffpunkt und die Uhrzeit ausmachen. Ruf ihn an.« Sie reicht mir das Handy. Mir zieht sich der Magen zusammen. »Ruf Grey an, und zwar ein bisschen plötzlich!«

Mit finsterem Gesicht hole ich seine Visitenkarte aus meiner Tasche hervor und wähle seine Nummer.

Er antwortet nach dem zweiten Klingeln. »Grey.«

»Äh ... Mr. Grey? Anastasia Steele.« Ich bin so nervös, dass mir meine eigene Stimme fremd vorkommt.

Kurzes Schweigen.

»Miss Steele. Wie schön, von Ihnen zu hören.« Er klingt überrascht und irgendwie ... verführerisch.

Mir verschlägt es den Atem. Plötzlich wird mir bewusst, dass Kate mich mit offenem Mund anstarrt, und ich haste in die Küche, um ihrem Blick zu entfliehen.

»Ähm ... Wir würden gern das Fotoshooting für den Artikel machen.« *Atme, Ana, atme.* »Morgen, wenn's Ihnen recht ist. Wo würde es Ihnen passen, Sir?«

Ich kann mir sein Sphinxlächeln vorstellen.

»Ich bin im Heathman in Portland. Halb zehn morgen früh?«

»Okay, wir ... äh ... kommen hin«, stammle ich wie ein Kind, nicht wie eine erwachsene Frau.

»Ich freue mich darauf, Miss Steele.«

Wie können so wenige Worte nur so verlockend klingen? Ich beende das Gespräch, und Kate kommt in die Küche gerannt.

»Anastasia Rose Steele. Er gefällt dir! So kenne ich dich überhaupt nicht. Du bist ja knallrot.«

»Kate, du weißt, dass ich andauernd rot werde«, herrsche ich sie an. Sie blinzelt überrascht – ich neige normalerweise nicht zu lauten Worten –, und schon werde ich wieder etwas versöhnlicher. »Er schüchtert mich irgendwie ein.«

»Das Heathman, hm? Wie passend«, sagt Kate nur. »Ich rufe den Geschäftsführer an und vereinbare mit ihm einen Ort für das Fotoshooting.«

»Ich koche uns was. Und hinterher muss ich lernen.« Nur schwer kann ich meinen Ärger auf Kate im Zaum halten.

In der Nacht wälze ich mich im Bett herum und träume von rauchgrauen Augen, Overalls, langen Beinen, langen Fingern und dunklen, unerforschten Orten. Ich schrecke zweimal hoch. *Verdammt, morgen sehe ich bestimmt toll aus, so übernächtigt, wie ich bin*, schießt es mir durch den Kopf. Ich boxe in mein Kissen und versuche, wieder einzuschlafen.

Das Heathman liegt im Stadtzentrum von Portland. Das eindrucksvolle rötlichbraune Sandsteingebäude wurde knapp vor dem großen Crash Ende der Zwanzigerjahre fertig gestellt. José, Travis und ich fahren in meinem VW-Käfer und Kate mit ihrem Mercedes CLK, weil wir nicht alle in meinen Wagen passen. Travis ist Josés Freund und soll ihm bei der Ausleuchtung helfen. Kate ist es gelungen, für eine Erwähnung im Artikel die Gratisnutzung eines Raums im Heathman für den ganzen Morgen herauszuhandeln. Als sie an der Rezeption erklärt, dass wir da sind, um Christian Grey zu fotografieren, bekommen wir sogar eine Suite zugeteilt. Eine von normaler Größe, weil Mr. Grey die größte im Haus bewohnt. Ein junger, nervöser Marketingmensch führt uns hinauf zu der Suite. Kates Schönheit und bestimmte Art entwaffnen ihn; er ist Wachs in ihren Händen.

Es ist erst neun Uhr, so dass wir noch eine halbe Stunde haben, um alles aufzubauen. Kate ist ganz in ihrem Element.

»José, ich glaube, wir machen die Fotos vor dieser Wand, was meinst du?« Sie wartet nicht auf seine Antwort. »Travis, rück die Stühle weg. Ana, könntest du unten anrufen und sie bitten, was zu trinken raufzubringen? Und Grey zu sagen, wo wir sind?«

Ja, o Herrin. Ich verdrehe die Augen.

Eine halbe Stunde später betritt Christian Grey unsere Suite. Er trägt ein weißes Hemd mit offenem Kragen und eine graue Flanellhose. Seine widerspenstigen Haare sind feucht vom Duschen. Ich bekomme einen trockenen Mund, als ich ihn sehe … Gott, ist er sexy. Hinter Grey kommt ein Mann Mitte dreißig mit kurz geschorenen Haaren und Dreitagebart, schickem Anzug und Krawatte herein, stellt sich wortlos in die Ecke und beobachtet uns mit ausdrucksloser Miene.

»Miss Steele, so sieht man sich wieder.« Grey streckt mir die Hand entgegen, und ich ergreife sie blinzelnd. Als ich sie berühre, spüre ich abermals dieses köstliche Knistern, das mich erröten lässt und mir die Luft raubt.

»Mr. Grey, das ist Katherine Kavanagh.« Ich mache eine Geste in Richtung Kate, die sich zu uns gesellt und ihm direkt in die Augen sieht.

»Die beharrliche Miss Kavanagh. Wie geht es Ihnen?« Er schenkt ihr ein kleines, belustigtes Lächeln. »Sie scheinen wieder gesund zu sein. Anastasia hat erzählt, dass Sie sich letzte Woche nicht wohlfühlten.«

»Danke der Nachfrage, Mr. Grey, mir geht es gut.« Sie schüttelt ihm fest die Hand, ohne mit der Wimper zu zucken. Kate hat die besten Privatschulen Washingtons besucht. Ihre Familie hat Geld, und sie ist selbstbewusst und im sicheren Wissen um ihre gesellschaftliche Position aufgewachsen. *Sie* lässt sich nicht so leicht ins Bockshorn jagen, und dafür bewundere ich sie.

»Danke, dass Sie sich die Zeit für das Fotoshooting nehmen.« Sie schenkt ihm ein höfliches, professionelles Lächeln.

»Es ist mir ein Vergnügen«, versichert er ihr und sieht mich an.

Erneut werde ich rot. Verdammt.

»Das ist José Rodriguez, unser Fotograf«, erklärt Kate und grinst José an, der mich liebevoll anlächelt. Sein Blick kühlt deutlich ab, als er von mir zu Grey wandert.

»Mr. Grey.« Er nickt.

»Mr. Rodriguez.« Auch Greys Miene verändert sich, als er José taxiert.

»Wo soll ich mich hinstellen?«, fragt Grey ihn. Sein Tonfall hat etwas leicht Bedrohliches, doch Katherine will José nicht die Show überlassen.

»Mr. Grey – würden Sie sich bitte hier hinsetzen? Vorsicht, Kabel. Und anschließend hätte ich gern ein paar Aufnahmen im Stehen.« Sie dirigiert ihn zu einem Stuhl an der Wand.

Travis schaltet das Licht ein, blendet Grey damit und nuschelt eine Entschuldigung. Dann treten Travis und ich einen Schritt zurück und sehen zu, wie José zu fotografieren beginnt. Er macht einige Aufnahmen, während er Grey bittet, sich hierhin, dann dorthin zu wenden, den Arm zu heben und wieder zu senken. Später verwendet er das Stativ. Grey sitzt ihm zwanzig Minuten lang geduldig und ganz natürlich Modell. Mein Wunsch ist in Erfüllung gegangen: Ich darf Grey anhimmeln, sogar aus ziemlicher Nähe, nicht nur aus der Ferne. Zweimal treffen sich unsere Blicke, und es fällt mir schwer, mich von seinem loszureißen.

»Genug gesessen«, mischt sich Kate ein. »Würden Sie bitte aufstehen, Mr. Grey?«

Er erhebt sich, und Travis nimmt den Stuhl weg. Der Auslöser von Josés Nikon klickt.

»Ich glaube, wir haben genug Material«, verkündet er fünf Minuten später.

»Prima«, sagt Kate. »Vielen Dank, Mr. Grey.« Sie reicht ihm die Hand; José tut es ihr gleich.

»Ich freue mich schon auf den Artikel, Miss Kavanagh«, erklärt Grey und wendet sich an der Tür um. »Begleiten Sie mich hinaus, Miss Steele?«

»Natürlich«, antworte ich überrascht.

Unsicher werfe ich einen Blick zu Kate, die mit den Achseln zuckt. Dabei fällt mir auf, dass José hinter ihr ein finsteres Gesicht macht.

»Auf Wiedersehen«, sagt Grey, öffnet die Tür und lässt mir den Vortritt.

Himmel … was soll das? Was will er? Nervös bleibe ich auf dem Hotelflur stehen, als Grey, gefolgt von Mr. Bürstenschnitt, aus der Suite tritt.

»Ich rufe Sie, wenn ich Sie brauche, Taylor«, teilt er Mr. Bürstenschnitt mit leiser Stimme mit.

Als Taylor sich entfernt, richtet Grey seinen durchdringenden Blick auf mich.

Äh … hab ich irgendetwas falsch gemacht?

»Hätten Sie Lust, einen Kaffee mit mir zu trinken?«

Wie bitte? Vielleicht glaubt er ja, dass du noch nicht richtig wach bist, spottet mein Unterbewusstsein. Ich räuspere mich, versuche, meine Nervosität in den Griff zu bekommen.

»Ich muss alle heimfahren«, entschuldige ich mich händeringend.

»Taylor«, ruft er, und ich zucke zusammen.

Taylor, der bereits am anderen Ende des Flurs ist, kehrt sofort zu uns zurück.

»Müssen alle zur Universität?«, erkundigt sich Grey.

Ich nicke stumm.

»Taylor kann sie hinbringen. Er ist mein Chauffeur. Wir haben einen großen Geländewagen; da passt auch die Fotoausrüstung rein.«

»Mr. Grey?«, fragt Taylor, als er uns erreicht.

»Fahren Sie bitte den Fotografen, seinen Assistenten und Miss Kavanagh nach Hause?«

»Natürlich, Sir«, antwortet Taylor.

»Gut. Würden Sie mich jetzt auf einen Kaffee begleiten?« Grey grinst siegessicher.

Ich runzle die Stirn. »Äh … Mr. Grey, Taylor muss sie nicht zurückfahren.« Ich werfe Taylor einen kurzen Blick zu, dessen Miene ausdruckslos bleibt. »Wenn Sie mir einen Augenblick Zeit geben, tausche ich das Auto mit Kate.«

Grey bedenkt mich mit einem atemberaubenden Lächeln. *Hilfe!* Er öffnet die Tür der Suite für mich. Ich husche an ihm vorbei in den Raum, wo Katherine ins Gespräch mit José vertieft ist.

»Ana, eins steht fest: Er interessiert sich für dich«, sagt sie ohne Umschweife. José mustert mich missbilligend. »Aber ich traue ihm nicht über den Weg«, fügt sie hinzu.

Ich hebe die Hand, um sie zum Schweigen zu bringen. Wie durch ein Wunder funktioniert es. »Kate, könnte ich deinen Wagen haben, und du nimmst Wanda?«

»Warum?«

»Christian Grey hat gefragt, ob ich einen Kaffee mit ihm trinken gehe.«

Ihr fällt die Kinnlade herunter. Eine sprachlose Kate, na so was! Sie packt mich am Arm und zieht mich ins Schlafzimmer auf der anderen Seite der Suite.

»Ana, er ist irgendwie komisch«, warnt sie mich. »Du hast Recht, er sieht toll aus, aber ich halte ihn für gefährlich. Besonders für jemanden wie dich.«

»Wie meinst du das?«, frage ich beleidigt.

»Für ein unerfahrenes Mädchen wie dich, Ana. Du weißt genau, was ich meine.«

»Kate, es ist nur ein Kaffee. Ich muss mich auf die Prüfungen vorbereiten, also wird's nicht lange dauern.«

Sie schürzt die Lippen, nimmt nach kurzem Zögern ihre Autoschlüssel aus der Tasche und reicht sie mir. Ich gebe ihr meine.

»Bis später. Mach nicht so lang, sonst schicke ich einen Suchtrupp aus.«

»Danke.« Ich drücke sie.

Als ich aus der Suite trete, wartet Christian Grey an die Wand gelehnt wie ein Model für ein teures Männermagazin.

»Okay, gehen wir einen Kaffee trinken«, murmle ich und werde puterrot.

»Nach Ihnen, Miss Steele.« Grinsend stößt er sich von der

Wand ab, und ich gehe mit wackligen Knien und Schmetterlingen im Bauch voraus. Mein Herz schlägt rasend schnell und unregelmäßig. *Ich werde mit Christian Grey Kaffee trinken ... und dabei hasse ich Kaffee!*

Wir nähern uns den Aufzügen. *Was soll ich mit ihm reden?* Mein Verstand hat völlig ausgesetzt. Worüber sollen wir uns unterhalten? Was habe ich schon mit ihm gemein? Seine sanfte Stimme reißt mich aus meinen Gedanken.

»Wie lange kennen Sie Katherine Kavanagh?«

Eine einfache Frage zum Aufwärmen.

»Seit dem ersten Semester. Wir sind gut befreundet.«

»Hm«, lautet sein unverbindlicher Kommentar.

Was ihm wohl durch den Kopf geht?

Kaum hat er am Lift den Knopf gedrückt, ertönt ein leises Ping. Die Türen gleiten auf und geben den Blick auf ein junges Paar in leidenschaftlicher Umarmung frei, das überrascht auseinanderspringt.

Während wir den Aufzug betreten, bemühe ich mich um einen ernsten Gesichtsausdruck und senke den Blick. Als ich dann aber doch Grey verstohlen ansehe, spielt die Andeutung eines Lächelns um seine Mundwinkel. Schweigend fahren wir ins Erdgeschoss, nicht einmal nichtssagende Berieselungsmusik bietet Ablenkung.

Die Türen öffnen sich, und zu meiner Überraschung umfasst Grey meine Hand mit seinen langen, kühlen Fingern. Wieder spüre ich dieses Knistern, und mein ohnehin schon schneller Puls beschleunigt sich noch mehr. Als er mich hinausführt, hören wir das gedämpfte Kichern des Paares hinter uns. Grey grinst.

»Was haben diese Aufzüge nur an sich?«, schmunzelt er.

Wir durchqueren das riesige, von Menschen wimmelnde Foyer des Hotels in Richtung Ausgang, wo Grey nicht die Drehtür nimmt. Ob das damit zu tun hat, dass er meine Hand loslassen müsste?

Es ist ein milder Sonntag im Mai. Die Sonne scheint, auf

der Straße sind nicht viele Autos unterwegs. Grey wendet sich nach links und schlendert zur Kreuzung, wo wir auf Grün warten. *Ich stehe auf der Straße, und Christian Grey hält meine Hand.* Niemand hat je zuvor meine Hand gehalten. Mir ist schwindelig, und meine Haut prickelt. Ich versuche, das dümmliche Grinsen zu unterdrücken, das auf mein Gesicht zu treten droht. *Bleib ruhig, Ana,* fleht mein Unterbewusstsein mich an. Endlich wird es grün.

Erst beim Portland Coffee House lässt Grey meine Hand los, um mir die Tür aufzuhalten.

»Suchen Sie schon mal einen Tisch aus, während ich uns etwas zu trinken hole. Was möchten Sie?«, fragt er höflich wie immer.

»Äh … englischen Frühstückstee, den Beutel extra.«

Er hebt die Augenbrauen. »Keinen Kaffee?«

»Ich mag Kaffee nicht besonders.«

Er lächelt. »Okay, Tee also, Beutel extra. Süß?«

Ich stutze, weil ich das im ersten Moment für ein Kosewort halte, aber zum Glück meldet sich mein Unterbewusstsein mit spöttisch geschürzten Lippen zu Wort. *Nein, du Idiotin – er will wissen, ob du Zucker möchtest.*

»Nein, danke.« Ich betrachte meine ineinander verschlungenen Finger.

»Etwas zu essen?«

»Nein, danke.«

Er macht sich auf den Weg zur Theke, und ich beobachte ihn verstohlen, wie er sich in die Schlange stellt. Ich könnte ihm den ganzen Tag zusehen … Er ist groß und schlank und hat breite Schultern und wie die Hose auf seinen Hüften sitzt … *Wow!* Ein- oder zweimal fährt er sich mit seinen langen Fingern durch die nach wie vor zerzausten Haare. *Hm … das würde ich auch gern machen.* Der Wunsch schleicht sich unaufgefordert in mein Gehirn. Ich beiße mir auf die Lippe, weil es mir nicht gefällt, welche Richtung meine Gedanken nehmen.

»Na, was geht in Ihrem hübschen Kopf vor?«, reißt Grey mich aus meinen Überlegungen.

Ich erröte. *Och, ich habe mir nur gerade vorgestellt, mit den Fingern durch deine Haare zu fahren, und mich gefragt, ob sie weich sind.* Ich schüttle den Kopf. Er stellt das Tablett auf dem kleinen, runden Tisch mit Birkenholzfurnier ab und reicht mir Tasse und Untertasse, eine kleine Teekanne sowie einen Teller mit einem einzelnen Teebeutel, auf dem steht: Twinings English Breakfast – meine Lieblingssorte. Für sich selbst hat er Kaffee mitgebracht, auf dessen Milchschaum sich ein hübsches Blattmuster abzeichnet. *Wie machen die das?*, überlege ich. Außerdem hat er sich ein Blaubeer-Muffin geholt. Nachdem er das Tablett beiseitegestellt hat, setzt er sich und schlägt die langen Beine übereinander. Ich beneide ihn um seine elegante Lässigkeit – das komplette Gegenteil von mir.

»Und, was denken Sie?«, hakt er nach.

»Das ist mein Lieblingstee«, antworte ich leise. Ich kann es immer noch nicht fassen, dass ich in einem Coffeeshop Christian Grey gegenübersitze. Ich gebe den Teebeutel in die Kanne und hole ihn kurz darauf mit dem Löffel wieder heraus. Als ich den feuchten Beutel auf den kleinen Teller lege, sieht Grey mich fragend an.

»Ich mag den Tee schwarz ... und, äh, schwach«, stammle ich.

»Verstehe. Ist er Ihr Freund?«

Was? Wie bitte?

»Wer?«

»Der Fotograf. José Rodriguez.«

Ich lache nervös. Wie kommt er denn auf die Idee?

»Nein. José ist ein guter Freund, nicht mehr. Warum glauben Sie, dass wir ein Paar sind?«

»Weil er Sie angelächelt hat und Sie ihn.« Er mustert mich intensiv.

Das macht mich noch nervöser. Ich würde gern den Blick abwenden, aber das gelingt mir nicht – ich starre ihn an wie das Kaninchen die Schlange.

»Er ist eher so etwas wie ein Bruder für mich«, erkläre ich mit leiser Stimme.

Grey nickt, offenbar zufrieden mit meiner Antwort, und entfernt mit seinen langen Fingern geschickt das Papier von dem Blaubeer-Muffin.

Fasziniert sehe ich ihm zu.

»Möchten Sie ein Stück?«, fragt er, und wieder tritt dieses belustigte, geheimnisvolle Lächeln auf seine Lippen.

»Nein, danke.«

»Und der junge Mann gestern im Baumarkt? Der ist auch nicht Ihr Freund?«

»Nein. Paul und ich sind befreundet. Das habe ich Ihnen doch gestern schon gesagt.« Allmählich wird es albern. »Warum interessiert Sie das?«

»Sie wirken nervös in Gegenwart von Männern.«

Junge, jetzt wird's aber persönlich! *Ich bin nur bei dir nervös, Grey.*

»Sie schüchtern mich ein.« Ich werde tiefrot, klopfe mir aber innerlich wegen meiner Offenheit auf den Rücken und starre meine Hände an. Ich höre, wie er deutlich vernehmbar Luft holt.

»Soso. Sie sind sehr ehrlich. Bitte heben Sie den Kopf. Ich möchte Ihr Gesicht sehen.«

Ich tue ihm den Gefallen, und er lächelt mir aufmunternd zu.

»So kann ich mir besser vorstellen, was Sie denken, Sie rätselhaftes Wesen.«

Ich – rätselhaft?

»An mir ist nichts Rätselhaftes.«

»Sie sind sehr zurückhaltend«, stellt er fest.

Tatsächlich? Ich, zurückhaltend? Von wegen.

»Nur nicht, wenn Sie rot werden, was ziemlich oft passiert. Ich wünschte, ich wüsste, weswegen.« Er steckt ein kleines Stück

Muffin in den Mund und beginnt, bedächtig zu kauen, ohne den Blick von mir zu wenden.

Wie aufs Stichwort werde ich rot. *Mist!*

»Machen Sie oft so persönliche Bemerkungen?«

»War das persönlich? Bin ich Ihnen zu nahe getreten?« Er klingt erstaunt.

»Nein«, antworte ich wahrheitsgemäß.

»Gut.«

»Sie sind ziemlich überheblich.«

Er hebt die Augenbrauen, und wenn ich mich nicht täusche, errötet nun er.

»Ich bin es gewohnt, meinen Willen durchzusetzen, Anastasia«, erklärt er. »In allen Dingen.«

»Das glaube ich Ihnen gern. Warum haben Sie mir noch nicht angeboten, Sie beim Vornamen zu nennen?« Ich bin überrascht über meine Unverfrorenheit. Wieso ist dieses Gespräch plötzlich so ernst? Woher kommt meine Aufmüpfigkeit? Es ist, als wollte er mich warnen.

»Beim Vornamen nennen mich nur meine Eltern und Geschwister sowie einige enge Freunde. Und das ist gut so.«

Aha. Wieder sagt er nicht, dass ich ihn Christian nennen soll. Er ist tatsächlich ein Kontrollfreak; eine andere Erklärung gibt es nicht. Vielleicht wäre es doch besser gewesen, wenn Kate ihn interviewt hätte. Zwei Kontrollfreaks. Außerdem ist sie beinahe blond – na ja, rotblond –, wie alle Frauen in seinem Büro. *Und sie ist schön*, erinnert mein Unterbewusstsein mich. Die Vorstellung von Christian und Kate zusammen gefällt mir nicht. Ich nippe an meinem Tee, und Grey nimmt einen weiteren kleinen Bissen von seinem Muffin.

»Sind Sie ein Einzelkind?«, erkundigt er sich.

Hoppla … Ein erneuter Richtungswechsel.

»Ja.«

»Erzählen Sie mir von Ihren Eltern.«

Wieso interessieren ihn die? Wie *langweilig!*

»Meine Mom lebt mit ihrem neuen Mann Bob in Georgia und mein Stiefvater in Montesano.«

»Und Ihr Vater?«

»Mein Vater ist gestorben, als ich ein Baby war.«

»Tut mir leid.« Ein bekümmerter Ausdruck huscht über sein Gesicht.

»Ich erinnere mich nicht an ihn.«

»Ihre Mutter hat wieder geheiratet?«

Ich schnaube verächtlich. »Ja, könnte man so ausdrücken.«

»Sie lassen sich nicht gern in die Karten schauen, was?« Er reibt nachdenklich sein Kinn.

»Sie auch nicht.«

»Ich erinnere mich an einige sehr indiskrete Interviewfragen.« Ein spöttisches Grinsen zeigt sich auf seinem Gesicht.

Oje, die Schwulen-Frage. Wie peinlich! Schnell fange ich an, nun doch von meiner Mutter zu erzählen, denn daran will ich beim besten Willen nicht erinnert werden.

»Meine Mom ist ein wunderbarer Mensch, eine unverbesserliche Romantikerin. Momentan ist sie mit Ehemann Nummer vier verheiratet.«

Christian hebt erstaunt die Augenbrauen.

»Sie fehlt mir«, fahre ich fort. »Sie hat jetzt Bob. Ich hoffe nur, dass er auf sie achtet und die Scherben aufsammelt, wenn wieder mal eins ihrer verrückten Projekte scheitert.« Bei dem Gedanken lächle ich. Ich war so lange nicht mehr bei meiner Mutter. Christian beobachtet mich intensiv, während er an seinem Kaffee nippt. Ich darf seinen Mund nicht ansehen; das macht mich nervös.

»Haben Sie ein gutes Verhältnis zu Ihrem Stiefvater?«

»Natürlich. Er ist der einzige Vater, den ich kenne.«

»Wie ist er?«

»Ray? Schweigsam.«

»Das ist alles?«

Ich zucke mit den Achseln. Was erwartet dieser Mann? Meine Lebensgeschichte?

»Schweigsam wie seine Stieftochter«, sagt Grey.

Ich verkneife es mir, die Augen zu verdrehen. »Er mag Fußball, Kegeln und Fliegenfischen und schreinert gern. Er ist Tischler und war in der Armee.«

»Sie haben bei ihm gelebt?«

»Ja. Mom hat Ehemann Nummer drei kennen gelernt, als ich fünfzehn war. Ich bin bei Ray geblieben.«

»Sie wollten nicht bei Ihrer Mutter leben?«, fragt er mit gerunzelter Stirn.

Das geht ihn nun wirklich nichts an.

»Ehemann Nummer drei wohnt in Texas. Ich war in Montesano daheim. Und … Mom war frisch verheiratet.« Ich halte inne, denn meine Mutter spricht nie über Ehemann Nummer drei. Viel kann ich also nicht über ihn sagen. Aber worauf will Grey hinaus? Schließlich geht ihn das echt nichts an. Dieses Spiel können auch zwei spielen.

»Erzählen Sie mir von Ihren Eltern«, bitte ich ihn.

Er zuckt mit den Achseln. »Mein Dad ist Anwalt, meine Mutter Kinderärztin. Sie leben in Seattle.«

Oh, er kommt also aus einer wohlhabenden Familie. Ich stelle mir ein erfolgreiches Paar vor, das drei Kinder adoptiert, von denen eines zu einem attraktiven Mann heranwächst, der die Welt des Big Business im Sturm erobert. Was hat ihn zu dem gemacht, was er ist? Seine Eltern sind bestimmt stolz auf ihn.

»Was machen Ihre Geschwister?«

»Elliot ist im Bauwesen, und meine kleine Schwester lebt in Paris, wo sie von einem berühmten französischen Küchenchef ausgebildet wird.« Sein Blick verrät, dass er nicht gern über seine Familie oder sich selbst spricht.

»Paris soll wunderschön sein«, stelle ich mit leiser Stimme fest. Warum möchte er nicht über seine Familie reden? Weil er adoptiert ist?

»Es ist tatsächlich sehr schön. Waren Sie schon mal dort?«, fragt er.

»Ich habe das Festland der Vereinigten Staaten noch nie verlassen.« Nun wären wir also wieder bei Banalitäten. Was verbirgt er vor mir?

»Würden Sie gerne einmal hinfahren?«

»Nach Paris?«, krächze ich. Wer würde nicht gern nach Paris fahren? »Natürlich. Aber noch lieber würde ich England sehen.«

Er legt den Kopf ein wenig schief und lässt den Zeigefinger über seine Unterlippe gleiten ... *Oje.*

»Warum?«

Ich blinzle. *Reiß dich zusammen, Steele.* »Weil das die Heimat von Shakespeare, Jane Austen, den Brontë-Schwestern und Thomas Hardy ist. Ich würde gern die Orte besuchen, die diese Schriftsteller inspiriert haben.« Das erinnert mich daran, dass ich eigentlich lernen sollte. Ich sehe auf die Uhr. »Ich muss los, lernen.«

»Für die Abschlussprüfung?«

»Ja. Sie beginnt am Dienstag.«

»Wo ist der Wagen von Miss Kavanagh?«

»Auf dem Hotelparkplatz.«

»Ich bringe Sie hin.«

»Danke für den Tee, Mr. Grey.«

Wieder dieses geheimnisvolle Lächeln.

»Gern geschehen, Anastasia. War mir ein Vergnügen. Kommen Sie.« Er streckt mir die Hand entgegen.

Ich ergreife sie verwirrt und folge ihm aus dem Coffeeshop. Schweigend schlendern wir zum Hotel zurück. Zumindest an der Oberfläche wirkt er ruhig und beherrscht. Ich für meinen Teil versuche verzweifelt zu beurteilen, wie unser kleines Tête-à-Tête beim Kaffee gelaufen ist. Ich habe das Gefühl, ein Bewerbungsgespräch hinter mir zu haben, wofür, weiß ich allerdings nicht.

»Tragen Sie immer Jeans?«, fragt er plötzlich.

»Meistens.«

Er nickt.

Mir schwirrt der Kopf. *Was für eine merkwürdige Frage …* Das war's also, und ich hab's vermasselt, das weiß ich. Vielleicht hat er eine Freundin.

»Haben Sie eine Freundin?«, platzt es aus mir heraus. O Gott, hab ich das gerade laut gesagt?

Er verzieht die Mundwinkel zu einem angedeuteten Lächeln und sieht mich von oben herab an. »Nein, Anastasia. Eine feste Freundin, das ist nichts für mich«, teilt er mir mit sanfter Stimme mit.

Was bedeutet das wieder? Er ist nicht schwul. Oder vielleicht doch? Wahrscheinlich hat er mich in dem Interview angelogen. Kurz habe ich den Eindruck, dass er mir eine Erklärung, einen Hinweis auf diese rätselhafte Äußerung, liefern will, aber er tut es nicht. Ich sollte jetzt wirklich gehen und außerdem dringend meine Gedanken ordnen. Hastig mache ich einen Schritt vorwärts und stolpere auf die Straße.

»Scheiße, Ana!«, ruft Grey aus und zieht mich mit einem Ruck zurück, gerade als ein Fahrradfahrer vorbeisaust, in falscher Richtung die Einbahnstraße entlang, und mich beinahe erwischt.

Es passiert alles so schnell – in der einen Sekunde stürze ich noch, in der nächsten liege ich schon in seinen Armen, und er drückt mich so fest gegen seine Brust, dass ich seinen Geruch einatmen kann. Er duftet berauschend nach sauberer Wäsche und teurem Duschgel. Gierig sauge ich den Geruch ein.

»Alles in Ordnung?«, flüstert er. Er drückt mich mit einem Arm an sich, während die Finger der anderen Hand zärtlich die Konturen meines Gesichts nachzeichnen. Als sein Daumen über meine Unterlippe streicht, stockt ihm der Atem. Er sieht mir in die Augen, und ich erwidere seinen besorgten, glühenden Blick, bevor sein wohlgeformter Mund meine Aufmerksamkeit auf sich zieht. Zum ersten Mal in meinem einundzwanzigjährigen Leben möchte ich geküsst werden.

VIER

Verdammt, küss mich!, flehe ich ihn stumm an. Ich bin wie gelähmt, vollkommen von ihm gefangen. Gebannt starre ich auf seinen Mund, und Christian Grey sieht mit dunkel verschleiertem Blick auf mich herab. Er atmet schwerer als sonst – mir hat es den Atem ganz verschlagen. *Ich liege in deinen Armen. Bitte küss mich.* Er schließt die Augen, holt tief Luft und schüttelt kaum merklich den Kopf, als wollte er meine unausgesprochene Frage beantworten. Als er die Augen wieder öffnet, liegt ein Ausdruck stählerner Entschlossenheit darin.

»Anastasia, du solltest dich von mir fernhalten. Ich bin nicht der Richtige für dich«, flüstert er.

Wie bitte? Wo kommt das jetzt wieder her? Das ist doch wohl meine Entscheidung. Meine Gedanken wirbeln aus Enttäuschung über seine Zurückweisung durcheinander.

»Tief durchatmen, Anastasia, tief durchatmen. Ich stelle dich jetzt wieder auf die Füße«, verkündet er und schiebt mich sanft weg.

NEIN!, schreit mein Unterbewusstsein auf, als er sich von mir löst. Plötzlich fühle ich mich sehr einsam. Seine Hände liegen auf meinen Schultern; ich bin eine Armeslänge von ihm entfernt. Er beobachtet aufmerksam meine Reaktion. Und nur ein Gedanke schießt mir durch den Kopf: Ich wollte geküsst werden, habe das verdammt offen gezeigt, und er hat's nicht getan. *Er begehrt mich nicht.*

»Habe verstanden«, flüstere ich, als ich meine Stimme wiederfinde, und füge gedemütigt »Danke« hinzu. Wie hatte ich die Situation so gründlich missverstehen können?

»Wofür?« Er runzelt die Stirn, ohne die Hände von meinen Schultern zu nehmen.

»Dafür, dass du mich gerettet hast«, antworte ich mit leiser Stimme.

»Der Idiot ist in die falsche Richtung gefahren. Gott sei Dank war ich zur Stelle. Ich will mir lieber nicht vorstellen, was hätte passieren können. Möchtest du dich einen Moment im Hotel hinsetzen?« Seine Hände sinken herab, und ich stehe vor ihm da wie ein Volltrottel.

Ich schüttle den Kopf, will nur noch weg. Alle meine vagen, unausgesprochenen Hoffnungen haben sich zerschlagen. Er begehrt mich nicht. *Was habe ich mir nur gedacht?*, rüge ich mich selbst. *Was sollte jemand wie Christian Grey schon von dir wollen?*, verspottet mein Unterbewusstsein mich. Ich schlinge die Arme um den Körper und stelle dabei erleichtert fest, dass die Ampel Grün anzeigt. Hastig überquere ich die Straße. Grey folgt mir. Vor dem Hotel wende ich mich ihm kurz zu, ohne ihm in die Augen zu sehen.

»Danke für den Tee und das Fotoshooting«, murmle ich.

»Anastasia … ich …«

Sein besorgter Tonfall lässt mich stutzen. Widerwillig hebe ich den Blick. Seine grauen Augen sind düster, als er sich mit einer Hand durch die Haare fährt. Er wirkt hin- und hergerissen, frustriert. Seine sorgfältig kultivierte Kontrolle ist dahin.

»Was, Christian?«, herrsche ich ihn an, als er schweigt. Ich will nur noch weg, meine Wunden lecken.

»Viel Glück bei den Prüfungen«, wünscht er mir mit leiser Stimme.

Wie bitte? Deshalb blickt er so traurig drein? Ist das der Rausschmeißer? Dass er mir Glück für die Prüfungen wünscht?

»Danke.« Es gelingt mir nicht, meinen Sarkasmus zu kaschieren. »Auf Wiedersehen, Mr. Grey.« Ich drehe mich um, ein wenig überrascht, dass ich nicht stolpere, und haste in Richtung Tiefgarage.

Sobald ich in dem dunklen, kühlen Betonbau mit dem kalten Neonlicht bin, lehne ich mich an die Wand und stütze den Kopf in die Hände. *Was habe ich mir bloß dabei gedacht?* Unwillkürlich treten mir Tränen in die Augen. *Warum heule ich?* Ich sinke zu Boden, wütend auf mich selbst, ziehe die Knie an, möchte mich so klein machen wie möglich. Vielleicht wird der Schmerz kleiner, wenn ich kleiner bin. Ich lege den Kopf auf die Knie und schluchze hemmungslos, weine über den Verlust von etwas, das mir nie gehört hat. *Wie lächerlich.* Und ich trauere um etwas, das von Anfang an aussichtslos war – Hoffnungen, Träume und Erwartungen.

Ich bin noch nie zurückgewiesen worden. Okay … Möglicherweise war ich immer die Letzte, die fürs Basketball- oder Volleyballteam ausgewählt wurde, aber das konnte ich verstehen – laufen und gleichzeitig einen Ball werfen oder damit dribbeln ist einfach nicht meine Sache. Auf dem Sportplatz stelle ich eine ernsthafte Gefahr für meine Mitmenschen dar.

In der Liebe habe ich mich nie so weit aus dem Fenster gelehnt. Das liegt an meiner lebenslangen Unsicherheit – ich bin zu blass, zu dünn, zu linkisch und so weiter und so fort. Also habe ich immer potenzielle Verehrer abgewiesen. In meinem Chemiekurs gab es einen Jungen, der mich mochte, aber mich hat niemals jemand wirklich interessiert – nur dieser verdammte Christian Grey. Vielleicht sollte ich zu Männern wie Paul Clayton oder José Rodriguez netter sein, obwohl von denen bestimmt keiner je meinetwegen heulend in irgendeinem dunklen Winkel gesessen hat.

Hör auf! Hör auf damit, und zwar sofort!, blafft mein Unterbewusstsein mich an. *Fahr heim, setz dich an den Tisch und lerne. Vergiss ihn … Auf der Stelle! Und hör auf, dich in Selbstmitleid zu suhlen.*

Ich hole tief Luft und stehe auf. *Reiß dich zusammen, Steele.* Auf dem Weg zu Kates Wagen wische ich mir die Tränen aus dem Gesicht. Ich werde nicht mehr an ihn denken, die Begegnung mit ihm als heilsame Erfahrung verbuchen und mich voll und ganz auf die Prüfungen konzentrieren.

Kate sitzt mit dem Laptop am Esstisch. Ihr Begrüßungslächeln erlischt, als sie mich sieht.

»Ana, was ist los?«

Nein, jetzt bitte nicht die Katherine-Kavanagh-Inquisition. Ich schüttle den Kopf, doch das nützt ungefähr so viel wie bei einer taubstummen Blinden.

»Du hast geweint.« Sie besitzt ein ungewöhnliches Geschick, das Offensichtliche auszusprechen. »Was hat das Schwein dir angetan?«, knurrt sie, und ihr Gesicht ... Hilfe, ich bekomme es mit der Angst zu tun.

»Nichts, Kate.« Genau das ist das Problem. Der Gedanke lässt mich spöttisch lächeln.

»Warum hast du dann geweint? Du weinst sonst nie«, sagt sie in sanfterem Tonfall. Sie steht auf, die grünen Augen voller Sorge, schlingt die Arme um mich und drückt mich. Ich muss irgendetwas sagen, damit sie Ruhe gibt.

»Fast hätte mich ein Radler umgenietet.« Etwas Besseres fällt mir nicht ein. Immerhin lenkt sie das fürs Erste von ihm ab.

»Um Gottes willen, Ana – alles in Ordnung? Bist du verletzt?« Sie tritt einen Schritt zurück, um mich zu begutachten.

»Nein. Christian hat mich gerettet. Aber ich hatte ziemlich wacklige Knie.«

»Das wundert mich nicht. Wie war's beim Kaffee? Ich weiß, dass du Kaffee hasst.«

»Ich hab Tee getrunken. Es war okay. Letztlich gibt's nichts Aufregendes zu erzählen. Keine Ahnung, warum er mich gefragt hat.«

»Er mag dich, Ana.«

»Nein, ich werde ihn nie wieder treffen.« Es gelingt mir tatsächlich, sachlich zu klingen.

»Ach?«

Verdammt, sie spitzt die Ohren, also gehe ich in die Küche, damit sie mein Gesicht nicht sieht.

»Ja … Er spielt in einer anderen Liga als ich, Kate«, stelle ich so nüchtern wie möglich fest.

»Wie meinst du das?«

»Kate, das liegt doch auf der Hand.« Sie kommt zur Küchentür, und ich drehe mich zu ihr um.

»Nicht für mich«, erklärt sie. »Okay, er hat mehr Geld als du, aber schließlich ist er reicher als die meisten Leute in Amerika!«

»Kate, er ist …« Ich zucke mit den Achseln.

»Ana! Herrgott – wie oft soll ich dir das noch sagen? Du bist eine tolle Frau«, fällt sie mir ins Wort.

Nein, nicht wieder diese Leier.

»Kate, bitte. Ich muss lernen«, unterbreche ich sie.

Sie runzelt die Stirn. »Möchtest du den Artikel lesen? Er ist fertig. Die Fotos von José sind toll geworden.«

Brauche ich wirklich eine Erinnerung an den attraktiven Christian-ich-will-dich-nicht-Grey?

»Klar.« Ich zaubere ein Lächeln auf mein Gesicht und schlendere zum Laptop. Und da ist er, schwarz auf weiß auf dem Monitor. Seine Miene sagt mir, dass ich seinen Ansprüchen nicht genüge.

Ich tue so, als würde ich den Artikel lesen. Dabei ruht mein Blick die ganze Zeit über auf seinem Gesicht, und ich suche darin nach Erklärungen dafür, warum er nicht der Richtige für mich ist – das waren seine Worte. Plötzlich fällt es mir wie Schuppen von den Augen: Er sieht einfach zu unverschämt gut aus. Wir sind Äonen voneinander entfernt und stammen aus zwei verschiedenen Welten. Ich komme mir wie Ikarus vor, der sich an der Sonne die Flügel verbrennt und abstürzt. Jetzt ergeben seine Worte einen Sinn. Er ist nicht der Richtige für mich. Nun fällt es mir leichter, seine Zurückweisung zu akzeptieren. Damit kann ich leben. Endlich begreife ich.

»Sehr gut, Kate«, presse ich hervor. »Ich geh jetzt lernen.«
Und denke erst einmal nicht mehr an ihn, nehme ich mir vor,
während ich meine Seminarunterlagen aufschlage.

Erst im Bett lasse ich meine Gedanken zu dem seltsamen Morgen zurückwandern. Immer wieder lande ich bei seinem Satz:
Eine feste Freundin, das ist nichts für mich. Es ärgert mich, dass
ich das nicht früher begriffen habe, bevor ich in seinen Armen
lag und ihn mit Blicken anflehte, mich zu küssen. Er hat mir
nichts vorgemacht. Er will mich nicht als Freundin. Der Gedanke, dass er sexuell enthaltsam leben könnte, schießt mir durch
den Kopf. Vielleicht spart er sich für jemanden auf. *Aber nicht
für dich.* Mein Unterbewusstsein versetzt mir noch diesen letzten Stich, bevor es sich in meinen Träumen austobt.

In der Nacht träume ich von grauen Augen und Milchschaum mit Blattmustern. Ich renne durch dunkle Orte mit un-
heimlichem Neonlicht und weiß nicht, ob ich auf etwas zulaufe
oder davon weg …

Ich lege den Stift weg. Fertig. Ende der Abschlussprüfung. Ich
grinse wie ein Honigkuchenpferd, vermutlich zum ersten Mal
in dieser Woche. Es ist Freitag, und am Abend wollen wir feiern,
richtig abfeiern. Vielleicht werde ich mich sogar betrinken! Ich
bin noch nie betrunken gewesen. Ich sehe zu Kate hinüber, die
wie eine Wilde schreibt, fünf Minuten vor der Abgabe. Das ist
es, das Ende meiner Zeit an der Uni. Nie wieder werde ich inmitten von eifrigen, einsamen Studenten sitzen. Innerlich – das
ist der einzige Ort, an dem ich das kann – schlage ich vor Freude Rad. Kate hört auf zu schreiben und schaut zu mir herüber,
ebenfalls mit einem Honigkuchenpferdgrinsen.

Wir fahren miteinander in ihrem Mercedes zu unserem
Apartment zurück, ohne über die Prüfung zu reden. Kate beschäftigt mehr, was sie am Abend in der Kneipe tragen soll. Ich
suche in meiner Tasche nach den Schlüsseln.

»Ana, da ist was für dich.« Kate hebt ein Päckchen von den Stufen vor der Tür auf.

Seltsam. Ich habe nichts bei Amazon bestellt. Kate gibt mir das Päckchen und nimmt meinen Schlüssel, um die Tür zu öffnen. Das Paket ist an Miss Anastasia Steele adressiert und trägt keinen Absender. Vielleicht ist es von Mom oder Ray.

»Wahrscheinlich von meinen Eltern.«

»Mach's auf!«, weist Kate mich an, als sie in die Küche eilt, um zur Feier des Tages den Champagner aus dem Kühlschrank zu holen.

Ich öffne das Päckchen und finde darin eine Lederbox mit drei auf den ersten Blick identischen alten Büchern im Bestzustand, dazu eine schlichte Karte. Auf ihr steht in ordentlicher Schreibschrift:

> *Warum sagtest du mir nicht,*
> *dass von männlichen Wesen Gefahren drohen?*
> *Warum warntest du mich nicht?*
> *Die vornehmen Damen wissen,*
> *wovor sie sich zu hüten haben,*
> *weil sie Romane lesen,*
> *die ihnen diese Schliche schildern.*

Ich erkenne das Zitat aus Tess. Und bin verblüfft über den Zufall, weil ich gerade in der Abschlussprüfung drei Stunden lang über die Romane von Thomas Hardy geschrieben habe. Vielleicht ist es gar kein Zufall, sondern Absicht. Ich inspiziere die Bücher genauer, *Tess von den d'Urbervilles*, eine dreibändige Ausgabe. Ich schlage einen der Bände auf. Auf dem Schmutztitel steht in altmodischer Schrift:

LONDON:

JACK R. OSGOOD, MCALVAINE AND CO., 1891

Himmel – Erstausgaben. Die sind bestimmt ein Vermögen wert. In diesem Moment fällt der Groschen, und ich weiß, von wem sie sind. Kate schaut mir über die Schulter und nimmt mir die Karte aus der Hand.

»Erstausgaben«, flüstere ich.

»Nein.« Kate sieht mich ungläubig an. »Grey?«

Ich nicke. »Wer sonst?«

»Was hat die Karte zu bedeuten?«

»Ich glaube, sie ist eine Warnung – er warnt mich ständig. Keine Ahnung, warum. Schließlich versuche ich nicht, ihm die Tür einzutreten.«

»Ich weiß, dass du nicht über ihn reden möchtest, Ana, aber er fährt total auf dich ab. Warnungen hin oder her.«

In den letzten Tagen habe ich keine Gedanken an Christian Grey zugelassen. Okay, seine grauen Augen verfolgen mich im Traum, und mir ist klar, dass es Ewigkeiten dauern wird, das Gefühl seiner Arme um meinen Körper und seinen köstlichen Geruch aus meiner Erinnerung zu verbannen. Aber warum hat er mir die Bücher geschickt? Er hat mir doch gesagt, dass ich nicht die Richtige für ihn bin.

»Hier gibt es eine Erstausgabe von *Tess* in New York, für vierzehntausend Dollar. Aber deine ist in deutlich besserem Zustand. Sie muss mehr gekostet haben.« Kate konsultiert ihren treuen Freund Google.

»Dieses Zitat – das sagt Tess zu ihrer Mutter, nachdem Alec d'Urberville sie brutal verführt hat.«

»Ich weiß«, brummt Kate. »Was will er dir damit mitteilen?«

»Keine Ahnung, und es interessiert mich auch nicht. Die Bände kann ich nicht annehmen. Ich schicke sie ihm mit einem ähnlich mysteriösen Zitat aus einem wenig bekannten Teil des Buchs zurück.«

»Zum Beispiel die Stelle, wo Angel Clare sagt, sie soll sich verpissen?«, fragt Kate mit todernstem Gesicht.

»Ja, genau.« Ich kichere. Ich liebe Kate; sie ist eine treue

Freundin, die mir in jeder Lebenslage beisteht. Ich packe die Bücher wieder ein und lege sie auf den Esstisch.

Kate reicht mir ein Glas Champagner. »Auf das Ende der Prüfungen und unser neues Leben in Seattle.« Sie grinst.

»Auf das Ende der Prüfungen, unser neues Leben in Seattle und tolle Noten.« Wir stoßen an und trinken.

In der Kneipe herrscht Chaos. Sie ist voller Studenten, die bald das Zeugnis bekommen werden und im Moment nur noch feiern wollen. José gesellt sich zu uns. Er macht den Abschluss zwar erst im nächsten Jahr, stimmt uns aber auf unsere neu gewonnene Freiheit ein, indem er einen großen Krug Margarita für alle spendiert. Beim fünften Glas merke ich, dass das nach dem Champagner keine gute Idee war.

»Was hast du jetzt vor, Ana?«, fragt José mich mit lauter Stimme, um den Lärm zu übertönen.

»Du weißt doch, Kate und ich ziehen nach Seattle. Kates Eltern haben ihr dort eine Eigentumswohnung gekauft.«

»Dios mío, was die Reichen sich alles leisten können. Aber du kommst zu meiner Vernissage?«

»Klar, José, die würde ich mir doch nicht entgehen lassen.« Ich lächle, und er legt den Arm um meine Taille und zieht mich zu sich heran.

»Es ist mir wichtig, dass du kommst, Ana«, flüstert er mir ins Ohr. »Noch einen Margarita?«

»José Luis Rodriguez – willst du mich betrunken machen? Ich habe den Eindruck, dass deine Strategie aufgeht.« Ich kichere. »Ein Bier wäre mir lieber. Ich hole uns eins.«

»Nachschub, Ana!«, bellt Kate.

Kate hat die Konstitution eines Ochsen. Ihr Arm liegt um Levi, das ist der Englisch-Kommilitone, der normalerweise die Fotos für die Studentenzeitung schießt. Er hat es aufgegeben, die Betrunkenen rund um ihn herum zu fotografieren, und hat nur noch Augen für Kate. Sie trägt ein winziges Mieder, eine knallenge Jeans und High Heels und hat die Haare nach oben gesteckt. Ein paar Locken umrahmen ihr Gesicht. Sie sieht wie immer atemberaubend aus. Ich bin eher der Typ Converse und T-Shirt, habe aber meine vorteilhafteste Jeans an. Ich entwinde mich Josés Griff und stehe vom Tisch auf.

Hoppla. Mir dreht sich alles.

Ich muss mich an der Rückenlehne eines Stuhls festhalten. Drinks auf Tequila-Basis sind heimtückisch.

Ich arbeite mich zur Bar vor und beschließe, auch gleich die Toilette aufzusuchen. *Guter Plan, Ana.* Ich stolpere durch die Menge. Natürlich steht eine Schlange vor dem Klo, aber immerhin ist es ruhig und kühl auf dem Gang. Ich ziehe mein Handy heraus, um mir die Zeit zu vertreiben. *Hm … wen hab ich als Letzten angerufen?* José? Davor eine Nummer, die ich nicht kenne. Ach ja, Grey. Ich glaube, das ist seine Nummer. Ich kichere. Keine Ahnung, wie viel Uhr es ist; vielleicht wecke ich ihn. Er soll mir verraten, warum er mir die Bücher und die geheimnisvolle Botschaft geschickt hat. Wenn er will, dass ich ihm fernbleibe, muss er mich auch in Ruhe lassen. Ich verkneife mir ein beschwipstes Grinsen und drücke auf die Schnellwahltaste. Er geht beim zweiten Klingeln ran.

»Anastasia?« Er klingt überrascht.

Offen gestanden, bin ich selbst erstaunt, dass ich ihn anrufe. Plötzlich frage ich mich: Woher weiß er, dass ich es bin?

»Warum hast du mir die Bücher geschickt?«, lalle ich.

»Anastasia, alles in Ordnung? Du klingst seltsam«, fragt er besorgt.

»Nicht ich bin seltsam, sondern du.« Ha – der Alkohol macht mich mutig.

»Anastasia, hast du getrunken?«

»Was kümmert dich das?«

»Ich bin nur … neugierig. Wo bist du?«

»In einer Kneipe.«

»In welcher?« Er klingt verärgert.

»In einer Kneipe in Portland.«

»Und wie kommst du nach Hause?«

»Ich finde schon eine Möglichkeit.« Das Gespräch läuft nicht ganz in die Richtung, die ich mir vorgestellt habe.

»In welcher Kneipe bist du?«

»Warum hast du mir die Bücher geschickt, Christian?«

»Anastasia, wo bist du? Sag es mir, auf der Stelle.«

Sein Tonfall ist … herrisch, ganz der Kontrollfreak. Ich stelle ihn mir als altmodischen Filmregisseur mit Reithose, Gerte und Flüstertüte vor. Bei dem Gedanken muss ich laut lachen.

»Du bist so was von … tyrannisch«, kichere ich.

»Verdammt, Ana, nun sag endlich: Wo steckst du?«

Christian Grey flucht!

Wieder kichere ich. »In Portland … weit weg von Seattle.«

»Wo in Portland?«

»Gute Nacht, Christian.«

»Ana!«

Ich lege auf. Ha! Obwohl er meine Frage mit den Büchern nicht beantwortet hat. Ich runzle die Stirn. Mission nicht erfüllt. Ich habe wirklich einen ganz schönen Schwips – mir dreht sich alles, als ich mich mit der Schlange vorwärtsbewege. Nun, das war ja der Zweck der Übung: Ich wollte mich betrinken, und das ist mir gelungen. So fühlt es sich also an – eine Erfahrung, die ich wahrscheinlich nicht wiederholen möchte. Jetzt bin ich an der Reihe. Ich starre das Poster an der Rückseite der Toilettentür an, das die Vorteile von Safer Sex preist. *O Mann, hab ich gerade Christian Grey angerufen? Scheiße.* Mein Handy klingelt. Vor Überraschung stoße ich einen spitzen Schrei aus.

»Hallo«, blöke ich in den Apparat. Damit hatte ich nun wirklich nicht gerechnet.

»Ich hole dich ab«, sagt er und legt auf. Nur Christian Grey kann gleichzeitig so ruhig und so bedrohlich klingen.

O Gott. Ich ziehe meine Jeans mit wild pochendem Herzen hoch. Er holt mich ab? *O nein.* Mir ist schlecht … nein … es geht wieder. Moment. Er will mich bloß verwirren. Ich habe ihm nicht gesagt, wo ich bin. Hier kann er mich nicht finden. Außerdem würde er Stunden brauchen, von Seattle herzukommen, und bis dahin wären wir alle nicht mehr da. Ich wasche mir die Hände und schaue in den Spiegel. Ich habe ein rotes Gesicht, und mein Blick ist verschwommen. Hm … Tequila.

An der Bar warte ich eine gefühlte Ewigkeit auf das Bier, so dass es eine Weile dauert, bis ich zum Tisch zurückkehre.

»Warst ganz schön lange weg«, rügt Kate mich. »Wo hast du dich rumgetrieben?«

»Ich musste vor dem Klo warten.«

José und Levi unterhalten sich angeregt über unser örtliches Baseballteam. José unterbricht die Diskussion gerade lange genug, um uns allen ein Bier einzuschenken. Ich nehme einen großen Schluck.

»Kate, ich glaub, ich muss mal raus, frische Luft schnappen.«

»Ana, du verträgst wirklich nichts.«

»Bin in fünf Minuten wieder da.«

Erneut kämpfe ich mich durch die Menge. Nun wird mir tatsächlich übel, mir dreht sich der Kopf, und ich bin unsicher auf den Beinen. Noch unsicherer als sonst.

Als ich die kühle Abendluft auf dem Parkplatz einatme, merke ich, wie betrunken ich bin. Ich sehe tatsächlich alles doppelt wie in den alten Folgen von *Tom und Jerry*. Mir ist sterbenselend. Warum nur habe ich so über die Stränge geschlagen?

»Ana.« José gesellt sich zu mir. »Bist du okay?«

»Ich glaube, ich hab zu viel getrunken.« Ich lächle schwach.

»Ich auch«, murmelt er und betrachtet mich mit einem intensiven Blick aus seinen dunklen Augen. »Soll ich dich stützen?«, fragt er und tritt näher, um einen Arm um mich zu legen.

»José, ich hab alles im Griff.« Halbherzig schiebe ich ihn weg.

»Ana, bitte«, flüstert er und zieht mich näher zu sich heran.

»José, was soll das?«

»Du weißt, dass ich dich mag, Ana. Bitte.« Eine Hand wandert auf meinen Rücken und drückt mich an ihn. Mit der anderen berührt er mein Kinn und schiebt meinen Kopf nach hinten. *Oje ... Er will mich küssen.*

»Nein, José, stopp – nein.« Ich versuche, mich ihm zu entwinden, aber er ist stärker als ich und hält meinen Kopf fest.

»Bitte, Ana«, flüstert er noch einmal, dicht an meinen Lippen. Sein Atem riecht süßlich nach Margarita und Bier. Sanft arbeitet er sich mit Küssen von meinem Kinnbogen zu meinem Mundwinkel vor.

Panik! Ich fühle mich machtlos, und dieses Gefühl erstickt mich fast.

»José, nein«, flehe ich ihn an. *Ich will nicht. Du bist mein Freund, und ich muss kotzen.*

»Ich denke, die Dame hat Nein gesagt«, ertönt eine leise Stimme aus der Dunkelheit. Mist! Christian Grey. Wo kommt der her?

José lässt mich los. »Grey«, stellt er bitter fest.

Ich sehe Christian voller Angst an. Er mustert José mit finsterer Miene und ist stinksauer. Ich würge, krümme mich zusammen und übergebe mich.

»Igitt – Dios mío, Ana!« José springt angewidert zurück.

Grey dagegen schiebt meine Haare vom Mund weg und dirigiert mich sanft zu einem Blumenbeet am Rand des Parkplatzes. Dankbar stelle ich fest, dass es im Halbdunkel liegt.

»Wenn du dich nochmal übergeben musst, dann mach's hier. Ich halte dich.« Er legt einen Arm um meine Schultern – mit der anderen Hand fasst er meine Haare zu einer Art Pferdeschwanz zusammen, so dass sie mir nicht ins Gesicht fallen.

Und tatsächlich muss ich schon wieder kotzen ... wieder ... und wieder. *O Gott ... Wie lange wird das so weitergehen?* Selbst als mein Magen leer ist und nichts mehr hochkommt, erschüttert noch trockenes Würgen meinen Körper. Ich schwöre mir insgeheim, nie mehr Alkohol zu trinken. Endlich hört es auf.

Mit wackligen Beinen stütze ich mich an der Ziegeleinfassung des Blumenbeets ab. Sich so heftig zu übergeben ist ganz schön anstrengend. Grey löst die Hände von mir und reicht mir ein frischgewaschenes Stofftaschentuch mit Monogramm: CTG. Ich wusste gar nicht, dass man so etwas noch kaufen kann. Während ich mir den Mund abwische, überlege ich trotz allem, wofür das »T« steht. Es gelingt mir nicht, ihn anzusehen. Ich schäme mich so, finde mich selbst absolut Ekel erregend.

José beobachtet uns vom Eingang der Kneipe aus. Ich lege ächzend den Kopf in meine Hände. Dies ist vermutlich der schlimmste Moment in meinem Leben. Mir dreht sich immer noch alles, als ich versuche, mich an eine noch peinlichere Situation zu erinnern – mir fällt nur Christians Zurückweisung ein. Doch das hier ist viel demütigender. Grey mustert mich mit ausdrucksloser Miene. Ich schaue zu José hinüber, der ziemlich verlegen wirkt und wie ich von Grey eingeschüchtert zu sein scheint. Ich bedenke ihn mit einem wütenden Blick. Mir würden schon ein paar saftige Worte einfallen für meinen sogenannten Freund, aber die kann ich in Gegenwart von Christian Grey, CEO, nicht aussprechen. *Ana, wem machst du was vor? Er hat gerade miterlebt, wie du die Blumen vollgekotzt hast. Dass du keine Lady bist, dürfte ihm spätestens jetzt klar sein.*

»Äh … wir sehen uns drinnen«, murmelt José. Grey und ich schenken ihm keine Beachtung. Er schleicht zurück ins Gebäude.

Ich bin allein mit Grey. Verdammt, was soll ich ihm sagen? Ich muss mich wohl für den Anruf entschuldigen.

»Tut mir leid«, sage ich kleinlaut und starre das Taschentuch an, an dem ich hektisch herumnestle.

»Was tut dir leid, Anastasia?«

Mist, er erspart mir aber auch gar nichts.

»Hauptsächlich der Anruf. Und das Kotzen. Die Liste ließe sich beliebig fortsetzen.« Ich spüre, wie ich rot werde. *Erde, tu dich auf.*

»Das haben wir alle schon mal erlebt, vielleicht nicht ganz so drastisch wie du«, erwidert er trocken. »Man muss seine Grenzen kennen, Anastasia. Ich bin ja dafür, Grenzen auszuloten, aber das geht nun wirklich zu weit. Machst du das öfter?«

Mir brummt der Kopf von dem vielen Alkohol. Was zur Hölle geht ihn das an? Ich habe ihn nicht hergebeten. Er klingt wie jemand, der ein unartiges Kind zurechtweist. Am liebsten würde ich ihm antworten, dass es ganz allein meine Entscheidung wäre, mich jeden Abend zu betrinken, aber dazu fehlt mir, nachdem ich mich vor ihm übergeben habe, der Mut. Was will er noch hier?

»Nein«, sage ich zerknirscht. »Ich bin noch nie zuvor betrunken gewesen, und im Moment habe ich auch nicht das Bedürfnis, die Erfahrung zu wiederholen.«

Ich begreife einfach nicht, warum er hier ist. Mir wird schwummerig. Er merkt es, packt mich, bevor ich hinfalle, und drückt mich an seine Brust wie ein Kind.

»Ich bringe dich heim.«

»Ich muss Kate Bescheid sagen.« *Das zweite Mal in seinen Armen …*

»Das kann mein Bruder machen.«

»Wie bitte?«

»Mein Bruder Elliot spricht gerade mit Miss Kavanagh.«

»Ach.«

»Er war bei mir, als du angerufen hast.«

»In Seattle?«, frage ich verwirrt.

»Nein, im Heathman.«

»Wie hast du mich gefunden?«

»Ich habe den Anruf zurückverfolgt, Anastasia.«

Natürlich. Aber wie ist das möglich? Ist das legal? *Stalker*, flüstert mein Unterbewusstsein mir durch eine Wolke aus Tequila zu. Doch weil er es ist, stört es mich nicht.

»Hast du eine Jacke oder eine Handtasche?«

»Ja, beides. Christian, bitte, ich muss Kate Bescheid sagen, sonst macht sie sich Sorgen.«

Sein Mund wird hart, und er stößt einen tiefen Seufzer aus. »Wenn's sein muss.«

Er nimmt meine Hand und führt mich zurück in die Kneipe. Ich fühle mich schwach und betrunken, bin erschöpft, verlegen und auf merkwürdige Weise total aufgedreht. Er hält meine Hand fest – was für verwirrende Gefühle! Ich werde mindestens eine Woche brauchen, um die alle zu verdauen.

Kate sitzt nicht mehr an unserem Tisch, José ist verschwunden, und Levi wirkt verloren und einsam.

»Wo ist Kate?«, brülle ich ihm zu, um den Lärm zu übertönen. Mein Kopf beginnt, im Rhythmus mit dem wummernden Bass der Musik zu dröhnen.

»Tanzen!«, brüllt Levi zurück, und ich merke, dass er wütend ist. Er beäugt Christian misstrauisch.

Ich mühe mich ab, in meine schwarze Jacke zu schlüpfen, und schnappe mir meine kleine Tasche. Sobald ich mit Kate gesprochen habe, können wir gehen.

Ich berühre Christians Arm und schreie ihm ins Ohr: »Sie ist auf der Tanzfläche!« Dabei berührt meine Nase seine Haare, und ich rieche seinen sauberen, frischen Duft. All die verbotenen, unbekannten Gefühle, die ich zu leugnen versucht habe, drängen an die Oberfläche. Ich werde rot, und tief in mir ziehen sich die Muskeln auf höchst angenehme Weise zusammen.

Er verdreht die Augen und dirigiert mich zur Bar. Er wird sofort bedient; Mr. Kontrollfreak Grey muss natürlich nicht warten. Fliegt ihm alles so zu? Ich kann nicht hören, was er bestellt. Wenig später reicht er mir ein sehr großes Glas eisgekühltes Wasser.

»Trink«, befiehlt er mir mit lauter Stimme.

Die Lichter tanzen im Takt der Musik und werfen bunte Reflexe und Schatten auf Theke und Gäste. Grey ist abwechselnd grün, blau, weiß und dämonisch rot. Er beobachtet mich mit Argusaugen. Ich nehme zögernd einen Schluck.

»Runter damit!«, brüllt er.

Gott, ist der Mann herrisch! Grey fährt sich mit der Hand durch die widerspenstigen Haare. Er wirkt frustriert und wütend. Was hat er jetzt wieder für ein Problem? Abgesehen von dem albernen betrunkenen Mädchen, das ihn mitten in der Nacht anruft, damit er denkt, er müsste es retten. Am Ende musste er das tatsächlich, und zwar vor dem zudringlichen Freund. Und dann sieht er zu, wie es sich vor ihm auskotzt. *O Ana ... wie willst du das jemals verdauen?* Mein Unterbewusstsein gibt missbilligende Geräusche von sich und bedenkt mich über die Lesebrille hinweg mit finsteren Blicken.

Ich schwanke ein wenig. Grey legt mir stützend die Hand auf die Schulter. Ich tue, was er sagt, trinke das Glas leer, woraufhin er es auf der Theke abstellt. Wie durch einen Nebel hindurch registriere ich, was er anhat: ein weit geschnittenes, weißes Leinenhemd, eng anliegende Jeans, schwarze Converse-Sneakers und ein dunkles Jackett mit Nadelstreifen. Das Hemd steht am Kragen offen, darunter entdecke ich ein paar Haare.

Erneut ergreift er meine Hand und führt mich auf die Tanzfläche. Hilfe, nein, ich kann nicht tanzen. Er spürt mein Zögern. In dem bunten Licht erkenne ich sein amüsiertes Lächeln. Er zieht mich mit einem Ruck an sich, und zum dritten Mal liege ich in seinen Armen. Grey beginnt, sich zu bewegen, und reißt mich mit. Mann, kann der tanzen! Und noch erstaunlicher: Ich folge ihm Schritt für Schritt. Vielleicht liegt es daran, dass ich betrunken bin. Er drückt mich an sich; ich spüre seinen Körper an dem meinen ... hielte er mich nicht so fest gepackt, würde ich ihm sicher zu Füßen sinken. Ich meine, die Lieblingswarnung meiner Mutter zu hören: *Trau keinem Mann, der tanzen kann.*

Er schiebt uns durch die Masse der Tanzenden zur anderen Seite der Tanzfläche, wo wir auf Kate und Elliot, Christians Bruder, stoßen. *O nein, Kate zieht alle Register und tanzt sich die Seele aus dem Leib.* Das tut sie nur, wenn sie wirklich auf jemanden abfährt. Was bedeutet, dass wir morgen früh zu dritt frühstücken. *Kate!*

Christian beugt sich zu Elliot hinüber und brüllt ihm et-was ins Ohr. Ich verstehe nicht, was. Elliot ist groß, hat breite Schultern, lockiges blondes Haar und spöttisch funkelnde Au-gen. Im pulsierenden Licht kann ich ihre Farbe nicht erkennen. Elliot zieht Kate grinsend in seine Arme, und sie lässt es sich nur zu gern gefallen … *Kate!* Trotz meines betrunkenen Zustands bin ich schockiert. Sie hat ihn doch gerade erst kennen gelernt! Sie nickt bei allem, was Elliot sagt, und winkt mir fröhlich zu. Christian zieht mich hastig von der Tanzfläche herunter.

Aber ich bin gar nicht dazu gekommen, mit ihr zu reden! Ist bei ihr alles in Ordnung? Ich sehe, wo das mit ihr und Elliot hinführen wird. Ich muss sie an die Sache mit dem Safer Sex erinnern. Hoffentlich liest sie das Poster an der Innenseite der Toilettentür. Meine Gedanken bahnen sich einen Weg durch dieses beschwipste, benebelte Gefühl. Es ist so warm hier drin, so laut und bunt – zu grell. Mir dreht sich alles … o nein … ich spüre, wie der Boden näher kommt, so fühlt es sich jedenfalls an. Das Letzte, was ich höre, bevor ich in Christian Greys Armen das Bewusstsein verliere, ist sein gezischtes: »Scheiße!«

FÜNF

Es ist sehr still, das Licht gedämpft. Ich fühle mich behaglich in diesem Bett. *Hm...* Ich schlage die Augen auf und genieße einen Moment die Ruhe der mir ungewohnten Umgebung. Ich habe keine Ahnung, wo ich bin. Das Kopfteil des Betts hat die Form einer riesigen Sonne. Es kommt mir merkwürdig bekannt vor. Der Raum ist groß und luftig und feudal in Braun-, Gold- und Beigetönen gehalten. Irgendwoher kenne ich ihn. Woher? Mein Gehirn kämpft sich durch die aktuellsten Erinnerungen. *Himmel! Ich bin im Heathman Hotel ... in einer Suite.* Mit Kate war ich in einem ähnlichen Zimmer, nur das hier sieht größer aus. Scheiße. Ich bin in Christian Greys Suite. Wie bin ich hier gelandet?

Erinnerungssplitter aus der vergangenen Nacht: der Alkohol – *o nein* –, der Anruf – *o nein* –, das Kotzen – *o nein*. José und dann Christian. *O nein.* Mich schaudert. Ich kann mich nicht erinnern, wie ich hierhergekommen bin. Ein schneller Check: Okay, ich trage T-Shirt, BH und Slip. Keine Socken. Keine Jeans. *Junge, Junge.*

Ich werfe einen Blick auf das Nachtkästchen. Darauf steht ein Glas Orangensaft mit zwei Tabletten. Aspirin. Er denkt wirklich an alles. Ich setze mich auf und schlucke die Tabletten. Eigentlich fühle ich mich gar nicht so schlecht. Deutlich besser als ich nach einem solchen Exzess erwartet hätte. Der Orangensaft ist köstlich und erfrischend.

Es klopft an der Tür. Das Herz schlägt mir bis zum Hals. Obwohl ich nichts gesagt habe, spaziert Grey herein.

Teufel, er war im Fitness-Studio! Er trägt eine graue Jogginghose, die auf diese spezielle Art auf seinen Hüften sitzt, und ein graues, ärmelloses T-Shirt, das wie seine Haare dunkel von Schweiß ist. *Christian Greys Schweiß – der Gedanke daran stellt seltsame Dinge mit mir an.* Ich atme tief durch und schließe die Augen wie eine Zweijährige: Wenn ich ihn nicht sehe, sieht er mich auch nicht.

»Guten Morgen, Anastasia. Wie fühlst du dich?«

»Besser als verdient«, antworte ich kleinlaut.

Er stellt eine große Einkaufstüte auf einen Stuhl und packt die beiden Enden des Handtuchs, das um seinen Hals hängt. Er blickt mich mit seinen grauen Augen an, und wie üblich habe ich keine Ahnung, was er denkt oder fühlt.

»Wie bin ich hierhergekommen?«, frage ich.

Er setzt sich auf die Bettkante, so nahe, dass ich ihn rieche und berühren könnte. Wow … Schweiß und Duschgel und Christian. Ein berauschender Cocktail – so viel besser als Margarita, das weiß ich jetzt.

»Als du ohnmächtig geworden bist, wollte ich nicht riskieren, dich auf dem Ledersitz meines Wagens bis zu deiner Wohnung zu fahren. Also hab ich dich hierher gebracht«, erklärt er.

»Hast du mich ins Bett gelegt?«

»Ja.« Sein Gesichtsausdruck verrät nichts.

»Hab ich mich nochmal übergeben müssen?«, frage ich verlegen.

»Nein.«

»Hast du mich ausgezogen?«, flüstere ich.

»Ja.«

Ich werde tiefrot.

»Wir haben nicht …?«, flüstere ich mit trockenem Mund und starre meine Hände an.

»Anastasia, du warst praktisch komatös. Ich steh nicht auf Nekrophilie. Ich mag's, wenn Frauen sinnlich und empfänglich sind«, erklärt er.

»Sorry.«

Seine Mundwinkel verziehen sich zu einem spöttischen Grinsen. »Es war ein sehr amüsanter Abend, der mir in Erinnerung bleiben wird.«

Mir auch – ach, er lacht mich aus, der Mistkerl. Herrgott, ich habe ihn nicht gebeten, mich zu holen. Ich komme mir wie eine Verbrecherin vor.

»Du hättest mich nicht mit einem James-Bond-Spielzeug aus deinem Unternehmen aufspüren müssen«, herrsche ich ihn an.

Er sieht mich überrascht an, und wenn ich mich nicht täusche, auch ein wenig eingeschnappt.

»Erstens: Die technischen Hilfsmittel zum Zurückverfolgen von Handy-Anrufen sind im Internet erhältlich. Zweitens: Mein Unternehmen stellt keine Überwachungsgeräte her. Und drittens: Wenn ich dich nicht geholt hätte, wärst du wahrscheinlich im Bett des Fotografen aufgewacht, und soweit ich mich erinnere, warst du nicht sonderlich erpicht auf seine Avancen«, bemerkt er in beißendem Tonfall.

Seine Avancen! Ich sehe Christian an. Er bedenkt mich mit einem finsteren Blick. Ich versuche, mir auf die Lippe zu beißen, muss aber kichern.

»Aus was für einer mittelalterlichen Chronik bist du denn entsprungen? Du hörst dich wie ein galanter Ritter an.«

Seine Stimmung verändert sich. Sein Blick wird weicher, seine Miene freundlicher.

»Eher ein schwarzer Ritter.« Er lächelt anzüglich. »Hast du gestern Abend etwas gegessen?«, fragt er dann vorwurfsvoll.

Ich schüttle den Kopf. Was habe ich jetzt wieder verbrochen?

Seine Kiefer mahlen, doch seine Miene bleibt ausdruckslos. »Trinkregel Nummer eins: Essen nicht vergessen. Deswegen war dir so übel.«

»Willst du mich weiterhin beschimpfen?«

»Tue ich das denn?«

»Ich denke schon.«

»Du hast Glück, dass ich dich nur beschimpfe.«

»Was soll das heißen?«

»Wenn du mir gehören würdest, könntest du nach dem, was du dir gestern geleistet hast, eine Woche lang nicht sitzen. Du hast nichts gegessen, dich betrunken und dich in Gefahr gebracht.« Er schließt die Augen. Kurz scheint so etwas wie Furcht in seiner Miene aufzuflackern. Als er die Augen öffnet, wirkt er wütend. »Nicht auszudenken, was dir hätte passieren können.«

Ich erwidere seinen finsteren Blick. Was hat er jetzt wieder für ein Problem? Was zur Hölle geht ihn das an? Wenn ich ihm gehören würde … *Tu ich aber nicht.* Obwohl es einem Teil von mir gar nicht so unrecht wäre. Ich erröte angesichts meines Unterbewusstseins – es führt bei der Vorstellung, ihm zu gehören, einen Freudentanz auf.

»Mir wär schon nichts passiert. Schließlich war Kate dabei.«

»Und der Fotograf?«, knurrt er.

Der gute José. Mit dem habe ich noch ein Hühnchen zu rupfen.

»José hat die Kontrolle verloren.« Ich zucke mit den Achseln.

»Wenn er das nächste Mal die Kontrolle verliert, sollte ihm jemand Manieren beibringen.«

»Du führst dich auf wie ein Tyrann«, zische ich.

»Anastasia, du hast keine Ahnung …« Seine Augen verengen sich, und er grinst wölfisch.

Das macht mich total an. In der einen Minute bin ich verwirrt und wütend, in der nächsten gaffe ich mit offenem Mund sein Wahnsinnslächeln an. *Wow!* … Ich bin völlig hin und weg, hauptsächlich deshalb, weil dieses Lächeln so selten auf seinem Gesicht zu sehen ist. Ich bekomme nicht mehr mit, was er sagt.

»Ich gehe jetzt duschen. Es sei denn, du möchtest zuerst?« Er legt den Kopf, nach wie vor lächelnd, schief. Mein Puls beschleunigt sich, und meine Medulla oblongata vergisst, die Synapsen zu aktivieren, die zum Atmen nötig sind. Sein Grinsen wird breiter, und er streckt die Hand aus, um seinen Daumen über meine Wange und meine Unterlippe gleiten zu lassen.

»Vergiss das Atmen nicht, Anastasia«, flüstert er. »Frühstück in fünfzehn Minuten hier. Du hast sicher einen Bärenhunger.« Er geht ins Bad und schließt die Tür.

Ich stoße die Luft aus, die ich angehalten habe. Warum sieht er so unverschämt gut aus? Am liebsten ginge ich zu ihm unter die Dusche. So sexy habe ich noch nie jemanden gefunden. Meine Hormone schlagen Purzelbäume, und meine Haut prickelt, wo sein Daumen mein Gesicht und meine Unterlippe nachgezeichnet hat. Ich winde mich vor Verlangen, nein *Begierde*. So also fühlt sich Begierde an.

Ich lehne mich in die weichen Daunenkissen zurück. *Wenn du mir gehören würdest*. Gott, was würde ich alles anstellen, um die Seine zu werden. Aber er ist kompliziert und verwirrend. In der einen Minute weist er mich zurück, in der nächsten schickt er mir sauteure Bücher und verfolgt mich wie ein Stalker. Die Nacht habe ich in seiner Hotelsuite verbracht und mich sicher und beschützt gefühlt. Er macht sich genug aus mir, um mich aus einer vermeintlichen Gefahr zu retten. Er ist kein schwarzer Ritter, sondern ein weißer in glänzender Rüstung – ein klassischer romantischer Held –, ein Sir Gawain oder Sir Lancelot.

Ich wälze mich aus seinem Bett und suche hektisch nach meiner Jeans. Er tritt, feucht und glänzend vom Duschen, aus dem Bad, unrasiert, nur ein Handtuch um die Hüfte. Ich stehe mit nackten Beinen da, unbeholfen wie immer. Es scheint ihn zu überraschen, dass ich aufgestanden bin.

»Falls du nach deiner Jeans suchst, die habe ich in die Reinigung gegeben.« Sein Blick wird dunkel. »Sie war voll mit deinem Erbrochenen.«

»Oje.« Ich werde tiefrot. Warum, warum nur erwischt er mich immer in peinlichen Situationen?

»Ich habe Taylor losgeschickt, eine neue kaufen, und ein Paar Schuhe. Ist alles in der Tüte auf dem Stuhl.«

Wie bitte?

»Ich glaube, ich möchte jetzt duschen«, murmle ich. »Danke.« Was soll ich sonst sagen? Ich nehme die Tüte und husche ins Bad, weg von dem fast nackten Christian. Michelangelos David ist ein Dreck gegen ihn.

Im Bad ist es warm und dampfig. Ich ziehe mich aus und klettere voller Vorfreude auf das reinigende Wasser in die Dusche. Als es sich in Kaskaden über mich ergießt, halte ich das Gesicht hinein. Ich will Christian Grey. Dringend. So einfach ist das. Zum ersten Mal im Leben möchte ich mit einem Mann ins Bett. Ich will seine Hände und seinen Mund auf meinem Körper spüren.

Er hat gesagt, er mag es, wenn seine Frauen sinnlich und empfänglich sind. *Dann lebt er vermutlich nicht sexuell enthaltsam.* Aber er hat mich, anders als Paul oder José, nicht angemacht. Ich verstehe das nicht. Begehrt er mich? Letzte Woche wollte er mich nicht küssen. Bin ich ihm zuwider? Doch er hat sich um mich gekümmert und mich hierher gebracht. Ich durchschaue ihn einfach nicht. *Du hast die Nacht in seinem Bett geschlafen, und er hat dich nicht angerührt, Ana. Was das bedeutet, dürfte klar sein.* Mein Unterbewusstsein reckt seinen hässlichen Kopf. Ich schenke ihm keine Beachtung.

Das Wasser ist warm und entspannend. *Hm …* Ich könnte bis in alle Ewigkeit unter dieser Dusche, in seinem Bad, stehen. Das Duschgel riecht nach ihm. Ein himmlischer Duft. Ich verteile es auf meinem Körper und stelle mir dabei vor, dass er das macht, es auf meinen Brüsten und meinem Bauch verreibt, mit seinen langgliedrigen Fingern zwischen meinen Oberschenkeln. *O Gott.* Wieder beschleunigt sich mein Puls. Es fühlt sich so gut an.

»Frühstück.« Er reißt mich mit seinem Klopfen aus meinen erotischen Tagträumen.

»O…kay«, stottere ich.

Ich steige aus der Dusche und winde ein Handtuch im Carmen-Miranda-Stil um meinen Kopf. Hastig trockne ich mich ab und bemühe mich zu ignorieren, wie angenehm das Handtuch sich auf meiner überempfindsamen Haut anfühlt.

Taylor hat nicht nur Jeans und neue Converse-Sneakers für mich besorgt, wie ich mit einem Blick in die Tüte feststelle, sondern auch eine hellblaue Bluse und Socken. Und oh, là, là – einen sauberen BH und einen sauberen Slip, wobei eine so nüchterne und sachliche Beschreibung ihnen nicht gerecht wird. Es handelt sich um exquisite europäische Designerwäsche mit hellblauer Spitze. *Wow.* Sie flößt mir Respekt und auch ein wenig Angst ein. Und noch erstaunlicher: Sie passt genau. Natürlich. Ich erröte bei dem Gedanken daran, wie Mr. Bürstenschnitt in einem Damenwäschegeschäft die Sachen für mich kauft, und frage mich unwillkürlich, wie seine Stellenbeschreibung aussieht.

Auch die übrige Kleidung passt wie angegossen. Hastig rubble ich mir die Haare trocken und versuche verzweifelt, sie zu bändigen. Doch wie üblich sträuben sie sich. In meiner Handtasche müsste ein Haarband sein, aber wo die ist, weiß ich nicht. Ich hole tief Luft. Zeit, Mr. Verwirrend gegenüberzutreten.

Erleichtert stelle ich fest, dass das Schlafzimmer leer ist. Ich suche nach meiner Handtasche – ohne sie zu finden. Nach einem tiefen Atemzug betrete ich den Wohnbereich der Suite. Er ist riesig. Es gibt eine elegante Sitzecke mit mehreren dick gepolsterten Sofas und weichen Kissen, einen reich verzierten Beistelltisch mit einem Stapel überformatiger Hochglanzbildbände sowie einen Arbeitsbereich mit dem neuesten iMac-Modell und einem riesigen Plasmafernseher an der Wand. Christian sitzt am Esstisch auf der anderen Seite des Zimmers und liest Zeitung. Der Raum ist so groß wie ein Tennisplatz. Nicht dass ich Tennis spielen würde, aber ich habe Kate ein paar Mal dabei zugesehen. *Kate!*

»Scheiße, Kate«, krächze ich.

Christian hebt den Blick. »Sie weiß, dass du hier und am Leben bist. Ich habe Elliot eine SMS geschickt«, teilt er mir mit einem Hauch von Belustigung mit.

O nein. Ihre Tanzorgie vom Vorabend, um ausgerechnet Christians Bruder zu verführen, fällt mir wieder ein! Was wird sie davon halten, dass ich hier bin? Ich habe noch nie die Nacht woanders verbracht. Sie wird wahrscheinlich denken, dass ich auch einen One-Night-Stand hatte.

Kate hat das in der Zeit, die wir uns kennen, nur zweimal gemacht, und beide Male musste ich hinterher eine Woche lang den scheußlichen pinkfarbenen Pyjama mit den Häschen ertragen.

Christian betrachtet mich mit Gebietermiene. Er trägt ein weißes Leinenhemd, Kragen und Manschetten offen. »Setz dich«, weist er mich an und deutet auf einen Stuhl am Tisch.

Ich gehe zu ihm und nehme wie befohlen ihm gegenüber Platz. Der Tisch ist mehr als reichlich gedeckt.

»Ich wusste nicht, was du magst, also habe ich eine Auswahl von der Frühstückskarte kommen lassen.« Er entschuldigt sich mit einem schiefen Lächeln.

»Opulent.« Ich bin überfordert von dem Angebot, stelle aber fest, dass ich tatsächlich Hunger habe.

»Ja.« Er klingt schuldbewusst.

Ich entscheide mich für Pfannkuchen mit Ahornsirup, Rührei und Speck. Christian bemüht sich, ein Lächeln zu verbergen, als er sich seinem Omelett zuwendet. Das Essen schmeckt köstlich.

»Tee?«, fragt er.

»Ja, bitte.«

Er reicht mir eine kleine Teekanne mit heißem Wasser und einen Unterteller mit einem Teebeutel Twinings English Breakfast Tea. Er hat sich tatsächlich meinen Lieblingstee gemerkt.

»Deine Haare sind sehr feucht«, rügt er mich.

»Ich hab den Föhn nicht gefunden«, murmle ich verlegen. In Wahrheit habe ich nicht einmal danach gesucht.

Christian presst die Lippen zusammen, verkneift sich jedoch einen Kommentar.

»Danke für die Klamotten.«

»Gern geschehen. Die Farbe steht dir.«

Ich werde rot und starre meine Finger an.

»Du solltest lernen, besser mit Komplimenten umzugehen.« Er klingt vorwurfsvoll.

»Ich sollte dir Geld für die Kleidung geben.«

Er sieht mich finster an, als hätte ich ihn beleidigt.

»Du hast mir die Bücher geschenkt, die ich natürlich nicht annehmen kann. Aber die Sachen zum Anziehen … bitte lass mich sie bezahlen.« Ich versuche es mit einem Lächeln.

»Anastasia, glaube mir, ich kann es mir leisten.«

»Darum geht's nicht. Warum kaufst du mir die Klamotten?«

»Weil ich es kann.« Seine Augen blitzen dämonisch.

»Dass du es kannst, bedeutet nicht, dass du es sollst«, erwidere ich. Plötzlich habe ich das Gefühl, dass wir über etwas anderes reden, aber ich weiß nicht, worüber. Was mich daran erinnert …

»Warum hast du mir die Bücher geschickt, Christian?«, frage ich.

Er legt das Besteck weg. In seinen Augen lodern so unergründliche Gefühle, dass ich einen trockenen Mund bekomme.

»Als du nach der Episode mit dem Fahrradfahrer in meinen Armen lagst und mich angeschaut hast mit diesem flehenden Blick – ›Küss mich, bitte küss mich, Christian‹ …« Er schweigt kurz und zuckt mit den Achseln. »… hatte ich das Gefühl, dass ich dir eine Warnung schuldig bin.« Er fährt sich mit der Hand durch die Haare. »Anastasia, ich bin kein Mann für Herzchen und Blümchen … Romantik liegt mir nicht. Mein Geschmack ist sehr speziell. Du solltest dich von mir fernhalten.« Resigniert schließt er die Augen. »Leider kann ich die Finger nicht von dir lassen. Aber das hast du vermutlich schon gemerkt.«

Schlagartig ist mein Hunger vergessen. *Er kann die Finger nicht von mir lassen!*

»Dann lass sie einfach nicht von mir«, flüstere ich.

Er sieht mich mit großen Augen an. »Du weißt nicht, was du sagst.«

»Dann klär mich auf.«

Wir blicken einander an, ohne unser Essen anzurühren.

»Du lebst also nicht sexuell enthaltsam?«, frage ich mit leiser Stimme.

Ein belustigter Ausdruck tritt auf sein Gesicht. »Nein, Anastasia, ich lebe nicht enthaltsam.«

Er gibt mir etwas Zeit, diese Information zu verdauen, und ich werde wieder einmal rot. Die Worte sind ungefiltert aus meinem Mund gekommen. Ist das zu fassen, dass ich sie ausgesprochen habe?

»Wie sehen deine Pläne für die kommenden Tage aus?«, erkundigt er sich.

»Heute arbeite ich ab Mittag. O Gott, wie viel Uhr ist es?« Plötzlich bekomme ich Panik.

»Kurz nach zehn, du hast jede Menge Zeit. Was ist morgen?« Er hat die Ellbogen auf dem Tisch abgestützt, und sein Kinn ruht auf seinen langen Fingern.

»Kate und ich wollen mit dem Packen anfangen. Wir ziehen nächstes Wochenende nach Seattle, und ich arbeite die ganze Woche bei Clayton's.«

»Habt ihr schon eine Wohnung in Seattle?«

»Ja.«

»Wo?«

»Die Adresse weiß ich nicht auswendig. Irgendwo im Pike Market District.«

»Nicht weit von mir weg. Was willst du in Seattle arbeiten?«

Was bezweckt er mit all diesen Fragen? Die Christian-Grey-Inquisition ist fast genauso nervig wie die von Katherine Kavanagh.

»Ich habe mich um Praktikantenstellen beworben und warte auf Nachricht.«

»Auch bei meinem Unternehmen, wie ich es dir vorgeschlagen habe?«

Ich erröte. *Natürlich nicht.* »Äh … nein.«

»Was stört dich an meinem Unternehmen?«

»An deinem Unternehmen oder an *dir*?«, frage ich spöttisch.

»Höre ich da Spott, Miss Steele?«

Ich habe das Gefühl, dass er amüsiert wirkt, aber genau lässt sich das nicht beurteilen. Ich senke den Blick, weil ich ihm nicht in die Augen sehen kann, wenn er in dem Tonfall mit mir redet.

»An dieser Lippe würde ich gern knabbern«, flüstert er mit rauer Stimme.

Mir verschlägt es den Atem. Das ist das Erotischste, was je jemand zu mir gesagt hat. Mein Puls beschleunigt sich, und ich habe das Gefühl, wie ein Hund hecheln zu müssen, dabei hat er mich nicht mal angerührt. Unruhig rutsche ich auf meinem Stuhl hin und her.

»Warum tust du's nicht?«, fordere ich ihn heraus.

»Weil ich dich nicht berühren werde, Anastasia – nicht bevor ich nicht deine schriftliche Einwilligung habe.« Er verzieht den Mund zu einem Lächeln.

Wie bitte?

»Was soll das heißen?«

»Genau das, was ich gesagt habe.« Er schüttelt seufzend den Kopf, belustigt, jedoch auch ein wenig verzweifelt. »Ich muss es dir zeigen, Anastasia. Wann bist du heute Abend mit der Arbeit fertig?«

»Gegen acht.«

»Wir könnten heute Abend oder nächsten Samstag zum Essen zu mir nach Seattle fahren. Da würde ich dich dann mit den Fakten vertraut machen. Es liegt bei dir.«

»Warum kannst du es mir nicht jetzt erklären?«

»Weil ich mein Frühstück und deine Gesellschaft genieße.

Wenn du Bescheid weißt, willst du mich vielleicht nicht mehr wiedersehen.«

Wie meint er das? Verschachert er kleine Kinder in irgendeinen gottverlassenen Winkel der Erde? Ist er ein Mafiaboss? Das würde seinen Reichtum erklären. Ist er zutiefst gläubig? Impotent? Bestimmt nicht – das könnte er mir gleich demonstrieren. Nein, so komme ich nicht weiter. Ich möchte das Rätsel Christian Grey lieber früher als später lösen. Wenn das, was er vor mir verbirgt, so krass ist, dass ich nichts mehr mit ihm zu tun haben möchte, wäre das, offen gestanden, eine Erleichterung. *Mach dir nichts vor*, keift mein Unterbewusstsein, *es muss schon ziemlich übel sein, damit du dich aus dem Staub machst.*

»Heute Abend.«

»Wie Eva kannst du es anscheinend gar nicht erwarten, vom Baum der Erkenntnis zu kosten«, bemerkt er mit einem spöttischen Grinsen.

»Höre ich da Spott, Mr. Grey?«, frage ich mit zuckersüßer Stimme. *Aufgeblasenes Arschloch.*

Seine Augen verengen sich. Er greift zum BlackBerry und drückt auf eine Taste.

»Taylor. Ich werde Charlie Tango brauchen.«

Charlie Tango? Wer ist das?

»Von Portland aus, um, sagen wir, zwanzig Uhr dreißig … Nein, Stand-by in Escala … die ganze Nacht.«

Die ganze Nacht!

»Ja. Auf Abruf morgen. Ich fliege von Portland nach Seattle.«

Fliegen?

»Stand-by von zweiundzwanzig Uhr dreißig ab.« Er legt den BlackBerry weg. Ohne Bitte oder Danke.

»Tun die Leute immer, was du ihnen sagst?«

»Wenn sie ihren Job behalten wollen, schon«, antwortet er todernst.

»Und wenn sie nicht für dich arbeiten?«

»Ich kann ziemlich überzeugend sein, Anastasia. Iss dein

Frühstück. Dann bringe ich dich nach Hause. Ich hole dich um acht von Clayton's ab. Wir fliegen nach Seattle.«

Ich blinzle. »Fliegen?«

»Ja. Ich besitze einen Helikopter.«

Ich sehe ihn mit großen Augen an. Mein zweites Date mit dem ach so mysteriösen Christian Grey – von einer Einladung zum Kaffee gleich zum Hubschrauberflug. Wow.

»Wir fliegen mit dem Helikopter nach Seattle?«

»Ja.«

»Warum?«

Er grinst schelmisch. »Weil ich es kann. Iss fertig.«

Wie soll ich jetzt noch essen? Ich fliege mit Christian Grey im Hubschrauber nach Seattle. Und er will an meiner Lippe knabbern … Bei der Vorstellung rutsche ich wieder unruhig auf dem Stuhl hin und her.

»Iss«, sagt er in forscherem Tonfall. »Anastasia, ich kann's nicht leiden, wenn Essen verdirbt … iss.«

»Das krieg ich nicht alles runter.« Ich starre das Essen auf dem Tisch an.

»Iss, was auf deinem Teller liegt. Wenn du gestern ordentlich gegessen hättest, wärst du jetzt nicht hier, und ich müsste meine Karten nicht schon so bald aufdecken.« Er presst verärgert die Lippen zusammen.

Ich runzle die Stirn und wende mich dem kalt gewordenen Essen zu. *Ich bin zu aufgeregt zum Essen, Christian. Begreifst du das nicht?*, erklärt mein Unterbewusstsein. Aber ich bin viel zu feige, das laut auszusprechen. Er macht so ein mürrisches Gesicht. Wie ein kleiner Junge. Der Gedanke amüsiert mich.

»Was ist so komisch?«, erkundigt er sich.

Ich schüttle den Kopf, weil ich es nicht wage, ihm die Wahrheit zu sagen, und halte den Blick auf das Essen gerichtet. Nachdem ich den letzten Bissen Pfannkuchen hinuntergeschluckt habe, hebe ich den Kopf.

»Braves Mädchen«, lobt er mich. »Ich bringe dich nach Hause, sobald du dir die Haare geföhnt hast. Ich will nicht, dass du krank wirst.«

In seinen Worten liegt ein unausgesprochenes Versprechen. *Was soll das heißen?* Bevor ich vom Tisch aufstehe, überlege ich kurz, ob ich ihn um Erlaubnis fragen soll, verwerfe den Gedanken aber. Ich darf die Weichen nicht falsch stellen. Auf dem Weg zum Schlafzimmer halte ich inne.

»Wo hast du heute Nacht geschlafen?« Ich wende mich ihm zu. Im Wohn- und Essbereich sehe ich nirgends Bettzeug – vielleicht hat er schon alles wegräumen lassen.

»In meinem Bett.«

»Ach.«

»Ja, für mich war das auch eine Premiere.« Er lächelt.

»Was? Ohne … Sex?« Nun habe ich das Wort ausgesprochen. Natürlich werde ich rot.

»Nein.« Er schüttelt den Kopf und runzelt die Stirn, als würde er sich an etwas Unangenehmes erinnern. »Dass ich mit jemandem in einem Bett geschlafen habe.« Er wendet sich seiner Zeitung zu.

Was um Himmels willen soll das wieder heißen? Dass er noch nie mit jemandem geschlafen hat? Dass er Jungfrau ist? Das kann ich mir nicht vorstellen. Ich starre ihn ungläubig an. Er ist der rätselhafteste Mensch, den ich kenne. Erst jetzt dämmert mir, dass ich mit Christian Grey in einem Bett geschlafen habe. Ich versetze mir innerlich einen Tritt – was hätte ich darum gegeben, so wach zu sein, dass ich ihn beim Schlafen beobachte und ihn verletzlich hätte sehen können! Mir das vorzustellen, fällt mir schwer. Nun, angeblich wird sich ja heute Abend alles klären.

Im Schlafzimmer entdecke ich in einer Kommode den Föhn. Mithilfe meiner Finger trockne ich meine Haare, so gut ich kann. Als ich fertig bin, gehe ich ins Bad, um mir die Zähne zu putzen. Ich beäuge Christians Zahnbürste. Das wäre, als hätte ich ihn im Mund. *Hm …* Mit einem schuldbewussten Blick

Richtung Tür lasse ich einen Finger über die Borsten gleiten. Sie sind feucht. Er hat sie benutzt. Entschlossen gebe ich Zahnpasta darauf und putze mir die Zähne in rasender Geschwindigkeit. Dabei komme ich mir ziemlich unartig vor. Junge, Junge, wie aufregend!

Ich stecke T-Shirt, BH und Slip vom Vortag in die Einkaufstüte, die Taylor gebracht hat, und kehre zurück in den Wohnbereich, um nach meiner Handtasche und meiner Jacke zu suchen. Gott sei Dank finde ich in meiner Tasche ein Haarband. Christian beobachtet mich mit unergründlicher Miene, wie ich mir die Haare zurückbinde und mich setze. Er spricht in seinen BlackBerry.

»Zwei? … Wie viel wird das kosten? … Okay, und welche Sicherheitsmaßnahmen sind bereits getroffen? … Über Suez? … Wie sicher ist Ben Sudan? … Wann kommen sie in Darfur an? … Okay, dann machen wir das so. Halten Sie mich auf dem Laufenden.« Er beendet das Gespräch. »Fertig?«

Ich nicke und frage mich, worum es in der Unterhaltung ging. Er schlüpft in ein marineblaues Jackett mit Nadelstreifen, schnappt sich die Autoschlüssel und macht sich auf den Weg zur Tür.

»Nach Ihnen, Miss Steele«, murmelt er und hält mir lässig die Tür auf.

Ich verharre einen Augenblick, um seinen Anblick zu genießen. Dass ich die letzte Nacht im selben Bett verbracht habe wie er, nach dem ganzen Tequila und der Kotzerei … und er ist immer noch da. Und will sogar mit mir nach Seattle. Warum ich? Ich begreife es nicht. Ich trete mit einem Echo seiner Worte im Ohr hinaus – *Ich kann die Finger nicht von dir lassen* –, tja, das beruht auf Gegenseitigkeit, Mr. Grey!

Schweigend gehen wir zum Aufzug. Beim Warten riskiere ich einen verstohlenen Blick auf ihn. Er beobachtet mich aus den Augenwinkeln. Ich lächle, und seine Lippen zucken.

Als der Lift kommt, steigen wir ein. Wir sind allein. Plötzlich verändert sich die Atmosphäre zwischen uns, vielleicht weil wir auf so engem Raum so nahe beieinander stehen. Gespannte, freudige Erwartung liegt in der Luft. Meine Atmung und mein Puls beschleunigen sich. Er dreht mir den Kopf ein wenig zu; seine Augen schimmern wie flüssiges Silber. Ich beiße mir auf die Lippe.

»Ach, Scheiß auf den Papierkram!«, knurrt er, packt mich und drückt mich gegen die Wand des Aufzugs. Ehe ich mich's versehe, hebt er meine Hände in schraubzwingenähnlichem Griff über meinen Kopf und presst seine Hüften gegen mich. Mein Gott! Mit der freien Hand packt er meine Haare und zieht meinen Kopf hoch, und schon berühren seine Lippen meine. Es ist hart an der Schmerzgrenze. Ich stöhne auf und öffne den Mund so weit, dass seine Zunge meinen Mund erforschen kann. So bin ich noch nie geküsst worden. Meine Zunge gleitet vorsichtig über seine und beginnt einen langsamen, erotischen Tanz mit ihr. Er umfasst mein Kinn und hält mich fest. Ich kann mich nicht rühren, weder Hände noch Gesicht, und seine Hüften drücken mich fest gegen die Wand. Ich spüre seine Erektion an meinem Bauch. *Wow ...* Er begehrt mich. Christian Grey, der griechische Gott, begehrt mich, und ich begehre *ihn*, hier ... jetzt, im Aufzug.

»Du. Bist. Der. Wahnsinn«, bringt er keuchend hervor.

Als die Lifttüren sich plötzlich öffnen, löst er sich in Windeseile von mir. Drei Männer in Business-Anzügen mustern uns spöttisch. Mein Puls ist auf hundertachtzig; ich fühle mich, als wäre ich einen Berg hinaufgerannt. Am liebsten würde ich mich nach vorn beugen und die Hände auf den Knien abstützen, aber das wäre zu offensichtlich.

Ich schaue Christian an. Er wirkt kühl und ruhig, als hätte er gerade das Kreuzworträtsel der *Seattle Times* gelöst. *Wie unfair.* Bringt ihn meine Gegenwart denn gar nicht aus der Fassung? Er sieht mich aus den Augenwinkeln an und atmet deutlich hörbar aus. Aha, ganz spurlos ist die Sache doch nicht an ihm vorübergegangen. Meine winzig kleine innere Göttin wiegt sich triumphierend im Sambarhythmus. Die Geschäftsleute steigen im ersten Stock aus, wir müssen noch eine Etage weiter.

»Du hast dir die Zähne geputzt«, stellt er fest.

»Mit deiner Zahnbürste.«

Er verzieht den Mund zu einem kleinen Lächeln. »Anastasia Steele, was soll ich bloß mit dir machen?«

Als die Lifttüren im Erdgeschoss aufgehen, ergreift er meine Hand und zieht mich hinaus.

»Was haben diese Aufzüge nur an sich?«, murmelt er, mehr zu sich selbst als zu mir, während er mit seinen langen Beinen das Foyer durchquert. Ich habe Mühe, mit ihm Schritt zu halten, weil ich in Gedanken noch in Aufzug Nummer drei des Heathman Hotels bin.

SECHS

Christian öffnet die Beifahrertür des schwarzen Audi SUV, und ich steige ein. Was für ein Riesengefährt! Er hat bis jetzt kein Wort über die Sache im Aufzug verloren. Soll ich damit anfangen? Sollen wir darüber reden oder so tun, als wäre nichts geschehen? Fast erscheint er mir nicht real, mein erster hemmungsloser Kuss. Als die Minuten verstreichen, verbanne ich ihn ins Reich der Mythen, der Artussage, des untergegangenen Atlantis. Er ist nie passiert. *Vielleicht habe ich mir alles nur eingebildet.* Nein. Ich berühre meine Lippen, die von seinem Kuss geschwollen sind. Er ist definitiv passiert. Der Kuss hat mich verändert. Ich will diesen Mann, und er will mich.

Ich sehe ihn an. Christian wirkt wie üblich höflich und ein wenig distanziert.

Mann, wie verwirrend.

Er lässt den Motor an, fährt rückwärts aus dem Parkplatz und schaltet die Stereoanlage ein. Sogleich wird das Innere des Wagens vom engelsgleichen Gesang zweier Frauen erfüllt. Puh! In meinem konfusen Zustand berührt mich diese Musik derart, dass ich eine Gänsehaut bekomme. Christian lenkt den Audi lässig und selbstbewusst auf die Southwest Park Avenue.

»Was hören wir da gerade?«

»Das ›Blumenduett‹ von Delibes, aus der Oper *Lakmé.* Gefällt es dir?«

»Es ist wunderschön.«

»Ja, nicht wahr?« Er grinst mich an. Einen kurzen Moment wirkt er so jung, wie er tatsächlich ist, unbekümmert und atemberaubend schön. Ist Musik der Schlüssel zu seinem Wesen? Ich lausche den verführerischen Stimmen.

»Kann ich das nochmal hören?«

»Natürlich.« Christian betätigt einen Knopf, und schon umschmeichelt mich der Gesang erneut.

»Magst du klassische Musik?«, frage ich, weil ich mir dadurch einen seltenen Blick in sein Wesen erhoffe.

»Mein Geschmack ist breit gefächert, Anastasia. Ich mag alles von Thomas Tallis bis zu den Kings of Leon. Das hängt von meiner Stimmung ab. Und du?«

»Mir geht es ähnlich. Aber Thomas Tallis sagt mir nichts.«

Er sieht kurz zu mir herüber. »Irgendwann spiele ich dir was von ihm vor. Er war ein britischer Komponist des sechzehnten Jahrhunderts, Tudorzeit, hat hauptsächlich Motetten geschrieben. Ich weiß, das klingt esoterisch, doch seine Musik ist magisch.«

Er drückt auf einen Knopf, und die Kings of Leon erklingen. Hm … das kenne ich. *Sex on Fire.* Wie passend! Doch dann wird die Musik von Handyklingeln übertönt. Christian betätigt einen Schalter am Lenkrad.

»Grey«, bellt er in den Lautsprecher. Er kann wirklich sehr schroff sein.

»Mr. Grey, Welch hier. Ich habe die Information, die Sie wollten«, höre ich eine raue Stimme sagen.

»Gut. Mailen Sie sie mir. Sonst noch was?«

»Nein, Sir.«

Christian beendet das Gespräch, und wieder ertönt die Musik. Kein Auf Wiedersehen oder Dankeschön. Gott sei Dank habe ich nie ernsthaft mit dem Gedanken gespielt, für ihn zu arbeiten. Schon bei der Vorstellung überläuft mich ein Schauder. Sein Kontrollbedürfnis ist übermächtig, und seine Untergebenen behandelt er schrecklich kühl. Erneut wird die Musik durch das Klingeln des Handys unterbrochen.

»Grey.«

»Man hat Ihnen die Verschwiegenheitsvereinbarung gemailt, Mr. Grey.« Eine Frauenstimme.

»Gut. Das wäre alles, Andrea.«

»Auf Wiederhören, Sir.«

Christian betätigt abermals den Knopf am Lenkrad. Die Musik erklingt sehr kurz, bevor das Handy ein weiteres Mal klingelt. Gütiger Himmel, sieht sein Leben so aus – permanent nervende Anrufe?

»Grey«, knurrt er ins Telefon.

»Hallo, Christian. Na, hattest du eine heiße Nacht?«

»Hallo, Elliot. Das Telefon ist laut geschaltet. Ich bin nicht allein im Wagen.« Christian seufzt.

»Wer ist bei dir?«

Christian verdreht die Augen. »Anastasia Steele.«

»Hi, Ana!«

Ana?

»Hallo, Elliot.«

»Hab schon eine Menge von dir gehört«, erklärt Elliot mit kehliger Stimme.

»Glaub kein Wort von dem, was Kate sagt.«

Elliot lacht.

»Ich bringe Anastasia gerade nach Hause. Soll ich dich dann mitnehmen?«

»Gern.«

»Bis gleich.« Christian beendet das Gespräch, und wieder erklingt die Musik.

»Warum nennst du mich die ganze Zeit Anastasia?«

»Weil du so heißt.«

»Mir ist Ana lieber.«

»Ach, tatsächlich?«

Wir sind fast vor meinem Haus. Das ist schnell gegangen.

»Anastasia«, wiederholt er. Ich mache ein finsteres Gesicht, das er ignoriert. »Was vorhin im Aufzug passiert ist, wird nicht mehr geschehen, jedenfalls nicht ohne vorherige Absprache.«

Erst vor dem Apartment fällt mir auf, dass er mich nicht gefragt hat, wo ich wohne – trotzdem weiß er es. Nun, er hat die Bücher geschickt; natürlich weiß er, wo ich wohne. Das ist so bei geschickten Stalkern, die Anrufe zurückverfolgen und einen Helikopter besitzen.

Warum will er mich nicht mehr küssen? Ich begreife es nicht und mache einen Schmollmund. Der Familienname Kryptisch würde besser zu ihm passen als Grey. Er steigt aus und eilt auf meine Seite, um mir die Tür zu öffnen – wie immer ganz der Gentleman, abgesehen von seltenen, kostbaren Momenten in Aufzügen. Ich erröte bei der Erinnerung an seinen Kuss, und nachträglich wird mir bewusst, dass ich ihn nicht berühren konnte. Gern hätte ich ihm mit den Fingern die widerspenstigen Haare noch mehr zerzaust, aber ich war nicht in der Lage, meine Hände zu bewegen. Im Nachhinein frustriert mich das.

»Mir hat das im Aufzug gefallen«, sage ich beim Aussteigen. Ich bin mir nicht sicher, ob ich ein tiefes Luftholen höre, während ich die Stufen zur Eingangstür hinaufgehe.

Kate und Elliot sitzen an unserem Esstisch. Die superteuren Erstausgaben sind Gott sei Dank verschwunden. Auf Kates Gesicht liegt ein für sie höchst untypisches Grinsen, und sie sieht auf sexy Art müde aus. Christian folgt mir ins Wohnzimmer. Trotz ihres Grinsens, das von einer tollen Nacht zeugt, beäugt sie ihn argwöhnisch.

»Hi, Ana.« Sie springt auf, um mich zu umarmen, und tritt dann einen Schritt zurück, damit sie mich besser begutachten kann.

»Guten Morgen, Christian«, sagt sie anschließend ein wenig feindselig.

»Miss Kavanagh«, erwidert er in seiner steifen, förmlichen Art.

»Christian, sie heißt Kate«, brummt Elliot.

»Kate.« Christian bedenkt sie mit einem höflichen Nicken und Elliot mit einem wütenden Blick.

Elliot steht schmunzelnd auf, um mich ebenfalls mit einer Umarmung zu begrüßen. »Hi, Ana.« Seine blauen Augen strahlen.

Ich mag ihn sofort. Offenbar ist er anders als Christian, aber sie sind ja auch nur Adoptivbrüder.

»Hallo, Elliot.« Als ich sein Lächeln erwidere, merke ich, dass ich auf meiner Lippe kaue.

»Elliot, wir sollten gehen«, sagt Christian.

»Ja.« Elliot wendet sich Kate zu, nimmt sie in die Arme und küsst sie lange und intensiv.

Gott … sucht euch irgendwo ein Zimmer. Ich starre verlegen auf meine Füße. Als ich den Blick hebe, merke ich, dass Christian mich genauestens beobachtet. Meine Augen verengen sich. Warum kannst du mich nicht so küssen? Ohne seine Lippen von den ihren zu lösen, reißt Elliot Kate von den Beinen und schultert sie, so dass ihre Haare den Boden berühren.

»Ciao, ciao, Baby.«

Kate schmilzt dahin. So habe ich sie noch nie erlebt – mir fallen Worte wie »anmutig« oder »zahm« ein. Kate – und zahm? Junge, Junge, Elliot muss wirklich was auf dem Kasten haben. Christian verdreht die Augen und sieht mich mit unergründlicher Miene an. Er streicht eine Haarsträhne, die sich aus meinem Pferdeschwanz gelöst hat, hinter mein Ohr. Ich halte den Atem an, als ich seine Berührung spüre, und drücke meinen Kopf leicht gegen seine Hand. Sein Blick wird weicher, und er lässt seinen Daumen über meine Unterlippe gleiten. Das Blut pocht in meinen Adern. Leider endet die Liebkosung viel zu schnell.

»Ciao, ciao, Baby«, murmelt er, und ich muss lachen, weil das so gar nicht zu ihm passt. Obwohl ich weiß, dass es ironisch gemeint ist, bringt es tief in mir etwas zum Klingen.

»Ich hole dich um acht ab.« Er wendet sich zum Gehen, öffnet die Haustür und tritt hinaus.

Elliot folgt ihm zum Wagen. Unterwegs dreht er sich um

und wirft Kate eine Kusshand zu, was mir einen eifersüchtigen Stich versetzt.

»Und, habt ihr?«, fragt Kate neugierig, während wir ihnen nachsehen.

»Nein«, herrsche ich sie verärgert an, in der Hoffnung, dass sie das von weiteren Fragen abhält. »Ihr aber offenbar schon.« Ich kann meinen Neid nicht verhehlen. Kate schafft es immer, die Männer in ihren Bann zu schlagen. Sie ist unwiderstehlich, schön, sexy, witzig … alles, was ich nicht bin. Das Grinsen, das sie mir zur Antwort gibt, ist ansteckend.

»Und ich sehe ihn heute Abend wieder.« Sie klatscht in die Hände und springt vor Aufregung auf und ab wie ein kleines Mädchen. Ich muss mich einfach mit ihr freuen. Eine glückliche Kate … das wird interessant.

»Christian bringt mich heute Abend nach Seattle.«

»Nach Seattle?«

»Ja.«

»Vielleicht *dort*?«

»Ich hoffe es.«

»Dann stehst du also auf ihn?«

»Ja.«

»Genug, um zu …?«

»Ja.«

Sie hebt die Augenbrauen. »Wow. Ana Steele verguckt sich doch noch in einen Mann, und ausgerechnet in Christian Grey, einen sexy Milliardär.«

»Genau, es geht mir bloß ums Geld.« Ich verziehe verächtlich den Mund, und wir brechen beide in Kichern aus.

»Ist das eine neue Bluse?«, erkundigt sie sich, und ich erzähle ihr die weniger interessanten Ereignisse der vergangenen Nacht.

»Hat er dich schon geküsst?«, fragt sie beim Kaffeekochen.

Ich werde rot. »Einmal.«

»Einmal!«, wiederholt sie spöttisch.

Ich nicke verlegen. »Er ist sehr zurückhaltend.«

Sie runzelt die Stirn. »Merkwürdig.«

»Gelinde ausgedrückt.«

»Heute Abend musst du unwiderstehlich aussehen«, sagt sie entschlossen.

O nein … Das klingt nach Zeitaufwand, Erniedrigung und Schmerz.

»Ich muss in einer Stunde in der Arbeit sein.«

»Mit einer Stunde lässt sich schon was anfangen. Komm.« Kate ergreift meine Hand und zerrt mich in ihr Zimmer.

Bei Clayton's zieht sich der Tag hin, obwohl viel los ist. Wir sind jetzt in der Sommersaison, was bedeutet, dass ich nach Ladenschluss zwei Stunden lang Regale auffüllen muss. Hirnlose Arbeit, die mir viel Zeit zum Grübeln lässt. Dazu hatte ich den ganzen Tag über keine Gelegenheit.

Unter Kates unermüdlicher und ziemlich aufdringlicher Anleitung wurden meine Beine und Achseln glatt rasiert, meine Augenbrauen gezupft, und außerdem wurde ich am ganzen Körper auf Hochglanz poliert. Eine ausgesprochen unangenehme Prozedur. Kate versicherte mir dabei, dass Männer das heutzutage erwarten. Was wird er sonst noch erwarten? Ich muss Kate davon überzeugen, dass es mein freier Wille ist, denn sie misstraut ihm, möglicherweise weil er so steif und förmlich ist. Sie behauptet, sie könne sich ihre Abneigung selbst nicht so genau erklären. Ich habe ihr versprochen, ihr eine SMS zu schicken, sobald ich in Seattle bin. Von dem Hubschrauber habe ich ihr nichts erzählt, sonst wäre sie wahrscheinlich ausgeflippt.

Und dann ist da noch die Sache mit José. Er hat drei Nachrichten und sieben Anrufe in Abwesenheit auf meinem Handy hinterlassen. Und zweimal zuhause angerufen. Kate hat auf seine Frage, wo ich sei, ausweichend geantwortet. Er weiß bestimmt, dass etwas im Busch ist, denn normalerweise hält Kate sich nicht so bedeckt. Ich habe beschlossen, ihn schmoren zu lassen, weil ich ziemlich sauer auf ihn bin.

Außerdem hat Christian etwas von Papierkram erwähnt. Ich habe keine Ahnung, ob das ein Scherz war oder ob ich tatsächlich etwas unterschreiben muss. Ich finde das frustrierend. Dazu kommen meine Angst, meine Aufregung und meine Nerven. Diese Nacht wird die Nacht aller Nächte! Bin ich nach all den Jahren bereit? Meine winzig kleine innere Göttin tippt ungeduldig mit ihren Füßchen auf den Boden. Sie ist seit Jahren bereit, und mit Christian Grey sowieso bereit zu allem, obwohl ich nach wie vor nicht begreife, was er in mir sieht ... in dem Mäuschen Ana Steele.

Natürlich wartet er schon auf mich, als ich Clayton's verlasse. Er steigt aus dem hinteren Teil des Audi aus, um mir die Tür zu öffnen, und begrüßt mich mit einem freundlichen Lächeln.

»Guten Abend, Miss Steele.«

»Mr. Grey.« Ich nicke ihm zu.

Taylor chauffiert den Wagen.

»Hallo, Taylor«, sage ich.

»Guten Abend, Miss Steele.« Er klingt höflich und professionell.

Christian steigt auf der anderen Seite ein und drückt meine Hand. Die Berührung löst ein sanftes Beben in meinem Körper aus.

»Wie war die Arbeit?«, erkundigt er sich.

»Sie hat sich hingezogen«, antworte ich. Meine Stimme klingt zu sehnsuchtsvoll.

»Für mich war es auch ein langer Tag.«

»Was hast du gemacht?«, frage ich.

»Ich war mit Elliot wandern.« Sein Daumen streicht über meine Fingerknöchel, vor und zurück, und mein Herz setzt einen Schlag aus. Wie macht er das bloß? Er berührt nur einen winzigen Teil meines Körpers, und trotzdem explodieren die Hormone.

Die Fahrt zum Hubschrauberlandeplatz dauert nicht lange. Bevor ich mich's versehe, sind wir da. Ich frage mich, wo der sagenhafte Helikopter wartet, denn wir befinden uns in einer dicht bebauten Gegend der Stadt, und sogar ich weiß, dass Hubschrauber Platz zum Starten und Landen brauchen. Taylor stellt den Wagen ab, steigt aus und hält mir die Tür auf. Christian ist sofort neben mir und nimmt wieder meine Hand.

»Bereit?«, fragt er.

Ich nicke. Am liebsten würde ich sagen: *zu allem*. Doch dazu bin ich zu nervös und aufgeregt.

»Taylor.« Christian nickt seinem Fahrer kurz zu, bevor wir uns in das Gebäude begeben, geradewegs zu den Aufzügen. *Aufzüge!* Ich habe den ganzen Tag an nichts anderes gedacht als an unseren Kuss im Lift. Zweimal musste Mr. Clayton meinen Namen rufen, um mich in die Realität zurückzuholen. Zu behaupten, ich sei nicht bei der Sache gewesen, wäre die Untertreibung des Jahres gewesen. Christian sieht mich an, ein leichtes Lächeln spielt um seine Mundwinkel. Ha! Also denkt auch er daran.

»Es sind nur drei Stockwerke«, bemerkt er trocken, doch seine Augen funkeln belustigt.

Ich bemühe mich um eine ausdruckslose Miene, als wir den Aufzug betreten. Sobald die Türen geschlossen sind, ist da wieder dieses merkwürdige Knistern zwischen uns. Ich schließe die Augen in dem vergeblichen Versuch, es zu ignorieren. Er umfasst meine Hand fester, und fünf Sekunden später öffnen sich die Türen zum Dach des Gebäudes. Da steht er, der weiße Helikopter mit der Aufschrift GREY ENTERPRISES HOLDINGS, INC. in blauen Buchstaben, daneben das Firmenlogo. *Missbrauch von Firmeneigentum* fällt mir dazu ein.

Er führt mich zu einem kleinen Büro, in dem ein älterer Mann hinter einem Schreibtisch sitzt.

»Ihr Flugplan, Mr. Grey. Alle äußeren Vorflugkontrollen sind durchgeführt. Fertig und startklar, Sir. Sie können jederzeit losfliegen.«

»Danke, Joe.« Christian schenkt ihm ein freundliches Lächeln. Oh, jemand, der einer höflichen Behandlung durch Christian würdig zu sein scheint. Vielleicht ist er kein Angestellter von ihm. Ich empfinde Hochachtung für den alten Mann.

»Lass uns gehen«, sagt Christian und dirigiert mich zum Helikopter. Er ist viel größer, als ich ihn mir vorgestellt habe. Ich hatte so etwas wie eine Roadster-Version für zwei erwartet, aber in dem Ding befinden sich mindestens sieben Sitze. Christian öffnet die Tür und weist mir einen der Plätze vorn zu.

»Setz dich – und lass die Finger von den Armaturen«, ermahnt er mich, als er hinter mir hineinklettert.

Dann knallt er die Tür zu. Ich bin froh, dass es hier oben Flutlicht gibt, denn sonst fiele es mir schwer, mich im Cockpit zurechtzufinden. Ich setze mich, und er geht neben mir in die Hocke, um mir den Gurt anzulegen. Es handelt sich um einen Vier-Punkt-Gurt, bei dem alle Teile an der Mittelschnalle zusammenlaufen. Er zurrt die beiden oberen Gurte fest, so dass ich mich kaum bewegen kann. Wenn ich mich ein wenig nach vorne beugen könnte, wäre meine Nase in seinen Haaren. Er riecht sauber, frisch, einfach himmlisch, doch ich bin mehr oder weniger bewegungsunfähig. Er hebt amüsiert den Blick. Seine Augen glühen. Gott, wie verführerisch.

»Du bist sicher, hast keine Fluchtmöglichkeit«, flüstert er mir zu, während er auch die unteren Gurte festzurrt. »Vergiss das Atmen nicht, Anastasia«, fügt er hinzu, hebt die Hand, streichelt meine Wange, lässt seine langen Finger zu meinem Kinn gleiten, nimmt es zwischen Daumen und Zeigefinger. Dann beugt er sich vor und drückt mir einen kurzen, keuschen Kuss auf den Mund, der mir die Sinne raubt.

»Das Geschirr gefällt mir«, gesteht er mit leiser Stimme.

Wie bitte?

Er setzt sich neben mich und schnallt sich ebenfalls an. Anschließend folgt eine langwierige Prozedur des Überprüfens, Umlegens von Hebeln und Drückens von Knöpfen an dem blinkenden Armaturenbrett vor mir.

»Setz die Kopfhörer auf«, weist er mich an.

Ich tue ihm den Gefallen. Die Rotorblätter beginnen sich mit ohrenbetäubendem Lärm zu drehen. Er setzt ebenfalls die Kopfhörer auf und legt weitere Schalter um.

»Ich mache nur alle nötigen Kontrollen vor dem Start«, informiert Christian mich über Kopfhörer.

»Weißt du auch, was du tust?«, frage ich.

»Ich habe den Pilotenschein seit vier Jahren, Anastasia. Du bist in sicheren Händen.« Er grinst wölfisch. »Jedenfalls solange wir in der Luft sind«, fügt er mit einem Augenzwinkern hinzu.

Christian zwinkert mir zu!

»Bereit?«

Ich nicke.

»Okay, Tower. Charlie Tango Golf-Golf Echo Hotel an PDX, Startfreigabe bitte bestätigen.«

»Charlie Tango – Start frei. Steigen Sie auf viertausend, Kurs null eins null.«

»Roger, Tower, Charlie Tango bereit, Ende. Los geht's«, fügt er an mich gewandt hinzu, und der Helikopter erhebt sich langsam in die Luft.

Portland verschwindet unter uns, als wir aufsteigen, doch mein Magen weigert sich, von Oregon Abschied zu nehmen. Puh! All die bunten Lichter schrumpfen, bis sie nur noch schwach flimmern. Es ist, als würde man aus einem Goldfischglas hinausschauen. Weiter oben gibt es nicht viel zu sehen. Dort ist es pechschwarz; nicht einmal der Mond erhellt den Himmel. Woher weiß Christian, wohin wir fliegen?

»Unheimlich, was?«, höre ich seine Stimme über Kopfhörer.

»Woher weißt du, dass du in die richtige Richtung fliegst?«

»Hier.« Er deutet mit seinem langen Zeigefinger auf einen elektronischen Kompass. »Dies ist ein EC135 Eurocopter, eines der sichersten Modelle seiner Klasse, nachtflugtauglich.« Christian grinst zu mir herüber. »Auf dem Gebäude, in dem ich wohne, ist ein Hubschrauberlandeplatz. Der ist unser Ziel.«

Natürlich gibt es auf seinem Haus einen Hubschrauberlandeplatz. Mann, er spielt wirklich in einer komplett anderen Liga als ich. Sein Gesicht wird sanft von den Lichtern am Armaturenbrett erhellt. Er lässt die Instrumente daran nicht aus den Augen. Ich mustere ihn verstohlen. Er hat ein unglaubliches Profil. Gerade Nase, kantiges Kinn – ich hätte Lust, meine Zunge über seinen Kiefer gleiten zu lassen. Er ist nicht rasiert; der Bartschatten macht ihn noch verführerischer. Hm … Ich würde gern das raue Gefühl an meiner Zunge spüren, an meinen Fingern, meinem Gesicht.

»In der Nacht fliegt man blind. Man muss den Instrumenten vertrauen«, erklärt er und reißt mich aus meinen erotischen Träumen.

»Wie lange dauert der Flug?«, frage ich.

»Weniger als eine Stunde – wir haben Rückenwind.«

Weniger als eine Stunde nach Seattle … Nicht schlecht. Kein Wunder, dass wir fliegen.

Und weniger als eine Stunde bis zur großen Enthüllung. In meinem Unterleib ziehen sich sämtliche Muskeln zusammen. In meinem Bauch wimmelt es von Schmetterlingen. Mein Gott, was mich wohl erwartet?

»Alles in Ordnung, Anastasia?«

»Ja.« Mehr bringe ich in meiner Nervosität nicht heraus.

Ich habe das Gefühl, dass er lächelt, doch in der Dunkelheit ist das schwer zu beurteilen. Christian legt erneut einen Schalter um.

»Charlie Tango an PDX, jetzt auf viertausend.« Er tauscht Informationen mit dem Tower aus. In meinen Ohren klingt das hoch professionell. Soweit ich das verstehe, wechseln wir vom Portlander Luftraum in den des Seattle International Airport. »Verstanden, Sea-Tac, bleibe auf Frequenz.«

»Schau, da drüben.« Er deutet auf einen kleinen Lichtpunkt in der Ferne. »Das ist Seattle.«

»Beeindruckst du die Frauen immer so? Indem du sie zu einem Flug in deinem Helikopter einlädst?«, frage ich.

»Ich habe noch nie eine Frau mit hier herauf genommen, Anastasia. Wieder eine Premiere.« Er klingt ernst.

Eine unerwartete Antwort. *Wieder eine Premiere?* Ach so, wahrscheinlich meint er das gemeinsame Schlafen in seinem Bett.

»Bist du denn beeindruckt?«

»Zutiefst, Christian.«

Er lächelt.

»Zutiefst?« Und ein weiteres Mal wirkt er einen Moment lang so jung, wie er tatsächlich ist.

Ich nicke. »Du bist so … kompetent.«

»Danke fürs Kompliment, Miss Steele.«

Ich glaube, meine Bemerkung freut ihn, aber sicher bin ich mir nicht.

Eine Weile fliegen wir schweigend in der Dunkelheit dahin. Der helle Punkt – Seattle – wird größer.

»Sea-Tac Tower an Charlie Tango. Flugplan nach Escala liegt vor. Bleiben Sie auf Frequenz.«

»Charlie Tango an Sea-Tac, verstanden. Bleibe auf Frequenz.«

»Das scheint dir Spaß zu machen«, murmle ich.

»Was?«

»Das Fliegen«, antworte ich.

»Dafür sind Kontrolle und Konzentration erforderlich … ich muss es einfach lieben. Aber noch lieber mag ich das Segelfliegen.«

»Segelfliegen?«

»Ja.«

»Oh.« *Teure Hobbys.* Ich erinnere mich: Das hat er in dem Interview erwähnt. Wieder einmal fühle ich mich fehl am Platz. Ich lese gern und gehe ab und zu ins Kino.

»Charlie Tango, bitte kommen.« Die körperlose Stimme der Flugverkehrskontrolle reißt mich aus meinen Überlegungen. Christian antwortet. Er klingt, als hätte er alles im Griff.

Seattle kommt näher. Wir sind jetzt über den Randbezirken, und es sieht absolut atemberaubend aus. Seattle in der Nacht, von oben …

»Schön, was?«, fragt Christian mit leiser Stimme.

Ich nicke begeistert. Es wirkt nicht real, irgendwie nicht von dieser Welt. Ich fühle mich wie in einer riesigen Filmkulisse, vielleicht in der von Josés Lieblingsstreifen *Blade Runner*. Dabei fällt mir Josés Kussversuch wieder ein. Allmählich komme ich mir ein wenig grausam vor, weil ich ihn nicht zurückrufe. *Ach was, das kann bis morgen warten.*

»Wir sind in ein paar Minuten da«, informiert mich Christian.

Das Blut pocht in meinen Ohren, mein Puls beschleunigt sich, ein Adrenalinstoß durchzuckt meinen Körper. Er spricht wieder mit dem Tower, aber ich höre nicht mehr zu. Ich fürchte, gleich ohnmächtig zu werden. Mein Schicksal liegt in seinen Händen.

Wir fliegen zwischen Wolkenkratzern hindurch; vor uns erkenne ich einen mit Hubschrauberlandeplatz. Das Wort »Escala« steht in weißen Lettern oben auf dem Gebäude. Es wird größer und größer … wie meine Angst. *Gott, hoffentlich enttäusche ich ihn nicht.* Bestimmt entspreche ich nicht seinen Erwartungen. Hätte ich doch nur auf Kate gehört und mir eines ihrer Kleider ausgeliehen, aber ich mag nun mal lieber meine schwarze Jeans, und dazu trage ich eine minzgrüne Bluse und Kates schwarzen Blazer. Das finde ich schick genug. Ich umklammere den Rand meines Sitzes fester und fester. *Ich schaffe das. Ich schaffe das.* Das sage ich mir immer wieder vor, während der Wolkenkratzer näher kommt.

Die Rotorblätter des Helikopters drehen sich langsamer; Christian setzt auf dem Hubschrauberlandeplatz auf. Das Herz schlägt mir bis zum Hals. Ich weiß nicht, ob das an meiner nervösen Vorfreude liegt, an der Erleichterung darüber, dass wir heil gelandet sind, oder an meiner Versagensangst. Christian schaltet den Motor aus, und die Rotorblätter kommen zum Stillstand. Jetzt ist es so leise, dass ich nur noch meinen eigenen unregelmäßigen Atem höre. Christian nimmt die Kopfhörer ab und zieht mir auch die meinen von den Ohren.

»Wir sind da«, verkündet er.

Sein Blick ist sehr intensiv, so halb im Schatten und halb im grellen Licht der Landelichter. Schwarzer und weißer Ritter – eine passende Metapher für Christian. Er wirkt angespannt. Seine Kiefer mahlen, und er kneift die Augen zusammen. Er löst zuerst seinen Sicherheitsgurt und dann meinen, dabei ist sein Gesicht nur wenige Zentimeter von meinem entfernt.

»Du musst nichts tun, was du nicht möchtest. Das weißt du doch, oder?« Er klingt sehr ernst, fast verzweifelt, und seine Augen glühen. Seine Worte überraschen mich.

»Ich würde nie etwas machen, was ich nicht will, Christian.« Kaum habe ich das über die Lippen gebracht, bin ich mir da nicht mehr ganz so sicher, denn im Moment würde ich vermutlich alles für diesen Mann tun. Meine Antwort scheint ihn zufrieden zu stellen.

Trotz seiner Größe gelingt es ihm, sich anmutig zur Tür des Helikopters zu drehen und sie zu öffnen. Er springt hinaus und nimmt meine Hand, als ich hinausklettere. Hier oben auf dem Gebäude geht ein sehr starker Wind. Es macht mich nervös, dass ich mindestens dreißig Stockwerke hoch an einem nicht durch Mauern geschützten Ort stehe. Christian legt den Arm um meine Taille und zieht mich zu sich heran.

»Komm«, ruft er mir über den heulenden Wind hinweg zu, dirigiert mich zum Aufzug und gibt den Sicherheitscode ein. Sofort öffnen sich die Türen. Drinnen ist es warm; alle Wände sind aus Spiegelglas. Darin sehe ich Christian in endloser Wiederholung und mich daneben. Er gibt einen weiteren Code ein, woraufhin sich die Türen schließen und der Lift sich nach unten in Bewegung setzt.

Wenig später erreichen wir einen weißen Empfangsbereich.

In der Mitte befindet sich ein runder, dunkler Holztisch, auf dem ein großer Strauß mit weißen Blumen steht. An den Wänden hängen überall Gemälde. Christian öffnet eine Doppeltür. Die Farbe Weiß setzt sich jenseits eines breiten Flurs mit dem Eingang zu einem gewaltigen Raum fort. Dies ist der Wohnbereich, doppelte Raumhöhe. »Riesig« ist ein zu kleines Wort dafür. Die Wand am anderen Ende besteht aus Glas und führt auf einen Balkon mit Blick auf Seattle.

Rechts steht ein imposantes U-förmiges Sofa, auf dem bequem zehn Erwachsene sitzen könnten. Ihm gegenüber befindet sich ein hochmoderner Edelstahlkamin – vielleicht ist er auch aus Platin, was weiß ich schon. Das Feuer knistert leise vor sich hin. Links von uns, beim Eingang, ist der Küchenbereich, ebenfalls ganz in Weiß mit dunklen Holzarbeitsflächen und einer Frühstückstheke für sechs Personen.

Vor der Glaswand steht ein Esstisch mit sechzehn Stühlen, und in einer Ecke entdecke ich einen schwarzen Flügel. Wahrscheinlich spielt Christian auch noch Klavier. An den Wänden hängen Kunstwerke in allen Formen und Größen. Das ist weniger eine Wohnung als eine Kunstgalerie.

»Darf ich dir die Jacke abnehmen?«, fragt Christian.

Ich schüttle den Kopf, weil mir von dem Wind auf dem Hubschrauberlandeplatz kalt ist.

»Möchtest du was trinken?«, erkundigt er sich.

Ich blinzle. Nach letzter Nacht? *Soll das ein Scherz sein?* Einen Moment lang spiele ich mit dem Gedanken, ihn um einen Margarita zu bitten – aber den Mumm besitze ich nicht.

»Ich werde mir ein Glas Weißwein genehmigen. Leistest du mir Gesellschaft?«

»Ja, gern.«

Ich fühle mich in dem riesigen Raum fehl am Platz und gehe hinüber zu der Glaswand, deren untere Hälfte sich ziehharmonikaförmig auf den Balkon öffnet. Seattle liegt hell und belebt unter uns. Anschließend kehre ich in den Küchenbereich zurück – das dauert ein paar Sekunden –, wo Christian eine Flasche Wein öffnet. Er hat seine Jacke ausgezogen.

»Ist dir Pouilly Fumé recht?«

»Ich kenne mich mit Wein nicht aus, Christian. Er ist bestimmt gut.« Meine Stimme klingt zögernd. Am liebsten würde ich weglaufen. Christian ist superreich. Reich wie Bill Gates. Was mache ich hier? *Du weißt ganz genau, was du hier machst,* spottet mein Unterbewusstsein. Ja, ich will in Christian Greys Bett.

»Hier.« Er reicht mir ein Glas Wein.

Sogar die Gläser zeugen von seinem Reichtum … schweres, modernes Kristall. Ich nehme einen Schluck. Der Wein ist leicht, spritzig, einfach köstlich.

»Du bist sehr still, wirst nicht einmal mehr rot. Ich glaube, so blass habe ich dich noch nie gesehen, Anastasia«, stellt er fest. »Hast du Hunger?«

Ich schüttle den Kopf. Jedenfalls nicht nach Essen. »Du hast eine sehr große Wohnung.«

»Groß?«

»Ja, groß.«

»Stimmt«, pflichtet er mir bei. Seine Augen funkeln belustigt.

Ich trinke noch einen Schluck Wein und deute dann mit dem Kinn in Richtung Flügel. »Spielst du?«

»Ja.«

»Gut?«

»Ja.«

»Natürlich. Gibt es eigentlich irgendetwas, was du nicht gut kannst?«

»Ja … so einiges.« Er trinkt seinerseits einen Schluck Wein, ohne den Blick von mir zu wenden, während ich mich in dem riesigen Raum umsehe. »Raum« ist einfach das falsche Wort. Das hier ist ein Statement.

»Möchtest du dich setzen?«

Ich nicke. Er ergreift meine Hand und führt mich zu der

cremefarbenen Couch. Als ich Platz nehme, komme ich mir wie Tess Durbeyfield vor, als sie sich das neue Haus des berüchtigten Alec d'Urberville ansieht. Der Gedanke lässt mich schmunzeln.

»Was ist so komisch?« Christian setzt sich neben mich und wendet mir sein Gesicht zu.

»Warum hast du mir ausgerechnet *Tess von den d'Urbervilles* geschenkt?«, frage ich.

Meine Frage scheint ihn zu wundern. »Du hast gesagt, du magst Thomas Hardy.«

»Ist das der einzige Grund?« Sogar ich höre die Enttäuschung in meiner Stimme.

Er presst die Lippen zusammen. »Es schien mir passend. Ich könnte ein unerreichbar hohes Ideal in dir sehen wie Angel Clare oder dich erniedrigen wie Alec d'Urberville«, erklärt er mit leiser Stimme, und seine Augen blitzen dunkel und gefährlich.

»Wenn es nur zwei Wahlmöglichkeiten gibt, entscheide ich mich für die Erniedrigung«, flüstere ich und blicke ihm in die Augen. Mein Unterbewusstsein starrt mich verblüfft an, und er schnappt nach Luft.

»Anastasia, bitte kau nicht immerzu auf deiner Lippe. Das verwirrt mich. Du weißt nicht, wovon du sprichst.«

»Deshalb bin ich hier.«

Er runzelt die Stirn. »Ja. Würdest du mich einen Augenblick entschuldigen?« Er verschwindet durch eine breite Tür auf der anderen Seite des Raums. Einige Minuten später kehrt er mit einem Schriftstück zurück.

»Dies ist eine Verschwiegenheitsvereinbarung.« Er zuckt ein wenig verlegen mit den Achseln. »Mein Anwalt besteht darauf.« Er reicht mir das Dokument.

Ich bin total verwirrt.

»Wenn du dich für Alternative zwei, die Erniedrigung, entscheidest, musst du das unterschreiben.«

»Und wenn ich nicht unterschreiben will?«

»Dann geht's um hohe Ideale à la Angel Clare, jedenfalls den größten Teil des Buches.«

»Was hat diese Vereinbarung zu bedeuten?«

»Dass du kein Sterbenswörtchen über uns verraten darfst. Niemandem.«

Ich starre ihn ungläubig an. So ein verdammter Mist. Es ist also übel, richtig übel. Aber jetzt will ich es natürlich erst recht wissen.

»Okay, ich unterschreibe.«

Er reicht mir einen Stift.

»Willst du's nicht zuerst lesen?«

»Nein.«

»Anastasia, du solltest nichts unterschreiben, ohne es gelesen zu haben«, ermahnt er mich.

»Christian, ich würde sowieso mit niemandem über uns sprechen. Nicht mal mit Kate. Also spielt's keine Rolle, ob ich die Vereinbarung unterzeichne oder nicht. Wenn es dir und deinem Anwalt so viel bedeutet, mit dem *du* offenbar sprichst, soll mir das recht sein. Ich unterschreibe.«

Er nickt ernst. »Ein berechtigter Einwand, Miss Steele.«

Ich unterzeichne mit großer Geste auf der gepunkteten Linie beider Blätter und gebe ihm eines zurück. Das andere falte ich zusammen und stecke es in meine Handtasche. Ich nehme einen großen Schluck Wein. Mein Unterbewusstsein starrt mich immer noch verblüfft an, denn ich gebe mich sehr viel mutiger, als ich es tatsächlich bin.

»Heißt das, dass du heute Nacht mit mir schlafen wirst, Christian?« *Äh, habe ich das gerade gesagt?*

Ihm bleibt der Mund offen stehen, aber er fängt sich schnell wieder. »Nein, Anastasia, das heißt es nicht. Erstens: Ich schlafe nicht mit jemandem. Ich ficke ... hart. Zweitens: Wir haben noch eine Menge Papierkram vor uns. Und drittens: Du hast keine Ahnung, worauf du dich einlässt. Möglicherweise wirst du die Beine in die Hand nehmen und abhauen. Komm, ich zeige dir mein Spielzimmer.«

Mir fällt die Kinnlade herunter. *Er fickt hart!* Gott, klingt das … heiß. Aber wieso soll ich mir sein Spielzimmer ansehen?

»Hast du eine Xbox?«, frage ich etwas ratlos.

Er lacht schallend. »Nein, Anastasia, keine Xbox, keine Playstation. Komm.« Er steht auf und streckt mir die Hand entgegen.

Ich lasse mich von ihm zum Flur zurückführen. Rechts von der Doppeltür, durch die wir hereingekommen sind, führt eine andere zu einer Treppe. Wir gehen in den ersten Stock und wenden uns nach rechts. Christian nimmt einen Schlüssel aus seiner Tasche, schließt eine weitere Tür auf und fährt sich mit seinen Händen nervös durchs Haar.

»Du kannst jederzeit gehen. Der Hubschrauber steht bereit. Du kannst aber auch die Nacht hier verbringen und am Morgen heimfliegen. Es liegt bei dir.«

»Nun mach die verdammte Tür schon auf, Christian.«

Er öffnet die Tür und tritt einen Schritt beiseite. Ich sehe ihn ein letztes Mal an. Was verbirgt sich nur hinter dieser Tür? Ich hole tief Luft und gehe hinein.

Und fühle mich ins sechzehnte Jahrhundert zurückversetzt, zur Spanischen Inquisition.

SIEBEN

Als Erstes fällt mir der Geruch auf: nach Leder, Holz, Politur mit leichtem Zitrusduft. Ich empfinde die Atmosphäre als sehr angenehm. Die indirekte Beleuchtung ist gedämpft. Die burgunderfarbenen Wände und die Decke verleihen dem großen Raum etwas Uterusähnliches. Der Boden besteht aus altem, lackiertem Holz. An der Wand gegenüber der Tür hängt ein großes Andreaskreuz. Es besteht aus poliertem Mahagoni, an allen Ecken sind Ledermanschetten angebracht. Darüber befindet sich ein großes, von der Decke hängendes Metallgitter, an dem Seile, Ketten und glänzende Hand- und Fußfesseln baumeln. Bei der Tür entdecke ich zwei mit Schnitzwerk verzierte Stangen, die an ein Geländer oder an Vorhangstangen erinnern, jedoch länger sind. Daran ein ganzes Sortiment von Paddles, Peitschen, Reitgerten und seltsamen Gegenständen mit Federn.

Neben der Tür steht eine massive Mahagonikommode, alle Schubladen schmal, wie für Exponate in einem alten Museum. Was sich wohl in den Schubladen befindet? *Will ich das wirklich wissen?* Mein Blick fällt auf eine mit ochsenblutfarbenem Leder bezogene, gepolsterte Bank. An der Wand ist ein Holzgestell befestigt, das aussieht wie ein Billard-Queue; bei genauerem Hinsehen erkenne ich, dass darin Stöcke unterschiedlicher Länge und Breite stecken. In der gegenüberliegenden Ecke steht ein massiger, fast zwei Meter langer Holztisch, dessen Beine mit geschnitzten Ornamenten verziert sind, darunter zwei dazu passende Hocker.

Beherrscht wird der Raum von einem Bett. Es ist größer als Kingsize, ein wiederum reich mit Schnitzwerk verziertes Himmelbett, das aus dem späten neunzehnten Jahrhundert stammen könnte. Unter dem Baldachin sehe ich weitere schimmernde Ketten und Handschellen. Es gibt kein Bettzeug … nur eine Matratze mit rotem Lederbezug und einige rote Satinkissen.

Vielleicht einen Meter vom Fußende des Betts entfernt steht eine große, ebenfalls ochsenblutfarbene Chesterfield-Couch mitten im Raum. Ein eigenartiges Arrangement … ein Sofa gegenüber vom Bett … Unwillkürlich muss ich schmunzeln, dass ich ausgerechnet die Couch als merkwürdig empfinde, obwohl sie das unspektakulärste Möbelstück ist. Ich hebe den Blick zur Decke. In unregelmäßigen Abständen sind Karabiner angebracht. Wofür sind die? Das dunkle Holz, die dunklen Wände, das gedämpfte Licht und das ochsenblutfarbene Leder erzeugen eine weiche, romantische Stimmung … Ich weiß aber, dass der Eindruck trügt; dies ist Christians Version von weich und romantisch.

Als ich mich ihm zuwende, mustert er mich wie erwartet mit undurchdringlicher Miene. Ich gehe weiter in den Raum hinein, und er folgt mir. Das Federding fasziniert mich. Ich berühre es vorsichtig. Es ist aus Wildleder, wie eine kleine neunschwänzige Katze, allerdings buschiger, und am Ende befinden sich winzige Plastikperlen.

»Das ist ein Flogger«, informiert Christian mich.

Ein Flogger, aha. Meinem Unterbewusstsein hat's komplett die Sprache verschlagen, oder es ist umgekippt und hat sein Leben ausgehaucht. Auch ich bin wie betäubt. Ich betrachte alles und nehme es auf, kann jedoch meine Gefühle über das, was sich mir da präsentiert, nicht in Worte fassen. Was ist die angemessene Reaktion, wenn man feststellt, dass der potenzielle Lover ein perverser Freak, ein Sadist oder Masochist ist? *Angst* … ja … das scheint das vorherrschende Gefühl zu sein. Aber merkwürdigerweise nicht vor ihm – ich glaube nicht, dass er mir wehtun würde, jedenfalls nicht ohne meine Einwilligung. So viele

Fragen wirbeln durch mein Gehirn. Warum? Wie? Wann? Wie oft? Wer? Ich trete an das Bett und lasse die Hände an einem der verzierten Pfosten hinabgleiten. Er ist sehr stabil, eine beeindruckende Schreinerarbeit.

»Sag etwas«, verlangt Christian mit trügerisch sanfter Stimme.

»Machst du das mit Leuten, oder machen sie es mit dir?«

Seine Mundwinkel zucken, ob belustigt oder erleichtert, weiß ich nicht.

»Leute?« Er denkt blinzelnd über seine Antwort nach. »Ich mache das mit Frauen, die es von mir wollen.«

Das verstehe ich nicht.

»Wenn du Freiwillige hast, was mache ich dann hier?«

»Ich würde es gern mit dir tun.«

»Ach«, hauche ich. *Warum?*

Ich gehe zum anderen Ende des Raums, klopfe auf die hüfthohe Bank und lasse die Finger über das Leder gleiten. *Er fügt Frauen gern Schmerz zu.* Der Gedanke deprimiert mich.

»Du bist Sadist?«

»Ich bin dominant.« Seine Augen schimmern wieder wie flüssiges Silber.

»Was bedeutet das?«, flüstere ich.

»Es bedeutet, dass du dich mir freiwillig unterwerfen sollst, in allen Dingen.«

Ich runzle die Stirn, versuche zu begreifen, was ich da gerade gehört habe.

»Warum sollte ich das tun?«

»Um mir Vergnügen zu bereiten.« Er legt den Kopf schief. Um seine Mundwinkel spielt die Andeutung eines Lächelns.

Er möchte, dass ich ihm Vergnügen bereite! Ich glaube, mir fällt die Kinnlade herunter. *Christian Grey Vergnügen bereiten.* In dem Moment wird mir klar, dass es genau das ist, was ich möchte. Ich will, dass er verdammt nochmal entzückt von mir ist. Das ist eine Offenbarung für mich.

»Einfach ausgedrückt, ich möchte, dass du mir Vergnügen bereiten möchtest.« Seine Stimme ist hypnotisch.

»Und wie soll ich das anstellen?« Mein Mund ist trocken; ich wünschte, ich hätte noch Wein. Okay, ich verstehe den Teil mit dem Vergnügen, aber die Kombination aus Boudoir und elisabethanischer Folterkammer verwirrt mich. Will ich die Antwort überhaupt erfahren?

»Ich habe Regeln, die du befolgen musst. Sie sind zu deinem Nutzen und zu meinem Vergnügen gedacht. Wenn du diese Regeln zu meiner Zufriedenheit befolgst, belohne ich dich. Wenn nicht, bestrafe ich dich, und du lernst daraus«, flüstert er.

Ich spähe zu dem Gestell mit den Stöcken hinüber, während er das sagt.

»Und was hat das alles damit zu tun?« Ich mache eine Handbewegung, die den ganzen Raum umfasst.

»Sowohl Belohnung als auch Strafe sind Teil des Verlockungsangebots.«

»Du holst dir also deine Kicks, indem du mir deinen Willen aufzwingst.«

»Es geht eher darum, dass ich mir dein Vertrauen und deinen Respekt verdiene und du dich freiwillig meinem Willen beugst. Deine Unterwerfung wird mir Freude bereiten ... Je mehr du dich unterwirfst, desto größer mein Vergnügen – das ist eine sehr einfache Gleichung.«

»Okay, und was habe ich davon?«

Er zuckt fast ein wenig entschuldigend mit den Achseln. »Mich.«

Puh.

Christian fährt sich mit der Hand durch die Haare. »Warum sagst du nichts, Anastasia? Lass uns wieder nach unten gehen, wo ich mich besser konzentrieren kann. Es lenkt mich zu sehr ab, dich hier drin zu sehen.« Er streckt mir die Hand entgegen, doch ich zögere, sie zu ergreifen.

Kate hat mich gewarnt, dass er gefährlich ist, und sie hatte

Recht, so Recht. *Woher wusste sie das?* Er ist gefährlich für mich, weil ich weiß, dass ich mich darauf einlassen werde. Obwohl ein Teil von mir das nicht will. Ein Teil von mir würde am liebsten schreiend aus diesem Raum rennen, weg von allem, wofür er steht. Wieder einmal fühle ich mich fehl am Platz – wenn auch ganz anders als sonst.

»Ich werde dir nicht wehtun, Anastasia.«

Da ich ihm das glaube, ergreife ich seine Hand, und er führt mich zur Tür hinaus.

»Falls du Ja sagen solltest, möchte ich dir etwas zeigen.« Statt nach unten zurückzukehren, wendet er sich nach rechts, weg von seinem »Spielzimmer«, wie er es nennt. Wir gehen den Flur entlang, an mehreren Türen vorbei, bis wir eine am anderen Ende erreichen. Dahinter verbirgt sich ein Schlafzimmer mit einem großen Doppelbett, ganz in Weiß … alles – Möbel, Wände, Bettzeug. Es ist steril und kühl, hat aber durch die Glaswand einen atemberaubenden Blick auf Seattle.

»Dies wird dein Zimmer sein. Du kannst es einrichten, wie du möchtest.«

»Mein Zimmer? Du erwartest, dass ich hier einziehe?« Ich kann mein Entsetzen nicht verbergen.

»Nicht ganz. Nur, sagen wir, von Freitagabend bis einschließlich Sonntag. Darüber müssen wir noch verhandeln. Falls du bereit bist, dich darauf einzulassen«, fügt er leise hinzu.

»Ich werde hier schlafen?«

»Ja.«

»Nicht mit dir.«

»Nein. Ich habe dir schon gesagt, dass ich mit niemandem in einem Bett schlafe, nur mit dir, wenn du dich ins Koma getrunken hast.« Er klingt vorwurfsvoll.

Ich presse die Lippen aufeinander. Wie soll ich diese beiden Christians in Einklang bringen: den freundlichen, fürsorglichen Christian, der mich hält, während ich in die Azaleen kotze, und das Ungeheuer mit den Peitschen und Ketten in diesem Raum?

»Und wo schläfst du?«

»Mein Zimmer ist unten. Komm, du hast sicher Hunger.«

»Merkwürdig, mir scheint der Appetit vergangen zu sein.«

»Du musst etwas essen, Anastasia.« Er nimmt meine Hand und führt mich zurück nach unten.

Wieder in dem großen Raum, übermannt mich tiefe Beklommenheit. Ich stehe am Rand eines Abgrunds und muss mich entscheiden, ob ich springe.

»Mir ist bewusst, dass ich dich einen dunklen Pfad entlangführe, Anastasia, und deshalb möchte ich, dass du gründlich darüber nachdenkst. Du hast sicher Fragen«, sagt er, als er in den Küchenbereich tritt und meine Hand loslässt.

Allerdings. Aber wo soll ich anfangen?

»Du hast die Verschwiegenheitsvereinbarung unterschrieben. Du kannst fragen, was du willst. Ich werde dir auf alles antworten.«

Ich beobachte ihn von der Frühstückstheke aus, wie er die Kühlschranktür öffnet und einen Teller mit Käse, grünen und blauen Trauben herausholt. Er stellt den Teller auf die Arbeitsfläche und schneidet ein Baguette auf.

»Setz dich.« Er deutet auf einen der Hocker an der Frühstückstheke, und ich gehorche ihm. Wenn ich mich auf seinen Vorschlag einlasse, werde ich mich daran gewöhnen müssen. Erst jetzt wird mir bewusst, dass er von Anfang an herrisch gewesen ist.

»Du hast etwas von Papierkram erwähnt.«

»Ja.«

»Wie sieht der aus?«

»Zusätzlich zu der Verschwiegenheitsvereinbarung gibt es einen Vertrag, in dem festgelegt wird, was wir tun und lassen. Wir müssen beide unsere Grenzen kennen. Das beruht auf Gegenseitigkeit, Anastasia.«

»Und wenn ich nicht will?«

»Dann ist das auch okay.«

»Aber wir werden keine Beziehung haben?«, frage ich.

»Nein.«

»Warum nicht?«

»Das ist die einzige Art von Beziehung, die mich interessiert.«

»Warum?«

Er zuckt mit den Achseln. »So bin ich nun mal.«

»Wie bist du so geworden?«

»Warum ist man, wie man ist? Schwierige Frage. Wieso mögen manche Leute Käse, und andere hassen ihn? Magst du Käse? Mrs. Jones – meine Haushälterin – hat das zum Abendessen vorbereitet.« Er holt weiße Teller aus einem Schrank und stellt mir einen hin.

Wir reden über Käse … Was für ein Quatsch.

»Wie sehen die Regeln aus, die ich befolgen muss?«

»Die sind schriftlich formuliert. Wir gehen sie nach dem Essen durch.«

Essen. Wie kann er jetzt an Essen denken?

»Ich habe wirklich keinen Hunger«, flüstere ich.

»Du wirst essen.« *Der dominante Christian, klar.* »Möchtest du noch ein Glas Wein?«

»Ja, bitte.«

Er schenkt mir nach und setzt sich neben mich. Ich trinke hastig einen Schluck.

»Iss, Anastasia.«

Ich nehme eine kleine Traube. Mehr schaffe ich nicht. Seine Augen verengen sich.

»Bist du schon lange so?«, frage ich.

»Ja.«

»Findet man leicht Frauen, die sich auf so etwas einlassen?«

»Du würdest dich wundern«, antwortet er trocken.

»Warum dann ich? Ich verstehe das wirklich nicht.«

»Anastasia, ich habe es dir doch erklärt. Du bist etwas Besonderes. Ich kann die Finger nicht von dir lassen.« Er lächelt spöttisch. »Ich werde von dir angezogen wie die sprichwörtliche Motte von der Flamme.« Seine Stimme wird dunkler. »Ich begehre dich sehr, besonders jetzt, da du wieder auf deiner Lippe kaust.« Er schluckt.

Mein Magen schlägt Purzelbäume – er begehrt mich … auf merkwürdige Weise, zugegeben, aber dieser attraktive, seltsame, perverse Mann will mich.

»Ich glaube, es ist genau andersherum«, grummle ich. Die Motte bin ich und er das Feuer, und ich werde mir die Flügel oder was auch immer verbrennen.

»Iss!«

»Nein. Ich habe noch nichts unterschrieben. Wenn's recht ist, halte ich noch eine Weile an meinem freien Willen fest.«

Sein Blick wird sanfter, seine Lippen verziehen sich zu einem Lächeln. »Wie Sie meinen, Miss Steele.«

»Wie viele Frauen?«, platze ich heraus.

»Fünfzehn.«

Ach. Nicht so viele, wie ich gedacht hatte.

»Immer längere Zeit?«

»Manche von ihnen, ja.«

»Hast du jemals jemandem wehgetan?«

»Ja.«

Oha.

»Schlimm?«

»Nein.«

»Wirst du mir wehtun?«

»Wie meinst du das?«

»Wirst du mir körperliche Schmerzen zufügen?«

»Ich werde dich, wenn nötig, bestrafen, und es wird wehtun.«

Mir wird ein bisschen schwummerig. Ich trinke noch einen Schluck Wein. Alkohol macht Mut.

»Bist du jemals geschlagen worden?«, frage ich.

»Ja.«

Ach ... Das überrascht mich. Bevor ich nachhaken kann, unterbricht er meinen Gedankengang.

»Sprechen wir in meinem Arbeitszimmer weiter darüber. Ich möchte dir etwas zeigen.«

Ganz schön viel zu verdauen! Ich hatte erwartet, eine Nacht unvergleichlicher Leidenschaft im Bett dieses Mannes zu verbringen, und nun verhandeln wir über sein merkwürdiges Arrangement.

Ich folge ihm in sein Arbeitszimmer, einen großen Raum, wieder mit einem vom Boden bis zur Decke reichenden Fenster, das auf einen Balkon geht. Er setzt sich an den Schreibtisch, signalisiert mir mit einer Geste, dass ich auf einem Ledersessel vor ihm Platz nehmen soll, und reicht mir ein Blatt Papier.

»Das sind die Regeln. Sie können sich verändern und gehören zu dem Vertrag, den ich dir ebenfalls geben werde. Lies sie, damit wir sie besprechen können.«

REGELN

Gehorsam:

Die Sub befolgt sämtliche Anweisungen des Dom, ohne zu zögern, vorbehaltlos und umgehend. Die Sub stimmt allen sexuellen Aktivitäten, die der Dom als angemessen und angenehm erachtet, ausgenommen die in Abschnitt »Hard Limits« aufgeführten (Anhang 2) zu. Sie tut dies bereitwillig und ohne Zögern.

Schlaf:

Die Sub stellt sicher, dass sie pro Nacht mindestens acht Stunden schläft, wenn sie nicht mit dem Dom zusammen ist.

Essen:

Die Sub isst regelmäßig, orientiert sich an einer vorgegebenen Liste von Nahrungsmitteln (Anhang 4), um ihre Gesundheit und ihr Wohlergehen zu bewahren. Abgesehen von Obst nimmt die Sub zwischen den Mahlzeiten nichts zu sich.

Kleidung:

Innerhalb der Vertragsdauer trägt die Sub ausschließlich vom Dom genehmigte Kleidung. Der Dom stellt der Sub ein Budget für Kleidung zur Verfügung, das die Sub nutzt. Der Dom begleitet die Sub ad hoc beim Kleiderkauf. Wenn der Dom das wünscht, trägt die Sub während der Vertragsdauer von ihm ausgewählten Schmuck, in Gegenwart des Dom und zu allen anderen Zeiten, die der Dom für angemessen hält.

Körperliche Ertüchtigung:

Der Dom stellt der Sub einen Personal Trainer viermal die Woche für jeweils eine Stunde zu Zeiten zur Verfügung, die zwischen dem Personal Trainer und der Sub zu vereinbaren sind. Der Personal Trainer informiert den Dom über die Fortschritte der Sub.

Hygiene/Schönheit:

Die Sub ist zu allen Zeiten sauber und rasiert und/oder gewaxt. Die Sub sucht zu Zeiten, die der Dom bestimmt, einen Kosmetiksalon auf, den der Dom auswählt, um sich Behandlungen zu unterziehen, die der Dom für angemessen hält. Sämtliche Kosten übernimmt der Dom.

Persönliche Sicherheit:

Die Sub unterlässt übermäßigen Alkoholkonsum, raucht nicht, nimmt keine Drogen und begibt sich nicht in unnötige Gefahr.

Persönliches Verhalten:

Die Sub unterhält keine sexuellen Beziehungen mit anderen als dem Dom. Das Verhalten der Sub ist zu allen Zeiten respektvoll und züchtig. Ihr muss klar sein, dass ihr Benehmen auf den Dom zurückfällt. Sie muss sich für sämtliche Missetaten und Verfehlungen verantworten, derer sie sich in Abwesenheit des Dom schuldig macht.

Ein Verstoß gegen irgendeine der oben aufgeführten Vereinbarungen hat sofortige Bestrafung zur Folge, deren Art durch den Dom festgelegt wird.

Ach du liebe Scheiße!

»Hard Limits?«, frage ich, als mein Blick auf den nächsten Punkt fällt.

»Ja. Wozu du nicht bereit bist und wozu ich nicht bereit bin, müssen wir in unserer Vereinbarung festlegen.«

»Ich weiß nicht, ob ich Geld für Kleidung annehmen will. Das erscheint mir falsch.«

»Ich würde dich gern mit Geld überschütten. Lass mich Kleidung für dich kaufen. Es könnte sein, dass du mich zu offiziellen Anlässen begleiten musst, und da solltest du schick angezogen sein. Dein Gehalt wird, sobald du einen Job hast, mit ziemlicher Sicherheit nicht für die Art von Kleidung ausreichen, die ich mir für dich vorstelle.«

»Ich muss sie nicht tragen, wenn ich nicht mit dir zusammen bin?«

»Nein.«

»Okay.« *Betrachte das Ganze als Uniform.* »Aber ich will nicht viermal die Woche Sport machen.«

»Anastasia, ich erwarte Gelenkigkeit, Kraft und Ausdauer. Und glaub mir, du wirst trainieren müssen.«

»Aber bestimmt nicht viermal die Woche. Wie wär's mit dreimal?«

»Ich möchte, dass du viermal trainierst.«

»Ich dachte, dies sind Verhandlungen?«

Er schürzt die Lippen. »Okay, Miss Steele, wieder einmal ein berechtigter Einwand. Wie wär's mit dreimal wöchentlich eine Stunde und einmal eine halbe?«

»Drei Tage, drei Stunden. Ich vermute, dass ich bei dir genug Training kriegen werde.«

Er schmunzelt anzüglich, und seine Augen glühen, als wäre er erleichtert.

»Ja, stimmt. Okay, abgemacht. Willst du wirklich kein Praktikum in meinem Unternehmen machen? Du bist ein harter Verhandlungspartner.«

»Nein, das halte ich für keine gute Idee.« Ich sehe mir die Regeln genauer an. *Waxing? Was? Alles? Oje.*

»Nun zu den Limits. Das hier sind meine.« Er reicht mir ein weiteres Blatt Papier.

HARD LIMITS

Kein Feuer.

Kein Urin oder Kot.

Keine Nadeln, Messer, Schnitte, Stiche oder Blut.

Keine gynäkologischen Instrumente.

Keine Handlungen mit Kindern oder Tieren.

Keine Handlungen, die dauerhafte Spuren auf der Haut hinterlassen.

Keine Atemkontrolle.

Kein elektrischer Strom (egal, ob Wechsel- oder Gleichstrom), keine Flammen am Körper.

Puh. Das muss er eigens schriftlich fixieren? Natürlich klingt das sehr vernünftig und, offen gestanden, auch nötig … Kein Mensch, der noch alle beieinander hat, würde sich wohl auf so etwas einlassen. Ich bekomme weiche Knie.

»Möchtest du etwas hinzufügen?«, fragt er.

Scheiße. Keine Ahnung. Mir fehlen die Worte.

»Gibt es irgendetwas, wozu du nicht bereit bist?«

»Ich weiß es nicht.«

»Was soll das heißen?«

Ich kaue auf meiner Lippe herum. »Ich habe so etwas noch nie gemacht.«

»Wenn du mit jemandem geschlafen hast – gab's da irgendetwas, das dir nicht gefallen hat?«

Zum ersten Mal seit einer gefühlten Ewigkeit werde ich wieder rot.

»Du kannst es mir ruhig sagen, Anastasia. Wir müssen ehrlich miteinander sein, sonst funktioniert das nicht.«

Ich starre meine ineinander verschlungenen Finger an.

»Sag es mir«, weist er mich an.

»Ich habe noch nie mit jemandem geschlafen, also weiß ich es nicht«, gestehe ich kleinlaut. Als ich den Blick hebe, sehe ich, dass er leichenblass ist und mich mit offenem Mund anstarrt.

»Noch nie?«, flüstert er.

Ich nicke.

»Du bist noch Jungfrau?«

Ich nicke erneut.

Er schließt kurz die Augen, scheint bis zehn zu zählen. »Warum zum Teufel hast du mir das nicht gesagt?«, herrscht er mich an.

ACHT

Christian läuft in seinem Arbeitszimmer auf und ab und fährt sich mit den Händen durch die Haare. Mit beiden Händen, soll heißen, doppelt verzweifelt.

Seine Beherrschtheit scheint ihm vorübergehend abhandengekommen zu sein. —

»Ich begreife nicht, warum du mir das nicht gesagt hast«, schreit er mich an.

»Es hat sich nicht ergeben. Und ich pflege den Stand meiner sexuellen Erfahrungen nicht an die große Glocke zu hängen. Schließlich kennen wir uns kaum.« Ich starre meine Hände an. Warum habe ich ein schlechtes Gewissen? Wieso ist er so wütend? Ich riskiere einen Blick auf ihn.

»Über mich weißt du jetzt jedenfalls eine ganze Menge«, knurrt er. »Mir war klar, dass du wenig Erfahrung hast, aber eine *Jungfrau*!« Es klingt wie ein Schimpfwort. »Himmel, Ana, ich habe dir gerade alles gezeigt …« Er stöhnt auf. »Möge Gott mir vergeben. Bist du vor mir schon mal von jemandem geküsst worden?«

»Natürlich.« Ich gebe mein Bestes, beleidigt zu wirken. *Na ja … vielleicht zweimal.*

»Dich hat noch nie ein netter junger Mann umgehauen? Das begreife ich nicht. Du bist einundzwanzig, fast zweiundzwanzig. Und schön.«

Schön. Das Kompliment treibt mir die Röte in die Wangen. Christian Grey findet mich schön. Ich verschlinge die Finger ineinander, versuche, mein dümmliches Grinsen zu verbergen. *Vielleicht sieht er schlecht.* Mein Unterbewusstsein hebt schwach den Kopf. Immerhin lebt es noch. Aber wo bitte war es, als ich es gebraucht hätte?

»Trotz deiner Unerfahrenheit diskutierst du mit mir meine Pläne.« Er runzelt die Stirn. »Wie hast du dich bis jetzt um den Sex herumgedrückt? Bitte verrat mir das.«

Ich zucke mit den Achseln. »Bisher hat niemand …« Außer dir meine Erwartungen erfüllt. Und du entpuppst dich als Monster. »Warum bist du so wütend auf mich?«, flüstere ich.

»Ich bin nicht wütend auf dich, sondern auf mich. Ich bin davon ausgegangen …« Er schüttelt seufzend den Kopf. »Willst du gehen?«

O nein, ich will nicht gehen. »Nein, es sei denn, du möchtest es.«

»Natürlich nicht. Ich habe dich gern hier.« Er wirft einen Blick auf seine Uhr. »Es ist spät.« Als er mich ansieht, fügt er hinzu: »Du kaust auf deiner Lippe.« Seine Stimme klingt rau.

»Sorry.«

»Du musst dich nicht entschuldigen. Am liebsten würde ich sie auch beißen, ganz fest.«

Mir verschlägt es den Atem … Wie kann er solche Dinge zu mir sagen und erwarten, dass mich das kalt lässt?

»Komm«, murmelt er.

»Was?«

»Wir werden die Situation sofort bereinigen.«

»Was soll das heißen? Was für eine Situation?«

»Deine Situation. Ana, ich werde mit dir schlafen, sofort.«

»Oh.« Der Boden kippt unter meinen Füßen weg. *Meine Situation.* Ich halte die Luft an.

»Vorausgesetzt, du willst. Ich möchte mich nicht aufdrängen.«

»Ich dachte, du schläfst nicht mit Frauen, sondern fickst sie … hart.« Plötzlich ist mein Mund sehr trocken.

Er bedenkt mich wieder mit diesem wölfischen Grinsen, woraufhin ich prompt erneut dieses merkwürdige Ziehen im Unterleib spüre.

»Ich kann eine Ausnahme machen oder beides miteinander verbinden, wir werden sehen. Ich will wirklich mit dir schlafen. Bitte, komm mit mir ins Bett. Ich würde mir wünschen, dass das mit unserem Arrangement klappt, aber du musst eine Ahnung von dem Wagnis haben, auf das du dich einlässt. Wir können heute Abend mit den Grundlagen deiner Erziehung anfangen. Das bedeutet allerdings nicht, dass ich dir mein Herz und einen Strauß Blumen zu Füßen lege. Es ist vielmehr ein Mittel zum Zweck, zu einem Zweck, der mir und hoffentlich auch dir am Herzen liegt.« Er mustert mich intensiv.

Wieder werde ich rot … Wünsche können also doch wahr werden.

»Aber ich habe nicht alles gemacht, was auf deiner Liste steht«, wende ich unsicher ein.

»Vergiss die Regeln heute Nacht. Ich begehre dich, seit du in mein Büro gestolpert bist, und ich weiß, dass du mich auch willst. Du würdest nicht hier sitzen und mit mir seelenruhig über Strafen und Hard Limits diskutieren, wenn es nicht so wäre. Bitte, Ana, verbring die Nacht mit mir.« Er streckt mir die Hand mit glühenden Augen entgegen, ich ergreife sie. Er zieht mich zu sich heran und in seine Arme, so dass ich seinen Körper spüre. So schnell, dass es mich überrascht. Er lässt seine Finger über meinen Nacken gleiten und windet meinen Pferdeschwanz um sein Handgelenk, so dass ich gezwungen bin, ihm in die Augen zu sehen.

»Du bist eine bemerkenswert mutige Frau«, flüstert er. »Das bewundere ich.«

Seine Worte wirken wie ein Brandbeschleuniger auf mich; mein Blut kocht. Er beugt sich zu mir herab, küsst mich sanft auf den Mund und saugt an meiner Unterlippe.

»Ich würde so gern diese Lippe beißen«, murmelt er und zieht spielerisch mit den Zähnen daran. Ich stöhne auf, und er lächelt. »Bitte, Ana, schlaf mit mir.«

»Ja«, flüstere ich.

Er lässt mich mit triumphierendem Lächeln los und führt mich durch die Wohnung.

Sein Schlafzimmer ist riesig. Die deckenhohen Fenster gehen auf die erleuchteten Wolkenkratzer von Seattle. Die Wände sind weiß, die Möbel fahlblau. Das gewaltige Bett ist ultramodern, aus rauem, grauem Holz, das aussieht wie Treibholz. Es hat vier Pfosten, jedoch keinen Baldachin. An der Wand darüber hängt ein atemberaubend schönes Gemälde vom Meer.

Ich zittere wie Espenlaub. Die Nacht aller Nächte – es ist so weit. Endlich wage ich den Schritt, mit keinem Geringeren als Christian Grey. Mein Atem geht flach; ich kann den Blick nicht von ihm wenden. Er legt seine Uhr auf die Kommode, die zum Bett passt, schlüpft aus dem Jackett und legt es auf einen Stuhl. Jetzt trägt er nur noch sein weißes Leinenhemd und die Jeans. Er sieht unverschämt gut aus. Seine kupferfarbenen Haare sind zerzaust, das Hemd hängt ihm aus der Hose – seine grauen Augen blitzen herausfordernd. Er schlüpft aus seinen Converse-Sneakers und zieht die Socken einzeln aus. Christian Greys Füße … wow … was haben nackte Füße nur an sich?

»Vermutlich nimmst du nicht die Pille.«

Wie bitte? Scheiße.

»Hab ich mir schon gedacht.« Er holt eine Packung Kondome aus der obersten Schublade der Kommode. Dabei hält er den Blick auf mich gerichtet.

»Allzeit bereit«, sagt er mit leiser Stimme. »Soll ich die Jalousien herunterlassen?«

»Ist mir egal«, flüstere ich. »Ich dachte, in deinem Bett darf niemand schlafen außer dir.«

»Wer sagt denn, dass wir schlafen werden?«

»Ach.« *Mein Gott!*

Er kommt langsamen Schrittes auf mich zu, selbstbewusst und sexy. Ein Gefühl heißer Lust durchzuckt mich. Er steht vor mir, sieht mir in die Augen. *Er ist so verdammt sexy.*

»Wollen wir nicht die Jacke ausziehen?«, fragt er mit leiser Stimme, ergreift das Revers, schiebt mir vorsichtig den Blazer von den Schultern und legt ihn auf den Stuhl.

»Ahnst du eigentlich, wie sehr ich dich begehre, Ana Steele?« Ich schnappe nach Luft.

Er lässt zärtlich seine Finger über meine Wange zu meinem Kinn gleiten. »Und ahnst du, was ich mit dir machen werde?«, fügt er hinzu, während er mein Kinn streichelt.

Die Muskeln tief in meinem Innern ziehen sich aufs Köstlichste zusammen. Am liebsten würde ich die Augen schließen, aber sein Blick hypnotisiert mich. Er beugt sich zu mir herunter und knöpft meine Bluse auf, während er federleichte Küsse auf meine Wange, mein Kinn und meine Mundwinkel haucht. Er schält mich ganz langsam aus meiner Bluse und lässt sie auf den Boden fallen. Dann tritt er einen Schritt zurück, um mich zu betrachten. Ich trage den hellblauen Spitzen-BH mit der perfekten Passform. *Zum Glück.*

»Gott, Ana, ist deine Haut schön, so hell und makellos. Ich möchte jeden Quadratzentimeter davon küssen.«

Ich werde rot. Warum hat er zuvor gesagt, er könnte das mit der Liebe nicht? Ich bin Wachs in seinen Händen. Er löst meine Haare und stößt den Atem deutlich hörbar aus, als meine Haare sich über meine Schultern ergießen.

»Ich liebe braune Haare«, murmelt er, schiebt seine Hände darunter und wölbt sie um meinen Kopf. Sein Kuss ist fordernd, seine Zunge und seine Lippen necken meine. Ich ertaste mit meiner Zunge seine. Er legt die Arme um mich und drückt mich gegen seinen Körper. Eine Hand bleibt in meinen Haaren, die andere wandert meinen Rücken hinunter zu meiner Taille und meinem Hinterteil. Als er mich gegen sich drückt, spüre ich seine Erektion.

Ich stöhne gedämpft auf. Fast kann ich die chaotischen Gefühle – oder sind das die Hormone? –, die durch meinen Körper jagen, nicht mehr bezähmen. Ich will ihn so sehr. Ich lege die Hände um seine Oberarme und fühle seinen festen Bizeps. Vorsichtig streichle ich sein Gesicht und seine Haare. Sie sind weich und dennoch widerspenstig. Ich ziehe sanft daran, und auch er stöhnt auf. Er schiebt mich in Richtung Bett, bis ich die Kante in der Kniekehle spüre. Ich erwarte, dass er mich darauf drückt, doch das tut er nicht. Er lässt mich los, sinkt auf die Knie, umfasst meine Taille mit beiden Händen und lässt seine Zunge um meinen Bauchnabel kreisen. Sanft knabbert er sich zu meinem Hüftknochen und über meinen Bauch zu meinem anderen Hüftknochen vor.

Wieder stöhne ich auf.

Ihn vor mir auf den Knien zu sehen und seinen Mund auf meiner Haut zu spüren ist unerwartet und erregt mich total. Ich versuche, meinen lauten Atem zu beherrschen. Er blickt mit seinen grauen Augen unter seinen unglaublich langen Wimpern zu mir herauf, öffnet den Knopf meiner Jeans und zieht lässig den Reißverschluss herunter. Ohne den Blick von mir zu wenden, gleiten seine Hände unter den Hosenbund und wandern nach hinten, über meinen Po hinunter zu meinen Oberschenkeln. Dabei streift er mir die Jeans herunter. Er leckt sich die Lippen, beugt sich nach vorn und schiebt seine Nase zwischen meinen Oberschenkeln hoch. Ich spüre ihn. *Dort.*

»Du riechst so gut«, murmelt er und schließt verzückt die Augen, während in mir etwas zu explodieren scheint. Er zieht die Bettdecke weg und drückt mich sanft auf die Matratze.

Immer noch kniend, nimmt er meinen Fuß, löst die Schnürsenkel von meinen Converse und zieht mir Schuh und Socke herunter. Ich keuche vor Lust auf und stütze mich mit den Ellbogen ab, um zu sehen, was er tut. Er hebt meinen Fuß an der Ferse an und zieht seinen Daumennagel über meinen Rist. Obwohl das hart an der Schmerzgrenze ist, spüre ich den Nachhall seiner Bewegung bis in meinen Unterleib. Ich schnappe nach Luft. Ohne den Blick von mir zu wenden, lässt er seine Zunge über meinen Spann gleiten und dann seine Zähne. Ich seufze auf ... wie kann ich das *da* spüren? Als ich stöhnend auf das Bett zurücksinke, höre ich sein leises Kichern.

»Ach, Ana, was ich für dich tun könnte«, flüstert er. Dann zieht er mir den anderen Schuh und die andere Socke aus, steht auf und streift die Jeans ab. Nun liege ich nur in BH und Slip auf seinem Bett.

»Wie schön du bist, Anastasia Steele. Ich kann es gar nicht erwarten, in dich einzudringen.«

Puh ... mir bleibt die Spucke weg.

»Zeig mir, wie du dich selbst befriedigst.«

Wie bitte?

»Zier dich nicht, Ana. Zeig's mir«, flüstert er.

Ich schüttle den Kopf. »Ich weiß nicht, was du meinst«, sage ich mit heiserer Stimme.

»Wie bringst du dich zum Orgasmus? Das will ich sehen.«

Ich schüttle erneut den Kopf. »Das hab ich noch nie gemacht«, gestehe ich.

Er hebt erstaunt die Augenbrauen und sieht mich ungläubig an. »Tja, dann müssen wir das eben gemeinsam herausfinden.« Seine Stimme klingt butterweich und gleichzeitig herausfordernd, eine köstliche, sinnliche Drohung. Er knöpft seine Jeans auf und zieht sie langsam herunter. Dabei sieht er mir die ganze Zeit in die Augen. Dann packt er mich an den Knöcheln, spreizt meine Beine und schiebt sich dazwischen. Ich winde mich vor Lust.

»Halt still«, murmelt er und küsst die Innenseite meines Oberschenkels. Seine Lippen wandern hinauf, über die dünne Spitze meines Slips.

Ich kann nicht stillhalten. Wie soll das gehen?

»Du wirst lernen müssen stillzuhalten, Baby.«

Er haucht Küsse auf meinen Bauch, und seine Zunge schlängelt sich in meinen Nabel. Und weiter geht's nach oben. Meine Haut glüht. Mir ist heiß und kalt zugleich; ich verkralle mich in das Laken. Er legt sich neben mich. Seine Finger wandern von meiner Hüfte zu meiner Taille und hinauf zu meiner Brust. Mit unergründlicher Miene wölbt er sanft die Hand um meine Brust.

»Passt genau, Anastasia«, wispert er, schiebt seinen Zeigefinger in meinen Büstenhalter und zieht ihn vorsichtig herunter, so dass meine Brust frei daliegt, jedoch durch die Verstärkung und den Stoff des Büstenhalters nach oben gedrückt wird. Sein Finger gleitet zu meiner anderen Brust und wiederholt den Vorgang. Meine Brüste schwellen an, und meine Brustwarzen werden hart unter seinem unverwandten Blick. Mein BH schnürt mich ein wie ein Geschirr.

»Sehr schön«, flüstert er anerkennend, und meine Brustwarzen werden noch härter.

Er bläst ganz leicht auf die eine, während er die andere langsam mit dem Daumen rollt. Ich stöhne auf, spüre das Ziehen in meinem Unterleib und wie feucht ich bin. *Bitte*, flehe ich stumm, während meine Finger das Laken noch fester umklammern. Seine Lippen umschließen eine Brustwarze, und als er daran zieht, drohe ich zu zerspringen.

»Versuchen wir mal, dich so zum Orgasmus zu bringen«, bemerkt er leise und setzt seinen langsamen, sinnlichen Angriff fort. Alle Nervenenden sind in Alarmbereitschaft, mein ganzer Körper singt in süßer Qual. Er lässt nicht locker.

»Bitte«, flehe ich und werfe den Kopf zurück. Mein Mund öffnet sich zu einem Stöhnen, und meine Beine erstarren. *Junge, Junge, was passiert da mit mir?*

»Lass los, Baby.« Seine Zähne schließen sich um die eine Brustwarze, und mit Daumen und Zeigefinger zieht er ruckartig an der anderen. Mein Körper bäumt sich auf und zerbirst in tausend Teile. Er küsst mich so leidenschaftlich, dass seine Zunge meine Lustschreie erstickt.

Wahnsinn! Jetzt weiß ich, wovon alle schwärmen. Er sieht mich mit einem zufriedenen Lächeln an. Ich erwidere seinen Blick dankbar und voller Bewunderung.

»Du reagierst sehr intensiv. Aber du wirst lernen müssen, das zu beherrschen. Es wird mir großen Spaß machen, dir das beizubringen.« Wieder küsst er mich.

Keuchend komme ich von meinem Orgasmus herunter. Seine Hand wandert über meine Taille und meine Hüften und wölbt sich um mich, da unten … *Oh.* Sein Finger schlüpft unter die feine Spitze und beginnt, langsam zu kreisen. Er schließt kurz die Augen, und sein Atem kommt schneller.

»Wie feucht du bist! Gott, wie ich dich begehre!« Er schiebt seinen Finger in mich hinein, wieder und wieder. Als er meine Klitoris umfasst, schreie ich vor Lust auf. Sein Finger wird immer drängender, bis er sich plötzlich aufrichtet, mir den Slip auszieht und ihn auf den Boden wirft. Dann streift er seine Boxershorts ab, und seine Erektion kommt zum Vorschein. *Wow!* Er nimmt das Kondompäckchen vom Nachttisch, drängt sich zwischen meine Beine und spreizt sie weiter auseinander, bevor er auf die Knie geht und das Kondom über seinen beachtlichen Penis rollt. *O nein … Wie soll das? Wie?*

»Keine Sorge«, flüstert er und sieht mich an. »Auch bei dir weitet sich alles.« Er beugt sich über mich, die Hände zu beiden Seiten meines Kopfes, und verharrt mit brennendem Blick über mir. Erst jetzt fällt mir auf, dass er nach wie vor sein Hemd trägt.

»Willst du es wirklich?«, fragt er.

»Ja, bitte.«

»Zieh die Knie an«, weist er mich an, und ich gehorche. »Ich werde Sie jetzt ficken, Miss Steele«, murmelt er, während er die Spitze seines Schwanzes vor meiner Vagina positioniert. »Hart.« Und mit einem Ruck dringt er in mich ein.

»Ah!« Ich schreie auf, als mein Jungfernhäutchen reißt.

Er hält inne, sieht mich an. In seinem Blick liegen Ekstase und Triumph, und er atmet schwer. »Du bist so eng. Alles in Ordnung?«

Ich nicke mit weit geöffneten Augen, die Hände auf seinen Unterarmen. Ich fühle mich vollkommen ausgefüllt, aber er lässt mir Zeit, mich an das überwältigende Gefühl von ihm in mir zu gewöhnen.

»Jetzt werde ich mich bewegen, Baby«, erklärt er mir kurz darauf mit kehliger Stimme.

Oh.

Er zieht sich ganz langsam zurück, schließt die Augen und stößt wieder zu. Ich schreie ein zweites Mal auf, und er verharrt.

»Mehr?«, flüstert er.

»Ja«, flüstere ich zurück.

Er macht es noch einmal und verharrt erneut. Mein Körper beginnt allmählich, sich an ihn zu gewöhnen.

»Noch mehr?«

»Ja«, flehe ich.

Und wieder bewegt er sich, doch diesmal macht er keine Pausen mehr. Er verlagert sein Gewicht auf die Ellbogen, so dass ich ihn auf mir spüre. Anfangs ist der Rhythmus noch langsam. Ich wölbe ihm meine Hüften entgegen, woraufhin er schneller wird. Ich stöhne, und er stößt weiter seinen Penis in mich hinein, immer schneller, unerbittlich. Er packt meinen Kopf zwischen die Hände und küsst mich hart. Seine Zähne ziehen an meiner Unterlippe. Als er seine Position leicht verlagert, spüre ich, wie sich alles in mir beinahe bis zum Bersten zusammenzieht, genau wie zuvor. Zitternd bäumt mein Körper sich auf. Ein Schweißfilm tritt auf meine Haut. *O Gott ...* Ich hatte ja keine Ahnung, dass es sich so anfühlen würde ... so gut. Meine Gedanken zerfließen ... nur noch reines Gefühl ... nur noch er ... und ich ... bitte ... ich erstarre.

»Komm für mich, Ana«, flüstert er schwer atmend, und bei seinen Worten zerspringe ich in eine Million Stücke. Als er kommt, ruft er meinen Namen, stößt noch einmal fest zu und ergießt sich schließlich in mir.

Während ich versuche, meine Atmung und meinen Herzschlag zu beruhigen, versinken meine Gedanken im Chaos. *Wow ... das war der Wahnsinn.*

Er hält die Stirn gegen meine gepresst, die Augen geschlossen, und sein Atem geht unregelmäßig. Er ist nach wie vor in mir drin, öffnet die Augen und sieht mich mit dunklem Blick an. Dann küsst er mich sanft auf die Stirn und zieht sich langsam aus mir zurück.

»Oh.« Wegen des ungewohnten Gefühls zucke ich zusammen.

»Hab ich dir wehgetan?«, fragt Christian, als er sich neben mich legt und auf einen Ellbogen stützt. Er schiebt mir eine Haarsträhne hinters Ohr.

Ich muss lachen. »*Du* fragst mich, ob du mir wehgetan hast?«

»Die Ironie der Situation ist mir durchaus bewusst«, sagt er spöttisch lächelnd. »Aber mal im Ernst, alles okay?«

Ich strecke mich neben ihm aus. Meine Knochen sind weich wie Wachs, aber ich bin entspannt, zutiefst entspannt. Ich lächle ihn an. Und kann gar nicht mehr damit aufhören. Jetzt weiß ich endlich Bescheid. Zwei Orgasmen … völlige Auflösung, wie im Schleudergang der Waschmaschine. Wow. Ich hatte keine Ahnung, wozu mein Körper in der Lage ist, dass er sich so anspannen und dann so heftig und befriedigend entladen kann. Ein unbeschreibliches Gefühl.

»Du kaust auf deiner Lippe, und du hast mir keine Antwort gegeben.« Er runzelt die Stirn.

Ich grinse ihn schelmisch an. Er sieht phantastisch aus mit seinen zersausten Haaren, den glühenden Augen und dem ernsten Gesichtsausdruck.

»Das würde ich gern öfter machen«, flüstere ich. Einen kurzen Moment glaube ich, einen Ausdruck der Erleichterung auf seinem Gesicht zu erkennen, bevor er wieder dichtmacht.

»Tatsächlich, Miss Steele?«, fragt er trocken und küsst mich zärtlich auf den Mundwinkel. »Sie sind unersättlich, meine Liebe. Drehen Sie sich auf den Bauch.«

Ich blinzle kurz, bevor ich mich umdrehe. Er löst die Haken meines BHs und lässt seine Hand über meinen Rücken zu meinem Hinterteil gleiten.

»Du hast wirklich ausgesprochen schöne Haut«, murmelt er und schiebt ein Bein zwischen meine, so dass er halb auf meinem Rücken liegt. Die Knöpfe seines Hemds drücken sich in meine Haut, als er meine Haare hochhebt und meine nackte Schulter küsst.

»Warum hast du dein Hemd noch an?«, frage ich.

Abrupt hält er in der Bewegung inne. Nach kurzem Zögern schlüpft er aus seinem Hemd und legt sich wieder auf mich. Nun spüre ich seine warme Haut auf meiner. *Hm … * Himmlisch! Seine Brust ist leicht behaart und kitzelt mich am Rücken.

»Ich soll dich nochmal ficken?«, erkundigt er sich und beginnt, mit federleichten Küssen von meinem Ohr zu meinem Nacken zu wandern.

Seine Hände streichen über meine Taille, meine Hüfte und meinen Oberschenkel hinunter zur Rückseite meines Knies. Er drückt mein Knie nach oben. Mir stockt der Atem … *Was hat er vor?* Seine Finger wandern über meinen Oberschenkel hinauf zu meinem Hintern. Er streichelt meine Pobacke und gleitet mit der Hand zwischen meine Beine.

»Ich werde dich jetzt von hinten nehmen, Anastasia«, erklärt er, packt mit der freien Hand meine Haare im Nacken und zieht daran, so dass ich meinen Kopf nicht rühren kann. Hilflos stecke ich unter ihm fest.

»Du gehörst mir«, raunt er. »Mir allein. Vergiss das nicht.«

Seine Stimme ist berauschend, betörend, verführerisch, und ich kann seine Erektion an meinem Oberschenkel fühlen.

Seine langen Finger beginnen, sanft meine Klitoris zu umkreisen. Ich spüre seinen Atem an meinem Gesicht, während er meinen Hals mit leichten Bissen und Küssen verwöhnt.

»Du riechst himmlisch.«

Er knabbert an meinem Ohr. Seine Hand reibt ohne Unterlass an mir. Unwillkürlich beginnen meine Hüften seine Bewegung zu spiegeln. Höchste Lust quält mich.

»Halt still«, befiehlt er mir, schiebt langsam seinen Daumen in mich hinein und lässt ihn kreisen. Dabei streicht er immer wieder über meinen Kitzler. Die Wirkung ist erstaunlich – meine ganze Energie konzentriert sich auf diesen einen kleinen Punkt in meinem Körper. Ich stöhne auf.

»Gefällt dir das?«, fragt er leise und streift mit den Zähnen mein Ohrläppchen. Dann spannt er langsam seinen Daumen an, rein, raus, rein, raus … Gleichzeitig beschreiben seine Finger weiterhin kreisende Bewegungen.

Ich schließe die Augen, versuche, meine Atmung zu kontrollieren und mir über die chaotischen Empfindungen klar zu werden, die seine Berührungen in mir auslösen. Flammen durchzucken meinen Körper. Wieder stöhne ich auf.

»Du bist so feucht. Anastasia, das gefällt mir. Sogar sehr«, keucht er.

Ich würde gern meine Beine anziehen, kann mich aber nicht bewegen. Sein Körpergewicht lässt es nicht zu, und er erhält seinen quälend beharrlichen Rhythmus aufrecht. Etwas Köstlicheres habe ich noch nie erlebt.

»Koste, wie du schmeckst«, haucht er mir ins Ohr. »Saug, Baby.«

Sein Daumen drückt auf meine Zunge. Ich schließe die Lippen um ihn und sauge wie wild. Ich schmecke Salz und Blut. *Mein Gott!* Wie verrucht … aber höllisch erotisch.

»Ich möchte deinen Mund ficken, Anastasia, und bald werde ich das auch tun.« Seine Stimme ist rau und heiser, seine Atmung unregelmäßig.

Meinen Mund ficken! Ich beiße zu. Ihm verschlägt es den Atem. Er zieht stärker an meinen Haaren, bis es schmerzt, und ich lasse ihn los.

»Unartiges Mädchen«, flüstert er und greift nach einem Kondom auf dem Nachtkästchen. »Halt still«, befiehlt er mir.

Er reißt die Folie auf. Ich atme schwer; das Blut kocht in meinen Adern. Er legt sich wieder auf mich, packt meine Haare und hält meinen Kopf so, dass ich ihn nicht rühren kann.

»Diesmal lassen wir uns Zeit, Anastasia«, raunt er mir ins Ohr.

Er schiebt seinen Penis ganz langsam in mich hinein, bis er tief in mir drin ist. Er füllt mich vollkommen, erbarmungslos aus. Ich seufze laut. Diesmal fühlt es sich tiefer an. Er kreist mit den Hüften, gleitet ein Stück heraus, hält kurz inne und gleitet wieder hinein. Wieder und wieder. Mit seinen neckenden, absichtlich trägen Stößen treibt er mich schier in den Wahnsinn.

»Du fühlst dich so gut an«, wispert er, und ich beginne zu zittern. Er zieht sich zurück und wartet. »Nein, Baby, noch nicht«, murmelt er, und erst als das Zittern aufhört, fängt er wieder von vorne an.

»Bitte«, bettle ich. Ich weiß nicht, ob ich das noch länger aushalte. Mein Körper sehnt sich nach Erlösung.

»Ich will, dass du wund bist von mir, Baby.« Er setzt seine unerträglich langsame Folter fort, vor und zurück, vor und zurück. »Morgen sollst du dich bei jeder Bewegung an mich erinnern. Nur an mich. Du gehörst mir.«

»Bitte, Christian«, flehe ich.

»Was möchtest du, Anastasia? Sag es mir.«

Wieder stöhne ich.

Er zieht sich aus mir zurück, gleitet erneut hinein und lässt seine Hüften kreisen.

»Sag es mir«, wiederholt er.

»Dich, bitte.«

Er steigert das Tempo ein klitzekleines bisschen. Die Muskeln in meinem Innern ziehen sich zusammen, und Christian passt sich an den Rhythmus an.

»Du. Bist. Der. Wahnsinn«, presst er zwischen den einzelnen Stößen hervor. »Ich. Begehre. Dich. So. Sehr.«

Ich seufze.

»Du. Gehörst. Mir. Komm für mich, Baby«, knurrt er.

Seine Worte explodieren in meinem Kopf. Mein Körper bäumt sich auf, und als ich komme, rufe ich laut eine entstellte Version seines Namens. Christian folgt mit zwei harten Stößen und erstarrt, als er sich in mir ergießt. Dann sinkt er auf mir zusammen, sein Gesicht in meinen Haaren.

»Himmel, Ana«, ächzt er, gleitet aus mir heraus und rollt auf seine Seite des Betts.

Vollkommen erschöpft rolle ich mich zusammen und schlafe sofort ein.

Als ich aufwache, ist es dunkel. Ich habe keine Ahnung, wie lange ich geschlafen habe. Ich strecke mich unter der Bettdecke und spüre, wie wund, wie köstlich wund ich bin. Keine Spur von Christian. Ich setze mich auf und betrachte das Panorama der Stadt. Zwischen den Wolkenkratzern brennen nur wenige Lichter, und im Osten bricht die Morgendämmerung an. Ich höre Musik. Das Klavier, eine traurig-süße Klage. Bach, glaube ich, bin mir aber nicht sicher.

Ich schlinge die Decke um mich und tappe den Flur entlang. Christian sitzt am Piano, vollkommen in das Stück vertieft. Er spielt atemberaubend gut. Ich lehne mich gegen die Wand neben der Tür und lausche verzückt. Er sitzt nackt am Klavier, sein Körper im warmen Licht der freistehenden Lampe daneben. Da es im übrigen Raum dunkel ist, sieht es so aus, als würde er in seinem eigenen kleinen Lichtschein sitzen, unerreichbar einsam, wie in einer Blase.

Ich nähere mich ihm leise, angelockt von der Melancholie der Musik. Fasziniert beobachte ich seine langen Finger beim Spielen. Und muss daran denken, wie diese Finger meinen Körper liebkost haben. Bei der Erinnerung daran werde ich rot und presse unwillkürlich die Oberschenkel zusammen. Er hebt den Blick. Seine unergründlichen grauen Augen leuchten.

»Sorry«, flüstere ich. »Ich wollte dich nicht stören.«

Er runzelt die Stirn. »Das müsste ich eigentlich zu dir sagen«, erwidert er, hört auf zu spielen und legt die Hände auf die Oberschenkel.

Erst jetzt bemerke ich, dass er eine Pyjamahose trägt. Er fährt sich mit den Fingern durch die Haare und steht auf. Die Pyjamahose sitzt so sexy auf seinen Hüften ... *Wow*. Ich bekomme einen trockenen Mund, als er lässig um das Klavier herum zu mir schlendert.

»Du solltest schlafen«, rügt er mich.

»Das war wunderschön. Bach?«

»Eine Transkription von Bach, ursprünglich ein Oboenkonzert von Alessandro Marcello.«

»Herrlich, aber ziemlich traurig.«

Er verzieht die Lippen zu einem halben Lächeln. »Marsch ins Bett. Am Morgen wirst du erschöpft sein.«

»Ich bin aufgewacht, und du warst nicht da.«

»Ich habe Probleme mit dem Schlafen und bin es nicht gewohnt, mit jemandem das Bett zu teilen«, erklärt er mit leiser Stimme.

Ich weiß nicht, was ich von seiner Stimmung halten soll. Er wirkt irgendwie niedergeschlagen, aber so genau kann ich das in der Dunkelheit nicht beurteilen. Vielleicht liegt es an dem Stück, das er gerade gespielt hat. Er legt den Arm um mich und dirigiert mich zurück ins Schlafzimmer.

»Wie lange spielst du schon Klavier? Das war wunderschön.«

»Seit meinem sechsten Lebensjahr.«

»Oh.« Christian mit sechs ... Ich stelle mir einen hübschen Jungen mit kupferfarbenen Haaren und grauen Augen vor, der traurige Musik liebt, und schmelze dahin.

»Wie fühlst du dich?«, erkundigt er sich, als wir wieder im Schlafzimmer sind. Er schaltet ein kleines Licht an.

»Gut.«

Wir schauen beide gleichzeitig das Bett an. Blut ist auf dem

Laken – der Beweis meiner verlorenen Unschuld. Ich werde schamrot.

»Stoff zum Nachdenken für Mrs. Jones«, bemerkt Christian, legt die Hand unter mein Kinn und schiebt meinen Kopf zurück, so dass er mir in die Augen blicken kann. Da merke ich, dass ich seine nackte Brust noch niemals zuvor gesehen habe. Unwillkürlich strecke ich die Hand nach den dunklen Haaren darauf aus. Sofort weicht er einen Schritt zurück.

»Geh ins Bett«, sagt er in scharfem Tonfall, dann wird seine Stimme weicher. »Ich lege mich zu dir.«

Ich lasse die Hand sinken und runzle die Stirn. Ich glaube nicht, dass ich seinen Oberkörper je berührt habe. Er zieht eine Schublade auf, holt ein T-Shirt heraus und schlüpft hastig hinein.

»Ab ins Bett«, befiehlt er noch einmal.

Ich lege mich hin und versuche, nicht an das Blut zu denken. Er gesellt sich zu mir, zieht mich so in seine Arme, dass ich mit dem Rücken zu ihm liege, drückt mir einen sanften Kuss auf die Haare und atmet tief ein.

»Schlaf, beste Anastasia«, murmelt er, und ich schließe die Augen, selbst ein wenig melancholisch, sei es von der Musik oder seinem Verhalten. Christian Grey hat auch eine traurige Seite.

NEUN

Das Licht lockt mich aus tiefem Schlaf. Ein strahlender Maimorgen, Seattle liegt mir zu Füßen. Was für ein Ausblick! Neben mir schläft Christian Grey tief und fest. Was für ein Anblick! Es wundert mich, dass er noch im Bett ist. Mit dem Gesicht zu mir, so dass ich das erste Mal Gelegenheit habe, ihn eingehend zu betrachten. Im Schlaf wirkt er entspannt und jünger. Seine sinnlichen Lippen sind leicht geöffnet, seine glänzenden Haare zerzaust. Wie kann jemand ungestraft so schön sein? Das Zimmer oben fällt mir ein … Vielleicht bewegt er sich doch am Rande der Legalität. So viele Überlegungen. Es wäre verlockend, die Hand auszustrecken und ihn zu berühren, aber er sieht so friedlich aus, wenn er schläft, wie ein kleiner Junge. Und ich muss mir mal einen Moment lang keine Gedanken darüber machen, was ich sage oder was er sagt oder was er mit mir vorhat.

Ich könnte ihn den ganzen lieben langen Tag anschauen. Leider meldet sich meine Blase. Ich schlüpfe aus dem Bett, sehe sein weißes Hemd auf dem Boden, ziehe es an und gehe, wie ich glaube, ins Bad, finde mich aber in einem riesigen begehbaren Kleiderschrank wieder, der so groß ist wie mein Schlafzimmer. Reihen um Reihen teurer Anzüge, Hemden, Schuhe und Krawatten. Wie kann jemand nur so viele Klamotten brauchen? Das erinnert mich an Kate. Ihre Garderobe kann sich mit seiner durchaus messen. *O nein.* Ich habe den ganzen Abend nicht an sie gedacht, und dabei hätte ich ihr eine SMS schicken sollen. Scheiße. Das gibt Probleme. Wie wohl die Sache mit Elliot läuft?

Als ich ins Schlafzimmer zurückkehre, schläft Christian immer noch. Ich versuche es mit der zweiten Tür. Diesmal ist es tatsächlich das Bad; es ist ebenfalls größer als mein Schlafzimmer. Wozu braucht ein einzelner Mensch so viel Platz? Zwei Waschbecken. Da er mit niemandem die Nacht verbringt, muss eines davon unbenutzt sein.

Ich betrachte mich in dem riesigen Spiegel. Sehe ich irgendwie anders aus? Jedenfalls fühle ich mich anders. Ein bisschen wund, das muss ich zugeben, und meine Muskeln – mein Gott, als hätte ich in meinem Leben niemals Sport getrieben. *Du bist total unsportlich*, erinnert mich mein Unterbewusstsein, das gerade aufgewacht ist, mit geschürzten Lippen und klopft mit dem Fuß auf den Boden. *Du hast mit ihm geschlafen, ihm deine Unschuld geschenkt, einem Mann, der dich nicht liebt. Der ziemlich merkwürdige Dinge mit dir vorhat und dich zu seiner Sexsklavin machen will. BIST DU VERRÜCKT?*, keift es.

Als ich in den Spiegel blicke, zucke ich unwillkürlich zusammen. Ausgerechnet ich habe mich in einen mehr als schönen Mann verliebt, der reicher ist als Krösus und bei dem eine Kammer der Qualen auf mich wartet. Ich bekomme eine Gänsehaut. Meine Haare sind wie immer widerspenstig. Postkoitale Haare stehen mir nicht. Ich versuche ohne Erfolg, mit den Fingern Ordnung hineinzubringen, und gebe mich geschlagen – vielleicht finde ich ein Haarband in meiner Handtasche.

Mir knurrt der Magen. Ich kehre ins Schlafzimmer zurück. Da der schöne Prinz noch schläft, mache ich mich auf den Weg in die Küche.

O nein ... Kate. Ich habe meine Handtasche in Christians Arbeitszimmer gelassen. Ich hole sie und nehme mein Handy heraus. Drei SMS.

Alles O.K., Ana?
Wo steckst du, Ana?
Verdammt, Ana!

Ich wähle Kates Nummer. Als sie sich nicht meldet, hinterlasse ich eine Nachricht, in der ich ihr mit schlechtem Gewissen mitteile, dass ich lebe und nicht Opfer von Blaubart geworden bin, jedenfalls nicht so, wie sie denkt – *oder vielleicht doch?* Gott, ist das alles verwirrend. Ich muss dringend meine Gefühle für Christian Grey sortieren, doch die Aufgabe überfordert mich im Moment. Ich schüttle resigniert den Kopf. Ich brauche Zeit für mich allein, zum Nachdenken.

In meiner Tasche finde ich zwei Haarbänder. Ich binde mir Zöpfe. Ja! Je mädchenhafter ich aussehe, desto sicherer bin ich hoffentlich vor Blaubart. Ich nehme meinen iPod aus der Handtasche und stecke meine Stöpsel ins Ohr. Beim Kochen gibt es nichts Besseres als Musik. Ich verstaue den iPod in der Brusttasche von Christians Hemd, stelle ihn laut und beginne zu tanzen.

Meine Güte, hab ich einen Kohldampf!

Seine moderne Küche flößt mir Respekt ein. Keiner der Schränke hat Griffe. Ich brauche ein paar Sekunden, bis ich den Dreh raus habe: Zum Öffnen muss man dagegendrücken. Ich werde für Christian Frühstück machen. Gestern im Heathman hat er ein Omelett gegessen … Mann, wie viel seitdem passiert ist! Ich schaue in den Kühlschrank, entdecke darin jede Menge Eier und merke, dass ich Lust auf Pfannkuchen und Speck habe. Während ich den Teig zubereite, tanze ich durch die Küche.

Beschäftigung tut gut. Die dröhnende Musik hilft mir, tiefgründige Gedanken zu verscheuchen. Ich bin hierhergekommen, um die Nacht in Christian Greys Bett zu verbringen. Und das ist mir gelungen, obwohl er normalerweise niemanden in sein Bett lässt. Mission erfüllt. Und zwar auf elegante Weise. Bei der Erinnerung an letzte Nacht lächle ich. Seine Worte, sein Körper, der Sex … Ich schließe die Augen, und die Muskeln in meinem Unterleib ziehen sich auf köstliche Weise zusammen. Mein Unterbewusstsein korrigiert mich finster … *Ficken, nicht einfach Sex*, kreischt es. Ich ignoriere es, obwohl ich in meinem tiefsten Innern weiß, dass es Recht hat. Stattdessen konzentriere ich mich aufs Kochen.

Nach einer Weile glaube ich zu verstehen, wie der ultramoderne Herd funktioniert. Amy Studt singt unterdessen von Außenseitern. Der Song bedeutet mir viel, weil ich auch nirgendwo hinpasse. Ich bin immer schon irgendwie schräg gewesen, und jetzt werde ich mit einem ausgesprochen schrägen und unmoralischen Angebot konfrontiert. Warum ist er so? Ist das angeboren oder anerzogen?

Ich gebe den Speck in die Pfanne, und während er vor sich hin brutzelt, schlage ich mit dem Schneebesen die Eier. Als ich mich umdrehe, sitzt Christian auf einem der Barhocker an der Frühstückstheke, den Kopf auf seine Hände gestützt. Er trägt noch das T-Shirt, in dem er geschlafen hat. Ihm stehen die postkoitalen Haare ziemlich gut, genau wie der Dreitagebart. Er wirkt belustigt und verwirrt zugleich. Ich ziehe die Stöpsel aus den Ohren.

»Guten Morgen, Miss Steele. Ganz schön munter so früh am Morgen«, bemerkt er trocken.

»Ich … äh, ich habe gut geschlafen«, stammle ich.

Er versucht, sein Lächeln zu kaschieren. »Soso. Ich auch, nachdem ich mich wieder ins Bett gelegt hatte.«

»Hunger?«

»Riesenhunger«, antwortet er mit einem intensiven Blick, und ich habe den Eindruck, dass er nicht das Frühstück meint.

»Pfannkuchen, Speck und Eier?«

»Klingt verlockend.«

»Ich weiß nicht, wo du die Tischsets aufbewahrst.« Ich bemühe mich sehr, nicht allzu nervös zu wirken.

»Darum kümmere ich mich schon. Koch du. Soll ich Musik auflegen, damit du weiter … tanzen kannst?«

Ich starre meine Finger an, als ich merke, dass ich feuerrot werde.

»Meinetwegen musst du nicht aufhören. Ich finde es sehr unterhaltsam.«

Ich schürze die Lippen. Unterhaltsam, aha. Mein Unterbewusstsein lacht sich schlapp über mich. Ich wende mich von Christian ab, um die Eier fertig zu schlagen, möglicherweise ein wenig heftiger als unbedingt nötig. Sogleich gesellt er sich zu mir und zieht sanft an meinen Zöpfen.

»Die Zöpfe gefallen mir«, flüstert er. »Aber sie werden dich nicht schützen.« *Hm, Blaubart …*

»Wie möchtest du deine Eier?«, frage ich in scharfem Tonfall.

Er grinst. »Am liebsten windelweich.«

Ich unterdrücke ein Schmunzeln. Lange kann ich ihm nicht böse sein. Besonders, wenn er in so verspielter Stimmung ist. Er nimmt zwei anthrazitfarbene Sets aus einer Schublade. Ich gebe die Eier in eine Pfanne und wende den Speck.

Als ich mich umdrehe, steht Orangensaft auf dem Tisch, und Christian kocht Kaffee.

»Möchtest du Tee?«

»Ja, bitte. Wenn du welchen hast.«

Ich hole zwei Teller aus dem Schrank und schiebe sie zum Wärmen in den Ofen. Christian zaubert unterdessen Twinings English Breakfast Tea hervor.

Ich schürze die Lippen. »Ich bin ziemlich durchschaubar, was?«

»Meinst du? Ich weiß nicht, ob ich Sie schon durchschaut habe, Miss Steele«, murmelt er.

Was meint er? Unsere Verhandlungen? Unsere … äh … Beziehung … wie immer die auch aussehen mag? Er ist mir nach wie vor ein Rätsel. Ich gebe das Essen auf die warmen Teller und stelle alles auf die Sets. Im Kühlschrank finde ich Ahornsirup.

Christian wartet, dass ich mich setze.

»Miss Steele.« Er deutet auf einen der Barhocker.

»Mr. Grey.« Ich nicke und klettere auf den Hocker. Dabei zucke ich leicht zusammen.

»Wie wund bist du?«, erkundigt er sich, während er selbst Platz nimmt.

Ich werde abermals rot. *Warum stellt er so intime Fragen?*

»Ehrlich gesagt, habe ich keine Vergleichsmöglichkeiten. Wolltest du mir dein Mitleid bekunden?«, frage ich mit zuckersüßer Stimme.

»Nein. Ich habe nur überlegt, ob wir mit deiner Grundausbildung weitermachen sollen.«

»Ach.« Ich sehe ihn verblüfft an. Mir stockt der Atem, und die Muskeln in meinem Unterleib ziehen sich zusammen. *Was für verlockende Aussichten!*

»Iss, Anastasia.«

Wieder vergeht mir der Appetit auf Essbares, aber auf Sex … *hm, ja bitte.*

»Es schmeckt übrigens köstlich«, bemerkt er grinsend.

Ich probiere von dem Omelett, schmecke jedoch kaum etwas. Grundausbildung! *Ich will deinen Mund ficken.* Gehört das zur Grundausbildung?

»Kau nicht ständig auf deiner Lippe. Das lenkt mich ab. Außerdem weiß ich, dass du unter meinem Hemd nichts anhast, und das lenkt mich noch mehr ab.«

Ich hänge meinen Teebeutel in die kleine Kanne, die Christian mir hingestellt hat. In meinem Kopf wirbeln die Gedanken durcheinander.

»Was für eine Grundausbildung hast du im Sinn?«, will ich mit etwas zu hoher Stimme wissen, während die Hormone in meinem Körper Purzelbäume schlagen.

»Da du unten wund bist, dachte ich, wir sollten uns auf die mündlichen Fertigkeiten konzentrieren.«

Da ich mich an meinem Tee verschlucke, klopft er mir auf den Rücken und reicht mir ein Glas Orangensaft.

»Vorausgesetzt, du willst bleiben«, fügt er hinzu.

»Heute würde ich gern noch bleiben. Wenn dir das recht ist. Aber morgen muss ich arbeiten.«

»Um wie viel Uhr musst du in der Arbeit sein?«

»Um neun.«

»Ich bringe dich bis neun hin.«

Soll ich noch eine Nacht bleiben?

»Ich muss heute Abend nach Hause – ich brauche frische Kleidung.«

»Die können wir dir auch hier besorgen.«

Ich habe kein Geld für neue Klamotten.

Seine Hand umfasst mein Kinn so fest, dass ich aufhöre, an meiner Lippe zu kauen. »Was ist?«, fragt er.

»Ich muss heute Abend zuhause sein.«

Er presst den Mund zusammen. »Okay, dann also heute Abend«, sagt er schließlich. »Und jetzt iss.«

Meine Gedanken und mein Magen sind völlig durcheinander, der Appetit ist mir vergangen. Ich starre mein kaum angetastetes Frühstück an.

»Iss, Anastasia. Du hast seit gestern Abend nichts gegessen.«

»Ich habe wirklich keinen Hunger«, erwidere ich mit leiser Stimme.

Seine Augen werden schmal. »Es wäre mir lieb, wenn du dein Frühstück essen würdest.«

»Wieso bist du so versessen aufs Essen?«, platze ich heraus.

»Ich habe dir doch gesagt, dass ich es nicht leiden kann, wenn Essen verdirbt. Iss«, herrscht er mich an. In seinen dunklen Augen liegt ein gequälter Ausdruck.

Was ist denn jetzt wieder los? Ich nehme einen Bissen und kaue bedächtig, woraufhin seine Miene weicher wird. Für die Zukunft nehme ich mir vor, mir nicht mehr so viel auf den Teller zu laden.

»Du hast gekocht, ich räume ab«, sagt er, als ich schließlich fertig bin.

»Sehr demokratisch.«

»Ja, obwohl das sonst nicht mein Stil ist. Anschließend nehmen wir ein Bad.«

»Ach, okay.« *Oje ... ich würde viel lieber duschen.*

Mein Handy klingelt. Es ist Kate.

»Hi.« Ich gehe zu den Glastüren des Balkons.

»Ana, warum hast du mir keine SMS geschickt?« Ihre Stimme klingt verärgert.

»Tut mir leid, die Ereignisse haben sich überschlagen.«

»Alles in Ordnung?«

»Ja.«

»Und, habt ihr?«, fragt sie neugierig.

Ich verdrehe die Augen. »Kate, ich will das nicht am Telefon besprechen.«

Christian sieht mich an.

»Ihr habt, das höre ich dir doch an.«

Wie macht sie das nur? Leider kann ich nicht über das Thema reden, denn ich habe eine Scheißverschwiegenheitsvereinbarung unterschrieben.

»Kate, bitte.«

»Wie war's? Bist du okay?«

»Das habe ich dir doch schon gesagt.«

»War er zärtlich?«

»Kate, bitte!«

»Ana, das kannst du mir nicht antun. Auf diesen Tag warte ich seit fast vier Jahren.«

»Wir sehen uns heute Abend.« Ich beende das Gespräch.

Das wird schwierig werden. Sie will sicher alles haargenau wissen, aber ich darf es ihr nicht verraten. Sie wird ausflippen, und das nicht ohne Grund. Ich kehre zu Christian zurück, der gerade den Tee wegräumt.

»Diese Verschwiegenheitsvereinbarung, wie umfassend ist die?«, erkundige ich mich.

»Warum?« Er sieht mich eindringlich an.

»Na ja, ich hätte da ein paar Fragen zum Thema Sex.« Ich werde rot. »Und die würde ich gern Kate stellen.«

»Du kannst mich fragen.«

»Christian, bei allem gebotenen Respekt …« Meine Stimme wird leiser. *Ich kann dich nicht fragen.* Von dir bekomme ich nur verzerrte, perverse Ansichten zu dem Thema. Ich brauche eine neutrale Meinung. »Mich interessieren nur ein paar technische Details. Ich erwähne nichts von der Kammer der Qualen.«

»Kammer der Qualen? Dort geht es hauptsächlich um Lust, Anastasia, glaub mir. Außerdem«, fügt er schroff hinzu, »ist deine Mitbewohnerin gerade mit meinem Bruder zugange. Mir wäre es lieber, wenn du sie nicht fragst.«

»Weiß deine Familie Bescheid über deine … äh … Vorlieben?«

»Nein. Die sind allein meine Sache.« Er schlendert zu mir. »Was möchtest du denn wissen?«, fragt er, lässt die Finger sanft über meine Wange zu meinem Kinn gleiten und drückt meinen Kopf ein wenig nach hinten, so dass ich ihm in die Augen sehen muss.

Ich winde mich innerlich. Diesen Mann kann ich nicht belügen. »Im Moment nichts Bestimmtes«, flüstere ich.

»Wir könnten mit einer einfachen Frage anfangen: Wie war letzte Nacht für dich?« In seinen Augen liegt brennende Neugierde.

Die Antwort liegt ihm am Herzen. Wow.

»Gut«, murmle ich.

»Für mich auch. Ich hatte noch nie zuvor Blümchensex. Vieles spricht dafür. Aber vielleicht liegt es daran, dass ich ihn mit dir erlebt habe.« Er lässt den Daumen über meine Unterlippe gleiten.

Ich sauge scharf die Luft ein. *Blümchensex?*

»Komm, wir nehmen ein Bad.« Er küsst mich. Mein Herz macht einen Sprung, und in meinem Unterleib braut sich wieder Begierde zusammen.

Die eiförmige, tiefe Badewanne ist aus weißem Stein, ein richtiges Designerding. Christian lässt Wasser einlaufen und gibt einen vermutlich ziemlich teuren Badezusatz hinein. Als es aufschäumt, riecht es süß und sinnlich nach Jasmin. Christian mustert mich mit dunklen Augen, bevor er sein T-Shirt auszieht und auf den Boden fallen lässt.

»Miss Steele.« Er streckt mir die Hand entgegen.

Als ich seine Hand ergreife, bedeutet er mir, in die Wanne zu steigen. Ich trage immer noch sein Hemd. Ich tue, was er sagt. Daran werde ich mich gewöhnen müssen, wenn ich seinen Vorschlag annehme ... *wenn*! Das Wasser ist warm und verlockend.

»Dreh dich mit dem Gesicht zu mir«, befiehlt er mir, und ich gehorche ihm. »Ich weiß, dass diese Lippe köstlich ist. Das kann ich bezeugen. Doch würdest du bitte aufhören, darauf herumzukauen? Wenn du das tust, will ich dich ficken, aber du bist wund.«

Ich schnappe nach Luft, so dass meine Lippe sich unwillkürlich aus meinen Zähnen löst.

»Ja, genau«, knurrt er. Seine Augen funkeln.

Ich hatte keine Ahnung, dass ich ihn so beeindrucken kann.

»Gut.« Er nimmt meinen iPod aus der Brusttasche seines Hemds und legt ihn neben das Waschbecken.

»Wasser und iPods passen nicht zusammen«, murmelt er, packt den Saum des weißen Hemds, zieht es mir über den Kopf und lässt es auf den Boden fallen.

Er tritt einen Schritt zurück, um mich zu bewundern.

Mein Gott, ich bin vollkommen nackt – und werde tiefrot vor Scham. Am liebsten würde ich mich auf der Stelle in das heiße Wasser und den Schaum verkriechen, aber ich weiß, dass er das nicht will.

»Hey, Anastasia, du bist eine sehr schöne Frau. Halt den Kopf nicht gesenkt. Es gibt nichts, wofür du dich schämen müsstest. Es ist wunderbar, dich zu betrachten.« Er umfasst mein Kinn, damit ich ihm in die Augen blicke. Sie sind warm und freundlich. »Du kannst dich jetzt setzen«, sagt er, und ich schlüpfe in das angenehm warme Wasser.

Aua … das brennt. Doch es riecht himmlisch. Der anfängliche Schmerz ebbt schnell ab. Ich lehne mich zurück, schließe kurz die Augen und entspanne mich in der wohltuenden Wärme. Als ich sie aufmache, sieht er mich von oben an.

»Wieso kommst du nicht rein?«, frage ich mit heiserer Stimme.

»Warum nicht? Rutsch ein Stück nach vorn«, weist er mich an.

Er streift seine Pyjamahose ab und klettert hinter mir in die Wanne. Das Wasser steigt, als er sich setzt und mich an seine Brust zieht. Er legt seine langen Beine über meine, die Knie angezogen, die Knöchel auf gleicher Höhe mit meinen. Dann spreizt er mit den Füßen meine Beine. Mir stockt der Atem. Seine Nase ist in meinen Haaren; er saugt ihren Geruch tief ein.

»Du riechst so gut, Anastasia.«

Ein Zittern durchläuft meinen Körper. *Ich liege mit Christian Grey nackt in der Badewanne.* Wenn mir gestern, als ich in der Hotelsuite aufgewacht bin, jemand gesagt hätte, dass ich das jetzt tun würde, hätte ich ihm nicht geglaubt.

Er nimmt eine Flasche Duschgel von der Ablage, spritzt etwas auf seine Finger und reibt sie aneinander, so dass es aufschäumt. Dann legt er die schaumigen Hände um meinen Hals und beginnt, meinen Nacken und meine Schultern zu massieren. Ich stöhne auf. Seine Hände fühlen sich auf meiner Haut so verdammt gut an.

»Gefällt dir das?« Fast kann ich sein Lächeln hören.

»Hm.«

Seine Hände wandern meine Arme entlang zu meinen Achseln. Gott sei Dank hat Kate darauf bestanden, dass ich sie mir rasiere! Seine Finger gleiten nach vorn zu meinen Brüsten, und ich sauge scharf die Luft ein, als sie sie umkreisen und sanft kneten. Unwillkürlich bäumt sich mein Körper auf, so dass meine Brüste gegen seine Hände drücken. Meine Brustwarzen sind wund von der unsanften Behandlung der vergangenen Nacht.

Er hält sich nicht lange dort auf und schiebt seine Hände über meinen Bauch und meinen Unterleib. Ich atme schneller, und ich spüre seine Erektion an meinem Hinterteil. Was für ein antörnendes Gefühl zu wissen, dass mein Körper das mit ihm anstellt. *Ha … bestimmt nicht dein Geist*, spottet mein Unterbewusstsein. Ich schiebe es weit von mir.

Er greift nach einem Waschlappen. Meine Hände ruhen auf seinen festen, muskulösen Oberschenkeln. Er spritzt Duschgel auf den Lappen, beugt sich vor und wäscht mich zwischen den Beinen. Ich halte den Atem an. Seine Finger stimulieren mich geschickt durch den Stoff hindurch, ein himmlisches Gefühl. Meine Hüften fangen an, sich in ihrem eigenen Rhythmus zu bewegen und gegen seine Hand zu pressen. Seufzend lege ich den Kopf nach hinten. Angespannte Erregung baut sich langsam und unaufhaltsam in mir auf … *Wow!*

»Spürst du's?«, haucht Christian mir ins Ohr und lässt sehr sanft die Zähne über mein Ohrläppchen gleiten. »Spür's für mich.« Er drückt meine Beine mit seinen gegen die Wand der Wanne. Sie halten mich gefangen und verschaffen ihm freien Zugang zu meiner intimsten, empfindlichsten Körperstelle.

»Bitte«, flüstere ich. Ich versuche, meine Beine anzuziehen, doch er lässt es nicht zu, dass ich mich bewege.

»Ich glaube, jetzt bist du sauber genug«, erklärt er und hört schlagartig auf, mich zu waschen.

Was? Nein! Nein! Nein! Mein Atem geht unregelmäßig. »Warum hörst du auf?«, keuche ich.

»Weil ich etwas anderes mit dir vorhabe, Anastasia.«

Was? Aber ich war kurz davor … Wie ungerecht.

»Dreh dich um. Ich muss auch gewaschen werden«, flüstert er.

Oh! Als ich mich ihm zuwende, weiten sich meine Augen, denn ich sehe, dass seine Hände fest um sein erigiertes Glied greifen.

»Ich möchte, dass du dich mit dem Teil meines Körpers, der

mir besonders lieb und teuer ist, vertraut machst, sozusagen auf Du und Du mit ihm stehst.«

Er ist so groß. Sein erigierter Penis ragt aus dem Wasser, das an seinen Hüften leckt. Als ich den Blick hebe, sehe ich sein anzügliches Grinsen. Er genießt meinen verblüfften Ausdruck sichtlich. Ich schlucke. *Das Ding war in mir drin!* Unmöglich. Er will, dass ich ihn anfasse. *Hm ... na gut.*

Lächelnd greife ich nach dem Duschgel, gebe ein wenig in meine Hand, folge seinem Beispiel und schäume es auf. Dabei sehe ich ihm tief in die Augen. Mein Mund ist leicht geöffnet, ich kaue ganz bewusst an meiner Unterlippe und lecke dann mit der Zunge darüber. Seine Augen werden dunkel, als meine Zunge über meine Unterlippe gleitet. Ich lege eine Hand um seinen Penis. Er fühlt sich viel härter an als erwartet. Er wölbt seine Hand um meine.

»So«, flüstert er, bewegt meine Finger auf und ab, und seine Augen schimmern dabei wie flüssiges Silber. »Genau so, Baby.«

Er lässt meine Hand los und schließt genüsslich die Augen, während meine Finger sein Glied massieren. Als er mir seine Hüften leicht entgegenhebt, packe ich unwillkürlich fester zu. Ein tiefes Stöhnen entringt sich seiner Brust. *Fick meinen Mund ...* Ich erinnere mich, wie er mir seinen Daumen in den Mund gesteckt hat, also beuge ich mich nach vorn, wölbe die Lippen um seinen Penis, sauge vorsichtig daran und lasse gleichzeitig die Zunge über die Eichel gleiten.

»Wow ... Ana.« Er öffnet die Augen, und ich sauge fester.

Er ist zugleich hart und weich, wie Stahl, von Samt umhüllt, und schmeckt erstaunlich gut, ein wenig salzig.

Christian stöhnt auf.

Ich nehme ihn ganz in den Mund, und er seufzt wohlig. *Ha!* Meine winzig kleine innere Göttin ist begeistert über mein Geschick. *Ich* kann *ihn* mit dem Mund ficken. Wieder lasse ich meine Zunge um die Spitze kreisen, schiebe seinen Penis noch tiefer in meinen Mund und stütze mich an seinen Oberschenkeln ab. Ich spüre, wie die Muskeln seiner Beine sich unter meinen Händen anspannen. Er packt meine Zöpfe und bewegt sich schneller.

»Baby, das ist gut, richtig gut«, flüstert er. Ich sauge heftiger und züngle über die Spitze seiner beeindruckenden Erektion. Die Lippen über den Zähnen, klemme ich meinen Mund um ihn. Er stößt einen zischenden Atemzug aus.

»Mein Gott, wie weit kannst du ihn noch in deinen Mund nehmen?«, fragt er verblüfft.

Ich weiß es nicht, aber ich stecke ihn tiefer in meinen Mund, so dass ich ihn ganz hinten im Rachen spüre, dann lasse ich ihn wieder nach vorn rutschen. Dabei kreist meine Zunge um seine Eichel. Ich sauge fester und fester, lasse meine Zunge immer wieder um ihn gleiten. Wow, wer hätte gedacht, dass es mich so erregen würde, ihm Vergnügen zu bereiten und zu beobachten, wie er sich vor Lust windet. Meine innere Göttin legt einen Salsa aufs Parkett.

»Anastasia, ich werde gleich in deinem Mund kommen«, warnt er mich keuchend. »Wenn du das nicht möchtest, dann hör jetzt bitte auf.« Wieder ein Stoß mit den Hüften. Seine Augen weiten sich voller Lust – Lust auf mich. Auf meinen Mund.

Ich sauge noch fester, und in einem Moment seltenen Selbstvertrauens entblöße ich die Zähne. Er schreit auf und wird dann ganz still. Ich spüre, wie warme, salzige Flüssigkeit meinen Rachen hinunterrinnt. Ich schlucke. Hm … Ob ich das mag, weiß ich nicht so genau. Aber ein Blick auf ihn, und es ist mir egal, denn er liegt völlig aufgelöst in der Wanne – weil ich ihm solche Lust bereitet habe. Ich lächle triumphierend.

»Hast du denn keinen Würgereflex?«, fragt er erstaunt. »Ana … das war gut … echt gut. Und unerwartet. Du überraschst mich jedes Mal aufs Neue.«

Ich kaue lasziv auf meiner Lippe.

Er stutzt. »Hast du das schon mal gemacht?«

»Nein«, antworte ich stolz.

»Toll«, sagt er ein wenig gönnerhaft, jedoch offenbar auch erleichtert. »Wieder eine Premiere, Miss Steele.« Er bedenkt mich mit einem anerkennenden Blick. »In der mündlichen Prüfung bekommst du eine Eins. Komm, lass uns ins Bett gehen, ich schulde dir einen Orgasmus.«

Orgasmus! Noch einer!

Er klettert aus der Wanne, so dass ich den Adonis Christian Grey zum ersten Mal in voller Pracht sehe. Meine innere Göttin, die zu tanzen aufgehört hat, starrt ihn mit offenem Mund an. Seine Erektion ist gebändigt, aber nach wie vor beachtlich … wow. Er schlingt ein kleines Handtuch um die Hüfte, so dass das Wesentliche bedeckt ist. Ich lasse mir von ihm aus der Wanne helfen, dann hüllt er mich in ein größeres Handtuch und schiebt mir leidenschaftlich die Zunge in den Mund. Ich habe das Gefühl, dass er mir mit dem Kuss seine Dankbarkeit bekundet – vielleicht für meinen ersten Blowjob? Wie gern würde ich die Arme um ihn schlingen … ihn berühren, doch sie sind unter dem Tuch gefangen. Er löst sich von mir und mustert mich. Irgendwie wirkt er verloren.

»Sag Ja«, flüstert er rau.

Ich verstehe nicht, was er meint.

»Wozu?«

»Zu unserer Vereinbarung. Dazu, mir zu gehören. Bitte, Ana«, bettelt er und küsst mich noch einmal, bevor er blinzelnd einen Schritt zurücktritt, meine Hand nimmt und mich in sein Schlafzimmer führt.

Ich folge ihm artig. *Er wünscht sich das wirklich.*

»Vertraust du mir?«, fragt er, als wir neben dem Bett stehen.

Ich nicke, erstaunt über mich selbst, denn es stimmt. Ich vertraue ihm. *Was will er jetzt mit mir anstellen?*

»Gutes Mädchen«, haucht er und berührt mit dem Daumen leicht meine Unterlippe. Er verschwindet kurz in seinem begehbaren Schrank und kehrt mit einer silbergrauen Seidenkrawatte zurück.

»Halt die Hände vor dem Körper zusammen«, weist er mich an, während er mich aus dem Handtuch wickelt und es auf den Boden fallen lässt.

Ich tue, was er mir sagt. Er bindet mir die Handgelenke mit der Krawatte zusammen und verknotet sie fest. Seine Augen leuchten vor Erregung, während er den Knoten überprüft. *Was jetzt?* Mein Herz rast.

Er lässt die Finger über meine Zöpfe gleiten. »Du siehst so jung aus damit«, sagt er und macht einen Schritt auf mich zu.

Instinktiv bewege ich mich zurück, bis ich die Bettkante in den Kniekehlen spüre. Mit glühendem Blick streift er sein Handtuch ab.

»Anastasia, was soll ich nur mit dir machen?«, flüstert er, als er mich aufs Bett drückt, sich neben mich legt und meine Hände über meinen Kopf hebt.

»Lass deine Hände oben und beweg sie nicht, verstanden?« Sein Blick droht mich zu durchbohren; mir verschlägt es den Atem. Diesem Mann möchte ich nicht wütend begegnen.

»Antworte mir«, fordert er.

»Ich werde meine Hände nicht bewegen«, verspreche ich atemlos.

»Braves Mädchen«, murmelt er und leckt träge seine Lippen. Ich bin fasziniert von seiner Zunge, wie sie so langsam über seine Oberlippe gleitet. Er sieht mir in die Augen, beobachtet, taxiert mich, bevor er sich zu mir herunterbeugt und mir hastig einen keuschen Kuss auf die Lippen drückt.

»Ich werde Sie jetzt am ganzen Körper küssen, Miss Steele«, verkündet er mit sanfter Stimme, wölbt die Hand um mein Kinn und schiebt es nach oben, so dass mein Hals freiliegt. Seine Lippen gleiten an ihm hinunter, küssen, saugen und beißen, bis zu der kleinen Kuhle am unteren Ende. Plötzlich ist mein Körper hellwach. Das Bad hat meine Haut sensibilisiert. Mein erhitztes Blut sammelt sich in meinem Unterleib, zwischen meinen Beinen. Ich stöhne.

Ich möchte ihn berühren. Trotz der Fessel gelingt es mir, seine Haare zu fühlen. Er hört auf, mich zu küssen, sieht mich finster an, schüttelt den Kopf und gibt ein missbilligendes Geräusch von sich. Dann greift er nach meinen Händen und schiebt sie wieder über meinen Kopf.

»Beweg die Hände nicht, sonst müssen wir nochmal von vorn anfangen«, rügt er mich.

»Ich will dich anfassen.« Meine Stimme klingt heiser.

»Ich weiß. Behalt die Hände über dem Kopf«, befiehlt er.

Wie frustrierend!

Erneut küsst er meinen Hals wie zuvor. Seine Hände gleiten über meine Brüste, als er mit den Lippen die Kuhle unter meinem Hals erreicht. Er lässt die Nasenspitze darum kreisen, bewegt sich gemächlich mit dem Mund nach unten, folgt dem Weg, den seine Hände genommen haben, über mein Brustbein zu meinen Brüsten. Er küsst beide, nagt sanft daran und saugt zärtlich an meinen Brustwarzen. Unwillkürlich beginnen meine Hüften, sich im Rhythmus mit seinem Mund zu bewegen. Ich versuche verzweifelt, meine Hände über dem Kopf zu halten.

»Halt still«, ermahnt er mich, sein Atem warm auf meiner Haut. Als er meinen Nabel erreicht, taucht seine Zunge hinein, und er lässt seine Zähne sanft über meinen Bauch gleiten. Mein Körper bäumt sich auf.

»Sie sind der Wahnsinn, Miss Steele.« Seine Nase streicht über meinen Bauch zu meinem Schamhaar hinunter; er beißt mich sanft, neckt mich mit der Zunge. Plötzlich setzt er sich auf, packt meine Fußknöchel und spreizt meine Beine weit. Er ergreift meinen linken Fuß und hebt ihn an seinen Mund. Ohne mich aus den Augen zu lassen, küsst er jede meiner Zehen einzeln und beißt sanft in die Ballen. Beim kleinen Zeh beißt er fester zu, und ich stoße ein Wimmern aus. Mit der Zunge zeichnet er meinen Rist nach. Gott, gleich werde ich explodieren. Die Augen fest zugedrückt, versuche ich, all diese Sinneseindrücke zu bewältigen. Er küsst meinen Knöchel und haucht Küsse auf meine Wade bis zum Knie hinauf. Kurz darüber hält er inne. Dann wiederholt er das Ganze am rechten Fuß.

»Bitte«, stöhne ich, als er in meinen kleinen Zeh beißt, denn ich spüre den Nachhall sogar in meinem Unterleib.

»Nur mit der Ruhe, Miss Steele«, flüstert er.

Diesmal stoppt er nicht bei meinem Knie, sondern setzt seine Reise an der Innenseite meiner Oberschenkel fort und drückt meine Beine auseinander. Ich ahne, was er tun wird. Ein Teil von mir würde ihn am liebsten wegschieben, weil es mir peinlich ist. Er wird mich *dort* küssen! Ein anderer Teil vergeht fast vor Vorfreude. Er wendet sich dem zweiten Knie zu und küsst meinen Oberschenkel, küsst, leckt, saugt, und dann ist er zwischen meinen Beinen und reibt seine Nase an meiner Scham, sehr sanft, sehr vorsichtig. Ich winde mich …

Er hält inne, wartet, bis ich mich beruhigt habe. Ich hebe den Kopf, um ihn anzusehen.

»Ist Ihnen klar, wie betörend Sie riechen, Miss Steele?«, fragt er, drückt seine Nase erneut in mein Schamhaar und atmet tief ein.

Ich werde am ganzen Körper tiefrot und schließe die Augen.

Er bläst sanft auf mein Geschlecht. *O Gott …*

»Wie schön.« Er zieht zärtlich an meinem Schamhaar. »Vielleicht sollte das doch bleiben.«

»Bitte«, flehe ich.

»Es gefällt mir, wenn du mich anbettelst, Anastasia.«

Ich stöhne auf.

»Wie du mir, so ich dir, ist normalerweise nicht mein Stil, Miss Steele«, flüstert er, während er weiter auf meine Scham bläst. »Aber Sie haben mir gerade großes Vergnügen bereitet, und dafür sollen Sie belohnt werden.« Ich höre sein anzügliches Grinsen in seiner Stimme, und während ich bei seinen Worte erschaudere, umkreist seine Zunge langsam meine Klitoris. Meine Oberschenkel hält er mit den Händen fest.

»Ah!«, seufze ich, als mein Körper sich unter seiner Zunge aufbäumt.

Wieder und wieder bewegt sich seine Zunge um meine Klitoris, süße Folter. Ich verliere jegliches Ich-Gefühl und konzentriere mich mit jeder Faser meines Körpers auf jenen kleinen Punkt zwischen meinen Beinen, während er einen Finger in mich hineingleiten lässt.

»Baby, wie feucht du für mich bist.«

Er beschreibt einen weiten Kreis mit seinem Finger, dehnt mich, zieht an mir, und seine Zunge spiegelt die Bewegungen seines Fingers, ohne Unterlass. Ich stöhne auf. Es ist zu viel … Mein Körper bettelt um Erlösung, und ich lasse los. Alle Gedanken verflüchtigen sich, als der Orgasmus meine Eingeweide durchwühlt. Ich stoße einen Lustschrei aus und höre wie aus der Ferne, dass er die Kondomverpackung aufreißt. Ganz langsam gleitet er in mich hinein und beginnt, sich zu bewegen. Obwohl es sich wund anfühlt, ist es zugleich köstlich.

»Wie ist das?«, haucht er.

»Herrlich«, wispere ich.

Er stößt wieder und wieder zu, schnell, hart und groß, unerbittlich, so dass ich nur noch wimmere.

»Komm für mich, Baby.« Seine Stimme klingt schroff, und ich zerberste in tausend Teile.

»Was für ein Fick«, flüstert er, stößt noch einmal zu und kommt stöhnend zum Höhepunkt. Dann wird er ganz still.

Er sinkt mit seinem vollen Gewicht auf mich. Ich schiebe meine gefesselten Hände über seinen Kopf und halte ihn, so gut ich kann. In dem Moment weiß ich, dass ich alles für diesen Mann tun würde. Ich gehöre ihm. Er hat mir eine Welt voller Wunder eröffnet. Und er will noch weiter gehen, an einen Ort, den ich mir in meiner Naivität nicht einmal vorstellen kann. *Was soll ich bloß tun?*

Er stützt sich auf die Ellbogen und sieht mich mit seinen grauen Augen eindringlich an.

»Merkst du, wie gut wir harmonieren?«, fragt er. »Und wenn du dich mir ganz hingibst, wird es noch viel besser. Vertraue mir, Anastasia, ich kann dich an Orte führen, von deren Existenz du nichts ahnst.« Seine Worte spiegeln meine Gedanken.

Mir ist ganz schwindelig von meiner außergewöhnlichen körperlichen Reaktion auf ihn. Ich blicke ihn auf der Suche nach einem zusammenhängenden Gedanken an.

Plötzlich erklingen vom Flur Stimmen. Ich brauche einen Moment, um zu verstehen, was ich da höre.

»Wenn er noch im Bett ist, muss er krank sein. Um diese Zeit ist er sonst immer auf. Christian verschläft nie.«

»Mrs. Grey, bitte.«

»Taylor, Sie können mich nicht daran hindern, zu meinem Sohn zu gehen.«

»Mrs. Grey, er ist nicht allein.«

»Was soll das heißen: Er ist nicht allein?«

»Jemand ist bei ihm.«

»Oh …« Ich höre die Ungläubigkeit in der Stimme.

Christian blinzelt hektisch. »Scheiße! Meine Mutter.«

ZEHN

Er zieht sich mit einem Ruck aus mir zurück, so dass ich zusammenzucke, setzt sich auf und streift das gebrauchte Kondom ab.

»Komm, wir müssen uns anziehen – das heißt, falls du meine Mutter kennen lernen willst.« Er springt aus dem Bett und schlüpft in seine Jeans – ohne Unterwäsche! Ich habe wegen meiner gefesselten Hände Mühe, mich aufzurichten.

»Christian, ich kann mich nicht rühren.«

Breit grinsend löst er die Krawatte. Der Stoff hat ein Muster auf der Haut meiner Handgelenke hinterlassen. Das ist irgendwie … sexy. Er drückt mir einen Kuss auf die Stirn.

»Wieder eine Premiere«, gesteht er.

Ich habe keine Ahnung, was er meint.

»Ich habe nichts Sauberes zum Anziehen hier.« Mich überkommt Panik. Seine Mutter! *Ach du liebe Güte!* »Vielleicht sollte ich im Bad bleiben.«

»O nein, das tust du nicht«, knurrt Christian. »Du kannst was von mir haben.« Er hat ein weißes T-Shirt übergezogen und fährt sich mit der Hand durch die postkoitalen Haare. Seine Schönheit bringt mich noch mehr aus dem Konzept.

»Anastasia, du würdest selbst mit einem Sack über dem Kopf noch hübsch aussehen. Bitte mach dir keine Gedanken. Ich möchte, dass du meine Mutter kennen lernst. Zieh dir was an. Ich gehe inzwischen hinaus und versuche, sie zu beruhigen.« Sein Mund verhärtet sich. »Ich erwarte dich in fünf Minuten drüben, sonst zerre ich dich höchstpersönlich raus, und zwar, egal was du anhast. Meine T-Shirts sind in der Schublade da und meine Hemden im begehbaren Schrank. Nimm dir, was du möchtest.«

Christians Mutter. Damit habe ich nun wirklich nicht gerechnet. Doch möglicherweise hilft mir die Begegnung mit ihr, wieder ein Teilchen von dem großen Puzzle Christian an die richtige Stelle zu legen … Plötzlich freue ich mich darauf, sie kennen zu lernen. Als ich meine Bluse vom Boden aufhebe, stelle ich erfreut fest, dass sie die Nacht fast knitterfrei überstanden hat. Meinen blauen BH entdecke ich unter dem Bett. Ich ziehe ihn hastig an. Wenn ich eines hasse, dann schmutzige Slips. In Christians Kommode finde ich seine Boxershorts. Nachdem ich in graue von Calvin Klein geschlüpft bin, ziehe ich meine Jeans und meine Converse-Sneakers an.

Dann nehme ich meine Jacke, eile ins Bad und starre in meine leuchtenden Augen und mein gerötetes Gesicht. Mein Gott, meine Haare … postkoitale Zöpfe stehen mir überhaupt nicht. Ich sehe mich im Badschrank nach einer Bürste um und entdecke einen Kamm. Der muss genügen. Ich binde mir die Haare zurück und betrachte verzweifelt mein Outfit. Vielleicht sollte ich Christians Angebot, mir Kleider zu kaufen, doch annehmen. Mein Unterbewusstsein schürzt die Lippen. Ich schenke ihm keine Beachtung. Während ich mich in meine Jacke kämpfe, deren Ärmel über die verräterischen Abdrücke seiner Krawatte reichen, wage ich einen letzten Blick in den Spiegel. Besser geht's im Moment nicht, also mache ich mich auf den Weg in den Wohnbereich.

»Da ist sie ja.« Christian erhebt sich vom Sofa.

Die Frau mit den sandfarbenen Haaren dreht sich zu mir um, strahlt mich an und steht ebenfalls auf. Sie trägt ein schickes kamelfarbenes Strickkleid und dazu passende Schuhe. Sie wirkt gepflegt, elegant, attraktiv. Ich würde am liebsten im Erdboden versinken, so sehr schäme ich mich für meinen Aufzug.

»Mutter, das ist Anastasia Steele. Anastasia, das ist Dr. Grace Trevelyan-Grey.«

Sie streckt mir die Hand hin. *Christian T. Grey ... T. für Trevelyan?*

»Freut mich, Sie kennen zu lernen«, begrüßt sie mich.

Wenn ich mich nicht täusche, liegen Verwunderung und Erleichterung in ihrer Stimme. Ihre haselnussbraunen Augen schimmern warm. Ich ergreife ihre Hand und erwidere ihr Lächeln.

»Dr. Trevelyan-Grey«, murmle ich.

»Sagen Sie doch Grace zu mir.« Sie schmunzelt. Christian runzelt die Stirn. »Für die meisten bin ich Dr. Trevelyan. Mrs. Grey ist meine Schwiegermutter.« Sie zwinkert mir zu. »Wie habt ihr zwei euch kennen gelernt?« Sie sieht Christian an.

»Anastasia hat mich für die Studentenzeitung der WSU interviewt, weil ich diese Woche die Zeugnisurkunden verteilen werde.«

Mist. Das hatte ich völlig vergessen.

»Bei der Abschlussfeier?«, erkundigt sich Grace.

»Ja.«

Mein Handy klingelt. *Bestimmt Kate.*

»Bitte entschuldigen Sie mich.« Das Handy liegt in der Küche. Ich gehe hinüber und nehme es von der Frühstückstheke, ohne die Nummer auf dem Display zu überprüfen.

»Kate?«

»Dios mío! Ana!« *Scheiße, José.* Er klingt verzweifelt. »Wo steckst du? Ich habe schon so oft versucht, dich zu erreichen. Ich muss dich sehen, mich für mein Benehmen am Freitag entschuldigen. Warum hast du nicht auf meine Anrufe reagiert?«

»José, im Moment ist's gerade sehr schlecht.« Ich blicke besorgt zu Christian hinüber, der mich aufmerksam beobachtet, während er seiner Mutter etwas zuflüstert. Ich wende ihm den Rücken zu.

»Wo bist du? Von Kate kriege ich nur ausweichende Antworten«, jammert José.

»In Seattle.«

»Was machst du denn in Seattle? Bist du bei ihm?«

»José, ich rufe dich später zurück. Im Augenblick kann ich nicht mit dir reden.« Ich drücke auf den roten Knopf.

Ich kehre zu Christian und seiner Mutter zurück.

»… Elliot hat angerufen und mir erzählt, dass du da bist«, sagt Grace gerade. »Ich habe dich zwei Wochen lang nicht gesehen, mein Lieber.«

»Tatsächlich?«, brummt Christian und mustert mich mit unergründlicher Miene.

»Ich dachte, wir könnten zusammen Mittag essen, aber wie ich sehe, hast du andere Pläne, und ich will dich nicht weiter stören.« Sie nimmt ihren langen cremefarbenen Mantel und hält Christian die Wange hin. Er küsst sie kurz und zärtlich. Sie berührt ihn nicht.

»Ich muss Anastasia nach Portland zurückbringen.«

»Natürlich, mein Lieber. Anastasia, es war mir ein Vergnügen. Hoffentlich sehen wir uns bald wieder.« Sie streckt mir die Hand entgegen.

Da erscheint wie aus dem Nichts Taylor.

»Mrs. Grey?«, fragt er.

»Danke, Taylor.« Er begleitet sie hinaus. Taylor war die ganze Zeit über hier? Wie lange? Und wo?

Christian sieht mich wütend an. »Der Fotograf?«

Scheiße. »Ja.«

»Was wollte er?«

»Sich entschuldigen, für Freitag.«

Christians Augen verengen sich. »Aha.«

Taylor kommt zurück. »Mr. Grey, es gibt Probleme mit der Lieferung für Darfur.«

»Ist Charlie Tango wieder auf Boeing Field?«

»Ja, Sir.«

Taylor nickt mir zu. »Miss Steele.«

Ich erwidere sein Nicken, und er wendet sich ab und geht.

»Wohnt er hier? Ich meine Taylor.«

»Ja«, knurrt Christian.

Was hat er jetzt wieder für ein Problem?

Christian holt seinen BlackBerry aus dem Küchenbereich, um seine Mails zu überprüfen. Dann wählt er mit zusammengepressten Lippen eine Nummer.

»Ros, was ist los?«, fragt er in den Apparat. Er lauscht, ohne mich aus den Augen zu lassen, während ich mir mal wieder völlig fehl am Platz vorkomme.

»Die Crews dürfen nicht in Gefahr geraten. Nein, blasen Sie die Sache ab … Wir werfen die Lieferung aus der Luft ab … Gut.« Er beendet das Gespräch, geht nach einem kurzen Blick auf mich in seinen Arbeitsbereich und kehrt wenig später zurück.

»Hier ist der Vertrag. Lies ihn durch, damit wir uns nächstes Wochenende darüber unterhalten können. Ich würde dir raten, die Dinge zu recherchieren, damit du weißt, was Sache ist. Ich hoffe, dass du zustimmst«, fügt er in sanfterem, ein wenig besorgtem Tonfall hinzu.

»Recherchieren?«

»Du würdest dich wundern, was sich im Internet alles finden lässt.«

Internet! Ich habe selbst keinen Computer. In unserem Haushalt gibt es nur den Laptop von Kate, und den bei Clayton's kann ich nicht benutzen, jedenfalls nicht für diese Art von »Recherche«.

»Was ist?«, erkundigt er sich.

»Ich besitze keinen Computer. Ich arbeite normalerweise an einem in der Uni. Aber ich kann Kate fragen, ob ich ihren Laptop benutzen darf.«

Er reicht mir einen braunen Umschlag. »Ich kann dir sicher … einen leihen. Pack deine Sachen, wir fahren zurück nach Portland. Unterwegs essen wir etwas. Ich muss mich anziehen.«

»Ich möchte kurz anrufen«, sage ich. Ich will Kates Stimme hören.

»Wen, den Fotografen?« Seine Kiefer mahlen, und seine Augen glühen. »Ich teile nicht gern, Miss Steele. Vergessen Sie das nicht«, warnt er mich in eisigem Tonfall, bevor er ins Schlafzimmer verschwindet.

Oje. *Ich will doch bloß Kate anrufen*, würde ich ihm gern nachrufen, aber seine unvermittelte Unnahbarkeit lähmt mich. Was ist nur aus dem großzügigen, entspannten, lächelnden Mann geworden, der vor kaum einer halben Stunde mit mir geschlafen hat?

»Fertig?«, fragt Christian, als wir uns an der Doppeltür zum Vorraum treffen.

Ich nicke unsicher. Er ist distanziert, höflich und verschlossen wie eh und je, trägt wieder seine Maske. In der Hand hält er eine Kuriertasche aus Leder. Wozu braucht er die? Vielleicht will er in Portland bleiben. Mir fällt die Abschlussfeier ein. Genau, er wird am Donnerstag dort sein. In seiner schwarzen Lederjacke sieht er überhaupt nicht wie ein Multimillionär oder -milliardär aus, sondern wie ein Junge aus den Slums, ein Rocker oder ein Model für ein Männermagazin. Ich würde mir nur ein Zehntel seiner Selbstsicherheit wünschen. Er wirkt so ruhig und beherrscht. Sein Ausbruch wegen José fällt mir ein … Nun ja, zumindest an der Oberfläche.

Taylor wartet im Hintergrund.

»Bis morgen dann«, sagt Christian zu ihm.

»Ja, Sir. Welchen Wagen nehmen Sie, Sir?«

Christian sieht mich an. »Den R8.«

»Gute Fahrt, Mr. Grey. Miss Steele.« Taylor bedenkt mich mit einem freundlichen Blick, in dem möglicherweise Mitleid mitschwingt.

Bestimmt glaubt er, ich wäre Mr. Greys fragwürdigen sexuellen Neigungen erlegen. Noch nicht, hätte ich ihm gern gesagt, lediglich seinen außergewöhnlichen sexuellen Fähigkeiten, aber vielleicht ist Sex ja für jeden etwas Außergewöhnliches. Ich habe keinerlei Vergleichsmöglichkeiten, und Kate kann ich nicht fragen. Das werde ich Christian gegenüber erwähnen müssen. Ich muss mich mit einer neutralen Person beraten – mit ihm ist das wegen seines ständigen Wechsels zwischen Offenheit und Arroganz nicht möglich.

Taylor hält uns die Tür auf. Christian holt den Aufzug.

»Was ist los, Anastasia?«, fragt er.

Woher weiß er, dass mich etwas beschäftigt?

»Nicht auf der Lippe herumkauen, sonst muss ich dich im Lift ficken, und dann ist es mir egal, wer einsteigt.«

Ich werde rot. Die Ahnung eines Lächelns spielt um seine Mundwinkel. Endlich scheint sich seine Laune zu bessern.

»Christian, ich habe ein Problem.«

»Ja?« Er ist ganz Ohr.

Der Aufzug kommt. Wir gehen hinein, und Christian drückt auf den Knopf fürs Erdgeschoss.

Wo soll ich anfangen? »Ich muss mit Kate reden. Ich habe so viele Fragen über Sex, und du stehst mir in dieser Hinsicht zu nahe. Woher soll ich wissen …?« Ich versuche, die richtigen Worte zu finden. »Ich habe keine Vergleichsmöglichkeiten.«

Er verdreht die Augen. »Dann sprich mit ihr. Aber sorg dafür, dass sie Elliot gegenüber nichts erwähnt.«

So ist Kate nicht, denke ich wütend.

»Das würde sie nie tun, und ich würde dir auch nichts von dem erzählen, was sie mir über Elliot anvertraut – falls sie das überhaupt tut«, füge ich hastig hinzu.

»Sein Sexleben interessiert mich nicht. Aber Elliot ist schrecklich neugierig. Erzähl ihr nur von dem, was wir bis jetzt gemacht haben«, ermahnt er mich. »Wenn sie wüsste, was ich mit dir vorhabe, würde sie mir wahrscheinlich die Eier abschneiden.«

»Okay.« Ich lächle erleichtert. Der Gedanke an Kate mit Christians Eiern gefällt mir nicht.

Er schüttelt den Kopf. »Je eher du dich mir unterwirfst, desto besser. Dann hat das ein Ende.«

»Was hat dann ein Ende?«

»Dass du dich mir ständig widersetzt.« Er küsst mich kurz auf die Lippen, als die Aufzugtüren sich öffnen. Dann ergreift er meine Hand und führt mich in die Tiefgarage.

Ich, mich ihm widersetzen ... wie?

Neben dem Lift steht ein schwarzer Sportwagen, dessen Lichter kurz aufleuchten, als Christian die Türen mit der Fernbedienung entriegelt. Es handelt sich um eines jener Autos, auf deren Kühlerhaube man sich unwillkürlich eine langbeinige, halb nackte Blondine vorstellt.

»Hübscher Wagen«, sage ich trocken.

Er grinst. »Ja«, pflichtet er mir bei, und kurz ist er wieder der junge, unbekümmerte Christian. Er ist ganz aufgeregt. *Jungs und ihre Spielsachen.* Ich verdrehe schmunzelnd die Augen. Er öffnet die Tür für mich, und ich steige ein. Wow, ganz schön tief. Er geht eleganten Schrittes um den Wagen herum und setzt sich hinters Steuer. *Woher kommt nur diese Anmut seiner Bewegungen?*

»Was für ein Auto ist das?«

»Ein Audi R8 Spider. Es ist schönes Wetter, also fahren wir mit offenem Verdeck. Im Handschuhfach liegt eine Baseballkappe, nein zwei. Und eine Sonnenbrille, falls du eine brauchst.«

Er lässt den Motor an, schiebt seine Tasche zwischen die Sitze, betätigt einen Knopf, und das Dach öffnet sich. Ein weiterer Knopfdruck, und die Stimme von Bruce Springsteen ertönt.

»Bruce muss man einfach mögen.« Grinsend lenkt er den Wagen aus dem Parkplatz und die steile Rampe hinauf.

Kurz darauf sind wir oben im hellen Licht des strahlenden Seattler Maimorgens. Ich nehme die Baseballkappen aus dem Handschuhfach. Die Mariners. Er mag Baseball? Ich reiche ihm eine, und er setzt sie auf. Ich ziehe meine Haare durch die Öffnung an der hinteren Seite und schiebe den Schirm tief ins Gesicht.

Menschen sehen uns nach, während wir durch die Straßen fahren. Zuerst glaube ich, die Blicke gelten ihm, doch dann kommt ein ziemlich paranoider Teil von mir auf die Idee, dass sie mich anstarren, weil sie wissen, was ich in den letzten zwölf Stunden getrieben habe. Am Ende wird mir klar, dass sich die Leute für den Wagen interessieren. Christian wirkt nachdenklich.

Es ist nicht viel Verkehr, und schon bald befinden wir uns auf der Interstate 5 in südlicher Richtung. Der Wind streicht über unsere Köpfe. Bruce singt über seine flammende Begierde. Wie passend! Christian schaut kurz zu mir herüber. Da er seine Ray-Ban trägt, sehe ich seine Augen nicht. Sein Mund zuckt. Er legt seine Hand auf mein Knie und drückt es sanft. Mir stockt der Atem.

»Hunger?«, fragt er.

Nicht nach Essbarem.

»Keinen großen.«

»Du musst essen, Anastasia. Ich kenne ein tolles Lokal in der Nähe von Olympia. Da halten wir.« Abermals drückt er mein Knie, bevor seine Hand zum Lenkrad zurückkehrt und er das Gaspedal durchtritt. Ich werde in meinen Sitz gedrückt. Wow, dieser Wagen hat Power.

Es handelt sich um ein kleines, familiäres Holzchalet mitten im Wald mit rustikaler Inneneinrichtung: willkürlich angeordnete Stühle und Tische mit karierten Tischdecken, dazu Wildblumen in kleinen Vasen. CUISINE SAUVAGE steht über der Tür.

»Ich bin länger nicht hier gewesen. Man kann sich nichts aussuchen. Es gibt nur das, was sie gerade im Wald gefangen oder auf den Wiesen gesammelt haben.« Er hebt die Augenbrauen in gespieltem Entsetzen, und ich muss lachen. Die blonde Kellnerin nimmt unsere Getränkebestellung auf.

In Gegenwart von Christian wird sie rot. Sie meidet den Blickkontakt mit ihm. Er gefällt ihr! *Es geht also nicht nur mir so!*

»Zwei Gläser Pinot Grigio«, ordert Christian souverän.

Ich verziehe den Mund.

»Was?«

»Mir wäre eine Cola light lieber.«

Er schüttelt den Kopf. »Der Pinot Grigio hier ist anständig, und er wird gut zum Essen passen, egal was es gibt«, erklärt er geduldig.

»Egal, was es gibt?«

»Ja. Übrigens, du gefällst meiner Mutter«, bemerkt er.

»Tatsächlich?«

»Ja. Sie hält mich nämlich für schwul.«

Ich bekomme große Augen. Die Interviewfrage fällt mir ein. *Oje.*

»Warum?«

»Weil sie mich noch nie mit einer Frau zusammen gesehen hat.«

»Mit keiner der fünfzehn?«

Er lächelt. »Das hast du dir gemerkt. Nein, mit keiner der fünfzehn.«

»Ach.«

»Anastasia, für mich war das auch ein Wochenende voller Premieren«, stellt er mit leiser Stimme fest.

»Ja?«

»Ich habe noch nie zuvor mit jemandem die Nacht verbracht, noch nie mit jemandem in meinem Bett Sex gehabt, geschweige denn Blümchensex, meiner Mutter noch nie eine Frau vorgestellt und bin noch nie mit einer Frau in Charlie Tango geflogen. Was stellst du bloß mit mir an?«

Die Kellnerin bringt unseren Wein, und ich trinke sofort einen Schluck.

»Mir hat dieses Wochenende sehr gefallen«, gestehe ich.

»Nicht auf der Lippe kauen«, ermahnt er mich. »Mir auch.«

»Was ist Blümchensex?«, frage ich, um mich von seinem intensiven sexy Blick abzulenken.

Er muss lachen. »Schlichter, einfacher Sex, Anastasia. Ohne Toys und Brimborium. Wie schlichte Wald- und Wiesenpflanzen, wenn du so willst, da wir schon ausgerechnet hier essen.«

»Ach.« Ich hätte unseren Sex zwar nicht gerade mit einem Strauß Gänseblümchen, sondern eher mit einem extravaganten Bukett aus sauteuren Rosen verglichen, aber was verstehe ich schon davon?

Die Kellnerin serviert Suppe, die wir skeptisch betrachten.

»Brennnesselsuppe«, klärt sie uns auf, bevor sie wieder in die Küche verschwindet.

Ich glaube, es gefällt ihr nicht, von Christian ignoriert zu werden. Ich probiere einen Löffel von der Suppe, die köstlich schmeckt. Christian und ich sehen einander an. Ich kichere, und er neigt den Kopf ein wenig.

»Dein Kichern klingt hübsch.«

»Warum hast du nie zuvor Blümchensex gehabt? Machst du immer schon, was du … machst?«, frage ich.

Er nickt. »Schon irgendwie.« Er scheint mit sich zu ringen. »Eine Freundin meiner Mutter hat mich verführt, als ich fünfzehn war.«

»Oh.« *So jung!*

»Sie hatte einen sehr eigenwilligen Geschmack. Ich war sechs Jahre lang ihr Sklave.«

»Oh.« Abermals fällt mir nicht mehr als Antwort ein.

»Also weiß ich, wie sich das anfühlt, Anastasia.«

Ich sehe ihn stumm an – sogar meinem Unterbewusstsein hat es die Sprache verschlagen.

»In puncto Sex bin ich also nicht gerade auf die übliche Weise sozialisiert worden.«

»Du bist am College nie mit einem Mädchen gegangen?«

»Nein.«

Die Kellnerin räumt unsere Teller ab.

»Warum?«, frage ich, als sie weg ist.

Er lächelt süffisant. »Möchtest du das wirklich wissen?«

»Ja.«

»Weil ich es nicht wollte. Sie war alles, was ich wollte und brauchte. Außerdem hätte sie mich windelweich geschlagen.« Bei der Erinnerung spielt ein Lächeln um seine Mundwinkel.

Wow, so viel Information auf einmal – aber ich möchte noch mehr.

»Wie alt war die Freundin deiner Mutter?«

»Alt genug, um es besser zu wissen.«

»Triffst du dich noch mit ihr?«

»Ja.«

»Und seid ihr nach wie vor …?« Ich werde rot.

»Nein.« Er schüttelt nachsichtig den Kopf. »Sie ist eine sehr gute Freundin.«

»Aha. Weiß deine Mutter Bescheid?«

Er sieht mich an, als wollte er sagen: Für wie dumm hältst du mich? »Natürlich nicht.«

Die Kellnerin serviert Wild, aber mir ist der Appetit vergangen. Was für eine Neuigkeit. *Christian als Sklave …* Ich trinke einen großen Schluck Pinot Grigio – natürlich hat er wie üblich Recht: Der Wein ist köstlich. So viel Stoff zum Nachdenken. Ich brauche Zeit, das alles zu verdauen, allein, ohne ihn. *Er weiß, wie das Sklavendasein ist.*

»Du warst doch nicht die ganze Zeit ihr Sklave, oder?«, frage ich verwirrt.

»Doch, obwohl ich nicht ständig mit ihr zusammen war. Es hat sich … schwierig … gestaltet. Immerhin war ich zuerst in der Schule und dann am College. Iss, Anastasia.«

»Ich habe wirklich keinen Hunger, Christian.« *Mir schwirrt der Kopf.*

»Iss«, wiederholt er mit mörderisch leiser Stimme.

Ich sehe ihn an. Dieser Mann, der als Heranwachsender sexuell missbraucht wurde … er klingt so bedrohlich.

»Gib mir noch ein bisschen Zeit«, bitte ich ihn.

»Okay«, murmelt er und isst weiter.

So wird es sein, wenn ich die Vereinbarung unterschreibe: Er wird mich herumkommandieren. *Will ich das?* Ich schneide ein Stück von dem Wild ab und stecke es in den Mund. Es schmeckt mir.

»Wird unsere … äh … Beziehung so laufen?«, flüstere ich. »Dass du mich herumkommandierst?« Ich schaffe es nicht, ihm in die Augen zu sehen.

»Ja.«

»Verstehe.«

»Und du wirst es wollen«, teilt er mir mit.

Das wage ich zu bezweifeln. Ich schneide einen weiteren Bissen Fleisch ab. »Es ist ein großer Schritt«, gebe ich zu bedenken, bevor ich kaue.

»Ja.« Er schließt kurz die Augen. »Anastasia, hör auf deinen Bauch. Lies den Vertrag durch, mach deine Recherche – ich bespreche gern alle Einzelheiten mit dir. Ich bin bis Freitag in Portland, wenn du bis dahin mit mir darüber reden möchtest. Ruf mich an. Vielleicht können wir miteinander zu Abend essen, sagen wir, am Mittwoch? Ich möchte wirklich, dass es klappt. Ich habe mir noch nie etwas sehnlicher gewünscht.«

Ich begreife es immer noch nicht: *Warum ich?* Warum keine der fünfzehn? O nein … werde ich auch eine Nummer bekommen? Sechzehn von vielen?

»Was ist mit den fünfzehn passiert?«, platze ich heraus.

Er hebt erstaunt die Augenbrauen. »Unterschiedliche Dinge, aber im Wesentlichen …« Er scheint nach den richtigen Worten zu suchen. »… läuft es wohl darauf hinaus, dass wir nicht zusammengepasst haben.«

»Und du glaubst, dass ich zu dir passen könnte?«

»Ja.«

»Dann triffst du dich mit keiner der anderen mehr?«

»Nein. Innerhalb meiner Beziehungen lebe ich monogam.«

Ach … *Das ist ja mal was Neues.* »Verstehe.«

»Widme dich der Recherche, Anastasia.«

Ich lege Messer und Gabel weg, weil ich keinen weiteren Bissen hinunterbringe.

»Das war's schon? Mehr willst du nicht essen?«

Ich schüttle den Kopf. Er sieht mich finster an, sagt jedoch nichts. Ich stoße einen kleinen Seufzer der Erleichterung aus. Von all den neuen Informationen habe ich ein flaues Gefühl im Magen, und der Wein hat mich beschwipst gemacht. Ich beobachte, wie er seinen Teller leer isst. Er hat einen gesunden Appetit. Um trotzdem einen solchen Körper zu haben, muss er Sport treiben. Die Erinnerung an seinen nackten Körper lässt mich unruhig auf meinem Stuhl hin und her rutschen. Als er mich ansieht, werde ich rot.

»Ich würde viel darum geben zu wissen, was du gerade denkst«, bemerkt er mit einem anzüglichen Grinsen und fügt hinzu: »Obwohl ich es mir vorstellen kann.«

»Gott sei Dank kannst du meine Gedanken nicht lesen.«

»Deine Gedanken nicht, Anastasia, aber deine Körpersprache – die kenne ich seit gestern ziemlich gut.« Seine Stimme klingt beinahe drohend.

Wie kann seine Stimmung nur so schnell umschlagen? Er ist schrecklich sprunghaft … Ich schaffe es kaum, seine Schwankungen nachzuvollziehen.

Er winkt die Kellnerin heran und bittet sie um die Rechnung. Sobald er bezahlt hat, steht er auf und streckt mir die Hand hin.

»Komm.« Er ergreift sie und führt mich zurück zum Wagen. Diese vertraute Berührung überrascht mich immer wieder aufs Neue. Es fällt mir schwer, eine solche normale, zärtliche Geste mit dem in Einklang zu bringen, was er in der Kammer der Qualen mit mir vorhat.

Während der Fahrt von Olympia nach Vancouver schweigen wir, beide vertieft in unsere eigenen Gedanken. Als er den Wagen vor meinem Haus anhält, ist es fünf Uhr nachmittags.

Drinnen brennt Licht – Kate ist daheim. Bestimmt packt sie. Es sei denn, Elliot ist noch da. Als Christian den Motor ausschaltet, wird mir bewusst, dass ich mich gleich von ihm verabschieden muss.

»Willst du mit reinkommen?«, frage ich, um unsere gemeinsame Zeit zu verlängern.

»Nein, ich muss arbeiten.«

Plötzlich bin ich den Tränen nahe. Christian nimmt meine Hand, hält sie an seinen Mund und küsst sanft ihren Rücken. Was für eine altmodische, aber liebevolle Geste. Mein Herz macht einen Sprung.

»Danke für dieses Wochenende, Anastasia. Das war das schönste seit Langem. Bis Mittwoch? Ich hole dich von der Arbeit ab«, verspricht er.

»Mittwoch«, flüstere ich.

Er küsst meine Hand noch einmal und legt sie zurück in meinen Schoß. Dann steigt er aus, geht um den Wagen herum und öffnet mir die Tür. Warum fühle ich mich plötzlich einsam? Ein Kloß bildet sich in meinem Hals. Er darf mich nicht so sehen. Lächelnd klettere ich aus dem Auto und gehe zum Haus. Auf halbem Weg drehe ich mich zu ihm um. *Kinn hoch, Steele*, ermahne ich mich.

»Übrigens trage ich deine Unterwäsche«, teile ich ihm mit einem kleinen Lächeln mit und ziehe den Bund der Boxershorts ein wenig hoch, so dass er ihn sehen kann. Christian fällt die Kinnlade herunter. Was für eine Reaktion! Sofort bessert sich meine Laune. Ich stolziere ins Haus. Am liebsten würde ich vor Freude einen Luftsprung machen. Meine winzig kleine innere Göttin ist begeistert.

Kate packt im Wohnzimmer ihre Bücher in Kisten.

»Du bist wieder da. Wo ist Christian? Wie geht's dir?«, fragt sie besorgt, kommt auf mich zu und betrachtet mich eingehend, bevor ich sie überhaupt begrüßt habe.

Scheiße … Jetzt muss ich mich mit Kates Inquisition auseinandersetzen, obwohl ich eine juristische Vereinbarung unterzeichnet habe, die mich zum Schweigen verpflichtet. Keine gute Mischung.

»Und, wie war's? Sobald Elliot weg war, hab ich die ganze Zeit an dich gedacht.« Sie grinst spitzbübisch.

Ich schmunzle angesichts ihrer Sorge und ihrer brennenden Neugierde, werde aber verlegen. Die Sache mit Christian war sehr intim. Ich muss sie mit Informationen füttern, weil sie mir sonst keine Ruhe lässt.

»Es war gut, Kate, sogar sehr gut, glaube ich«, antworte ich mit leiser Stimme.

»Du glaubst?«

»Ich habe schließlich keine Vergleichsmöglichkeiten, oder?« Ich zucke entschuldigend mit den Achseln.

»Hat er dich zum Orgasmus gebracht?«

Gott, sie nimmt wirklich kein Blatt vor den Mund.

Ich werde tiefrot. »Ja«, murmle ich.

Kate zieht mich auf die Couch und nimmt meine Hände. »Das ist doch super, immerhin war es das erste Mal für dich. Christian scheint echt sein Handwerk zu verstehen.«

Kate, wenn du wüsstest …

»Für mich war das erste Mal schrecklich«, gesteht sie mir mit traurigem Gesicht.

»Ach.« Das hat sie mir noch nie erzählt.

»Ja, mit Steve Patrone, an der Highschool. Sportskanone, aber keine Eier. Er war grob und ich nicht bereit. Wir waren beide betrunken. Typisches Desaster nach dem Schülerball. Hab Monate gebraucht, bis ich wieder einen Versuch gewagt habe. Natürlich nicht mit ihm. Ich war einfach zu jung. Du hast schon Recht gehabt, so lange zu warten.«

»Kate, das klingt furchtbar.«

»Ja, es hat fast ein Jahr gedauert, bis ich durch Penetration zum ersten Mal einen Orgasmus hatte, und du kriegst schon beim ersten Mal einen.«

Ich nicke verlegen. Meine innere Göttin sitzt mit einem verschmitzten, selbstgefälligen Lächeln im Lotossitz da und scheint mit einem Mal gewachsen zu sein.

»Gott sei Dank hast du deine Unschuld an jemanden verloren, der wusste, was er tut.« Sie zwinkert mir zu. »Wann siehst du ihn wieder?«

»Am Mittwoch. Zum Abendessen.«

»Dann liegt dir was an ihm?«

»Ja. Aber ich weiß nicht … wie sich die Zukunft gestalten wird.«

»Warum?«

»Er ist kompliziert und lebt in einer vollkommen anderen Welt als ich.« Prima Erklärung. Und plausibel. Viel besser als: *Er hat eine Kammer der Qualen und möchte mich zu seiner Sexsklavin machen.*

»Bitte sag jetzt nicht, dass es am Geld scheitert, Ana. Elliot behauptet, es ist ausgesprochen ungewöhnlich, dass Christian mit jemandem ausgeht.«

»Tatsächlich?«, frage ich mit viel zu hoher Stimme.

Reiß dich zusammen, Steele! Mein Unterbewusstsein bedenkt mich mit einem wütenden Blick, droht mir mit einem dürren Finger und verwandelt sich unvermittelt in Justitia, um mich daran zu erinnern, dass er mich verklagen kann, wenn ich zu viel verrate. *Ha … was will er denn machen? Mir mein ganzes Geld wegnehmen?* Ich darf nicht vergessen zu googeln, welche Strafen zu erwarten sind, wenn man sich nicht an eine Verschwiegenheitsvereinbarung hält. Klingt ein bisschen wie Hausaufgaben für die Schule. Vielleicht bekomme ich sogar eine Note. Ich werde rot, als mir meine Eins in der mündlichen Prüfung heute Morgen im Bad einfällt.

»Ana, was ist los?«

»Mir ist gerade was eingefallen, das Christian gesagt hat.«

»Du siehst verändert aus«, erklärt Kate.

»Ich fühle mich auch anders. Wund«, gestehe ich.

»Wund?«

»Ja, ein bisschen.« Wieder werde ich rot.

»Ich auch. Männer«, meint sie mit gespieltem Ekel. »Tiere.« Wir müssen beide lachen.

»Du bist wund?«, wiederhole ich erstaunt.

»Ja, vom vielen Vögeln.«

Ich pruste los. »Erzähl mir von Elliot, dem wilden Vögler«, bitte ich sie, nachdem ich mich halbwegs gefangen habe. Zum ersten Mal seit Tagen entspanne ich mich. Was für glückliche, unkomplizierte Zeiten waren das noch vor ein paar Tagen!

Kate wird rot. *Na so was ...* Katherine Agnes Kavanagh macht einen auf Anastasia Rose Steele. So habe ich sie noch nie auf einen Mann reagieren sehen. Ich bin verblüfft. *Wo ist Kate? Elliot, was hast du mit ihr angestellt?*

»Ach, Ana. Er ist einfach ... unglaublich. Und wenn wir ... Mann, er ist echt gut.« Sie bringt kaum einen zusammenhängenden Satz heraus, so hin und weg ist sie von Elliot.

»Soll das heißen, dass du ihn magst?«

Sie nickt dümmlich grinsend. »Ich sehe ihn am Samstag wieder. Er hilft uns beim Umzug.« Sie klatscht in die Hände, springt vom Sofa auf und dreht Pirouetten zum Fenster.

Der Umzug. Den hatte ich glatt vergessen, trotz der Kisten überall.

»Das ist aber nett von ihm«, bemerke ich. Bei der Gelegenheit werde ich ihn besser kennen lernen. Vielleicht erhalte ich durch ihn neue Einblicke in das Wesen seines merkwürdigen Bruders.

»Was habt ihr gestern Abend gemacht?«, erkundige ich mich.

»So ziemlich das Gleiche wie ihr. Allerdings haben wir uns zuvor ein Abendessen gegönnt.« Sie grinst mich an. »Ist wirklich alles in Ordnung? Du wirkst irgendwie überfordert.«

»So fühle ich mich auch. Christian ist ziemlich anstrengend.«

»Das habe ich gemerkt. Aber er hat dich anständig behandelt?«

»Ja«, versichere ich ihr. »Ich habe einen Mordshunger. Soll ich uns was kochen?«

Sie nickt und wendet sich wieder den Büchern und Kisten zu.

»Was willst du mit den Erstausgaben machen?«, fragt sie.

»Die gebe ich ihm zurück.«

»Echt?«

»Ein viel zu teures Geschenk. Ich kann es nicht annehmen.«

»Verstehe. Es sind ein paar Briefe für dich gekommen, und José ruft stündlich an. Er klingt verzweifelt.«

»Ich rufe ihn zurück«, verspreche ich. Wenn ich Kate die Sache mit José erzähle, reißt sie ihm den Kopf ab. Ich nehme die Briefe vom Esstisch und öffne sie.

»Hey, ich bin zu Vorstellungsgesprächen eingeladen! Übernächste Woche, in Seattle.«

»Bei welchem Verlag?«

»Bei beiden.«

»Ich hab dir doch gesagt, dass dein Abschluss dir Tür und Tor öffnet, Ana.«

Kate hat natürlich bereits eine Praktikantenstelle bei der *Seattle Times*. Ihr Vater kennt jemanden, der wiederum jemanden kennt …

»Wie findet Elliot es, dass du wegfährst?«, frage ich.

Kate kommt in die Küche. Zum ersten Mal an diesem Abend wirkt sie niedergeschlagen.

»Er hat Verständnis. Ein Teil von mir würde am liebsten nicht verreisen, aber die Aussicht, ein paar Wochen lang in der Sonne zu liegen, ist verlockend. Außerdem meint Mom, dass das unser letzter richtiger Familienurlaub wird, bevor Ethan und ich uns in die Arbeitswelt verabschieden.«

Ich habe das amerikanische Festland noch nie verlassen. Kate wird mit ihren Eltern und ihrem Bruder Ethan zwei Wochen auf Barbados verbringen. Was heißt, dass ich in unserem neuen Apartment erst einmal ohne sie zurechtkommen muss. Das wird sicher seltsam. Ethan reist seit seinem Abschluss vergangenes Jahr in der Welt herum. Ob ich ihn vor ihrem Urlaub noch sehen werde? Ich kann ihn gut leiden. Das Klingeln des Telefons reißt mich aus meinen Überlegungen.

»Das ist bestimmt José.«

Seufzend nehme ich den Apparat in die Hand. »Hi.«

»Ana, du bist wieder da!«, ruft José erleichtert aus.

»Ganz offensichtlich«, antworte ich sarkastisch und verdrehe die Augen.

»Kann ich dich sehen? Tut mir leid wegen Freitagabend. Ich hatte zu viel getrunken … und du … na ja. Ana, bitte verzeih mir.«

»Natürlich verzeihe ich dir, José. Aber bitte mach das nicht wieder. Du weißt, dass ich nicht so für dich empfinde.«

Er stößt einen tiefen Seufzer aus. »Ja, Ana. Ich dachte nur, wenn ich dich küsse, ändert das vielleicht was an deinen Gefühlen.«

»José, ich mag dich wirklich sehr, und du bedeutest mir viel. Du bist wie der Bruder, den ich nie hatte. Daran wird sich nichts ändern. Das dürfte dir klar sein.«

»Dann bist du jetzt mit ihm zusammen?«, fragt er voller Verachtung.

»José, ich bin mit niemandem zusammen.«

»Aber du hast die Nacht mit ihm verbracht.«

»Das geht dich nichts an!«

»Liegt's am Geld?«

»José! Wie kannst du es wagen!«, brülle ich ihn an, verärgert über seine Dreistigkeit.

»Ana«, jammert er und entschuldigt sich.

Im Moment kann ich mich wirklich nicht mit seiner kleinlichen Eifersucht beschäftigen, auch wenn er verletzt ist. Ich habe alle Hände voll mit Christian Grey zu tun.

»Vielleicht trinken wir morgen einen Kaffee zusammen. Ich ruf dich an«, versuche ich einzulenken. Schließlich ist er mein Freund, und ich mag ihn.

»Gut, dann also morgen. Du rufst an?«

Sein hoffnungsvoller Tonfall versetzt mir einen Stich.

»Ja. Gute Nacht, José.« Ich lege auf, ohne auf seine Antwort zu warten.

»Was war denn das?«, fragt Katherine, die Hände in die Hüften gestemmt.

»Er hat mich am Freitag angemacht.«

»José? *Und* Christian Grey? Ana, deine Pheromone scheinen Überstunden zu machen. Was hat der Idiot sich dabei gedacht?« Sie wendet sich kopfschüttelnd wieder den Büchern und Kisten zu.

Fünfundvierzig Minuten später machen wir eine Pause, um uns über die Spezialität des Hauses, meine Lasagne, herzumachen. Kate öffnet eine Flasche billigen Rotwein, und wir setzen uns zum Essen zwischen die Kisten und schauen uns ein paar echt schlechte Fernsehsendungen an. Das ist die Normalität. Wie schön nach den vergangenen achtundvierzig Stunden des … Wahnsinns. Meine erste friedliche Mahlzeit ohne Eile und Genörgel seit einigen Tagen. *Was hat er nur für ein Problem mit dem Essen?* Kate räumt das Geschirr ab, und ich packe die letzten Sachen aus dem Wohnzimmer ein. Am Ende sind nur noch das Sofa, der Fernseher und der Esstisch übrig. Bleiben die Küche und unsere Zimmer, doch dazu haben wir den Rest der Woche Zeit.

Wieder klingelt das Telefon. Es ist Elliot. Kate zwinkert mir zu und hüpft in ihr Zimmer wie eine Vierzehnjährige. Eigentlich sollte sie ihre Abschiedsrede schreiben, aber Elliot scheint ihr wichtiger zu sein. Was haben diese Grey-Männer nur an sich? Was macht sie so unwiderstehlich? Ich trinke noch einen Schluck Wein.

Beim Zappen durch die Fernsehprogramme wird mir klar, dass ich das Unangenehme nur hinauszögere. Der Vertrag brennt ein leuchtend rotes Loch in meine Handtasche. Werde ich die Kraft besitzen, ihn heute Abend zu lesen?

Ich lege den Kopf in die Hände. José und Christian, sie wol-

len beide etwas von mir. José ist kein Problem. Aber Christian …
Mit ihm muss ich völlig anders umgehen. Ein Teil von mir würde am liebsten weglaufen oder sich verstecken. Was soll ich nur tun? Seine grauen Augen kommen mir in den Sinn, und unwillkürlich ziehen sich die Muskeln in meinem Unterleib zusammen. Ich schnappe nach Luft. Er törnt mich sogar an, wenn er nicht da ist. Nur um den Sex kann es doch nicht gehen, oder? Ich erinnere mich an sein sanftes Necken heute Morgen beim Frühstück, an seine Begeisterung über meine Freude an dem Helikopterflug und an sein melancholisches Klavierspiel.

Er ist so schrecklich kompliziert. Allmählich beginne ich zu ahnen, warum. Ein junger Mann, um die Jugend gebracht, missbraucht von der Hexe Mrs. Robinson … Kein Wunder, dass er älter wirkt, als er ist. Bei der Vorstellung, was er durchgemacht haben muss, werde ich traurig. Noch weiß ich zu wenig, doch meine Recherchen werden Licht in die Sache bringen. Will ich es wirklich erfahren? Möchte ich seine Welt kennen lernen? Es ist ein großer Schritt.

Wäre ich ihm nicht begegnet, würde ich immer noch in seliger Ahnungslosigkeit leben. Meine Gedanken wandern zur letzten Nacht und zu diesem Morgen … und zu dem unglaublich sinnlichen Sex, den ich erlebt habe. Will ich auf den verzichten? *Nein!*, kreischt mein Unterbewusstsein … und meine innere Göttin stimmt ihm mit einem stummen Zen-Nicken zu.

Kate kehrt, von Ohr zu Ohr grinsend, ins Wohnzimmer zurück. *Vielleicht ist sie verliebt.* So war sie noch nie.

»Ana, ich gehe ins Bett. Ich bin hundemüde.«

»Ich auch, Kate.«

Sie drückt mich. »Ich bin froh, dass du heil wieder da bist. Christian hat so etwas …«

Ich versuche, sie mit einem Lächeln zu beruhigen, und denke dabei: *Woher zum Teufel weiß sie das?* Ihr untrüglicher Instinkt wird sie eines Tages zu einer großartigen Journalistin machen.

Ich schnappe mir meine Handtasche und gehe in mein Zimmer. Ich bin ausgelaugt von den körperlichen Anstrengungen des vergangenen Tages und von dem schrecklichen Dilemma, in dem ich stecke. Ich setze mich aufs Bett, nehme vorsichtig den braunen Umschlag aus der Tasche und drehe ihn in den Händen hin und her. Will ich das Ausmaß von Christians Verderbtheit tatsächlich kennen lernen? Es ist so beängstigend. Ich hole tief Luft und reiße den Umschlag auf.

ELF

In dem Umschlag befinden sich mehrere Blatt Papier. Ich nehme sie mit klopfendem Herzen heraus, lehne mich in die Kissen zurück und beginne zu lesen.

VERTRAG

Geschlossen am _ 2011 (»Beginn«)

zwischen

MR. CHRISTIAN GREY,

301 Escala, Seattle, WA 98889

(»Dom«)

und

MISS ANASTASIA STEELE,

1114 SW Green Street, Apartment 7,

Haven Heights, Vancouver, WA 98888

(»Sub«)

DIE PARTEIEN EINIGEN SICH AUF FOLGENDE
VEREINBARUNGEN:

1. Die folgenden Ausführungen stellen eine bindende Vereinbarung zwischen dem dominanten Partner (im Folgenden Dom genannt) und dem devoten (im Folgenden Sub genannt) dar.

GRUNDVEREINBARUNGEN

2. Ziel dieses Vertrags ist es, der Sub ein Ausloten ihrer Sinnlichkeit und ihrer Grenzen unter angemessener Berücksichtigung ihrer Bedürfnisse und Grenzen sowie ihres Wohlergehens zu ermöglichen.

3. Dom und Sub einigen sich darauf und bestätigen, dass alles, was im Rahmen dieses Vertrags stattfindet, in beiderseitigem Einvernehmen, vertraulich und unter Berücksichtigung der in diesem Vertrag vereinbarten Grenzen und Sicherheitsbestimmungen geschieht. Zusätzliche Grenzen und Sicherheitsbestimmungen können schriftlich vereinbart werden.

4. Dom und Sub versichern, dass sie unter keinen schweren, ansteckenden oder lebensbedrohlichen Krankheiten wie HIV, Herpes, Hepatitis oder anderen leiden. Falls bei einer der Parteien während der (unten festgelegten) Dauer oder einer Verlängerung des vorliegenden Vertrags eine solche Krankheit diagnostiziert oder von einer der Parteien bemerkt werden sollte, muss der Betreffende die andere Partei unverzüglich und auf jeden Fall vor jeglichem körperlichem Kontakt zwischen den beteiligten Parteien in Kenntnis setzen.

5. Die Befolgung der oben beschriebenen Garantien, Vereinbarungen und Zusicherungen (sowie aller zusätzlichen unter Punkt 3 vereinbarten Grenzen und Sicherheitsbestimmungen) sind Grundbestandteil dieses Vertrags. Jeglicher Verstoß dagegen führt zur sofortigen Auflösung. Beide Parteien erklären sich als der anderen gegenüber voll verantwortlich für die Konsequenzen eines solchen Vertragsbruchs.

6. Alle Punkte dieses Vertrags sind im Rahmen des Grundzwecks und der Grundbedingungen, wie in den Punkten 2–5 oben beschrieben, zu lesen und zu deuten.

ROLLEN

7. Der Dom übernimmt die Verantwortung für das Wohlergehen und die angemessene Erziehung, Leitung und Disziplinierung der Sub. Er entscheidet über die Art dieser Erziehung, Leitung und Disziplinierung sowie über den Zeitpunkt und den Ort ihrer Anwendung unter Berücksichtigung der in diesem Vertrag oder zusätzlich unter Punkt 3 vereinbarten Bedingungen, Beschränkungen und Sicherheitsbestimmungen.

8. Falls der Dom sich zu irgendeinem Zeitpunkt nicht an die in diesem Vertrag oder zusätzlich unter Punkt 3 vereinbarten Bedingungen, Beschränkungen oder Sicherheitsbestimmungen hält, hat die Sub das Recht, diesen Vertrag sofort aufzulösen und ohne Vorankündigung aus den Diensten des Dom auszuscheiden.

9. Vorbehaltlich dieser Bedingung und der Punkte 2–5 muss die Sub dem Dom in allen Dingen zu Willen sein und gehorchen. Vorbehaltlich der in diesem Vertrag oder zusätzlich unter Punkt 3 vereinbarten Bedingungen, Beschränkungen und Sicherheitsbestimmungen erfüllt sie alle Wünsche des Dom und akzeptiert ohne Nachfrage oder Zögern ihre Erziehung, Leitung und Disziplinierung in jeglicher Form.

BEGINN UND DAUER

10. Dom und Sub treten in diesen Vertrag am Tag des Beginns im vollen Bewusstsein seiner Beschaffenheit ein und verpflichten sich, sich ausnahmslos an seine Bedingungen zu halten.

11. Dieser Vertrag gilt vom Tag des Beginns an drei Kalendermonate lang (»Dauer«). Nach Ablauf der Dauer besprechen die Parteien, ob dieser Vertrag und seine Vereinbarungen befriedigend sind und den Bedürfnissen beider Parteien Rechnung getragen wurden. Jede der Parteien kann die Verlängerung dieses Vertrags abhängig von Veränderungen der getroffenen Vereinbarungen oder Bedingungen vorschlagen. Kommt es zu keiner Einigung über eine Verlängerung, endet dieser Vertrag, und beiden Parteien steht es frei, wieder getrennte Leben zu führen.

VERFÜGBARKEIT

12. Die Sub hält sich innerhalb der Vertragsdauer jede Woche von Freitagabend bis Sonntagnachmittag zu Zeiten für den Dom bereit, die der Dom festlegt (»vereinbarte Zeiten«). Da-

rüber hinausgehende Zeiten können bei beiderseitigem Einverständnis ad hoc vereinbart werden.

13. Der Dom behält sich das Recht vor, die Sub jederzeit und aus beliebigem Grund aus seinen Diensten zu entlassen. Die Sub kann ihrerseits jederzeit ihre Entlassung verlangen, wobei es im Ermessen des Dom liegt, ihre Bitte im Rahmen der Rechte der Sub nach den Punkten 2–5 und 8 zu erfüllen.

ORT

14. Die Sub stellt sich zu den vereinbarten und zusätzlich vereinbarten Zeiten an vom Dom bestimmten Orten zur Verfügung. Der Dom übernimmt sämtliche Reisekosten, die der Sub dafür entstehen.

DIENSTBEDINGUNGEN

15. Folgende Dienstbedingungen wurden besprochen und vereinbart und werden während der Vertragsdauer von beiden Parteien eingehalten. Beide Parteien akzeptieren, dass sich Umstände ergeben können, die durch diesen Vertrag und die Dienstbedingungen nicht abgedeckt sind, oder bestimmte Punkte neu verhandelt werden müssen. In solchen Fällen können weitere Punkte in einen Zusatz aufgenommen werden. Sämtliche darüber hinausgehenden Punkte oder Zusätze müssen von beiden Parteien bestätigt, dokumentiert und unterzeichnet werden und unterliegen den Grundbedingungen, wie unter den Punkten 2–5 beschrieben.

DOM

15.1 Für den Dom haben Gesundheit und Sicherheit der Sub jederzeit oberste Priorität. Der Dom darf von der Sub zu keinem Zeitpunkt fordern, verlangen, erbitten oder ihr erlauben, sich auf Aktivitäten einzulassen, die in Anhang 2 aufgeführt sind, oder auf solche, die die Parteien als unsicher erachten. Der Dom lässt keine Handlung zu und praktiziert nichts, was die Sub ernsthaft verletzen oder ihr Leben gefährden könnte. Die übrigen Unterpunkte zu diesem Punkt 15 sind vorbehaltlich dieser Bedingung und der Grundvereinbarungen in den Punkten 2–5 zu sehen.

15.2 Der Dom akzeptiert die Sub als seine Sklavin, die er während der Vertragsdauer besitzen, kontrollieren, dominieren und disziplinieren darf. Der Dom darf den Körper der Sub während der vereinbarten Zeiten oder während zusätzlich vereinbarter Zeiten so benutzen, wie es ihm angemessen erscheint, sexuell oder anderweitig.

15.3 Der Dom erzieht und leitet die Sub so an, dass sie dem Dom auf angemessene Weise dienen kann.

15.4 Der Dom sorgt für eine stabile, sichere Umgebung, in der die Sub ihren Pflichten im Dienst des Dom nachkommen kann.

15.5 Der Dom darf die Sub so disziplinieren, wie es ihm nötig erscheint, damit die Sub ihrer devoten Rolle gerecht und inakzeptables Verhalten verhindert wird. Der Dom darf die Sub schlagen, versohlen, auspeitschen oder körperlich züchtigen, wie es ihm angemessen erscheint, um sie zu disziplinieren, zu seinem persönlichen Vergnügen oder aus anderen Gründen, die er nicht erklären muss.

15.6 Bei der Erziehung und Disziplinierung stellt der Dom sicher, dass auf dem Körper der Sub keine bleibenden Spuren zurückbleiben und ihr keine Verletzungen zugefügt werden, für deren Behandlung ein Arzt nötig ist.

15.7 Bei der Erziehung und Disziplinierung stellt der Dom sicher, dass die Disziplinierungsmaßnahmen und die Werkzeuge, die zur Disziplinierung verwendet werden, sicher sind, keinen ernsthaften Schaden verursachen und in keiner Weise die Grenzen überschreiten, die in diesem Vertrag festgelegt und ausgeführt sind.

15.8 Falls die Sub erkrankt oder verletzt wird, kümmert sich der Dom um sie, sorgt für ihre Gesundheit und Sicherheit und empfiehlt oder ordnet, wenn er es für nötig hält, medizinische Versorgung an.

15.9 Der Dom gewährleistet seine eigene Gesundheit und begibt sich, falls nötig, in medizinische Behandlung, um risikofreie Bedingungen zu gewährleisten.

15.10 Der Dom leiht seine Sub nicht an einen anderen Dom aus.

15.11 Der Dom darf die Sub zu jedem Zeitpunkt innerhalb der vereinbarten Zeiten oder zusätzlich vereinbarten Zeiten aus jeglichem Grund und über längere Zeiträume fesseln, binden oder mit Handschellen festmachen, immer jedoch unter der Bedingung, dass Gesundheit und Sicherheit der Sub gewährleistet sind.

15.12 Der Dom stellt sicher, dass die gesamte Ausstattung, die der Erziehung und Disziplinierung dient, jederzeit sauber, hygienisch und sicher ist.

SUB

15.13 Die Sub akzeptiert den Dom als ihren Herrn und Meister und versteht sich als Eigentum des Dom, das der Dom innerhalb der Vertragsdauer im Allgemeinen, jedoch besonders während der vereinbarten Zeiten und während zusätzlich vereinbarter Zeiten, benutzen kann, wie er möchte.

15.14 Die Sub unterwirft sich den Regeln (»Regeln«), die in Anhang 1 dieses Vertrags vereinbart sind.

15.15 Die Sub dient dem Dom in jeglicher dem Dom als angemessen erscheinenden Weise und bemüht sich, dem Dom im Rahmen ihrer Möglichkeiten jederzeit Vergnügen zu bereiten.

15.16 Die Sub unternimmt alles Nötige, um ihre Gesundheit zu erhalten, und erbittet medizinische Behandlung oder begibt sich in diese, wann immer es erforderlich ist. Sie setzt den Dom jederzeit über auftauchende gesundheitliche Probleme in Kenntnis.

15.17 Die Sub sorgt für orale Empfängnisverhütung und befolgt die Einnahmeanweisungen, um eine Schwangerschaft zu verhindern.

15.18 Die Sub akzeptiert ohne Widerrede alle Disziplinierungs-maßnahmen, die der Dom für nötig hält, und ist sich ihrer Stellung und Rolle gegenüber dem Dom jederzeit bewusst.

15.19 Die Sub darf sich ohne Erlaubnis des Dom nicht selbst befriedigen.

15.20 Die Sub unterwirft sich ohne Zögern und Widerworte jeder sexuellen Aktivität, die der Dom verlangt.

15.21 Die Sub akzeptiert Auspeitschen, Schlagen, Versohlen, Rohrstockhiebe, Schläge mit dem Holzpaddle sowie sämtliche anderen Disziplinierungsmaßnahmen des Dom ohne Zögern, Nachfrage oder Klage.

15.22 Die Sub darf dem Dom nicht direkt in die Augen sehen, es sei denn, dieser wünscht dies. Die Sub hält den Blick gesenkt und verhält sich in Gegenwart des Dom ruhig und respektvoll.

15.23 Die Sub verhält sich dem Dom gegenüber immer respektvoll und spricht ihn ausschließlich mit Sir, Mr. Grey oder einer anderen Anrede an, die der Dom bestimmt.

15.24 Die Sub berührt den Dom nicht ohne ausdrückliche Erlaubnis.

AKTIVITÄTEN

16. Die Sub nimmt nicht an Aktivitäten oder sexuellen Handlungen teil, die eine der oder beide Parteien als unsicher erachten oder die in Anhang 2 aufgeführt sind.

17. Dom und Sub haben sich über die in Anhang 3 aufgeführten Aktivitäten verständigt und in Anhang 3 schriftlich ihre Zustimmung dazu erklärt.

SAFEWORDS

18. Dom und Sub sind sich einig, dass der Dom Forderungen an die Sub stellen kann, die sich nicht ohne körperlichen, psychischen, emotionalen, seelischen oder sonstigen Schmerz er-

füllen lassen. In solchen Situationen kann die Sub ein Safeword (»Safeword/s«) verwenden. Zwei Safewords kommen, abhängig von der Härte der Forderungen, zum Einsatz.

19. Das Safeword »Gelb« signalisiert dem Dom, dass die Sub sich der Grenze des Erträglichen nähert.

20. Das Safeword »Rot« signalisiert dem Dom, dass die Sub keine weiteren Forderungen erfüllen kann. Wird dieses Wort ausgesprochen, beendet der Dom die Handlung sofort und vollständig.

SCHLUSS

21. Wir, die Unterzeichneten, haben die Bedingungen dieses Vertrags gelesen und in ihrer Gänze verstanden. Wir akzeptieren die Bedingungen dieses Vertrags aus freien Stücken und bestätigen dies mit unseren Unterschriften.

Der Dom: Christian Grey   Die Sub: Anastasia Steele
Datum   Datum

ANHANG 1
REGELN

Gehorsam:

Die Sub befolgt sämtliche Anweisungen des Dom, ohne zu zögern, vorbehaltlos und umgehend. Die Sub stimmt allen sexuellen Aktivitäten, die der Dom als angemessen und angenehm erachtet, ausgenommen die in Abschnitt »Hard Limits« aufgeführten (Anhang 2), zu. Sie tut dies bereitwillig und ohne Zögern.

Schlaf:

Die Sub stellt sicher, dass sie pro Nacht mindestens acht Stunden schläft, wenn sie nicht mit dem Dom zusammen ist.

Essen:

Die Sub isst regelmäßig, orientiert sich an einer vorgegebenen Liste von Nahrungsmitteln (Anhang 4), um ihre Gesundheit und ihr Wohlergehen zu bewahren. Abgesehen von Obst nimmt die Sub zwischen den Mahlzeiten nichts zu sich.

Kleidung:

Innerhalb der Vertragsdauer trägt die Sub ausschließlich vom Dom genehmigte Kleidung. Der Dom stellt der Sub ein Budget für Kleidung zur Verfügung, das die Sub nutzt. Der Dom begleitet die Sub ad hoc beim Kleiderkauf. Wenn der Dom das wünscht, trägt die Sub während der Vertragsdauer von ihm ausgewählten Schmuck, in Gegenwart des Dom und zu allen anderen Zeiten, die der Dom für angemessen hält.

Körperliche Ertüchtigung:

Der Dom stellt der Sub einen Personal Trainer viermal die Woche für jeweils eine Stunde zu Zeiten zur Verfügung, die zwischen dem Personal Trainer und der Sub zu vereinbaren sind. Der Personal Trainer informiert den Dom über die Fortschritte der Sub.

Hygiene/Schönheit:

Die Sub ist zu allen Zeiten sauber und rasiert und/oder gewaxt. Die Sub sucht zu Zeiten, die der Dom bestimmt, einen Kosmetiksalon auf, den der Dom auswählt, um sich Behandlungen zu unterziehen, die der Dom für angemessen hält. Sämtliche Kosten übernimmt der Dom.

Persönliche Sicherheit:

Die Sub unterlässt übermäßigen Alkoholkonsum, raucht nicht, nimmt keine Partydrogen und begibt sich nicht in unnötige Gefahr.

Persönliches Verhalten:

Die Sub unterhält keine sexuellen Beziehungen mit anderen als dem Dom. Das Verhalten der Sub ist zu allen Zeiten respektvoll und züchtig. Ihr muss klar sein, dass ihr Benehmen auf den Dom zurückfällt. Sie muss sich für sämtliche Missetaten und Verfehlungen verantworten, derer sie sich in Abwesenheit des Dom schuldig macht.

Ein Verstoß gegen irgendeine der oben aufgeführten Vereinbarungen hat sofortige Bestrafung zur Folge, deren Art durch den Dom festgelegt wird.

ANHANG 2
HARD LIMITS

Kein Feuer.

Kein Urin oder Kot.

Keine Nadeln, Messer, Schnitte, Stiche oder Blut.

Keine gynäkologischen Instrumente.

Keine Handlungen mit Kindern oder Tieren.

Keine Handlungen, die dauerhafte Spuren auf der Haut hinterlassen.

Keine Atemkontrolle.

Kein elektrischer Strom (egal ob Wechsel- oder Gleichstrom), keine Flammen am Körper.

ANHANG 3
SOFT LIMITS

Folgende Soft Limits sind von den Parteien zu besprechen:

Erklärt sich die Sub einverstanden mit:
– Masturbation
– Vaginalverkehr
– Cunnilingus
– Vaginalfisting
– Fellatio
– Analverkehr
– Spermaschlucken
– Analfisting

Stimmt die Sub der Verwendung zu von:
– Vibratoren
– Dildos
– Analstöpseln
– anderen vaginalen/analen Toys

Willigt die Sub ein bei:
– Bondage mit Seil
– Bondage mit Klebeband
– Bondage mit Ledermanschetten
– Bondage mit anderem
– Bondage mit Handschellen/Hand- und Fußfesseln

Stimmt die Sub folgenden Fesselungsarten zu:
– Hände vor dem Körper gefesselt
– Handgelenke am Knöchel gefesselt
– Knöchel gefesselt
– Fesselung an feste Gegenstände, zum Beispiel Möbel
– Ellbogen gefesselt
– Hände hinter dem Rücken gefesselt
– Fesselung an Spreizstange
– Knie gefesselt
– Suspension

Lässt die Sub sich die Augen verbinden?
Lässt die Sub sich knebeln?
Wie viel Schmerz ist die Sub bereit zu ertragen?
1 steht für: sehr gern, 5 für: sehr ungern:
1 – 2 – 3 – 4 – 5

Erklärt sich die Sub bereit, die folgenden Formen des Schmer-
zes/der Bestrafung/der Disziplinierung hinzunehmen:
– Versohlen
– Schläge mit dem Holzpaddle

- Auspeitschen
- Schläge mit dem Rohrstock
- Beißen
- Brustwarzenklemmen
- Genitalklemmen
- Eis
- Heißes Wachs
- Andere Methoden, Schmerz zuzufügen.

Ach du Scheiße, hiernach kann ich mich nicht mal überwinden, mir die Liste mit den Nahrungsmitteln anzuschauen. Ich schlucke und gehe die anderen Punkte noch einmal durch.

Mir schwirrt der Kopf. Wie soll ich so etwas zustimmen? Angeblich dient das Ganze ja mir, *damit ich meine Sinnlichkeit und meine Grenzen in einem sicheren Rahmen ausloten kann … Aber, ich soll ihm in allen Dingen dienen und gehorchen*. In allen Dingen! Ich schüttle ungläubig den Kopf. Ist nicht die Formel bei der Eheschließung ganz ähnlich? Nur drei Monate – hatte er deshalb vor mir so viele Frauen? Weil er sie nie lange behält? Oder hatten sie alle nach drei Monaten die Schnauze voll? *Jedes Wochenende?* Zu viel. Das würde bedeuten, dass ich Kate und Leute, die ich eventuell in meinem neuen Job kennen lerne, nie zu Gesicht bekomme. Ich sollte ein Wochenende pro Monat für mich heraushandeln. Am besten, wenn ich meine Periode habe – das klingt … praktisch. Er ist *mein Herr und Meister*! Und er kann mit mir verfahren, wie *er* möchte!

Ich erschaudere bei dem Gedanken, mit Flogger oder Peitsche bearbeitet zu werden. Versohlen ist vermutlich nicht so schlimm, auch wenn ich es als demütigend empfinde. Und fesseln? Die Hände hat er mir ja schon mal zusammengebunden. Und das war … heiß, richtig heiß, also wird's möglicherweise gar nicht übel. Er wird mich nicht an einen anderen Dom ausleihen – das will ich ihm auch geraten haben. *Wieso zerbreche ich mir überhaupt den Kopf über so etwas?*

Ich darf ihm nicht in die Augen sehen. *Hallo, wie schräg ist das?* Nur so kann ich ahnen, was in seinem Kopf vorgeht. Wem mache ich etwas vor? Ich weiß sowieso nie, was er denkt, aber ich schaue ihm gern in die Augen. Sie sind wunderschön – klug, dunkel und voller Dom-Geheimnisse. Bei der Erinnerung an seinen glühenden Blick presse ich vor Lust unwillkürlich die Oberschenkel zusammen.

Ich darf ihn nicht berühren. Das überrascht mich nicht. Und diese albernen Regeln … Nein, nein, das geht nicht. Ich stütze den Kopf in die Hände. Wie soll man so eine Beziehung führen? Ich bin hundemüde. Die Verrenkungen der vergangenen vierundzwanzig Stunden haben mich, offen gestanden, erschöpft. Auch geistig … Mann, ist das eine harte Nuss. Wie José es ausdrücken würde: ein echter Kopf-Fick. Hoffentlich liest sich am Morgen alles nicht mehr wie ein schlechter Scherz.

Ich ziehe mich um. Vielleicht sollte ich mir den pinkfarbenen Flanellpyjama mit den Häschen von Kate borgen. Ich sehne mich nach etwas Kuscheligem und Tröstendem. In T-Shirt und Schlafshorts putze ich mir die Zähne.

Ich starre mein Spiegelbild an. *Das kann nicht dein Ernst sein …* Mein Unterbewusstsein klingt kühl und vernünftig, nicht so schnippisch wie sonst. Meine innere Göttin dagegen springt händeklatschend auf und ab wie eine Fünfjährige. *Bitte unterschreib … sonst enden wir allein mit jeder Menge Katzen und deinen klassischen Romanen.*

Ausgerechnet der einzige Mann, den ich je sexy gefunden habe, muss mit einem verdammten Vertrag, einem Flogger und allen möglichen anderen Problemen daherkommen. Immerhin habe ich am Wochenende meinen Willen durchgesetzt. Meine innere Göttin hört mit dem Hopsen auf und lächelt gelassen. *O ja,* formt sie mit den Lippen und nickt mir selbstgefällig zu. Ich erröte bei der Erinnerung an das Gefühl von ihm in mir und spüre wieder dieses köstliche Ziehen in meinem Unterleib. Den Sex möchte ich nicht missen. Vielleicht kann ich mich ja nur dafür entscheiden … Würde er sich darauf einlassen? Vermutlich nicht.

Bin ich devot? Möglicherweise wirke ich so und habe ihn bei dem Interview getäuscht. Ich bin schüchtern, ja, aber devot? Ich lasse mich von Kate herumkommandieren – ist das das Gleiche? Und die Soft Limits – na ja, immerhin kann man sie diskutieren.

Ich kehre in mein Zimmer zurück. So viel Stoff zum Grübeln. Ich brauche einen klaren Kopf – am Morgen sieht die Welt hoffentlich anders aus. Ich stecke den Vertrag in meinen Rucksack, lege mich ins Bett und starre die Decke an. Wäre ich ihm doch nie begegnet! Meine innere Göttin schüttelt den Kopf. *Mach dir nichts vor!* Ich habe mich noch nie so lebendig gefühlt.

Ich schlafe ein und träume von Himmelbetten, Hand- und Fußfesseln und intensiven grauen Augen.

Am nächsten Tag werde ich von Kate geweckt.

»Ana, ich habe dich gerufen. Du musst verdammt tief geschlafen haben.«

Ich öffne widerwillig die Augen. Sie ist nicht nur auf, sondern war schon joggen. Ich werfe einen Blick auf meinen Wecker. Acht Uhr morgens. Mein Gott, ich habe neun Stunden durchgeschlafen.

»Was ist los?«, murmle ich.

»Da ist jemand mit einem Paket für dich. Du musst den Empfang bestätigen.«

»Wie bitte?«

»Komm. Es ist riesig. Und sieht interessant aus.« Sie hüpft aufgeregt ins Wohnzimmer zurück.

Ich schäle mich aus den Federn, nehme meinen Morgenmantel von dem Haken an der Tür und schlüpfe hinein. Ein smarter Typ mit Pferdeschwanz steht, die Hände um eine große Kiste gelegt, in unserem Wohnzimmer.

»Hi«, begrüße ich ihn.

»Ich mach dir einen Tee.« Kate verschwindet in der Küche.

»Miss Steele?«

Ich weiß sofort, von wem das Paket ist. »Ja«, antworte ich vorsichtig.

»Ich habe ein Paket für Sie. Man hat mir gesagt, ich soll den Inhalt aufstellen und Ihnen zeigen, wie man ihn benutzt.«

»Ach. Um diese Uhrzeit?«

»Ich befolge nur meine Anweisungen, Ma'am.« Sein freundliches Profilächeln signalisiert mir, dass er keinen Widerspruch duldet.

Hat er gerade Ma'am zu mir gesagt? Bin ich über Nacht zehn Jahre gealtert? Wenn ja, liegt's an diesem blöden Vertrag. Ich verziehe den Mund. »Okay, was ist es?«

»Ein MacBook Pro.«

»Natürlich.« Ich verdrehe die Augen.

»Der letzte Schrei von Apple. Das Modell gibt's im Laden noch gar nicht.«

Wieso überrascht mich das nicht? Ich stoße einen tiefen Seufzer aus. »Stellen Sie das Ding auf dem Esstisch da drüben auf.«

Ich geselle mich zu Kate in der Küche.

»Was ist es?«, erkundigt sie sich neugierig.

»Ein Laptop von Christian.«

»Warum schickt er dir einen Laptop? Du weißt doch, dass du meinen benutzen kannst.« Sie runzelt die Stirn.

Aber nicht für das, was er vorhat.

»Eine Leihgabe. Er möchte, dass ich ihn ausprobiere.« Meine Ausrede klingt ziemlich fadenscheinig. Kate nickt. *Na so was ...* Es ist mir gelungen, Katherine Kavanagh hinters Licht zu führen. Das ist mal was Neues. Sie reicht mir meinen Tee.

Der Mac-Laptop ist flach, silberfarben, ziemlich elegant und hat einen sehr großen Monitor. Christian Grey liebt es groß – ich denke an seine Wohnung.

»Er hat das neueste Betriebssystem mit sämtlichen wichtigen Programmen, dazu eine 1,5-TB-Festplatte mit jeder Menge

Speicherplatz und einen 32-GB-Arbeitsspeicher – wofür wollen Sie ihn verwenden?«

»Äh … für E-Mails.«

»Für E-Mails!«, wiederholt er entsetzt.

»Und vielleicht für ein paar Recherchen im Internet«, füge ich mit einem entschuldigenden Achselzucken hinzu.

Er seufzt.

»Er hat Wireless N. Außerdem habe ich Ihnen einen Me-Account eingerichtet. Das Baby ist einsatzbereit, praktisch überall auf diesem Planeten.« Er schmachtet den Laptop an.

»Me-Account?«

»Ihre neue E-Mail-Adresse.«

Ich habe eine E-Mail-Adresse?

Er deutet auf ein Icon auf dem Bildschirm, während er weitererklärt. Für mich hört sich alles wie Chinesisch an. Ich habe keine Ahnung, wovon er spricht, und ehrlich gesagt, interessiert es mich auch nicht. *Sag mir nur, wie man das Ding ein- und ausschaltet* – den Rest finde ich selbst heraus. Schließlich benutze ich den Laptop von Kate seit vier Jahren.

Kate stößt beeindruckt einen Pfiff aus, als sie das Gerät sieht. »Ganz schön spacig.« Sie hebt die Augenbrauen. »Die meisten Frauen bekommen nur Blumen oder Schmuck geschenkt«, lautet ihr Kommentar.

Ich versuche, ein finsteres Gesicht zu machen. Wir brechen beide in schallendes Gelächter aus, und der Computertyp sieht uns verwundert an. Als er fertig ist, bittet er mich, die Empfangsbestätigung zu unterschreiben.

Während Kate ihn zur Tür bringt, setze ich mich mit meiner Tasse Tee hin und öffne das E-Mail-Programm. Eine Mail von Christian wartet bereits auf mich. Mein Herz setzt einen Schlag aus. *Eine Mail von Christian Grey.* Nervös klicke ich sie an.

Von: Christian Grey
Betreff: Ihr neuer Computer
Datum: 22. Mai 2011, 23:15 Uhr
An: Anastasia Steele

Sehr geehrte Miss Steele,
ich hoffe, Sie haben gut geschlafen. Und ich hoffe, Sie bringen diesen Laptop wie besprochen auf angemessene Weise zum Einsatz.
Ich freue mich aufs Abendessen am Mittwoch.
Bin gerne bereit, eventuell auftretende Fragen per Mail zu beantworten.
CHRISTIAN GREY
CEO, Grey Enterprises Holdings, Inc.

Ich klicke auf »Antworten«.

Von: Anastasia Steele
Betreff: Ihr neuer Computer (Leihgabe)
Datum: 23. Mai 2011, 08:20 Uhr
An: Christian Grey

Merkwürdigerweise habe ich sehr gut geschlafen, danke der Nachfrage, *Sir*. Soweit ich das verstanden habe, ist der Computer eine Leihgabe, also nicht meiner.
    Ana

Die Antwort kommt praktisch sofort.

Von: Christian Grey
Betreff: Ihr neuer Computer (Leihgabe)
Datum: 23. Mai 2011, 08:22 Uhr
An: Anastasia Steele

Der Computer ist in der Tat eine Leihgabe, eine Dauerleihgabe, Miss Steele.

Ihrem Tonfall entnehme ich, dass Sie die Unterlagen von mir gelesen haben.

Gibt es bis jetzt Fragen?

CHRISTIAN GREY
CEO, Grey Enterprises Holdings, Inc.

Ich kann mir ein Schmunzeln nicht verkneifen.

Von: Anastasia Steele
Betreff: Forschergeist
Datum: 23. Mai 2011, 08:25 Uhr
An: Christian Grey

Ich habe viele Fragen, die allerdings nicht für den E-Mail-Verkehr geeignet sind, und manche von uns müssen sich ihren Lebensunterhalt verdienen.

Ich will und brauche keinen Computer als Dauerleihgabe.

Bis später, guten Tag. *Sir*

Ana

Seine Antwort folgt erneut sofort.

Von: Christian Grey
Betreff: Dein neuer Computer (wieder Leihgabe)
Datum: 23. Mai 2011, 08:26 Uhr
An: Anastasia Steele

Ciao, ciao, Baby.
PS: Ich muss mir meinen Lebensunterhalt auch verdienen.

CHRISTIAN GREY
CEO, Grey Enterprises Holdings, Inc.

Mit einem dümmlichen Grinsen fahre ich den Computer herunter. Wie kann ich einem so verspielten Christian Grey widerstehen? Ich werde zu spät in die Arbeit kommen. Es ist meine letzte Woche – Mr. und Mrs. Clayton werden Nachsicht haben. Ich eile unter die Dusche, unfähig, mein blödes Grinsen abzuschütteln. *Er hat mir gemailt.* Ich fühle mich wie ein kleines, aufgeregtes Mädchen. Die Angst vor dem Vertrag schwindet. Während ich mir die Haare wasche, überlege ich, was ich ihn per Mail fragen könnte. Bestimmt ist es besser, über solche Dinge persönlich zu sprechen. Angenommen, jemand hackt sich in seinen Account? Bei dem Gedanken werde ich rot. Ich ziehe mich hastig an, rufe Kate ein kurzes Auf Wiedersehen zu und mache mich auf den Weg in die Arbeit.

Um elf ruft José an.

»Hey, gehen wir nun einen Kaffee trinken?« Er klingt wieder ganz wie der alte José, mein Freund, nicht wie jemand, der mir – wie hat Christian das ausgedrückt? – Avancen macht. Puh.

»Klar. Ich bin in der Arbeit. Schaffst du's bis zwölf hierher?«

»Bis gleich.«

Er legt auf.

Ich wende mich erneut den Regalen mit Pinseln zu, die aufgefüllt werden müssen, und denke über Christian Grey und seinen Vertrag nach.

José ist pünktlich. Er hüpft in den Baumarkt wie ein toll-patschiger Welpe.

»Ana.«

Als er mir sein hinreißendes Hispano-Lachen schenkt, kann ich ihm nicht mehr böse sein. »Hi, José.« Ich umarme ihn. »Ich habe einen Bärenhunger. Lass mich nur schnell Mrs. Clayton sagen, dass ich Mittagspause mache.«

Auf dem Weg zum Coffeeshop um die Ecke hake ich mich bei ihm unter. Ich bin so dankbar für seine … Normalität. Ihn kenne und verstehe ich.

»Hey, Ana«, murmelt er. »Hast du mir verziehen?«

»José, du weißt, dass ich dir nie lange böse sein kann.«

Er grinst.

Ich kann es kaum erwarten, nach Hause zu kommen, Christian zu mailen und mit der Recherche zu beginnen. Kate ist unterwegs, also fahre ich den neuen Laptop hoch und öffne meine Mails. Natürlich ist eine von Christian gekommen. Vor Freude mache ich fast einen Sprung.

Von: Christian Grey
Betreff: Sich seinen Lebensunterhalt verdienen
Datum: 23. Mai 2011, 17:24 Uhr
An: Anastasia Steele

Sehr geehrte Miss Steele,
ich hoffe, Sie hatten einen angenehmen Tag in der Arbeit.
CHRISTIAN GREY
CEO, Grey Enterprises Holdings, Inc.

Ich drücke auf »Antworten«.

Von: Anastasia Steele
Betreff: Sich seinen Lebensunterhalt verdienen
Datum: 23. Mai 2011, 17:48 Uhr
An: Christian Grey

Sir ... Ich hatte einen sehr angenehmen Tag in der Arbeit.
Danke.
Ana

Von: Christian Grey
Betreff: Erledigen Sie Ihre Arbeit!
Datum: 23. Mai 2011, 17:50 Uhr
An: Anastasia Steele

Miss Steele,
freut mich sehr, dass Sie einen angenehmen Tag hatten. Aber
während Sie mailen, können Sie nicht recherchieren.
CHRISTIAN GREY
CEO, Grey Enterprises Holdings, Inc.

Von: Anastasia Steele
Betreff: Quälgeist
Datum: 23. Mai 2011, 17:53 Uhr
An: Christian Grey

Mr. Grey, hören Sie auf, mir Mails zu schicken, dann kann ich
mich meiner Aufgabe widmen. Ich würde nämlich gern wieder
eine Eins bekommen.
Ana

Ich schlinge die Arme um den Körper.

Von: Christian Grey
Betreff: Ungeduldig
Datum: 23. Mai 2011, 17:55 Uhr
An: Anastasia Steele

Miss Steele,
hören *Sie* auf, mir zu mailen – und machen Sie Ihre Hausaufgaben.
Ich würde Ihnen gerne noch einmal eine Eins geben.
Die erste war hochverdient. ;)
CHRISTIAN GREY
CEO, Grey Enterprises Holdings, Inc.

Christian hat mir einen Zwinker-Smiley gemailt. ... *Wow.* Ich gehe auf Google.

Von: Anastasia Steele
Betreff: Internet-Recherche
Datum: 23. Mai 2011, 17:59 Uhr
An: Christian Grey

Mr. Grey,
welchen Suchbegriff soll ich Ihrer Ansicht nach eingeben?
    Ana

Von: Christian Grey
Betreff: Internet-Recherche
Datum: 23. Mai 2011, 18:02 Uhr
An: Anastasia Steele

Miss Steele,
man fängt immer mit Wikipedia an. Keine Mails mehr, es sei denn, Sie haben Fragen. Verstanden?
CHRISTIAN GREY
CEO, Grey Enterprises Holdings, Inc.

Von: Anastasia Steele
Betreff: Alter Tyrann!
Datum: 23. Mai 2011, 18:04 Uhr
An: Christian Grey

Ja ... *Sir.*
Sie sind so was von tyrannisch.
  Ana

Von: Christian Grey
Betreff: Alles unter Kontrolle
Datum: 23. Mai 2011, 18:06 Uhr
An: Anastasia Steele

Anastasia, wenn du wüsstest! Aber inzwischen hast du ja vielleicht eine Ahnung bekommen.
Erledige deine Arbeit.

CHRISTIAN GREY
CEO, Grey Enterprises Holdings, Inc.

Ich gebe das Stichwort »devot« bei Wikipedia ein.

Eine halbe Stunde später ist mir schwindelig, und ich bin bis ins Mark erschüttert. Will ich dieses Zeug wirklich in meinem Kopf haben? Himmel, treibt er so was in seiner Kammer der Qualen? Ich starre den Monitor an, und ein Teil von mir, ein ziemlich feuchter und wesentlicher Teil, mit dem ich erst vor sehr Kurzem Bekanntschaft gemacht habe, ist ernsthaft erregt. Manches finde ich echt heiß. Aber ist es das Richtige für mich? Schaffe ich das? Ich brauche Raum und Zeit zum Nachdenken.

ZWÖLF

Zum ersten Mal im Leben gehe ich freiwillig Joggen. Ich krame meine alten, nie benutzten Laufschuhe, eine Jogginghose und ein T-Shirt hervor, flechte meine Haare zu Zöpfen, erröte bei den Erinnerungen, die sie wecken, und stöpsle meinen iPod ein. Ich kann einfach nicht länger vor dem Laptop sitzen und weiter verstörende Dinge recherchieren. Am liebsten würde ich zum Heathman Hotel rennen und von dem Kontrollfreak Sex fordern. Aber das sind fast acht Kilometer, und ich glaube nicht, dass ich in der Lage bin, auch nur einen zu laufen. Außerdem könnte er mich zurückweisen, was eine schreckliche Demütigung wäre.

Kate kommt gerade vom Wagen, als ich aus der Tür gehe. Sie lässt fast die Einkaufstüten fallen, als sie mich sieht. Ana Steele in Laufschuhen! Ich winke ihr zu, ohne stehen zu bleiben, weil ich keine Lust auf die Großinquisition habe. Ich brauche Zeit für mich allein. Mit Snow Patrol in den Ohren laufe ich in der aquamarinfarbenen Dämmerung durch den Park.

Was soll ich machen? Ich will ihn, aber zu seinen Bedingungen? Ich weiß es einfach nicht. Vielleicht sollte ich über das verhandeln, was ich möchte. Diesen albernen Vertrag Zeile für Zeile durchgehen und klipp und klar sagen, was akzeptabel ist und was nicht. Durch meine Recherchen weiß ich, dass er sich juristisch nicht durchsetzen lässt. Das weiß Christian bestimmt. Wahrscheinlich legt er lediglich die Parameter der Beziehung fest. Er hält fest, was ich von ihm erwarten kann und was er von mir erwartet – meine totale Unterwerfung. Bin ich bereit, mich darauf einzulassen? Bin ich dazu überhaupt in der Lage?

209

Warum ist er so? Weil er in jungen Jahren verführt wurde? Keine Ahnung. Er ist mir nach wie vor ein Rätsel.

Ich bleibe neben einer hohen Fichte stehen, stütze mich mit den Händen auf den Knien ab und sauge gierig die Luft in meine Lungen. Das fühlt sich gut an, geradezu befreiend. Ja. Ich muss ihm sagen, was in Ordnung ist und was nicht, ihm meine Gedanken per E-Mail mitteilen, damit wir uns am Mittwoch darüber unterhalten können. Ich atme tief durch, bevor ich zum Apartment zurückjogge.

Kate war für den Urlaub auf Barbados shoppen, wie nur sie es kann. Hauptsächlich Bikinis und dazu passende Sarongs. Sie wird in den neuen Sachen phantastisch aussehen, die sie mir einzeln vorführt, aber es gibt nur eine begrenzte Anzahl von Formulierungen für »Du siehst toll aus, Kate«. Sie ist schlank, mit den Kurven an den richtigen Stellen, ein Körper, für den ich einen Mord begehen würde. Frustriert bewege ich meinen kläglichen, verschwitzten Leib in mein Zimmer, vorgeblich, um Kisten zu packen. Könnte ich mich noch unzulänglicher fühlen? Ich stelle den Laptop auf meinen Schreibtisch und schicke Christian eine Mail.

Von: Anastasia Steele
Betreff: Schockiert
Datum: 23. Mai 2011, 20:33 Uhr
An: Christian Grey

Okay, jetzt weiß ich Bescheid.
Schön, dich kennen gelernt zu haben.
    Ana

Ich drücke auf »Senden«, schlinge die Arme um den Körper, amüsiere mich über meinen Scherz. Wird er auch darüber lachen können? *Scheiße* – wahrscheinlich nicht. Christian Grey ist nicht gerade für seinen Humor bekannt. Obwohl ich ihn schon hin und wieder habe aufblitzen sehen. Möglicherweise bin ich zu weit gegangen. Ich warte auf seine Antwort.

Ich warte … und warte. Und schaue auf meinen Wecker. Zehn Minuten sind vergangen.

Zur Ablenkung beginne ich, tatsächlich die Sachen in meinem Zimmer zu packen. Ich schichte Bücher in eine Kiste. Neun Uhr, keine Nachricht. *Vielleicht ist er unterwegs.* Ich stöpsle schmollend meinen iPod ein, lausche Snow Patrol und setze mich an meinen kleinen Schreibtisch, um den Vertrag noch einmal zu lesen und mir Notizen dazu zu machen.

Keine Ahnung, warum ich den Blick hebe. Wahrscheinlich nehme ich aus den Augenwinkeln eine Bewegung wahr. Jedenfalls steht Christian in der Tür zu meinem Zimmer und mustert mich mit intensivem Blick. Er trägt seine graue Flanellhose und ein weißes Leinenhemd und lässt sanft seine Autoschlüssel kreisen. Ich ziehe die Stöpsel aus den Ohren und erstarre. *Scheiße!*

»Guten Abend, Anastasia.« Seine Stimme ist kühl, seine Miene unergründlich.

Mir verschlägt es die Sprache. Verdammt, Kate hat ihn reingelassen, ohne mich zu warnen. Mir wird bewusst, dass ich noch die Jogginghose trage und verschwitzt bin, während er wie immer atemberaubend aussieht.

»Ich hatte das Gefühl, dass deine Mail eine persönliche Antwort erfordert«, teilt er mir mit.

Ich mache zweimal den Mund auf. Ha, der Scherz ist nach hinten losgegangen. Damit, dass er alles stehen und liegen lassen würde, hatte ich nicht gerechnet.

»Darf ich mich setzen?«, fragt er mit belustigtem Blick. *Gott sei Dank – vielleicht sieht er doch die komische Seite.*

Ich nicke stumm. *Christian Grey sitzt auf meinem Bett.*

»Ich hatte versucht, mir dein Schlafzimmer vorzustellen«, stellt er fest.

Ich sehe mich nach einem Fluchtweg um – es gibt nur die Tür

oder das Fenster. Mein Zimmer ist praktisch, aber auch gemütlich eingerichtet – weiße Korbmöbel und ein weißes Doppelbett aus Metall mit einem hellblau-cremefarbenen Quilt, den meine Mutter in ihrer amerikanischen Folkphase gefertigt hat.

»Hier drinnen ist es sehr ruhig und friedlich«, murmelt er.

Nicht, wenn du da bist.

Endlich entsinnt sich meine Medulla oblongata wieder ihrer Funktion. Ich hole Luft. »Wie …?«

Er lächelt. »Ich bin noch im Heathman.«

Das weiß ich.

»Möchtest du was trinken?«

»Nein, danke, Anastasia.« Er legt den Kopf ein wenig schief.

Ich aber.

»Dann war es also schön, mich kennen gelernt zu haben?«

Himmel, ist er *beleidigt*? Ich starre auf meine Hände. Wie komme ich aus dieser Situation wieder raus? Wenn ich ihm erkläre, dass das ein Scherz war, gefällt ihm das sicher nicht.

»Ich dachte, du antwortest per Mail«, sage ich kleinlaut.

»Kaust du absichtlich auf deiner Unterlippe herum?«

Ich lasse meine Lippe los. »Das habe ich gar nicht gemerkt.«

Mein Herz schlägt wie wild, und wieder spüre ich dieses Knistern zwischen uns. Er sitzt so nahe bei mir, mit seinen grauen Augen, die Ellbogen auf den Knien, die Beine gespreizt. Er löst bedächtig einen meiner Zöpfe. Mein Atem geht flach. Ich beobachte fasziniert, wie seine Hand zu meinem zweiten Zopf wandert und diesen ebenfalls löst.

»Du hast also Sport gemacht«, bemerkt er mit weicher Stimme und streicht mir sanft eine Strähne aus dem Gesicht. »Warum, Anastasia?« Sein Finger umkreist mein Ohr und zupft zärtlich an meinem Läppchen. Meine Güte, ist das erotisch.

»Ich habe Zeit zum Nachdenken gebraucht«, erkläre ich. Ich komme mir vor wie das Reh im Scheinwerferkegel, die Motte an der Flamme, das Kaninchen vor der Schlange … und er weiß genau, was er mit mir anstellt.

»Worüber, Anastasia?«

»Über dich.«

»Und du bist zu dem Schluss gekommen, dass es schön war, mich kennen gelernt zu haben? Meinst du das im biblischen Sinn?«

Scheiße. Ich werde rot.

»Ich hätte nicht gedacht, dass du dich mit der Bibel auskennst.«

»Ich war in der Sonntagsschule, Anastasia. Da lernt man eine Menge.«

»Meines Wissens ist in der Bibel nicht die Rede von Brustwarzenklemmen. Vielleicht hat man dich mit einer modernen Übersetzung unterrichtet.«

Seine Lippen verziehen sich zu einem Lächeln. »Ich hab mir gedacht, ich sollte herkommen und dich daran erinnern, wie *schön* es ist, mich zu kennen.«

Heilige Scheiße. Ich starre ihn mit offenem Mund an, und seine Finger wandern von meinem Ohr zu meinem Kinn.

»Was sagen Sie dazu, Miss Steele?«

Seine Lippen sind leicht geöffnet; er wartet, bereit zum Angriff. Dieses Ziehen tief in meinem Unterleib. Er bewegt sich, und plötzlich liege ich auf dem Bett, unter ihm, die Arme ausgestreckt und über dem Kopf. Seine freie Hand packt mein Gesicht, und seine Lippen pressen sich auf meine.

Seine Zunge drängt sich gewaltsam in meinen Mund. Ich spüre seinen Körper. Er begehrt *mich*, und das weckt merkwürdige, aber köstliche Dinge in mir. Nicht Kate in ihren winzigen Bikinis, nicht eine meiner fünfzehn Vorgängerinnen und auch nicht die Hexe Mrs. Robinson, sondern mich. Dieser attraktive Mann will mich. Meine innere Göttin strahlt so hell, dass sie ganz Portland mit Licht versorgen könnte. Er hört auf, mich zu küssen, und sieht mich an.

»Vertraust du mir?«, haucht er.

Ich nicke mit hämmerndem Herzen und pochendem Puls.

Er holt seine silbergraue Seidenkrawatte aus seiner Hosentasche … *die* silbergraue Krawatte, die die Abdrücke auf meiner Haut hinterlässt. Schon sitzt er rittlings auf mir und bindet mir die Handgelenke zusammen. Diesmal befestigt er das andere Ende der Krawatte an dem weißen Metallkopfteil. Er überprüft, ob der Knoten fest sitzt. Ich kann mich nicht rühren, bin im buchstäblichen Sinn ans Bett gefesselt und wahnsinnig erregt.

Er erhebt sich und betrachtet mich mit vor Lust dunklen Augen, mit einer Mischung aus Triumph und Erleichterung.

»So ist's besser«, murmelt er mit einem wissenden Lächeln und löst den Schnürsenkel an einem meiner Laufschuhe. Nein … nicht meine Füße. Ich komme doch gerade vom Joggen.

»Nein.« Ich versuche, ihn wegzustoßen.

Er hält inne.

»Wenn du dich wehrst, binde ich dir die Füße fest. Und wenn du einen Laut von dir gibst, kneble ich dich, Anastasia. Still. Katherine steht wahrscheinlich draußen und lauscht.«

Knebeln! Kate! Ich verstumme.

Er zieht mir Schuhe und Socken aus und streift mir bedächtig die Jogginghose herunter. *Oje – was für einen Slip habe ich an?* Er hebt meinen Körper an, zieht den Quilt und die Bettdecke weg und legt mich zurück.

Er leckt sich über die Unterlippe. »Du kaust wieder auf deiner Lippe herum, Anastasia. Du weißt doch, welche Wirkung das auf mich hat.« Zur Warnung legt er mir seinen langen Zeigefinger auf den Mund.

Puh. Ich kann mich kaum noch beherrschen, muss hilflos zusehen, wie er mit eleganten Bewegungen durch mein Zimmer geht. Wie sehr er mich antörnt! Fast lässig zieht er Schuhe und Socken aus, öffnet seine Hose und schlüpft aus dem Hemd.

»Ich glaube, du hast schon zu viel gesehen.« Er setzt sich wieder auf mich und schiebt mein T-Shirt hoch. Ich erwarte, dass er es mir auszieht, doch er rollt es zum Hals hoch und schiebt es weiter über meinen Kopf, so dass er meinen Mund und meine Nase sehen kann, das Shirt jedoch meine Augen bedeckt. Durch den Stoff kann ich nichts erkennen.

»Hm. Es wird immer besser. Ich hole was zu trinken.«

Er küsst mich sanft und erhebt sich vom Bett. Die Zimmertür knarrt leise. Etwas zu trinken. *Wo? Hier? In Portland? In Seattle?* Ich spitze die Ohren. Höre leises Murmeln und weiß, dass er mit Kate spricht. *Mein Gott ... er ist praktisch nackt.* Was wird sie sagen? In der Ferne erklingt ein Ploppen. Was ist das? Er kehrt zurück; wieder knarrt die Tür; seine Füße tappen über den Boden, und Eis klirrt in einem Glas. Er schließt die Tür, und ich höre, wie er die Hose auszieht. Sie gleitet zu Boden. Ich weiß, dass er jetzt ganz nackt ist. Wieder setzt er sich auf mich.

»Hast du Durst, Anastasia?«

»Ja.« Plötzlich klebt mir die Zunge am Gaumen. Ich höre das Eis gegen das Glas klimpern.

Er beugt sich herunter, um mich zu küssen. Dabei füllt er eine köstliche, spritzige Flüssigkeit in meinen Mund. Weißwein, kühler Weißwein von Christians kühlen Lippen.

»Mehr?«, fragt er.

Ich nicke. Es schmeckt umso köstlicher, weil der Wein in *seinem* Mund war. Wieder trinke ich von seinen Lippen. ... *Wow.*

»Wir müssen bald aufhören. Wir wissen ja, wie wenig du verträgst, Anastasia.«

Ich kann mir ein Schmunzeln nicht verkneifen. Erneut lässt er mich von dem wunderbaren Wein kosten. Dann legt er sich neben mich, so dass ich seine Erektion an meiner Hüfte spüre. Himmel, wie sehr ich mir ihn in mir wünsche!

»Ist das *schön*?«, erkundigt er sich.

Meine Muskeln spannen sich an. Wieder küsst er mich und schiebt mit etwas Wein einen kleinen Eiswürfel in meinen Mund. Dann wandert er langsam mit kühlen Küssen vom unteren Ende meines Halses zwischen meinen Brüsten bis zu meinem Bauch hinunter. Er gibt ein Stückchen Eis mit einem

Schluck kaltem Wein in meinen Nabel. Es brennt sich einen Weg in die Tiefen meines Bauchs. Wow.

»Jetzt musst du stillhalten«, flüstert er. »Wenn du dich bewegst, schwappt Wein aufs Bett, Anastasia.«

Unwillkürlich wölben sich meine Hüften.

»Nein, nein. Wenn Sie den Wein verschütten, muss ich Sie bestrafen, Miss Steele.«

Stöhnend kämpfe ich gegen den Impuls an, die Hüften zu heben. *Nein ... bitte.*

Mit einem Finger zieht er mir einzeln die Schalen meines BHs herunter, so dass meine Brüste hochgedrückt werden und frei daliegen. Dann küsst er meine Brustwarzen und knabbert nacheinander mit kühlen Lippen daran. Ich versuche, meinen Körper daran zu hindern, dass er sich aufbäumt.

»Na, wie *schön* ist das?«, fragt er mit leiser Stimme und bläst auf eine meiner Brustwarzen.

Wieder höre ich das Klirren von Eis und spüre es plötzlich an meiner linken Brustwarze. Ich stöhne auf, bemühe mich, mich nicht zu bewegen. Was für eine köstliche Folter!

»Wenn du den Wein verschüttest, lasse ich dich nicht kommen.«

»Bitte ... Christian ... Sir ... Bitte.« Er treibt mich zum Wahnsinn. Ich höre förmlich sein Lächeln.

Das Eis in meinem Nabel schmilzt. Mir ist heißer als heiß – heiß und kalt zugleich. Ich will ihn in mir spüren. Jetzt, sofort.

Seine kühlen Finger wandern über meinen Bauch. Meine Haut ist überempfindlich, meine Hüften spannen sich unwillkürlich an, und die inzwischen etwas wärmere Flüssigkeit schwappt aus meinem Nabel über meinen Bauch. Christian leckt sie auf, küsst, beißt mich und saugt an mir.

»Meine liebe Anastasia, du hast dich bewegt. Was mache ich jetzt nur mit dir?«

Mein Atem geht schwer. Ich konzentriere mich voll und ganz auf seine Stimme und seine Berührung. Alles andere blende ich aus. Nichts sonst ist mehr wichtig. Seine Finger gleiten in meinen Slip, und ich höre, wie er tief Luft holt.

»O Baby«, murmelt er und schiebt zwei Finger in mich hinein.

Ich schnappe nach Luft.

»So bereit.« Er bewegt seine Finger quälend langsam, rein, raus, und ich wölbe ihm die Hüften entgegen.

»Nicht so gierig«, rügt er mich sanft, während sein Daumen meine Klitoris umspielt.

Mit lautem Stöhnen bäume ich mich auf. Er zieht das T-Shirt über meinen Kopf, so dass ich ihn sehen kann.

Ich blinzle, würde ihn so gern berühren. »Ich möchte dich anfassen«, hauche ich.

»Ich weiß«, murmelt er und küsst mich. Dabei bewegen sich seine Finger weiterhin rhythmisch in mir, und sein Daumen kreist und drückt. Mit der anderen Hand schiebt er die Haare aus meinem Gesicht und hält meinen Kopf fest. Seine Zunge spiegelt die Bewegungen seiner Finger wider. Meine Beine spannen sich an, als ich mich seiner Hand entgegenstrecke. Er verringert den Druck, so dass ich nicht kommen kann, dann verstärkt er ihn wieder, so dass ich mich dem Höhepunkt wieder nähere. Wieder und wieder. Es ist so frustrierend. ... *Bitte, Christian*, flehe ich stumm.

»Das ist deine Strafe. So nah und doch so fern. Ist das *schön*?«, flüstert er mir ins Ohr.

Ich zerre wimmernd an meiner Fessel, bin hilflos und verloren in dieser erotischen Folter.

»Bitte«, bettle ich.

»Wie soll ich dich ficken, Anastasia?«

Mein Körper beginnt zu zittern.

Erneut hält er inne.

»Bitte.«

»Was möchtest du, Anastasia?«

»Dich ... jetzt«, rufe ich aus.

»Soll ich dich so oder so oder so ficken? Es gibt endlos viele Möglichkeiten«, haucht er gegen meine Lippen, zieht seine Hand weg und greift nach dem Kondompäckchen auf dem Nachttisch. Dann kniet er sich zwischen meine Beine, zieht mir ganz langsam den Slip herunter, sieht mich mit glühendem Blick an und rollt das Kondom über sein Glied.

»Wie *schön* ist das?«, fragt er und streicht über seinen Penis.

»Das war ein Scherz«, wimmere ich. *Bitte, Christian, fick mich.*

Er hebt die Augenbrauen, während seine Hand an seiner beachtlichen Erektion entlanggleitet.

»Ein Scherz?« Seine Stimme klingt bedrohlich sanft.

»Ja. Bitte, Christian«, flehe ich.

»Lachst du jetzt?«

»Nein.«

Er mustert mich eine Weile, bevor er mich mit Schwung auf den Bauch wirft. Damit habe ich nicht gerechnet. Da meine Hände nach wie vor gefesselt sind, muss ich mich auf den Ellbogen aufstützen. Er schiebt meine Knie hoch, so dass mein Hinterteil in die Luft ragt, und schlägt hart zu. Bevor ich reagieren kann, stößt er zu. Ich schreie auf – wegen des Schlags und seines unvermittelten Angriffs, und komme sofort, wieder und wieder, löse mich unter ihm auf, während er unerbittlich in mich eindringt. Er hört nicht auf. Obwohl ich nicht mehr kann, macht er weiter und weiter und weiter … und erneut baut sich etwas in mir auf … Kann das sein? Nein …

»Komm, Anastasia, noch einmal«, knurrt er, und tatsächlich reagiert mein Körper. Als ich komme, rufe ich seinen Namen. Wieder zerberste ich in winzige Teile. Endlich gibt Christian Ruhe und ergießt sich in mir. Er sinkt schwer atmend auf mich.

»Wie *schön* war das?«, fragt er mit zusammengebissenen Zähnen.

Oje.

Ich liege völlig erschöpft auf dem Bett, die Augen geschlossen, als er sich aus mir zurückzieht. Er steht sofort auf und kleidet sich an. Dann löst er sanft die Krawatte und zieht mir das T-Shirt herunter. Ich reibe mir die Handgelenke, lächle beim Anblick des Krawattenabdrucks auf meiner Haut und ziehe den BH herunter, während er den Quilt über mich legt. Ich sehe ihm mit einem Ausdruck höchster Verwunderung in die Augen.

Er lächelt spöttisch.

»Das war ziemlich schön«, flüstere ich mit einem koketten Lächeln.

»Wieder dieses Wort.«

»Gefällt dir das Wort nicht?«

»Nein, überhaupt nicht.«

»Es scheint sich sehr vorteilhaft auf dich auszuwirken.«

»Vorteilhaft? Könnten Sie mein Ego noch ein wenig mehr verletzen, Miss Steele?«

»Ich glaube nicht, dass mit deinem Ego etwas nicht in Ordnung ist.« Als die Worte heraus sind, merke ich, dass ich nicht von ihnen überzeugt bin – ein Gedanke schießt mir durch den Kopf.

»Glaubst du?«, fragt er mit sanfter Stimme. Er liegt voll bekleidet neben mir, auf einen Ellbogen gestützt. Ich trage nur meinen BH.

»Wieso willst du nicht, dass man dich anfasst?«

»Ich will es eben nicht.« Er drückt mir einen Kuss auf die Stirn. »Diese Mail von dir vorhin … Das war also deine Vorstellung von einem Scherz?«

Ich lächle entschuldigend und zucke mit den Achseln.

»Verstehe. Also ist mein Angebot für dich noch nicht vom Tisch?«

»Dein unmoralisches Angebot. Nein, ist es nicht. Allerdings habe ich das eine oder andere Problem damit.«

Er scheint erleichtert zu sein. »Ich wäre enttäuscht, wenn es nicht so wäre.«

»Eigentlich wollte ich dir meine Einwände ja per Mail schicken, aber du hast mich dabei unterbrochen.«

»Also quasi ein Coitus interruptus.«

»Ich wusste, dass auch in dir irgendwo ein Fünkchen Humor schlummert.«

»Ich kann bloß nicht allem eine lustige Seite abgewinnen, Anastasia. Ich dachte, du lehnst ihn rundweg ab, ohne jede Diskussion.«

»Ich bin mir noch nicht sicher, sondern brauche noch etwas Zeit zum Überlegen. Wirst du mich zwingen, ein Halsband zu tragen?«

Er hebt die Brauen. »Offensichtlich hast du deine Hausaufgaben gemacht. Das weiß ich noch nicht, Anastasia. Ich habe es noch nie mit jemandem ausprobiert.«

Oh, sollte ich jetzt überrascht sein? Diese ganze … Szene ist mir so fremd … keine Ahnung.

»Hat dich schon mal jemand gezwungen, ein Halsband zu tragen?«, frage ich leise.

»Ja.«

»Mrs. Robinson?«

»Mrs. Robinson!« Er bricht in schallendes Gelächter aus. Einen Moment lang wirkt er so sorglos und unbeschwert, und sein Lachen ist ansteckend.

»Das muss ich ihr bei Gelegenheit erzählen. Sie wird begeistert sein.«

»Hast du immer noch regelmäßig Kontakt zu ihr?«, frage ich und bemühe mich vergeblich, nicht schockiert zu klingen.

»Ja.« Seine Miene wird ernst.

Plötzlich verspüre ich einen eifersüchtigen Stich – in einer Heftigkeit, die mich zutiefst erschreckt. »Aha.« Meine Stimme ist angespannt. »Also darfst du jemanden haben, mit dem du dich über deinen alternativen Lebensstil austauschen kannst, ich aber nicht.«

Er runzelt die Stirn. »So habe ich das bisher nie gesehen. Mrs. Robinson war früher ein Teil meines Lebensstils. Ich habe dir ja erzählt, dass sie eine gute Freundin von mir ist. Wenn du willst, kann ich dir gern eine meiner ehemaligen Subs vorstellen, dann kannst du dich mit ihr darüber unterhalten.«

Wie bitte? Versucht er, mich mit Absicht so zu verunsichern?

»Ist das deine Vorstellung von einem Scherz?«

»Nein, Anastasia.« Sichtlich verwirrt schüttelt er den Kopf.

»Nein, ich komme schon alleine klar, herzlichen Dank«, schnauze ich ihn an und ziehe mir die Decke bis zum Kinn.

Er mustert mich völlig perplex.

»Anastasia, ich …«, stammelt er. Offenbar weiß er nicht, was er sagen soll – eine echte Premiere. »Ich wollte dich nicht kränken.«

»Ich bin nicht gekränkt, sondern entsetzt.«

»Entsetzt?«

»Ich habe keine Lust, mich mit einer deiner Exfreundinnen, Sklavinnen, Subs oder wie auch immer du sie nennst, zu unterhalten.«

»Anastasia Steele … bist du etwa eifersüchtig?«

Ich laufe tiefrot an. »Bleibst du hier?«

»Ich habe morgen einen Frühstückstermin im Heathman. Außerdem habe ich dir ja schon erklärt, dass ich nie mit meinen Freundinnen, Sklavinnen, Subs oder sonst jemandem im selben Bett schlafe. Freitag und Samstag waren eine Ausnahme. Das wird sich nicht wiederholen.« Ich höre die Entschlossenheit in seiner Stimme und schürze die Lippen.

»Ich bin jedenfalls müde.«

»Du setzt mich vor die Tür?«, fragt er in einer Mischung aus Amüsiertheit und Bestürzung.

»Genau.«

»Tja, noch eine Premiere«, bemerkt er und sieht mich fragend an. »Also gibt es nichts, worüber du heute Abend noch reden willst? Im Hinblick auf den Vertrag, meine ich.«

»Nein«, antworte ich trotzig.

»O Gott, wie gern ich dir eine anständige Tracht Prügel verpassen würde. Danach würdest du dich gleich viel besser fühlen, und ich auch.«

»Noch habe ich nichts unterschrieben, also steht es dir nicht zu, so etwas zu sagen.«

»Aber träumen darf man, Anastasia.« Er beugt sich vor und umfasst mein Kinn. »Also Mittwoch?«, sagt er leise und drückt mir einen flüchtigen Kuss auf die Lippen.

»Mittwoch«, bestätige ich. »Ich bringe dich noch zur Tür. Gib mir nur eine Minute.« Ich setze mich auf, schnappe mir mein T-Shirt und schiebe ihn zur Seite. Widerstrebend erhebt er sich.

»Gib mir bitte meine Jogginghose.«

Er hebt sie vom Boden auf und reicht sie mir.

»Bitte sehr, Ma'am«, sagt er mit einem mühsam verhohlenen Lächeln.

Ich starre ihn mit zusammengekniffenen Augen an und schlüpfe in meine Jogginghose. Mein Haar ist postkoital zerzaust, und mir ist klar, dass ich mich der Kavanagh-Inquisition werde stellen müssen, sobald Christian verschwunden ist. Ich binde mir das Haar zu einem Zopf zusammen und öffne die Tür, um nach Kate Ausschau zu halten. Im Wohnzimmer ist sie nicht, aber ich glaube, ich höre sie in ihrem Zimmer telefonieren. Hin- und hergerissen zwischen meinen widerstreitenden Gefühlen, gehe ich die wenigen Schritte von meinem Zimmer zur Haustür. Als ich sie öffne, wird mir bewusst, dass meine Wut auf ihn verraucht und einem Gefühl der Befangenheit gewichen ist. Zum ersten Mal, seit ich ihm begegnet bin, wünsche ich mir, er wäre ganz normal – so normal, dass ich eine ganz gewöhnliche Beziehung mit ihm führen kann, für die keine zehnseitigen Vereinbarungen, Flogger und Karabinerhaken an der Decke seines Spielzimmers notwendig sind.

Ich öffne die Haustür und starre auf meine Hände. Dies ist das erste Mal, dass ich in meinen eigenen vier Wänden Sex hatte, und zwar verdammt guten, wenn ich ehrlich sein soll. Doch nun fühle ich mich benutzt – ein Objekt, das ihm zur Verfügung steht, wann immer ihm gerade der Sinn danach steht. Mein Unterbewusstsein schüttelt den Kopf. *Du warst doch diejenige, die*

ins Heathmann rennen wollte, weil sie unbedingt Sex haben musste,
und jetzt hast du ihn per Expresslieferung direkt ins Haus bekom-
men, also beschwer dich gefälligst nicht. Es verschränkt die Arme
vor der Brust und tippt genervt mit dem Fuß auf den Boden.
Christian bleibt im Türrahmen stehen, umfasst mein Kinn und
zwingt mich, ihn anzusehen.

»Alles in Ordnung?«, fragt er und streicht behutsam mit dem
Daumen über meine Unterlippe.

»Ja«, antworte ich, obwohl ich mir keineswegs sicher bin. Ich
spüre ganz deutlich den Stimmungswechsel, der sich zwischen
uns vollzieht. Eines ist mir klar – wenn ich mich auf diese Sache
mit ihm einlasse, wird er mir wehtun. Er ist weder bereit noch
interessiert noch in der Lage, mir mehr zu geben – aber ich will
mehr. *Viel mehr.* Die Eifersucht, die ich vor wenigen Augenblicken empfunden habe, verrät mir, dass meine Gefühle für ihn
tiefer sind, als ich mir bisher eingestanden habe.

»Mittwoch«, sagt er noch einmal. Als er mich an sich zieht
und küsst, spüre ich, dass eine Veränderung in ihm vorgeht – der
Druck seiner Lippen verstärkt sich, seine Finger lösen sich von
meinem Kinn, und er legt die Hände um mein Gesicht. Seine
Atemzüge beschleunigen sich. Er zieht mich enger an sich, während seine Leidenschaft zu wachsen scheint. Ich verspüre den
Drang, meine Hände in seinem Haar zu vergraben, widerstehe
jedoch, weil ich weiß, wie sehr es ihm widerstrebt. Er schließt
die Augen und lässt seine Stirn gegen meine sinken.

»Anastasia«, flüstert er mit angespannter Stimme. »Was
machst du mit mir?«

»Dasselbe könnte ich dich fragen«, wispere ich.

Er holt tief Luft, drückt mir einen Kuss auf die Stirn, dann
wendet er sich ab. Mit entschlossenen Schritten geht er die Einfahrt hinunter zu seinem Wagen und fährt sich mit den Händen
durchs Haar. Als er die Tür öffnet, dreht er sich noch einmal zu
mir um und schenkt mir sein gewohnt atemberaubendes Lächeln. Völlig hingerissen ringe ich mir ein schwaches Schmun-

zeln ab, während ich wieder einmal an Ikarus denken muss, dessen Flügel verbrannten, weil er der Sonne zu nahe gekommen war. Ich sehe zu, wie Christian in seinen Sportwagen steigt, und schließe die Haustür. Plötzlich überkommt mich das überwältigende Bedürfnis, in Tränen auszubrechen, während sich ein Gefühl unendlicher Traurigkeit in meinem Herzen ausbreitet. Ich laufe in mein Zimmer, schließe die Tür hinter mir, lehne mich dagegen und versuche, meine Fassung wiederzuerlangen. Doch es gelingt mir nicht. Ich lasse mich zu Boden sinken, und dann beginnen die Tränen zu fließen.

Kate klopft leise an die Tür. »Ana?«

Ich mache die Tür auf. Bei meinem Anblick nimmt sie mich in die Arme und drückt mich fest an sich.

»Was ist denn passiert? Was hat dieser unheimliche Dreckskerl mit dir gemacht?«

»Oh, Kate, nichts, was ich nicht gewollt hätte.«

Sie schiebt mich zum Bett und setzt sich neben mich.

»Deine Haare sehen katastrophal aus. Sex-Haare.«

Trotz meiner abgrundtiefen Traurigkeit muss ich lachen.

»Der Sex war definitiv nicht katastrophal.«

Kate grinst. »So gefällst du mir schon besser. Wieso weinst du? Das ist doch sonst nicht deine Art.« Sie nimmt meine Bürste vom Nachttisch, setzt sich hinter mich und fängt vorsichtig an, die widerspenstigen Knoten zu lösen.

»Ich fürchte nur, dass unsere Beziehung nirgendwo hinführen wird.«

»Hast du nicht gesagt, ihr trefft euch am Mittwoch?«

»Das stimmt. So war es vorgesehen.«

»Und wieso ist er dann vorhin hergekommen?«

»Ich habe ihm eine Mail geschickt.«

»In der du ihn gebeten hattest vorbeizukommen?«

»Nein, ich habe ihm geschrieben, dass ich ihn nicht wiedersehen will.«

»Und schon steht er auf der Matte? Das ist genial, Ana.«

»Na ja, eigentlich war es ja nur ein Scherz.«

»Jetzt kapiere ich überhaupt nichts mehr.«

Geduldig schildere ich ihr den Inhalt meiner Mail, ohne ins Detail zu gehen.

»Also dachtest du, dass er auch per Mail antwortet.«

»Genau.«

»Und stattdessen taucht er einfach hier auf.«

»So ist es.«

»Wenn du mich fragst, ist der Typ total verknallt in dich.«

Ich runzle die Stirn. *Christian – verknallt in mich? Wohl kaum.* Er braucht nur ein neues Spielzeug – ein praktisches Spielzeug, mit dem er regelmäßig unsägliche Schweinereien anstellen kann. Mein Herz zieht sich zusammen. Das ist sie, die knallharte Realität.

»Er ist hergekommen, um mit mir zu vögeln, das ist alles.«

»Wer hat nochmal behauptet, es gebe keine Romantik mehr auf der Welt?«, fragt sie sichtlich entsetzt. Es ist mir tatsächlich gelungen, Kate zu schockieren. Das hätte ich nicht für möglich gehalten. Ich zucke entschuldigend mit den Achseln.

»Er setzt Sex als Waffe ein.«

»Und vögelt dich, um dich gefügig zu machen?« Sie schüttelt missbilligend den Kopf.

Ich starre sie entsetzt an und spüre, wie mir die Röte ins Gesicht schießt. *O Gott … Katherine Kavanagh, Pulitzer-Preisträgerin in spe, hat wieder mal ins Schwarze getroffen.*

»Ich verstehe beim besten Willen nicht, wieso du zulässt, dass er mit dir schläft, Ana.«

»Nein, Kate, wir schlafen nicht miteinander. Wir ficken – zumindest ist das Christians Bezeichnung dafür. Liebe und Romantik gibt es für ihn nicht.«

»Ich wusste doch gleich, dass mit dem Typ etwas nicht stimmt. Er hat Bindungsangst.«

Ich nicke, als würde ich ihr zustimmen, während ich mir in Wahrheit nichts sehnlicher wünsche, als ihr mein Herz auszuschütten, ihr alles von diesem seltsamen, traurigen, perversen Mann zu erzählen und mir von ihr sagen zu lassen, ich solle ihn am besten ganz schnell vergessen, nicht zulassen, dass ich mich zum Narren mache.

»Es ist wohl alles ein bisschen viel im Moment«, sage ich leise. Das ist die Untertreibung des Jahrhunderts.

Ich will nicht länger über Christian reden, also frage ich sie nach Elliot. Allein bei der Erwähnung seines Namens sitzt eine völlig andere Kate neben mir. Als sie mich anlächelt, ist es, als strahle sie förmlich von innen heraus.

»Er kommt am Samstagmorgen her und hilft uns beim Einladen.« Sie drückt die Haarbürste an ihre Brust – Junge, Junge, die hat es ja mächtig erwischt. Wieder spüre ich den vertrauten Anflug von Neid. Kate hat es geschafft, einen ganz normalen Mann kennen zu lernen, und sie scheint überglücklich mit ihm zu sein.

Ich drehe mich zu ihr um und umarme sie.

»Oh, beinahe hätte ich es vergessen. Dein Vater hat angerufen, während du … äh … beschäftigt warst. Offenbar hat sich Bob irgendeine Verletzung zugezogen, deshalb können er und deine Mutter nicht zur Abschlussfeier kommen. Aber dein Dad wird da sein. Du sollst ihn zurückrufen.«

»Oh, meine Mutter hat sich nicht gemeldet. Ist mit Bob alles in Ordnung?«

»Ja. Ruf sie am besten morgen früh an. Es ist schon ziemlich spät.«

»Danke, Kate. Es geht mir auch schon besser. Ich rufe auch Ray morgen nochmal an. Ich glaube, ich gehe jetzt ins Bett.«

Obwohl sie lächelt, entgeht mir der Anflug von Besorgnis in ihrer Miene nicht.

Nachdem sie gegangen ist, lese ich den Vertrag noch einmal durch und mache mir Notizen. Dann fahre ich den Laptop hoch, um eine Antwort zu schreiben.

Im Posteingang ist eine Mail von ihm.

Von: Christian Grey
Betreff: Heute Abend
Datum: 23. Mai 2011, 23:16 Uhr
An: Anastasia Steele

Miss Steele,
ich freue mich darauf, Ihre Anmerkungen zu unserer Vereinbarung zu erhalten.
Bis dahin – schlaf gut, Baby.
CHRISTIAN GREY
CEO, Grey Enterprises Holdings, Inc.

Von: Anastasia Steele
Betreff: Problematische Punkte
Datum: 24. Mai 2011, 00:02 Uhr
An: Christian Grey

Sehr geehrter Mr. Grey,
nachfolgend erhalten Sie eine Liste der Punkte, die mir Probleme bereiten. Ich freue mich darauf, sie am Mittwoch beim Abendessen mit Ihnen zu besprechen.
Die Zahlen beziehen sich auf die jeweiligen Klauselziffern.

2: Ich bin nicht so sicher, inwiefern der Vertrag ausschließlich meinem Wohlergehen, sprich der Auslotung meiner Sinnlichkeit und ihrer Grenze dient. Dafür würde ich wohl kaum ein zehnseitiges Vertragswerk brauchen! Ich gehe davon aus, dass er vielmehr IHREM Wohlergehen dient.
4: Wie Sie ja wissen, sind Sie mein einziger Sexualpartner. Ich konsumiere keine Drogen und habe noch nie eine Bluttransfusion bekommen. Damit dürfte gewährleistet sein, dass ich nicht unter einer ansteckenden Krankheit leide. Wie sieht es mit Ihnen aus?
8: Ich kann den Vertrag also auflösen, wenn ich den Eindruck

habe, dass Sie sich nicht an die vereinbarten Bedingungen halten. Okay. Das gefällt mir.

9: Ihnen in allen Dingen zu Willen sein? Ihre Erziehung und Disziplinierung ohne Nachfrage oder Zögern akzeptieren? Darüber müssen wir dringend reden.

11: Vertragsdauer: ein Monat. Keine drei.

12: Ich kann mich nicht jedes Wochenende bereithalten. Ich habe auch noch ein Leben außerhalb deiner Wohnung. Wie wäre es mit drei von vier Wochenenden im Monat?

15.2: Meinen Körper so benutzen, wie es Ihnen angemessen erscheint, sexuell oder anderweitig? Bitte definieren Sie dieses »oder anderweitig« genauer.

15.5: Die ganze Klausel zum Thema Disziplinierung: Ich bin nicht sicher, ob ich wirklich mit einer Peitsche oder einem Flogger oder sonst einem Werkzeug gezüchtigt werden will. Stattdessen verstößt dies gegen die Klauseln 2–5. Dasselbe gilt für das »aus anderen Gründen«. Das ist für mein Empfinden schlicht und einfach grausam – und Sie haben selbst gesagt, dass Sie kein Sadist sind.

15.10: Als käme es auch nur ansatzweise infrage, dass Sie mich an jemand anderen ausleihen.

15.14: Die Regeln. Dazu später mehr.

15.19: Mich selbst ohne deine Erlaubnis berühren. Inwiefern stört Sie das? Sie würden es doch sowieso nicht erfahren.

15.21: Disziplinierungsmaßnahmen. Vgl. Punkt 15.5.

15.22: Wieso darf ich Ihnen nicht in die Augen sehen?

15.24: Wieso darf ich Sie nicht berühren?

Regeln:

Schlaf – mit sechs Stunden bin ich einverstanden.

Essen – ich werde auf keinen Fall die Sachen essen, die auf der Liste stehen. Entweder die Liste wird gestrichen, oder ich steige aus – ein klarer Deal Breaker.

Kleidung – solange ich die Sachen nur in Ihrer Gegenwart tragen muss – okay.

Sport – wir hatten uns auf drei Stunden geeinigt, hier stehen immer noch vier.

Soft Limits:
Können wir die alle durchgehen? Kein Fisting jeglicher Art. Was ist Suspension? Genitalklemmen – das ist wohl ein Witz. Würden Sie mich bitte wissen lassen, wie Sie sich den Mittwoch vorstellen? Ich muss bis fünf Uhr arbeiten.

    Gute Nacht

    Ana

Von: Christian Grey
Betreff: Problematische Punkte
Datum: 24. Mai 2011, 00:07 Uhr
An: Anastasia Steele

Miss Steele,
das ist eine lange Liste. Wieso sind Sie noch wach?

CHRISTIAN GREY
CEO, Grey Enterprises Holdings, Inc.

Von: Anastasia Steele
Betreff: Spätschicht
Datum: 24. Mai 2011, 00:10 Uhr
An: Christian Grey

Sehr geehrter Mr. Grey,
vielleicht haben Sie es ja vergessen, aber ich war gerade mit der Liste beschäftigt, als mich ein Kontrollfreak, der gerade zufällig des Wegs kam, abgelenkt und flachgelegt hat.

    Gute Nacht

    Ana

Von: Christian Grey
Betreff: Ende der Spätschicht
Datum: 24. Mai 2011, 00:12 Uhr
An: Anastasia Steele

GEH INS BETT, ANASTASIA.

CHRISTIAN GREY
CEO & Kontrollfreak, Grey Enterprises Holdings, Inc.

Oh, Großbuchstaben! Ich fahre den Computer herunter und schüttle den Kopf. Wie schafft er es, mich selbst noch per Mail ins Bockshorn zu jagen? Noch immer schweren Herzens lege ich mich ins Bett und falle augenblicklich in einen tiefen, aber keineswegs friedlichen Schlaf.

DREIZEHN

Am nächsten Tag, als ich von der Arbeit nach Hause komme, rufe ich meine Mutter an. Es war ziemlich ruhig bei Clayton's, deshalb hatte ich viel zu viel Zeit zum Nachdenken. Die Aussicht auf meinen Showdown mit Mr. Kontrollfreak macht mich nervös. Außerdem mache ich mir Sorgen, dass ich vielleicht ein klein wenig zu negativ auf den Vertrag reagiert habe. Aber vielleicht bläst er die Sache ja ohnehin ab.

Meine Mutter ist völlig zerknirscht und entschuldigt sich tausend Mal, weil sie nicht zu meiner Abschlussfeier kommen kann. Bob hat sich eine Bänderdehnung zugezogen und kann deshalb nur humpeln. Ehrlich gesagt, ist er ein ähnlich linkischer Pechvogel wie ich. Die Verletzung wird zwar wieder vollständig heilen, für den Augenblick ist jedoch Ruhe oberstes Gebot, und meine Mutter muss sich um ihn kümmern.

»Oh, Ana, Schatz, es tut mir so leid«, jammert sie.

»Kein Problem, Mom. Ray kommt ja.«

»Ana, du klingst, als hättest du etwas auf dem Herzen – geht es dir gut, mein Schatz?«

»Ja, Mom.« *Wenn du wüsstest.* Ich habe einen geradezu obszön reichen Mann kennen gelernt, der mich zu einer perversen Beziehung verführen will, in der ich absolut gefügig sein muss und kein Wort zu sagen habe.

»Hast du etwa jemanden kennen gelernt?«

»Nein, Mom.« Ich werde mich unter keinen Umständen auf dieses Gespräch einlassen.

»Na gut, Schatz. Ich werde am Donnerstag jedenfalls an dich denken. Ich hab dich lieb … das weißt du, oder, meine Süße?«

Ich schließe die Augen. Ihre liebevollen Worte sind Balsam für meine Seele.

»Ich hab dich auch lieb, Mom. Grüß Bob schön von mir und wünsch ihm Gute Besserung.«

»Das mache ich. Bis dann, Schatz.«

»Bis dann.«

Ich gehe in mein Zimmer, fahre den Computer hoch und öffne das Mailprogramm. Christian hat mir am späten Abend noch – oder sehr früh heute Morgen, je nachdem, wie man es sieht – eine Mail geschickt. Mein Herzschlag beschleunigt sich, und ich höre das Blut in meinen Ohren rauschen. O Mann … vielleicht macht er ja einen Rückzieher. Ja, genau, bestimmt sagt er ab. Der Gedanke schmerzt mich. Eilig verwerfe ich ihn und öffne die Mail.

Von: Christian Grey
Betreff: Ihre Probleme
Datum: 24. Mai 2011, 01:27 Uhr
An: Anastasia Steele

Sehr geehrte Miss Steele,
nach eingehender Lektüre Ihrer Vorbehalte möchte ich Ihnen nachstehend den Begriff »devot« näherbringen:

devot – Adj.
1.) geneigt oder bereit, sich einem anderen zu unterwerfen; widerspruchslos oder demütig unterwürfig; z.B.: ein devoter Diener.
2.) demütiges Verhalten zeigend; z.B.: eine devote Haltung.
Wortursprung: 1580-90.
Synonyme: demütig, ergeben, gefügig, servil, unterwürfig, willfährig, ehrerbietig.
Antonyme: selbstbewusst, aufsässig.

Dies sollten Sie für unser Treffen am Mittwoch im Hinterkopf behalten.

CHRISTIAN GREY
CEO, Grey Enterprises Holdings, Inc.

Erleichterung durchströmt mich. Er ist also zumindest bereit, über meine Vorbehalte zu sprechen. Und unser Date für morgen steht ebenfalls noch. Ich denke kurz nach und tippe meine Antwort.

Von: Anastasia Steele
Betreff: Meine Probleme ... was ist mit Ihren?
Datum: 24. Mai 2011, 18:29 Uhr
An: Christian Grey

Sehr geehrter Mr. Grey,
und ich möchte Ihren Blick auf den Wortursprung lenken:
1580-90. Bei allem Respekt, aber inzwischen schreiben wir das Jahr 2011, sprich, es ist eine Menge Zeit vergangen.
Dürfte ich eine Definition in den Raum stellen, die Sie für unser Abendessen im Hinterkopf behalten sollten?
Kompromiss, der; Subst.
1.) Lösung eines Konflikts durch gegenseitige freiwillige Übereinkunft, unter beiderseitigem Verzicht auf Teile der jeweils gestellten Forderungen;
2.) Resultat einer solchen Übereinkunft;
3.) ein Zwischending – Ein Split-Level-Haus ist ein Kompromiss zwischen einem Bungalow und einem mehrstöckigen Einfamilienhaus.
kompromittieren – Verb
Jemanden in Verlegenheit bringen, einer Gefahr oder einem Verdacht aussetzen; jemandes Integrität kompromittieren.
    Ana

Von: Christian Grey
Betreff: Was soll mit meinen Problemen sein?
Datum: 24. Mai 2011, 18:32 Uhr
An: Anastasia Steele

Ein berechtigtes Argument, Miss Steele. Ich werde Sie um 19 Uhr zuhause abholen.

CHRISTIAN GREY
CEO, Grey Enterprises Holdings, Inc.

Von: Anastasia Steele
Betreff: 2011 – Frauen dürfen Auto fahren
Datum: 24. Mai 2011, 18:40 Uhr
An: Christian Grey

Sehr geehrter Mr. Grey,
ich besitze einen Wagen. Und einen Führerschein.
Ich würde mich lieber irgendwo mit Ihnen treffen.
Was schlagen Sie vor?
Um 19 Uhr in Ihrem Hotel?
  Ana

Von: Christian Grey
Betreff: Sturköpfige junge Damen
Datum: 24. Mai 2011, 18:43 Uhr
An: Anastasia Steele

Sehr geehrte Miss Steele,
Bezug nehmend auf meine Mail vom 24. Mai 2011 um 01:27 Uhr und die darin aufgeführte Definition, muss ich Ihnen eine Frage stellen: Sehen Sie sich in der Lage, jemals zu tun, was man Ihnen sagt?

CHRISTIAN GREY
CEO, Grey Enterprises Holdings, Inc.

Von: Anastasia Steele
Betreff: Eigensinnige Männer
Datum: 24. Mai 2011, 18:49 Uhr
An: Christian Grey

Sehr geehrter Mr. Grey,
ich würde gern selbst fahren.
   Bitte
   Ana

Von: Christian Grey
Betreff: Genervte Männer
Datum: 24. Mai 2011, 18:52 Uhr
An: Anastasia Steele

Gut. Um sieben in meinem Hotel.
Ich erwarte Sie in der Marble Bar.
CHRISTIAN GREY
CEO, Grey Enterprises Holdings, Inc.

Dieser Mann schafft es, selbst in seinen Mails mürrisch zu wirken. Begreift er denn nicht, dass ich notfalls ganz schnell die Kurve kratzen können muss? Nicht, dass mein Käfer eine Rakete wäre ... aber trotzdem. Ich brauche ein Fluchtfahrzeug.

Von: Anastasia Steele
Betreff: Doch nicht so eigensinnige Männer
Datum: 24. Mai 2011, 18:55 Uhr
An: Christian Grey

Danke.
Ana X

Von: Christian Grey
Betreff: Nervtötende Frauen
Datum: 24. Mai 2011, 18:59 Uhr
An: Anastasia Steele

Gern geschehen.

CHRISTIAN GREY
CEO, Grey Enterprises Holdings, Inc.

Ich rufe Ray an. Er will sich gerade das Spiel der Sounders gegen irgendeine Fußballmannschaft aus Salt Lake City ansehen, deshalb fällt unser Gespräch recht kurz aus. Er möchte am Donnerstag zur Abschlussfeier kommen und mich danach zum Essen einladen. Es tut so gut, mit ihm zu reden. Ich spüre, wie sich ein dicker Kloß in meiner Kehle bildet. Im unsteten Liebesleben meiner Mutter ist er meine einzige Konstante. Obwohl er »nur« mein Stiefvater ist, haben wir eine sehr enge Bindung zueinander, und er hat mich immer wie seine leibliche Tochter behandelt. Ich kann es kaum erwarten, ihn endlich wiederzusehen. Seine Stärke und Gelassenheit sind genau das, was ich jetzt brauche. Und was mir fehlt. Vielleicht gelingt es mir ja, für meine morgige Verabredung den Ray in mir zum Leben erwachen zu lassen.

Kate und ich machen uns mit einer billigen Flasche Rotwein wieder ans Packen. Als ich endlich ins Bett falle, sind fast alle meine Sachen in Kisten und Kartons verstaut, und ich bin wesentlich ruhiger. Die körperliche Anstrengung war eine willkommene Ablenkung, und ich bin hundemüde. Ich kuschle mich ins Bett und schlafe im Nu ein.

Paul ist noch einmal aus Princeton nach Hause gekommen, bevor er sein Praktikum bei einer New Yorker Finanzverwaltungsfirma antritt. Er hängt den ganzen Tag wie eine Klette an mir und versucht, mich zu einer Verabredung zu überreden. Es nervt mich.

»Paul, zum hundertsten Mal – ich bin heute Abend schon verabredet.«

»Nein, bist du nicht. Das sagst du nur, weil du eine Ausrede brauchst, um nicht mit mir ausgehen zu müssen. Das machst du immer so.«

Ja, ganz genau … und eigentlich sollte man annehmen, dass du es endlich kapiert hast.

»Paul, du weißt, dass ich die Idee, mit dem Bruder des Chefs auszugehen, noch nie gut fand.«

»Aber am Freitag ist dein letzter Tag hier. Und morgen hast du frei.«

»Und ab Samstag bin ich in Seattle und du in New York. Weiter könnten wir wohl kaum voneinander getrennt sein. Außerdem habe ich heute Abend ein Date.«

»Mit José?«

»Nein.«

»Mit wem dann?«

»Paul!« Ich stoße einen genervten Seufzer aus. Er lässt einfach nicht locker. »Mit Christian Grey«, antworte ich unüberhörbar verärgert. Es funktioniert. Paul fällt die Kinnlade herunter. Verdammt – selbst sein Name genügt, und den Leuten verschlägt es die Sprache.

»Du hast ein Date mit Christian Grey?«, stößt er ungläubig hervor.

»Ja.«

»Verstehe.« Paul ist völlig perplex, geradezu überwältigt.

Ein ganz klein wenig ärgere ich mich darüber, weil die Vorstellung, dass ich mit Christian Grey ausgehe, so absurd für ihn zu sein scheint. Meine innere Göttin sieht es ebenfalls so, denn sie macht eine höchst obszöne Geste mit dem Finger.

Danach lässt er mich endlich zufrieden, und um Punkt fünf verlasse ich den Baumarkt.

Kate hat mir zwei Kleider und zwei Paar Schuhe für heute Abend und die morgige Abschlussfeier geliehen. Ich wünschte, ich könnte mich mehr für Klamotten begeistern und mir ein bisschen mehr Mühe geben, aber Mode ist nun mal nicht mein Ding. *Was ist denn dann Ihr Ding, Anastasia?* Christians Frage kommt mir wieder in den Sinn. Ich schüttle den Kopf und versuche, meine flatternden Nerven zu beruhigen. Am Ende entscheide ich mich für das pflaumenblaue Etuikleid; es wirkt dezent und ein bisschen businessmäßig – immerhin verhandle ich heute Abend die Modalitäten eines Vertrags.

Ich dusche, rasiere mir die Beine und Achselhöhlen, wasche mir die Haare und verwende eine gute halbe Stunde darauf, sie zu föhnen, so dass sie mir in weichen Wellen über Schultern und Rücken fallen. Dann schiebe ich die eine Seite mit einem Kamm aus dem Gesicht und trage Wimperntusche und einen Hauch Lipgloss auf. Ich schminke mich so gut wie nie. Keine meiner literarischen Heldinnen musste sich mit Make-up herumschlagen, vielleicht würde ich mich sonst besser damit auskennen. Schließlich schlüpfe ich in die pflaumenblauen Stilettos, die perfekt zu Kates Kleid passen. Um halb sieben bin ich fertig.

»Und?«, frage ich Kate.

Sie grinst. »Junge, Junge, du hast dich ja mächtig in Schale geworfen, Ana.« Sie nickt anerkennend. »Du siehst echt heiß aus.«

»Heiß? Ich wollte dezent und geschäftsmäßig wirken!«

»Das auch, aber in erster Linie bist du heiß. Das Kleid sieht toll aus, genau deine Farbe. Vor allem sitzt es perfekt, wie eine zweite Haut.«

»Kate!«

»Ich sage nur die Wahrheit, Ana, hammermäßig. Du darfst das Kleid gern behalten. Wenn er dich darin sieht, frisst er dir garantiert aus der Hand.«

Ich presse die Lippen zusammen. *Wenn du wüsstest ... Außerdem sollte ich vielleicht besser noch einen Keuschheitsgürtel umlegen.*

»Wünsch mir Glück.«

»Du brauchst Glück für ein Date?« Kate mustert mich verwirrt.

»Ja, Kate.«

»Na dann – viel Glück.« Sie umarmt mich kurz, dann mache ich mich auf den Weg.

Ich muss mich barfuß hinters Steuer setzen – Wanda, mein hellblauer Käfer, ist nicht dafür geschaffen, mit hochhackigen Schuhen gefahren zu werden. Um exakt zwei Minuten vor sieben fahre ich vor dem Heathman vor und überreiche die Schlüssel dem Hoteldiener. Er wirft Wanda einen verächtlichen Blick zu, aber ich beachte ihn nicht weiter. Ich hole tief Luft, ziehe den imaginären Keuschheitsgürtel enger und betrete das Hotel.

Christian lehnt mit einem Glas Weißwein in der Hand lässig an der Bar. Er trägt sein gewohntes Outfit – schwarze Jeans, ein weißes Leinenhemd, dazu eine schwarze Krawatte und ein schwarzes Jackett. Sein Haar ist wie üblich leicht zerzaust. Seufzend bleibe ich einen Moment lang im Türrahmen stehen und lasse den Blick bewundernd über ihn gleiten. In diesem Moment dreht er sich um – auch er wirkt ein bisschen nervös – und entdeckt mich. Er blinzelt ein paar Mal, dann breitet sich dieses lässige sexy Lächeln auf seinem Gesicht aus, bei dem ich jedes Mal das Gefühl habe, als würde ich gleich dahinschmelzen. Ich gebe mir alle Mühe, nicht auf meiner Lippe herumzukauen, und mache einen vorsichtigen Schritt nach vorn, wohl wissend, dass ich, Anastasia, die Königin der Tollpatschigkeit, ja heute in High Heels unterwegs bin. Mit wenigen eleganten Schritten hat er den Raum durchquert und steht vor mir.

»Absolut atemberaubend«, raunt er, beugt sich vor und drückt mir einen flüchtigen Kuss auf die Wange. »Ein Kleid, Miss Steele. Sehr schön.« Er nimmt mich beim Ellbogen, führt mich in eine ruhige Ecke und gibt dem Kellner ein Zeichen.

»Was möchtest du trinken?«

Ich kann mir ein verschmitztes Lächeln nicht verkneifen. Wenigstens fragt er mich, was ich trinken möchte.

»Ich nehme dasselbe wie du, bitte.« Siehe da! Ich kann auch nett sein und mich benehmen.

Amüsiert bestellt er ein Glas Sancerre für mich und setzt sich mir gegenüber.

»Die haben einen hervorragenden Weinkeller hier.« Er stützt die Ellbogen auf der Tischplatte auf und legt die Finger vor dem Mund zusammen.

Ich sehe ein Flackern in seinen Augen, das ich jedoch nicht recht zuordnen kann. Und schon spüre ich es wieder … dieses vertraute Knistern zwischen uns, den Sog, dem ich mich nicht entziehen kann. Unbehaglich rutsche ich auf meinem Stuhl hin und her. Mein Herzschlag beschleunigt sich. *Immer schön cool bleiben!*

»Bist du nervös?«, fragt er sanft.

»Ja.«

Er beugt sich vor. »Ich auch«, flüstert er verschwörerisch.

Ich sehe ihn verblüfft an. Er? Nervös? Nie im Leben. Ich blinzle ungläubig. Wieder erscheint dieses hinreißende Lächeln auf seinem Gesicht. Der Kellner kommt mit meinem Wein, einem Schälchen mit gemischten Nüssen und einem zweiten mit Oliven.

»Und jetzt?«, frage ich. »Gehen wir einen Punkt nach dem anderen durch?«

»Wie immer die Ungeduld in Person, Miss Steele.«

»Na ja, ich könnte dich natürlich auch fragen, wie du das Wetter heute fandest.«

Lächelnd nimmt er mit seinen langen Fingern eine Olive aus dem Schälchen und schiebt sie sich in den Mund. Meine Augen hängen an seinen Lippen, diesen Lippen, die mich berührt haben … überall, am ganzen Körper. Ich werde rot.

»Ich fand das Wetter heute ganz besonders unspektakulär.« Er grinst.

»Lachen Sie mich etwa aus, Mr. Grey?«

»Ja, tue ich, Miss Steele.«

»Dir ist schon klar, dass dieser Vertrag nicht rechtswirksam ist?«

»Ja, darüber bin ich mir im Klaren, Miss Steele.«

»Und hattest du auch vor, es mir zu sagen?«

Er runzelt die Stirn. »Glaubst du ernsthaft, ich würde dich zuerst zu etwas überreden, was du nicht tun willst, und es später so aussehen lassen, als hätte ich dich juristisch in der Hand?«

»Na ja ... irgendwie schon.«

»Du scheinst keine allzu hohe Meinung von mir zu haben.«

»Du hast meine Frage nicht beantwortet.«

»Anastasia, es ist völlig egal, ob der Vertrag rechtskräftig ist oder nicht. Er stellt lediglich eine Vereinbarung dar, die ich gern mit dir treffen würde – darüber, was ich mir von dir wünsche und was du von mir erwarten kannst. Wenn es dir nicht gefällt, dann brauchst du nicht zu unterschreiben. Und wenn du unterschreibst und später merkst, dass du doch nicht damit einverstanden bist, gibt es mehr als genug Klauseln, aus dem Vertrag auszusteigen. Selbst wenn er rechtsverbindlich wäre, glaubst du doch nicht wirklich, dass ich dich durch sämtliche Instanzen verklagen würde, nur weil du nicht mehr mitmachen willst.«

Ich nehme einen großen Schluck aus meinem Weinglas. Mein Unterbewusstsein stößt mich unsanft an. *Trink nicht so viel. Du brauchst einen klaren Kopf.*

»Beziehungen wie diese beruhen auf Ehrlichkeit und Vertrauen«, fährt er fort. »Wenn du mir nicht vertraust, dass ich genau weiß, wie weit ich mit dir gehen und was ich dir zumuten kann, und du mir gegenüber nicht ehrlich bist, hat das Ganze keinen Zweck.«

Oje, damit wären wir also bereits beim Kern des Ganzen. *Wie weit er mit mir gehen kann.* Was zum Teufel soll das denn heißen?

»Deshalb läuft es im Grunde auf eine ganz einfache Frage hinaus, Anastasia. Vertraust du mir, oder vertraust du mir nicht?«

Ich sehe das leidenschaftliche Flackern in seinen Augen. »Hattest du mit ... äh ... meinen fünfzehn Vorgängerinnen eine ähnliche Diskussion?«

»Nein.«

»Wieso nicht?«

»Weil sie alle erfahrene Subs waren. Sie wussten schon vorher, welche Erwartungen sie an eine Beziehung mit mir haben und was ich im Großen und Ganzen von ihnen erwarte. Bei ihnen ging es nur darum, die Soft Limits und derlei Details genauer zu definieren.«

»Gibt es einen Laden, wo ihr hingeht? Subs'Я'Us?«

Er lacht. »Nein, das nicht.«

»Wie muss ich mir das dann vorstellen?«

»Willst du dich wirklich darüber mit mir unterhalten? Oder sollten wir lieber zur Sache kommen und die Probleme besprechen, die du mit dem Vertrag hast?«

Ich schlucke. Vertraue ich ihm? Läuft es einzig und allein darauf hinaus – auf Vertrauen? Meiner Ansicht nach sollte das auf Gegenseitigkeit beruhen. Ich muss daran denken, wie er ausgeflippt ist, nur weil ich mit José telefoniert habe.

»Hast du Hunger?«, fragt er und reißt mich aus meinen Überlegungen.

Oje ... Essen.

»Nein.«

»Hast du heute überhaupt schon etwas gegessen?«

Ich starre ihn an. *Ehrlichkeit* ... Mist. Meine Antwort wird ihm nicht gefallen.

»Nein«, gestehe ich kleinlaut.

Er sieht mich mit zusammengekniffenen Augen an.

»Du musst regelmäßig essen, Anastasia. Wir können entweder hier unten etwas essen oder oben in meiner Suite. Was ist dir lieber?«

»Ich finde, wir sollten lieber auf neutralem Terrain bleiben, in der Öffentlichkeit.«

Er lächelt süffisant. »Glaubst du, das würde mich abhalten?«, fragt er leise – eine unmissverständliche, wenn auch überaus sinnliche Warnung.

Ich reiße die Augen auf und schlucke. »Das hoffe ich doch.«

»Komm, ich habe einen privaten Raum zum Essen für uns reserviert. Keine Öffentlichkeit.« Er lächelt geheimnisvoll, steht auf und streckt mir die Hand entgegen. »Nimm deinen Wein mit.«

Ich ergreife seine Hand und erhebe mich ebenfalls. Er führt mich durch die Bar und eine breite Treppe hinauf in ein Zwischengeschoss, wo uns ein junger Mann in Hoteluniform in Empfang nimmt.

»Bitte hier entlang, Mr. Grey.«

Wir folgen ihm durch eine vornehme Lounge in einen kleinen Speiseraum mit einem einzelnen Tisch darin. Das holzgetäfelte Zimmer ist nicht groß, aber sehr luxuriös ausgestattet – prächtiger Kronleuchter, weiße Leinentischdecke, Kristallgläser, Silberbesteck und ein Bukett aus weißen Rosen auf dem Tisch – und verströmt eine Atmosphäre altmodischer, feudaler Eleganz. Der Kellner zieht meinen Stuhl hervor und wartet, bis ich mich gesetzt habe, dann breitet er eine Serviette auf meinem Schoß aus. Christian nimmt mir gegenüber Platz. Ich sehe ihn an.

»Nicht auf der Lippe kauen«, mahnt er leise.

Verdammt, ich merke es noch nicht einmal, wenn ich es tue.

»Ich hoffe, es macht dir nichts aus, aber ich habe schon für uns bestellt.«

Offen gestanden, bin ich sogar erleichtert darüber, weil ich nicht sicher bin, ob ich heute noch mehr Entscheidungen treffen kann.

»Nein, das ist wunderbar.«

»Schön, zu sehen, dass du so fügsam sein kannst. Also, wo waren wir stehen geblieben?«

»Dass wir zur Sache kommen wollten.« Ich nehme noch einen großen Schluck Wein. Er schmeckt köstlich. Christian scheint ein echter Weinkenner zu sein. Ich erinnere mich noch an den letzten Schluck, den ich gemeinsam mit ihm genossen habe. In meinem Bett. Ich werde rot.

»Ach ja, deine Probleme.« Er kramt ein Blatt Papier aus der Innentasche seines Jacketts. Meine Mail.

»Ziffer 2. Einverstanden. Wir haben beide etwas davon. Ich werde den Passus entsprechend ändern.«

Ich bin völlig von den Socken. Wir gehen also tatsächlich sämtliche Punkte nacheinander durch. Nun, da ich ihm gegenübersitze, spüre ich, wie mich der Mut verlässt. Er ist mit so großem Ernst bei der Sache. Ich trinke noch einen Schluck zur Stärkung. Christian fährt fort.

»Okay, meine Gesundheit. All meine vorherigen Partnerinnen haben eine Blutuntersuchung machen lassen, und ich lasse mich ebenfalls alle sechs Monate auf ansteckende Geschlechtskrankheiten überprüfen. Die Ergebnisse waren allesamt negativ. Drogen habe ich nie genommen; im Gegenteil, ich bin sogar ein expliziter Gegner. Ich dulde keinerlei Drogenkonsum unter meinen Angestellten und lasse sie regelmäßig unangemeldet untersuchen.«

Wow … der Kontrollfreak in absoluter Höchstform. Schockiert starre ich ihn an.

»Eine Bluttransfusion habe ich auch noch nie bekommen. Beantwortet das deine Frage?«

Ich nicke leidenschaftslos.

»Den nächsten Punkt haben wir ja bereits besprochen. Du kannst jederzeit aussteigen, Anastasia. Ich werde dich nicht daran hindern. Wenn du allerdings gehst, war's das. Nur damit das klar ist.«

»Okay«, sage ich leise. Wenn ich gehe, war's das. Der Gedanke ist verblüffend schmerzlich.

Der Kellner serviert den ersten Gang. *Sieh mal einer an –* Christian hat Austern bestellt.

»Ich hoffe, du magst Austern.« Christians Stimme ist samtweich.

»Ich habe noch nie welche gegessen.«

»Ehrlich? Na, dann.« Er nimmt eine von dem Eisbett. »Du

musst nur den Kopf in den Nacken legen und schlucken. Das kriegst du doch bestimmt hin.«

Es besteht kein Zweifel, worauf er anspielt. Ich spüre, wie ich feuerrot werde. Grinsend drückt er einen Zitronenschnitz über seiner Auster aus und schiebt sie sich in den Mund.

»Hm. Köstlich. Schmeckt nach Meer.« Er grinst. »Los«, fordert er mich auf.

»Ich muss nicht kauen?«

»Nein, Anastasia. Nicht kauen.« Seine Augen funkeln vor Belustigung – er sieht so jung aus, wenn er das macht.

Ich kaue auf meiner Lippe herum. Für den Bruchteil einer Sekunde erscheint wieder der strenge Ausdruck auf seinem Gesicht. Ich greife über den Tisch hinweg nach einer Auster. Okay … wird schon schiefgehen. Ich träufle ein wenig Zitronensaft darüber und schiebe sie mir in den Mund. Sie flutscht meine Kehle hinunter, und ich schmecke Meerwasser, Salz, die brennende Säure der Zitrone und etwas Fischiges … oh. Ich lecke mir über die Lippen, während er mich mit verschleiertem Blick mustert.

»Und?«

»Ich probiere noch eine«, sage ich trocken.

»Braves Mädchen«, lobt er.

»Hast du die absichtlich bestellt? Die Dinger sollen doch eine aphrodisierende Wirkung haben.«

»Nein, ich habe sie bestellt, weil sie ganz oben auf der Karte standen. In deiner Nähe brauche ich kein Aphrodisiakum. Ich dachte, du wüsstest das. Und ich glaube, dass es dir mit mir auch so geht. Also, wo waren wir?« Er wendet sich wieder meiner E-Mail zu, während ich mir eine weitere Auster nehme.

Ihm geht es so wie mir. Er kann sich meiner Wirkung nicht entziehen … Wow.

»›Mir in allen Dingen zu Willen sein.‹ Ja, ich will, dass du das tust. Es ist ein Muss. Stell dir das Ganze als eine Art Rollenspiel vor, Anastasia.«

»Aber ich habe Angst, dass du mir wehtust.«

»Inwiefern?«

»Körperlich.« *Und emotional.*

»Glaubst du wirklich, ich würde das tun? Mich über jegliche Grenzen dessen hinwegsetzen, was du erträgst?«

»Du sagtest doch, du hättest schon mal jemandem wehgetan.«

»Ja, das habe ich auch. Allerdings ist es lange her.«

»Und was hast du mit ihr angestellt?«

»Ich habe sie an der Decke meines Spielzimmers aufgehängt. Suspension – dafür sind die Karabinerhaken gedacht. Fesselspiele. Und eines der Seile war zu straff.«

Ich hebe die Hand, um ihm Einhalt zu gebieten. »Mehr will ich gar nicht hören. Mich würdest du also nicht an der Suspensionsstange aufhängen?«

»Nur wenn du es wirklich willst. Du kannst es aber auch auf die Liste der Hard Limits setzen.«

»Okay.«

»Was ist mit dem Gehorsam? Glaubst du, dass du das hinbekommst?« Er starrt mich eindringlich an. Die Sekunden verstreichen.

»Ich könnte es versuchen«, flüstere ich.

»Gut.« Er lächelt. »Jetzt zum Zeitrahmen. Ein Monat anstelle von drei ist ziemlich wenig, vor allem, wenn du noch dazu ein Wochenende ohne mich verbringen willst. Ich kann mir nicht vorstellen, dass ich es so lange ohne dich aushalte. Ich schaffe es ja jetzt schon kaum.« Er hält inne.

Er hält es nicht ohne mich aus? Wie bitte?

»Wie wäre es damit – ein Tag im Monat an einem Wochenende, dafür bekomme ich in dieser Woche einen zusätzlichen Abend an einem Wochentag.«

»Okay.«

»Und lass es uns bitte über drei Monate versuchen. Wenn es dir nicht gefällt, kannst du immer noch aussteigen.«

»Drei Monate?« Ich fühle mich ein wenig überfahren. Ich trinke einen Schluck Wein und nehme noch eine Auster. An die Dinger könnte ich mich gewöhnen, glaube ich.

»Als Nächstes kommt der Punkt mit dem Besitzen. Das ist nur ein Fachbegriff, der etwas mit dem Prinzip des Gehorsams zu tun hat. Dieser Punkt dient dazu, dir zu zeigen, worum es hier geht und welche Rolle ich dabei spiele. Dir muss klar sein, dass ich, sobald du als meine Sub meine Wohnung betrittst, alles mit dir anstellen werde, wonach mir der Sinn steht. Das musst du akzeptieren. Und du musst bereit sein mitzumachen. Das ist auch der Grund, weshalb es so wichtig ist, dass du mir vertraust. Ich werde dich ficken, wann, wie und wo ich gerade will. Ich werde dich disziplinieren, weil du Fehler machen wirst. Und ich werde dir beibringen, mir Vergnügen zu bereiten. Aber natürlich weiß ich, dass all das Neuland für dich ist. Deshalb werden wir es langsam angehen, und ich werde dir dabei helfen. Wir werden es mit verschiedenen Rollenszenarien versuchen. Ich will, dass du mir vertraust, aber mir ist auch klar, dass ich dein Vertrauen erst gewinnen muss, und genau das werde ich tun. Mit dem Punkt ›oder anderweitig‹ wollte ich dich nur entsprechend auf das einstimmen, was auf dich zukommen kann. Es bedeutet, dass alles möglich ist.«

Ich bin völlig fasziniert von der Leidenschaft, mit der er spricht. Genau das ist sein Leben, seine Besessenheit … Ich kann kaum den Blick von ihm wenden. Er will es. Unbedingt.

»Hörst du mir noch zu?«, flüstert er mit warmer, verführerischer Stimme und nippt an seinem Wein, ohne den Blick von mir zu wenden.

In diesem Moment erscheint der Kellner an der Tür. Christian nickt kaum merklich, woraufhin er an den Tisch tritt und unsere Teller abräumt.

»Möchtest du noch etwas Wein?«, fragt Christian.

»Ich muss noch fahren.«

»Dann vielleicht lieber Wasser?«

Ich nicke.

»Mit oder ohne Kohlensäure?«

»Mit, bitte.«

Der Kellner verschwindet wieder.

»Du bist so still«, wendet Christian ein.

»Und du redest umso mehr.«

Er lächelt. »Also, zum Punkt Disziplin. Der Grat zwischen Lust und Schmerz ist sehr schmal, Anastasia. Es gibt immer zwei Seiten der Medaille, und eine kann ohne die andere nicht existieren. Ich kann dir zeigen, wie lustvoll Schmerz sein kann. Mag sein, dass du mir das jetzt noch nicht glaubst, aber genau das meine ich damit, wenn ich sage, dass du mir vertrauen musst. Ohne Schmerzen wird es nicht gehen, aber sie sind nicht so schlimm, als dass du sie nicht aushalten könntest. Ich sage es noch einmal – Vertrauen ist das A und O. Vertraust du mir, Ana?«

Ana!

»Ja«, erwidere ich spontan. Und es ist die Wahrheit – ich vertraue ihm.

»Tja, dann.« Er sieht erleichtert aus. »Alles andere sind nur Details.«

»Aber wichtige Details.«

»Gut. Dann lass sie uns durchgehen.«

Mir schwirrt der Kopf von all dem Gerede. Ich hätte Kates Digitalrekorder mitnehmen sollen, damit ich es mir später noch einmal anhören kann. So viele Informationen; so vieles, worüber ich nachdenken muss. Der Kellner erscheint mit unseren Vorspeisen: Köhlerfisch mit Spargel auf im Ofen gebackenen Stampfkartoffeln und Sauce Hollandaise. Mein Appetit könnte nicht geringer sein.

»Ich hoffe, du magst Fisch«, sagt Christian.

Ich stochere in meinem Essen herum und trinke einen großen Schluck Mineralwasser. Ich wünschte, es wäre Wein.

»Und jetzt zu den Regeln. Lass uns darüber reden. Der Punkt mit dem Essen ist also ein Deal Breaker für dich?«

»Ja.«

»Könnten wir den Punkt dahin gehend ändern, dass du dich verpflichtest, zumindest drei Mahlzeiten am Tag zu dir zu nehmen?«

»Nein.« In diesem Punkt werde ich nicht nachgeben. Niemand schreibt mir vor, was ich esse. Wie ich vögle, ja, okay, aber was ich esse, kommt überhaupt nicht infrage.

Er schürzt die Lippen. »Ich muss sicher sein können, dass du nicht hungrig bist.«

Ich runzle die Stirn. *Wieso?* »In diesem Punkt wirst du mir eben vertrauen müssen.«

Er mustert mich einen Moment lang, dann entspannt er sich sichtlich.

»Touché, Miss Steele«, sagt er leise. »Essen und der Schlaf sind damit vom Tisch.«

»Wieso darf ich dich nicht ansehen?«

»Das hat etwas mit der speziellen Beziehung zu tun. Du gewöhnst dich daran.«

Werde ich das?

»Und wieso darf ich dich nicht berühren?«

»Weil es nicht geht.« Er presst die Lippen aufeinander.

»Ist es wegen Mrs. Robinson?«

Er sieht mich fragend an. »Wie kommst du denn darauf?« Aber dann fällt der Groschen. »Du glaubst, ich sei ihretwegen traumatisiert?«

Ich nicke.

»Nein, Anastasia. Sie ist nicht der Grund. Außerdem würde sie sich ganz bestimmt nichts von mir gefallen lassen.«

Oh, aber ich soll genau das tun. Ich ziehe einen Schmollmund. »Also hat es nichts mit ihr zu tun.«

»Nein. Und ich will auch nicht, dass du dich selbst berührst.«

Was? Ach ja, die Masturbationsklausel.

»Rein aus Neugier gefragt ... wieso nicht?«

»Weil ich deine Lust ganz für mich allein haben will.« Seine

Stimme ist heiser, doch sein Tonfall lässt keinen Widerspruch zu.

Oh, ich habe keine Ahnung, was ich darauf erwidern soll. Einerseits ist es genauso romantisch wie sein *Am liebsten würde ich an dieser Lippe knabbern*«, andererseits finde ich es reichlich egoistisch. Stirnrunzelnd schiebe ich mir einen Bissen Fisch in den Mund und gehe im Geiste durch, welche Zugeständnisse ich für mich herausgeschlagen habe: Essen und Schlafen. Er sagt, dass er es langsam angehen will, und über die Soft Limits haben wir noch nicht gesprochen. Allerdings bin ich nicht sicher, ob ich mich überwinden kann, mich mit einem vollen Teller vor der Nase über solche Dinge zu unterhalten.

»Ich habe dir eine Menge Stoff zum Nachdenken gegeben, stimmt's?«

»Ja.«

»Willst du auch jetzt gleich die Soft Limits besprechen?«

»Nicht beim Essen.«

Er lächelt. »Zart besaitet?«

»So in der Art.«

»Du hast ja kaum etwas gegessen.«

»Mir reicht es.«

»Drei Austern, vier Bissen Fisch und eine Spargelstange, keine Kartoffeln, keine Nüsse, keine Oliven. Und das, obwohl du den ganzen Tag nichts gegessen hast. Du sagtest doch, ich könnte dir vertrauen.«

Großer Gott. Er führt sogar Buch.

»Christian, bitte, schließlich führe ich nicht jeden Tag Gespräche wie dieses hier.«

»Du musst gesund und fit für mich sein, Anastasia.«

»Das weiß ich.«

»Und im Augenblick würde ich dir am liebsten dieses Kleid vom Leib reißen.«

Ich schlucke. *Mir Kates Kleid vom Leib reißen.* Wieder spüre ich dieses Ziehen im Unterleib. Muskeln, mit denen ich erst jetzt Bekanntschaft gemacht habe, weil sie sich zusammenziehen, wann immer er solche Dinge zu mir sagt. Aber es geht nicht. Der Sex ist seine schärfste Waffe, und er setzt sie gegen mich ein. In diesem Punkt ist er absolut unschlagbar – selbst ich weiß das inzwischen.

»Ich halte das für keine gute Idee«, murmle ich. »Wir hatten ja noch nicht mal ein Dessert.«

»Du willst ein Dessert?«, schnaubt er.

»Ja.«

»Du könntest das Dessert sein.«

»Ich weiß nicht recht, ob ich süß genug bin.«

»Du bist von einer unglaublich köstlichen Süße, Anastasia. Das weiß ich.«

»Christian, du setzt Sex als Waffe ein. Das ist nicht fair«, flüstere ich und blicke zuerst auf meine Hände, dann in sein Gesicht.

Erstaunt hebt er die Brauen und streicht sich nachdenklich übers Kinn. »Du hast Recht. Das tue ich tatsächlich. Wenn man etwas erreichen will, muss man seine Fähigkeiten eben nutzen, Anastasia. Das ändert aber nichts daran, wie sehr ich dich will. Hier. Jetzt.«

Wie schafft er es, mich allein mit seiner Stimme zu verführen? Ich bekomme schon jetzt keine Luft mehr – mein Blut strömt heiß durch meine Venen, und meine Nerven vibrieren vor Erregung.

»Ich würde gern etwas probieren«, raunt er.

Ich runzle die Stirn.

Gerade hat er mir eine ganze Wagenladung an Informationen vor die Füße gekippt, die ich erst einmal verarbeiten muss, und jetzt das.

»Wärst du meine Sub, bräuchtest du nicht darüber nachdenken. Es wäre alles ganz einfach.« Seine Stimme ist honigweich und verführerisch. »All die Entscheidungen, die ermüdenden Überlegungen und Grübeleien, die damit verbunden sind. Diese

Frage, ob es auch wirklich das Richtige ist. Ob es wirklich jetzt passieren soll. Und hier. Über all das müsstest du dir keine Gedanken mehr machen, weil ich als dein Dom das für dich übernehmen würde. Und ich weiß, dass du mich willst, Anastasia.«

Woher weiß er das?

»Ich weiß das, weil …«

Verdammt, jetzt beantwortet er auch noch meine Frage, obwohl ich sie nicht einmal gestellt habe. Kann er hellsehen, oder was?

»… dein Körper dich verrät. Du presst die Schenkel zusammen, wirst rot, und deine Atmung hat sich verändert.«

Okay, das geht eindeutig zu weit.

»Woher weißt du, was ich mit meinen Schenkeln mache?«, frage ich mit ungläubiger Stimme. Sie sind doch unterm Tisch.

»Ich habe gespürt, wie sich die Tischdecke bewegt hat. Meine Vermutung basiert auf jahrelanger Erfahrung. Und ich habe Recht, stimmt's?«

Abermals laufe ich rot an und starre auf meine Hände. Genau das ist der Grund, weshalb ich ihm bei dieser Verführungsmasche hoffnungslos unterlegen bin: Er ist der Einzige von uns, der die Regeln kennt und versteht. Ich bin viel zu naiv und unerfahren dafür. Der einzige Mensch, an dem ich mich orientieren kann, ist Kate, und sie lässt sich von Männern nichts gefallen. Alle anderen Bezugspersonen in meinem Leben sind Romanfiguren: Elizabeth Bennet wäre außer sich vor Wut, Jane Eyre hätte viel zu große Angst davor, und Tess würde nachgeben, so wie ich es getan habe.

»Ich habe meinen Fisch noch nicht aufgegessen.«

»Kalter Fisch ist dir also wichtiger als ich?«

Ich hebe abrupt den Kopf und sehe ihn an. Das Verlangen glitzert wie flüssiges Silber in seinen Augen.

»Ich dachte, ich soll meinen Teller leer essen.«

»Im Augenblick, Miss Steele, ist mir scheißegal, ob der Teller voll oder leer ist.«

»Du kämpfst mit unfairen Mitteln, Christian.«

»Ich weiß. Das habe ich schon immer getan.«

Meine innere Göttin runzelt die Stirn. *Du kannst das*, sagt sie. Du schaffst es, diesen Sexgott mit seinen eigenen Waffen zu schlagen. *Ach, tatsächlich? Okay. Was soll ich tun?* Meine Unerfahrenheit hängt wie ein Mühlstein um meinen Hals. Ich spieße eine Spargelstange auf, sehe ihn an und kaue auf meiner Lippe. Dann schiebe ich mir die Spargelspitze in den Mund und sauge sie ganz langsam zwischen meine Lippen.

Christians Augen weiten sich; zwar kaum merklich, aber mir entgeht es trotzdem nicht.

»Was tust du da, Anastasia?«

Ich beiße die Spitze ab.

»Ich esse meinen Spargel.«

Christian verlagert sein Gewicht auf dem Stuhl. »Ich glaube eher, Sie spielen mit mir, Miss Steele.«

Ich mache ein unschuldiges Gesicht. »Ich esse nur auf, Mr. Grey.«

Genau in diesem Augenblick klopft der Kellner an die Tür und kommt herein. Er wirft Christian einen kurzen Blick zu, woraufhin dieser die Stirn runzelt, aber nickt. Der Kellner räumt die Teller ab. Doch sein unangekündigtes Auftauchen hat die Magie des Augenblicks jäh zerstört. Und ich nutze diesen kurzen, kostbaren Moment, in dem ich wieder klar denken kann: Ich muss gehen. Es gibt keinen Zweifel daran, wie dieser Abend enden wird, wenn ich bleibe, deshalb muss ich ein klares Zeichen setzen. So sehr sich mein Körper auch nach seiner Berührung sehnen mag – mein Verstand rebelliert nach wie vor. Ich brauche Abstand, um in Ruhe über alles nachzudenken. Bislang habe ich noch keine Entscheidung getroffen, und seine sexuelle Anziehungskraft und seine Überzeugungskunst machen es mir nicht gerade einfacher.

»Möchtest du noch ein Dessert?«, fragt er, stets der Gentleman, trotzdem spricht das Glühen in seinen Augen Bände.

»Nein, danke. Ich glaube, ich sollte jetzt gehen«, antworte ich, ohne den Blick von meinen Händen zu lösen.

»Gehen?«, wiederholt er mit unverhohlener Verblüffung.

Der Kellner tritt eilig den Rückzug an.

»Ja.« Es ist die richtige Entscheidung. Wenn ich bleibe, hier in diesem Raum, mit ihm, wird er mich ficken. Entschlossen stehe ich auf. »Morgen ist die Abschlussfeier, für die wir beide fit sein müssen.«

Christian erhebt sich reflexartig – ein untrüglicher Beweis für seine tadellosen Manieren. »Ich will nicht, dass du gehst.«

»Bitte ... ich muss.«

»Wieso?«

»Weil ich über so viele Dinge nachdenken muss. Und ich brauche etwas Abstand.«

»Ich könnte dich dazu bringen, dass du bleibst«, droht er.

»Ja, das könntest du ohne Weiteres, aber ich will nicht, dass du es tust.«

Er fährt sich mit der Hand durchs Haar und beäugt mich misstrauisch. »Als du zum Interview in meinem Büro aufgetaucht bist, hast du einen völlig verunsicherten, ja geradezu unterwürfigen Eindruck auf mich gemacht. Deshalb dachte ich, du wärst die geborene Sklavin. Aber wenn ich ehrlich sein soll, bin ich nicht sicher, ob auch nur ansatzweise etwas Devotes in deinem herrlichen Körper schlummert, Anastasia.« Er tritt langsam auf mich zu. Seine Stimme ist angespannt.

»Da könntest du Recht haben«, erwidere ich leise.

»Ich will aber die Chance haben herauszufinden, ob da nicht doch etwas ist«, raunt er, hebt die Hand und streicht mir übers Gesicht, zeichnet mit dem Daumen meine Unterlippe nach. »Ich kann nichts dafür. So bin ich, Anastasia.«

»Ich weiß.«

Er beugt sich vor, um mich zu küssen, hält jedoch inne und sieht mich einen Moment lang fragend an, als bitte er um Erlaubnis. Ich hebe den Kopf kaum merklich, woraufhin sich unsere Lippen berühren. Er küsst mich, und weil ich nicht weiß, ob ich ihn jemals wieder küssen werde, lasse ich mich einfach mitreißen. Ich vergrabe die Hände in seinem Haar und ziehe ihn an mich, während sich meine Lippen teilen und meine Zunge die seine umschmeichelt. Seine Hand legt sich um meinen Nacken, und er vertieft seinen Kuss. Seine andere Hand wandert an meinem Rückgrat entlang, legt sich in die Kuhle, wo es in mein Hinterteil übergeht, und zieht mich enger an sich.

»Ich kann dich also nicht zum Bleiben überreden?«, stößt er zwischen zwei Küssen hervor.

»Nein.«

»Und die Nacht mit mir zu verbringen.«

»Und dich dabei nicht anfassen dürfen? Nein.«

Er stöhnt. »Du schreckliches Mädchen.« Er löst sich von mir und sieht mich an. »Wieso habe ich das Gefühl, dass du mir gerade Lebewohl sagst?«

»Weil ich jetzt nach Hause fahren werde.«

»Das meine ich nicht damit, das weißt du ganz genau.«

»Christian, ich muss über all das nachdenken. Ich habe keine Ahnung, ob ich die Art von Beziehung mit dir führen kann, die du dir wünschst.«

Er schließt die Augen und legt seine Stirn gegen meine, so dass wir beide Gelegenheit haben, uns ein wenig zu sammeln. Nach einem Moment drückt er mir einen Kuss auf die Stirn, dann lässt er mich los und tritt einen Schritt zurück.

»Wie Sie wünschen, Miss Steele«, sagt er mit ausdrucksloser Miene. »Ich begleite dich in die Lobby.« Er streckt mir die Hand entgegen.

Ich ergreife sie und nehme meine Tasche. *Verdammt, das könnte das Ende sein.* Niedergeschlagen folge ich ihm die breite Treppe hinunter und in die Lobby. Meine Kopfhaut prickelt. Ich höre das Blut in meinen Ohren rauschen. Wenn ich mich gegen dieses Arrangement entscheide, könnte dies unsere letzte Begegnung gewesen sein. Mein Herz zieht sich schmerzhaft zusammen. Wer hätte gedacht, dass dieser Abend so enden würde, welche Auswirkungen ein kurzer Moment der Klarheit haben könnte ...

»Hast du dein Parkticket?«

Ich krame es aus der Handtasche und gebe es ihm, woraufhin er es an den Hoteldiener weiterreicht. Schweigend stehen wir nebeneinander und warten darauf, dass mein Wagen vorgefahren wird.

»Danke für das Abendessen«, sage ich leise.

»Es war mir wie immer ein Vergnügen, Miss Steele«, erwidert er höflich, doch er scheint mit den Gedanken ganz woanders zu sein.

Ich sehe ihn an, betrachte sein wunderschönes Profil, in der Hoffnung, dass es sich für immer in mein Gedächtnis brennt. Die Vorstellung, dass ich ihn vielleicht nie wiedersehen werde, ist entsetzlich. Und zu schmerzlich, um länger darüber nachzudenken. Unvermittelt wendet er sich mir zu und sieht mich eindringlich an.

»Du ziehst doch am kommenden Wochenende nach Seattle. Wenn du die richtige Entscheidung triffst, kann ich dich dann am Sonntag sehen?«, fragt er zögerlich.

»Wir werden sehen. Vielleicht.«

Für einen kurzen Moment scheint er erleichtert zu sein, dann runzelt er die Stirn. »Es ist kühler geworden. Hast du keine Jacke dabei?«

»Nein.«

Er schüttelt ärgerlich den Kopf und zieht sein Jackett aus. »Hier. Ich will nicht, dass du dir eine Erkältung holst.«

Er hält mir die Jacke hin. Als ich hineinschlüpfe, muss ich an den Tag in seinem Büro denken, als er mir in die Jacke geholfen hat – an diesem Tag sind wir uns das erste Mal begegnet –, und an die Wirkung, die er auf mich hatte. Nichts daran hat sich geändert; im Gegenteil – sie hat sich sogar noch verstärkt. Sein Jackett ist warm und viel zu groß, und es riecht nach ihm ...

Mein Wagen fährt vor. Christian bleibt der Mund offen stehen.

»Damit fährst du herum?« Er ist völlig schockiert. Der Hoteldiener steigt aus und reicht mir die Schlüssel, während Christian ihm beiläufig ein Trinkgeld in die Hand drückt.

»Ist diese Kiste überhaupt straßentauglich?«, fragt er mit finsterer Miene.

»Ja.«

»Und du schaffst es, damit nach Seattle zu fahren?«

»Ja. Wanda schafft das.«

»Ohne dass etwas passiert?«

»Ja«, schnauze ich ihn genervt an. »Okay, sie ist alt, aber sie gehört mir, und sie ist straßentauglich. Mein Stiefvater hat sie mir gekauft.«

»Oh, Anastasia, aber da finden wir bestimmt etwas Besseres.«

»Wie meinst du das?« In diesem Moment dämmert es mir. »O nein. Du wirst mir definitiv kein Auto kaufen.«

»Wir werden sehen«, presst er mit zusammengebissenen Zähnen hervor.

Er schneidet eine Grimasse, als er mir die Fahrertür aufhält. Ich ziehe mir die Schuhe aus und kurble das Fenster herunter.

»Fahr vorsichtig«, sagt er leise. Seine Miene ist undurchdringlich, seine Augen dunkel.

»Auf Wiedersehen, Christian.« Meine Stimme ist rau vor mühsam unterdrückten Tränen – *o Gott, jetzt bloß nicht weinen.* Ich ringe mir ein kurzes Lächeln ab.

Ich gebe Gas. Meine Brust zieht sich zusammen. Ich kann die Tränen nicht länger zurückhalten. Ein Schluchzen dringt aus meiner Kehle. Augenblicke später strömen mir die Tränen ungehindert übers Gesicht. Ich weiß überhaupt nicht, wieso ich weine. Ich habe mich doch gegen ihn behauptet. Er hat mir alles erklärt, klipp und klar. Er will mich. Aber die Wahrheit ist, dass mir das nicht genügt. Ich brauche mehr. Er muss mich genauso wollen wie ich ihn, und tief in meinem Innern weiß ich, dass das unmöglich ist. Ich bin nur völlig überwältigt von der ganzen Situation.

Ich weiß ja noch nicht einmal, welche Bezeichnung ich ihm geben sollte. Wenn ich mich auf diese Sache einlasse … ist er dann mein fester Freund? Kann ich ihn meinen Eltern vorstellen? Mit ihm ausgehen, in Bars, ins Kino oder sogar zum Bowling? Ich glaube nicht, dass ich das tun werde. Er will nicht, dass ich ihn berühre, und er will nicht mit mir im selben Bett schlafen. Natürlich ist mir klar, dass ich all das bisher auch nicht hatte, aber zumindest für die Zukunft wünsche ich es mir. Und was er im Sinn hat, ist definitiv keine Zukunft.

Was passiert, wenn ich jetzt Ja sage und er in drei Monaten feststellt, dass er es leid ist, etwas aus mir machen zu wollen, was ich nicht bin? Was passiert dann mit mir? Dann habe ich drei Monate lang emotional in eine Beziehung investiert und mich zu Dingen überreden lassen, von denen ich nicht sicher bin, ob ich sie wirklich tun will. Wie sollte ich mit der Zurückweisung klarkommen, wenn er mich einfach abserviert? Womöglich ist es das Klügste, lieber gleich Schluss zu machen und die ganze Angelegenheit mit einem halbwegs unversehrten Selbstwertgefühl abzuhaken.

Aber die Vorstellung, ihn nie wiederzusehen, ist grauenhaft. Wie kann er mir in so kurzer Zeit so sehr ans Herz gewachsen sein? Am Sex allein kann es nicht liegen … oder etwa doch? Ich wische mir die Tränen ab. Ich will meine Gefühle für ihn gar nicht genauer hinterfragen – aus Angst, zu welchem Ergebnis ich gelange, wenn ich es mache. Was soll ich nur tun?

Ich stelle den Wagen vor dem Haus ab. Erleichtert stelle ich fest, dass alles stockdunkel ist. Kate ist offenbar ausgegangen. Ich will nicht, dass sie mich schon wieder beim Weinen erwischt. Während ich mich ausziehe, fahre ich den Computer hoch. Eine Mail von Christian ist im Posteingang.

Von: Christian Grey
Betreff: Heute Abend
Datum: 25. Mai 2011, 22:01 Uhr
An: Anastasia Steele

Ich verstehe nicht ganz, wieso du heute Abend vor mir davongelaufen bist. Ich hoffe sehr, dass ich all deine Fragen zufrie-
denstellend beantwortet habe. Ich weiß, dass du über vieles
nachdenken musst, und wünsche mir von Herzen, dass du
meinen Vorschlag ernsthaft überdenkst. Ich will, dass das Ganze funktioniert. Wir werden es auch ganz langsam angehen.
Vertrau mir.

CHRISTIAN GREY
CEO, Grey Enterprises Holdings, Inc.

Jetzt muss ich erst recht weinen. Ich bin kein Fusionierungs-
oder Übernahmeprojekt. Aber wenn ich das hier lese, könnte
man es beinahe glauben. Ich weiß nicht, was ich dazu sagen soll.
Ich schlüpfe in meinen Pyjama und klettere ins Bett, sein Jackett
fest um mich geschlungen. Ich liege da, starre in die Dunkelheit
und denke an die vielen Male, als er mich gewarnt hat, mich von
ihm fernzuhalten.

*Du solltest dich von mir fernhalten. Ich bin nicht der Richtige für
dich.*

Eine feste Freundin ist nichts für mich.

Ich bin kein Mann für Herzchen und Blümchen.

Ich schlafe nicht mit jemandem.

Das ist das Einzige, was ich kenne.

Und als ich lautlos ins Kissen weine, kreisen meine Gedanken um diesen letzten Satz. Auch für mich ist es das Einzige,
was ich kenne. Vielleicht können wir ja gemeinsam einen neuen
Weg einschlagen.

VIERZEHN

Christian steht – lediglich in verwaschenen, zerrissenen Levi's Jeans – mit einer Reitgerte aus geflochtenem Leder über mir und lässt sie in langsamem, stetem Rhythmus gegen seine Handfläche schnellen. Ein triumphierendes Lächeln spielt um seine Lippen. Ich liege splitternackt auf dem Bett, an Händen und Füßen mit Ledermanschetten an die Bettpfosten gefesselt. Er beugt sich vor und lässt die Gertenspitze langsam über meine Stirn, meine Nase und meine halb geöffneten Lippen gleiten. Dann schiebt er sie mir in den Mund, so dass ich den Geschmack des weichen, glatten Leders auf der Zunge habe.

»Saug«, befiehlt er mit sanfter Stimme.

Meine Lippen schließen sich um das Leder.

»Genug«, herrscht er mich an.

Wieder hole ich tief Luft, als er mir die Gerte aus dem Mund zieht, sie über mein Kinn und an meinem Hals entlang bis zu der kleinen Kuhle zwischen meinen Schlüsselbeinen wandern lässt. Er beschreibt mehrere langsame Kreise, dann setzt er seine Wanderung fort – über mein Brustbein, zwischen meinen Brüsten hindurch und über meinen Bauch bis zum Nabel hinunter. Ich schnappe nach Luft, winde mich und zerre an den Fesseln, die sich in die Haut an meinen Handgelenken und Knöcheln schneiden. Müßig umrundet er mit der Gerte meinen Nabel in immer größeren Kreisen, bis sie schließlich meine Klitoris berührt. Er holt aus und lässt die Gerte auf meine empfindsamste Stelle schnellen. Ich komme augenblicklich und so intensiv, dass mir ein lauter Schrei entfährt.

Ich schrecke aus dem Schlaf hoch. Schwer atmend und

schweißüberströmt liege ich im Bett, während die Nachbeben meines Orgasmus langsam verebben. Ich bin völlig neben der Spur. *Was zum Teufel war das denn?* Ich bin in meinem Zimmer. Allein. Was? Wie? Schockiert fahre ich hoch. Es ist Morgen. Ich sehe auf den Wecker – acht Uhr. Erschrocken schlage ich mir die Hände vors Gesicht. O Gott, ich hatte ja keine Ahnung, dass ich Sexträume habe. Hat das irgendetwas mit dem Essen von gestern zu tun?

Vielleicht haben mir die Austern und meine Internetrecherche meinen ersten feuchten Traum beschert. Trotzdem ist es ziemlich verwirrend. Ich hatte keine Ahnung, dass ich im Schlaf einen Orgasmus kriegen kann.

Kate hantiert in der Küche herum, als ich hereingeschlurft komme.

»Alles in Ordnung, Ana? Du siehst ziemlich mitgenommen aus. Ist das Christians Jackett?«

»Mir geht's gut.« Vielleicht hätte ich vorher in den Spiegel sehen sollen, verdammt. Ich spüre ihren durchdringenden Blick, sehe sie aber nicht an. Ich bin immer noch völlig durcheinander von meinem morgendlichen Erlebnis. »Ja, das gehört Christian.«

Sie runzelt die Stirn. »Hast du gut geschlafen?«

»Nicht besonders.«

Ich greife nach dem Wasserkessel. Ich brauche dringend einen Tee.

»Und wie war das Abendessen?«

Okay, die Inquisition beginnt.

»Wir haben Austern gegessen. Und als Hauptgang gab es Köhlerfisch.«

»Igitt. Ich hasse Austern. Aber eigentlich habe ich nicht nach dem Essen gefragt. Wie war Christian? Worüber habt ihr geredet?«

»Er war sehr aufmerksam.« Ich halte inne. Was soll ich ihr erzählen? Dass sein HIV-Status negativ ist, er auf Rollenspiele steht und will, dass ich all seine Befehle befolge? Dass er gern

Leute fesselt und mich in einem separaten Speiseraum vögeln wollte? Wäre das eine treffende Zusammenfassung meines Abends? Fieberhaft durchforste ich mein Gedächtnis nach irgendetwas, was ich Kate erzählen könnte.

»Er ist von Wanda nicht gerade begeistert.«

»Wer ist das schon, Ana? Das ist nichts Neues. Wieso zierst du dich denn so? Komm schon, spuck's aus.«

»Meine Güte, Kate, wir haben über vieles geredet. Darüber, wie wählerisch er beim Essen ist. Und rein zufällig hat ihm dein Kleid sehr gut gefallen.« Der Wasserkessel pfeift, und ich mache mir meinen Tee. »Willst du auch einen? Soll ich mir deine Rede anhören?«

»Ja, bitte. Ich habe sie gestern Abend bei Becca's noch einmal überarbeitet. Ich hole sie. Und ein Tee wäre prima.« Sie läuft hinaus.

Puh! Ablenkungsmanöver gelungen. Ich schneide ein Bagel auf und schiebe die Teile in den Toaster, während mir mein Traum wieder in den Sinn kommt. Was um alles in der Welt war das bloß?

Mir schwirrt der Kopf. Christians Vorstellung von einer Beziehung klingt eher wie ein Jobangebot mit festen Arbeitszeiten, einer klar umrissenen Aufgabenstellung und reichlich drastischen Methoden zur Sicherung der Leistungsqualität. So habe ich mir meine erste Romanze eigentlich nicht vorgestellt – aber wie Christian ja selbst gesagt hat, ist Romantik nicht sein Ding. Wenn ich ihm erkläre, dass ich mehr von ihm will, sagt er vielleicht Nein, was sein Angebot ernsthaft gefährden könnte. Das setzt mir am meisten zu, denn ich will ihn auf keinen Fall verlieren. Aber ich bin nicht sicher, ob ich den Mut aufbringe, seine Sub zu werden – die Vorstellung, mich mit einem Rohrstock oder einer Peitsche disziplinieren zu lassen, schreckt mich am meisten ab. Ich muss wieder an meinen Traum denken – so würde es also ablaufen? Meine innere Göttin zückt die Pompons und springt wie eine Cheerleaderin auf und ab. *Ja, ja, ja!*

Kate kehrt mit ihrem Laptop in die Küche zurück. Ich esse meinen Bagel und höre mir geduldig ihre Rede an, die sie als Jahrgangsbeste halten wird.

Als Ray an der Tür läutet, bin ich bereit zum Aufbruch. Ich mache auf, und er steht in seinem schlecht sitzenden Anzug vor mir. Bei seinem Anblick überkommt mich ein tiefes Gefühl der Dankbarkeit und Liebe für diesen angenehmen, unkomplizierten Mann. Überschwänglich schlinge ich ihm die Arme um den Hals. Meine ungewohnte Zuneigungsbekundung scheint ihn etwas zu verwirren.

»Hey, Annie, ich freue mich auch, dich zu sehen«, murmelt er und legt die Arme um mich. Dann löst er sich von mir, legt mir die Hände auf die Schultern und mustert mich mit gerunzelter Stirn von oben bis unten. »Alles in Ordnung, Kleine?«

»Natürlich, Dad. Darf sich ein Mädchen nicht mal freuen, seinen alten Herrn wiederzusehen?

Ein Kranz feiner Fältchen erscheint um seine Augen, als er mich anlächelt.

»Du siehst gut aus«, lobt er und folgt mir ins Wohnzimmer.

»Das Kleid gehört eigentlich Kate.« Ich sehe an meinem Neckholder-Kleid aus grauem Chiffon hinunter.

Er runzelt die Stirn. »Wo ist sie überhaupt?«

»Sie ist schon zum Campus gefahren. Als Jahrgangsbeste darf sie eine Rede halten, deshalb muss sie etwas früher dort sein.«

»Sollen wir los?«

»Wir haben noch eine halbe Stunde, Dad. Möchtest du einen Tee? Außerdem musst du mir erzählen, wie es in Montesano läuft. Wie war die Fahrt?«

Ray stellt seinen Wagen auf dem Campusparkplatz ab, dann schließen wir uns dem Strom der in schwarz-roten Talaren gekleideten Absolventen an, der sich in Richtung Aula bewegt.

»Viel Glück, Annie. Du wirkst schrecklich nervös. Musst du auch irgendetwas Besonderes machen?«

Verdammt, wieso muss Ray ausgerechnet heute so aufmerksam sein?

»Nein, Dad. Es ist nur ein wichtiger Tag.« *Und gleich werde ich ihn sehen.*

»Ja, meine Kleine hat ihren Abschluss in der Tasche. Ich bin so stolz auf dich, Annie.«

»Äh … Danke, Dad.« Wie ich diesen Mann liebe!

Die Aula ist brechend voll. Ray hat sich zu all den anderen Eltern und Gratulanten gesellt, während ich zu meinem Platz gehe. Mein schwarzer Talar und mein Hut geben mir ein Gefühl von Sicherheit und Anonymität. Obwohl die Bühne noch leer ist, flattern meine Nerven. Das Herz schlägt mir bis zum Hals, und meine Atemzüge sind hektisch und flach. Er muss hier irgendwo sein. Vielleicht ist Kate ja gerade bei ihm und nimmt ihn wegen gestern Abend in die Mangel. Ich bahne mir einen Weg durch die Stuhlreihen der Studenten, deren Nachname ebenfalls mit S anfängt, und stelle fest, dass ich in der zweiten Reihe sitze – noch mehr Anonymität. Ich werfe einen Blick über die Schulter, sehe Ray in einer der oberen Reihen auf der Tribüne sitzen und winke ihm zu. Verlegen hebt er die Hand zu einem Gruß – halb Winken, halb Salut. Ich setze mich.

Der Saal füllt sich schnell, und das Stimmengewirr schwillt mit jeder Minute weiter an. Nach einer Weile sind fast alle Plätze in der ersten Reihe besetzt. Links und rechts von mir sitzen zwei Mädchen aus einer anderen Fakultät, die über meinen Schoß hinweg plaudern.

Um Punkt elf Uhr betritt der Rektor die Bühne, gefolgt von drei Stellvertretern und den dienstältesten Professoren, allesamt in schwarz-roten Talaren. Wir erheben uns und applaudieren. Einige der Professoren nicken und winken, andere scheinen das Ganze sterbenslangweilig zu finden. Professor Collins, mein Tutor und Lieblingsprofessor, sieht wie immer aus, als wäre er gerade erst aus dem Bett gefallen. Als Letztes betritt Kate die Bühne, gefolgt von Christian, der in seinem grauen Anzug aus der Schar der Talarträger deutlich hervorsticht. Einzelne Strähnen seines dichten Haars leuchten kupferrot im Scheinwerferlicht der Aula. Er sieht so ernst und souverän aus. Als er sich setzt und sein einreihiges Sakko aufknöpft, erhasche ich einen Blick auf seine Krawatte. O Mann … diese Krawatte! Reflexartig massiere ich mir die Handgelenke und versuche vergeblich, den Blick von ihm zu lösen. Bestimmt trägt er sie mit Absicht. Ich presse die Lippen aufeinander. Die Anwesenden nehmen Platz, und der Beifall verebbt.

»Sieh ihn dir bloß an!«, zischt das eine Mädchen neben mir ihrer Freundin zu.

»Er ist so was von heiß!«

Ich versteife mich. Damit ist garantiert nicht Professor Collins gemeint.

»Das muss Christian Grey sein.«

»Ist er eigentlich Single?«

Ich schäume vor Wut. »Ich glaube nicht«, sage ich leise.

»Oh.« Die beiden sehen mich verblüfft an.

»Ich glaube, er ist schwul«, füge ich hinzu.

»Was für eine Verschwendung«, stöhnt die eine.

Als sich der Rektor erhebt und ans Podium tritt, sehe ich, wie Christian unauffällig den Blick durch den Saal schweifen lässt. Ich rutsche tiefer auf meinem Stuhl und ziehe den Kopf ein, um mich möglichst unsichtbar zu machen. Was mir jämmerlich misslingt, denn eine Sekunde später hat er mich entdeckt und starrt mich an. Seine Miene ist ausdruckslos, verrät nichts von dem, was in ihm vorgeht. Unbehaglich rutsche ich auf meinem Stuhl hin und her und spüre, wie ich unter seinem hypnotischen Blick rot werde. Unwillkürlich kommt mir mein Traum von heute Morgen in den Sinn, und ich spüre wieder dieses lustvolle Ziehen im Unterleib. Ich ziehe scharf den Atem ein. Der Anflug eines Lächelns erscheint auf seinen Zügen, verfliegt jedoch sofort wieder. Für eine Sekunde schließt er die Augen, und als er sie wieder öffnet, ist seine Miene so ausdruckslos wie zuvor. Er wirft dem Rektor einen Blick zu, dann starrt er stur geradeaus auf das WSU-Wappen, das über dem Eingang hängt.

Wieso sieht er mich nicht mehr an? Hat er es sich anders überlegt? Eine Woge des Unbehagens erfasst mich. Vielleicht ist unser kurzes Intermezzo ja für ihn beendet, weil ich gestern Abend einfach gegangen bin. Er ist es leid, auf meine Entscheidung zu warten. O nein, ich habe das Ganze komplett an die Wand gefahren. Ich denke an seine Mail von gestern Abend. Vielleicht ist er ja sauer, weil ich nicht darauf geantwortet habe.

Unvermittelt brandet Applaus auf. Miss Katherine Kavanagh hat die Bühne betreten. Der Rektor nimmt Platz, während Kate ihr Haar zurückwirft und ihre Unterlagen auf dem Podium zurechtlegt. Sie lässt sich alle Zeit der Welt, scheinbar völlig unbeeindruckt davon, dass die Blicke von tausend Menschen auf sie gerichtet sind. Sie lächelt der Menge zu, die sie wie gebannt beobachtet, und legt los. Sie ist völlig entspannt und witzig, und wie auf ein Stichwort brechen die Mädchen links und rechts von mir gleich beim ersten Scherz in Gelächter aus. *Oh, Katherine Kavanagh, du weißt genau, wie man eine Pointe bringt.* Ich bin so unglaublich stolz auf sie, dass ich Christian einen Moment lang vergesse. Obwohl ich ihre Rede bereits gehört habe, lausche ich gespannt, und im Handumdrehen hat sie das Publikum voll und ganz auf ihrer Seite.

»Collegeabschluss – Was kommt als Nächstes?«, lautet das Thema. Eine berechtigte Frage. Christian beobachtet Kate mit erhobenen Brauen – er scheint überrascht zu sein. Ja, ebenso gut hätte Kate diejenige sein können, die das Interview mit ihm führt. Und ebenso gut könnte sie diejenige sein, der er dieses unmoralische Angebot unterbreitet. Die schöne Kate und der schöne Christian, für immer vereint. Und ich könnte ebenso gut wie die beiden Mädchen sein, die ihn aus der Ferne anhimmeln. Dabei weiß ich genau, dass Kate ihn nicht mit dem Hintern angesehen hätte. Wie hat sie ihn kürzlich bezeichnet? Genau. Als unheimlich. Bei der Vorstellung, wie sich die beiden in die Wolle geraten, wird mir ganz anders. Ich bin nicht sicher, auf welchen von beiden ich bei einer Auseinandersetzung mein Geld wetten würde.

Kate beendet ihre Rede mit einer letzten Pointe, woraufhin alle spontan aufspringen, applaudieren und ihr zujubeln – ihre ersten stehenden Ovationen. Ich strahle sie an und stoße einen Jubelschrei aus, und sie grinst. *Gut gemacht, Kate.* Sie setzt sich, während die Anwesenden ebenfalls ihre Plätze wieder einnehmen, dann steht der Rektor auf und stellt Christian vor. Aha, Christian hält also auch eine Rede. Der Rektor umreißt kurz Christians Karriere – CEO seiner eigenen unglaublich erfolgreichen Firma, ein echter Selfmade-Millionär.

»… des Weiteren gehört Mr. Grey zu den wichtigsten Gönnern unserer Universität. Bitte heißen Sie ihn mit einem herzlichen Applaus willkommen: Mr. Christian Grey …«

Der Rektor schüttelt Christian die Hand. Höflicher Applaus ertönt. Mir schlägt das Herz bis zum Hals. Er tritt zum Podium und lässt den Blick durch den Saal schweifen, wobei er genauso selbstsicher wirkt wie Kate. Die beiden Mädchen neben mir beugen sich gespannt vor. Vermutlich kann die Mehrzahl der weiblichen Gäste – und auch einige der männlichen – es kaum erwarten, seine Rede zu hören. Er beginnt zu sprechen, und nach wenigen Augenblicken besteht kein Zweifel, dass er das Publikum völlig in seinen Bann geschlagen hat.

»Ich bin zutiefst dankbar und gerührt über die Ehre, die mir die Leitung der WSU heute zuteilwerden lässt. Denn dadurch bietet sich mir die Gelegenheit, Ihnen einen Einblick in die eindrucksvolle Arbeit des Instituts für Entwicklung und Umweltschutz zu geben. Wir haben uns das Ziel gesetzt, rentable und ökologisch nachhaltige Methoden für die Landwirtschaft in Ländern der Dritten Welt zu entwickeln, um langfristig unseren Teil beizutragen, Hunger und Armut aus der Welt zu schaffen. Über eine Milliarde Menschen, vorwiegend in Staaten südlich der Sahara, Südasien und Lateinamerika, leiden unter unvorstellbarer Armut. In vielen dieser Länder herrschen massive landwirtschaftliche Missstände vor, die die Zerstörung der Umwelt und der gesellschaftlichen Strukturen nach sich ziehen. Ich weiß aus eigener Erfahrung, was es bedeutet, Hunger zu leiden. Deshalb liegt mir dieses Projekt sehr am Herzen ...«

Mir fällt die Kinnlade herunter. *Wie bitte?* Christian musste Hunger leiden? O Gott. Tja, das erklärt natürlich so einiges. Ich muss wieder an unser Interview denken. Christian hat sich also tatsächlich vorgenommen, dem Hunger auf der Welt ein Ende zu bereiten. Fieberhaft durchforste ich mein Gedächtnis nach den biografischen Details aus Kates Artikel – Christian wurde mit vier Jahren adoptiert, und da ich mir nicht vorstellen kann, dass Grace ihm nichts zu essen gegeben hat, muss es davor gewesen sein. Ich schlucke. Bei der Vorstellung von Christian als kleinem, grauäugigem Jungen, der Hunger leiden muss, blutet mir das Herz. Mein Gott, was für ein Leben muss er geführt haben, bevor die Greys ihn zu sich genommen und gerettet haben?

Blanke Wut packt mich. Der arme, perverse, aber philanthropische Wohltäter Christian – auch wenn ich sicher bin, dass er sich selbst keineswegs so sieht und jegliches Mitleid weit von sich weisen würde.

Wieder springen sämtliche Gäste auf und brechen in begeisterten Beifall aus. Ich applaudiere ebenfalls, obwohl ich die Hälfte seiner Rede gar nicht mitbekommen habe. Er tut so viel Gutes, leitet eine riesige Firma und versucht währenddessen, mich zu erobern. Ich bin völlig überwältigt. Mir kommen die Telefonate über Darfur in den Sinn ... und plötzlich wird mir alles klar. Es ging dabei also um Lebensmittellieferungen.

Er lächelt kurz, während der Applaus weiter aufbrandet – selbst Kate klatscht begeistert –, dann kehrt er zu seinem Platz zurück, wobei er auch jetzt nicht in meine Richtung sieht. Ich bin immer noch damit beschäftigt, zu verarbeiten, was ich gerade über ihn erfahren habe.

Einer der Vize-Rektoren erhebt sich, und die endlose Prozedur der Verleihung unserer Zeugnisse beginnt. Über vierhundert Absolventen bekommen ihre Urkunden verliehen, und es dauert über eine Stunde, bis mein Name endlich aufgerufen wird. Zwischen den beiden kichernden Mädchen betrete ich die Bühne. Christian sieht mich an. Sein Blick ist freundlich, aber reserviert.

»Herzlichen Glückwunsch, Miss Steele«, sagt er, schüttelt mir die Hand und drückt sie kaum merklich. Ich spüre dieses Knistern zwischen uns, als sich unsere Hände berühren. »Haben Sie ein Problem mit Ihrem Laptop?«

Mit gerunzelter Stirn nehme ich mein Zeugnis entgegen. »Nein.«

»Dann ignorieren Sie meine Mails also *doch*?«

»Ich habe nur die Fusionierungsmail gelesen.«

Er sieht mich fragend an. »Später«, raunt er. Ich muss die Bühne verlassen, weil sich hinter mir bereits ein Stau bildet.

Ich kehre zu meinem Platz zurück. E-Mails? Im Plural? Er muss also noch weitere geschickt haben. Mit welchem Inhalt?

Die Verleihungszeremonie zieht sich eine weitere Stunde hin, die mir wie eine Ewigkeit vorkommt. Endlich verlassen der Rektor und die Fakultätsmitglieder, gefolgt von Kate und Christian, die Bühne. Erneut würdigt Christian mich keines Blickes, obwohl ich versuche, ihn mittels Willenskraft dazu zu bewegen. Meine innere Göttin ist alles andere als begeistert.

Als ich darauf warte, dass sich meine Sitzreihe leert, höre ich Kate meinen Namen rufen. Ich drehe mich um und sehe sie hinter der Bühne hervortreten.

»Christian will dich sprechen«, ruft sie.

Meine beiden Sitznachbarinnen wenden sich mir zu und starren mich ungläubig an.

»Ich soll dich holen ...«, fügt sie hinzu.

Mist …

»Deine Rede war wirklich toll, Kate.«

»Ja, stimmt.« Sie strahlt. »Kommst du? Er ist ziemlich beharrlich.« Sie verdreht die Augen.

»Das kannst du laut sagen. Ich kann aber nicht lange bleiben. Ray ist hier.« Ich sehe zu ihm auf die Tribüne und halte meine gespreizten Finger hoch – fünf Minuten. Er nickt, also folge ich Kate in den Gang hinter der Bühne, wo Christian sich gerade mit dem Rektor und zwei Lehrern unterhält.

»Entschuldigen Sie bitte, meine Herren«, höre ich ihn sagen, als er mich näher kommen sieht. Er lächelt Kate flüchtig zu.

»Danke«, sagt er, und bevor sie etwas erwidern kann, nimmt er mich beim Ellbogen und führt mich in einen Raum, bei dem es sich allem Anschein nach um die Herrengarderobe handelt. Er wirft einen kurzen Blick hinein, um zu sehen, ob sie leer ist, dann verriegelt er die Tür hinter uns.

Verdammt, was hat er denn jetzt vor?

»Wieso hast du weder auf meine Mail noch auf meine SMS geantwortet?« Er starrt mich finster an.

Ich bin völlig perplex. »Ich habe meine Mails heute noch nicht gecheckt. Und mein Telefon ist ausgeschaltet.« Oh, hat er etwa versucht, mich anzurufen? Ich probiere es mit meiner Ablenkungstaktik, die bei Kate schon so gut funktioniert hat. »Deine Rede war wirklich beeindruckend.«

»Danke.«

»Das erklärt auch deine Probleme mit übrig gebliebenen Lebensmitteln.«

Genervt fährt er sich mit der Hand durchs Haar. »Ich will mich jetzt nicht darüber unterhalten, Anastasia.« Er schließt für einen Moment gequält die Augen. »Ich habe mir Sorgen um dich gemacht.«

»Sorgen? Wieso denn?«

»Weil du in diesem Witz von einem Auto nach Hause gefahren bist.«

»Was? Wanda ist kein Witz. Sie fährt einwandfrei. José checkt sie regelmäßig für mich.«

»José, der Fotograf?« Christians Augen verengen sich zu Schlitzen. Seine Miene ist eisig.

Mist.

»Ja, der Käfer hat früher mal seiner Mutter gehört.«

»Und davor wahrscheinlich deren Mutter und davor deren Mutter. Dieser Wagen ist eine Schrottkiste und nicht sicher.«

»Ich fahre ihn aber seit über drei Jahren. Es tut mir leid, wenn du dir Sorgen gemacht hast. Wieso hast du nicht auf dem Festnetzanschluss angerufen?« Meine Güte, er reagiert komplett über.

Er holt tief Luft.

»Ich brauche eine Antwort von dir, Anastasia. Diese Warterei treibt mich in den Wahnsinn.«

»Christian, ich ... mein Stiefvater wartet unten auf mich.«

»Morgen. Ich will bis morgen eine Antwort von dir haben.«

»Okay. Morgen. Dann bekommst du deine Antwort.«

Er tritt einen Schritt zurück und mustert mich kühl. Seine Schultern entspannen sich. »Bleibst du noch zum Empfang?«

»Ich weiß nicht, ob Ray Lust hat.«

»Ray ist dein Stiefvater. Ich würde ihn gern kennen lernen.«

O nein ... wieso?

»Ich weiß nicht recht, ob das so eine gute Idee ist.«

Christian schließt die Tür auf. Seine Lippen sind zu einer schmalen Linie zusammengepresst. »Schämst du dich etwa für mich?«

»Nein!« Nun bin ich diejenige, die genervt ist. »Aber als was soll ich dich meinem Dad denn vorstellen? ›Das hier ist der Mann, der mich entjungfert hat und eine BDSM-Beziehung mit mir führen will‹? Du trägst keine Turnschuhe, vergiss das nicht.«

Christian starrt mich finster an, doch dann lächelt er. Und obwohl ich eigentlich sauer auf ihn bin, muss ich ebenfalls grinsen.

»Nur damit du es weißt – ich bin ein ziemlich guter Läufer. Sag ihm doch einfach, ich sei ein guter Freund, Anastasia.«

Er öffnet die Tür, und wir treten hinaus. Der Rektor, drei Vize-Rektoren, vier Professoren und Kate starren mich an, als ich eilig an ihnen vorbeigehe. O *Mann*. Ich lasse Christian bei ihnen zurück und mache mich auf die Suche nach Ray.

Sag ihm doch, ich sei ein guter Freund.

Ein Freund mit der einen oder anderen Zusatzfunktion, mault mein Unterbewusstsein. Ich weiß, ich weiß. Ich verdränge den unangenehmen Gedanken. Wie soll ich ihn Ray vorstellen? Inzwischen hat sich der Saal zur Hälfte geleert, und Ray steht immer noch neben seinem Platz auf der Tribüne. Als er mich sieht, winkt er und kommt herunter.

»Hey, Annie. Herzlichen Glückwunsch.« Er legt den Arm um mich.

»Hast du Lust, im Zelt noch etwas zu trinken?«

»Klar. Es ist dein großer Tag. Lass uns gehen.«

»Wir müssen das nicht unbedingt tun, wenn du nicht willst.« *Bitte sag Nein…*

»Annie, ich habe zweieinhalb Stunden hier herumgesessen und mir endlose Reden angehört. Ein Drink ist jetzt genau das Richtige.«

Ich hake mich bei ihm unter. Wir schließen uns dem Strom der Gäste an und treten in die warme Nachmittagsluft hinaus. Als Erstes kommen wir an einem Stand vorbei, wo ein Fotograf offizielle Abschlussfotos schießt und vor dem sich eine lange Schlange gebildet hat.

»Oh, apropos«, sagt Ray und zieht eine Digitalkamera aus seiner Tasche. »Eins fürs Familienalbum, Annie.« Ich verdrehe die Augen, bleibe jedoch stehen, damit er das Foto machen kann.

»Darf ich jetzt endlich diesen Talar und den Hut ausziehen? Ich komme mir total blöd vor.«

Du siehst auch reichlich blöd aus … Mein Unterbewusstsein ist

wieder mal in Topform. *Also, willst du jetzt Ray den Typen vorstellen, mit dem du vögelst?* Es blickt mich über den Rand seiner
Lesebrille hinweg an. *Er wäre wahnsinnig stolz auf dich.* Gott,
manchmal hasse ich es wie die Pest.

Das Zelt ist riesig, und es wimmelt nur so von Leuten – Studenten, Eltern, Lehrer und Freunde, allesamt in angeregtes Ge-
plauder verstrickt. Ray reicht mir ein Glas Sekt – irgendein
billiger Fusel –, der nicht gekühlt ist und pappsüß schmeckt.
Unwillkürlich muss ich an Christian denken – das wird ihm gar
nicht gefallen.

»Ana!« Ich drehe mich um. Ethan Kavanagh reißt mich in
eine Umarmung und wirbelt mich im Kreis herum. Zum Glück
gelingt es mir, keinen Tropfen von meinem Sekt zu verschütten – immerhin etwas.

»Glückwunsch!« Seine grünen Augen funkeln, als er mich
anstrahlt.

»Wow – Ethan. Wie schön, dich zu sehen. Dad, das ist Ethan,
Kates Bruder. Ethan, das ist mein Vater, Ray Steele.« Die beiden schütteln einander die Hand, während Ray Ethan einer ein-
gehenden Musterung unterzieht.

»Seit wann bist du denn aus Europa zurück?«, frage ich.

»Schon seit einer Woche, aber ich wollte meine kleine
Schwester überraschen«, antwortet er mit Verschwörermiene.

»Wie süß von dir.« Ich grinse.

»Immerhin ist sie Jahrgangsbeste. Das konnte ich mir nicht
entgehen lassen.« Er platzt beinahe vor Stolz.

»Und ihre Rede war toll.«

»Allerdings«, bestätigt Ray.

Ethans Arm liegt immer noch um meine Taille, als ich den
Kopf hebe und geradewegs in Christian Greys eisig graue Augen blicke. Kate steht neben ihm.

»Hallo, Ray.« Kate küsst Ray auf beide Wangen, woraufhin er
prompt dunkelrot anläuft. »Haben Sie schon Anas Freund kennen gelernt? Christian Grey.«

Ach du liebe Scheiße ... Verdammt, Kate! Ich spüre, wie sämtliche Farbe aus meinem Gesicht weicht.

»Mr. Steele, es ist mir eine Freude, Sie kennen zu lernen«, sagt Christian scheinbar völlig unbeeindruckt und streckt Ray freundlich die Hand hin. Ray schüttelt sie, ohne sich auch nur ansatzweise anmerken zu lassen, wie sehr sie ihn mit dieser Neuigkeit überrumpelt hat.

Herzlichen Dank auch, Katherine Kavanagh. Ich schäume vor Wut. Mein Unterbewusstsein liegt inzwischen vermutlich ohnmächtig in der Ecke.

»Mr. Grey«, murmelt Ray. Seine Miene verrät nichts, nur die Tatsache, dass sich seine braunen Augen für den Bruchteil einer Sekunde weiten, lässt ahnen, was in ihm vorgeht. *Und wann wolltest du es mir sagen?*, scheinen sie zu fragen. Ich beiße mir auf die Unterlippe.

»Und das ist mein Bruder, Ethan Kavanagh«, stellt Kate ihn vor.

Christian wirft Ethan, dessen Arm immer noch um meine Taille liegt, einen Blick von arktischer Kälte zu.

»Mr. Kavanagh.«

Die beiden Männer geben einander die Hand, dann tritt Christian an meine Seite.

»Ana, Baby«, murmelt er, und ich spüre, wie meine Knie beim Klang des Kosenamens weich werden.

Ich entziehe mich Ethans Umarmung, während Christian ihm ein weiteres frostiges Lächeln zuwirft, und ergreife seine ausgestreckte Hand. Kate grinst nur. Sie weiß genau, was sie angestellt hat, dieses hinterhältige Miststück!

»Ethan, Mom und Dad wollten dich sprechen«, sagt sie und zieht Ethan mit sich.

»Und wie lange kennt ihr beide euch schon?«, fragt Ray und sieht uns mit ausdrucksloser Miene abwechselnd an.

Ich bringe keinen Ton heraus; stattdessen wünsche ich mir, der Erdboden würde sich unter mir auftun und mich verschlingen. Christian legt den Arm um mich; sein Daumen streicht über meinen Nacken, ehe er meine Schulter umfasst und mich enger an sich zieht.

»Seit knapp zwei Wochen«, antwortet er lässig. »Wir haben uns kennen gelernt, als Anastasia mich für die Studentenzeitung interviewt hat.«

»Ich wusste ja gar nicht, dass du für die Studentenzeitung schreibst, Ana.« Ein leiser Tadel schwingt in Rays Stimme mit, was mir verrät, wie sehr er sich ärgert. *Scheiße.*

»Kate war krank«, murmle ich. Mehr bringe ich nicht heraus.

»Das war eine sehr bewegende Rede, Mr. Grey.«

»Danke, Sir. Wie ich höre, sind Sie leidenschaftlicher Fliegenfischer.«

Ray hebt die Brauen und lächelt – sein aufrichtiges Ray-Lächeln, wie man es nur sehr selten zu sehen bekommt. Und schon sind die beiden in eine Fachsimpelei übers Fliegenfischen verstrickt, und zwar so angeregt, dass ich mir völlig überflüssig vorkomme. Christian wickelt meinen Stiefvater mühelos um den kleinen Finger – *genauso, wie er es mit dir gemacht hat*, blafft mich mein Unterbewusstsein an. Dieser Mann kriegt jeden herum. Ich entschuldige mich und mache mich auf die Suche nach Kate.

Sie steht bei ihren Eltern, die mich mit gewohnter Warmherzigkeit begrüßen. Wir plaudern eine Weile, vorwiegend über ihren Urlaub auf Barbados und unseren bevorstehenden Umzug.

»Wie konntest du mich vor Ray so bloßstellen, Kate?«, zische ich sie an, sobald wir einen Moment lang ungestört sind.

»Weil ich wusste, dass du es nie im Leben tun würdest, und dir helfen wollte. Schließlich wissen wir beide, dass Christian seine Probleme mit festen Bindungen hat.« Kate lächelt süß.

Ich mache ein finsteres Gesicht. *Ich bin diejenige, die sich nicht darauf einlassen will, Dummchen!*

»Er scheint es ganz cool zu finden, Ana. Mach dich deswegen nicht verrückt. Ich meine, sieh ihn dir bloß mal an – er kann den Blick nicht von dir wenden.« Ich drehe mich um und stelle fest, dass Christian und Ray zu mir herübersehen. »Er beobachtet dich mit Argusaugen.«

»Ich sollte lieber gehen und Ray retten – oder Christian, keine Ahnung. Das Letzte hast du nicht gehört, Katherine Kavanagh!« Ich werfe ihr einen finsteren Blick zu.

»Ich habe dir damit einen Gefallen getan, Ana!«, ruft sie mir hinterher.

»Hi.« Ich lächle den beiden Männern zu.

Es sieht so aus, als gehe es ihnen soweit gut. Christian scheint sich insgeheim über irgendetwas zu amüsieren, und dafür, dass Ray auf einem gesellschaftlichen Event herumstehen muss, wirkt er geradezu Besorgnis erregend entspannt. *Worüber außer Fliegenfischen haben sich die beiden wohl noch unterhalten?*

»Wo sind hier die Toiletten, Ana?«

»Aus dem Zelt hinaus und dann links.«

»Bis gleich. Amüsiert euch gut.«

Ray verschwindet, während ich Christian nervös ansehe. In diesem Augenblick erscheint der Fotograf und macht eine Aufnahme von uns.

»Danke, Mr. Grey.« Der Fotograf verzieht sich. Ich blinzle, halb blind vom Kamerablitz.

»Ich wünschte, ich wüsste, was du gerade gedacht hast, Ana«, flüstert er mir ins Ohr und hebt mein Kinn an, so dass ich gezwungen bin, ihm in die Augen zu sehen.

Mir stockt der Atem. Wie ist es möglich, dass er eine derartige Wirkung auf mich hat, selbst hier, inmitten all der Menschen.

»Im Augenblick denke ich – hübsche Krawatte«, raune ich.

Er lacht leise. »Das ist neuerdings meine Lieblingskrawatte.« Ich laufe tiefrot an.

»Du siehst hinreißend aus, Anastasia. Dieses Kleid steht dir ganz ausgezeichnet, und es gibt mir Gelegenheit, deine wunderschöne nackte Haut zu berühren.«

Mit einem Mal ist es, als wären wir allein im Raum, nur er

und ich; als wäre jede Faser meines Körpers zum Leben erwacht. Meine Nervenenden vibrieren. Wieder spüre ich diese magische Anziehungskraft, die von ihm ausgeht, und dieses Knistern zwischen uns.

»Du weißt genau, dass es gut werden wird, Baby«, flüstert er.

Ich schließe die Augen und spüre, wie sich mein Inneres entspannt und ich dahinschmelze.

»Aber ich will mehr«, flüstere ich.

»Mehr?« Er sieht mich verwirrt an, und seine Augen verdunkeln sich.

Ich nicke. Jetzt ist es heraus.

»Mehr«, sagt er noch einmal leise, als müsse er ausprobieren, wie sich das Wort auf seiner Zunge anfühlt – ein kleines, einfaches Wort und doch so voller Versprechen. Sein Daumen streicht über meine Unterlippe. »Du willst also Herzchen und Blümchen.«

Wieder nicke ich. Ich sehe ihn an, seine Augen verraten den Kampf, der in seinem Innern tobt.

»Anastasia«, sagt er mit weicher Stimme. »Davon verstehe ich nichts.«

»Ich auch nicht.«

Er lächelt flüchtig. »Es gibt so vieles, wovon du nichts verstehst.«

»Und du verstehst nur etwas von den falschen Dingen.«

»Falsch? Für mich sind sie nicht falsch.« Er schüttelt ernst den Kopf. »Versuch es wenigstens«, flüstert er. Da ist sie, die Herausforderung, die mich lockt. Er legt den Kopf schief und verzieht das Gesicht zu diesem unglaublich attraktiven Grinsen.

Plötzlich bekomme ich keine Luft mehr. Ich bin Eva im Garten Eden, und er ist die Schlange, der ich nicht widerstehen kann.

»Okay«, flüstere ich.

»Was?« Dieses eine Wort hat offenbar genügt, um mir seine ungeteilte Aufmerksamkeit zu sichern.

Ich schlucke. »Okay. Ich versuche es.«

»Du bist also einverstanden?«, fragt er ungläubig.

»Ja, ich versuche es. Nur über die Soft Limits müssen wir noch reden.« Meine Stimme ist kaum hörbar.

Christian schließt die Augen und zieht mich an sich. »Großer Gott, Ana, du bist so unberechenbar. Ich weiß nicht, was ich sagen soll.«

Er lässt mich los. In diesem Augenblick kommt Ray zurück, und das Stimmengewirr um uns herum scheint wieder einzusetzen. Wir sind nicht länger allein. *Scheiße, ich habe mich gerade bereiterklärt, seine Sklavin zu werden.* Christian lächelt Ray an. Seine Augen leuchten vor Freude.

»Annie, wollen wir Essen gehen?«

»Okay.« Ich sehe Ray an, verzweifelt bemüht, mein Gleichgewicht wiederzufinden. *Was hast du getan?*, schreit mein Unterbewusstsein, während meine innere Göttin eine Reihe von Flickflacks aufs Parkett legt, die jede russische Olympionikin neidisch gemacht hätte.

»Möchten Sie vielleicht mitkommen, Christian?«, fragt Ray.

Christian! Ich sehe ihn an, in der Hoffnung, dass er ablehnt. Ich muss nachdenken … was zum Teufel habe ich bloß angerichtet?

»Danke, Mr. Steele, aber ich habe bereits etwas vor. Es hat mich trotzdem sehr gefreut, Sie kennen zu lernen, Sir.«

»Gleichfalls«, gibt Ray zurück. »Und passen Sie gut auf meine Kleine auf.«

»Oh, das kann ich Ihnen versichern.«

Die beiden schütteln einander die Hand. Mir ist regelrecht übel. Ray hat keine Ahnung, wie gut Christian auf mich aufpassen wird. Christian nimmt meine Hand, hebt sie an die Lippen und küsst zärtlich meine Fingerknöchel, ohne den Blick von mir zu lösen.

»Bis später, Miss Steele«, raunt er mit bedeutungsschwangerem Tonfall.

Augenblicklich spüre ich wieder dieses Ziehen. *Moment mal … später?*

Ray nimmt mich beim Arm und führt mich zum Ausgang.

»Scheint ja ein sehr solider junger Mann zu sein. Und reich noch dazu. Du hättest es weitaus schlechter erwischen können, Annie. Wieso ich es allerdings von Katherine erfahren musste …«

Ich zucke entschuldigend mit den Achseln.

»Aber mir ist jeder Mann willkommen, der etwas fürs Fliegenfischen übrighat.«

Verdammt – Ray gibt ihm auch noch seinen Segen. Wenn er wüsste …

Am frühen Abend setzt Ray mich zuhause ab.

»Und ruf deine Mutter an«, sagt er.

»Danke, dass du gekommen bist, Dad.«

»Das hätte ich mir auf keinen Fall nehmen lassen, Annie. Ich bin so stolz auf dich.«

O nein. Jetzt bitte nicht sentimental werden. Ein dicker Kloß bildet sich in meiner Kehle. Ich drücke Ray fest an mich. Erstaunt legt er die Arme um mich. Ich spüre, wie mir die Tränen in die Augen steigen.

»Hey, Annie, Schatz«, sagt er beschwichtigend. »Es war ein ziemlich großer Tag, was? Soll ich noch mit reinkommen und dir einen Tee machen?«

Ich muss lachen. Für Ray ist Tee das Allheilmittel in sämtlichen Lebenslagen. Ich weiß noch, wie meine Mutter sich immer über ihn beschwert hat – vielleicht wäre es zwischen den beiden besser gelaufen, wenn Ray einen Tee weniger gekocht und sie stattdessen einmal mehr in den Arm genommen hätte …

»Nein, nein, Dad, ist schon gut. Ich habe mich wahnsinnig gefreut, dich wiederzusehen. Nach dem Umzug komme ich dich ganz bald besuchen.«

»Viel Glück bei deinen Vorstellungsgesprächen. Lass von dir hören, wie es gelaufen ist.«

»Klar, Dad.«

»Ich hab dich lieb, Annie.«

»Ich dich auch, Dad.«

Seine braunen Augen sind voller Wärme, als er mich anlächelt und in seinen Wagen steigt. Ich winke ihm nach, als er in der Abenddämmerung davonfährt, und betrete widerstrebend das Apartment.

Als Erstes checke ich mein Handy. Der Akku ist leer, deshalb muss ich zuerst das Ladegerät suchen und es ans Stromnetz hängen, bevor ich die Nachrichten abrufen kann. Vier Anrufe in Abwesenheit, eine Nachricht auf der Voicemail und zwei SMS. Drei Anrufe in Abwesenheit stammen von Christian, aber keine Nachricht. Ein Anruf von José und eine Nachricht, in der er mir alles Gute für die Verleihung wünscht.

Ich öffne die SMS.

Bist du sicher nach Hause gekommen?
Ruf mich an.

Sie stammen beide von Christian. Wieso hat er nicht auf dem Festnetz angerufen? Ich gehe in mein Zimmer und fahre den Computer hoch.

Von: Christian Grey
Betreff: Heute Nacht
Datum: 25. Mai 2011, 23:58 Uhr
An: Anastasia Steele

Ich hoffe, du bist mit dieser Klapperkiste gut nach Hause gekommen. Lass mich wissen, ob es dir gut geht.

CHRISTIAN GREY
CEO, Grey Enterprises Holdings, Inc.

Du meine Güte ... wieso macht er so ein Theater wegen Wanda? Seit drei Jahren hält sie mir die Treue, und José hat dafür gesorgt, dass sie gut in Schuss ist. Christians zweite Mail stammt von heute Abend.

Von: Christian Grey
Betreff: Soft Limits
Datum: 26. Mai 2011, 17:22 Uhr
An: Anastasia Steele

Was könnte ich noch sagen, was nicht längst ausgesprochen ist?
Ich freue mich darauf, die Soft Limits mit dir zu besprechen.
Du hast heute wunderschön ausgesehen.
CHRISTIAN GREY
CEO, Grey Enterprises Holdings, Inc.

Von: Anastasia Steele
Betreff: Soft Limits
Datum: 26. Mai 2011, 19:23 Uhr
An: Christian Grey

Ich komme gern heute Abend noch vorbei, um über alles zu reden, wenn du willst.
  Ana

Von: Christian Grey
Betreff: Soft Limits
Datum: 26. Mai 2011, 19:27 Uhr
An: Anastasia Steele

Ich komme lieber zu dir. Was ich über deinen Wagen gesagt habe, war durchaus ernst gemeint – mir ist nicht wohl dabei, wenn du damit durch die Gegend fährst.

Ich bin gleich da.

CHRISTIAN GREY
CEO, Grey Enterprises Holdings, Inc.

Verdammt … Er kommt hierher. Da ist noch etwas, das ich ihm geben muss – die Thomas-Hardy-Erstausgaben liegen immer noch im Wohnzimmerregal. Ich kann sie nicht behalten. Ich verpacke sie in braunem Papier und schreibe ein Zitat aus *Tess* darauf:

Ich willige in diese Bedingung ein, Angel; denn du weißt am besten, welche Strafe ich verdiene; nur — nur — mach es nicht härter, als ich's ertragen kann!

FÜNFZEHN

Hi.« Ich bin wahnsinnig verlegen, als ich die Tür öffne. Christian steht in Jeans und Lederjacke auf der Veranda.

»Hi«, sagt er, während sich das typische Lächeln auf seinem Gesicht ausbreitet. Bewundernd sehe ich ihn an. O Mann, er sieht in Leder unglaublich heiß aus.

»Komm rein.«

»Gern.« Leicht amüsiert schwenkt er eine Flasche Champagner. »Ich dachte, wir feiern deinen Abschluss. Und ein Bollinger ist einfach nicht zu schlagen.«

»Schlagen? Interessante Wortwahl«, bemerke ich trocken.

Er grinst. »Deine Schlagfertigkeit beeindruckt mich immer wieder, Anastasia.«

»Es gibt allerdings nur noch Teetassen. Die Gläser sind alle schon verpackt.«

»Teetassen? Klingt doch gut.«

Ich gehe in die Küche. Ich bin nervös, spüre die Schmetterlinge in meinem Bauch flattern. Es ist, als hätte ich einen Panther oder einen Berglöwen im Wohnzimmer, ein Raubtier, von dem ich nicht sagen kann, wie es sich als Nächstes verhalten wird.

»Willst du auch eine Untertasse dazu?«

»Nein, die Tasse genügt völlig«, ruft Christian abwesend.

Als ich ins Wohnzimmer zurückkehre, steht er vor den eingewickelten Büchern. Ich stelle die Tassen auf den Tisch.

»Die sind für dich«, sage ich beklommen.

Verdammt ... das gibt bestimmt Streit.

»Hm, das dachte ich mir schon. Ein überaus treffendes Zitat.« Geistesabwesend streicht er mit seinem langen Zeigefinger über die Buchstaben. »Ich dachte, ich sei d'Urberville, nicht Angel. Du hast dich also für die Erniedrigung entschieden.« Flüchtig verzieht er die Lippen zu einem wölfischen Lächeln. »Ich wusste, dass du einen Satz finden würdest, der perfekt passt.«

»Es ist gleichzeitig auch eine Bitte«, flüstere ich. *Wieso bin ich nur so nervös?* Mein Mund ist staubtrocken.

»Eine Bitte? Dich nicht allzu hart ranzunehmen?«

Ich nicke.

»Ich habe dir diese Bücher geschenkt«, sagt er mit ausdrucksloser Miene. »Wenn du sie annimmst, werde ich ein bisschen nachsichtiger mit dir sein.«

Ich schlucke.

»Ich kann die Bücher nicht behalten, Christian. Sie sind viel zu kostbar.«

»Siehst du, genau das meine ich. Du widersprichst mir. Ich will, dass du sie behältst, und damit ist das Thema erledigt. Ganz einfach. Darüber gibt es nichts nachzudenken. Als meine Sub ist es deine Aufgabe, dankbar zu sein. Du nimmst meine Geschenke an, weil du gern gehorchst und mir damit eine Freude machst.«

»Als du sie mir geschenkt hast, war ich aber noch nicht deine Sub«, flüstere ich.

»Nein … aber jetzt hast du Ja gesagt, Anastasia.« Er sieht mich wachsam an.

Ich seufze. Diese Schlacht kann ich nicht gewinnen, also gehe ich zu Plan B über.

»Das heißt, sie gehören mir und ich kann damit machen, was ich will?«

Er mustert mich argwöhnisch, bejaht aber trotzdem.

»In diesem Fall würde ich sie gern einer gemeinnützigen Organisation zur Verfügung stellen. Einer, die auch in Darfur tätig ist, weil das einen gewissen Bezug zu dir hat. Die können sie ja versteigern.«

»Wenn du das willst.« Er presst die Lippen zusammen.

Ich sehe ihm die Enttäuschung an. »Ich werde noch einmal darüber nachdenken«, murmle ich. Ich will ihn nicht enttäuschen. Seine Worte kommen mir wieder in den Sinn. *Ich will, dass du mir gern Vergnügen bereitest.*

»Nicht nachdenken, Anastasia. Nicht darüber.« Seine Stimme ist leise und ernst.

Aber wie soll ich das anstellen? Soll ich mein Gehirn ausschalten? *Du kannst ja so tun, als wärst du ein Auto oder eines seiner zahllosen anderen Besitztümer*, ätzt mein Unterbewusstsein. Ich schenke ihm keine Beachtung. Können wir nicht einfach ein paar Minuten zurückspulen? Inzwischen ist die Spannung zwischen uns förmlich mit Händen greifbar. Ich habe keine Ahnung, wie ich mich verhalten soll. Wie um alles in der Welt soll ich das Ruder herumreißen?

Er stellt die Champagnerflasche auf den Tisch, hebt mein Kinn an und sieht mich mit ernster Miene an.

»Ich werde dir noch sehr viele Geschenke machen, Anastasia. Gewöhn dich lieber gleich daran. Ich kann es mir leisten. Ich bin ein sehr wohlhabender Mann.« Er beugt sich vor und küsst mich rasch auf den Mund. »Bitte.« Er lässt mich los.

Holla, sagt mein Unterbewusstsein.

»Ich komme mir dabei nur so billig vor«, erwidere ich.

Genervt fährt Christian sich mit den Fingern durchs Haar. »Das ist völlig unnötig. Du solltest das Ganze nicht überbewerten, Anastasia. Setz dich nicht wegen irgendwelcher vager Moralvorstellungen unter Druck, nur weil du Angst davor hast, was andere Leute von dir denken könnten. Das ist reine Energieverschwendung. Es liegt nur daran, dass du Vorbehalte gegenüber unserem Arrangement hast, was völlig normal ist. Du weißt schließlich nicht, worauf du dich da einlässt.«

Ich kaue auf meiner Unterlippe herum.

»Hey, lass das«, befiehlt er sanft, legt die Finger um mein Kinn und zieht leicht daran, bis ich loslasse. »Nichts an dir ist billig, Anastasia. Ich will nicht, dass du so von dir selbst denkst.

Ich habe dir nur ein paar alte Bücher gekauft, von denen ich dachte, sie könnten dir Freude bereiten, mehr nicht. Und jetzt trink einen Schluck Champagner.« Sein Blick wird weich und warm. Zögernd lächle ich ihn an. »Schon besser.« Er greift nach der Flasche und reißt die Folie und das Drahtgestell ab. Dann dreht er die Flasche hin und her, bis der Korken mit einem leisen Plopp herausspringt, schwenkt sie mit einer routinierten Handbewegung, um keinen Tropfen zu verschütten, und gießt seine Tasse zur Hälfte voll.

»Der ist ja rosa«, bemerke ich überrascht.

»Das ist ein Bollinger Grande Année Rosé, Jahrgang 1999. Ein erstklassiger Tropfen«, erklärt er genüsslich.

»Aus Teetassen.«

Er grinst. »Aus Teetassen. Herzlichen Glückwunsch zum Abschluss, Anastasia.«

Wir stoßen an, und er nimmt einen Schluck aus seiner Tasse. Trotzdem werde ich den Gedanken nicht los, dass wir in Wahrheit auf meine Kapitulation trinken.

»Danke«, murmle ich und nippe an meinem Champagner. Wie erwartet, schmeckt er absolut köstlich. »Sollen wir die Soft Limits besprechen?«

Er lächelt, während ich erröte.

»Wie immer mit Feuereifer bei der Sache.« Christian nimmt mich an der Hand und führt mich zur Couch, wo er sich hinsetzt und mich neben sich zieht. »Dein Stiefvater ist ein sehr einsilbiger Mann.«

Aha … also keine Soft Limits. Aber ich will es endlich hinter mir haben. Die Anspannung macht mich ganz nervös.

»Aber du hast es geschafft, dass er dir aus der Hand frisst.«

Christian lacht leise. »Nur weil ich etwas vom Angeln verstehe.«

»Woher wusstest du, dass er gern Fliegenfischen geht?«

»Das hast du mir selbst erzählt. Beim Kaffeetrinken.«

»Oh, tatsächlich?« Ich nippe wieder an meiner Tasse. Wahn-

sinn, dieser Mann hat ein ausgezeichnetes Gedächtnis. Hm …
der Champagner schmeckt wirklich lecker. »Hast du den Sekt
auf dem Empfang probiert?«

Christian verzieht das Gesicht. »Ja. Die reinste Katastrophe.«

»Ich habe sofort an dich gedacht, als ich ihn probiert habe.
Wie kommt es, dass du so ein Weinkenner bist?«

»Ich bin kein Weinkenner, Anastasia. Ich weiß nur, was ich
mag.« In seinen Augen liegt ein silbriger Glanz, bei dessen Anblick ich rot werde. »Mehr?«, fragt er.

»Bitte.«

Anmutig erhebt er sich, um mir nachzuschenken. Will er
mich betrunken machen? Ich beobachte ihn argwöhnisch.

»Hier ist es ja schon ziemlich kahl. Bist du bereit für den Umzug?«

»Mehr oder weniger.«

»Musst du morgen arbeiten?«

»Ja, es ist mein letzter Tag bei Clayton's.«

»Ich würde dir ja gern beim Umzug helfen, aber ich habe versprochen, meine Schwester vom Flughafen abzuholen.«

Oh, davon wusste ich ja gar nichts.

»Mia kommt am frühen Samstagmorgen aus Paris an. Ich
fahre morgen nach Seattle zurück, aber wie ich höre, hilft Elliot euch ja.«

»Ja, Kate ist schon ganz aus dem Häuschen.«

Christian runzelt die Stirn. »Tja, Kate und Elliot. Wer hätte
das gedacht?«, murmelt er. Aus irgendeinem Grund scheint er
nicht besonders begeistert darüber zu sein. »Und wie sieht es mit
deiner Jobsuche in Seattle aus?«

*Wann reden wir endlich über die Soft Limits? Was bezweckt er
mit diesem Spielchen?*

»Ich habe ein paar Vorstellungsgespräche für ein Praktikum.«

»Und wann wolltest du mir davon erzählen?« Er hebt eine
Braue.

»Äh … das tue ich doch gerade.«

Seine Augen verengen sich zu Schlitzen. »Und wo?«

Aus irgendeinem Grund will ich es ihm nicht verraten. Vielleicht, weil ich nicht möchte, dass er seine Beziehungen spielen lässt.

»Bei einigen Verlagen.«

»Du willst also in die Verlagsbranche?«

Ich nicke flüchtig.

»Und?« Er sieht mich an und wartet geduldig.

»Und was?«

»Hör auf, dich dumm zu stellen, Anastasia. Bei welchen Verlagen wirst du dich vorstellen?«

»Bei ein paar kleinen«, antworte ich leise.

»Und wieso soll ich nicht erfahren, bei welchen?«

»Unzulässige Einflussnahme.«

Er runzelt die Stirn.

»Jetzt bist du derjenige, der sich dumm stellt.«

Er lacht. »Ich? Meine Güte, du machst es einem wirklich nicht leicht. Trink aus, damit wir uns endlich über diese Soft Limits unterhalten können.« Er zieht eine weitere Kopie meiner Mail und der Liste aus der Tasche. Läuft er etwa die ganze Zeit mit diesen Listen durch die Gegend? Ich glaube, in seiner Jacke, die bei mir hängt, steckt auch noch eine. Verdammt, ich darf nicht vergessen, sie herauszunehmen. Ich trinke aus.

Er sieht mich flüchtig an. »Noch mehr?«

»Bitte.«

Mit diesem typisch selbstgefälligen Grinsen greift er nach der Flasche, doch dann hält er inne.

»Hast du überhaupt etwas gegessen?«

O nein … nicht diese Leier.

»Ja, ein dreigängiges Menü mit Ray.« Ich verdrehe die Augen. Der Champagner verleiht mir offenbar Mut.

Er beugt sich vor, packt mein Kinn und sieht mich eindringlich an. »Wenn du das nächste Mal die Augen verdrehst, werde ich dich übers Knie legen.«

Wie bitte?

»Oh«, stoße ich atemlos hervor und sehe die Erregung in seinen Augen aufblitzen.

»Oh«, ahmt er im selben Tonfall nach. »Ganz genau. Das ist der Anfang, Anastasia.«

Mein Herz hämmert, und die Schmetterlinge flüchten flatternd aus meinem Magen meine Kehle hinauf, die plötzlich wie zugeschnürt ist. *Wieso ist diese Vorstellung bloß so aufregend?*

Er schenkt mir nach. Ich trinke fast alles in einem Zug aus und sehe ihn schüchtern an.

»Jetzt hörst du mir also zu, ja?«

Ich nicke.

»Antworte mir.«

»Ja ... ich höre dir zu.«

»Gut.« Er lächelt wissend. »Okay, zum Thema Sex. Den Großteil haben wir ja bereits durch.«

Ich rücke näher und sehe auf die Liste.

ANHANG 3
SOFT LIMITS

Folgende Soft Limits sind von den Parteien zu besprechen:

Erklärt sich die Sub einverstanden mit:
– Masturbation
– Vaginalverkehr
– Cunnilingus
– Vaginalfisting
– Fellatio
– Analverkehr
– Spermaschlucken
– Analfisting?

»Kein Fisting also, sagst du. Sonst noch etwas, was du nicht willst?«, fragt er sanft.

Ich schlucke. »Auf Analverkehr kann ich auch ziemlich gut verzichten.«

»Was das Fisting angeht, stimme ich dir voll und ganz zu, aber deinen Arsch hätte ich schon ganz gern, Anastasia. Aber das hat noch Zeit. Außerdem können wir diesen Punkt im Moment ohnehin noch nicht vertiefen.« Er feixt. »Dein Arsch braucht erst noch ein bisschen Training.«

»Training?«, flüstere ich.

»O ja. So was erfordert eine sorgfältige Vorbereitung. Analverkehr kann etwas sehr Angenehmes sein, glaub mir. Aber wenn wir es versuchen und es dir nicht gefällt, brauchen wir es nicht zu wiederholen.« Er grinst.

Ich sehe ihn verblüfft an. Er glaubt also, dass es mir Spaß machen wird? Und woher weiß er das?

»Hast du das schon mal gemacht?«, frage ich verlegen.

»Ja.«

Verdammt. Ich schnappe nach Luft.

»Mit einem Mann?«

»Nein. Ich hatte noch nie Sex mit einem Mann. Das ist nicht mein Ding.«

»Mrs. Robinson?«

»Genau.«

Scheiße ... aber wie? Ich runzle die Stirn, während er sich den nächsten Punkten auf der Liste zuwendet.

»Okay ... Sperma schlucken. Darin kriegst du eine glatte Eins.«

Ich werde rot, während meine innere Göttin vor Stolz strahlt und ein genüssliches Schmatzen von sich gibt.

»Also.« Er lächelt mich an. »Sperma schlucken ist also okay für dich?«

Ich kann mich nicht überwinden, ihn anzusehen, deshalb nicke ich nur und trinke meinen Champagner aus.

»Mehr?«, fragt er.

»Mehr.« Plötzlich muss ich an unser Gespräch von heute Nachmittag denken. Redet er davon oder nur vom Champagner? Geht es hier in Wahrheit um etwas ganz anderes?

»Sexspielzeug?«, fragt er.

Ich zucke mit den Schultern und sehe auf die Liste.

Stimmt die Sub der Verwendung zu von:
– Vibratoren
– Dildos
– Analstöpseln
– anderen vaginalen/analen Toys?

»Analstöpsel? Bewirkt es das, was auf der Verpackung steht?« Angewidert rümpfe ich die Nase.

»Ja.« Er lächelt. »Aber wie gesagt, alles eine Frage des Trainings.«

»Oh, und was haben wir sonst noch?«

»Ketten, Eier und so weiter.«

»Eier?«, wiederhole ich erschrocken.

»Keine richtigen Eier.« Er lacht und schüttelt den Kopf.

Ich schürze die Lippen. »Wie schön, dass du mich so witzig findest.« Ich versuche, nicht gekränkt zu klingen, doch es gelingt mir nicht.

Er wird wieder ernst. »Bitte entschuldigen Sie, Miss Steele. Es tut mir leid«, sagt er und bemüht sich um eine zerknirschte Miene, doch seine Augen funkeln immer noch verschmitzt. »Irgendein Problem mit den Spielzeugen?«

»Nein«, fahre ich ihn an.

»Anastasia, es tut mir wirklich leid. Das musst du mir glauben. Ich wollte dich nicht auslachen. Ich habe nur diese Unterhaltung noch nie so im Detail geführt. Du bist eben noch unerfahren. Es tut mir leid.« Seine Augen sind groß und grau und aufrichtig.

Halbwegs versöhnt nippe ich an meinem Champagner.

»Also gut, kommen wir zum Punkt Bondage.« Er wendet sich

wieder der Liste zu. Ich lese die Punkte durch, während meine innere Göttin aufgeregt auf und ab springt wie ein kleines Kind in der Eisdiele.

Erklärt sich die Sub bereit zu:
– Bondage mit Seil
– Bondage mit Klebeband
– Bondage mit Ledermanschetten
– Bondage mit anderem
– Bondage mit Handschellen/Hand- und Fußfesseln?

Christian hebt die Brauen. »Und?«
»In Ordnung«, flüstere ich und beuge mich eilig wieder über die Liste.

Stimmt die Sub folgenden Fesselungsarten zu:
– Hände vor dem Körper gefesselt
– Handgelenke am Knöchel gefesselt
– Knöchel gefesselt
– Fesselung an feste Gegenstände, zum Beispiel Möbel
– Ellbogen gefesselt
– Hände hinter dem Rücken gefesselt
– Fesselung an Spreizstange
– Knie gefesselt
– Suspension?

Lässt die Sub sich die Augen verbinden?
Lässt die Sub sich knebeln?

»Über Suspension haben wir uns ja bereits unterhalten. Ich habe nichts dagegen, falls du das als Hard Limit haben willst. Es nimmt sehr viel Zeit in Anspruch, und ich kann ja sowieso nur über eine jeweils relativ kurze Zeitspanne über dich verfügen. Sonst noch etwas?«

»Lach mich bitte nicht schon wieder aus, aber was ist eine Spreizstange?«

»Ich werde dich nicht auslachen. Außerdem habe ich mich zweimal bei dir entschuldigt.« Er sieht mich finster an. »Zwing mich nicht, es noch einmal zu tun«, warnt er. Ich spüre förmlich, wie ich neben ihm schrumpfe. Dieser ständige Befehlston …

»Eine Spreizstange ist ein Instrument mit Manschetten für die Fuß- und beziehungsweise oder Handgelenke. Ein sehr schönes Hilfsmittel.«

»Okay … der Punkt Knebeln. Ich glaube, ich hätte Angst, dass ich keine Luft mehr bekomme.«

»Ich wäre derjenige, der Angst hätte, wenn du keine Luft mehr bekämst. Ich will dich schließlich nicht ersticken.«

»Und wie soll ich in diesem Fall das Safeword sagen?«

»Erstens hoffe ich, dass du es niemals zu sagen brauchst. Aber wenn du geknebelt sein solltest, werden wir mit Handzeichen arbeiten«, sagt er schlicht.

Ich sehe ihn ungläubig an. Aber wie soll das funktionieren, wenn ich gleichzeitig auch noch gefesselt bin? Mein Verstand ist bereits leicht benebelt … *Das muss am Alkohol liegen.*

»Diese Sache mit dem Knebeln ist mir nicht ganz geheuer.«

»Okay. Ich schreibe es auf.«

Ich starre ihn an. Allmählich dämmert es mir.

»Fesselst du deine Sklavinnen deshalb so gern, weil sie dich dann nicht anfassen können?«

Er sieht mich an. Seine Augen weiten sich. »Das ist einer der Gründe«, antwortet er leise.

»Und ist das auch der Grund, weshalb du meine Hände zusammengebunden hast?«

»Ja.«

»Du willst nicht darüber reden.«

»Nein, will ich nicht. Möchtest du noch etwas trinken? Der Alkohol verleiht dir Mut, und ich muss wissen, wie du zum Thema Schmerzen stehst.«

Verdammt, jetzt kommt der knifflige Teil. Er schenkt mir nach. Ich nippe an meiner Tasse.

»Also, wie stehst du ganz allgemein zum Thema Schmerzen?« Christian sieht mich erwartungsvoll an. »Du kaust schon wieder auf deiner Lippe herum«, sagt er finster.

Ich höre sofort auf. Trotzdem habe ich keine Ahnung, was ich darauf antworten soll. Ich werde rot und starre auf meine Hände.

»Hast du als Kind Prügel bezogen?«

»Nein.«

»Also hast du keinerlei Erfahrungen damit?«

»Nein.«

»Es ist nicht so schlimm, wie du denkst. Die Phantasie ist dein ärgster Feind«, flüstert er.

»Musst du das unbedingt tun?«

»Ja.«

»Aber warum?«

»Das gehört nun mal dazu, Anastasia. Das ist mein Part an dem Ganzen. Aber ich merke, dass es dich nervös macht. Lass uns die einzelnen Methoden durchgehen.«

Er zeigt mir die Liste. Mein Unterbewusstsein springt auf und flüchtet schreiend hinters Sofa.

- Versohlen
- Schläge mit dem Holzpaddle
- Auspeitschen
- Schläge mit dem Rohrstock
- Beißen
- Brustwarzenklemmen
- Genitalklemmen
- Eis
- Heißes Wachs
- Andere Methoden, Schmerz zuzufügen

»Die Genitalklemmen lehnst du also ab. Das ist in Ordnung. Schläge mit dem Rohrstock sind am schmerzhaftesten.«

Ich werde blass.

»Aber wir können es langsam angehen.«

»Oder ganz darauf verzichten«, flüstere ich.

»Es ist nun mal Teil der Vereinbarung, Süße, aber wir werden den Bogen nicht überspannen, Anastasia. Ich werde nichts tun, dem du nicht gewachsen bist.«

»Die Sache mit der Bestrafung macht mir am meisten Sorgen«, gestehe ich kleinlaut.

»Ich bin froh, dass du es mir gesagt hast. Wir können die Züchtigung mit dem Rohrstock ja vorläufig weglassen. Und wenn du dich erst an die anderen Methoden gewöhnt hast, steigern wir die Intensität. Wie gesagt, alles zu seiner Zeit.«

Ich schlucke.

Er beugt sich vor und küsst mich auf den Mund. »Na, so schlimm war es doch gar nicht, oder?«

Wieder schlägt mir das Herz bis zum Hals, deshalb zucke ich nur wortlos mit den Schultern.

»Einen Punkt möchte ich noch besprechen, bevor ich mit dir ins Bett gehe.«

»Ins Bett?« Ich spüre das Blut in meinen Adern pulsieren und Teile meines Körpers durchströmen, von deren Existenz ich bis vor Kurzem noch nicht einmal etwas geahnt habe.

»Ich bitte dich, Anastasia. Nach all dem Gerede über Sex würde ich dich am liebsten bis nächste Woche durchvögeln. Und dich kann es doch auch nicht kalt lassen, oder?«

Ich ziere mich. Meine innere Göttin hechelt gierig.

»Siehst du? Außerdem würde ich gern etwas ausprobieren.«

»Tut es weh?«

»Nein. Und hör auf, die ganze Zeit an Schmerzen zu denken. Es wird sehr schön. Habe ich dir schon einmal wehgetan?«

Ich werde rot. »Nein.«

»Siehst du. Du hast doch selbst gesagt, dass du mehr willst.«
Er unterbricht sich. Plötzlich scheint er unsicher zu sein.

Oje ... was kommt als Nächstes?

Er hält meine Hand fest. »Außerhalb der Phasen, in denen
du meine Sklavin bist, könnten wir es vielleicht einfach probieren. Ich weiß nicht, ob es funktioniert und ob es sich so einfach
voneinander trennen lässt. Vielleicht klappt es ja auch gar nicht.
Aber ich bin bereit, es zu versuchen. Vielleicht an einem Abend
pro Woche. Keine Ahnung.«

Mir fällt die Kinnlade herunter, und mein Unterbewusstsein
ist wie gelähmt vor Schock. *Christian Grey will mehr!* Er ist bereit, es zu versuchen! Mein Unterbewusstsein linst vorsichtig
hinter dem Sofa hervor.

»Allerdings unter einer Bedingung.« Er mustert mich wachsam.

»Welche?« Ich atme tief durch. *Alles, was du willst, egal was.
Absolut alles.*

»Du nimmst mein Geschenk zu deinem erfolgreichen Abschluss an und bist mir dankbar dafür.«

»Oh.« Tief im Innern weiß ich schon jetzt, was für ein Geschenk es ist. Angst legt sich wie eine eisige Faust um meinen
Magen.

Sein aufmerksamer Blick ruht nach wie vor auf mir.

»Komm mit«, sagt er und zieht mich vom Sofa hoch. Er zieht
seine Jacke aus, hängt sie mir um die Schultern und geht zur Tür.

Vor dem Haus steht ein roter, zweitüriger Audi mit Fließheck.

»Der ist für dich. Herzlichen Glückwunsch.« Er zieht mich
an sich und drückt mir einen Kuss aufs Haar.

Er hat mir einen Wagen geschenkt, verdammt, und zwar einen nagelneuen, wie es aussieht. O Mann, dabei haben mir die
Bücher schon mehr als genug Kopfzerbrechen bereitet. Mit ausdrucksloser Miene starre ich das Auto an und versuche zu einem
Schluss zu gelangen, was ich von all dem halten soll. Auf der einen Seite bin ich entsetzt, auf der anderen dankbar, aber auch

entsetzt, dass er seine Drohung wahrgemacht hat. Doch in allererster Linie empfinde ich Wut. Ja, ich bin wütend. Vor allem nach dem, was ich über die Bücher gesagt habe. Anderseits hatte er den Wagen ja längst gekauft und konnte nicht wissen, dass ich sie ihm zurückgeben wollte. Er nimmt meine Hand und führt mich zu seiner jüngsten Errungenschaft.

»Anastasia, dein Käfer ist uralt und, ehrlich gesagt, ziemlich gefährlich. Ich würde mir nie verzeihen, wenn dir etwas zustieße, noch dazu, da ich es mit so geringem Aufwand verhindern kann …«

Ich spüre seinen Blick auf mir ruhen, trotzdem kann ich mich nicht überwinden, ihn anzusehen. Wortlos stehe ich vor dem eindrucksvollen Wagen.

»Ich habe mit deinem Stiefvater darüber geredet. Er fand die Idee gut«, gesteht er.

Mir bleibt der Mund offen stehen. Ich drehe mich um und starre ihn wütend an.

»Du hast Ray davon erzählt? Wie konntest du das tun?« Ich kann vor Wut kaum sprechen. *Wie kann er es wagen!* Der arme Ray. Mir ist regelrecht schlecht vor Scham.

»Der Wagen ist ein Geschenk. Kannst du nicht einfach Danke sagen?«

»Aber dir ist doch klar, dass es viel zu teuer ist.«

»Nein. Nicht, wenn ich dadurch nachts ruhig schlafen kann.«

Ich habe keine Ahnung, was ich darauf erwidern soll, also sehe ich ihn nur stirnrunzelnd an. Er kapiert es einfach nicht. Er hatte immer genug Geld, sein ganzes Leben lang. Okay, vielleicht nicht sein ganzes Leben lang – als kleiner Junge definitiv nicht. Der Gedanke daran ernüchtert mich. Ich spüre, wie meine Vorbehalte schwinden und sich Gewissensbisse wegen meines Wutanfalls regen. Er meint es nur gut mit mir, auch wenn er es auf eine reichlich unangebrachte Art zeigt.

»Wenn du ihn mir leihen willst, nehme ich ihn. Genauso wie den Laptop.«

Er stößt einen tiefen Seufzer aus. »Okay, dann nimm ihn eben als Leihgabe. Aber auf unbestimmte Zeit.«

»Nicht auf unbestimmte Zeit, aber zumindest für den Augenblick. Danke.«

Ich stelle mich auf die Zehenspitzen und küsse ihn auf die Wange. »Danke für den Wagen, Sir«, sage ich zuckersüß.

Ohne jede Vorwarnung zieht er mich an sich. Eine Hand liegt auf meinem Rücken, die andere vergräbt sich in meinem Haar.

»Du machst es einem nicht leicht, Ana Steele.« Er küsst mich ungestüm. Brutal drängt sich seine Zunge zwischen meine Lippen.

Augenblicklich gerät mein Blut in Wallung, und ich erwidere seinen Kuss mit derselben Leidenschaft. Ich will ihn, unbedingt, trotz des Wagens, der Bücher, der Soft Limits … der Züchtigung durch den Stock … ich will ihn.

»Ich muss mich beherrschen, dich nicht sofort auf der Haube dieses Wagens zu ficken, nur damit du kapierst, dass du mir gehörst, und wenn ich dir einen verdammten Wagen kaufen will, dann kaufe ich dir einen verdammten Wagen, ob es dir passt oder nicht«, knurrt er. »Und jetzt geh rein und zieh dich aus.« Er küsst mich ein weiteres Mal, flüchtig und grob.

Junge, Junge, er ist stocksauer. Er packt meine Hand, zerrt mich ins Apartment zurück und ohne Umweg in mein Zimmer. Mein Unterbewusstsein hat sich indessen wieder hinter dem Sofa verkrochen und schützend die Hände über den Kopf gelegt. Er knipst die Nachttischlampe an und sieht mich an.

»Bitte sei nicht wütend auf mich«, flüstere ich.

Sein Blick ist ausdruckslos. Seine Augen schimmern wie kaltes, rauchiges Glas.

»Es tut mir leid. Der Wagen und die Bücher …« Ich halte inne. Er schweigt beharrlich. »Du machst mir Angst, wenn du so wütend bist«, sage ich und sehe ihn an.

Er schließt die Augen und schüttelt den Kopf. Als er sie wieder öffnet, ist der Ausdruck nicht mehr ganz so eisig. Er holt tief Luft und schluckt.

»Dreh dich um«, flüstert er. »Ich will, dass du dein Kleid ausziehst.«

Der nächste sprunghafte Stimmungsumschwung. Ich weiß nie, woran ich bei ihm bin, was den Umgang mit ihm ziemlich schwierig macht. Mit hämmerndem Herzen drehe ich ihm den Rücken zu. Meine Beklommenheit weicht einer jähen Lust, die pochend durch meinen Körper jagt und sich tief und gierig in meinen Unterleib brennt. Er schiebt mein Haar zur Seite, so dass die Locken über meiner rechten Brust liegen. Behutsam legt er seinen Zeigefinger auf meinen Nacken und lässt ihn mit qualvoller Langsamkeit über mein Rückgrat wandern. Ich spüre seinen Fingernagel auf meiner Haut.

»Ich mag dieses Kleid«, murmelt er. »Weil darin deine makellose Haut so schön zur Geltung kommt.«

Sein Finger berührt den Rückenausschnitt meines Neckholder-Kleids. Er schiebt ihn unter den Saum und zieht mich an sich, so dass ich seinen Körper an meinem Rücken spüre. Er beugt sich herunter und atmet tief den Geruch meines Haars ein.

»Du riechst so gut, Anastasia. So süß.« Seine Nase streicht über mein Ohr und an meinem Hals entlang, ehe sein Mund meine Schulter mit federleichten Küssen bedeckt.

Meine Atemzüge beschleunigen sich, werden flacher, voller Erwartung. Seine Finger liegen auf dem Reißverschluss meines Kleides. Unerträglich langsam zieht er ihn nach unten, während sich seine Lippen leckend, küssend und saugend einen Weg zu meiner anderen Schulter bahnen. Es ist unglaublich, wie geschickt er ist. Augenblicklich reagiert mein Körper auf seine Berührungen, und ich winde mich wohlig in seinen Armen.

»Du. Wirst. Lernen. Müssen. Still. Zu. Halten«, flüstert er und küsst zwischen jedem Wort meinen Nacken.

Er öffnet den Verschluss meines Kleids, woraufhin es herabfällt und sich um meine Füße ergießt.

»Kein BH, Miss Steele. Sehr schön.«

Seine Hände legen sich von hinten auf meine Brüste. Meine Brustwarzen pulsieren unter seiner Berührung.

»Heb die Arme hoch und leg sie um meinen Kopf«, murmelt er dicht an meinem Hals.

Ich gehorche, ohne zu zögern. Meine Brüste pressen sich gegen seine Handflächen, während sich meine Brustwarzen noch ein wenig mehr aufrichten. Mit den Fingern fahre ich durch sein dichtes Haar und ziehe ganz vorsichtig daran, während ich den Kopf zur Seite neige, um ihm ungehinderten Zugang zu meinem Hals zu gewähren.

»Hm …«, murmelt er in die Kuhle hinter meinem Ohr, nimmt meine Brustwarzen zwischen seine langen Finger und beginnt daran zu ziehen.

Ich stöhne, als sich die Lust mit einem scharfen Ziehen in meinem Unterleib bemerkbar macht.

»Willst du so kommen, Miss Steele?«, flüstert er. »Das gefällt dir, stimmt's?«

»Hm …«

»Sag es.« Er setzt seine langsame sinnliche Folter fort.

»Ja.«

»Ja, was?«

»Ja … Sir.«

»Braves Mädchen.« Er kneift fest zu, während sich sein Körper noch immer von hinten gegen mich presst.

Ich schnappe nach Luft, als mich der köstliche, lustvolle Schmerz durchzuckt. Ich spüre ihn. Stöhnend ziehen meine Hände noch ein wenig fester an seinem Haar.

»Ich glaube allerdings nicht, dass du schon so weit bist«, flüstert er und hält inne, ehe er zärtlich mein Ohrläppchen mit den Zähnen umfasst und daran zieht. »Außerdem hast du mein Missfallen erregt.«

O nein, wieso das? Für einen kurzen Moment formt sich der Gedanke in meinem lustvoll vernebelten Gehirn, während mir ein Stöhnen entfährt.

»Vielleicht werde ich dir deshalb nicht erlauben zu kommen.« Seine Finger finden meine Brustwarzen, ziehen, kneten, massieren sie.

Ich reibe mein Gesäß an ihm. Hin und her. Ich spüre sein Grinsen an meinem Hals, als seine Hände zu meinen Hüften gelangen. Er schiebt die Finger in den Bund meines Höschens. Mit beiden Daumen zerreißt er den Stoff und lässt die Überreste zu meinen Füßen auf den Boden fallen, so dass ich sehen kann, wie … *Oh.* Seine Hände liebkosen meinen Schoß, dann schiebt er ganz langsam einen Finger in mich hinein.

»O ja. Meine Süße ist bereit«, stöhnt er und reißt mich herum, so dass ich ihm ins Gesicht sehen kann. Seine Atemzüge haben sich beschleunigt. Er schiebt mir seinen Finger in den Mund. »Du schmeckst herrlich.« Er seufzt.

O Gott. Sein Finger schmeckt salzig … von mir.

»Zieh mich aus«, befiehlt er leise und starrt mich mit verschleiertem Blick an.

Bis auf meine Schuhe, besser gesagt, Kates hochhackige Pumps, bin ich nackt. Erschrocken halte ich inne. Ich habe noch nie einen Mann ausgezogen.

»Das schaffst du schon«, sagt er leise.

Ich blinzele. Wo soll ich anfangen? Ich strecke die Hände nach seinem T-Shirt aus, woraufhin er sie mit einem hinterhältigen Grinsen ergreift.

»Nein«, sagt er und schüttelt den Kopf. »Das T-Shirt nicht. Könnte sein, dass du mich bei dem, was ich mit dir vorhabe, anfassen musst.« Seine Augen leuchten vor Erregung.

Das sind ja ganz neue Töne … Ich darf ihn also anfassen, solange er angezogen ist.

Er nimmt meine Hand und legt sie auf seine Erektion. »Das ist die Wirkung, die Sie auf mich haben, Miss Steele.«

Ich schnappe nach Luft und schließe meine Finger um das gewölbte Stück Jeansstoff.

»Ich will in dir sein. Zieh mir die Jeans aus. Ab jetzt hast du das Kommando.«

Was? Ich habe das Kommando? Mir fällt die Kinnlade herunter.

»Was willst du mit mir anstellen?«, fragt er neckend.

Oh, all die Möglichkeiten … meine innere Göttin tobt vor Freude. In einem Anfall von Frust, Begierde und neu gewonnenem Wagemut stoße ich ihn aufs Bett. Lachend lässt er sich fallen, während ich mit einem Anflug von Triumph auf ihn hinunterblicke. Meine innere Göttin platzt schier vor Begeisterung. Ich ziehe ihm die Schuhe aus und zerre ihm umständlich die Socken von den Füßen. Er lässt mich keine Sekunde aus den Augen. Seine Augen leuchten vor Belustigung und Verlangen. Er sieht … absolut unfassbar aus, und er gehört mir. Ich klettere aufs Bett, setze mich rittlings auf ihn und mache mich am Reißverschluss seiner Jeans zu schaffen. Ich schiebe meine Finger in den Hosenbund und spüre die Spur herrlich weicher Haare, die von seinem Nabel abwärts verläuft. Er schließt die Augen und hebt die Hüften an.

»Sie müssen lernen stillzuhalten, Sir«, tadle ich und ziehe an den Haaren.

Sein Atem stockt. »Ja, Miss Steele«, murmelt er, während er mich mit Blicken durchbohrt. »Ich meiner Tasche … das Kondom«, stößt er atemlos hervor.

Langsam lasse ich meine Hand in seine Tasche gleiten und taste umher, ohne den Blick von seinem Gesicht zu wenden. Sein Mund steht offen. Ich ziehe beide Kondompäckchen heraus und lege sie neben ihm aufs Bett. Zwei! Mit zitternden Fingern nestle ich an dem Knopf seiner Jeans herum.

»So ungeduldig, Miss Steele«, murmelt er belustigt. Ich ziehe den Reißverschluss herunter und stehe vor dem nächsten Problem … wie soll ich ihm die Hose herunterziehen? Hm. Ich rutsche ein Stück nach unten und ziehe. Sie bewegt sich kaum einen Millimeter. Ich runzle die Stirn. Das kann doch nicht so schwer sein, oder?

»Wenn du dir weiter auf die Lippe beißt, drehe ich noch durch«, sagt er warnend und hebt die Hüften an, so dass ich ihn von seiner Jeans gemeinsam mit den Boxershorts befreien kann. Er tritt seine Hose auf den Boden.

Mein Gott, das ist ja wie Weihnachten! Und er gehört mir ganz allein!

»Und was jetzt?«, fragt er. Inzwischen ist jeder Anflug von Belustigung aus seinem Tonfall verschwunden.

Ich strecke die Hand aus und berühre ihn, ohne ihn aus den Augen zu lassen. Er holt scharf Luft; seine Lippen formen sich zu einem O. Seine Haut fühlt sich glatt und seidig an … und gleichzeitig fest … was für eine unglaublich erotische Kombination. Ich beuge mich vor, so dass sich mein Haar um meine Schultern ergießt. Ich nehme seinen Penis in den Mund, schließe die Lippen um ihn und beginne fest zu saugen. Seine Hüften zucken.

»Großer Gott, Ana, nicht so schnell«, stöhnt er.

Ich fühle mich übermächtig. Es ist ein Wahnsinnsgefühl, ihn zu schmecken, ihn mit meinen Lippen und meiner Zunge zu necken. Sein Körper wird stocksteif, als ich meinen Mund auf und ab gleiten lasse, ihn ganz tief in mir aufnehme, die Lippen fest aufeinandergepresst … wieder und wieder.

»Aufhören, Ana, aufhören, ich will nicht kommen.«

Genauso atemlos wie er, setze ich mich auf und sehe ihn verwirrt an. *Ich dachte, ich hätte hier das Kommando?* Meine innere Göttin blickt drein, als hätte ihr jemand die Eistüte aus der Hand gerissen.

»Deine Unschuld und dein Enthusiasmus entwaffnen mich komplett«, stößt er keuchend hervor. »Du, oben … genau das ist es.«

Oh.

»Hier, zieh es drüber.« Er reicht mir das Kondom.

Verdammt. Wie denn? Ich reiße das verschweißte Päckchen auf und ziehe das klebrige Kondom heraus.

»Die Spitze festhalten und dann nach unten rollen. Am Ende von diesem Ding darf kein Millimeter Luft mehr sein.«

Ganz langsam und mit voller Konzentration mache ich mich an die Arbeit.

»Herrgott, du bringst mich noch um, Ana«, seufzt er.

Bewundernd blicke ich auf ihn und mein Werk hinab. Der Mann ist der reinste Wahnsinn! Allein sein Anblick bringt mich vor Erregung schier um den Verstand.

»Jetzt. Ich will in dir drin sein«, murmelt er.

Völlig verschüchtert sehe ich ihn an. Mit einem Ruck setzt er sich auf, so dass sich unsere Nasen beinahe berühren.

»So«, stößt er hervor, schlingt einen Arm um meine Hüften, hebt mich hoch und schiebt sich unter mich. Ganz langsam dringt er in mich ein.

Ich stöhne, als er mich auszufüllen beginnt, immer tiefer in mich hineingleitet. Mein Mund erschlafft, als mich das köstliche, qualvolle, unglaubliche Gefühl durchströmt. *O ja.*

»Ja, genau so ist es richtig. Ich will, dass du mich spürst, jeden Zentimeter von mir«, knurrt er und schließt für einen kurzen Moment die Augen.

Und dann ist er in mir, bis zum Schaft, und hält mich ganz fest – Sekunden, vielleicht auch Minuten, ich habe keine Ahnung –, während er mir tief in die Augen sieht.

»Nochmal«, flüstere ich.

Mit einem müßigen Grinsen gehorcht er.

Stöhnend werfe ich den Kopf in den Nacken. Mein Haar ergießt sich über meinen Rücken. Ganz langsam lässt er sich aufs Bett zurücksinken.

»Beweg dich, Anastasia, auf und ab. So wie du willst. Nimm meine Hände.« Seine Stimme ist heiser und so unglaublich sexy.

Ich packe seine Hände, halte sie ganz fest und fange vorsichtig an, mich zu bewegen. Ungezügelte Lust flackert in seinen Augen auf. Sein Atem kommt stoßweise, genauso wie meiner. Er hebt das Becken an und lässt es wieder sinken. Wir verfallen in einen steten Rhythmus … auf und ab, auf und ab … und es fühlt sich so … unglaublich gut an. Zwischen meinen abgehackten Atemzügen, dem Gefühl, ihn voll und ganz in mir zu spüren, der Lust, die in mir aufsteigt und mich zu verschlingen droht, begegnen sich unsere Blicke. Ich sehe so etwas wie Staunen in seinen Augen. Staunen über mich.

Ich bin diejenige, die ihn vögelt. Ich habe das Ruder in der Hand. Er gehört mir, und ich gehöre ihm. Dieser Gedanke treibt meine Lust in neue Höhen, bringt mich vollends um den Verstand. Ich komme, schreie Worte ohne Sinn. Er umfasst meine Hüften, schließt die Augen. Sein Kopf fällt in den Nacken, seine Kiefermuskeln sind zum Zerreißen gespannt, als er lautlos zum Höhepunkt kommt. Ich lasse mich nach vorn fallen, sacke auf seiner Brust zusammen, völlig überwältigt, irgendwo zwischen Phantasie und Wirklichkeit, an einem Ort, wo weder Hard noch Soft Limits existieren.

SECHZEHN

Allmählich nehme ich die Welt um mich herum wieder wahr, und, o Gott, was für ein unglaubliches Gefühl. Es ist, als würde ich schweben. Meine Glieder fühlen sich leicht an, schwerelos, unkontrollierbar. Ich liege auf ihm, mein Kopf ruht auf seiner Brust. Sein göttlicher Duft steigt mir in die Nase, eine Mischung aus frischgewaschener Wäsche, einem edlen Duschgel und dem herrlichsten, verführerischsten Geruch auf der ganzen Welt: Christian. Ich will mich nicht bewegen, sondern am liebsten für immer hier liegenbleiben und diesen Duft einatmen. Ich schmiege mein Gesicht an seine Brust und wünsche mir, ich wäre nicht durch den Stoff seines T-Shirts von ihm getrennt. Während auch der Rest meines Körpers wieder ins Hier und Jetzt zurückkehrt, spreize ich die Hand auf seiner Brust. Er fühlt sich so fest an … so stark. Grob reißt er meine Finger weg, doch dann hebt er sie an seine Lippen und küsst meine Knöchel, als wolle er die Abruptheit seiner Bewegung ein wenig abmildern. Er dreht sich um, so dass ich unter ihm liege.

»Nicht«, murmelt er und küsst mich flüchtig.

»Wieso lässt du dich nicht gern anfassen?«, frage ich.

»Weil ich komplett abgefuckt bin, Anastasia. Und zwar in fünfzig verschiedenen Facetten.«

Seine Aufrichtigkeit wirft mich komplett aus der Bahn. Verblüfft sehe ich ihn an.

»Ich hatte einen ziemlich schlimmen Start ins Leben. Aber ich will dich nicht mit den Details belasten. Lass es einfach.« Er stupst mich mit der Nase an, dann zieht er sich aus mir zurück und setzt sich auf. »So. Ich denke, damit hätten wir alle wichtigen Teile abgedeckt. Wie war es für dich?«

Er klingt überaus selbstzufrieden und gleichzeitig sachlich, so als hätte er einen weiteren Punkt auf einer Liste abgehakt. Ich hingegen bin in Gedanken immer noch bei seinem »schlimmen Start ins Leben«. Es ist schrecklich frustrierend – ich will unbedingt mehr über ihn erfahren, aber er ist partout nicht bereit, etwas von sich preiszugeben. Ich lege den Kopf schief, wie er es sonst immer tut, und ringe mir ein Lächeln ab.

»Wenn du dir einbildest, ich würde dir allen Ernstes abkaufen, dass du das Ruder auch nur für eine Sekunde aus der Hand geben würdest, hast du offenbar vergessen, wen du vor dir hast.« Ich lächle schüchtern. »Aber danke, dass du mich in dem Glauben lassen wolltest.«

»Miss Steele, Sie haben mehr zu bieten als nur ein hübsches Gesicht. Bislang hatten Sie sechs Orgasmen, die allesamt mir gehören«, erklärt er mit gespieltem Triumph.

Mir schießt die Röte ins Gesicht. *Er führt also Buch!* »Gibt es irgendetwas, was du mir sagen willst?«, fragt er plötzlich streng.

Mist.

»Ich hatte heute Morgen einen Traum.«

»Ach ja?« Er starrt mich finster an.

Scheiße. Kriege ich jetzt Ärger?

»Ich bin im Schlaf gekommen.« Verschämt lege ich mir den Arm vors Gesicht. Er schweigt. Ich linse unter meinem Arm hervor. Mein Geständnis scheint ihn zu belustigen.

»Im Schlaf?«

»Ich bin davon aufgewacht.«

»Das kann ich mir vorstellen. Wovon hast du geträumt?«

Verdammt.

»Von dir.«

»Und was habe ich gemacht?«

Wieder verschanze ich mich hinter meinem Arm und gebe mich für den Bruchteil einer Sekunde der kindlichen Illusion hin, er könne mich nicht sehen, wenn ich ihn nicht sehen kann.

»Anastasia, was habe ich gemacht? Ich werde dich nicht noch einmal fragen.«

»Du hattest eine Reitgerte.«

Er zieht meinen Arm weg. »Ehrlich?«

»Ja.« Meine Wangen glühen tiefrot.

»Es besteht also doch Hoffnung für dich«, murmelt er. »Ich besitze mehrere Reitgerten.«

»Auch eine aus geflochtenem braunem Leder?«

Er lacht. »Das nicht, aber es sollte kein Problem sein, eine zu besorgen.«

Er gibt mir einen flüchtigen Kuss, dann verlässt er das Bett und hebt seine Boxershorts auf. *Was, er will schon gehen?* Ich werfe einen Blick auf die Uhr. Es ist erst Viertel vor zehn. Ich springe ebenfalls aus den Federn, streife mir eine Jogginghose und ein Bustier über und setze mich im Schneidersitz aufs Bett. Ich will nicht, dass er geht. Aber was soll ich machen?

»Wann bekommst du deine Periode?«, fragt er.

Wie bitte?

»Ich hasse diese Dinger«, knurrt er und hält das Kondom in die Höhe, ehe er es auf den Boden legt und in seine Jeans schlüpft.

»Und?«, fragt er, als ich nicht reagiere, und sieht mich gespannt an, als warte er auf die Wettervorhersage. Das ist doch Privatsache, verdammt nochmal.

»Nächste Woche.« Ich blicke auf meine Hände.

»Du musst dir Gedanken über die Verhütung machen.«

Immer muss er den Ton angeben. Ich sehe ihn ausdruckslos an. Er setzt sich auf die Bettkante und zieht sich Strümpfe und Schuhe an.

»Hast du einen guten Arzt?«

Ich schüttle den Kopf. Wir sind also wieder beim Geschäftlichen – der nächste radikale Stimmungsumschwung.

Er runzelt die Stirn. »Ich kann meinen eigenen anrufen und ihn um einen Termin in deinem Apartment bitten. Am Sonntagmorgen, bevor du zu mir kommst. Er kann dich aber auch bei mir zuhause untersuchen. Was ist dir lieber?«

Er lässt also mich entscheiden. Und schon wieder etwas, was er mir spendieren will. Andererseits müsste ich nicht verhüten, wenn es ihn nicht gäbe.

»Bei dir.« Das bedeutet, dass ich ihn am Sonntag sehen werde.

»Okay. Ich sage dir später noch die Uhrzeit.«

»Gehst du?«

»Ja.«

Wieso?

»Wie kommst du nach Hause?«, frage ich leise.

»Taylor holt mich ab.«

»Ich kann dich auch fahren. Ich habe einen nagelneuen Wagen vor der Tür stehen.«

Er sieht mich liebevoll an.

»So gefällt mir das gleich viel besser. Aber ich glaube, du hast ein bisschen zu viel getrunken.«

»Hast du mich mit Absicht abgefüllt?«

»Ja.«

»Wieso?«

»Weil du zu viel nachdenkst und genauso zugeknöpft bist wie dein Stiefvater. Ein Gläschen Champagner, und schon redest du wie ein Wasserfall, und ich muss schließlich offen und ehrlich mit dir sprechen können. Sonst ziehst du dich in dein Schneckenhaus zurück, und ich habe keine Ahnung, was in dir vorgeht. *In vino veritas*, Anastasia.«

»Und du bist sicher, dass du mir gegenüber immer ehrlich bist?«

»Ich bemühe mich redlich darum.« Wieder erscheint dieser wachsame Ausdruck in seinen Augen. »Es wird nur funktionieren, wenn wir absolut ehrlich miteinander sind.«

»Ich wünsche mir, dass du bleibst und das hier benutzt.« Ich halte das zweite Kondom in die Höhe.

Er grinst verschmitzt. »Ich habe heute Abend schon eine ganze Menge Grenzen überschritten, Anastasia. Ich muss gehen. Wir sehen uns am Sonntag. Ich sehe zu, dass eine überarbeitete Version des Vertrags für dich bereitliegt, damit wir endlich anfangen können zu spielen.«

»Spielen?« Mein Herz setzt einen Moment aus.

»Ich würde gern ein Szenario mit dir ausprobieren. Aber erst wenn du unterschrieben hast, kann ich sicher sein, dass du auch wirklich bereit bist.«

»Aha. Wenn ich also nicht unterschreibe, könnte ich noch eine Weile weitermachen wie bisher?«

Er mustert mich abwägend, dann verzieht sich sein Mund zu einem Lächeln. »Tja, wahrscheinlich, aber es könnte durchaus sein, dass ich der Belastung nicht standhalte.«

»Nicht standhalten? Und wie würde das aussehen?« Meine innere Göttin horcht auf.

Er nickt bedächtig und grinst. »Könnte ziemlich schlimm werden.«

Sein Grinsen ist ansteckend.

»Schlimm? Inwiefern?«

»Ach, das Übliche – Explosionen, wilde Verfolgungsjagden, Entführung, Gefangennahme.«

»Du willst mich entführen?«

»Allerdings.« Erneut grinst er.

»Mich gegen meinen Willen festhalten?«

»Ja.« Er nickt. »Und dann gibt's nur noch eins: TPE. Und zwar total.«

»TPE?«, wiederhole ich atemlos. *Ist das sein Ernst?*

»Total Power Exchange. Die vollkommene Unterwerfung, rund um die Uhr.« Seine Augen glitzern. Ich kann seine Erregung förmlich spüren.

Wahnsinn!

»Folglich wird dir nichts anderes übrig bleiben«, erklärt er süffisant.

»Das sehe ich.« Vergeblich versuche ich, nicht sarkastisch zu klingen, während mein Blick gen Himmel schweift.

»Miss Anastasia Steele, haben Sie etwa gerade die Augen verdreht?«

Scheiße.

»Nein«, krächze ich.

»Ich glaube schon. Was habe ich gesagt? Was passiert, wenn Sie in meiner Gegenwart die Augen verdrehen?«

Mist.

Er setzt sich auf die Bettkante.

Ich werde blass. O Mann … er meint es tatsächlich ernst. Wie erstarrt sitze ich da und sehe ihn an.

»Noch habe ich nicht unterschrieben«, flüstere ich.

»Ich habe klipp und klar gesagt, was ich von dir erwarte. Ich bin kein Mann der leeren Worte. Ich werde dir den Hintern versohlen, und dann werde ich dich ficken, und zwar schnell und hart. Sieht so aus, als bräuchten wir dieses Kondom heute doch noch.«

Seine Stimme ist leise, drohend. Und unglaublich erregend. Die Lust frisst sich förmlich durch meine Eingeweide, brennend, scharf und übermächtig. Er sieht mich an. Seine Augen funkeln. Zögernd löse ich meine Beine. Was jetzt? Weglaufen? Unsere Beziehung hängt am seidenen Faden, das spüre ich ganz genau. Gehorche ich? Oder sage ich Nein, und das war's dann? Denn eines ist mir klar: Wenn ich jetzt einen Rückzieher machen, ist es vorbei. *Los, mach schon!*, bettelt meine innere Göttin. Mein Unterbewusstsein ist genauso gelähmt vor Schock wie ich.

»Ich warte«, sagt er. »Und Geduld gehört nicht zu meinen Stärken.«

Grundgütiger Gott im Himmel! Ich weiß nicht, wo mir der Kopf steht. Ich habe Angst, bin erregt, meine Beine fühlen sich wie Pudding an. Ganz langsam krabble ich zu ihm hinüber und setze mich neben ihn.

»Braves Mädchen«, lobt er. »Und jetzt steh auf.«

Scheiße, kann er es nicht einfach gut sein lassen? Ich habe keine Ahnung, ob ich dem gewachsen bin. Zögernd stehe ich auf. Er streckt die Hand aus. Ich gebe ihm das Kondom. Unvermittelt packt er mich, legt mich übers Knie und dreht sich mit einer fließenden Bewegung so, dass mein Oberkörper auf dem Bett liegt, dann schwingt er sein rechtes Bein über meine Schenkel und drückt mich mit der linken Hand nach unten, so dass ich mich nicht bewegen kann. *Ach du Scheiße!*

»Leg beide Hände neben deinen Kopf«, befiehlt er.

Ich gehorche.

»Wieso tue ich das, Anastasia?«, fragt er.

»Weil ich die Augen verdreht habe«, presse ich mühsam hervor.

»Darf man so etwas tun, was meinst du?«

»Nein.«

»Wirst du es noch einmal tun?«

»Nein.«

»Künftig werde ich dich jedes Mal versohlen, wenn du es tust, verstanden?«

Im Zeitlupentempo zieht er mir die Jogginghose herunter. Wie entwürdigend! Es ist entwürdigend, Angst einflößend und wahnsinnig erotisch zugleich. Mir schlägt das Herz bis zum Hals. Ich bekomme kaum noch Luft. *Ob es wehtun wird?*

Er legt seine Handfläche auf mein nacktes Hinterteil, tätschelt und streichelt es zärtlich. Dann ist seine Hand plötzlich verschwunden … und er schlägt zu. Und wie! *Au!* Meine Augen quellen beinahe aus den Höhlen vor Schmerz. Ich versuche aufzustehen, doch er legt seine Hand zwischen meine Schulterblätter und drückt mich noch weiter nach unten. Wieder liebkost er die Stelle, die er gerade geschlagen hat. Ich höre seine Atemzüge. Sie sind lauter als vorhin, abgehackter. Er schlägt erneut zu, gleich mehrmals hintereinander. Verdammte Scheiße, tut das weh! Ich gebe keinen Laut von mir, doch mein Gesicht ist schmerzverzerrt. Ich versuche, mich ihm zu entwinden – angetrieben vom Adrenalin, das durch meine Venen pumpt.

»Halt still«, knurrt er, »sonst muss ich noch länger weitermachen.«

Inzwischen reibt er meine Pobacke, dann kommt der nächste Schlag. Er verfällt in einen stetigen Rhythmus: streicheln, tätscheln, schließlich ein kräftiger Schlag. Ich muss meine volle Konzentration aufbieten, um die Schmerzen zu ertragen. Mein Kopf ist wie leer gefegt, während ich versuche, die Schläge wegzustecken. Mir fällt auf, dass er nie zweimal hintereinander auf dieselbe Stelle schlägt, sondern den Schmerz gleichmäßig verteilt.

»Aaaahhh!«, schreie ich beim zehnten Mal – erst jetzt merke ich, dass ich unbewusst mitgezählt habe.

»Ich komme gerade erst in Fahrt.«

Der nächste Hieb saust auf meine nackte Haut herunter, abermals gefolgt von einer zärtlichen Berührung. Die Kombination aus den harten, schmerzenden Schlägen und den behutsamen Liebkosungen betäubt meine Sinne. Und wieder einer … allmählich wird es schwierig. Mein Gesicht ist so verzerrt vom Schmerz, dass selbst das wehtut. Ich spüre seine streichelnde Hand, gefolgt vom nächsten Hieb. Ich schreie auf.

»Außer mir kann dich niemand hier hören, Baby.«

Wieder schlägt er zu. Und noch einmal. Tief in meinem Inneren verspüre ich den Wunsch, ihn zu bitten, er möge endlich aufhören. Aber ich tue es nicht. Diese Genugtuung will ich ihm nicht verschaffen. Er fährt im selben gnadenlosen Rhythmus fort. Ich schreie noch sechs weitere Male. Insgesamt sind es achtzehn Schläge. Mein ganzer Körper schmerzt, glüht regelrecht von seinen erbarmungslosen Hieben.

»Das reicht«, stöhnt er heiser. »Gut gemacht, Anastasia. Und jetzt werde ich dich ficken.«

Wieder streichelt er liebevoll mein Hinterteil, das unter seiner Berührung höllisch zu brennen beginnt. Unvermittelt schiebt er zwei Finger in mich hinein. Ich fahre vor Schreck zusammen und schnappe nach Luft, als der neuerliche Übergriff mich aus meiner Betäubung reißt.

»Spürst du das? Siehst du, wie gut das deinem Körper gefällt, Anastasia? Du bist ganz feucht, kannst es kaum erwarten. Du kannst *mich* kaum erwarten.« Ein Anflug von Staunen liegt in seiner Stimme. Er beginnt, seine Finger in einem raschen Rhythmus vor- und zurückzuschieben.

Ich stöhne. O *nein!* Und dann sind seine Finger plötzlich verschwunden … und ich bleibe voller Sehnsucht nach ihnen zurück.

»Nächstes Mal werde ich dich richtig rannehmen. Du wirst jeden Schlag mitzählen. Wo ist das Kondom?«

Er greift danach, hebt meine Hüften ein Stück an und presst mich mit dem Gesicht nach unten aufs Bett. Ich höre, wie er den Reißverschluss seiner Jeans herunterzieht und das Kondompäckchen aufreißt. Dann zieht er mir die Jogginghose ganz nach unten und schiebt meine Beine nach vorn, so dass ich kniend auf dem Bett kauere. Behutsam streichelt er mein Hinterteil, das vor Schmerz glüht.

»Ich werde dich jetzt nehmen. Und du darfst kommen«, sagt er.

Wie bitte? Als hätte ich ernsthaft eine Wahl.

Sekunden später ist er in mir, füllt mich bis zum letzten Millimeter aus. Ich stöhne laut auf. Er beginnt sich zu bewegen, stößt in einem schnellen, heftigen Rhythmus gegen mein wundes Hinterteil. Das Gefühl ist unbeschreiblich, grob und entwürdigend und so intensiv, dass mir Hören und Sehen vergeht. Ich fühle mich völlig losgelöst, während all meine Sinne nur darauf gerichtet sind, was er mit meinem Körper anstellt; auf dieses vertraute Ziehen tief in meinem Unterleib, immer schneller, immer heftiger. NEIN … In diesem Augenblick wird mein Körper, dieser elende Verräter, von einem heftigen Orgasmus erschüttert.

»Oh, Ana!«, schreit er, während auch er Erlösung findet und mich fest umschlungen hält, als er sich in mich ergießt. Schwer atmend lässt er sich gegen mich sinken, dann dreht er mich um, so dass ich auf ihm liege, und versenkt das Gesicht in meinem Haar.

»Oh, Baby«, stöhnt er atemlos. »Willkommen in meiner Welt.«

So liegen wir da, nach Luft schnappend, und warten darauf, dass sich unsere Atemzüge wieder beruhigen. Zärtlich streicht er mir übers Haar. Wieder liege ich auf seiner Brust, nur bringe ich diesmal die Kraft nicht auf, ihn zu berühren. *Junge, Junge … ich hab's überstanden.* So schlimm war es eigentlich gar nicht. Ich habe es souveräner über mich ergehen lassen, als ich dachte. Meine innere Göttin ist völlig überwältigt … na ja, zumindest hält sie für den Moment den Mund. Wieder versenkt Christian das Gesicht in meinem Haar und saugt tief meinen Geruch in seine Lunge.

»Sehr gut gemacht, Baby«, flüstert er.

Ich höre die Freude in seiner Stimme. Seine Worte hüllen mich ein wie eines dieser weichen, flauschigen Handtücher aus dem Heathman Hotel, und ich freue mich unbändig, dass er zufrieden mit mir ist.

Er zupft an meinem Bustier. »Schläfst du etwa in diesem Ding?«, fragt er.

»Ja«, antworte ich schläfrig.

»Ein so schönes Mädchen sollte ausschließlich Seide tragen. Ich werde mit dir einkaufen gehen.«

»Ich mag die Sachen aber«, erwidere ich und kämpfe vergeblich gegen meinen leicht verärgerten Tonfall an.

Erneut küsst er mich auf den Scheitel. »Wir werden sehen.«

Wir bleiben noch ein paar Minuten liegen, vielleicht auch Stunden. Ich glaube sogar, dass ich irgendwann eingenickt bin.

»Ich muss gehen«, sagt er irgendwann und küsst behutsam meine Stirn. »Alles in Ordnung?« Seine Stimme ist sanft und weich.

Gute Frage. Mein Hinterteil ist wund und glüht, aber abgesehen davon, dass ich ziemlich fertig bin, fühle ich mich erstaunlicherweise großartig – eine ernüchternde Erkenntnis, mit der ich nicht gerechnet hätte und die ich beim besten Willen nicht nachvollziehen kann.

»Mir geht es gut.« Mehr will ich nicht sagen.

Er steht auf. »Wo ist das Badezimmer?«

»Den Flur runter links.«

Er hebt das zweite Kondom auf und verlässt das Schlafzimmer. Steifbeinig stehe ich auf und ziehe meine Jogginghose wieder an, die auf meinem schmerzenden Hinterteil ein klein wenig scheuert. Meine Reaktion macht mir immer noch zu schaffen. Ich erinnere mich genau an seine Prophezeiung, wie toll ich mich nach einer anständigen Tracht Prügel fühlen würde. Wie ist so etwas möglich? Ich verstehe es einfach nicht. Aber seltsamerweise hat er Recht. Ich kann nicht behaupten, ich hätte es genossen – offen gestanden, bin ich nach wie vor nicht scharf darauf, so etwas noch einmal über mich ergehen zu lassen. Trotzdem kann ich nicht leugnen, dass es sich gut anfühlt. Wie ein tiefes, sattes, befriedigendes Nachglühen. Ich stütze den Kopf auf die Hände. Ich verstehe es einfach nicht.

Christian kommt wieder herein. Ich kann mich nicht überwinden, ihm in die Augen zu sehen.

»Ich habe Babyöl gefunden, mit dem ich deinen Hintern einreiben kann.«

Wie bitte?

»Nein. Ich komme schon klar.«

»Anastasia«, sagt er warnend. Am liebsten würde ich die Augen verdrehen, reiße mich aber zusammen. Er setzt sich aufs Bett und zieht mir die Jogginghose herunter. *Hoch und runter, hoch und runter. Wie bei einer Hure*, bemerkt mein Unterbewusstsein bitter. Ich werfe ihm lautlos an den Kopf, was es mich mal kann. Christian gibt einen Klecks Öl auf seine Hand und verteilt es behutsam auf meiner Pobacke – vom Make-up-Entferner zur Lotion, um die Haut nach einer Tracht Prügel zu beruhigen. Wer hätte geahnt, dass dieses Zeug eine solche Bandbreite an Einsatzmöglichkeiten besitzt.

»Ich liebe das Gefühl meiner Hände auf deiner Haut«, gesteht er, und ich kann ihm nur zustimmen.

»So«, sagt er, als er fertig ist, und zieht mir die Hose wieder hoch.

Ich werfe einen Blick auf die Uhr. Halb elf.

»Ich werde jetzt gehen.«

»Ich bringe dich noch zur Tür.« Ich kann ihn immer noch nicht ansehen.

Er nimmt meine Hand und geht zur Haustür. Zum Glück ist Kate noch nicht da. Bestimmt sitzt sie noch mit ihrer Familie und Ethan beim Abendessen. Ich bin heilfroh, dass sie nicht hier war und etwas von meiner Züchtigung mitbekommen hat.

»Musst du nicht Taylor anrufen?«, frage ich mit abgewandtem Blick.

»Taylor wartet schon seit neun Uhr auf mich. Sieh mich an.«

Ich überwinde mich, und als ich den Kopf hebe, sehe ich die Bewunderung in seinem Blick.

»Du hast nicht geweint«, stellt er fest, zieht mich unvermittelt an sich und küsst mich voller Hingabe. »Sonntag«, murmelt er dicht an meinem Mund. Seine Worte sind ein Versprechen und eine Drohung zugleich.

Ich sehe ihm nach, wie er die Einfahrt hinuntergeht und in den großen schwarzen Audi steigt. Er dreht sich nicht einmal um. Ich schließe die Tür und stehe hilflos im Wohnzimmer des Apartments, in dem ich nur noch zwei weitere Nächte verbringen werde. Ein Apartment, das fast vier Jahre lang mein Zuhause war … und in dem ich mich heute zum ersten Mal einsam und unwohl fühle. Meine eigene Gesellschaft ist mir unangenehm. Habe ich mich selbst so sehr verleugnet? Ich weiß genau, dass unter meiner scheinbar betäubten Oberfläche die Tränen lauern. Was tue ich hier eigentlich? Das Ironische an der Situation ist, dass ich mich noch nicht mal hinsetzen und mich ausheulen kann. Ich muss es im Stehen tun. Mir ist zwar klar, dass es schon spät ist, trotzdem rufe ich meine Mutter an.

»Schatz, wie geht's dir? Wie war die Abschlussfeier?«, fragt sie. Ihre Stimme ist wie Balsam für mich.

»Tut mir leid, dass ich so spät noch anrufe«, flüstere ich.

Sie hält inne.

»Ana? Was ist denn?« Mit einem Mal ist sie todernst.

»Gar nichts, Mom. Ich wollte nur deine Stimme hören.«

Einen Moment lang herrscht Stille in der Leitung.

»Ana, was ist los? Bitte sag es mir.« Ihre Stimme ist sanft und beschwichtigend, und ich weiß, dass sie sich Sorgen um mich macht. Unvermittelt kommen mir die Tränen. Wie so oft in den letzten Tagen.

»Bitte, Ana.« Sie klingt so bedrückt, wie ich mich fühle.

»Oh, Mom, es geht um einen Mann.«

»Was hat er dir getan?«

Ich sehe sie förmlich vor mir, wie sie sich versteift.

»Das ist es nicht.« *Obwohl* ... Mist. Ich will nicht, dass sie sich um mich sorgt. Ich brauche nur jemanden, an dessen Schulter ich mich für einen Augenblick anlehnen kann.

»Ana, bitte. Du machst mir Angst.«

Ich hole tief Luft. »Ich habe mich in ihn verliebt, aber er ist so ganz anders als ich, und ich weiß nicht, ob es das Richtige ist.«

»Oh, Schatz, ich wünschte, ich könnte bei dir sein. Es tut mir so leid, dass ich nicht zu deiner Feier kommen konnte. Du hast endlich jemanden gefunden. Schatz, Männer sind nun mal ein Fall für sich. Sie gehören einer anderen Spezies an, Liebes. Wie lange kennst du ihn schon?«

Christian gehört nicht nur einer anderen Spezies an, sondern lebt auf einem völlig anderen Planeten als ich.

»Seit knapp drei Wochen oder so.«

»Ana, Schatz, das ist ja gar nichts. Wie willst du jemanden innerhalb so kurzer Zeit wirklich kennen lernen? Lass es locker angehen und mach dich rar, bis du dich entschieden hast, ob er dich überhaupt verdient.«

Wow … eigentlich nerven mich die klugen Ratschläge meiner Mutter, aber dafür ist es jetzt zu spät. *Ob er mich überhaupt verdient.*

Ein interessanter Denkansatz. Und ich zerbreche mir ständig den Kopf darüber, ob ich ihn verdiene.

»Du klingst so unglücklich, Schatz. Komm nach Hause. Du fehlst mir, Liebling. Und Bob würde dich auch gern wiedersehen. Damit würdest du ein bisschen Abstand bekommen und könntest die Dinge aus einer ganz neuen Perspektive betrachten. Ein kleiner Tapetenwechsel wäre genau das Richtige für dich, nachdem du so hart gearbeitet hast.«

Das klingt echt verlockend. Einfach nach Georgia abhauen. Ein bisschen Sonne tanken, Cocktails schlürfen. Die gute Laune meiner Mutter … mich in ihre liebevollen Arme fallen lassen.

»Ich habe aber am Montag zwei Vorstellungsgespräche in Seattle.«

»Oh, das ist ja wunderbar.«

Die Tür geht auf. Kate kommt strahlend herein, doch ihr Lächeln verfliegt sofort, als sie die Tränenspuren auf meinem Gesicht sieht.

»Ich muss Schluss machen, Mom. Ich werde es mir überlegen. Danke.«

»Schatz, lass nicht zu, dass dir eine Beziehung so an die Nieren geht. Dafür bist du noch viel zu jung. Und jetzt amüsier dich.«

»Ja, Mom. Ich hab dich lieb.«

»Ich dich auch, Ana. Sehr sogar. Pass auf dich auf, Schatz.«

Ich lege auf und sehe Kate an, die mit finsterer Miene vor mir steht.

»Hat dich dieser obszön reiche Drecksack etwa zum Weinen gebracht?«

»Nein ... na ja ... irgendwie ... ja.«

»Sag ihm einfach, er soll die Kurve kratzen, Ana. Seit du ihn kennst, bist du komplett durch den Wind. Ich habe dich noch nie so erlebt.«

In der Welt von Katherine Kavanagh gibt es nur Schwarz und Weiß. Für die undurchsichtigen, geheimnisvollen, vagen Grauschattierungen, wie sie in meiner Welt existieren, ist dort kein Platz. *Willkommen in meiner Welt.*

»Setz dich hin. Lass uns eine Flasche Wein aufmachen. Oh, du hast Champagner getrunken.« Sie liest das Etikett. »Und noch dazu einen wirklich edlen Tropfen.«

Ich lächle halbherzig und beäuge misstrauisch die Couch. Hm ... hinsetzen?

»Alles klar?«

»Ich bin hingefallen und ziemlich unsanft auf dem Hintern gelandet.«

Sie denkt nicht einmal im Traum daran, meine Erklärung in Zweifel zu ziehen, weil ich einer der tollpatschigsten Menschen in ganz Washington bin. Ich hätte nie geglaubt, dass ich diese Eigenschaft irgendwann mal als Segen betrachten würde. Vorsichtig lasse ich mich aufs Sofa sinken und stelle erstaunt fest, dass es weniger wehtut, als ich gedacht hatte. Ich muss wieder an den Morgen in seiner Suite im Heathman denken – *Wenn du mir gehören würdest, könntest du nach dem, was du dir gestern geleistet hast, eine Woche lang nicht sitzen.*

Schon damals hat er es angekündigt, aber ich hatte nur einen Gedanken: möglichst schnell ihm zu gehören. All die Warnschilder gab es damals schon, nur war ich zu unbedarft und viel zu fasziniert von ihm, um sie zu bemerken.

Kate kehrt mit einer Flasche Rotwein und den beiden ausgespülten Tassen ins Wohnzimmer zurück.

»Hier, bitte.« Sie reicht mir eine Tasse voll Wein. Er wird bestimmt nicht so lecker schmecken wie der Champagner.

»Ana, wenn der Typ nur ein Arschloch mit Bindungsangst ist, dann schieß ihn ab. Andererseits würde es mich wundern, denn vorhin im Zelt hat er dich ja praktisch mit Argusaugen bewacht. Wenn du mich fragst, war er hin und weg von dir, aber vielleicht hat er eben eine seltsame Art, es zu zeigen.«

Hin und weg? Christian? Eine seltsame Art, es zu zeigen?

»Es ist ziemlich kompliziert, Kate. Wie war dein Abend?«, frage ich.

Ich kann nicht mit Kate darüber reden, ohne zu viel preiszugeben, aber eine kurze Frage nach ihrem Tag genügt schon, und Kate beginnt wie ein Wasserfall zu reden. Es tut gut, einfach nur dazusitzen und ihrem Geplapper zu lauschen. Die große Neuigkeit des Tages ist, dass Ethan nach ihrem gemeinsamen Urlaub vielleicht zu uns zieht. Das wird bestimmt ein Riesenspaß – Ethan ist ein echter Knaller. Ich runzle die Stirn. Das wird Christian garantiert nicht gefallen. Tja … Pech gehabt. Diese Kröte wird er wohl oder übel schlucken müssen. Ich trinke noch ein paar Schluck Wein und beschließe, es für heute gut sein zu lassen. Es war ein langer Tag. Kate umarmt mich und schnappt sich das Telefon, um Elliot anzurufen.

Ich putze mir die Zähne und checke meine E-Mails. Eine von Christian ist in meinem Posteingang.

Von: Christian Grey
Betreff: Sie
Datum: 26. Mai 2011, 23:14 Uhr
An: Anastasia Steele

Sehr geehrte Miss Steele,
Sie sind absolut exquisit. Die schönste, intelligenteste, wit-

zigste und tapferste Frau, die mir je begegnet ist. Nehmen Sie eine Schmerztablette – das ist keine Bitte. Und Finger weg von Ihrem Käfer. Verlassen Sie sich drauf, ich finde es heraus, wenn Sie's nicht tun.

CHRISTIAN GREY
CEO, Grey Enterprises Holdings, Inc.

Oh, also darf ich meinen eigenen Wagen nicht mehr fahren.

Von: Anastasia Steele
Betreff: Schmeichelei
Datum: 26. Mai 2011, 23:20 Uhr
An: Christian Grey

Sehr geehrter Mr. Grey,
Ihre Schmeicheleien führen nirgendwo hin, aber da Sie ja ohnehin schon *überall* waren, ist dieser Punkt irrelevant.
Ich werde meinen Käfer in die Werkstatt fahren müssen, damit ich ihn anschließend verkaufen kann, und bin deshalb nicht bereit, mir Ihre Stänkereien über Wanda noch länger anzuhören.
Rotwein ist eindeutig die bessere Wahl als Schmerztabletten.
   Ana
PS: Schläge mit dem Rohrstock sind definitiv ein Hard Limit für mich.

Ich drücke auf »Senden«.

Von: Christian Grey
Betreff: Frustrierte Weiber, die keine Komplimente
annehmen können
Datum: 26. Mai 2011, 23:26 Uhr
An: Anastasia Steele

Sehr geehrte Miss Steele,
das sind keine Schmeicheleien. Sie sollten jetzt zu Bett gehen.
Mit Ihrer Ergänzung der Hard Limits bin ich einverstanden.
Behalten Sie Ihren Alkoholkonsum im Auge.
Taylor wird sich um die Entsorgung Ihres Wagens kümmern
und einen guten Preis dafür erzielen.
CHRISTIAN GREY
CEO, Grey Enterprises Holdings, Inc.

Von: Anastasia Steele
Betreff: Taylor – Ist er der richtige Mann für diese Aufgabe?
Datum: 26. Mai 2011, 23:40 Uhr
An: Christian Grey

Sehr geehrter Mr. Grey,
es erstaunt mich, dass Sie so bereitwillig das Risiko eingehen,
dass sich Ihre rechte Hand hinters Steuer meines Wagens setzt,
nicht jedoch eine x-beliebige Frau, die Sie ab und zu mal
vögeln. Wie kann ich sicher sein, dass Taylor tatsächlich den
besten Preis dafür erzielt? Ich habe immerhin einen Ruf als
knallharte Verhandlungspartnerin.
Ana

Von: Christian Grey
Betreff: Achtung!
Datum: 26. Mai 2011, 23:44 Uhr
An: Anastasia Steele

Sehr geehrte Miss Steele,
ich gehe davon aus, dass der ROTWEIN aus Ihnen spricht,
außerdem liegt ein langer, schwerer Tag hinter Ihnen.
Trotzdem bin ich versucht, noch einmal bei Ihnen vorbeizu-
fahren, um dafür zu sorgen, dass Sie eine geschlagene Woche
lang nicht mehr auf Ihrem Hintern sitzen können und nicht nur
einen Abend.
Taylor ist ehemaliger Soldat und kann alles fahren – vom Mo-
torrad bis hin zum Sherman-Panzer. Ihr Wagen stellt keinerlei
Gefahr für seine Unversehrtheit dar.
Und bitte titulieren Sie sich nicht als »x-beliebige Frau«, die ich
»ab und zu mal vögle«, denn es macht mich, offen gestanden,
WÜTEND, und Sie wollen definitiv nicht in meiner Nähe sein,
wenn ich wütend bin.
CHRISTIAN GREY
CEO, Grey Enterprises Holdings, Inc.

Von: Anastasia Steele
Betreff: Selber Achtung!
Datum: 26. Mai 2011, 23:57 Uhr
An: Christian Grey

Sehr geehrter Mr. Grey,
ich bin nicht sicher, ob ich Sie trotzdem leiden kann. Vor allem
im Moment nicht.
    Miss Steele

Von: Christian Grey
Betreff: Selber Achtung!
Datum: 27. Mai 2011, 00:03 Uhr
An: Anastasia Steele

Wieso können Sie mich nicht leiden?
CHRISTIAN GREY
CEO, Grey Enterprises Holdings, Inc.

Von: Anastasia Steele
Betreff: Selber Achtung!
Datum: 27. Mai 2011, 00:09 Uhr
An: Christian Grey

Weil Sie nie bei mir bleiben.

So. Damit habe ich ihm ein wenig Stoff zum Nachdenken gegeben. Mit einer schwungvollen Bewegung klappe ich den Laptop zu und verkrieche mich ins Bett. Ich knipse die Nachttischlampe aus und starre an die Zimmerdecke. Christian hat Recht – es liegt tatsächlich ein langer Tag hinter mir. Ein Tag mit einer Achterbahn der Gefühle. Ray wiederzusehen hat unendlich gutgetan. Er sah so gut aus, und erstaunlicherweise schien er Christian sehr sympathisch zu finden. Lieber Gott, Kate und ihre Riesenklappe. Und Christian über den Hunger sprechen zu hören. Was zum Teufel hat er genau damit gemeint? O Gott, und dieses Auto. Das habe ich Kate noch gar nicht erzählt. Was hat er sich nur dabei gedacht?

Und zu guter Letzt der heutige Abend. Er hat mich geschlagen. Ich bin noch nie in meinem Leben geschlagen worden. Worauf habe ich mich da bloß eingelassen? Ganz langsam kullern mir die Tränen, die Kates Auftauchen für eine kurze Weile aufgehalten hat, über die Wangen. Ich habe mich in einen Mann verliebt, der emotional so verschlossen ist, dass ich dabei nur verlieren kann – tief in meinem Innern weiß ich ganz genau, dass er mich verletzen wird. Ich habe mich in jemanden verliebt, der nach eigener Aussage komplett abgefuckt ist. Aber wieso ist er abgefuckt? Es muss entsetzlich sein, mit dieser Gewissheit zu leben, und die Vorstellung, dass er als kleiner Junge unsäglichem Leid und Grausamkeiten ausgesetzt war, treibt mir erst recht die Tränen in die Augen. *Aber wäre er normaler, würde er vielleicht gar nicht auf dich stehen*, meldet sich mein Unterbewusstsein zu Wort. Und tief im Herzen weiß ich, dass es Recht hat. Ich vergrabe den Kopf im Kissen und lasse meinen Tränen freien Lauf … zum ersten Mal seit vielen Jahren weine ich mir die Augen aus dem Kopf.

Kates Stimme reißt mich für einen kurzen Moment aus meinem Tal der Tränen.

»Was zum Teufel wollen Sie denn hier?«

»Nein, das geht nicht!«

»Was zum Teufel haben Sie mit ihr angestellt?«

»Seit sie Ihnen begegnet ist, weint sie die ganze Zeit nur noch!«

»Sie kommen hier nicht rein!«

Christian stürmt in mein Zimmer und knipst ohne Umschweife die Deckenbeleuchtung an.

Blinzelnd sehe ich ins helle Licht.

»Großer Gott, Ana«, stößt er hervor, macht das Licht wieder aus und durchquert den Raum mit wenigen Schritten.

»Was tust du denn hier?«, stammle ich zwischen Schluchzern. *Mist.* Ich kann nicht aufhören zu heulen.

Er knipst die Nachttischlampe an. Wieder blinzle ich. Kate erscheint im Türrahmen.

»Soll ich dieses Arschloch rausschmeißen?«, fragt sie mit thermonuklearer Feindseligkeit.

Sichtlich überrascht von ihrer leidenschaftlichen Abneigung und dem herzhaften Schimpfwort, hebt Christian die Brauen. Ich schüttle den Kopf, woraufhin sie die Augen verdreht … Oh, das würde ich in Mr. Greys Gegenwart lieber nicht tun.

»Ruf mich einfach, wenn du mich brauchst«, sagt sie eine Spur sanfter. »Grey – ich habe Sie auf dem Radar, nur damit Sie's wissen«, faucht sie. Er blinzelt. Sie dreht sich um und zieht die Tür zu, lässt sie jedoch angelehnt.

Christian sieht mich an. Sein Gesicht ist aschfahl, seine Miene ernst. Er trägt ein Nadelstreifenjackett, aus dessen Innentasche er ein Taschentuch zieht und mir reicht. Soweit ich weiß, muss sein anderes hier noch irgendwo herumliegen.

»Was ist los?«, fragt er leise.

»Wieso bist du hergekommen?« Ich ignoriere seine Frage. Wie durch ein Wunder sind meine Tränen versiegt, trotzdem werde ich immer noch von trockenen Schluchzern geschüttelt.

»Zu meiner Rolle gehört auch, mich um dich zu kümmern. Du möchtest, dass ich bei dir bleibe, also bin ich hergekommen. Und dann finde ich dich in so einem Zustand vor.« Er scheint aufrichtig bestürzt zu sein. »Ich bin sicher, ich bin der Grund dafür, dass du so aufgelöst bist, aber ich habe keine Ahnung, wieso. Liegt es daran, dass ich dich geschlagen habe?«

Ich setze mich auf, doch der Schmerz lässt mich zusammenzucken.

»Hast du eine Tablette genommen?«

Ich schüttle den Kopf.

Er kneift die Augen zusammen, steht auf und verlässt das Zimmer. Ich höre ihn mit Kate reden, verstehe aber nicht, was sie sagen. Kurz darauf kehrt er mit den Tabletten und einer Tasse Wasser zurück.

»Hier, nimm«, befielt er sanft und setzt sich auf meine Bettkante.

Ich gehorche.

»Erzähl mir, was los ist«, flüstert er. »Du hast gesagt, es wäre alles in Ordnung. Hätte ich gewusst, dass es dir so schlecht geht, hätte ich dich auf keinen Fall alleingelassen.«

Ich betrachte meine Hände. Was soll ich dazu noch sagen? Das genügt mir nicht. Ich will, dass er bleibt, weil *er* gern hier ist, und nicht, weil ich das heulende Elend bin. Und ich will nicht geschlagen werden. Ist das zu viel verlangt?

»Also war vorhin doch nicht alles in Ordnung, obwohl du es behauptet hast?«

Ich werde rot. »Ich dachte, es geht mir gut.«

»Es bringt doch nichts, mir eine Lüge aufzutischen, nur weil du denkst, dass ich sie gern hören will, Anastasia. Das ist unaufrichtig«, tadelt er. »Wenn du so etwas tust, kann ich dir doch kein Wort mehr glauben.«

Er sieht mich mit gerunzelter Stirn an und fährt sich mit den Händen durchs Haar. »Wie hast du dich gefühlt, als ich dich geschlagen habe und danach?«

»Es hat mir nicht gefallen. Es wäre mir lieber, du würdest es nicht mehr tun.«

»Es sollte dir auch nicht gefallen.«

»Aber wieso tust du es dann gern?« Ich sehe ihn an.

Mit dieser Frage hat er offenbar nicht gerechnet.

»Willst du das allen Ernstes wissen?«

»O ja, ich kann es kaum erwarten, glaub mir.« Vergeblich versuche ich, den Hauch von Sarkasmus in meiner Stimme zu unterdrücken.

Wieder mustert er mich mit zusammengekniffenen Augen. »Vorsicht«, warnt er.

Ich werde blass. »Schlägst du mich noch einmal?«

»Nein, heute Abend nicht.«

Puh ... mein Unterbewusstsein und ich stoßen gleichermaßen einen erleichterten Seufzer aus.

»Also ...«

»Es geht um die Kontrolle, Anastasia. Ich will, dass du ein bestimmtes Verhalten an den Tag legst, und wenn du es nicht tust, bestrafe ich dich dafür. Und du wirst lernen, dich so zu verhalten, wie ich es gern will. Ich genieße es, dich zu bestrafen. Schon seit du mich gefragt hast, ob ich schwul bin, freue ich mich darauf, dich zu versohlen.«

Die Erinnerung treibt mir die Schamesröte ins Gesicht. Nach dieser Frage hätte ich mir am liebsten selbst eine Tracht Prügel verpasst. Also ist Katherine Kavanagh an allem schuld. Wäre sie zu diesem Interview gegangen und hätte ihm die Frage gestellt, würde sie jetzt mit einem wunden Hintern hier sitzen. Die Vorstellung gefällt mir überhaupt nicht. Was mich ziemlich verwirrt.

»Also magst du mich nicht so, wie ich bin.«

Wieder starrt er mich fassungslos an. »Ich finde, du bist wunderbar, so wie du bist.«

»Wieso willst du mich dann verändern?«

»Ich will dich gar nicht verändern, sondern nur, dass du brav bist, dich an die Regeln hältst und mir nicht widersprichst. So einfach ist das.«

»Aber bestrafen willst du mich trotzdem.«

»Ja.«

»Und genau das verstehe ich nicht.«

Seufzend rauft er sich abermals das Haar. »So bin ich nun mal gestrickt, Anastasia. Ich brauche diese Kontrolle über dich. Es ist wichtig, dass du dich auf eine bestimmte Art und Weise verhältst, und wenn du es nicht tust … genieße ich es zuzusehen, wie deine wunderschöne Alabasterhaut unter meinen Händen heiß und rot wird. Es macht mich an.«

Allmählich kommen wir der Sache näher.

»Also geht es gar nicht um den Schmerz, den du mir zufügst?«

Er schluckt. »Doch, auch ein bisschen. Ich will sehen, ob du ihn aushältst, aber das ist nicht der Hauptgrund. Es geht darum, dass du mir gehörst und tun musst, was ich für richtig halte. Es geht um die ultimative Kontrolle über einen anderen Menschen. Genau das törnt mich an. Und zwar unglaublich, Anastasia. Es fällt mir schwer, genau zu erklären, was ich dabei empfinde … bisher musste ich das noch nie tun. Bislang habe ich mir nie groß Gedanken darüber gemacht, weil ich immer nur mit Gleichgesinnten zu tun hatte.« Er zuckt entschuldigend mit den Schultern. »Außerdem hast du meine Frage immer noch nicht beantwortet. Wie ging es dir danach? Wie hast du dich gefühlt?«

»Ich war durcheinander.«

»Es hat dich sexuell erregt, Anastasia.« Er schließt für einen Moment die Augen. Als er sie wieder öffnet, sehe ich die Leidenschaft darin flackern.

Sein Blick berührt mich, jenen dunklen Teil, der in meinem Unterleib schlummert – meine Libido, von ihm zum Leben erweckt und bezähmt und dennoch nach wie vor unersättlich.

»Sieh mich nicht so an«, murmelt er.

Ich runzle die Stirn. *Was habe ich jetzt schon wieder angestellt?*

»Ich habe kein Kondom dabei, Anastasia, außerdem bist du völlig durcheinander. Ich bin kein Sex-Ungeheuer, auch wenn deine Mitbewohnerin anderer Meinung sein mag. Zurück zum Thema. Du warst also durcheinander.«

Ich winde mich unbehaglich unter seinem eindringlichen Blick.

»In deinen Mails fällt es dir offenbar überhaupt nicht schwer, mir genau zu erklären, was in dir vorgeht. Wieso schaffst du es dann nicht, wenn ich vor dir stehe? Hast du so große Angst vor mir?«

Ich zupfe einen unsichtbaren Fussel von dem blau-cremefarbenen Quilt, den mir meine Mutter geschenkt hat.

»Ich bin restlos verzaubert von dir, Christian. Überwältigt. Ich fühle mich wie Ikarus. Als würde ich der Sonne zu nahe kommen«, flüstere ich.

»Wenn du mich fragst, ist es genau umgekehrt.«

»Was?«

»Oh, Anastasia, du hast mich regelrecht verhext. Sieht man das nicht?«

Nein, ich nicht. *Verhext* … meiner inneren Göttin fällt die Kinnlade herunter. Nicht einmal sie kauft ihm das ab.

»Aber du hast meine Frage nach wie vor nicht beantwortet. Schreib mir eine Mail. Bitte. Aber jetzt wird erst einmal geschlafen. Kann ich hierbleiben?«

»Willst du das denn?«, frage ich mit unüberhörbarer Hoffnung in der Stimme.

»Du wolltest doch, dass ich hier bin.«

»Du hast meine Frage nicht beantwortet.«

»Ich werde dir eine E-Mail schreiben.«

Er steht auf und beginnt, seine Hosentaschen zu leeren – BlackBerry, Schlüssel, Brieftasche und Münzen. Da behaupte noch einer, Männer hätten nie etwas in den Taschen. Er zieht Schuhe und Socken aus, legt seine Uhr ab, schlüpft aus seinen Jeans und legt sein Jackett über den Stuhl. Dann tritt er auf die andere Seite des Bettes und legt sich neben mich.

»Leg dich hin«, befiehlt er.

Langsam rutsche ich unter die Decke, zucke vor Schmerz zusammen und sehe ihn an. O Mann … er bleibt tatsächlich hier. Ich bin wie betäubt vor Schock, vor Freude. Er stützt sich auf einen Ellbogen und sieht auf mich herunter.

»Wenn du weinen musst, dann tu es vor mir. Ich muss wissen, was in dir vorgeht.«

»Du willst, dass ich weine?«

»Nein, eigentlich nicht. Ich will nur wissen, wie du dich fühlst. Ich will nicht, dass du mir entgleitest. Und jetzt mach das Licht aus. Es ist schon spät, und wir müssen morgen beide zur Arbeit.«

Er ist hier … und kommandiert mich wie gewohnt herum. Er liegt in meinem Bett. Ich verstehe es immer noch nicht so recht … vielleicht sollte ich ja häufiger in Tränen ausbrechen. Ich knipse die Nachttischlampe aus.

»Leg dich auf die Seite, mit dem Rücken zu mir«, murmelt er in der Dunkelheit.

Ich verdrehe die Augen, wohl wissend, dass er es nicht mitbekommt, gehorche jedoch. Vorsichtig rückt er näher, legt die Arme um mich und zieht mich an sich.

»Schlaf jetzt, Baby«, flüstert er. Ich spüre, wie er die Nase in mein Haar steckt und tief einatmet.

Wow. Christian Grey schläft in meinem Bett. In der tröstlichen Wärme seiner Umarmung falle ich in einen tiefen, friedlichen Schlaf.

SIEBZEHN

Die Kerzenflamme ist heiß. Sie flackert und tanzt in der viel zu warmen Brise, die keinerlei Kühlung bringt. Hauchzarte Flügel flattern in der Dunkelheit umher, winzige Staubteilchen tanzen im hellen Kreis des Kerzenscheins. Ich kämpfe dagegen an, doch der Sog ist zu stark. Mit einem Mal ist es gleißend hell, und ich fliege geradewegs in die Sonne hinein, geblendet vom Licht, schmelzend in der Hitze, erschöpft von meinem verzweifelten Kampf, in der Luft zu bleiben. Mir ist so heiß. Die Hitze ... sie droht mich zu ersticken, mich zu verschlingen. Sie reißt mich aus dem Schlaf.

Ich schlage die Augen auf. Und bin eingehüllt in Christian Grey, der sich wie eine Siegesfahne um mich geschlungen hat. Er schläft tief und fest. Sein Kopf ruht auf meiner Brust, sein Arm umschlingt mich und hält mich fest, ein Bein liegt quer über meinen Schenkeln, so dass ich mich nicht bewegen kann. Er erstickt mich mit der Wärme seines Körpers und mit seinem Gewicht.

Draußen ist es bereits hell. Es ist Morgen. Und ich brauche einen Moment, um zu begreifen, dass er die ganze Nacht bei mir war.

Ich habe einen Arm ausgestreckt, zweifellos ein Versuch, eine kühle Stelle zu finden. Ein Gedanke schiebt sich in mein Bewusstsein: Er liegt neben mir und schläft, also kann ich ihn berühren. Vorsichtig hebe ich die Hand und streiche mit den Fingerspitzen über seinen Rücken. Ein leises, gequältes Stöhnen dringt aus den Tiefen seiner Kehle, während er sich regt und mit einem tiefen Atemzug aufwacht. Verschlafen öffnet er die

Augen und sieht mich an – graue Augen unter einem dichten Schopf zerzauster Haare.

»Guten Morgen«, grummelt er und runzelt die Stirn. »Gütiger Himmel, selbst im Schlaf fühle ich mich noch zu dir hingezogen.« Langsam löst er sich von mir und kommt vollends zu sich. Ich spüre seine Erektion an meiner Hüfte. Beim Anblick meiner weit aufgerissenen Augen verzieht er das Gesicht zu einem langsamen sexy Lächeln.

»Hm … hier ergeben sich ja ungeahnte Möglichkeiten, aber ich finde, wir sollten trotzdem bis Sonntag warten.« Er stupst zärtlich mit der Nase an mein Ohr.

Ich werde rot und spüre eine neuerliche Woge der Hitze, die mich überkommt. »Du bist so heiß.«

»Du bist auch nicht zu verachten«, gibt er zurück und reibt sich anzüglich an mir.

Meine Gesichtsfarbe nimmt einen noch tieferen Rotton an. Das habe ich damit nicht gemeint. Er stützt sich auf einen Ellbogen und mustert mich amüsiert, dann beugt er sich vor und küsst mich zu meiner Verblüffung mitten auf den Mund.

»Gut geschlafen?«, fragt er.

Ich nicke, während mir bewusst wird, dass ich tatsächlich gut geschlafen habe; bis auf die letzte halbe Stunde, als die Hitze unerträglich wurde.

»Ich auch.« Er runzelt die Stirn. »Sogar sehr gut«, fügt er hinzu und hebt erstaunt die Brauen. »Wie spät ist es?«

Ich sehe auf den Wecker.

»Halb acht.«

»Halb acht … Scheiße.« Er springt aus dem Bett und in seine Jeans.

Nun bin ich diejenige, die amüsiert ist. Ich setze mich auf. Christian Grey ist in Hektik, weil es schon so spät ist. Das habe ich ja noch nie erlebt. Erst jetzt merke ich, dass mein Hintern nicht mehr wehtut.

»Du hast einen schlechten Einfluss auf mich. Ich habe ein

Meeting und muss dringend los. Ich muss um acht in Portland sein. Lachst du mich etwa aus?«

»Ja.«

Er grinst. »Ich bin spät dran. Normalerweise passiert mir das nie. Noch eine Premiere, Miss Steele.« Er zieht sein Jackett über, beugt sich herunter und legt die Hände um mein Gesicht.

»Sonntag«, sagt er, und ich höre die unausgesprochene Verheißung, die darin mitschwingt. Jede Faser meines Körpers vibriert vor Erregung – ein unbeschreibliches Gefühl.

Wäre mein Verstand doch nur auch so bereitwillig und schnell wie mein Körper. Noch einmal beugt er sich vor und küsst mich flüchtig, dann sammelt er seine Sachen vom Nachttisch ein und nimmt seine Schuhe, zieht sie jedoch nicht an.

»Taylor kommt später vorbei und kümmert sich um den Käfer. Ich habe es ernst gemeint. Lass ihn stehen. Wir sehen uns am Sonntag bei mir. Ich melde mich per Mail.« Und damit fegt er wie ein Wirbelwind aus dem Zimmer.

Christian Grey hat die Nacht in meinem Bett verbracht, und ich fühle mich gut und ausgeruht. Kein Sex, nur Kuscheln. Er hat mir erzählt, er habe vorher noch nie mit einer Frau im selben Bett geschlafen – außer mit mir. Grinsend stehe ich auf, erfüllt von einem Optimismus, den ich gestern definitiv noch nicht empfunden habe. Ich gehe in die Küche, um mir eine Tasse Tee zu kochen.

Nach dem Frühstück gehe ich unter die Dusche und mache mich für meinen letzten Tag bei Clayton's fertig – bald heißt es Abschied nehmen von Mr. und Mrs. Clayton, der WSU, Vancouver, meinem Apartment und meinem Käfer. Ich werfe einen Blick auf die Uhr im Computer. Es ist 07:52 Uhr, ich habe also noch ein bisschen Zeit.

Von: Anastasia Steele
Betreff: Tätlicher Angriff und Körperverletzung
Datum: 27. Mai 2011, 08:05 Uhr
An: Christian Grey

Sehr geehrter Mr. Grey,
Sie wollten wissen, wieso ich so durcheinander war, nachdem
Sie mich – welchen Euphemismus sollten wir dafür verwenden? – versohlt, bestraft, geschlagen, misshandelt haben. Nun,
während der gesamten beunruhigenden Prozedur habe ich
mich erniedrigt, gedemütigt und misshandelt gefühlt. Und zu
meiner Schande muss ich gestehen, dass Sie Recht haben – es
hat mich erregt, worauf ich definitiv nicht vorbereitet war. Wie
Ihnen ja bewusst ist, bin ich in puncto Sexualität noch sehr unbedarft und wünschte, ich würde ein wenig mehr Erfahrung
mitbringen, so dass es mich nicht ganz aus heiterem Himmel
getroffen hätte. Dass mich diese Situation erregt hat, war ein
echter Schock für mich.
Am meisten setzt mir jedoch zu, wie ich mich danach gefühlt
habe, was noch viel schwieriger zu beschreiben ist. Ich war
glücklich, weil Sie glücklich waren. Ich war erleichtert, dass es
nicht ganz so schmerzhaft war, wie ich gedacht hatte. Und als
ich in Ihren Armen lag, habe ich so etwas wie ... Befriedigung
empfunden. Aber genau das macht mir zu schaffen, und ich
habe sogar ein schlechtes Gewissen deswegen. Es passt so gar
nicht zu mir, deshalb bin ich verwirrt. Beantwortet das Ihre Frage?
Ich hoffe, die Geschäftswelt zeigt sich in gewohnt stimulie-
render Art und Weise ... und dass Sie nicht zu spät zu Ihrem
Meeting gekommen sind.
    Danke fürs Hierbleiben
    Ana

Von: Christian Grey
Betreff: Keine falschen Gewissensbisse
Datum: 27. Mai 2011, 08:24 Uhr
An: Anastasia Steele

Ein interessanter, wenn auch leicht übertriebener Betreff, Miss Steele.

Um Ihre Fragen zu beantworten: Ich entscheide mich für »Versohlen« – denn genau das war es.

Sie schreiben, Sie hätten sich gedemütigt, erniedrigt und misshandelt gefühlt – Tess Durbeyfield lässt grüßen. Wenn ich mich recht entsinne, waren Sie diejenige, die sich diese Erniedrigung ausgesucht hat. Empfinden Sie tatsächlich so, oder glauben Sie nur, dass Sie so empfinden sollten? Das sind zwei grundverschiedene Dinge. Wenn Sie tatsächlich so empfinden, könnten Sie vielleicht versuchen, diese Regungen zu akzeptieren, sich mit ihnen zu arrangieren? Für mich? Genau das würde eine Sub nämlich tun.

Außerdem bin ich dankbar für Ihre Unerfahrenheit, schätze sie und beginne erst jetzt, allmählich ihre Bedeutung zu begreifen. Mit einfachen Worten – es bedeutet, dass Sie in jeder Hinsicht mir gehören.

Ja, Sie waren erregt, was wiederum für mich sehr erregend war. Das ist nichts Schlimmes.

Und *glücklich* trifft es nicht einmal annähernd. Ich würde es eher als *ekstatisch* bezeichnen.

Eine Tracht Prügel im Zuge einer Bestrafung ist wesentlich schmerzhafter als eine erotische. Schlimmer wird es nicht mehr werden, es sei denn, natürlich, Sie machen sich eines groben Verstoßes schuldig. In diesem Fall würde ich ein Züchtigungsmittel zu Hilfe nehmen. Meine Hand hat sehr gebrannt. Aber ich mag das.

Auch ich habe große Befriedigung empfunden. Mehr, als Sie ahnen.

Verschwenden Sie Ihre Energie nicht auf Regungen wie Gewissensbisse oder das Gefühl, etwas Falsches zu tun. Wir sind Erwachsene, die einvernehmlich eine Vereinbarung getroffen haben, und was wir hinter geschlossenen Türen tun, ist allein unsere Sache. Werfen Sie Ihre Gewissensbisse über Bord und hören Sie auf Ihren Körper.

Die Welt der großen Geschäfte ist nicht einmal annähernd so stimulierend wie Sie, Miss Steele.

CHRISTIAN GREY
CEO, Grey Enterprises Holdings, Inc.

In jeder Hinsicht mein ... Junge, Junge. Mir bleibt die Spucke weg.

Von: Anastasia Steele
Betreff: Einvernehmliche Erwachsene!
Datum: 27. Mai 2011, 08:26 Uhr
An: Christian Grey

Sollten Sie nicht in einem Meeting sein?
Es freut mich sehr zu hören, dass Ihre Hand gebrannt hat.
Würde ich auf meinen Körper hören, wäre ich inzwischen schon in Alaska.
Ana
PS: Über Ihren Vorschlag, diese Regungen zu akzeptieren, werde ich in Ruhe nachdenken.

Von: Christian Grey
Betreff: Sie haben schließlich nicht die Polizei gerufen
Datum: 27. Mai 2011, 08:35 Uhr
An: Anastasia Steele

Miss Steele,
ich sitze tatsächlich mitten in einem Meeting über künftige
Märkte, falls es Sie interessieren sollte.
Nur fürs Protokoll, darf ich Sie daran erinnern, dass Sie neben mir gestanden haben und genau wussten, was auf Sie zu-
kommt.
Sie haben mich zu keinem Zeitpunkt gebeten, damit aufzuhö-
ren – Sie haben keines der Safewords benutzt.
Sie sind eine erwachsene Frau und haben jederzeit die Mög-
lichkeit, Nein zu sagen.
Offen gestanden, freue ich mich schon auf das nächste Mal,
wenn meine Handfläche vor Schmerz glüht.
Und offensichtlich hören Sie nicht auf den richtigen Teil Ihres
Körpers. In Alaska ist es sehr kalt, deshalb ist es kein idealer Ort
für eine Flucht. Ich würde Sie finden. Schließlich kann ich Ihr
Handy orten, schon vergessen?
Und jetzt gehen Sie zur Arbeit.

CHRISTIAN GREY
CEO, Grey Enterprises Holdings, Inc.

Mit gerunzelter Stirn starre ich auf den Bildschirm. Natürlich
hat er vollkommen Recht. Ich habe die Wahl. Hm. Meint er es
ernst, dass er mich suchen würde? Sollte ich vielleicht für eine
Weile abtauchen? Für einen kurzen Moment kommt mir das
Angebot meiner Mutter wieder in den Sinn.

Von: Anastasia Steele
Betreff: Stalker
Datum: 27. Mai 2011, 08:36 Uhr
An: Christian Grey

Sind Sie wegen Ihrer Stalker-Neigungen in Therapie?
  Ana

Von: Christian Grey
Betreff: Stalker? Ich?
Datum: 27. Mai 2011, 08:38 Uhr
An: Anastasia Steele

Ich bezahle dem ehrenwerten Dr. Flynn ein kleines Vermögen für die Behandlung meiner Stalker- und sonstigen Neigungen. Und jetzt machen Sie, dass Sie zur Arbeit kommen.

CHRISTIAN GREY
CEO, Grey Enterprises Holdings, Inc.

Von: Anastasia Steele
Betreff: Teure Scharlatane
Datum: 27. Mai 2011, 08:40 Uhr
An: Christian Grey

Dürfte ich in aller Bescheidenheit vorschlagen, sich eine zweite Meinung einzuholen?
Ich bin nicht sicher, ob Dr. Flynn durchschlagende Erfolge verbuchen kann.
  Miss Steele

Von: Christian Grey
Betreff: Zweite Meinung
Datum: 27. Mai 2011, 08:43 Uhr
An: Anastasia Steele

Es geht Sie zwar nichts an, Bescheidenheit hin oder her, aber
Dr. Flynn *ist* die zweite Meinung.
Wenn Sie so weitermachen, werden Sie trotz Ihres neuen Wa-
gens rasen müssen und setzen sich damit einem unnötigen
Risiko aus – ich glaube, das verstößt gegen unsere Regeln.
LOS, ZUR ARBEIT.
CHRISTIAN GREY
CEO, Grey Enterprises Holdings, Inc.

Von: Anastasia Steele
Betreff: BEFEHLE IN GROSSBUCHSTABEN
Datum: 27. Mai 2011, 08:47 Uhr
An: Christian Grey

Als Objekt Ihrer Stalker-Neigungen geht mich das sehr wohl
etwas an, finde ich.
Noch habe ich nicht unterschrieben. Deshalb: Regel, Segel,
Schornsteinflegel. Außerdem fange ich erst um halb zehn an.
 Miss Steele

Von: Christian Grey
Betreff: Deskriptive Linguistik
Datum: 27. Mai 2011, 08:49 Uhr
An: Anastasia Steele

Schornsteinflegel? Ich glaube nicht, dass dieses Wort tatsäch-
lich existiert.
CHRISTIAN GREY
CEO, Grey Enterprises Holdings, Inc.

Von: Anastasia Steele
Betreff: Deskriptive Linguistik
Datum: 27. Mai 2011, 08:52 Uhr
An: Christian Grey

Irgendwas zwischen Kontrollfreak und Stalker, würde ich sagen.
Und deskriptive Linguistik ist eindeutig ein Hard Limit für mich.
Hören Sie jetzt endlich auf, mir auf die Nerven zu gehen?
Ich würde sehr gern mit meinem neuen Wagen zur Arbeit
fahren.

    Ana

Von: Christian Grey
Betreff: Anstrengende, aber amüsante junge Frauen
Datum: 27. Mai 2011, 08:56 Uhr
An: Anastasia Steele

Meine Hand juckt bereits.
Fahren Sie vorsichtig, Miss Steele.

CHRISTIAN GREY
CEO, Grey Enterprises Holdings, Inc.

Es macht einen Heidenspaß, den Audi zu fahren. Er hat Servo-lenkung. Wanda kann mit so etwas natürlich nicht aufwarten, deshalb bedeutet ihr Verlust automatisch das Ende meines Sport-programms. Oh, dafür steht mir laut Vertrag ab sofort ein Personal Trainer zur Verfügung. Ich runzle die Stirn. Ich hasse Sport.

Auf dem Weg zur Arbeit versuche ich, unsere Mail-Unter-haltung zu analysieren. Christian kann ein echter Hurensohn sein, der alles besser weiß. Doch dann muss ich an Grace denken und bekomme ein schlechtes Gewissen. Aber sie ist schließlich nicht seine leibliche Mutter. Hm. Durchaus möglich, dass sich unter seiner souveränen Fassade ein wahres Meer an Schmerz verbirgt. Tja, in diesem Fall ist besserwisserischer Hurensohn also doch zutreffend. Ja, genau. Ich bin erwachsen. Danke, dass Sie mich nochmal daran erinnern, Mr. Grey, und, ja, es ist meine freie Entscheidung. Das einzige Problem ist allerdings, dass ich nur Christian will und nicht seinen ganzen … Ballast, den er im Gepäck hat. Aber jetzt stellt sich heraus, dass er so viel davon mit sich herumschleppt, dass man eine 747-Frachtmaschine dafür brauchen würde. Kann ich mich nicht einfach zurücklehnen und es akzeptieren? Wie es sich für eine anständige Sub gehört? Ich habe versprochen, es zu versuchen. Aber es ist sehr viel verlangt.

Ich biege auf den Parkplatz und gehe in den Baumarkt. Ich kann kaum glauben, dass heute mein letzter Tag ist. Zum Glück ist viel los, deshalb vergeht die Zeit wie im Flug. Um die Mittagszeit ruft Mr. Clayton mich aus dem Lager. Neben ihm steht ein Motorradkurier.

»Miss Steele?«, erkundigt er sich.

Fragend sehe ich Mr. Clayton an, der genauso verwirrt zu sein scheint wie ich und ratlos mit den Schultern zuckt. Mir rutscht das Herz in die Hose. Was kriege ich nun schon wieder? Ich unterschreibe, nehme das Päckchen entgegen und mache es auf. Einen BlackBerry. Mein Herz rutscht noch eine Etage tiefer. Ich schalte ihn ein.

Von: Christian Grey
Betreff: BlackBerry GELIEHEN
Datum: 27. Mai 2011, 11:15 Uhr
An: Anastasia Steele

Ich muss jederzeit Kontakt mit Ihnen aufnehmen können, und da wir offenbar in schriftlicher Form am aufrichtigsten miteinander kommunizieren können, dachte ich, ein BlackBerry wäre vielleicht genau das Richtige.

CHRISTIAN GREY
CEO, Grey Enterprises Holdings, Inc.

Von: Anastasia Steele
Betreff: Konsumverhalten außer Rand und Band
Datum: 27. Mai 2011, 13:22 Uhr
An: Christian Grey

Wenn Sie mich fragen, sollten Sie sofort Dr. Flynn anrufen.
Ihre Stalker-Neigungen gehen endgültig mit Ihnen durch.
Sobald ich von der Arbeit wieder zuhause bin, melde ich mich
per Mail.
Danke für das zweite technische Spielzeug.
Ich habe nicht gelogen, als ich gesagt habe, Sie wären der
ideale Verbraucher. Wieso tun Sie das?
   Ana

Von: Christian Grey
Betreff: Noch so jung und schon so scharfsinnig
Datum: 27. Mai 2011, 13:24 Uhr
An: Anastasia Steele

Ein stichhaltiges Argument, Miss Steele.
Dr. Flynn ist im Urlaub.
Und ich tue es, weil ich es kann.

CHRISTIAN GREY
CEO, Grey Enterprises Holdings, Inc.

Ich lasse das Ding in meiner Gesäßtasche verschwinden und
hasse es jetzt schon. Ich bin süchtig danach, Christian Mails zu
schreiben, dabei sollte ich doch arbeiten. Ich spüre es an meiner
Gesäßbacke vibrieren ... *Wie passend*, denke ich ironisch, lasse es
jedoch unter Aufbietung all meiner Willenskraft stecken.

Um vier trommeln Mr. und Mrs. Clayton die gesamte Be-
legschaft zusammen und überreichen mir nach einer oberpein-
lichen Ansprache einen Scheck über dreihundert Dollar. In diesem Moment bricht alles über mich herein, was in den letzten

drei Wochen passiert ist: die Abschlussprüfungen, die Feier, ein komplett abgefuckter Milliardär, den ich nicht mehr aus dem Kopf kriege, meine Entjungferung, Soft Limits, Hard Limits, Spielzimmer ohne dazugehörige Konsolen, Hubschrauberflüge und die Tatsache, dass ich morgen umziehen werde. Es grenzt an ein Wunder, dass ich nicht komplett zusammenbreche. Mein Unterbewusstsein ist fassungslos vor Staunen. Ich umarme die Claytons ein letztes Mal. Sie waren sehr nett und großzügig. Ich werde sie vermissen.

Gerade als ich vor der Haustür vorfahre, steigt Kate aus ihrem Wagen.

»Was ist das denn?«, fragt sie vorwurfsvoll und zeigt auf den Audi.

Ich kann nicht widerstehen. »Ein Auto«, antworte ich. Ihre Augen verengen sich zu Schlitzen. Für den Bruchteil einer Sekunde habe ich Angst, dass auch sie mich gleich übers Knie legen wird.

»Mein Geschenk zum Abschluss«, füge ich so lässig hinzu, wie ich nur kann, nach dem Motto: *Ich weiß gar nicht, was du hast, ich kriege doch jeden Tag ein teures Auto geschenkt.*

Ihr fällt die Kinnlade herunter. »Also ein großzügiger Drecksack, der es gern mal ein bisschen übertreibt, ja?«

Ich nicke. »Ich habe ja versucht abzulehnen, aber ehrlich gesagt, ist es den Streit nicht wert.«

Kate schürzt die Lippen. »Kein Wunder, dass du völlig durch den Wind bist. Ich habe mitbekommen, dass er über Nacht geblieben ist.«

»Ja.« Ich lächle sehnsüchtig.

»Wollen wir vollends packen?«

Ich nicke und folge ihr ins Haus. Als Erstes checke ich meine Mails.

Von: Christian Grey
Betreff: Sonntag
Datum: 27. Mai 2011, 13:40 Uhr
An: Anastasia Steele

Sonntag um 13:00 Uhr?
Der Arzt kommt um 13:30 Uhr ins Escala.
Ich mache mich jetzt auf den Weg nach Seattle.
Ich hoffe, der Umzug geht reibungslos über die Bühne, und
freue mich schon auf Sonntag.

CHRISTIAN GREY
CEO, Grey Enterprises Holdings, Inc.

Liebe Güte, er klingt ja so, als würde er übers Wetter schreiben. Ich werde ihm später antworten, wenn wir mit dem Packen fertig sind. In der einen Sekunde ist er noch ganz locker, und in der nächsten hat man das Gefühl, als hätte er einen Stock verschluckt. Das macht den Umgang mit ihm nicht gerade leicht. Ganz ehrlich, die Mail klingt, als wäre sie an einen seiner Angestellten gerichtet. Aus Trotz verdrehe ich die Augen und gehe ins Wohnzimmer, um Kate zu helfen.

Kate und ich sind in der Küche, als es an der Tür klopft. Taylor steht, hochoffiziell in seinem makellosen Anzug, auf der Veranda. Ich erkenne die letzten Spuren des Exsoldaten in seinem Haarschnitt, seinem durchtrainierten Körper und seiner Coolness.

»Miss Steele«, sagt er, »ich bin wegen Ihres Wagens hier.«

»Ja, natürlich. Bitte kommen Sie doch herein, ich hole nur die Schlüssel.«

Sich um mein Auto zu kümmern ist ganz bestimmt nicht Teil seines normalen Aufgabengebiets. Nicht zum ersten Mal frage ich mich, wie seine Jobbeschreibung wohl aussieht. Ich gebe ihm die Schlüssel, dann gehen wir in – zumindest für mich – angespanntem Schweigen die Einfahrt hinunter zu meinem hellblauen Käfer. Ich öffne die Tür und nehme die Taschenlampe aus dem Handschuhfach. Das war's. Außer ihr habe ich nichts Persönliches hier drin liegen. *Auf Wiedersehen, Wanda. Und vielen Dank für alles.* Ich streiche ein letztes Mal übers Wagendach, als ich die Beifahrertür zuschlage.

»Wie lange arbeiten Sie schon für Mr. Grey?«, frage ich ihn.

»Seit vier Jahren, Miss Steele.«

Plötzlich überkommt mich das überwältigende Bedürfnis, ihn mit tausend Fragen zu bombardieren. Dieser Mann muss doch alles über Christian wissen, all seine Geheimnisse kennen. Andererseits hat er garantiert eine Verschwiegenheitsklausel im Vertrag. Nervös sehe ich ihn an. Er ist genauso einsilbig wie Ray, was ihn mir noch sympathischer macht.

»Er ist ein guter Mann, Miss Steele«, erwidert er und lächelt. Mit einem angedeuteten Nicken steigt er ein und fährt davon.

Apartment, Käfer, Clayton's … alles endgültig Vergangenheit. Ich schüttle den Kopf und gehe wieder hinein. Und die allergrößte Veränderung in meinem Leben ist Christian. Taylor hält ihn für einen *guten Mann*. Kann ich ihm wirklich glauben?

Um acht taucht José auf und bringt etwas vom Chinesen mit. Wir sind fertig. Alles ist gepackt und bereit für den Abtransport. Er hat auch ein paar Flaschen Bier dabei. Kate und ich fläzen auf der Couch, während er sich im Schneidersitz auf dem Boden zwischen uns niederlässt. Wir sehen uns irgendeinen Blödsinn im Fernsehen an, trinken Bier und schwelgen lautstark in Erinnerungen an alte Zeiten, während das Bier allmählich Wirkung zeigt. Es waren schöne vier Jahre.

Inzwischen ist die Stimmung zwischen José und mir wieder normal und der Versuch, mich zu küssen, längst vergessen. Also gut, meine innere Göttin hat ihn unter den Teppich gekehrt, auf den sie sich drapiert hat, Weintrauben nascht und mit den Fingern trommelt, weil sie es kaum erwarten kann, bis endlich

Sonntag ist. Wieder klopft es. Mir rutscht das Herz in die Hose. Ist das etwa …?

Kate öffnet die Tür. Elliot stürmt herein, zieht sie in eine hollywoodreife Umarmung, die Augenblicke später in eine leidenschaftliche Programmkino-Streichelarie übergeht. Also ehrlich, Leute, sucht euch gefälligst ein Zimmer. José und ich tauschen einen viel sagenden Blick. Ihr Mangel an Anstand macht mich verlegen.

»Gehen wir auf einen Sprung in die Bar die Straße runter?«, schlage ich vor.

José nickt eifrig. Der Begattungsakt, der sich vor unseren Augen anzubahnen scheint, ist oberpeinlich. Kate löst sich für einen kurzen Moment von Elliot. Ihre Augen leuchten, und auf ihren Wangen liegt eine zarte Röte.

»José und ich gehen kurz etwas trinken«, sage ich und verdrehe die Augen. Ha! In meiner Freizeit kann ich die Augen so oft verdrehen, wie ich will!

»Okay.« Sie grinst.

»Hi, Elliot. Bye, Elliot.«

Er zwinkert mir zu, während José und ich kichernd wie zwei Teenager aus dem Apartment flüchten.

Auf dem Weg zur Bar hake ich mich bei ihm unter. José ist so wunderbar unkompliziert – aber das wird mir erst jetzt so richtig bewusst.

»Ihr beide kommt doch aber trotzdem zu meiner Vernissage, oder?«

»Natürlich, José. Wann ist sie denn?«

»Am 9. Juni.«

»Was für ein Tag ist das?« Plötzlich kriege ich Panik.

»Ein Donnerstag.«

»Ja, das sollte klappen. Und kommst du uns in Seattle besuchen?«

»Versuch mal, mich davon abzuhalten.« Er grinst.

Es ist schon spät, als wir aus der Bar zurückkehren. Von Kate und Elliot ist nichts zu sehen, wohl aber zu hören. *Mist.* Ich kann nur hoffen, dass ich nicht so laut bin. Christian macht jedenfalls nicht so viel Lärm, das weiß ich sicher. Bei dem Gedanken werde ich rot. Nach einer flüchtigen, zum Glück keineswegs peinlichen Umarmung macht José sich auf den Heimweg, und ich flüchte in mein Zimmer. Ich habe keine Ahnung, wann ich ihn wiedersehen werde, wahrscheinlich erst bei seiner Vernissage. Nicht zum ersten Mal bin ich völlig von den Socken, dass er endlich eine eigene Ausstellung bekommen hat. Ich werde ihn und seinen jungenhaften Charme vermissen. Ich habe es nicht übers Herz gebracht, ihm von Wanda und ihrem Schicksal zu erzählen, weil ich genau weiß, dass er ausflippen würde. Aber zwei Männer, die im Dreieck springen, halte ich nicht aus. Ich fahre den Laptop hoch, wo mich – natürlich – eine Mail von Christian erwartet.

Von: Christian Grey
Betreff: Wo steckst du?
Datum: 27. Mai 2011, 22:14 Uhr
An: Anastasia Steele

Sobald ich von der Arbeit zuhause bin, melde ich mich per Mail.
Arbeitest du immer noch oder hast du aus Versehen dein Telefon, den BlackBerry und den Laptop eingepackt?
Ruf mich an, sonst sehe ich mich gezwungen, Elliot einzuschalten.

CHRISTIAN GREY
CEO, Grey Enterprises Holdings, Inc.

Mist … José … Scheiße.
Ich schnappe das Telefon. Fünf Anrufe in Abwesenheit und eine Nachricht auf der Voicemail. Zögernd rufe ich sie ab. Sie stammt von Christian.

»Du musst wohl erst noch lernen, meinen Erwartungen gerecht zu werden. Geduld gehört nicht zu meinen Stärken. Wenn du sagst, du meldest dich nach der Arbeit, solltest du den Anstand besitzen, es auch zu tun. Sonst mache ich mir nur Sorgen, und das ist eine Regung, die mir fremd ist und mit der ich auch nicht gut umgehen kann. Ruf mich an.«

Scheiße. Hört der Typ denn nie auf? Er erdrückt mich förmlich. Die Furcht liegt wie ein Stein in meinem Magen, als ich seine Nummer wähle. Beklommen warte ich darauf, dass er abhebt. Wahrscheinlich wird er mich zur Strafe windelweich prügeln. Ein deprimierender Gedanke.

»Hi«, meldet er sich leise.

Ich falle fast vom Stuhl. Ich hatte damit gerechnet, dass er stinkwütend sein würde, doch seinem Tonfall nach zu urteilen, ist er höchstens erleichtert.

»Hi«, murmle ich.

»Ich habe mir Sorgen gemacht.«

»Ich weiß. Es tut mir leid, dass ich mich nicht gemeldet habe, aber es ist alles in Ordnung.«

Einen Moment lang herrscht Stille.

»Hattest du einen schönen Abend?«, erkundigt er sich mit knapper, vollendeter Höflichkeit.

»Ja. Wir haben alles fertig gepackt. José war hier und hat Kate und mir etwas vom Chinesen mitgebracht.« Als ich Josés Namen ausspreche, kneife ich die Augen fest zusammen, aber Christian schweigt.

»Und bei dir?«, frage ich, um die plötzlich ohrenbetäubende Stille zu durchbrechen. Ich werde mir von ihm kein schlechtes Gewissen wegen José machen lassen.

Schließlich seufzt er. »Ich war bei einem Wohltätigkeitsessen. Es war total langweilig, deshalb bin ich so schnell wie möglich verschwunden.«

Er klingt so traurig und resigniert, dass mir das Herz blutet. Ich sehe ihn vor mir, wie er an jenem Abend am Klavier mitten in seinem Tanzsaal von Wohnzimmer saß, und höre die unsagbar bittersüße Melancholie der Musik, die er gespielt hat.

»Ich wünschte, du wärst hier«, flüstere ich, weil mich plötzlich das Bedürfnis überkommt, ihn in den Armen zu halten, alles zu tun, damit es ihm wieder besser geht. Obwohl er es niemals zulassen würde. Ich sehne mich nach seiner Nähe.

»Tatsächlich?«, murmelt er höflich.

Oje. Das klingt ganz und gar nicht nach ihm. Beim Gedanken daran, was mich erwartet, beginnt meine Kopfhaut zu prickeln. »Ja«, hauche ich.

Nach einer scheinbaren Ewigkeit stößt er einen Seufzer aus. »Wir sehen uns am Sonntag.«

»Ja. Am Sonntag«, erwidere ich und spüre, wie mich die Vorfreude durchströmt.

»Gute Nacht.«

»Gute Nacht, Sir.«

Mit dieser Anrede hat er offenbar nicht gerechnet, denn ich höre ihn am anderen Ende der Leitung scharf den Atem einsaugen.

»Viel Glück morgen beim Umzug, Anastasia.« Seine Stimme ist butterweich. Und beide weigern wir uns aufzulegen, wie zwei alberne Teenager.

»Leg auf«, flüstere ich. Endlich spüre ich sein Lächeln durch die Leitung.

»Nein, du.« Ich weiß, dass er grinst.

»Ich will aber nicht.«

»Ich auch nicht.«

»Warst du sehr wütend auf mich?«

»Ja.«

»Und bist du's jetzt auch noch?«

»Nein.«

»Also wirst du mich nicht bestrafen?«

»Nein. Ich bin eher der spontane Typ.«

»Das ist mir auch schon aufgefallen.«

»Sie können jetzt auflegen, Miss Steele.«

»Soll ich das wirklich, Sir?«

»Marsch ins Bett, Anastasia.«

»Ja, Sir.«

Keiner von uns legt auf.

»Schaffst du es irgendwann, zu tun, was man dir sagt, was meinst du?« Er ist belustigt und verärgert zugleich.

»Vielleicht. Warten wir erst mal den Sonntag ab.« Und damit drücke ich die rote Taste.

Elliot richtet sich auf und begutachtet staunend sein Werk. Er hat soeben den Fernseher in unserer neuen Wohnung am Pike Place Market ans Kabelsystem angeschlossen. Kate und ich lassen uns kichernd aufs Sofa fallen. Wir sind beide schwer beeindruckt von seinen Fähigkeiten im Umgang mit der Bohrmaschine. Der Flachbildschirm macht sich zwar nicht besonders gut vor der Ziegelwand des umgebauten Lagerhauses, aber ich werde mich schon daran gewöhnen.

»Siehst du, Baby, das reinste Kinderspiel.« Er schenkt Kate ein Strahlelächeln, das von einem Ohr zum anderen reicht, woraufhin sie förmlich zerfließt.

Ich verdrehe nur die Augen.

»Ich würde ja wahnsinnig gern hierbleiben, Baby, aber meine Schwester ist gerade aus Paris zurückgekommen, und für heute ist ein Familienabendessen angesagt. Mit Anwesenheitspflicht für alle.«

»Kannst du nicht danach noch einmal vorbeikommen?«, säuselt Kate mit einer Zaghaftigkeit, die ich noch nie an ihr beobachtet habe.

Ich stehe auf und gehe in die Küche, wo ich so tue, als würde ich Kartons auspacken – ich ahne, dass es gleich kitschig werden wird.

»Vielleicht kann ich mich ja loseisen«, antwortet Elliot.

»Ich bringe dich noch runter«, sagt Kate und lächelt.

»Bis dann, Ana.« Elliot grinst.

»Bis dann, Elliot. Und richte Christian schöne Grüße aus.«

»Nur schöne Grüße?«, fragt er und hebt viel sagend die Brauen.

»Ja.« Ich erröte.

Er zwinkert mir zu, so dass ich vollends rot anlaufe, und folgt Kate nach draußen.

Elliot ist ein echter Schatz und ganz anders als Christian – warmherzig, offen und sehr (für meine Begriffe zu) anhänglich, wenn Kate in der Nähe ist. Die beiden können kaum die Finger voneinander lassen, was zwar peinlich ist, mich gleichzeitig aber grün vor Neid werden lässt.

Zwanzig Minuten später kommt Kate mit einer Pizza zurück, die wir, umgeben von Kisten und Kartons, in unserer neuen offenen Küche direkt aus der Schachtel verputzen. Das Apartment ist nicht sonderlich groß, bietet aber mit drei Schlafzimmern und einem großen Wohnbereich mit Blick auf den Pike Place Market ausreichend Platz. Es ist mit Massivholzböden und Ziegelwänden ausgestattet, die Arbeitsplatte besteht aus poliertem Beton – alles sehr zweckmäßig und topmodern. Und das Beste daran ist, dass es mitten im Herzen der Stadt liegt.

Um acht Uhr läutet es an der Gegensprechanlage. Kate springt auf, und mir rutscht das Herz in die Hose.

»Eine Lieferung für Miss Steele und Miss Kavanagh.«

Eine Woge der Enttäuschung durchströmt mich. Es ist nicht Christian.

»Zweiter Stock, Apartment zwei.«

Kate macht dem Boten die Tür auf. Als er sie sieht, in ihren knallengen Jeans, dem T-Shirt und ihrem locker aufgetürmten Haar, aus dem sich einzelne Strähnen gelöst haben, fällt ihm prompt die Kinnlade herunter. Das ist immer so bei ihr. Er hat eine Flasche Champagner mit einem Luftballon in Hubschrauberform in der Hand. Sie verabschiedet ihn mit einem strahlenden Lächeln und wendet sich mir zu, um vorzulesen, was auf der Karte steht.

Ladys,
viel Glück im neuen Zuhause.
Christian Grey

Kate schüttelt den Kopf. »Hätte er nicht einfach ›von Christian‹ schreiben können? Und was soll dieser Luftballon da?«

»Charlie Tango.«

»Was?«

»Christian hat mich in seinem Hubschrauber nach Seattle gebracht.«

Kate bleibt der Mund offen stehen. Ich muss zugeben, dass ich diese seltenen Momente – Katherine Kavanagh sprachlos – in vollen Zügen genieße. Eine köstliche Minute lang weide ich mich an ihrer Verblüffung.

»Ja, er hat einen eigenen Hubschrauber, den er sogar selbst fliegen kann«, füge ich stolz hinzu.

»Natürlich muss dieser unverschämt reiche Dreckskerl seinen eigenen Hubschrauber haben. Wieso hast du mir das nicht schon früher erzählt?«, fragt Kate vorwurfsvoll, aber lächelnd.

»Ich hatte in letzter Zeit so viele andere Dinge um die Ohren.«

Sie runzelt die Stirn. »Kommst du klar, solange ich weg bin?«

»Aber klar«, beruhige ich sie. Neue Stadt, neuer Job … durchgeknallter neuer Freund.

»Hast du ihm die Adresse gegeben?«

»Nein, aber Stalking ist eine seiner Spezialitäten«, antworte ich sachlich.

Kate sieht noch verdrossener drein. »Keine Ahnung, wieso, aber irgendwie überrascht mich das nicht. Der Typ ist unheimlich, Ana. Aber wenigstens ist der Champagner anständig und gekühlt noch dazu.«

Natürlich ist er das. Nur Christian würde eine gekühlte Flasche Champagner schicken oder seine Sekretärin darum bitten – oder Taylor. Wir machen sie sofort auf und kramen die Teetassen heraus, die ganz oben liegen, weil sie als Letztes verstaut wurden.

»Bollinger Grande Année Rosé 1999, ein hervorragender Tropfen.« Ich grinse Kate an, und wir prosten einander zu.

Nach einem erstaunlich erholsamen Schlaf werde ich am Sonntagmorgen sehr früh wach. Es herrscht trübes Wetter. Ich liege im Bett und lasse den Blick über die Umzugskartons schweifen. *Eigentlich müsstest du dringend mit dem Auspacken anfangen*, mahnt mein Unterbewusstsein und presst streng die Lippen aufeinander. Nein … heute ist der große Tag. Meine innere Göttin ist völlig aus dem Häuschen und hüpft vor Aufregung von einem Fuß auf den anderen. Die Vorahnung hängt wie eine gewaltige tropische Gewitterwolke über mir, schwer und unheilvoll. Eine ganze Horde Schmetterlinge flattert in meinem Magen umher, gleichzeitig spüre ich ein dunkles, lustvolles Ziehen im Unterleib, als ich mir ausmale, was er mit mir anstellen wird … Und natürlich werde ich heute diesen verdammten Vertrag unterschreiben müssen, oder? Das leise Ping verrät mir, dass eine weitere Mail eingegangen ist. Ich beuge mich über die Bettkante und hebe den Laptop hoch.

Von: Christian Grey
Betreff: Mein Leben in Zahlen
Datum: 29. Mai 2011, 08:04 Uhr
An: Anastasia Steele

Du wirst später den Zugangscode für die Tiefgarage des Escala brauchen: 146963.
Stell den Wagen in Parkbucht fünf – das ist eine von meinen.
Der Code für den Aufzug lautet 1880.

CHRISTIAN GREY
CEO, Grey Enterprises Holdings, Inc.

Von: Anastasia Steele
Betreff: Ein erstklassiger Jahrgang
Datum: 29. Mai 2011, 08:08 Uhr
An: Christian Grey

Verstanden, Sir.
Danke für den Champagner und den Charlie-Tango-Luftballon, der inzwischen an meinem Bettpfosten angebunden ist.
 Ana

Von: Christian Grey
Betreff: Neid
Datum: 29. Mai 2011, 08:11 Uhr
An: Anastasia Steele

Gern geschehen.
Sei pünktlich.
Charlie Tango ist ein echter Glückspilz.
CHRISTIAN GREY
CEO, Grey Enterprises Holdings, Inc.

Ich verdrehe die Augen. Schon wieder dieser Befehlston. Doch als ich die letzten Worte lese, muss ich lächeln. Ich gehe ins Bad. Ob Elliot gestern Abend noch einmal zurückgekommen ist? Es fällt mir schwer, meine Nerven unter Kontrolle zu behalten.

Ich habe es geschafft, in High Heels den Audi zu fahren! Um exakt 12:55 Uhr biege ich in die Garage des Escala und stelle den Wagen in Parkbucht fünf ab. Wie viele Buchten gehören ihm eigentlich? Der Audi SUV und der R8 stehen da, außerdem zwei weitere, etwas kleinere Audi-Geländewagen … hm. Ich klappe den beleuchteten Kosmetikspiegel herunter, um nachzusehen, ob meine Wimperntusche auch nicht verlaufen ist. Diesen Luxus hatte mein Käfer natürlich nicht.

Go, girl! Meine innere Göttin hat offenbar die Cheerleaderin in sich entdeckt und schwenkt aufmunternd die Pompons. Ich trete in den Aufzug und betrachte prüfend mein pflaumenblaues Kleid – besser gesagt, Kates pflaumenblaues Kleid, das er mir am liebsten vom Leib gerissen hätte, als ich es das letzte Mal anhatte. Bei der Erinnerung spüre ich, wie sich mein Inneres zusammenzieht. Es ist ein herrliches Gefühl. Für einen Moment halte ich den Atem an. Ich trage die Dessous, die Taylor für mich gekauft hat – bei der Vorstellung, wie sich der ehemalige Soldat mit dem Bürstenhaarschnitt bei Agent Provocateur oder sonst wo durch die Ständer arbeitet, werde ich rot. Die Türen gleiten auf und geben den Blick auf den Flur vor Apartment Nummer eins frei.

Taylor empfängt mich, als ich aus dem Aufzug steige.

»Guten Tag, Miss Steele«, begrüßt er mich.

»Bitte nennen Sie mich doch Ana.«

»Ana.« Er lächelt. »Mr. Grey erwartet Sie bereits.«

Jede Wette.

Christian sitzt mit der Sonntagszeitung auf der Couch im Wohnzimmer und sieht kurz auf, als Taylor mich hereinführt. Der Raum sieht so aus, wie ich ihn in Erinnerung habe – es ist zwar erst eine Woche her, seit ich das letzte Mal hier war, trotzdem kommt es mir viel länger vor. Christian wirkt kühl und ruhig. Ehrlich gesagt, sieht er absolut göttlich aus. Er trägt Jeans, ein weites, weißes Leinenhemd und weder Socken noch Schuhe. Sein Haar ist zerzaust, und in seinen Augen liegt ein verschlagenes Funkeln. Er steht auf und schlendert auf mich zu. Um seine sinnlichen Lippen spielt ein amüsiertes, abschätzendes Lächeln.

Ich stehe reglos da, wie gelähmt von seiner Schönheit und der köstlichen Vorfreude auf das, was gleich passieren wird. Da ist es wieder – dieses magische Knistern zwischen uns, diese Anziehungskraft, die sich zuckend in meinem Unterleib bemerkbar macht.

»Hm … dieses Kleid«, begrüßt er mich anerkennend und sieht mich an. »Willkommen zurück, Miss Steele«, flüstert er, umfasst mein Kinn und küsst mich zärtlich auf den Mund.

Die Berührung seiner Lippen jagt einen Schauder durch meinen Körper. Mir stockt der Atem.

»Hi«, flüstere ich.

»Du bist pünktlich. Ich mag pünktliche Menschen. Komm.« Er nimmt meine Hand und führt mich zur Couch. »Ich muss dir etwas zeigen«, sagt er, während wir uns setzen. Er reicht mir die *Seattle Times*. Auf Seite 8 ist ein Foto von uns beiden bei der Graduierungszeremonie abgedruckt. Holla! Ich bin in der Zeitung. Ich lese die Bildunterschrift:

Christian Grey und Freundin bei der offiziellen Abschlussfeier der WSU Vancouver.

Ich lache. »Dann bin ich jetzt also deine ›Freundin‹.«

»Sieht ganz so aus. Und wenn es in der Zeitung steht, muss es ja wohl stimmen.« Er grinst.

Er hat sich neben mich gesetzt und ein Bein untergeschlagen. Er streckt die Hand aus und schiebt mir mit seinem langen Zeigefinger eine Haarsträhne hinters Ohr. Augenblicklich erwacht mein Körper zum Leben. Ein tiefes Verlangen durchströmt mich.

»Nun, Anastasia, inzwischen hast du ja ein genaueres Bild von mir als bei deinem letzten Besuch.«

»Ja.« Worauf will er hinaus?

»Und trotzdem bist du wiedergekommen.«

Ich nicke verlegen. Seine Augen leuchten. Er schüttelt den Kopf, als sei er sich seiner Sache nicht sicher.

»Hast du schon etwas gegessen?«, fragt er aus heiterem Himmel.

Verdammt.

»Nein.«

»Bist du hungrig?« Er gibt sich alle Mühe, sich seine Verärgerung nicht anmerken zu lassen.

»Nicht auf etwas Essbares«, flüstere ich.

Seine Nasenflügel beben. Er beugt sich vor und flüstert mir ins Ohr: »Miss Steele ist wieder mal mit Feuereifer bei der Sache, wie gewohnt. Aber um Ihnen ein kleines Geheimnis zu verraten – ich auch nicht. Allerdings wird Dr. Greene gleich hier sein.« Er setzt sich wieder auf. »Ich wünschte, du würdest regelmäßig etwas essen«, sagt er mit mildem Tadel.

Mein erhitztes Blut kühlt ein wenig ab. Oje, der Arzt, den hatte ich ja völlig vergessen.

»Was kannst du mir über Dr. Greene erzählen?«, frage ich, um uns beiden Gelegenheit zur Abkühlung zu geben.

»Sie ist die beste Gynäkologin in Seattle. Das sollte wohl genügen.«

»Ich dachte, dein Hausarzt untersucht mich. Und erzähl mir nicht, du bist in Wahrheit eine Frau, denn das werde ich dir ganz bestimmt nicht abkaufen.«

Er wirft mir einen vernichtenden Blick zu. »Ich halte es für angemessener, wenn du von einer Spezialistin untersucht wirst. Du nicht auch?«

Ich nicke. Junge, Junge, wenn die Frau tatsächlich die beste Gynäkologin der Stadt ist und er sie hierherbestellt hat, an einem Sonntag und noch dazu um die Mittagszeit, will ich mir lieber nicht vorstellen, was das gekostet haben mag.

Christian runzelt die Stirn, als wäre ihm etwas höchst Unangenehmes eingefallen.

»Anastasia, meine Mutter möchte gern, dass du heute Abend zum Essen kommst. Ich glaube, Elliot fragt Kate, ob sie auch mitkommt. Ich bin nicht sicher, was ich davon halten soll. Es wird ziemlich seltsam werden, dich meiner Familie vorzustellen.«

Seltsam? Wieso?

»Schämst du dich für mich?« Vergeblich versuche ich, nicht gekränkt zu klingen.

»Natürlich nicht.« Er verdreht die Augen.

»Wieso ist es dann seltsam?«

»Weil ich so etwas noch nie gemacht habe.«

»Und wieso darfst du die Augen verdrehen und ich nicht?«

Er blinzelt. »Ich habe gar nicht mitbekommen, dass ich das getan habe.«

»Das geht mir meistens ebenfalls so«, fahre ich ihn an.

Christian starrt mich sprachlos an.

Taylor erscheint im Türrahmen. »Dr. Greene ist hier, Sir.«

»Bringen Sie sie bitte in Miss Steeles Zimmer.«

Miss Steeles Zimmer!

»Und? Bereit für die Verhütung?«, fragt er, steht auf und reicht mir die Hand.

»Du kommst doch nicht etwa mit?«, frage ich entsetzt.

Er lacht. »Ich würde einiges springen lassen, wenn ich zusehen dürfte, das kann ich dir versichern, aber ich kann mir nicht vorstellen, dass die gute Frau Doktor sich darauf einlassen würde.«

Ich nehme seine Hand. Er zieht mich in seine Arme und küsst mich leidenschaftlich. Überrascht umklammere ich seine Oberarme. Er hat eine Hand um meinen Hinterkopf gelegt und beugt sich vor, so dass seine Stirn meine berührt.

»Ich bin so froh, dass du hier bist«, flüstert er. »Ich kann es kaum erwarten, dich endlich auszuziehen.«

ACHTZEHN

Dr. Greene ist groß, schlank und wirkt sehr gepflegt in ihrem dunkelblauen Kostüm. Bei ihrem Anblick muss ich automatisch an die Damen in Christians Büro denken. Sie ist wie ein Abziehbild von ihnen – eine weitere Stepford-Blondine in seiner Sammlung. Ihr langes Haar ist zu einem eleganten Chignon-Knoten frisiert. Ich schätze sie auf Anfang vierzig.

»Mr. Grey.« Sie ergreift Christians ausgestreckte Hand und schüttelt sie.

»Danke, dass Sie so kurzfristig herkommen konnten«, sagt er.

»Danke, dass Sie es lukrativ genug für mich gemacht haben, Mr. Grey. Miss Steele.« Sie lächelt, doch ihr Blick ist kühl und abschätzend.

Wir geben einander die Hand. Ich sehe ihr an, dass sie zu den Frauen gehört, die dumme Menschen nicht ausstehen können. Genauso wie Kate. Das macht sie mir auf Anhieb sympathisch. Sie wirft Christian einen scharfen Blick zu. Einen Moment lang herrscht verlegene Stille, dann scheint er endlich zu begreifen.

»Ich gehe mal wieder nach unten«, murmelt er und lässt uns in meinem künftigen Zimmer zurück.

»Also, Miss Steele. Mr. Grey zahlt mir ein kleines Vermögen für diesen Termin. Was kann ich für Sie tun?«

Nach einer sorgfältigen Untersuchung und einem ausführlichen Gespräch entscheiden Dr. Greene und ich uns für die Minipille. Sie stellt mir ein Rezept aus und meint, ich solle es am besten gleich morgen einlösen. Ihre sachliche Art gefällt mir. Sie hat mir einen Endlosvortrag darüber gehalten, dass ich unbedingt darauf achten muss, die Pille jeden Tag exakt um dieselbe Uhrzeit einzunehmen. Und ich sehe ihr an, dass sie beinahe vor Neugier platzt, wie meine »Beziehung« mit Mr. Grey wohl aussehen mag, aber ich mache keine Anstalten, mich dazu zu äußern. Ich kann mir nicht vorstellen, dass sie noch so kühl und souverän wirken würde, wenn sie von seiner Kammer der Qualen wüsste. Ich spüre, wie mir die Röte ins Gesicht steigt, als wir an der geschlossenen Tür vorbeigehen und in das Wohnzimmer zurückkehren.

Christian sitzt auf der Couch und liest. Aus dem Soundsystem ertönt eine atemberaubend schöne Arie. Ihre Klänge wirbeln um ihn herum, hüllen ihn förmlich ein und erfüllen den Raum mit einer bittersüßen Schwere. Einen Moment lang wirkt er beinahe heiter. Er dreht sich um und wirft mir ein warmherziges Lächeln zu.

»Fertig?« fragt er, als sei er aufrichtig am Ergebnis der Untersuchung interessiert, und richtet die Fernbedienung auf einen weißen Kasten unterhalb des Kamins, in dem sein iPod steckt, woraufhin die Melodie leiser wird. Dann steht er auf und kommt herübergeschlendert.

»Ja, Mr. Grey. Passen Sie gut auf Miss Steele auf. Sie ist eine bildschöne und kluge junge Frau.«

Christian sieht sie verblüfft an. Und ich ebenfalls. Was für eine unangemessene Bemerkung für eine Ärztin. Soll das eine Warnung sein? Nicht gerade das, was man als subtil bezeichnen würde. Christian findet als Erster die Fassung wieder.

»Genau das war auch meine Absicht«, kontert er, immer noch sichtlich verwirrt.

Ich werfe ihm einen Blick zu und zucke mit den Schultern.

»Ich schicke Ihnen die Rechnung zu«, erklärt Dr. Greene kühl und schüttelt ihm die Hand.

»Noch einen schönen Tag, und alles Gute für Sie, Ana.« Lächelnd reicht sie auch mir die Hand.

Wie aus dem Nichts taucht Taylor hinter uns auf, um sie nach draußen zu begleiten. Wie macht er das nur? Wo versteckt sich der Mann die ganze Zeit?

»Und wie war's?«, erkundigt sich Christian.

»Gut. Danke. Sie meint, ich muss die nächsten vier Wochen auf jegliche sexuelle Aktivität verzichten.«

Christian fällt die Kinnlade herunter.

Ich schaffe es nicht, noch länger ernst zu bleiben, sondern grinse ihn wie eine Vollidiotin an. »Erwischt!«

Er kneift die Augen zusammen.

Schlagartig verstummt mein Lachen. Ehrlich gesagt, bekomme ich regelrecht Angst vor ihm. *Scheiße*. Mein Unterbewusstsein flüchtet sich in die nächste Ecke und kauert sich zusammen, während ich spüre, wie mir sämtliche Farbe aus dem Gesicht weicht. Ich sehe bereits vor mir, wie er mich schon wieder übers Knie legt.

»Erwischt!«, sagt er und feixt. Er schlingt die Arme um meine Taille und zieht mich an sich. »Sie sind unverbesserlich, Miss Steele.« Er sieht mich streng an und vergräbt die Hände in meinem Haar. Dann zieht er meinen Kopf nach hinten und küsst mich ungestüm, während ich die Finger um seine muskulösen Arme lege.

»So gern ich dich gleich hier auf der Stelle nehmen würde, aber du musst dringend etwas essen. Und ich auch. Ich will schließlich nicht, dass du mir ohnmächtig wirst«, murmelt er, ohne seinen Mund von meinen Lippen zu lösen.

»Ist das der einzige Grund, weshalb du mich willst – wegen meines Körpers?«, flüstere ich.

»Wegen deines Körpers und wegen deines losen Mundwerks.«

Wieder küsst er mich voller Leidenschaft, dann lässt er mich abrupt los, nimmt meine Hand und führt mich in die Küche. Etwas benommen folge ich ihm. In der einen Minute haben wir noch geschäkert, und in der nächsten … Ich fächere mir Luft zu, um meine erhitzten Wangen zu kühlen. Dieser Mann ist blanker

Sex, und ich muss mich erst einmal beruhigen und etwas essen. Im Hintergrund höre ich immer noch die Arie.

»Was ist das für eine Musik?«

»*Villa Lobos* aus *Bachianas Brasileiras*. Schön, nicht?«

»Ja«, bestätige ich leise.

Auf der Frühstückstheke liegen zwei Gedecke. Christian nimmt eine Salatschüssel aus dem Kühlschrank.

»Ist Caesar Salad mit Hühnchen okay?«

Nichts allzu Schweres, Gott sei Dank.

»Ja, wunderbar. Danke.«

Ich sehe zu, wie er anmutig zu hantieren beginnt. Auf der einen Seite scheint er sich so wohl in seiner Haut zu fühlen, auf der anderen darf ihn niemand anfassen … Niemand ist eine Insel, denke ich, vielleicht mit Ausnahme von Christian Grey.

»Was denkst du gerade?«, fragt er und reißt mich aus meinen Überlegungen.

Ich werde rot. »Ich habe nur zugesehen, wie du dich bewegst.«

Amüsiert zieht er eine Braue hoch. »Und?«

Noch mehr Blut schießt mir in die Wangen. »Du bewegst dich sehr anmutig.«

»Vielen Dank, Miss Steele.« Er setzt sich neben mich und hält eine Flasche Wein hoch. »Chablis?«

»Bitte.«

»Nimm dir etwas Salat«, fordert er mich mit sanfter Stimme auf. »Also, erzähl – für welche Methode hast du dich entschieden?«

Im ersten Moment weiß ich nicht, wovon er spricht, doch dann fällt der Groschen.

»Für die Minipille.«

Er runzelt die Stirn. »Und du bist sicher, dass du daran denkst, sie regelmäßig zu nehmen? Jeden Tag zur selben Zeit?«

Meine Güte, natürlich! Woher weiß er so genau darüber Bescheid? Wieder werde ich rot. Wahrscheinlich weil eine oder gar mehrere meiner fünfzehn Vorgängerinnen zur selben Methode gegriffen haben.

»Ich bin sicher, du wirst mich daran erinnern«, erwidere ich.

Er mustert mich mit amüsierter Herablassung. »Ich werde die Alarmfunktion in meinem Kalender entsprechend einstellen.« Er grinst. »Und jetzt iss.«

Der Salat ist köstlich. Verblüfft stelle ich fest, dass ich Bärenhunger habe. Zum ersten Mal, seit ich ihn kenne, ist mein Teller schneller leer als seiner. Der Wein ist spritzig, kühl und fruchtig.

»Wie immer mit Feuereifer dabei, Miss Steele?«, fragt er und lächelt beim Anblick meines leeren Tellers.

Ich werfe ihm einen verstohlenen Blick zu. »Ja«, flüstere ich.

Ihm stockt der Atem. Unter seinem eindringlichen Blick spüre ich, wie sich die Atmosphäre zwischen uns ganz langsam verändert und die Luft zu knistern beginnt. Ich sehe das Lodern in seinen Augen, dem ich mich nicht entziehen kann. Er steht auf, tritt einen Schritt näher und zieht mich vom Barhocker.

»Willst du es wirklich?«, raunt er.

»Noch habe ich den Vertrag nicht unterschrieben.«

»Das weiß ich, aber neuerdings verstoße ich gegen sämtliche Regeln.«

»Wirst du mich schlagen?«

»Ja, aber diesmal wird es nicht wehtun. Im Moment habe ich kein Bedürfnis, dich zu bestrafen. Wärst du gestern Abend hier gewesen, hätte die Sache anders ausgesehen.«

O Mann. Er *will* mir also wehtun. Wie soll ich damit umgehen? Ich kann mein Entsetzen nicht verbergen.

»Lass dir von keinem etwas anderes einreden, Anastasia. Einer der Gründe, weshalb Menschen wie ich so etwas tun, ist, dass wir entweder gern Schmerz zufügen oder erleiden. So einfach ist das. Du allerdings nicht. Darüber habe ich gestern sehr lange nachgedacht.«

Wieder zieht er mich an sich, so dass ich seine Erektion an meinem Bauch spüren kann. Eigentlich wäre dies der Augenblick, in dem ich mich losreißen und abhauen sollte, aber ich kann nicht. Auf einer tiefen, elementaren Ebene, die ich beim besten Willen nicht ergründen kann, fühle ich mich geradezu magisch zu ihm hingezogen.

»Und bist du zu einem Ergebnis gelangt?«, frage ich leise.

»Nein. Aber jetzt habe ich nur einen einzigen Wunsch – dich fesseln und vögeln, dass dir Hören und Sehen vergeht. Bist du bereit dafür?«

»Ja«, hauche ich und spüre, wie sich jede Faser meines Körpers anspannt … *Wow.*

»Sehr gut. Komm mit.« Ohne das schmutzige Geschirr zu beachten, nimmt er mich an der Hand und führt mich nach oben.

Mein Herz pocht wie wild. Ich werde es also tatsächlich tun. Meine innere Göttin legt eine Pirouette nach der anderen aufs Parkett, wie eine russische Weltklasse-Ballerina. Er öffnet die Tür zu seinem Spielzimmer und tritt einen Schritt zur Seite, um mich vorbeigehen zu lassen. Und wieder befinde ich mich in Christians Kammer der Qualen.

Alles ist wie beim letzten Mal, derselbe Geruch nach Leder, nach zitronenhaltiger Politur und dunklem Holz, sehr sinnlich. Das Blut rauscht durch meine Adern, Adrenalin vermischt mit Lust und Verlangen. Ein Cocktail, der meine Sinne berauscht und meine Knie weich werden lässt. Ich sehe Christian an, doch vor mir steht ein völlig veränderter Mann – härter und gemeiner. Blanke Lust lodert in seinen Augen, sein Blick ist … hypnotisch.

»Solange du in diesem Zimmer bist, gehörst du mir«, sagt er leise, ganz langsam und bedächtig. »Und du wirst tun, was ich für richtig halte. Verstehst du das?«

Sein Blick durchbohrt mich. Ich nicke. Mein Mund ist staubtrocken, und es fühlt sich an, als würde mir das Herz gleich aus der Brust springen.

»Zieh deine Schuhe aus«, befiehlt er leise.

Ich schlucke und streife sie mir umständlich von den Füßen. Er bückt sich, nimmt sie und stellt sie neben die Tür.

»Gut. Zögere nicht, wenn ich etwas von dir verlange. Und jetzt werde ich dir dieses Kleid ausziehen. Darauf freue ich mich schon seit Tagen. Ich will, dass du dich wohl in deiner Haut fühlst, Anastasia. Du hast einen wunderschönen Körper, und es macht mir großen Spaß, ihn anzusehen. Wenn es nach mir ginge, könnte ich dich den ganzen Tag ansehen. Ich will, dass du dich weder schämst noch verlegen bist. Verstehst du das?«

»Ja.«

»Ja, was?« Er starrt mich finster an.

»Ja, Sir.«

»Ist das auch wahr?«, herrscht er mich an.

»Ja, Sir.«

»Gut. Und jetzt heb die Arme.«

Ich gehorche. Er nimmt den Saum meines Kleids und zieht es ganz langsam hoch; über meine Schenkel, meine Hüften, meinen Bauch, meine Brüste, meine Schultern und über den Kopf. Dann tritt er zurück, um mich in Augenschein zu nehmen, und legt geistesabwesend das Kleid zusammen, ohne den Blick von mir zu lösen. Er lässt es auf die Holzkommode neben der Tür fallen, dann umfasst er mein Kinn und sieht mich durchdringend an.

»Du kaust schon wieder auf deiner Lippe«, stößt er hervor. »Du weißt doch, welche Wirkung das auf mich hat«, fügt er drohend hinzu. »Dreh dich um.«

Ohne zu zögern, drehe ich mich um. Er öffnet den Verschluss meines BHs, nimmt die Träger und streift sie ganz langsam ab. Ich spüre seine Fingerspitzen und seine Daumennägel an der Innenseite meiner Arme. Die Berührung jagt mir einen Schauder über den Rücken. Sämtliche Nervenenden in meinem Körper vibrieren inzwischen. Er steht hinter mir, so dicht, dass ich die Hitze seines Körpers spüre, die mich wärmt bis in die letzte Zelle. Er streicht mir das Haar über die Schultern, so dass es mir über den Rücken fällt, packt eine dicke Strähne und zieht meinen Kopf zur Seite. Seine Nase wandert über die nackte Haut in meinem Nacken und bis zu meinem Ohr. Sämtliche Muskeln in meinem Bauch spannen sich an, als mich eine Woge der Lust durchströmt. O Gott, ich kann mich kaum noch beherrschen, dabei hat er mich noch nicht einmal richtig angefasst.

»Du riechst göttlich wie immer, Anastasia.« Er haucht einen leisen Kuss in die Kuhle unter meinem Ohr.

Ich stöhne.

»Still«, befiehlt er leise. »Ganz still sein.«

Zu meiner Verblüffung fängt er an, mit geübten Bewegungen mein Haar zu einem Zopf zu flechten. Als er fertig ist, bindet er es mit einem Haarband fest und zieht ruckartig daran, so dass ich nach hinten gerissen werde.

»Ich möchte, dass dein Haar zu einem Zopf geflochten ist, solange wir hier drin sind«, flüstert er.

Wieso?

Er lässt mich los. »Dreh dich um«, befiehlt er.

Ich gehorche. Meine Atemzüge werden flacher, als sich Angst und Verlangen zu einer Mischung vereinen, die mir die Sinne raubt.

»Wenn ich dir befehle, in dieses Zimmer zu kommen, wirst du genau so bekleidet sein – nur mit deinem Höschen. Hast du verstanden?«

»Ja.«

»Ja, was?«

»Ja, Sir.«

Der Anflug eines Lächelns spielt um seine Lippen. »Braves Mädchen«, lobt er und durchbohrt mich mit seinem Blick. »Wenn ich dir befehle, in dieses Zimmer zu kommen, wirst du dich dort drüben hinknien.« Er deutet auf eine Stelle neben der Tür. »Tu es.«

Für einen kurzen Moment stehe ich da, doch schließlich drehe ich mich um und lasse mich auf die Knie sinken.

»Du kannst dich auf die Fersen setzen.«

Ich gehorche.

»Leg Hände und Unterarme auf deinen Schenkeln ab. Gut. Jetzt spreiz die Knie. Weiter. Noch weiter. Perfekt. Und jetzt sieh zu Boden.«

Er tritt vor mich. Ich kann seine Füße und Schienbeine erkennen. Seine Füße sind nackt. Vielleicht sollte ich mir lieber Notizen machen, für den Fall, dass ich mir alles merken soll. Er streckt die Hand aus, langt nach meinem Zopf und zieht meinen Kopf so weit nach hinten, bis ich ihm ins Gesicht sehen kann, kurz vor der Schmerzgrenze.

»Wirst du dir diese Stellung merken, Anastasia?«

»Ja, Sir.«

»Gut. Bleib so, rühr dich nicht vom Fleck.« Er verlässt das Zimmer.

Ich bleibe auf den Fersen sitzen und warte. Wo ist er hingegangen? Was hat er vor? Die Zeit verstreicht. Ich habe keine Ahnung, wie lange ich so verharre … fünf Minuten? Zehn? Meine Atemzüge werden flacher. Ich komme beinahe um vor Spannung.

Plötzlich ist er wieder da – und ich bin ruhiger und aufgeregter zugleich. Wie ist das möglich? Ich kann seine Füße sehen. Er ist in ein anderes Paar Jeans geschlüpft. Die, die er jetzt trägt, sind älter, zerrissen und ausgebleicht. Sie sehen unglaublich sexy aus. Er schließt die Tür und hängt etwas daran auf.

»Braves Mädchen, Anastasia. Es gefällt mir sehr gut, wie du hier sitzt. Gut gemacht. Und jetzt steh auf.«

Ich erhebe mich, halte den Kopf jedoch gesenkt.

»Du darfst mich ansehen.«

Ich blicke auf. Sein abschätzender Blick ruht auf mir, doch der Ausdruck in seinen Augen wird eine Spur weicher. Er hat sich das Hemd ausgezogen. O Mann … ich wünschte, ich dürfte ihn anfassen. Der oberste Knopf seiner Jeans ist geöffnet.

»Ich werde dich jetzt anketten, Anastasia. Gib mir deine rechte Hand.«

Ich strecke die Hand vor. Er dreht sie mit der Handfläche nach oben, und ehe ich mich's versehe, saust eine Reitgerte herab, von der ich nicht gemerkt habe, dass er sie in der rechten Hand hält. Das Ganze geht so schnell, dass ich kaum weiß, wie mir geschieht. Und, was noch viel verblüffender ist – es tut überhaupt nicht weh. Na ja, zumindest nicht sehr. Nur ein leichtes, sirrendes Brennen.

»Wie fühlt sich das an?«, fragt er.

Ich sehe ihn verwirrt an.

»Antworte.«

»Okay.« Ich runzle die Stirn.

»Nicht die Stirn runzeln.«

Ich blinzele und bemühe mich um eine ausdruckslose Miene. Mit Erfolg.

»Hat es wehgetan?«

»Nein.«

»Und das wird auch so bleiben. Verstehst du?«

»Ja.« Ein Anflug von Unsicherheit schwingt in meiner Stimme mit. *Stimmt das auch, was er sagt?*

»Das ist mein Ernst«, erklärt er.

Meine Atemzüge werden immer flacher. Weiß er etwa, was ich denke? Er zeigt mir die Gerte. Sie ist aus braunem Leder. Ich hebe den Kopf und sehe ihm in die Augen. Sie leuchten vor Erregung, aber ich erkenne auch einen Anflug von Belustigung darin.

»Wir wollen doch, dass Sie zufrieden sind, Miss Steele«, murmelt er. »Komm.« Er nimmt mich beim Ellbogen, schiebt mich vor das Gitter und zieht ein Paar mit schwarzen Ledermanschetten versehene Handfesseln herunter.

»Das Gitter ist so konstruiert, dass sich die Handfesseln darüber ziehen lassen.«

Ich sehe nach oben. Heilige Scheiße, das ist ja das reinste U-Bahn-Netz da oben.

»Wir werden hier anfangen, aber ich will dich im Stehen ficken. Am Ende werden wir dort drüben an der Wand sein.« Mit der Reitgerte zeigt er auf das große X-förmige Holzkreuz an der gegenüberliegenden Wand.

»Heb die Hände über den Kopf.«

Ich gehorche unverzüglich. Es ist, als könnte ich mich selbst sehen, wie ein außenstehender Beobachter, der von oben zusieht, wie die Dinge ihren Lauf nehmen. Was hier passiert, ist unglaublich faszinierend und erotisch. Noch nie habe ich etwas getan, das so aufregend und beängstigend zugleich war. Ich begebe mich in die Hände eines bildschönen Mannes, der, nach eigener Aussage, komplett abgefuckt ist. Ich kämpfe gegen die Furcht an, die für einen kurzen Moment in mir aufflackert. Kate und Elliot wissen, dass ich hier bin.

Er steht dicht vor mir, als er mir die Manschetten anlegt. Mein Blick ist starr auf seine Brust gerichtet. Seine Nähe raubt mir beinahe den Verstand. Die berauschende Mischung aus Duschgel und Christians Körpergeruch steigt mir in die Nase und reißt mich ins Hier und Jetzt zurück. Am liebsten würde ich meine Nase in das Haarbüschel auf seiner Brust versenken, mit meiner Zunge … könnte ich mich doch nur nach vorne beugen …

Er tritt einen Schritt zurück und betrachtet mich. Sein Blick ist verschleiert, voll Lüsternheit und Begierde. Und ich bin hilflos, gefesselt, doch allein beim Anblick seines wunderschönen Gesichts, dem Verlangen und der Lust, die ich in seinen Augen ablesen kann, spüre ich die Feuchtigkeit zwischen meinen Beinen. Wie in Zeitlupe umrundet er mich.

»Ein überaus reizvoller Anblick, Sie so gefesselt hier stehen zu sehen, Miss Steele. Und ausnahmsweise auch kein vorlautes Mundwerk. Das ist sehr schön.«

Er tritt wieder vor mich, schiebt die Finger unter den Rand meines Höschens und streift es ab. Mit qualvoller Langsamkeit schiebt er es immer weiter an meinen Beinen entlang nach unten, bis er vor mir kniet. Ohne den Blick von mir zu lösen, zerknüllt er das Höschen, hält es sich vor die Nase und saugt tief den Geruch ein. *Scheiße.* Träume ich, oder hat er das wirklich gerade getan? Mit einem verschlagenen Grinsen lässt er es in seiner Hosentasche verschwinden.

Geschmeidig wie ein Raubtier richtet er sich wieder auf, drückt den Gertenknauf in meinen Nabel und beginnt aufreizend, müßige Kreise zu beschreiben. Erschaudernd schnappe ich nach Luft. Wieder umrundet er mich, die Spitze der Gerte berührt dabei unablässig meine Haut. Beim zweiten Mal holt er unvermittelt aus und lässt sie direkt unterhalb meines Hinterteils nach vorn schnellen – geradewegs gegen meine Vulva. Ich schreie vor Schreck auf. All meine Nervenenden sind zum Zerreißen gespannt. Ich zerre an den Fesseln. Der Schreck fährt mir durch sämtliche Glieder, während mich eine Euphorie erfasst, wie ich sie noch nie erlebt habe.

»Still«, flüstert er und beginnt erneut, mich zu umkreisen, nur dass er die Gerte diesmal etwas höher hält. Als er sie ein zweites Mal vorschnellen lässt, bin ich darauf vorbereitet. Mein Körper zuckt, als mich der süße, brennende Schmerz durchfährt.

Er schlägt ein weiteres Mal zu, diesmal auf meine Brustwarze. Ich werfe den Kopf in den Nacken, während meine Nervenenden zu singen beginnen. Der nächste Hieb, auf die andere Brustwarze ... ein flüchtiger Moment der Züchtigung voll Süße und Schmerz. Meine Brustwarzen richten sich unter dem Hieb auf, werden groß und lang. Wieder stöhne ich und zerre an meinen Fesseln.

»Fühlt sich das gut an?«, fragt er.

»Ja.«

Wieder holt er aus und lässt die Gerte auf mein Hinterteil sausen. Diesmal schmerzt es.

»Ja, was?«

»Ja, Sir«, wimmere ich.

Er bleibt stehen. Ich kann ihn nicht mehr sehen. Mit geschlossenen Augen versuche ich, die zahllosen Empfindungen zu verarbeiten, die mich durchströmen. Ich spüre, wie er aufs Neue ausholt, wieder und wieder, und die Gerte mit winzigen, beißenden Schlägen über meine nackte Haut zischen lässt, immer weiter abwärts. Ich kenne sein Ziel ganz genau und bemühe mich, mich innerlich dafür zu wappnen – doch als er schließlich meine Klitoris trifft, kann ich meinen Schrei nicht unterdrücken.

»Oh, bitte!«, stöhne ich.

»Still«, befiehlt er und setzt zum nächsten Hieb an, diesmal auf mein Hinterteil.

Ich hätte niemals damit gerechnet, dass es so sein würde … Ich bin verloren. Verloren in einem Meer der Gefühle. Ohne jede Vorwarnung schiebt er die Gerte über den schmalen Streifen meines Schamhaars und verharrt vor meiner Vagina.

»Dann wollen wir doch mal sehen, wie feucht du schon bist, Anastasia. Mach die Augen auf. Und den Mund.«

Blind vor Lust gehorche ich. Wie in meinem Traum schiebt er mir die Gerte in den Mund.

»Sieh nur, wie du schmeckst. Saug. Los, saug, Baby, ganz fest.«

Meine Lippen schließen sich um das Leder. Ich hebe den Blick und sehe ihn an. Ich habe den ledernen Geschmack der Gerte und den salzigen meiner eigenen Erregung auf der Zunge. Seine Augen glühen förmlich. Er ist in seinem Element.

Schließlich zieht er die Gerte aus meinem Mund, tritt vor mich und küsst mich. Brutal zwängt sich seine Zunge zwischen meine Lippen, während er die Arme um mich schlingt und mich an sich presst. Ich spüre die Muskeln an seiner Brust und sehne mich danach, ihn zu berühren, doch ich kann nicht, weil meine Hände immer noch über meinem Kopf gefesselt sind.

»Oh, Anastasia, wie gut du schmeckst«, stöhnt er. »Soll ich machen, dass du kommst?«

»Bitte«, bettle ich.

Die Gerte saust auf meine Gesäßbacke. *Au!*

»Bitte, was?«

»Bitte, Sir«, winsle ich.

Er lächelt mich triumphierend an.

»Hiermit?«, fragt er und hält die Gerte in die Höhe.

»Ja, Sir.«

»Bist du sicher?« Er mustert mich streng.

»Ja, bitte, Sir.«

»Schließ die Augen.«

Ich schließe die Augen, blende den Raum aus, blende ihn aus ... und die Gerte. Erneut bearbeitet er mit kurzen, beißenden Hieben meinen Bauch, dann zielt er auf meine Klitoris, einmal, zweimal, dreimal, wieder und wieder. Ich kann mich keine Sekunde länger beherrschen und komme, stöhnend und laut schreiend, ehe meine Knie nachgeben und ich in meinen Fesseln zusammensacke. Ich spüre seine Arme, die mich umschlingen, und lasse mich in seine Umarmung fallen. Mein Kopf liegt an seiner Brust. Ich wimmere und stöhne leise, während mein Körper von den leisen Nachbeben meines Orgasmus erschüttert wird. Er hilft mir, mich wieder aufzurichten. Noch immer sind meine Arme über meinem Kopf gefesselt. Ich fühle das kühle Holz des polierten Kreuzes im Rücken und höre, wie er seine Jeans aufknöpft. Einen Moment lang presst er mich gegen das Kreuz, um sich ein Kondom überzustreifen, dann umfassen seine Hände meine Schenkel, und er hebt mich hoch.

»Zieh die Beine an und leg sie um mich, Baby.«

Ich fühle mich schrecklich schwach, trotzdem gehorche ich. Er schlingt meine Beine um seine Taille und positioniert sich unter mir. Mit einer ruckartigen Bewegung dringt er in mich ein. Abermals schreie ich auf und lausche seinem gedämpften Stöhnen dicht neben meinem Ohr. Meine Arme liegen auf seinen Schultern. Wieder und wieder stößt er zu, so unendlich tief. Und ich spüre, wie meine Lust mit jeder Sekunde wächst. O nein ... nicht schon wieder ... ich glaube nicht, dass mein Körper einen weiteren, alles verschlingenden Orgasmus überstehen wird. Aber ich habe keine Wahl. Mit einem Gefühl der Unvermeidlichkeit, das mir allmählich in Fleisch und Blut überzugehen schient, ergebe ich mich in mein Schicksal und komme ein zweites Mal, süß, qualvoll und von unglaublicher Intensität. Mittlerweile habe ich jedes Gefühl für Raum und Zeit verloren. Christian folgt mir, stöhnt seine Lust heraus, während er mich umklammert hält.

Mit einer fließenden Bewegung zieht er sich aus mir zurück und zwängt mich gegen das Holzkreuz, während er mich mit seinem Körper stützt. Er löst die Fesseln und befreit mich. Gemeinsam sinken wir zu Boden. Er zieht mich in seinen Schoß und wiegt mich behutsam. Ich lasse meinen Kopf an seine Brust sinken. Hätte ich noch die Kraft dazu, würde ich versuchen, ihn zu berühren, aber ich tue es nicht. Erst jetzt merke ich, dass er nach wie vor seine Jeans anhat.

»Gut gemacht, Baby«, keucht er. »Hat es wehgetan?«

»Nein.« Ich kann kaum die Augen offen halten. *Wieso bin ich nur so müde?*

»Hattest du Angst, dass es wehtun würde?«, flüstert er und streicht mir einige lose Haarsträhnen aus dem Gesicht.

»Ja.«

»Wie du siehst, existiert die Angst nur in deinem Kopf, Anastasia.« Er hält inne. »Würdest du es nochmal tun?«

Ich kämpfe gegen die Müdigkeit an, die mich zu überwältigen droht. *Nochmal?*

»Ja«, antworte ich kaum hörbar.

Er drückt mich an sich. »Gut. Ich auch«, murmelt er, beugt sich vor und haucht mir einen Kuss auf den Scheitel. »Und ich bin noch nicht mit dir fertig.«

Noch nicht mit mir fertig. Gütiger Gott. Ich kann nicht mehr. Auf keinen Fall. Ich bin völlig erledigt und habe größte Mühe, gegen den Schlaf anzukämpfen. Ich sitze da, mit geschlossenen Augen, den Kopf an seiner Brust, seine Arme und Beine umschlingen mich, und ich fühle mich … sicher. Sicher und wohl. Wird er mir erlauben einzuschlafen? Und vielleicht sogar zu träumen? Der Gedanke ist so albern, dass ich grinsen muss. Ich schmiege mein Gesicht an seine Brust, atme tief seinen herrlichen Geruch ein, doch in diesem Augenblick spüre ich bereits, wie er sich versteift … Verdammt. Ich öffne die Augen und sehe ihn an. Er fixiert mich mit starrem Blick.

»Nicht«, stößt er warnend hervor.

Ich werde rot und blicke sehnsuchtsvoll auf seine Brust. Wie gern würde ich mit der Zunge die Härchen liebkosen, ihn küssen. Zum ersten Mal bemerke ich die vereinzelten hellen Narben. *Windpocken? Masern?*

»Knie dich neben der Tür hin«, befiehlt er, setzt sich auf und stützt die Hände auf die Knie, so dass mir nichts anderes übrig bleibt, als mich von ihm zu lösen. Jegliche Wärme ist aus seiner Stimme verschwunden.

Mühsam rapple ich mich auf, gehe zu der Stelle neben der Tür und lasse mich auf die Knie sinken. Ich zittere, bin hundemüde, und mir schwirrt der Kopf. Wer hätte gedacht, dass ich in diesem Raum eine solche Erfüllung finden würde? Und wer hätte gedacht, dass es so anstrengend werden würde? Meine Arme und Beine sind von einer köstlichen bleiernen Schwere, und meine innere Göttin hat das Schild BITTE NICHT STÖREN vor die Tür gehängt.

Christian bewegt sich am Rande meines Sichtfelds. Ich spüre, wie meine Lider schwer werden.

»Langweile ich Sie, Miss Steele?«

Ich fahre zusammen. Christian steht mit vor der Brust gekreuzten Armen vor mir und starrt mich finster an. Verdammt, er hat mich erwischt, wie ich eingenickt bin. Das ist gar nicht gut. Sein Blick wird eine Spur sanfter.

»Steh auf«, befiehlt er.

Mühsam komme ich auf die Beine.

Ein Lächeln zuckt um seine Mundwinkel. »Du bist völlig geschafft, stimmt's?«

Ich nicke schüchtern und werde rot.

»Durchhaltevermögen, Miss Steele.« Er mustert mich mit zusammengekniffenen Augen. »Ich habe noch nicht genug für heute. Und jetzt streck die Hände nach vorn, als würdest du beten.«

Beten! Ich werde darum beten, dass er mich nicht allzu sehr quält, dennoch gehorche ich. Er zieht einen Kabelbinder heraus, legt ihn um meine Handgelenke und verschließt ihn. Scheiße.

»Na, schon mal gesehen?«, fragt er und versucht vergeblich, sein Grinsen zu unterdrücken.

Gütiger Himmel … Kabelbinder. Sein Einkauf bei Clayton's! Jetzt ist mir alles klar. Ich starre ihn an, während eine neuerliche Welle des Adrenalins durch meine Venen schießt. Okay, jetzt bin ich endgültig wach.

»Hier ist die Schere«, sagt er und hält sie hoch, damit ich sie sehen kann. »Ich kann dich jederzeit losschneiden.«

Ich zerre daran, versuche meine Handgelenke auseinanderzuziehen. Prompt schneidet sich das dünne Plastik in meine Haut. Sie fühlt sich wund an, aber solange ich locker lasse, passiert nichts.

»Komm.« Er nimmt mich an der Hand und führt mich zu dem Himmelbett. Erst jetzt fällt mir auf, dass es mit dunkelroter Bettwäsche bezogen ist und an allen vier Ecken Fesseln angebracht sind.

»Ich will mehr. Viel, viel mehr«, flüstert er mir ins Ohr.

Wieder beginnt mein Puls zu rasen.

»Aber ich werde mich beeilen. Du bist müde. Halt dich am Bettpfosten fest.«

Wie, ich soll mich nicht aufs Bett legen? Ich stelle fest, dass ich die Hände weit genug auseinanderbekomme, um sie um den mit reichen Schnitzereien verzierten Bettpfosten legen zu können.

»Tiefer«, befiehlt er. »Gut. Nicht loslassen. Wenn du loslässt, setzt es Prügel. Verstanden?«

»Verstanden, Sir.«

»Gut.«

Er tritt hinter mich, packt mich bei den Hüften und hebt mich hoch, so dass mein Oberkörper nach vorn gebeugt ist.

»Nicht loslassen, Anastasia«, warnt er. »Ich werde dich jetzt von hinten ficken, und zwar hart. Halt dich am Pfosten fest, damit du nicht umfällst. Verstanden?«

»Ja.«

Er verpasst mir mit der flachen Hand einen Schlag aufs Hinterteil.

Au! Es brennt.

»Ja, Sir«, murmle ich schnell.

»Mach die Beine breit.« Er drängt seinen Fuß zwischen meine Beine, hält mich fest und schiebt mein rechts Bein zur Seite.

»Schon besser. Danach werde ich dich schlafen lassen.«

Schlafen? Mein Puls rast. An Schlaf ist nicht einmal zu denken.

»Du hast so wunderschöne Haut, Anastasia«, sagt er, beugt sich vor und arbeitet sich mit einer Reihe zärtlicher, federleichter Küsse an meinem Rückgrat entlang. Währenddessen greift er nach vorn, umfasst meine Brüste und beginnt, behutsam meine Brustwarzen zu kneten.

Ich unterdrücke ein Stöhnen, als mein Körper erregt auf seine Liebkosungen reagiert.

Ich spüre seine zarten Bisse, den leichten Sog seiner Lippen auf meinen Hüften und verstärke meinen Griff um den reich verzierten Bettpfosten. In diesem Moment lässt er von mir ab. Ich höre das vertraute Geräusch der zerreißenden Folie, ehe er Sekunden später seine Jeans zur Seite tritt.

»Sie haben einen unfassbar sexy Arsch, Miss Steele. Und ich habe zahllose Ideen, was ich damit gern anstellen würde.« Seine Hände streichen über meine Pobacken, dann noch ein Stück tiefer, und er schiebt zwei Finger in mich hinein.

»So nass. Miss Steele, wie immer die Zuverlässigkeit in Person«, flüstert er. Ich höre das Staunen in seiner Stimme. »Halt dich fest … es wird ganz schnell gehen, Baby.«

Er bringt sich in Position, während ich mich innerlich wappne, dass er gleich mit aller Brutalität in mich eindringen wird. Doch stattdessen schlingt er meinen Zopf um sein Handgelenk und zerrt jäh an ihm, dass mein Kopf nach hinten fällt. Dann schiebt er seinen Penis ganz langsam in mich … oh, er ist so groß, dass er mich vollständig auszufüllen scheint. Wie in Zeitlupe gleitet er wieder heraus, umfasst mit der anderen Hand meine Hüften und hält mich fest, ehe er mich mit aller Kraft rammt, so dass ich nach vorne katapultiert werde.

»Festhalten, Anastasia!«, stößt er zwischen zusammengebissenen Zähnen hervor.

Ich verstärke meinen Griff um den Bettpfosten und drücke mich gegen Christian, der erbarmungslos zustößt, wieder und wieder und wieder. Meine Arme schmerzen, meine Beine zittern, meine Kopfhaut brennt von dem heftigen Zug … und ich spüre die Erregung tief in mir aufsteigen. O nein … zum allerersten Mal fürchte ich mich vor dem Orgasmus … wenn ich jetzt komme … werde ich es nicht überleben. Ich spüre, wie sich seine Stöße beschleunigen, dann verharrt er abrupt, ganz tief in mir drinnen.

»Komm schon, Ana, gib's mir«, stöhnt er. Und allein meinen Namen aus seinem Mund zu hören gibt mir den Rest. Ich spüre nichts als eine Woge der Lust, die über mir zusammenschlägt, mich in die Tiefe reißt, ein Gefühl süßer Erlösung, gefolgt von alles umschlingender Besinnungslosigkeit.

Als ich wieder zu mir komme, liegt Christian auf dem Boden, ich mit dem Rücken auf seiner Brust, den Blick an die Decke gerichtet, von postkoitaler Erschöpfung und einer tiefen Befriedigung erfüllt.

»Heb die Hände hoch«, sagt er leise.

Meine Arme fühlen sich bleischwer an, trotzdem hebe ich sie mühsam hoch, woraufhin er die Schere zu Tage fördert.

»Ana, hiermit erkläre ich dich für frei«, sagt er und schneidet das Plastik durch.

Kichernd löse ich den Kabelbinder und massiere meine Handgelenke. Ich spüre, wie er hinter mir grinst.

»Wie schön«, sagt er wehmütig, setzt sich abrupt auf und dreht mich um, so dass ich auf seinem Schoß sitze. »Das ist meine Schuld.« Er dreht mich erneut um und beginnt vorsichtig, meine Schultern und Arme zu massieren, um die Verspannung zu lösen.

Was?

Ich werfe ihm einen fragenden Blick über die Schulter zu.

»Dass du nicht häufiger kicherst.«

»Ich bin nicht so der Kichertyp«, erwidere ich schläfrig.

»Oh, aber wenn es doch einmal über Ihre Lippen dringt, ist es eine wahre Freude, dem herrlichen Klang lauschen zu dürfen, Miss Steele.«

»Wie blumig.« Ich habe Mühe, die Augen offen zu halten.

Ein weicher Ausdruck tritt in seine Augen, und er lächelt.

»Ich würde sagen, du bist nach allen Regeln der Kunst durchgevögelt worden und kannst eine Mütze voll Schlaf vertragen.«

»So viel zum Thema blumig«, necke ich.

Grinsend hebt er mich von seinem Schoß und steht auf. Ich wünschte, ich wäre wach genug, um den Anblick seiner ganzen nackten Pracht würdigen zu können. Er hebt seine Jeans vom Boden auf und zieht sie ohne Unterhose über.

»Wir wollen doch Taylor oder Mrs. Jones keine Angst einjagen.«

Hm. Die beiden wissen bestimmt längst, was für ein perverses Schwein er ist.

Er hilft mir auf und führt mich zur Tür, wo ein grauer Morgenrock aus Waffelpikee hängt. Geduldig zieht er mich an, als wäre ich ein kleines Kind. Ich habe noch nicht einmal die Kraft, die Arme zu heben. Als meine Blöße bedeckt ist, küsst er mich. Ein Lächeln spielt um seine Mundwinkel.

»Marsch ins Bett«, sagt er.

O nein …

»Und dann wird geschlafen«, fügt er beim Anblick meiner Miene beschwichtigend hinzu.

Ohne Vorwarnung hebt er mich hoch und trägt mich in das Zimmer, in dem Dr. Greene mich heute Mittag untersucht hat. Völlig erschöpft lasse ich den Kopf an seine Brust sinken. Ich kann mich nicht erinnern, jemals so müde gewesen zu sein. Er schlägt die Bettdecke zurück und legt mich hin, ehe er zu meiner Verblüffung neben mich schlüpft und mich an sich zieht.

»Schlaf jetzt, mein wunderbares Mädchen«, flüstert er und gibt mir einen letzten Kuss.

Und bevor ich mit einer sarkastischen Erwiderung kontern kann, bin ich eingeschlafen.

NEUNZEHN

Weiche Lippen streichen über meine Schläfe, gefolgt von einer Spur zärtlicher Küsse. Ein Teil von mir würde sich am liebsten umdrehen und sie erwidern, doch mein Bedürfnis nach Schlaf ist zu übermächtig.

»Wach auf, Anastasia«, höre ich Christians samtweiche Stimme.

»Nein«, stöhne ich.

»In einer halben Stunde müssen wir zum Abendessen aufbrechen.« Belustigung schwingt in seiner Stimme mit.

Widerstrebend öffne ich die Augen. Draußen dämmert es. Christian hat sich über mich gebeugt und sieht mich eindringlich an.

»Los, Schlafmütze, aufstehen.« Noch einmal küsst er mich. »Hier ist etwas zu trinken. Ich warte unten auf dich. Nicht wieder einschlafen, sonst gibt's Ärger«, warnt er, wenn auch milde. Mit einem letzten, flüchtigen Kuss verlässt er das kühle, schlicht eingerichtete Zimmer, während ich mir blinzelnd den Schlaf aus den Augen reibe.

Das Nickerchen hat mich zwar erfrischt, trotzdem bin ich nervös. Ich lerne seine Familie kennen! Heilige Scheiße, gerade noch hat er mich mit einer Reitgerte gevögelt und mit einem Kabelbinder gefesselt, den ich ihm persönlich verkauft habe, und gleich werde ich seinen Eltern die Hand schütteln. Wenigstens habe ich Kate zur Unterstützung an meiner Seite. Ich bewege meine Schultern. Sie sind stocksteif. Die Anweisung, mit einem Personal Trainer zu trainieren, erscheint mir plötzlich nicht mehr ganz so abwegig; vielmehr ist es ein absolutes Muss, wenn ich auch nur annähernd mit ihm mithalten will.

Im Zeitlupentempo stehe ich auf. Mein Kleid hängt an der Tür des Kleiderschranks, mein BH liegt daneben auf einem Stuhl. Aber wo ist mein Höschen? Ich sehe unter dem Stuhl nach. Nichts. Dann fällt es mir wieder ein – er hat es zusammengeknüllt und in seine Hosentasche gestopft. Die Erinnerung treibt mir die Schamesröte ins Gesicht … Ich kann mich nicht einmal überwinden, daran zu denken. Er war regelrecht … barbarisch. *Aber wieso hat er mir mein Höschen nicht zurückgegeben?*

Ich gehe ins Badezimmer. Die Vorstellung, ohne Unterwäsche herumlaufen zu müssen, macht mich ganz nervös. Als ich mich nach einer herrlichen, wenn auch viel zu kurzen Dusche abtrockne, kapiere ich es endlich – das hat er mit Absicht getan. Er will, dass ich mich schäme und ihn bitte, es mir zurückzugeben, damit er die Macht hat, Ja oder Nein zu sagen. Meine innere Göttin grinst. *Tja, zu diesem Spielchen gehören aber zwei.* Ich beschließe, ihm diese Befriedigung nicht zu verschaffen. Dann trete ich seinen Eltern eben ohne Unterwäsche gegenüber. *Anastasia Steele!,* schimpft mein Unterbewusstsein, aber ich bin nicht bereit, ihm zuzuhören. Stattdessen reibe ich mir im Geiste bereits die Hände. Damit werde ich ihn um den Verstand bringen.

Ich kehre ins Schlafzimmer zurück, ziehe meinen BH an, schlüpfe in mein Kleid und streife meine Schuhe über. Dann löse ich meinen Zopf und bürste eilig mein Haar. Mein Blick fällt auf das Glas mit der hellrosa Flüssigkeit. Was mag das sein? Cranberrysaft mit Mineralwasser. Hm. Es schmeckt köstlich.

Ich flitze noch einmal ins Bad, um mich im Spiegel anzusehen – strahlende Augen, die Wangen von einem rosigen Hauch überzogen und ein selbstgefälliges Lächeln, das beim Gedanken an meinen Höschen-Plan um meine Lippen spielt. Ich gehe nach unten. Ich habe gerade mal eine Viertelstunde gebraucht. Nicht übel, Ana.

Christian steht in der grauen Flanellhose, die ich so gern mag, weil sie sich so sexy um seine Hüften schmiegt, und dem obligatorischen weißen Leinenhemd vor dem Panoramafenster. Gibt es in seinem Schrank eigentlich noch andere Farben? Aus den Surround-Boxen dringt leise Frank Sinatra.

Als ich hereinkomme, dreht er sich um und lächelt mich erwartungsvoll an.

»Hi«, sage ich leise und zaubere ein sphinxgleiches Lächeln auf mein Gesicht.

»Hi, wie fühlst du dich?« Seine Augen funkeln belustigt.

»Gut. Danke. Und du?«

»Mir geht es ausgesprochen gut, Miss Steele.«

Er kann es offenkundig kaum erwarten, dass ich endlich etwas sage.

»Ich hätte nicht gedacht, dass du Sinatra-Fan bist.«

Er hebt die Brauen und mustert mich abschätzend. »Ich habe nun mal einen vielseitigen Geschmack, Miss Steele«, erwidert er und geht wie ein Panther auf und ab, bis er schließlich vor mir stehen bleibt. Sein Blick ist so eindringlich, dass mir die Luft wegbleibt.

Im Hintergrund singt Frank mit samtweicher Stimme *Witchcraft*. Es ist ein alter Song, eines von Rays Lieblingsliedern. Müßig streicht Christian mit den Fingerspitzen über meine Wange. Die Berührung jagt wohlige Schauder durch meinen ganzen Körper, bis in mein Innerstes.

»Tanz mit mir«, raunt er mit Reibeisenstimme.

Er zieht die Fernbedienung aus der Tasche, dreht die Lautstärke hoch und streckt einladend die Arme aus. Ich sehe in seine grauen Augen, die vor Verheißung, Sehnsucht und Belustigung funkeln. Dieser Mann ist atemberaubend, und ich bin restlos verzaubert von ihm. Ich lege meine Hand in seine. Mit einem lässigen Grinsen zieht er mich an sich und legt den Arm um meine Taille.

Angesteckt von seiner Lockerheit und seiner guten Laune, lege ich meine freie Hand auf seine Schulter und lächle ihn an. Er neigt sich leicht zur Seite, und schon beginnen wir uns zu bewegen. Lieber Gott, dieser Mann kann vielleicht tanzen! Wir belegen den ganzen Raum mit Beschlag, wirbeln über den glatten Fußboden, von der Fensterfront bis zur Küche und wieder zurück. Christian führt auf eine Art und Weise, die es mir leicht macht, mich im Takt der Musik zu wiegen.

Wir schweben um den Esstisch herum, hinüber zum Klavier, vor dem Panoramafenster vorbei, hinter dem sich das magisch funkelnde Lichtermeer von Seattle ausbreitet. Ich lache ausgelassen, während die letzten Klänge des Songs ertönen.

»*'cause there is no nicer witch than you*«, summt er und küsst mich zärtlich. »Das hat ein bisschen Farbe in Ihre Wangen gebracht, Miss Steele. Danke für den Tanz. Sollen wir aufbrechen, damit Sie meine Eltern kennen lernen?«

»Das Vergnügen ist ganz meinerseits, und ja, ich kann es kaum erwarten«, antworte ich atemlos.

»Hast du auch alles, was du brauchst?«

»O ja«, erwidere ich mit einem zuckersüßen Lächeln.

Ich nicke so lässig, wie ich es unter seinem eindringlichen Blick nur kann. Ein breites Grinsen erscheint auf seinem Gesicht, und er schüttelt den Kopf.

»Na gut. Wenn Sie es so haben wollen, Miss Steele.«

Er ergreift meine Hand, nimmt sein Jackett von einem Barhocker und führt mich durch die Diele zum Aufzug. Die vielen Gesichter des Christian Grey. *Ob ich diesen launenhaften Mann jemals verstehen werde?*

Ich trete neben ihn in den Aufzug und sehe ihn an. Er lächelt in sich hinein, als würde er sich insgeheim über irgendetwas amüsieren, allerdings fürchte ich, dass es irgendetwas mit mir zu tun hat. Was habe ich mir nur dabei gedacht? Ich werde gleich seinen Eltern gegenübertreten und trage keinen Slip. *Ich hab's dir ja gleich gesagt*, meldet sich mein Unterbewusstsein überflüssigerweise zu Wort. In der relativen Sicherheit seines Apartments mag das Ganze eine kesse, witzige Idee gewesen sein, doch nun bewege ich mich praktisch in aller Öffentlichkeit ohne Unterwäsche! Er sieht mich an, und da ist es wieder – dieses unglaubliche Knistern zwischen uns. Das belustigte Funkeln in seinen Augen erlischt. Seine Miene verdüstert sich, und seine Augen …

In diesem Augenblick öffnen sich die Aufzugtüren, und wir stehen im Erdgeschoss. Christian schüttelt den Kopf, als müsse er sich sammeln, und lässt mir mit einer Gentleman-Geste den Vortritt. Aber wem will er etwas vormachen? Christian ist kein Gentleman. Er hat meinen Slip in der Hosentasche.

Taylor fährt den großen schwarzen Audi vor. Christian öffnet mir die Tür. So elegant, wie es in Anbetracht der Tatsache, dass ich keine Unterwäsche trage, möglich ist, rutsche ich auf den Rücksitz. Nur gut, dass Kates Kleid so eng geschnitten ist, dass es mir nicht weiter über die Schenkel nach oben rutschen kann.

Wir fahren die Interstate 5 entlang. Keiner von uns sagt etwas, was zweifellos an Taylors Anwesenheit hinterm Steuer liegt. Christians Stimmung scheint sich mit jedem Kilometer zu verdüstern, den wir weiter nach Norden kommen. Inzwischen ist von seiner Ausgelassenheit nichts mehr zu spüren. Grübelnd starrt er aus dem Fenster, und ich merke, wie er mir immer mehr entgleitet. Was geht in ihm vor? Aber natürlich kann ich ihn jetzt nicht danach fragen. Worüber könnte ich mich in Taylors Gegenwart mit ihm unterhalten?

»Wo hast du so gut tanzen gelernt?«, erkundige ich mich vorsichtig. Er wendet sich mir zu. Ich habe Mühe, im Halbdunkel der vorbeifliegenden Straßenlampen den Ausdruck in seinen Augen zu erkennen.

»Willst du das wirklich wissen?«, fragt er leise.

Mein Mut sinkt. *Nein, will ich nicht, weil ich es mir denken kann.*

»Ja«, antworte ich widerstrebend.

»Mrs. Robinson hat sehr gern getanzt.«

Meine schlimmsten Befürchtungen bestätigen sich. Und augenscheinlich hat sie ihre Sache gut gemacht. Der Gedanke deprimiert mich, denn es gibt nichts, was ich ihm beibringen könnte. Ich habe keine besonderen Fähigkeiten. »Sie muss eine gute Lehrerin gewesen sein.«

»Das war sie.«

Meine Kopfhaut prickelt. Hat sie ihn verführt? Wurde er danach so verschlossen und unzugänglich? Oder hat sie diese Seite überhaupt erst in ihm geweckt? Christian kann so witzig und ausgelassen sein. Beim Gedanken daran, wie er mich ohne jede Vorwarnung gepackt und durch sein Wohnzimmer gewirbelt hat, muss ich grinsen. Außerdem hat er irgendwo meinen Slip versteckt.

Und was ist mit seiner Kammer der Qualen? Reflexartig massiere ich meine Handgelenke. Auch das hat sie ihm alles beigebracht. Man könnte auch sagen, sie hat ihn versaut; je nachdem, wie man es betrachtet. Andererseits hätte er seine Neigungen vielleicht auch ohne ihr Zutun entdeckt. In diesem Augenblick wird mir bewusst, dass ich Mrs. Robinson hasse. Ich hoffe, dass ich ihr niemals über den Weg laufen werde, weil ich sonst für nichts garantieren kann. Ich kann mich nicht erinnern, jemals so leidenschaftliche Empfindungen für jemanden gehegt zu haben, den ich noch nicht einmal kenne. Ich starre aus dem Fenster, während mich erneut diese sinnlose Wut und Eifersucht überkommt.

Ich muss wieder daran denken, was sich heute Nachmittag abgespielt hat. Nach allem, was ich über ihn weiß, ist er noch einigermaßen schonend mit mir umgegangen. *Würde ich es wiederholen?* Ich kann noch nicht einmal so tun, als hätte ich etwas dagegen. Natürlich würde ich es noch einmal tun, wenn er mich darum bitten würde – zumindest solange er mir keine echten Schmerzen zufügt. Und unter der Voraussetzung, dass dies die einzige Form der Beziehung ist, die ich mit ihm führen kann.

Das ist der springende Punkt: Ich will mit ihm zusammen sein. Meine innere Göttin stößt einen erleichterten Seufzer aus. Das lässt nur einen Schluss zu – offenbar benutzt sie nur selten ihren Verstand, sondern denkt viel lieber mit einem anderen lebensnotwendigen Teil ihres Körpers: mit jenem, der im Augenblick schamlos entblößt ist.

»Nicht«, sagt er leise.

Ich runzle die Stirn und sehe ihn an. »Nicht was?« Ich habe ihn doch gar nicht angefasst.

»Nicht zu viel nachdenken, Anastasia.« Er nimmt meine Hand, hebt sie an seine Lippen und küsst zärtlich meine Fingerknöchel. »Es war ein wunderbarer Nachmittag. Ich danke dir.«

Er ist wieder bei mir. Ich sehe ihn mit einem schüchternen Lächeln an. Ich weiß einfach nie, woran ich mit ihm bin.

»Wieso ausgerechnet Kabelbinder?«, frage ich.

Er grinst. »Es geht schnell und einfach, außerdem wollte ich, dass du die Erfahrung machst, wie es sich anfühlt. Mir ist klar, dass es ein bisschen brutal ist, und ich benutze sie auch nicht zum Fesseln.« Er lächelt milde. »Aber sie sind perfekt, wenn man gewährleisten will, dass du dich nicht bewegst.«

Ich werde rot und sehe nervös nach vorn zu Taylor, der mit unbewegter Miene am Steuer sitzt, den Blick stur auf die Straße geheftet. *Was soll ich darauf erwidern?*

Christian zuckt unschuldig mit den Schultern. »All das gehört nun mal zu meiner Welt, Anastasia.« Er drückt meine Hand, dann lässt er sie los und sieht wieder aus dem Fenster.

Seine Welt. Eine Welt, in die ich unbedingt gehören möchte. Aber auch zu seinen Bedingungen? Ich weiß es nicht. Den ganzen Tag hat er diesen verdammten Vertrag mit keiner Silbe erwähnt. Meine Grübeleien tragen nicht gerade zur Verbesserung meiner Laune bei. Ich starre aus dem Fenster und stelle fest, dass sich die Landschaft verändert hat. Wir fahren über eine der Brücken, hinter der sich die tintenschwarze Dunkelheit erstreckt. Die abendliche Finsternis spiegelt meine bedrückte Stimmung wider, legt sich wie eine dunkle Wolke über mich und droht mich zu ersticken.

Ich werfe Christian einen Blick zu und ertappe ihn dabei, dass er mich ansieht.

»Meine Gedanken? Ist es das?«, fragt er.

Seufzend nicke ich.

»So schlimm?«

»Ich wünschte nur, ich wüsste, was in deinem Kopf vorgegangen ist.«

Er grinst. »Geht mir auch so, Baby«, sagt er, während wir uns Bellevue nähern.

Es ist kurz vor acht, als der Audi in die Einfahrt des Herrenhauses im Kolonialstil biegt. Das Haus ist ein absoluter Traum, perfekt bis hin zu den Rosen, die sich um die Tür ranken. Wie aus dem Bilderbuch.

»Bist du bereit?«, fragt Christian, während Taylor vor der eindrucksvollen Eingangstür anhält.

Ich nicke. Er drückt erneut beruhigend meine Hand.

»Für mich ist es auch eine Premiere«, sagt er, ehe er das Gesicht zu einem anzüglichen Grinsen verzieht. »Ich wette, du wünschst dir, du hättest jetzt ein Höschen an.«

Ich werde rot. Das hatte ich inzwischen völlig vergessen. Zum Glück ist Taylor bereits ausgestiegen und öffnet mir die Tür, so dass er nichts davon mitbekommen hat. Ich werfe Christian einen vernichtenden Blick zu, der breit grinst, während ich mich abwende und aus dem Wagen steige.

Dr. Grace Trevelyan-Grey steht auf der Türschwelle und erwartet uns. Sie sieht sehr elegant aus in ihrem hellblauen Seidenkleid. Hinter ihr steht Mr. Grey, hochgewachsen, blond und auf seine Art ebenso gut aussehend wie Christian.

»Anastasia, meiner Mutter bist du ja schon einmal begegnet. Und das ist mein Dad, Carrick.«

»Mr. Grey, wie schön, Sie kennen zu lernen.« Lächelnd ergreife ich seine ausgestreckte Hand.

»Das Vergnügen ist ganz meinerseits, Anastasia.«

»Bitte nennen Sie mich doch Ana.«

Seine blauen Augen sind gutmütig und sanft.

»Ana, wie nett, Sie wiederzusehen.« Grace schließt mich in die Arme. »Kommen Sie doch herein, meine Liebe.«

»Ist sie da?«, höre ich eine laute Stimme aus dem Haus dringen. Nervös sehe ich zu Christian hinüber.

»Und das wäre dann Mia, meine kleine Schwester«, sagt er mit einem Anflug von Gereiztheit, doch die Zuneigung in seinem Tonfall ist unüberhörbar, und ich registriere, wie seine Stimme weich wird und sich feine Lachfältchen um seine Augen zeigen, als er ihren Namen ausspricht. Allem Anschein nach liebt Christian seine Schwester heiß und innig. Damit hatte ich nicht gerechnet. Und dann kommt sie durch die Diele gelaufen, groß und kurvig, mit rabenschwarzem Haar. Ich schätze, dass sie in meinem Alter ist.

»Anastasia! Ich habe schon so viel von dir gehört!« Sie schlingt die Arme um mich und zieht mich an sich.

Junge, Junge, ihre Begeisterung ist so überschwänglich, dass ich grinsen muss.

»Ana, bitte«, sage ich, während sie mich in die weitläufige Diele mit dem dunklen Holzboden, alten Perserteppichen und einer gewaltigen, geschwungenen Treppe zieht.

»Er hat noch nie ein Mädchen mit nach Hause gebracht«, erklärt Mia, deren dunkle Augen vor Aufregung glühen.

Ich sehe, dass Christian die Augen verdreht, und hebe eine Braue, woraufhin er sie zusammenkneift.

»Mia, beruhige dich wieder«, tadelt Grace gütig. »Hallo, mein Schatz.« Sie küsst Christian auf beide Wangen. Er lächelt sie liebevoll an, dann schüttelt er seinem Vater die Hand.

Wir gehen ins Wohnzimmer. Mia macht keine Anstalten, meine Hand loszulassen. Der Raum ist ebenfalls weitläufig und sehr geschmackvoll in Creme-, Braun- und zarten Blautönen eingerichtet. Behaglich, unprätentiös und sehr stilvoll. Kate und Elliot sitzen mit Champagnerflöten in der Hand auf einem der

Sofas. Als wir hereinkommen, springt Kate auf und umarmt mich. Endlich lässt Mia meine Hand los.

»Hi, Ana!« Kate strahlt. »Christian.« Sie nickt ihm knapp zu.

»Kate«, begrüßt er sie mit derselben Förmlichkeit.

Ich verfolge die Begegnung stirnrunzelnd. Elliot zieht mich in eine herzliche Umarmung. Was ist das hier? Die Alle-neh-men-Ana-in-den-Arm-Begrüßungswochen? Ich bin an diese freimütigen Zuneigungsbekundungen nicht gewöhnt. Christian legt den Arm um meine Hüfte und zieht mich eng an sich. Genervt bemerke ich, dass sämtliche Blicke auf uns gerichtet sind.

»Etwas zu trinken?«, erkundigt sich Mr. Grey. »Prosecco?«

»Gern«, antworten Christian und ich gleichzeitig.

Geht es noch schlimmer?

Mia klatscht begeistert in die Hände. »Ihr sprecht ja schon wie aus einem Munde. Ich hole euch zwei Gläser.« Sie verschwindet in die Küche.

Ich laufe rot an. Als ich Kate mit Elliot auf dem Sofa sitzen sehe, wird mir plötzlich bewusst, dass Christian mich nur eingeladen hat, weil sein Bruder Kate mitgebracht hat. Ich vermute, Elliot hatte keinerlei Hemmungen oder Vorbehalte, Kate zu diesem Abendessen mitzunehmen. Und damit saß Christian in der Falle, weil er wusste, dass Kate mir davon erzählen würde. Ich runzle die Stirn. Er wurde also zu der Einladung genötigt. Die Erkenntnis ernüchtert und deprimiert mich. Mein Unterbewusstsein nickt nur. *Hast du's also auch endlich gemerkt, ja?*

»Das Essen ist gleich fertig«, verkündet Grace und folgt Mia.

Christian sieht mich mit gerunzelter Stirn an. »Setz dich«, sagt er streng und deutet auf die üppig gepolsterte Couch.

Ich gehorche und schlage vorsichtig die Beine übereinander. Er nimmt neben mir Platz, ohne mich jedoch zu berühren.

»Wir haben uns gerade über das Thema Urlaub unterhalten, Ana«, sagt Mr. Grey. »Elliot hat beschlossen, Kate und ihrer Familie für eine Woche nach Barbados nachzufliegen.«

Ich werfe Kate einen Blick zu. Ihre Augen leuchten vor

Glück. Sie ist völlig aus dem Häuschen. *Lieber Gott, zeig wenigstens ein Minimum an Würde, Katherine Kavanagh!*

»Haben Sie auch vor, sich eine kleine Pause zu gönnen, jetzt, da Sie Ihren Abschluss in der Tasche haben?«, fragt Mr. Grey.

»Ich überlege, ob ich ein paar Tage nach Georgia fliegen soll«, antworte ich.

Christian sieht mich verblüfft an.

Verdammt. Ich habe ihm noch gar nichts davon erzählt.

»Georgia?«, wiederholt er leise.

»Ja, meine Mutter lebt dort, und ich habe sie eine ganze Weile nicht gesehen.«

»Und wann wolltest du fliegen?«, will er mit kaum hörbarer Stimme wissen.

»Morgen. Am späten Abend.«

In diesem Moment kehrt Mia mit zwei Gläsern roséfarbenem Prosecco zurück.

»Auf eure Gesundheit.« Mr. Grey hebt sein Glas. Was für ein passender Toast für den Ehemann einer Ärztin. Ich muss lächeln.

»Und für wie lange?«, hakt Christian mit trügerischer Freundlichkeit nach.

Verdammt. Er ist wütend auf mich.

»Ich weiß es noch nicht. Das hängt davon ab, wie meine Vorstellungsgespräche morgen laufen.«

Sein Kiefer spannt sich an. Ich sehe, wie dieser verräterische Ausdruck auf Kates Gesicht erscheint, wie immer, wenn sie drauf und dran ist, sich einzumischen. Sie lächelt zuckersüß.

»Ana hat eine kleine Pause verdient«, erklärt sie spitz und wirft Christian einen scharfen Blick zu. Wieso ist sie ihm gegenüber so feindselig? Was ist ihr Problem?

»Sie haben also Vorstellungsgespräche?«, mischt sich Mr. Grey ein.

»Ja, morgen. Bei zwei Verlagen für ein Praktikum.«

»Da halte ich natürlich die Daumen.«

»Das Essen ist fertig«, ruft Grace.

Alle erheben sich. Kate und Elliot folgen Mr. Grey und Mia aus dem Zimmer. Ich wende mich zum Gehen, doch Christian hält mich am Ellbogen fest und zwingt mich, stehen zu bleiben.

»Wann wolltest du mir sagen, dass du weggehst?«, fragt er. Trotz seines sanften Tonfalls ist seine Wut unüberhörbar.

»Ich gehe nicht weg, sondern habe mir nur überlegt, für ein paar Tage meine Mutter zu besuchen.«

»Was ist mit unserem Arrangement?«

»Wir haben noch kein Arrangement.«

Er kneift die Augen zusammen, doch dann scheint er sich plötzlich zu besinnen, lässt meine Hand los, nimmt mich beim Ellbogen und führt mich hinaus.

»Dieses Gespräch ist noch nicht beendet«, flüstert er drohend, als wir das Esszimmer betreten.

Verdammt, mach doch nicht so ein Riesentheater ... Und gib mir endlich mein Höschen zurück. Ich werfe ihm einen verärgerten Blick zu.

Beim Anblick des Esszimmers muss ich an unser privates Abendessen im Heathman denken. Ein Kristalllüster hängt über dem dunklen Holztisch mit einer weißen Leinentischdecke, und ein gewaltiger Spiegel mit einem reich verzierten Rahmen ziert die hintere Wand. In der Mitte steht eine Schale mit hellrosa Pfingstrosen. Die Tafel sieht atemberaubend aus.

Wir setzen uns. Mr. Grey nimmt am Kopfende Platz, ich rechts neben ihm und Christian auf meiner anderen Seite. Mr. Grey bietet Kate ein Glas Rotwein an. Mia lässt sich neben Christian nieder, während er sie liebevoll anlächelt.

»Wo hast du Ana überhaupt kennen gelernt?« Ihre Stimme ist voller Neugier.

»Sie hat mich für die Studentenzeitung der WSU interviewt.«

»Im Auftrag von Kate, die die Chefredakteurin war«, füge ich hinzu, in der Hoffnung, das Gespräch von mir abzulenken.

Mia strahlt Kate an, die gegenüber von ihr neben Elliot sitzt. Eine Unterhaltung über das Studentenblatt entspinnt sich.

»Wein, Ana?«, fragt Mr. Grey.

»Ja, bitte«, sage ich lächelnd.

Mr. Grey erhebt sich, um mir einzuschenken.

Ich werfe Christian einen Blick zu, woraufhin er den Kopf neigt.

»Was ist?«

»Bitte sei nicht sauer auf mich«, wispere ich.

»Ich bin nicht sauer auf dich.«

Ich sehe ihn unverwandt an.

Er seufzt. »Na gut, ich bin sauer auf dich.« Für den Bruchteil einer Sekunde schließt er die Augen.

»So sauer, dass es dich in den Fingern juckt?«, frage ich nervös.

»Was habt ihr beide denn zu tuscheln?«, schaltet Kate sich ein.

Ich werde rot.

Christian wirft ihr einen warnenden Blick zu, unter dem selbst sie zu schrumpfen scheint.

»Wir reden nur über meinen Trip nach Georgia«, antworte ich freundlich und hoffe, der Feindseligkeit zwischen ihnen damit ein Ende zu setzen.

Kate lächelt, doch das boshafte Glitzern in ihren Augen entgeht mir nicht.

»Wie war's eigentlich am Freitag mit José in der Bar?«

Verdammte Scheiße, Kate! Ich reiße genervt die Augen auf. Was soll das? Sie erwidert meinen Blick. In diesem Moment dämmert mir, was sie vorhat – sie will Christian eifersüchtig machen. *Wenn sie wüsste!* Und ich dachte schon, ich wäre mit einem blauen Auge davongekommen.

»Es war sehr nett«, antworte ich leise.

Christian beugt sich zu mir herüber. »So sauer, dass es mich in den Fingern juckt«, flüstert er. »Spätestens jetzt«, fügt er hinzu. Sein Tonfall ist eisig.

Mein Gott.

Grace betritt mit zwei Servierplatten das Esszimmer, gefolgt von einer hübschen jungen Blondine mit Zöpfen in einem adretten hellblauen Kleid, die ein Tablett in der Hand hält. Das Mädchen lässt den Blick durch den Raum schweifen, bis es Christian entdeckt hat. Errötend sieht es ihn zwischen seinen langen, dick getuschten Wimpern hindurch an. *Was ist das denn?*

In diesem Augenblick läutet irgendwo im Haus ein Telefon.

»Bitte entschuldigt mich.« Mr. Grey erhebt sich und geht hinaus.

»Danke, Gretchen«, sagt Grace freundlich und sieht ihrem Mann stirnrunzelnd nach. »Stellen Sie das Tablett einfach auf der Anrichte dort drüben ab.«

Gretchen nickt, ehe sie mit einem weiteren verstohlenen Blick auf Christian den Raum verlässt.

Die Greys haben also Personal. Und dieses Personal macht meinem künftigen Herrn und Meister schöne Augen. Kann dieser Abend noch schlimmer werden? Ich lasse den Kopf sinken und starre finster auf meine Hände im Schoß.

Mr. Grey kehrt zurück. »Für dich, Liebling. Das Krankenhaus«, sagt er zu Grace.

»Bitte, fangt doch schon mal ohne mich an.« Lächelnd reicht Grace mir eine der Platten und verschwindet.

Das Essen riecht köstlich – Chorizo und Jakobsmuscheln mit gebratenem rotem Paprika und Schalotten, bestreut mit glatter Petersilie. Obwohl mir Christians verschleierte Drohungen, die wiederholten Blicke von Miss Kleinmädchenzöpfe und das Debakel um meine fehlende Unterwäsche auf den Magen schlagen, stelle ich fest, dass ich Hunger habe. Errötend muss ich mir eingestehen, dass mir die körperliche Anstrengung des Nachmittags einen enormen Appetit beschert hat.

Kurz darauf kehrt Grace mit sorgenvoller Miene zurück. Mr. Grey mustert sie mit geneigtem Kopf – dieselbe Geste, wie ich sie von Christian kenne.

»Alles in Ordnung?«

»Nein. Schon wieder ein Masern-Fall.« Grace seufzt.

»O nein.«

»Doch, bei einem Kind. Schon der vierte in diesem Monat. Würden die Leute ihre Kinder doch nur impfen lassen.« Betrübt schüttelt sie den Kopf, doch dann lächelt sie. »Ich bin heilfroh, dass meine Kinder das nie durchmachen mussten. Das Schlimmste, was sie jemals hatten, waren die Windpocken. Armer Elliot.« Sie lächelt ihren Sohn nachsichtig an. Elliot hält mitten im Kauen inne und rutscht auf seinem Stuhl herum. »Christian und Mia hatten größeres Glück. Bei ihnen waren die Symptome so schwach, dass sie so gut wie keine Pusteln hatten.«

Mia kichert, und Christian verdreht die Augen.

»Hast du das Spiel der Mariners gesehen, Dad?«, wechselt Elliot das Thema.

Die Horsd'œuvres sind ein Traum. Ich konzentriere mich auf mein Essen, während Elliot, Mr. Grey und Christian sich über Baseball unterhalten. Christian wirkt sehr entspannt und gelassen im Kreis seiner Familie, wohingegen mein Gehirn auf Hochtouren arbeitet. Welches Spielchen spielt Kate da, verdammt nochmal? *Wird er mich bestrafen?* Allein bei der Vorstellung verzage ich. Noch habe ich den Vertrag nicht unterschrieben. Vielleicht werde ich es auch gar nicht tun, sondern flüchte stattdessen nach Georgia und bleibe dort, wo er mich nicht finden kann.

»Und wie leben Sie sich in Ihrer neuen Wohnung ein, meine Liebe?«, erkundigt sich Grace höflich.

Dankbar für die Frage, weil sie mich aus meinen wirren Gedanken reißt, erzähle ich von unserem Umzug.

Nach der Vorspeise erscheint Gretchen, um die Teller abzuräumen. Nicht zum ersten Mal wünsche ich mir, Christian ungeniert anfassen zu können, damit sie merkt, wie der Hase läuft – er mag komplett abgefuckt sein, trotzdem gehört er mir. Sie räumt den Tisch ab, wobei sie ihm für meinen Geschmack eindeutig zu nahe kommt. Zum Glück beachtet er sie nicht. Trotzdem schäumt meine innere Göttin vor Eifersucht.

Kate und Mia schwärmen indessen in den höchsten Tönen von Paris.

»Warst du auch schon mal in Paris, Ana?«, will Mia wissen.

»Nein, aber ich würde gern mal hinfliegen.« Mir ist bewusst, dass ich die Einzige am Tisch bin, die noch nie aus den Staaten herausgekommen ist.

»Wir haben unsere Flitterwochen dort verbracht.« Grace lächelt Mr. Grey an, der das Lächeln voller Wärme erwidert.

Es ist fast peinlich, den beiden zuzusehen. Sie lieben sich offensichtlich sehr, und für den Bruchteil einer Sekunde frage ich mich, wie es sein mag, in einer intakten Familie aufzuwachsen, in der beide Elternteile noch zusammen sind.

»Es ist eine wunderbare Stadt«, stimmt Mia zu. »Trotz der Pariser. Du solltest mit Ana mal hinfliegen, Christian.«

»Ich glaube, London wäre die bessere Wahl für sie«, erwidert Christian mit weicher Stimme.

Oh, er hat es also nicht vergessen. Er legt mir die Hand aufs Knie und lässt sie nach oben wandern. Augenblicklich spannt sich mein gesamter Körper an. *Nein, nicht hier, nicht jetzt.* Ich spüre, wie ich rot werde, und verlagere das Gewicht auf dem Stuhl, doch seine Hand legt sich um meinen Schenkel und zwingt mich stillzuhalten. In meiner Verzweiflung greife ich zu meinem Weinglas.

Miss Kleinmädchenzöpfe erscheint wieder auf der Bildfläche und serviert – erneut unter verstohlenen Blicken in Christians Richtung und mit wiegenden Hüften – den Hauptgang: Filet Wellington. Zum Glück stellt sie bloß die Teller hin und verschwindet gleich wieder. Nur als sie Christian seinen Teller reicht, verharren ihre Finger einen Moment länger als unbedingt nötig. Er wirft mir einen fragenden Blick zu, als ich zusehe, wie sie die Tür hinter sich schließt.

»Und was war das Problem mit den Parisern?«, wendet sich

Elliot an seine Schwester. »Konnten sie dich nicht mit ihrem berühmten Charme verzaubern?«

»Igitt, nein. Und Monsieur Floubert, dieser hässliche Knilch, für den ich gearbeitet habe, war ein fürchterlicher Tyrann, der alles und jeden dominieren musste.«

Ich verschlucke mich an meinem Wein.

»Alles in Ordnung, Anastasia?«, fragt Christian besorgt und nimmt seine Hand von meinem Schenkel.

Sein Tonfall verrät mir, dass er seine gute Laune wiedergefunden hat. *Gott sei Dank*. Als ich nicke, tätschelt er mir behutsam den Rücken und nimmt seine Hand erst wieder weg, als mein Hustenanfall verebbt ist.

Auch das Rindfleisch ist köstlich. Dazu gibt es gebratene Süßkartoffeln, Karotten, Pastinaken und grüne Bohnen. Als ich feststelle, dass Christians Fröhlichkeit während des gesamten Essens anzuhalten scheint, schmeckt es mir gleich noch viel besser. Vermutlich ist mein Appetit sogar der Grund, weshalb er so guter Dinge ist. Die Unterhaltung am Tisch plätschert entspannt und locker dahin, gewürzt mit liebevollen Neckereien. Beim Dessert, einer leckeren Zitronencreme, schildert Mia uns in aller Ausführlichkeit ihre Abenteuer in Paris, wobei sie irgendwann ins Französische wechselt, ohne es zu bemerken. Wir sehen sie verwirrt an, sie sieht uns verwirrt an, bis Christian ihr in ebenso fließendem Französisch erklärt, was passiert ist, woraufhin sie belustigt kichert. Ihr Lachen ist so ansteckend, dass alle Beteiligten einstimmen und in schallendes Gelächter ausbrechen.

Als Nächstes erläutert Elliot uns sein jüngstes Bauprojekt, eine nach neuesten ökologischen Standards gestaltete Siedlung im Norden von Seattle. Ich sehe zu Kate hinüber, deren Augen vor Verliebtheit oder Verlangen – ich bin mir nicht ganz sicher, welches davon – leuchten. Völlig hingerissen lauscht sie ihm. Er lächelt sie an – es ist, als tauschten sie ein unausgesprochenes Versprechen. *Später, Baby*, scheint er zu ihr zu sagen. Das Knistern ist beinahe mit Händen zu greifen. Mir treibt es allein vom Zusehen die Röte ins Gesicht.

Seufzend werfe ich Christian einen Blick zu. Ich könnte ihn stundenlang ansehen. Beim Anblick des Bartschattens auf seinem Kinn juckt es mich in den Fingern, darüberzustreichen. Ich sehne mich danach, ihn an meinen Wangen zu spüren, an meinen Brüsten … zwischen meinen Schenkeln. Ich werde rot. Er schaut mich an und legt die Finger um mein Kinn.

»Nicht auf der Lippe kauen«, warnt er mit rauer Stimme. »Das ist mein Part.«

Grace und Mia räumen die Dessertschälchen ab und verschwinden in der Küche, während Mr. Grey, Kate und Elliot über die Vorzüge von Solaranlagen diskutieren, die neuerdings immer häufiger in der Gegend gebaut werden. Christian heuchelt Interesse, legt mir währenddessen erneut die Hand aufs Knie und lässt sie ein weiteres Mal auf meinem Schenkel nach oben gleiten. Mir stockt der Atem. Ich kneife die Beine zusammen, um dem Ganzen ein Ende zu bereiten.

»Soll ich dich ein bisschen herumführen?«, fragt er unverblümt.

Natürlich ist mir klar, dass ich Ja sagen muss, aber ich traue ihm nicht über den Weg. Doch bevor ich Gelegenheit habe, darüber nachzudenken, ist er bereits aufgestanden und streckt mir die Hand entgegen. Ich ergreife sie und spüre, wie sich sämtliche Muskeln in meinem Unterleib zusammenziehen, als ich den hungrigen Ausdruck in seinen grauen Augen sehe.

»Entschuldigt uns«, sage ich zu den anderen und folge Christian nach draußen.

Er geht vor mir her durch die Diele und in die Küche, wo Grace und Mia das schmutzige Geschirr in die Spülmaschine räumen. Von Miss Kleinmädchenzöpfen ist weit und breit nichts zu sehen.

»Ich will Anastasia den Garten zeigen«, sagt er zu seiner

Mutter, die uns mit einem Lächeln entlässt, während Mia ins Esszimmer zurückkehrt.

Wir treten auf die mit grauen Steinplatten ausgelegte Terrasse, die von in den Stein eingelassenen Spots erhellt wird. Überall blühen Pflanzen in grauen Steinkübeln, und in der Ecke steht ein eleganter grauer Metalltisch mit mehreren Stühlen. Christian geht daran vorbei und betritt eine weitläufige Rasenfläche, die sich bis zur Bucht erstreckt. Was für ein Anblick! In der Ferne funkeln die Lichter von Seattle. Der silbrige Maimond glitzert auf dem Wasser und erhellt einen schmalen Steg, an dem zwei Boote festgemacht sind. Daneben befindet sich ein kleines Bootshaus. Es ist wie aus dem Bilderbuch. Ich stehe einen Moment lang reglos da und betrachte staunend die Szenerie.

Christian zieht mich hinter sich her. Meine Absätze versinken im weichen Gras.

»Bleib stehen. Bitte«, sage ich und taumle hinter ihm her.

Er bleibt stehen und mustert mich mit ausdrucksloser Miene.

»Meine Schuhe. Ich muss sie ausziehen.«

»Nicht nötig.« Er bückt sich, hebt mich hoch und schwingt mich über die Schulter. Vor Schreck stoße ich einen quiekenden Schrei aus. Er verpasst mir einen kräftigen Schlag auf die Pobacke.

»Still«, knurrt er.

Verdammt, das klingt gar nicht gut. Meinem Unterbewusstsein schlottern bereits die Knie. Er ist wegen irgendetwas sauer – wegen José. Oder wegen Georgia. Weil ich ohne Höschen herumlaufe. Oder weil ich auf meinen Lippen gekaut habe. Ich habe keine Ahnung. Diesen Mann bringt jede Kleinigkeit auf die Palme.

»Wohin gehen wir?«, stoße ich atemlos hervor.

»Ins Bootshaus«, herrscht er mich an.

Ich hänge kopfüber auf seiner Schulter, während er mit entschlossenen Schritten über den Rasen marschiert.

»Wieso?«, presse ich hervor. Mein Kopf baumelt im Rhythmus seiner Schritte hin und her.

»Ich muss mit dir allein sein.«

»Warum?«

»Weil ich dich zuerst übers Knie legen und dich dann ficken werde.«

»Aber wieso?«, winsele ich.

»Das weißt du ganz genau«, zischt er.

»Ich dachte, du bist der spontane Typ.« Ein flehender Unterton liegt in meiner Stimme.

»Spontaner kann es kaum sein, das kannst du mir glauben.«

Großer Gott.

ZWANZIG

Christian reißt die Holztür des Bootshauses auf und bleibt kurz stehen, um das Licht anzumachen. Neonröhren erwachen fauchend zum Leben, tauchen es in gleißend weißes Licht. Für einen kurzen Moment kann ich eine eindrucksvolle Motorjacht erkennen, die am Steg festgemacht ist, doch dann trägt er mich eine Holztreppe hinauf in das obere Zimmer.

Wieder bleibt er kurz stehen, um auch hier das Licht einzuschalten – Halogenlampen, die ein weicheres Licht schaffen und sich dimmen lassen. Wir befinden uns in einem Raum mit Dachschräge, der im maritimen Stil eingerichtet ist – blau und cremefarben, mit einem Tupfer Rot hier und da. Das Zimmer ist spärlich möbliert; außer zwei Sofas scheint es leer zu sein.

Christian lässt mich herunter, aber mir bleibt keine Zeit, mich umzusehen. Ich verfolge jede seiner Bewegungen, so wie man ein seltenes und gefährliches Raubtier beobachten würde – jederzeit darauf gefasst, dass es zuschlägt. Sein Atem kommt stoßweise, aber das liegt bestimmt nur daran, dass er mich über den Rasen und hier herauf getragen hat. Seine grauen Augen funkeln vor Zorn, Verlangen und purer Lust.

Scheiße, allein sein Blick genügt, um mich zum Lodern zu bringen.

»Bitte schlag mich nicht«, flehe ich.

Seine Augen weiten sich.

»Ich will nicht, dass du mich versohlst. Nicht hier und nicht jetzt. Bitte tu's nicht.«

Ihm fällt die Kinnlade herunter.

Ich nehme all meinen Mut zusammen, hebe zögernd die

Hand und streiche ihm vorsichtig mit den Fingern über die Wange bis zu den Stoppeln auf seinem Kinn, die sich weich und kratzig zugleich anfühlen. Er schließt langsam die Augen und schmiegt sich in meine Handfläche. Seine Atemzüge werden rauer. Ich fahre mit meiner anderen Hand durch sein Haar, das ich so liebe. Er stöhnt kaum hörbar, und als er die Augen wieder aufschlägt, liegt ein argwöhnischer Ausdruck darin, als begreife er nicht ganz, was ich da tue.

Ich trete vor ihn, ziehe ihn vorsichtig an den Haaren zu mir herab und lege meine Lippen auf seinen Mund. Ich küsse ihn, schiebe meine Zunge in seinen Mund. Er stöhnt auf und schlingt die Arme um mich. Er erwidert meinen Kuss, besitzergreifend und brutal. Unsere Zungen vereinen sich in einem wilden Tanz. Er schmeckt göttlich.

Schließlich macht er sich abrupt los. Schwer atmend stehen wir voreinander. Ich lege meine Hände auf seine Arme, während er mich mit starrem Blick ansieht.

»Was machst du mit mir?«, fragt er verwirrt.

»Ich küsse dich.«

»Aber du hast Nein gesagt.«

»Was?« *Nein wozu?*

»Unter dem Tisch. Mit deinen Beinen.«

Oh, darum geht es also.

»Aber wir saßen bei deinen Eltern zu Tisch.« Ich sehe ihn fassungslos an.

»Niemand hat sich mir jemals verweigert. Und das ist heiß. Unglaublich heiß.«

Seine Augen blitzen vor Staunen und Lust, eine geradezu berauschende Kombination. Ich schlucke. Seine Hand fährt meinen Rücken entlang, dann drückt er sich an mich, so dass ich seine Erektion spüren kann.

O Mann …

»Du bist also sauer und gleichzeitig scharf auf mich, weil ich Nein gesagt habe?«

»Ich bin sauer, weil du Georgia mit keiner Silbe erwähnt hast. Ich bin sauer, weil du mit diesem Typen etwas trinken warst, der versucht hat, dich anzumachen, als du betrunken warst. Der, der dich mit einem praktisch Wildfremden allein gelassen hat, als dir übel wurde. Was ist das für ein Freund? Und ich bin sauer, weil du die Beine zusammengepresst hast.«

Seine Augen funkeln gefährlich, während er langsam den Saum meines Kleids hochschiebt.

»Ich will dich. Und zwar jetzt, auf der Stelle. Und wenn du mir schon nicht erlaubst, dich zu versohlen – was du verdient hättest –, werde ich dich zumindest auf dieser Couch dort vögeln, und zwar nur zu meinem eigenen Vergnügen und nicht zu deinem.«

Inzwischen bedeckt der Stoff meines Kleides kaum noch mein Hinterteil. Mit einer ruckartigen Bewegung umfasst er mein Geschlecht und schiebt einen Finger in mich hinein, während er mich mit der anderen Hand fest an sich gedrückt hält. Ein Stöhnen entfährt mir.

»Das hier gehört mir«, flüstert er aggressiv. »Mir ganz allein. Ist das klar?« Er beginnt, seinen Finger rhythmisch zu bewegen, und fixiert mich dabei mit glühenden Augen.

»Ja, nur dir allein«, stoße ich hervor, als eine Welle der Lust durch meine Venen schießt, die meine Nervenenden vibrieren, meinen Atem stocken lässt. Mein Herz hämmert wie verrückt, als wolle es mir jede Sekunde aus der Brust springen, und das Blut rauscht in meinen Ohren.

In einer fließenden Bewegung zieht er seinen Finger aus mir heraus, knöpft seine Hose auf, stößt mich auf die Couch und legt sich auf mich.

»Hände auf den Kopf«, befiehlt er mit zusammengebissenen Zähnen, drängt sich auf Knien zwischen meine Beine und greift in die Innentasche seines Jacketts. Er zieht ein Kondompäckchen heraus, reißt es auf und rollt es über seinen beachtlichen Penis.

Gehorsam lege ich die Hände auf den Kopf. Mir ist klar, warum ich das tun muss: um zu verhindern, dass ich ihn berühre. Instinktiv recke ich ihm meine Hüften entgegen. Ich will ihn in mir spüren, genauso tief und hart wie zuvor. Oh, ich kann es kaum erwarten.

»Wir haben nicht viel Zeit. Es wird ein kurzes Vergnügen werden, und eines, das nur für mich allein gedacht ist, nicht für dich. Verstanden? Du wirst nicht kommen, sonst werde ich dich versohlen«, stößt er hervor.

Wie zum Teufel soll ich das anstellen?

Mit einer brutalen Bewegung stößt er zu. Mir entschlüpft ein lautes, gutturales Stöhnen, da er mich vollständig auszufüllen scheint. Er hält meine Hände fest, so dass ich mich nicht bewegen kann. Er ist überall, erdrückt mich fast, schnürt mir die Luft ab, während er mich vögelt. Trotzdem ist es überwältigend. Ich habe die Macht über ihn. Ich bin diejenige, die ihn dazu bringt, all diese Dinge zu tun – was für ein einzigartiges Gefühl, geradezu euphorisch, triumphierend. Seine Bewegungen werden immer schneller, immer heftiger. Ich höre seine schweren Atemzüge dicht an meinem Ohr. Mein Körper wölbt sich ihm entgegen, vereinigt sich mit ihm. Ich darf nicht kommen. Abrupt und allzu schnell stößt er ein letztes Mal zu, dann wird er still, als er zum Höhepunkt gelangt und zischend den Atem einsaugt. Er erschlafft und sackt mit seinem ganzen Gewicht über mir zusammen, aber ich bin noch nicht bereit, ihn gehen zu lassen. Mein Körper sehnt sich danach, Erlösung zu finden, doch er ist zu schwer, als dass ich ihn von mir schieben könnte. Unvermittelt zieht er sich aus mir heraus und lässt mich voller Verlangen und Sehnsucht zurück.

»Wage es nicht, es dir selbst zu machen. Ich will, dass du frustriert bist. Denn genau so fühle ich mich, wenn du nicht mit mir redest und mir verwehrst, was mir gehört.« Wieder lodert die blanke Wut in seinen Augen auf.

Ich nicke keuchend.

Er steht auf, zieht das Kondom herunter, verknotet es und lässt es in seiner Hosentasche verschwinden. Nach wie vor schwer atmend, sehe ich zu ihm hoch. Unwillkürlich presse ich die Schenkel gegeneinander, in der Hoffnung, wenigstens ein klein wenig Erleichterung zu finden. Christian knöpft seine Hose zu und fährt sich mit der Hand durchs Haar, dann hebt er sein Jackett auf. Schließlich wendet er sich mir wieder zu.

»Wir sollten zurück ins Haus gehen«, sagt er, eine Spur milder.

Noch immer leicht benommen setze ich mich auf.

»Hier. Zieh es an.«

Er holt mein Höschen aus der Innentasche seines Jacketts hervor.

Ich verkneife mir ein Grinsen, als ich es entgegennehme, aber so viel steht fest: Auch wenn er mich mit seinem Verbot, zu kommen, bestraft hat, habe ich doch einen kleinen Sieg über mein Höschen errungen. Meine innere Göttin nickt und strahlt befriedigt. *Du musstest ihn nicht darum anbetteln.*

»Christian!«, ruft Mia von unten.

Er hebt die Brauen. »Gerade noch rechtzeitig. Herrgott, manchmal raubt sie einem den letzten Nerv.«

Eilig ziehe ich mein Höschen an, erhebe mich mit so viel Würde, wie es mir in meinem Zustand möglich ist, und versuche, mein postkoital zerzaustes Haar zu bändigen.

»Hier oben, Mia«, ruft er. »Tja, Miss Steele, ich fühle mich zwar besser, aber versohlen würde ich Sie am liebsten immer noch.«

»Ich finde nicht, dass ich es verdient habe, Mr. Grey, insbesondere nachdem ich mir Ihren grundlosen Übergriff habe gefallen lassen.«

»Grundlos? Sie haben mich geküsst.« Er bemüht sich um eine gekränkte Miene.

Ich schürze die Lippen. »Angriff ist nun mal die beste Verteidigung.«

»Verteidigung wogegen?«

»Gegen Sie und Ihre juckenden Finger.«

Er legt den Kopf schief, als Mia die Treppe heraufgepoltert kommt. »Aber es war erträglich, oder?«

Ich werde rot. »Nur schwer«, flüstere ich, kann mir aber ein Grinsen nicht verkneifen.

»Oh, *hier* seid ihr.« Sie strahlt uns an.

»Ich habe Anastasia ein bisschen herumgeführt.« Christian hält mir die Hand hin.

Ich ergreife sie. Er drückt sie zärtlich.

»Kate und Elliot wollen gehen. Ist es zu fassen? Diese zwei … sie können kaum die Finger voneinander lassen. Was habt ihr denn hier oben getrieben?«

Meine Güte, diese Frau nimmt kein Blatt vor den Mund. Ich spüre, wie ich schon wieder rot anlaufe.

»Ich habe Anastasia meine Ruderpokale gezeigt«, antwortet Christian mit Unschuldsmiene. »Komm, lass uns runtergehen und uns von Kate und Elliot verabschieden.«

Ruderpokale? Er tritt hinter mich und gibt mir einen leichten Klaps auf den Hintern, als Mia vor uns die Treppe hinuntergeht.

Erschrocken schnappe ich nach Luft.

»Ich werde es wieder tun, Anastasia, und zwar bald«, droht er kaum hörbar, schlingt von hinten den Arm um mich und küsst mich in den Nacken.

Kate und Elliot verabschieden sich gerade von Grace und Mr. Grey. Kate schließt mich in die Arme und zieht mich fest an sich.

»Ich muss dringend mit dir über Christian reden. Darüber, dass du ihn ständig so feindselig anmachst«, zische ich ihr ins Ohr.

»Aber jemand muss es tun, damit du merkst, wie er wirklich ist. Pass auf, Ana. Der Typ ist ein Kontrollfreak«, flüstert sie. »Bis später.«

ICH WEISS GENAU, WIE ER IST! ABER DU NICHT!,

schreie ich sie im Geiste an. Natürlich ist mir klar, dass sie es nur gut meint, aber manchmal überschreitet sie nun mal die Grenze – in diesem Augenblick sogar so weit, dass sie bereits mit beiden Füßen im Nachbarland steht. Ich werfe ihr einen finsteren Blick zu. Sie streckt mir die Zunge heraus. Unwillkürlich muss ich grinsen. Dieser lockere, verspielte Zug an ihr ist neu – offenbar ist Elliot der Grund für ihre Ausgelassenheit. Wir winken den beiden zum Abschied zu.

»Wir sollten auch aufbrechen«, meint Christian zu mir gewandt. »Denk an deine Vorstellungsgespräche morgen.«

Mia umarmt mich, als wir uns verabschieden.

»Keiner von uns hätte gedacht, dass er jemals eine Frau finden würde!«, sagt sie.

Ich werde rot, und Christian verdreht zum wiederholten Mal die Augen. Ich schürze die Lippen. Wieso darf er es eigentlich andauernd tun, ich aber nicht? Am liebsten würde ich ebenfalls die Augen verdrehen, traue mich aber nicht. Nicht nach seinen Drohungen im Bootshaus.

»Passen Sie gut auf sich auf, liebe Ana«, sagt Grace.

Christian, dem die Zuwendung, die mir im Hause Grey zuteilwird, entweder peinlich ist oder gegen den Strich geht, packt mich an der Hand und zieht mich an seine Seite.

»Wenn wir sie weiter so mit Zuneigung überschütten, sucht sie am Ende vor Angst noch das Weite oder wird bloß verwöhnt«, brummt er.

»Spar dir deine Neckereien, Christian«, tadelt Grace ihn nachsichtig und sieht ihren Sohn voller Liebe an.

Aber etwas sagt mir, dass seine Worte nicht scherzhaft gemeint sind. Ich habe im Lauf des Abends genau beobachtet, wie sie miteinander umgehen. Grace liebt ihren Sohn auf diese bedingungslose Art und Weise, wie es nur Mütter tun. Er beugt sich herab und küsst sie steif.

»Mom.« In seiner Stimme schwingt etwas mit – Ehrfurcht, vielleicht?

»Mr. Grey, auf Wiedersehen und vielen Dank für alles.« Ich strecke ihm die Hand hin, und auch er zieht mich in seine Arme!

»Bitte, nennen Sie mich doch Carrick. Ich hoffe, wir sehen uns bald wieder, Ana.«

Christian geht voran zum Wagen, wo Taylor uns in Empfang nimmt. *Hat er etwa die ganze Zeit hier gewartet?* Taylor öffnet mir die Tür.

Kaum sitze ich auf dem Rücksitz, spüre ich, wie die Anspannung aus meinen Schultern weicht. Liebe Güte, was für ein Tag. Ich bin völlig erschöpft, sowohl körperlich als auch emotional.

Christian wechselt ein paar Worte mit Taylor, dann steigt er ebenfalls ein.

»Sieht ganz so aus, als würde auch meine Familie dich mögen«, murmelt er.

Auch? Der deprimierende Gedanke, welchen Umständen ich diese Einladung zu verdanken habe, schiebt sich in mein Bewusstsein. Taylor lässt den Motor an, biegt aus der hell erleuchteten Auffahrt und taucht in die Dunkelheit der Straße ein. Ich sehe Christian an, dessen starrer Blick auf mich geheftet ist.

»Was ist?«, fragt er leise.

Für einen Moment weiß ich nicht weiter. Aber – nein, ich werde mit der Sprache herausrücken. Schließlich beschwert er sich ja ständig, ich würde nicht mit ihm reden.

»So wie ich die Sache sehe, hast du dich verpflichtet gefühlt, mich deinen Eltern vorzustellen«, beginne ich zögerlich. »Hätte Elliot Kate nicht gebeten mitzukommen, hättest du es ganz bestimmt nicht getan.« Es ist zu dunkel, um sein Gesicht zu erkennen, aber ich sehe, dass er den Kopf neigt.

»Ich bin überglücklich, dass du meine Eltern kennen gelernt hast, Anastasia. Woher kommen nur diese ständigen Selbstzweifel? Das ist mir ein echtes Rätsel. Du bist so eine starke, unabhängige Frau, und trotzdem denkst du immer so negativ über dich. Hätte ich nicht gewollt, dass du sie kennen lernst, wärst du jetzt nicht hier. Du dachtest allen Ernstes den ganzen

Abend lang, ich hätte dich nur mitgenommen, weil ich mich unter Druck gesetzt gefühlt habe?«

Oh! Er wollte mich also dabeihaben – damit habe ich nicht gerechnet. Und es scheint ihm nichts auszumachen, mit mir darüber zu reden, was darauf schließen lässt, dass er die Wahrheit sagt. Stattdessen freut er sich offenbar sogar ehrlich darüber, dass ich mitgekommen bin … eine angenehme Wärme durchrieselt mich. Er schüttelt den Kopf und nimmt meine Hand. Nervös sehe ich nach vorn zu Taylor.

»Mach dir um ihn keine Sorgen. Und beantworte meine Frage.«

Ich zucke mit den Schultern. »Ja. Das dachte ich. Und noch etwas – ich habe nur mit Georgia angefangen, weil Kate die ganze Zeit von Barbados redet. Endgültig entschieden hatte ich mich noch nicht.«

»Willst du deine Mutter denn besuchen?«

»Ja.«

Er wirft mir einen eigentümlichen Blick zu, als ringe er mit sich. »Darf ich mitkommen?«

Wie bitte?

»Äh … ich glaube, das ist keine besonders gute Idee.«

»Wieso nicht?«

»Ich wollte ein bisschen Abstand gewinnen. Es war alles ziemlich … intensiv, deshalb dachte ich, es wäre gut, in Ruhe über alles nachzudenken.«

»*Ich* bin zu intensiv?«

Ich breche in Gelächter aus. »Gelinde gesagt, ja.«

Im Schein der vorbeifliegenden Straßenlaternen sehe ich seine Mundwinkel zucken.

»Lachen Sie mich etwa aus, Miss Steele?«

»Das würde ich niemals wagen, Mr. Grey«, erwidere ich mit gespieltem Ernst.

»Ich glaube eher, Sie wagen es sehr wohl, und noch dazu ziemlich oft.«

»Du bist unglaublich komisch.«

»Komisch?«

»Allerdings.«

»Im Sinne von merkwürdig oder von witzig?«

»Ziemlich viel vom einen und ein klein bisschen vom anderen.«

»Wovon mehr?«

»Darauf musst du schon selbst kommen.«

»Ich bin nicht sicher, ob ich in deiner Nähe *auf* irgendetwas kommen kann, Anastasia«, kontert er süffisant. »Worüber musst du denn in Georgia nachdenken?«, fragt er schließlich.

»Über uns«, flüstere ich.

Er sieht mich ausdruckslos an. »Du hast doch gesagt, du willst es versuchen.«

»Ich weiß.«

»Hast du plötzlich Zweifel?«

»Vielleicht.«

Er verlagert sein Gewicht auf dem Sitz, als würde er sich plötzlich unbehaglich fühlen. »Wieso?«

Verdammt. Wie konnte unser Geplänkel urplötzlich in ein so ernstes, weit reichendes Gespräch umschlagen? Ich habe das Gefühl, als hätte mir jemand ohne Vorwarnung ein Prüfungsblatt in die Hand gedrückt. Was soll ich darauf erwidern? *Weil ich glaube, dass ich dich liebe, aber nur ein Spielzeug für dich bin? Weil ich dich nicht berühren kann, weil ich Angst haben muss, dass du zurückweichen oder, schlimmer noch, mich übers Knie legen könntest, wenn ich versuche, dir meine Zuneigung zu zeigen?* Was soll ich auf diese Frage antworten?

Ich sehe einen kurzen Moment aus dem Fenster. Wir fahren wieder über die Brücke. Die Dunkelheit umgibt uns und verhüllt unsere Gedanken und Gefühle, aber in Wahrheit brauchen wir die Dunkelheit noch nicht einmal dafür.

»Warum, Anastasia?«, bohrt Christian nach.

Ratlos zucke ich mit den Schultern. Ich will ihn nicht verlieren. Trotz all der Forderungen, seinem Zwang, mich zu kontrollieren, und seiner beängstigenden Neigungen habe ich mich noch nie so lebendig gefühlt. Allein hier neben ihm im Wagen zu sitzen macht mich an. Er ist so geheimnisvoll, so unvorhersehbar, so sexy, klug und witzig. Nur seine Launen … oh, und die Tatsache, dass er es genießt, mich zu schlagen. Er behauptet zwar, er würde sich meine Vorbehalte durch den Kopf gehen lassen, trotzdem habe ich Angst vor dem, was auf mich zukommen könnte. Ich schließe die Augen. Was soll ich bloß darauf antworten? Tief in meinem Innern wünsche ich mir mehr Zuneigung, mehr von dem ausgelassenen, lockeren Christian … mehr Liebe.

Er drückt meine Hand. »Erzähl mir, was in dir vorgeht, Anastasia. Ich will dich nicht verlieren. Diese letzte Woche …«

Wir nähern uns dem Ende der Brücke und biegen in die von Straßenlampen erhellte Straße, so dass sein Gesicht abwechselnd in helles Licht und tiefe Schatten getaucht ist. Die Metapher könnte nicht passender sein. Dieser Mann, der bis vor Kurzem noch mein romantischer Held, mein tapferer Ritter in schimmernder Rüstung war – der schwarze Ritter, wie er sich einst selbst genannt hat … ist in Wahrheit gar kein Held. Sondern ein Mann mit schweren emotionalen Defiziten, und er zieht mich mit sich, hinein in seine dunklen Abgründe. Kann ich nicht diejenige sein, die ihn ins Licht holt?

»Ich will immer noch mehr«, flüstere ich.

»Ich weiß«, sagt er. »Ich werde es versuchen.«

Er lässt meine Hand los und umfasst mein Kinn, so dass ich meine Lippe freigeben muss.

»Für dich, Anastasia, werde ich es versuchen.« Es klingt, als würde er es aufrichtig meinen.

Das ist mein Stichwort. Ich löse meinen Sicherheitsgurt und klettere auf seinen Schoß. Ich lege die Hände um sein Gesicht und küsse ihn, ungestüm und in aller Ausgiebigkeit. Innerhalb von Sekundenbruchteilen löst er sich aus seiner verblüfften Erstarrung und erwidert meinen Kuss.

»Bleib heute Nacht bei mir«, stöhnt er. »Wenn du jetzt gehst, sehe ich dich die ganze Woche nicht. Bitte.«

»Ja. Und ich werde es auch versuchen. Ich werde den Vertrag unterschreiben«, sage ich aus einer spontanen Eingebung heraus.

»Tu es erst nach deiner Rückkehr aus Georgia. Überleg es dir gut, Baby.«

»Das werde ich.«

Eine Weile sitzen wir schweigend da.

»Du solltest angeschnallt sein«, schimpft Christian, das Gesicht immer noch in meinem Haar vergraben, macht aber keine Anstalten, mich von seinem Schoß zu schieben.

Ich schmiege mich an ihn, mit geschlossenen Augen, die Nase an seinem Hals, so dass ich diese unglaubliche Mischung aus nach Moschus duftendem Duschgel und Christians Körpergeruch einsaugen kann. Ich gestatte mir, für einen Moment in der Illusion zu schwelgen, dass er mich wirklich liebt. Oh, es fühlt sich so real an, so als könnte ich es mit Händen greifen. So sehr, dass sich ein winziger Teil meines garstigen, misstrauischen Unterbewusstseins entgegen seines Naturells ein Fünkchen Hoffnung gestattet. Ich wage es nicht, meine Hände über seine Brust wandern zu lassen, sondern begnüge mich damit, mich in seine Arme zu kuscheln.

Allzu schnell werde ich jäh aus meinen romantischen Träumereien gerissen.

»Wir sind zuhause«, murmelt Christian. Was für ein herrlicher Satz, so voller Verheißung und Möglichkeiten.

Zuhause, mit Christian. Das Problem ist nur, dass seine Wohnung kein Zuhause, sondern eher eine Kunstgalerie ist.

Taylor öffnet die Türen. Verlegen bedanke ich mich bei ihm – natürlich hat er jedes Wort unserer Unterhaltung mitgehört, doch sein freundliches Lächeln ist beruhigend und lässt mich meine Scheu vergessen. Christian steht neben mir und mustert mich abschätzend. *O nein, was habe ich jetzt schon wieder angestellt?*

»Wieso trägst du keine Jacke?« Er zieht sein Jackett aus und legt es mir über die Schultern.

Eine Woge der Erleichterung durchströmt mich. »Sie liegt in meinem neuen Wagen«, antworte ich gähnend.

Er grinst. »Müde, Miss Steele?«

»Ja, Mr. Grey.« Sein prüfender Blick macht mich verlegen. Trotzdem habe ich den Eindruck, als könnte ich mir einen erklärenden Kommentar erlauben. »Ich hätte nie gedacht, dass ich mich jemals einem anderen Menschen so unterwerfen würde.«

»Tja, wenn du Pech hast, war das nicht die letzte Lektion für heute.« Er nimmt meine Hand und betritt das Gebäude.

Heilige Scheiße ... nochmal!

Wir betreten den Aufzug. Ich habe bereits geahnt, dass er mich bitten würde, bei ihm zu übernachten, andererseits schläft er sonst nie mit einer Frau im selben Bett. Nur mit mir hat er es schon mehrere Male getan. Ich runzle die Stirn. Seine Miene verfinstert sich unvermittelt. Er umfasst mein Kinn, so dass ich nicht weiter auf meiner Unterlippe herumkauen kann.

»Eines Tages werde ich dich in diesem Aufzug vögeln, Anastasia. Aber heute bist du todmüde, deshalb sollten wir uns lieber ans Bett halten.«

Er beugt sich zu mir, nimmt meine Lippe zwischen die Zähne und beginnt, behutsam daran zu ziehen. Atemlos lasse ich mich gegen ihn sinken und spüre, wie mich das Verlangen durchströmt. Neckend ziehe ich seine Oberlippe zwischen meine Zähne. Er stöhnt. Kaum gleiten die Aufzugtüren auf, ergreift er meine Hand und schiebt mich durch den Korridor.

»Brauchst du noch etwas? Etwas zu trinken oder sonst etwas?«

»Nein.«

»Gut. Dann lass uns zu Bett gehen.«

Ich hebe die Brauen. »Wie? Stinknormaler, alter Blümchensex?«

Er legt den Kopf schief. »Blümchensex ist weder alt, noch stinkt er. Offen gesagt, mag ich ihn eigentlich ganz gerne.«

»Seit wann das denn?«

»Seit letzten Samstag. Wieso? Hattest du auf etwas Exotischeres gehofft?«

Meine innere Göttin linst aus ihrem Versteck hervor.

»O nein, mein Bedarf an Exotik ist für heute gedeckt.«

Meine innere Göttin schmollt.

»Sicher? Wir haben hier so gut wie jede Spielart im Programm.« Er grinst lasziv.

»Das habe ich gemerkt«, erwidere ich trocken.

Er schüttelt den Kopf. »Kommen Sie, Miss Steele. Sie haben einen wichtigen Tag vor sich. Je schneller Sie im Bett sind, umso schneller habe ich Sie gevögelt, und umso schneller kriegen Sie Ihren Schönheitsschlaf.«

»Sie sind ein Romantiker, wie er im Buche steht, Mr. Grey.«

»Und Sie haben ein loses Mundwerk, Miss Steele, das ich Ihnen womöglich auf die eine oder andere Art werde stopfen müssen. Und jetzt los.« Er geht vor mir her den Korridor hinunter in sein Schlafzimmer und tritt mit dem Absatz die Tür zu.

»Hände nach oben«, befiehlt er.

Ich gehorche. Er langt nach dem Saum meines Kleids und zieht es mir mit einer schwungvollen Bewegung wie ein Magier über den Kopf.

»Ta-dah«, ruft er triumphierend.

Ich kichere und klatsche höflich Beifall. Er verbeugt sich anmutig und grinst mich an. Wie könnte ich ihm widerstehen, wenn er so ist? Er legt mein Kleid auf einen Stuhl neben der Kommode.

»Und was für ein Trick kommt als Nächstes?«, necke ich ihn.

»Den, meine liebe Miss Steele«, knurrt er, »werde ich Ihnen schon noch zeigen. Marsch ins Bett.«

»Was meinen Sie, Mr. Grey – könnte ich vielleicht ausnahmsweise so tun, als wäre ich nicht leicht rumzukriegen?«, frage ich kokett.

Seine Augen weiten sich vor Staunen, und ich sehe einen Anflug von Erregung darin glimmen. »Tja, die Tür ist zu, das heißt, es wird nicht ganz einfach werden, sich mir zu entziehen«, erklärt er süffisant. »Ich würde sagen, da ist nicht viel zu machen.«

»Ich bin aber gut im Verhandeln.«

»Ich auch.« Er sieht mich an. In diesem Augenblick sehe ich, wie ein verwirrter Ausdruck auf seine Züge tritt, während die Stimmung im Raum abrupt umschlägt. »Willst du etwa nicht vögeln?«

»Nein«, antworte ich leise.

»Oh.« Er runzelt die Stirn.

Okay ... jetzt ... ich hole tief Luft. »Ich will, dass wir miteinander schlafen.«

Er erstarrt. Dann verfinstert sich seine Miene. *Scheiße.* Das sieht gar nicht gut aus. *Gib ihm doch einen Moment Zeit!,* fährt mein Unterbewusstsein mich an.

»Ana, ich ...« Er fährt sich mit der Hand durchs Haar. Mit beiden Händen. Liebe Güte, offenbar ist er völlig durcheinander. »Ich dachte, das würden wir die ganze Zeit schon tun«, sagt er schließlich.

»Ich will dich berühren.«

Unwillkürlich weicht er einen Schritt zurück. Für den Bruchteil einer Sekunde liegt ein verängstigter Ausdruck auf seinem Gesicht, doch dann hat er sich wieder unter Kontrolle.

»Bitte«, flüstere ich.

»O nein, Miss Steele. Ich habe heute Abend schon genug Zugeständnisse gemacht. Die Antwort lautet Nein.«

»Nein?«

»Nein.«

Oh, dem kann ich nicht widersprechen ... oder doch?

»Du bist müde, ich bin müde. Lass uns einfach ins Bett gehen«, sagt er und mustert mich wachsam.

»Also ist Berühren ein Hard Limit für dich?«

»Ja. Aber das ist nichts Neues.«

»Dann sag mir wenigstens, warum.«

»Bitte, Anastasia, lass es für heute gut sein«, erwidert er genervt.

»Aber es ist wichtig für mich.«

Wieder fährt er sich mit beiden Händen durchs Haar und stößt einen unterdrückten Fluch aus. Er macht auf dem Absatz kehrt, stürmt zu seiner Kommode und zieht ein T-Shirt heraus, das er mir zuwirft. Leicht verwirrt fange ich es auf.

»Hier, zieh das an und geh ins Bett«, herrscht er mich an.

Ich runzle die Stirn, beschließe jedoch, ihn nicht weiter zu reizen. Stattdessen drehe ich mich um, streife meinen BH ab und ziehe mir eilig das T-Shirt über den Kopf. Mein Höschen lasse ich an – ich habe heute lange genug darauf verzichtet.

»Ich muss ins Badezimmer«, sage ich kleinlaut.

Er sieht mich verwirrt an. »Jetzt fragst du mich plötzlich um Erlaubnis, ja?«

»Äh ... nein.«

»Du weißt, wo das Badezimmer ist, Anastasia. Du brauchst meine Erlaubnis nicht. Nicht heute, in diesem Stadium unseres merkwürdigen Arrangements«, sagt er und zieht sein Hemd aus. Es gelingt ihm nicht, seine Verärgerung zu verbergen.

Ich betrachte mich in dem übergroßen Badezimmerspiegel und kann nur staunen, dass ich genauso aussehe wie sonst. Vor mir steht immer noch das ganz normale Mädchen – trotz allem, was ich heute getan habe. *Was hast du erwartet? Dass dir Hörner und ein Schwanz mit einer dreieckigen Spitze wachsen?*, fährt mein Unterbewusstsein mich an. *Was zum Teufel treibst du da überhaupt? Berühren ist ein Hard Limit für ihn. Es ist noch viel zu früh, du dumme Nuss. Er muss doch erst mal laufen lernen, bevor er losrennen kann.* Mein Unterbewusstsein schäumt vor Wut. Ich sehe es förmlich vor mir, medusengleich vor Zorn, das Haar ein Schlangenmeer, das Gesicht zur Fratze verzogen, wie in Edvard Munchs *Der Schrei*. Ich beachte es nicht, doch es weigert sich zu verschwinden. *Du machst ihn wütend. Überleg nur, was er heute zu dir gesagt hat, welche Zugeständnisse er gemacht hat.* Ich starre mein Spiegelbild finster an. Ich muss ihm meine Zuneigung zeigen können – nur dann kann er sie vielleicht irgendwann erwidern.

Resigniert schüttle ich den Kopf und schnappe mir Christians Zahnbürste. Mein Unterbewusstsein hat natürlich vollkommen Recht. Ich bedränge ihn zu sehr. Er ist noch nicht so weit, genauso wenig wie ich selbst. Noch befinden wir beide uns an den entgegengesetzten Enden unserer fragilen Beziehung, die abwechselnd von einer Seite auf die andere kippt wie eine Wippe auf dem Kinderspielplatz. Wir müssen beide ein Stück aufeinander zurücken, näher zur Mitte hin. Ich kann nur hoffen, dass keiner beim Versuch herunterfällt. Es geht alles so schnell. Vielleicht brauche ich einfach bloß ein bisschen Abstand. Der Trip nach Georgia erscheint mir reizvoller denn je. Gerade als ich anfange, mir die Zähne zu putzen, klopft es.

»Komm rein«, rufe ich, den Mund voll schaumiger Zahnpasta.

Christian steht im Türrahmen. Seine Pyjamahose schmiegt sich auf diese unvergleichliche Art um seine Hüften, die jede einzelne Körperzelle in mir zum Leben erwachen und in Habachtstellung gehen lässt. Sein Oberkörper ist nackt. Ich sauge seinen Anblick auf, als wäre mein Körper vollkommen ausgedörrt und er die kühle, klare Bergquelle, die Linderung für meinen Durst verspricht. Er betrachtet mich einen Moment lang ausdruckslos, dann tritt er grinsend neben mich. Unsere Blicke begegnen sich im Spiegel. Grau meets blau. Ich nehme seine Zahnbürste aus dem Mund, halte sie unter den Wasserhahn und reiche sie ihm, ohne den Blick von ihm zu lösen. Wortlos nimmt er sie entgegen und schiebt sie sich in den Mund. Ich grinse ebenfalls. Unvermittelt sehe ich den Schalk in seinen Augen aufblitzen.

»Tu dir keinen Zwang an und nimm ruhig meine Zahnbürste«, sagt er mit leisem Spott.

»Danke, Sir.« Mit einem zuckersüßen Lächeln verschwinde ich ins Schlafzimmer.

Wenige Minuten später folgt er mir. »Eigentlich habe ich mir den heutigen Abend ein bisschen anders vorgestellt.«

»Stell dir vor, wie es wäre, wenn ich zu dir sagen würde, du darfst mich nicht anfassen.«

Er hockt sich im Schneidersitz aufs Bett. »Ich habe es dir doch erklärt, Anastasia – komplett abgefuckt. Ich hatte einen ziemlich üblen Start ins Leben. Du willst dich damit nicht belasten. Weshalb solltest du auch?«

»Weil ich dich besser kennen lernen will.«

»Du kennst mich schon genau genug.«

»Wie kannst du so etwas behaupten?« Ich knie mich hin und sehe ihn an.

Er verdreht genervt die Augen.

»Du verdrehst die Augen. Als ich mich das letzte Mal getraut habe, das zu tun, hast du mich übers Knie gelegt.«

»Oh, genau da hätte ich dich jetzt auch gern.«

In diesem Augenblick habe ich eine Idee.

»Sag es mir, und du darfst es tun.«

»Was?«

»Du hast mich sehr wohl verstanden.«

»Du handelst mit mir?«, fragt er ungläubig.

Ich nicke. *Ja … jetzt bin ich auf dem richtigen Weg.*

»Nicht handeln, sondern *ver*handeln.«

»So läuft das aber nicht, Anastasia.«

»Okay. Dann erzähl es mir eben, und ich verdrehe die Augen.«

Er lacht. Für den Bruchteil einer Sekunde erhasche ich einen Blick auf den unbeschwerten Christian, dann wird er wieder ernst.

»Anastasia, immer scharf auf Informationen.« Er sieht mich argwöhnisch an, dann erhebt er sich mit einer eleganten Bewegung. »Nicht weggehen«, sagt er und verlässt das Zimmer.

Beklommenheit erfasst mich. Ich schlinge mir die Arme um den Oberkörper. Was hat er vor? Heckt er wieder irgendeine brutale Gemeinheit aus? *Mist.* Was ist, wenn er mit einem Rohrstock oder irgendeinem abartigen Züchtigungsinstrument zurückkehrt? *Was zum Teufel soll ich dann machen?* Er kommt zurück. Und er hat irgendetwas in der Hand, das ich allerdings nicht erkennen kann. Ich brenne vor Neugier.

»Wann musst du morgen bei deinem ersten Vorstellungsgespräch sein?«, fragt er.

»Um zwei Uhr nachmittags.«

Ein hinterhältiges Grinsen breitet sich auf seinem Gesicht aus. »Gut.«

Ich sehe zu, wie er sich vor meinen Augen zu verändern beginnt. Mit einem Mal wirkt er härter, geheimnisvoller ... sexy. Da ist er wieder – Christian, der Dom.

»Steh auf und komm hierher.« Er zeigt neben das Bett. Ich gehorche eilig. Das Versprechen glitzert in seinen Augen. »Vertraust du mir?«, fragt er.

Ich nicke. Er streckt die Hand aus. Zwei mit einem dicken schwarzen Seil verbundene silberne Kugeln liegen in seiner Handfläche.

»Die sind nagelneu«, erklärt er mit Nachdruck.

Ich sehe ihn fragend an.

»Ich werde sie dir jetzt einführen, und dann werde ich dich versohlen. Nicht als Strafe, sondern für die Lust. Für deine und für meine.« Er hält inne.

Ich starre ihn mit weit aufgerissenen Augen an.

Einführen! In meinen Körper! Ich schnappe nach Luft. Sämtliche Muskeln in meinem Unterleib spannen sich an. Meine innere Göttin legt einen leidenschaftlichen Schleiertanz hin.

»Dann werden wir vögeln, und wenn du danach noch die Augen offen halten kannst, werde ich dir ein paar Dinge über meine Vergangenheit verraten. Einverstanden?«

Er fragt mich, ob ich einverstanden bin! Ich nicke, völlig sprachlos.

»Braves Mädchen. Mund auf.«

Mund?

»Weiter.«

Behutsam schiebt er mir die glänzenden Kugeln in den Mund.

»Sie müssen befeuchtet werden. Saugen«, befiehlt er mit sanfter Stimme.

Die Kugeln sind glatt, weich, erstaunlich schwer und schmecken metallisch. Mein trockener Mund füllt sich mit Speichel, während meine Zunge die ungewohnten Objekte erkundet. Christians Blick ruht die ganze Zeit auf mir. O Mann, das macht mich unglaublich an.

»Stillhalten, Anastasia«, warnt er. »Halt.« Er nimmt sie mir aus dem Mund, tritt zum Bett und schlägt die Tagesdecke zurück.

»Komm her.« Er setzt sich hin.

Gehorsam trete ich vor ihn.

»Jetzt dreh dich um, bück dich und leg die Hände um die Knöchel.«

Ich sehe ihn verwirrt an.

Seine Miene verdüstert sich. »Los.« Ein leichter Tadel schwingt in seiner Stimme mit. Er schiebt sich die Kugeln in den Mund.

Das ist ein völlig anderes Kaliber als die Zahnbürste. Ich leiste seinen Anweisungen unverzüglich Folge. Schaffe ich es, meine Knöchel zu berühren? Ja. Sogar mühelos. Mein T-Shirt rutscht hoch, so dass mein Hinterteil zum Vorschein kommt. Gott sei Dank habe ich mein Höschen anbehalten. Auch wenn das wohl nicht mehr lange so bleiben wird.

Behutsam legt er eine Hand auf meine Pobacke und beginnt,

sie zärtlich zu streicheln. Ich kann zwar durch meine gespreizten Schenkel seine Beine erkennen, mehr aber nicht. Er schiebt mein Höschen zur Seite und fährt gemächlich mit einem Finger über meine Vulva. Ich schließe die Augen und kneife sie fest zusammen. Erregung durchzuckt mich. Ich kann es kaum noch erwarten. Er schiebt einen Finger in mich hinein und lässt ihn mit köstlicher Langsamkeit kreisen. Es fühlt sich unglaublich an. Ich stöhne.

Ich höre, wie er nach Luft schnappt, dann fängt sein Finger erneut an zu kreisen. Nach einem Moment zieht er ihn heraus und lässt behutsam die Kugeln nacheinander in meine Vagina gleiten. *Ach du meine Güte.* Inzwischen haben sie Körpertemperatur, erwärmt von unser beider Münder. Es fühlt sich seltsam an. Als sie erst einmal in mir sind, kann ich sie praktisch nicht mehr spüren – andererseits weiß ich, dass sie da sind.

Er streicht mein Höschen glatt und küsst meine Pobacke.

»Komm hoch«, befiehlt er.

Mit zitternden Knien richte ich mich auf.

Oh. Jetzt spüre ich sie … na ja, irgendwie. Er umfasst meine Hüften, während ich versuche, mein Gleichgewicht zu finden.

»Alles klar?«, fragt er streng.

»Ja.«

»Dreh dich um.«

Ich gehorche.

Die Kugeln sacken nach unten. Unwillkürlich spanne ich die Beckenbodenmuskeln an. Im ersten Moment fühlt es sich merkwürdig, aber keineswegs unangenehm an.

»Und wie fühlt es sich an?«

»Seltsam.«

»Seltsam gut oder seltsam schlecht?«

»Seltsam gut«, gebe ich errötend zu.

»Sehr gut.« Ein verschmitztes Funkeln glitzert in seinen Augen.

»Ich möchte ein Glas Wasser. Geh bitte und hol mir eines.«

Oh.

»Und wenn du zurückkommst, werde ich dich übers Knie legen.«

Wasser? Wieso will er ausgerechnet jetzt ein Glas Wasser?

Doch als ich das Schlafzimmer verlasse, wird mir auf einmal klar, wieso er will, dass ich mich bewege. Die Kugeln massieren mich gewissermaßen bei jedem Schritt von innen, und, offen gestanden, beschleunigen sich sogar meine Atemzüge, als ich mich strecke, um ein Glas aus dem Küchenschrank zu holen. Ich schnappe nach Luft. *Hey … das ist ja toll, ein echter Genuss.* Sie steigern mein Verlangen nach Sex.

Ich kehre ins Schlafzimmer zurück.

Christian beobachtet mich aufmerksam. »Danke«, sagt er und nimmt mir das Glas aus der Hand.

Bedächtig nippt er daran und stellt es auf den Nachttisch. Daneben liegt ein Folienpäckchen, bereit zum Gebrauch. Wie ich auch. Mir ist vollkommen klar, dass er das tut, um die Vorfreude zu steigern. Mein Herzschlag beschleunigt sich. Er sieht mich aus seinen grauen Augen an.

»Komm her. Stell dich neben mich. So wie beim letzten Mal.«

Ich spüre das Blut durch meinen Körper rauschen, und diesmal bin ich … erregt, als ich neben ihn trete.

»Frag mich«, sagt er leise.

Ich runzle die Stirn. Was soll ich ihn fragen?

»Frag mich.« Seine Stimme klingt eine Spur schärfer.

Wie? Was soll ich fragen? Wie das Wasser war? Was will er von mir?

»Frag mich, Anastasia. Ich sage es nicht noch einmal.« Inzwischen ist die Drohung nicht länger zu überhören. Allmählich dämmert es mir. Ich soll ihn fragen, ob er mich bitte versohlt.

»Legen Sie mich übers Knie, bitte … Sir«, flüstere ich.

Für einen Moment schließt er die Augen und genießt den Klang meiner Worte. Dann nimmt er meine linke Hand und zieht mich über seine Knie. Als ich mich ohne jede Gegenwehr nach vorne kippen lasse, fängt er mich auf. Das Herz schlägt mir bis zum Hals. Er streichelt meine Hinterbacke. Auch diesmal liege ich so, dass mein Oberkörper auf der Matratze neben ihm ruht. Statt wie beim letzten Mal das Bein über meine Schenkel zu legen, streicht er mir nur das Haar hinters Ohr und zieht mir damit vorsichtig meinen Kopf nach hinten.

»Ich will dein Gesicht sehen können, während ich dich versohle, Anastasia«, murmelt er, während er noch immer mit der Handfläche über meine Gesäßbacke streicht, bis sie sich mit sanftem Druck auf mein Geschlecht legt. Es fühlt sich … ich stöhne … unglaublich an.

»Das dient einzig und allein der Lust, Anastasia. Deiner und meiner.«

Er hebt die Hand und lässt sie kraftvoll auf die Stelle herabsausen, an der meine Beine und mein Gesäß zusammenlaufen, so dass sich die Kugeln tiefer in meine Vagina schieben. Eine wahre Woge der Empfindungen rollt über mich hinweg – das Brennen meiner Pobacke, die Kugeln, die mich vollständig auszufüllen scheinen, und die Tatsache, dass ich quer über seinem Schoß liege. Ich verziehe das Gesicht, während mein Verstand und mein Körper darum kämpfen, die ungewohnte Mixtur meiner Eindrücke zu verarbeiten. Irgendwo in der hintersten Ecke meines Bewusstseins registriere ich, dass er nicht ganz so fest zugeschlagen hat wie beim letzten Mal. Wieder beginnt er meine Hinterbacke zu streicheln, fährt zärtlich über meine nackte Haut, mein Höschen.

Wieso hat er mir das Höschen nicht heruntergezogen? Ich spüre, wie sich seine Handfläche löst und Sekunden später ein weiteres Mal auf meine nackte Haut herabsaust. Ich stöhne, als sich die Empfindungen einen Weg durch meinen Körper bahnen. Er beginnt, seine Schläge in einem steten Rhythmus auf meinem Hinterteil zu platzieren: links, rechts, dann nach unten. Die, die mich weiter unten treffen, sind die besten; das Gefühl, wie alles nach vorn geschoben wird, noch tiefer in mich hinein. Zwischen den einzelnen Hieben streichelt, liebkost, knetet er meine Haut. Es ist unbeschreiblich stimulierend und erotisch, von innen und außen gleichermaßen massiert zu werden. Aus irgendeinem Grund – wahrscheinlich, weil ich ihn selbst darum gebeten habe – kümmert mich der Schmerz auf einmal nicht länger; im Gegenteil: Eigentlich ist es gar nicht so schmerzhaft – na ja, irgendwie schon, aber auf eine angenehme Art. Es gelingt mir, den Schmerz zu ertragen. Mehr noch, in gewisser Weise ist er sogar … schön. Ich stöhne auf. *Ja, ich kann es. Ich werde es schaffen.*

Er hält einen Moment inne und zieht mir langsam das Höschen herunter. Ich winde mich auf seinem Schoß, nicht weil ich den Schlägen entgehen will, sondern um … endlich Erlösung zu finden. Meine übersensible Haut prickelt sinnlich unter der zarten Berührung seiner Finger. Es ist ein überwältigendes Gefühl. Wieder verfällt er in seinen steten Rhythmus – ein paar vorsichtige Schläge, dann etwas kräftiger, links, rechts, unten. Oh, die unteren. Wieder stöhne ich.

»Braves Mädchen, Anastasia«, höre ich ihn keuchen. Auch seine Atemzüge kommen stoßweise.

Er schlägt noch zweimal zu, dann packt er die Schnur an den Kugeln und zieht sie mit einer ruckartigen Bewegung aus meiner Vagina. Um ein Haar komme ich zum Höhepunkt – es ist ein Gefühl, wie ich es noch nie erlebt habe. Er umfasst meine Hüften und dreht mich um. Ich registriere das Ratschen, als er die Folie aufreißt und das Kondom herausnimmt, dann liegt er neben mir. Er erfasst meine Hände, schiebt sie nach oben und lässt sich in mich gleiten, wie in Zeitlupe, erfüllt mich voll und ganz, wo sich gerade noch die silbernen Kugeln befunden haben. Ich stöhne laut.

»O Baby«, flüstert er und beginnt, sich in einem langsamen, sinnlichen Rhythmus zu bewegen, sorgsam darauf bedacht, mir so viel Lust zu spenden, wie er nur kann.

Ich habe ihn noch nie so zärtlich erlebt. Innerhalb kürzester

Zeit habe ich den Punkt des Erträglichen erreicht und werde von einem köstlichen, alles umschlingenden Orgasmus erschüttert. Während ich mich mit aller Kraft an ihn klammere, findet auch er seine Erlösung. Ein letztes Mal schiebt er seinen Penis tief in mich hinein und stöhnt in verzweifeltem Staunen meinen Namen, während er sich in mir ergießt.

»Ana!«

Wortlos und schwer atmend liegt er auf mir, seine Hände immer noch mit den meinen über meinem Kopf verschlungen. Schließlich richtet er sich auf und sieht mich an.

»Das war schön«, flüstert er und küsst mich zärtlich.

Dann zieht er seinen Penis aus mir heraus, breitet die Bettdecke über mir aus und verschwindet ins Badezimmer, aus dem er wenig später mit einer Flasche Lotion zurückkehrt. Er setzt sich neben mich auf die Bettkante.

»Dreh dich um«, sagt er. Widerstrebend rolle ich mich auf den Bauch.

Also ehrlich, was für ein Theater. Ich bin hundemüde.

»Dein Arsch schillert in den schönsten Farben«, bemerkt er anerkennend und verteilt die kühlende Lotion auf meinem Hinterteil.

»Nun aber raus mit der Sprache, Grey«, sage ich gähnend.

»Du verstehst es wirklich, einen schönen Moment zu versauen.«

»Wir hatten eine Abmachung.«

»Wie fühlst du dich?«

»Übers Ohr gehauen.«

Seufzend legt er sich hinter mich und umarmt mich, sorgsam darauf bedacht, meinem wunden Hintern nicht zu nahe zu kommen. Behutsam drückt er einen Kuss auf die Stelle unter meinem Ohr.

»Die Frau, die mich zur Welt gebracht hat, war eine Crackhure, Anastasia. Und jetzt schlaf.«

Scheiße ... was hat denn das zu bedeuten?

»War?«

»Sie ist tot.«

»Wie lange schon?«

»Sie ist gestorben, als ich vier war. Ich kann mich so gut wie gar nicht mehr an sie erinnern, nur noch an ein paar Einzelheiten. Carrick hat mir einige Dinge über sie erzählt. Bitte schlaf jetzt.«

»Gute Nacht, Christian.«

»Gute Nacht, Ana.«

Ich falle in einen tiefen, erschöpften Schlaf und träume von einem vierjährigen Jungen mit grauen Augen an einem düsteren, beängstigenden, schrecklichen Ort.

EINUNDZWANZIG

Das Licht ist überall – warmes, gleißend helles Licht. Verzweifelt versuche ich, mich ihm noch für ein paar kostbare Minuten zu entziehen. Ich will mich verstecken. Nur noch ein paar Minuten. Aber es ist zu grell, deshalb ergebe ich mich in mein Schicksal und schlage die Augen auf. Ein strahlend schöner Morgen begrüßt mich – die Sonne scheint durch die raumhohen Fenster herein und taucht das Schlafzimmer in allzu helles Licht. Wieso haben wir bloß die Jalousien nicht heruntergelassen? Ich liege in Christian Greys breitem Bett, nur von ihm ist nichts zu sehen.

Einen Moment lang blicke ich auf die Skyline von Seattle, die sich vor dem Fenster erstreckt. Das Leben so hoch in den Wolken fühlt sich surreal an, eine Phantasie – ein Schloss, so weit über den Dingen, dass die harten Tatsachen des Lebens es nicht erreichen können, fernab von Vernachlässigung, Hunger und cracksüchtigen Müttern. Erschaudernd denke ich daran, was er durchgemacht haben muss. Inzwischen verstehe ich, weshalb er hier lebt, isoliert, nur umgeben von all diesen wunderschönen, kostbaren Kunstschätzen. *Lichtjahre von jenem Ort entfernt, wo er hergekommen ist.* Trotzdem erklärt all das nicht, wieso ich ihn nicht berühren darf.

Ironischerweise überträgt sich dieses Lebensgefühl in seinem Turm hoch oben in den Wolken auch auf mich. Die Realität ist weit, weit weg. Ich liege im Bett in dieser Phantasie-Wohnung, habe Phantasie-Sex mit meinem Phantasie-Freund, wohingegen die knallharte Wirklichkeit ganz anders aussieht: Christian will ein sehr spezielles Arrangement mit mir, auch wenn er beteuert, er bemühe sich, mir mehr zu geben. Was bedeutet das? Ich muss diesen Punkt klären, um zu wissen, ob wir uns immer noch an den entgegengesetzten Enden der Wippe befinden oder uns mittlerweile in Richtung Mitte vorarbeiten.

Ich stehe auf, steif und – in Ermangelung einer treffenderen Bezeichnung – durchgevögelt. *Tja, muss wohl an dem vielen Sex liegen.* Mein Unterbewusstsein schürzt missbilligend die Lippen. Ich verdrehe die Augen, heilfroh, dass der Kontrollfreak mit den juckenden Fingern nicht in der Nähe ist. Mein Entschluss steht fest – der Personal Trainer muss her. Das heißt, falls ich unterschreibe. Meine innere Göttin ringt verzweifelt die Hände. *Natürlich wirst du unterschreiben.* Ich ignoriere sie, gehe kurz auf die Toilette und mache mich auf die Suche nach Christian.

Im Wohnzimmer ist er nicht. Dafür laufe ich einer elegant aussehenden Frau mittleren Alters in die Arme, die die Küche saubermacht. Sie hat kurzes, blondes Haar und klare blaue Augen, trägt eine weiße Bluse und einen dunkelblauen, schmal geschnittenen Rock. Als sie mich sieht, lächelt sie breit.

»Guten Morgen, Miss Steele. Möchten Sie vielleicht etwas frühstücken?« Ihr Tonfall ist freundlich, wenn auch geschäftsmäßig. Ich starre sie fassungslos an. Wer ist diese attraktive Blondine in Christians Küche? Und ich stehe mit nichts als Christians T-Shirt bekleidet vor ihr, sprich, praktisch nackt. Am liebsten würde ich vor Scham im Boden versinken.

»Ich fürchte, Sie haben mich kalt erwischt«, stammle ich verlegen.

»Oh, bitte entschuldigen Sie vielmals. Ich bin Mrs. Jones, Mr. Greys Haushälterin.«

Ah.

»Wie geht es Ihnen?«, presse ich mühsam hervor.

»Würden Sie gern frühstücken, Ma'am?«

Ma'am?

»Ein Tee wäre wunderbar. Danke. Wissen Sie, wo ich Mr. Grey finde?«

»In seinem Arbeitszimmer.«

»Danke.«

Ich kann einen Anflug von Gekränktheit nicht leugnen. Wieso arbeiten ausschließlich attraktive Blondinen für Christian? *Sind sie etwa alle ehemalige Subs?* Ich sträube mich entschieden gegen diesen abscheulichen Gedanken. Vorsichtig linse ich in Christians Büro. Er steht, in schwarzer Hose und einem weißen Hemd, am Fenster und telefoniert. Sein Haar ist noch feucht vom Duschen. Auf einen Schlag sind all meine negativen Gedanken wie fortgewischt.

»Wenn sich die Bilanz dieser Firma nicht massiv verbessert, bin ich nicht interessiert, Ros. Wir können keinen Klotz am Bein gebrauchen. Und ich habe keine Lust, mir noch länger diese lahmen Ausreden anzuhören … Sagen Sie Marco, er soll mich anrufen. Entweder hopp oder top … Ja, und sagen Sie Barney, der Prototyp sieht gut aus, allerdings bin ich mir bei der Schnittstelle nicht ganz sicher … Nein, irgendetwas fehlt … Ich will heute Nachmittag mit ihm darüber reden … Und mit seinem Team. Wir machen ein Brainstorming … Okay. Verbinden Sie mich nochmal mit Andrea …« Er sieht aus dem Fenster, während er wartet, wie der Herrscher eines Universums, der von seinem Wolkenschloss auf die umherwuselnden Ameisen hinunterblickt. »Andrea …«

Er hebt den Kopf und sieht mich im Türrahmen stehen. Ein sexy Lächeln breitet sich langsam auf seinem Gesicht aus. Völlig hingerissen stehe ich da, während ich innerlich dahinschmelze. Er ist der attraktivste Mann auf diesem Planeten, daran besteht kein Zweifel. Zu schön für all die Ameisen dort unten und viel zu schön für mich. *Nein*, schimpft meine innere Göttin, er ist nicht zu schön für mich. *Er gehört mir.* Na ja, in gewisser Weise. Der Gedanke versetzt mir einen Kick, und meine idiotischen Selbstzweifel sind vergessen.

Er spricht weiter, ohne den Blick von mir zu lösen.

»Sagen Sie all meine Termine für heute Vormittag ab, aber

richten Sie Bill aus, er soll mich anrufen. Ich komme um zwei. Ich muss heute Nachmittag noch mit Marco reden. Das wird mindestens eine halbe Stunde dauern … Vereinbaren Sie einen Termin mit Barney und seinem Team nach dem Gespräch mit Marco oder von mir aus auch morgen. Und sorgen Sie dafür, dass ich die ganze Woche über eine Lücke für Claude habe, jeden Tag … Sagen Sie ihm, er soll warten … Nein, für Darfur will ich keine Publicity … Sagen Sie Sam, er soll sich darum kümmern … Nein … Welche Veranstaltung? … Das ist nächsten Samstag? … Moment.« Er nimmt den Hörer vom Ohr.

»Wann kommst du aus Georgia zurück?«, fragt er.

»Am Freitag.«

Er hebt den Hörer wieder ans Ohr. »Ich brauche eine zweite Karte, weil mich jemand begleitet … Ja, Andrea, ganz genau, ihr Name ist Miss Anastasia Steele … Das ist vorläufig alles.« Er legt auf. »Guten Morgen, Miss Steele.«

»Mr. Grey.« Ich lächle schüchtern.

Mit seiner gewohnten Eleganz umrundet er den Schreibtisch, tritt vor mich und streichelt zärtlich mit der Rückseite seiner Finger meine Wange.

»Ich wollte dich nicht wecken. Du hast so friedlich ausgesehen. Hast du gut geschlafen?«

»Ich fühle mich sehr ausgeruht, danke. Ich wollte nur kurz Hallo sagen, bevor ich unter die Dusche gehe.«

Ich betrachte sein Gesicht. Ich kann mich einfach nicht an ihm sattsehen. Er beugt sich vor und küsst mich zärtlich. Ich kann mich nicht länger beherrschen und schlinge ihm die Arme um den Hals. Ich dränge mich ihm entgegen, erwidere voller Leidenschaft seinen Kuss. Ich will ihn. Offenbar hat er nicht mit meiner stürmischen Reaktion gerechnet, trotzdem reagiert er sofort und küsst mich noch intensiver. Ein leises Stöhnen dringt aus seiner Kehle. Seine Hand wandert über meinen Rücken zu meinem nackten Hinterteil, während seine Zunge weiter meine Mundhöhle erkundet. Nach einem Moment löst er sich und sieht mich mit vor Lust verschleiertem Blick an.

»Aha, eine anständige Mütze voll Schlaf bekommt dir offensichtlich«, bemerkt er trocken. »Ich schlage vor, du gehst duschen. Oder soll ich dich lieber gleich auf meinem Schreibtisch vögeln?«

»Ich nehme den Schreibtisch«, erwidere ich keck. Das Verlangen rauscht durch meine Venen und elektrisiert jede einzelne Zelle in meinem Körper.

Für den Bruchteil einer Sekunde starrt er mich verblüfft an.

»Inzwischen haben Sie offenbar Blut geleckt, Miss Steele. Sie werden unersättlich«, murmelt er.

»Aber mein Appetit beschränkt sich nur auf Sie, Mr. Grey«, flüstere ich.

Seine Augen weiten sich und werden dunkel vor Lust, während er noch immer meine Kehrseite knetet.

»Verdammt richtig. Nur auf mich.« Mit einer abrupten Bewegung fegt er sämtliche Unterlagen vom Schreibtisch, hebt mich hoch und legt mich auf das schmale Ende, so dass mein Kopf knapp über der Kante hängt.

»Du willst es, also bekommst du es auch, Baby«, knurrt er und zieht ein Kondompäckchen heraus, während er den Reißverschluss seiner Hose öffnet. Er rollt das Kondom über seine Erektion und sieht mich an. »Ich hoffe, du bist bereit«, presst er mit einem anzüglichen Grinsen hervor. Sekunden später ist er in mir, füllt mich vollständig aus und stößt zu, während er meine Handgelenke fest umklammert hält.

Ich stöhne … *o ja.*

»Herrgott, Ana, du bist ja so was von bereit«, brummt er voller Bewunderung.

Ich schlinge meine Beine um seine Taille. Seine grauen Augen glühen vor Leidenschaft und Lust. Erneut stößt er zu, diesmal mit aller Kraft. Was wir hier tun, hat nichts mit Liebe zu tun. Wir ficken – und ich liebe es. Es ist grob, brutal, voll ungenierter Lust und Geilheit. Ich aale mich in seiner Leidenschaft, seiner Begierde, die mich zu verschlingen droht. Er findet seinen Rhythmus, bewegt sich, als wäre jeder Stoß ein Hochgenuss, mit leicht geöffneten Lippen, während seine Atemzüge schneller werden. Seine Hüften beginnen zu kreisen, und eine Woge unbeschreiblicher Lust überkommt mich.

Ich schließe die Augen, spüre, wie meine Erregung mit jeder Sekunde wächst, dieses köstliche, langsame, stetige Anschwellen, immer höher, immer weiter, dem Schloss in den Wolken entgegen. *O ja* ... seine Stöße werden eine Spur härter. Ich keuche laut auf. Mein Körper ist wie losgelöst ... ich nehme nichts mehr wahr, nur noch Christian, heiße jeden seiner Stöße willkommen, der mich bis in mein Innerstes zu erfüllen scheint. Und er beschleunigt seinen Rhythmus noch weiter, immer schneller ... immer ungestümer ... Meine Beine werden stocksteif, und meine Eingeweide ziehen sich zusammen.

»Komm schon, Baby, zeig's mir, tu's für mich«, feuert er mich an, mit einer verzweifelten Eindringlichkeit, die mich zum Höhepunkt gelangen lässt.

Mit einem wortlosen Flehen um Gnade strebe ich der Sonne entgegen und verglühe in der sengenden Hitze, bevor ich falle, hinab in die Tiefen der Atemlosigkeit und der Erfüllung. Er stößt ein letztes Mal zu, dann hält er abrupt inne, als er den Höhepunkt erreicht, meine Handgelenke fest gepackt, und voller Anmut und Dankbarkeit wortlos über mir zusammensinkt.

Wow ... so viel zum Thema spontan. Ganz allmählich kehre ich ins Hier und Jetzt zurück.

»Was zum Teufel machst du mit mir?« Er schmiegt sein Gesicht an meinen Hals. »Du verzauberst mich, Ana. Du besitzt magische Kräfte, denen ich mich nicht entziehen kann.«

»Ich bin diejenige, die verzaubert ist«, erwidere ich atemlos.

Ein verwirrter, beinahe erschrockener Ausdruck liegt auf seinem Gesicht, als er mich ansieht. Er umfasst mein Gesicht, so dass ich den Kopf nicht bewegen kann.

»Du. Gehörst. Mir«, erklärt er, wobei er jedes Wort einzeln betont. »Hast du mich verstanden?«

Er wirkt innig, so voller Leidenschaft – geradezu fanatisch. Die Eindringlichkeit seiner Worte ist entwaffnend. Damit habe ich nicht gerechnet, und ich frage mich, wie er darauf kommt. »Ja, dir«, antworte ich, verwirrt über seine Inbrunst.

»Bist du sicher, dass der Georgia-Trip unbedingt nötig ist?«

Ich nicke langsam und beobachte sein Mienenspiel, sehe zu, wie er sich vor meinen Augen verschließt. Er zieht sich so abrupt aus mir heraus, dass ich zusammenzucke.

»Bist du wund?«, fragt er und beugt sich vor.

»Ein bisschen«, gebe ich zu.

»Ich mag es, wenn du wund bist.« Seine Augen glühen. »Es erinnert dich daran, wo ich war. Und zwar nur ich allein.«

Er küsst mich grob, dann richtet er sich auf und hält mir die Hand hin, um mir aufzuhelfen. Mein Blick fällt auf die Folienverpackung neben mir.

»Stets vorbereitet«, murmle ich.

Mit verwirrter Miene zieht er den Reißverschluss seiner Hose hoch, während ich die leere Hülle in die Höhe halte.

»Ein Mann darf hoffen, Anastasia, vielleicht auch träumen. Und manchmal wird der Traum sogar wahr.«

Mit einem Mal klingt er so seltsam. Sein Blick durchbohrt mich. Ich verstehe es einfach nicht. Meine postkoitale Euphorie verfliegt im Nu. *Was für ein Problem hat dieser Mann?*

»Also war das auf deinem Schreibtisch gerade eben ein Traum?«, frage ich trocken, um die angespannte Atmosphäre ein wenig aufzulockern.

Ein geheimnisvolles Lächeln erscheint auf seinem Gesicht, das nicht ganz bis zu den Augen reicht, und mir ist auf der Stelle klar, dass er nicht zum ersten Mal Sex auf diesem Schreibtisch hatte. Ein Gedanke, der mir überhaupt nicht gefällt.

»Ich sollte wohl lieber unter die Dusche gehen«, sage ich und schiebe mich an ihm vorbei.

Er runzelt die Stirn und fährt sich mit der Hand durchs Haar. »Ich muss noch ein paar Anrufe erledigen. Wenn du geduscht hast, können wir zusammen frühstücken. Ich glaube, Mrs. Jones hat deine Sachen gewaschen. Sie liegen im Schrank.«

Was? Wann zum Teufel hat sie das gemacht? O Gott, hat sie uns gehört? Ich werde rot. »Danke.«

»Gern geschehen«, erwidert er automatisch, wenn auch mit einem Anflug von Gereiztheit.

Ich bedanke mich nicht dafür, dass du mich gevögelt hast. Obwohl es sehr …

»Was ist?«, fragt er.

Erst jetzt merke ich, dass ich die Stirn gerunzelt habe.

»Was ist mit dir?«, frage ich zurück.

»Was meinst du?«

»Na ja … du benimmst dich noch merkwürdiger als sonst.«

»Du findest mich merkwürdig?« Er hat Mühe, sein Grinsen zu unterdrücken.

»Manchmal.«

Er mustert mich einen Moment lang. »Sie erstaunen mich immer wieder, Miss Steele.«

»Inwiefern?«

»Sagen wir einfach, was gerade passiert ist, war ein Vergnügen, mit dem ich nicht gerechnet hatte.«

»Wir wollen doch, dass Sie zufrieden sind, Mr. Grey«, zitiere ich und lege den Kopf schief, so wie er es häufig tut.

»Was Ihnen auch gelingt«, entgegnet er, wenn auch mit einem Anflug von Unbehagen. »Ich dachte, du wolltest unter die Dusche gehen?«

Oh, ich bin also entlassen.

»Ja … äh, bis gleich.« Völlig perplex verlasse ich eilig sein Büro.

Etwas schien ihn zu verwirren. *Aber was?* Ich muss zugeben, dass unser kleines Abenteuer in rein körperlicher Hinsicht sehr befriedigend war, in emotionaler hingegen – nun ja, seine Reaktion, die meinen Hunger nach Zuneigung ähnlich effektiv gestillt hat wie eine Portion Zuckerwatte, wirft mich ziemlich aus der Bahn.

Mrs. Jones ist immer noch in der Küche. »Hätten Sie jetzt gern Ihren Tee, Miss Steele.«

»Ich muss zuerst unter die Dusche, danke«, antworte ich mit glühend roten Wangen und sehe zu, dass ich so schnell wie möglich die Kurve kratze.

Unter der Dusche grüble ich weiter über Christian nach. Ich kenne niemanden, der so kompliziert ist wie er, und kann seine ständigen Stimmungsschwankungen beim besten Willen nicht nachvollziehen. Als ich in sein Arbeitszimmer kam, schien er noch bester Dinge zu sein. Wir hatten Sex ... und dann war alles plötzlich ganz anders. Nein, ich kapiere es einfach nicht. Fragend wende ich mich meinem Unterbewusstsein zu – es steht da, pfeifend, die Hände auf dem Rücken, und sieht überall hin, nur nicht in meine Richtung. Es hat nicht die leiseste Ahnung. Und meine innere Göttin aalt sich immer noch in ihrer postkoitalen Behaglichkeit. Nein – keine von uns weiß, was hier läuft.

Ich rubble mein Haar trocken, kämme es mit Christians einzigem Kamm durch und schlinge es zu einem Knoten. Kates pflaumenblaues Kleid hängt frischgewaschen und gebügelt im Schrank neben meinem BH und meinem Höschen. Mrs. Jones ist der reinste Schatz. Ich schlüpfe in Kates Schuhe, streiche mein Kleid glatt und mache mich mit einem tiefen Atemzug auf den Weg ins Wohnzimmer.

Von Christian ist weit und breit nichts zu sehen, und Mrs. Jones kramt in der Vorratskammer herum.

»Tee, Miss Steele?«, fragt sie.

»Bitte.« Ich lächle sie an. Nun, da ich angezogen bin, fühle ich mich gleich viel selbstbewusster.

»Möchten Sie auch etwas essen?«

»Nein, danke.«

»Natürlich isst du etwas«, höre ich Christian barsch hinter mir sagen. »Sie nimmt Pfannkuchen, Speck und Eier, Mrs. Jones.«

»Ja, Mr. Grey. Und was darf ich für Sie vorbereiten?«

»Ein Omelett, bitte, und etwas Obst.« Er sieht mich mit undurchdringlicher Miene an. »Setz dich«, befiehlt er und deutet auf einen der Barhocker.

Ich gehorche. Er nimmt neben mir Platz, während Mrs. Jones das Frühstück zubereitet. Meine Güte, wie unangenehm, ständig jemanden um sich zu haben, der unserer Unterhaltung lauscht.

»Hast du dein Ticket schon?«

»Nein, ich buche gleich, wenn ich nach Hause komme. Übers Internet.«

Er stützt den Kopf auf den Ellbogen und reibt sich das Kinn.

»Hast du überhaupt das Geld dafür?«

Verdammt.

»Ja«, antworte ich mit gespielter Geduld, als würde ich mit einem Kleinkind reden.

Er hebt drohend eine Braue.

Mist.

»Ja, habe ich, vielen Dank«, sage ich schnell.

»Ich habe einen Privatjet, den in den nächsten drei Tagen keiner braucht. Du kannst ihn haben.«

Ich starre ihn verdattert an. Natürlich hat er einen Privatjet. Ich habe alle Mühe, nicht die Augen zu verdrehen. Am liebsten würde ich in Gelächter ausbrechen. Doch ich verkneife es mir, weil ich nicht sicher bin, in welcher Stimmung er gerade ist.

»Ich finde, wir haben die Flotte deiner Firma schon mehr als genug missbraucht. Eigentlich will ich es nicht noch einmal tun.«

»Meine Firma, mein Jet«, gibt er fast gekränkt zurück.

Oh, Jungs und ihre Spielzeuge.

»Danke für das Angebot, aber ich würde lieber eine ganz normale Maschine nehmen.«

Einen Augenblick lang sieht es aus, als würde er widersprechen, aber dann scheint er sich eines Besseren zu besinnen.

»Wie du willst.« Er seufzt. »Musst du noch viel für das Vorstellungsgespräch vorbereiten?«

»Nein.«

»Gut. Und du willst mir immer noch nicht verraten, um welchen Verlag es sich handelt?«

»Nein.«

Ein zögerliches Lächeln spielt um seine Mundwinkel. »Ich
bin ein vermögender Mann, Miss Steele.«

»Das ist mir voll und ganz bewusst, Mr. Grey. Werden Sie
mein Telefon überwachen?«, frage ich unschuldig.

»Ehrlich gesagt, habe ich heute Nachmittag einiges zu tun,
deshalb werde ich es wohl an jemand anderen delegieren müssen.« Er grinst breit.

Scherzt er?

»Wenn Sie ernsthaft jemanden dafür freistellen können, haben Sie offenbar zu viel Personal.«

»Ich werde eine Mail an unsere Personalleiterin schicken und
sie bitten, die Belegschaftszahlen zu checken.« Seine Lippen
zucken.

Gott sei Dank. Er hat seinen Humor wiedergefunden.

Mrs. Jones serviert uns das Frühstück. Wir essen schweigend.
Nachdem sie abgeräumt hat, zieht sie sich taktvoll ins Wohnzimmer zurück. Ich sehe ihn an.

»Was ist los, Anastasia?«

»Du hast mir immer noch nicht erzählt, weshalb du dich
nicht gern anfassen lässt.«

Er wird blass.

Augenblicklich überkommt mich ein schlechtes Gewissen.

»Ich habe dir mehr erzählt als irgendjemandem sonst.« Seine
Stimme ist ganz leise, seine Miene ausdruckslos.

Also hat er sich noch nie jemandem anvertraut. Hat er keine
engen Freunde? Vielleicht hat er ja Mrs. Robinson eingeweiht.

Eigentlich würde ich ihn gern fragen, aber das geht nicht – das wäre zu indiskret. Ich schüttle den Kopf. Dieser Mann ist tatsächlich eine Insel.

»Wirst du über unser Arrangement nachdenken, während du weg bist?«

»Ja.«

»Wirst du mich vermissen?«

Erstaunt sehe ich ihn an.

»Ja«, antworte ich wahrheitsgetreu.

Wie ist es möglich, dass er mir in so kurzer Zeit so sehr ans Herz gewachsen ist? Er ist ein Teil von mir geworden ... im wahrsten Sinne des Wortes. Er lächelt, seine Augen leuchten.

»Ich werde dich auch vermissen. Mehr als dir bewusst ist.«

Mir wird warm ums Herz. Er gibt sich wirklich alle Mühe. Zärtlich streichelt er meine Wange, beugt sich vor und küsst mich sanft.

Es ist später Nachmittag. Nervös sitze ich in der Lobby von Seattle Independent Publishing und warte auf Mr. J. Hyde. Es ist mein zweites Vorstellungsgespräch an diesem Tag und das, vor dem ich mich am meisten fürchte. Mein erstes Gespräch lief ziemlich gut, allerdings wäre ich dort nur eine von vielen Lektoratsassistentinnen in einer größeren Verlagsgruppe mit mehreren Büros in verschiedenen Städten. Ich habe die Befürchtung, in einem Konzern dieser Größe unterzugehen. Ein Verlag wie SIP wäre hingegen viel eher mein Ding – klein, unkonventionell, auf hiesige Autoren spezialisiert und mit einer außergewöhnlichen Leserschaft.

Die Lobby ist recht spärlich möbliert, was jedoch eher ein Design-Statement zu sein scheint als der Beweis für bewusste Sparsamkeit bei der Büroausstattung. Ich sitze auf einem von zwei dunkelgrünen Ledersofas, die Ähnlichkeit mit dem in Christians Spielzimmer haben. Bewundernd streiche ich über das Leder und frage mich, was er auf so einer Couch so alles treiben könnte. Meine Gedanken schweifen ab. Nein. Schluss jetzt. Mir steigt die Schamesröte ins Gesicht.

Die Empfangsdame ist eine junge Afroamerikanerin mit großen Ohrringen und langem, geglättetem Haar. Sie trägt ein fließend geschnittenes Kleid im Boho-Stil und ist genau der Typ Frau, den ich mir ohne Weiteres als Freundin vorstellen könnte. Ein tröstlicher Gedanke. Alle paar Minuten sieht sie von ihrem Computerbildschirm auf und lächelt mich aufmunternd an. Zögernd erwidere ich ihr Lächeln.

Inzwischen ist mein Flug gebucht, meine Mutter ist völlig aus dem Häuschen vor Freude über den bevorstehenden Besuch, meine Sachen sind fertig gepackt, und Kate hat versprochen, mich später zum Flughafen zu bringen. Christian hat mir befohlen, meinen BlackBerry und den Laptop mitzunehmen. Ich verdrehe die Augen, als ich daran denke, wie er mich herumkommandiert hat, aber so ist er nun mal. Er braucht die Gewissheit, alles unter Kontrolle zu haben, mich eingeschlossen. Und gleichzeitig kann er spontan und entwaffnend charmant sein. Beispielsweise hat er es sich nicht nehmen lassen, mich in die Garage zu begleiten. Lieber Himmel, ich fliege doch nur für ein paar Tage zu meiner Mutter, und er tut so, als wäre ich wochenlang weg. Ich weiß einfach nie, woran ich mit ihm bin.

»Ana Steele?« Eine Frau mit einer schwarzen Mähne und demselben lässigen Look wie die Empfangsdame reißt mich aus meinen Grübeleien. Ich schätze sie auf Ende dreißig, vielleicht auch Anfang vierzig.

»Ja.« Verlegen stehe ich auf.

Sie sieht mich aus ihren kühlen, haselnussbraunen Augen an und lächelt höflich. Ich trage eines von Kates Kleidern, ein schwarzes Trägerkleid mit einer weißen Bluse, und meine schwarzen Pumps dazu. Genau das Richtige für ein Vorstellungsgespräch, finde ich. Mein Haar habe ich zu einem strengen Knoten frisiert, aus dem sich ausnahmsweise keine widerspenstigen Strähnen lösen. Sie streckt mir die Hand entgegen.

»Hallo Ana, ich bin Elizabeth Morgan, die Leiterin der Personalabteilung.«

»Wie geht's?« Ich schüttle ihr die Hand. Für eine Personalchefin wirkt sie ziemlich locker.

»Bitte, kommen Sie doch mit.«

Wir treten durch eine Doppeltür hinter dem Empfangstresen in ein hell möbliertes Großraumbüro. Sie führt mich in einen kleinen, hellgrün gestrichenen Konferenzraum mit Fotos von den Covern der veröffentlichten Bücher an den Wänden. Am Kopfende des Konferenztisches aus Walnussholz sitzt ein rothaariger, junger Mann mit einem Pferdeschwanz und kleinen silbernen Ohrringen. Er trägt ein hellblaues Hemd ohne Krawatte und eine hellgraue Freizeithose. Als ich auf ihn zukomme, erhebt er sich und sieht mich aus dunkelblauen Augen an.

»Ana Steele. Ich bin Jack Hyde, Cheflektor bei SIP. Freut mich sehr, Sie kennen zu lernen.«

Wir schütteln einander die Hand. Der Ausdruck in seinen Augen ist schwer zu deuten, aber durchaus wohlwollend, soweit ich erkennen kann.

»Hatten Sie einen weiten Weg hierher?«, erkundigt er sich freundlich.

»Nein, ich bin vor ein paar Tagen in ein Apartment am Pike Place Market gezogen.«

»Das ist ja direkt um die Ecke. Bitte, setzen Sie sich doch.«

Ich nehme Platz. Elizabeth setzt sich auf einen Stuhl neben ihm.

»Weshalb möchten Sie ein Praktikum bei SIP machen, Ana?«, fragt er.

Er spricht meinen Namen ganz sanft und mit schief gelegtem Kopf aus – in derselben Art wie ein anderer Mann, den ich kenne. Ich schiebe den absurden Argwohn, den diese Geste in mir auslöst, beiseite und gebe meine sorgsam geprobte Antwort zum Besten. Eine rosige Wärme breitet sich auf meinen Wangen aus, als ich meine Gesprächspartner abwechselnd ansehe. Eines der

Prinzipien aus Katherine Kavanaghs Vortrag »Wie führe ich ein erfolgreiches Vorstellungsgespräch« kommt mir wieder in den Sinn: *Immer schön Blickkontakt halten, Ana!* Lieber Himmel, auch Kate ist Expertin darin, andere herumzukommandieren. Jack und Elizabeth hören mir aufmerksam zu.

»Ihr Notendurchschnitt ist ja ziemlich beeindruckend, Ana. Welchen extracurricularen Aktivitäten haben Sie denn während des Studiums gefrönt?«

Extracurriculare Aktivitäten? Gefrönt? Ich sehe ihn verblüfft an. Was für eine merkwürdige Wortwahl. Ich erzähle von meiner Tätigkeit in der Uni-Bibliothek und der einmaligen Erfahrung, einen obszön wohlhabenden Despoten für die Studentenzeitung zu interviewen, wobei ich die Tatsache, dass ich den Artikel anschließend nicht selbst verfasst habe, geflissentlich unter den Tisch fallen lasse. Dann schildere ich meine Tätigkeit für die beiden Literaturclubs, denen ich angehört habe, und erzähle von meinem Job bei Clayton's und den dort erworbenen völlig nutzlosen Kenntnissen über Eisenwaren und alles andere, was der Heimwerker so wissen muss. Sie lachen beide – genau die Reaktion, die ich erhofft habe. Allmählich entspanne ich mich.

Jack Hyde stellt mir eine Reihe forscher, intelligenter Fragen, von denen ich mich allerdings nicht aus dem Konzept bringen lasse. Und auch als die Rede auf meine Lieblingsautoren und -bücher kommt, schlage ich mich recht wacker. Jack scheint sich ausschließlich mit der amerikanischen Literatur nach 1950 zu beschäftigen; keine Klassiker – nicht einmal Henry James, Upton Sinclair oder F. Scott Fitzgerald. Elizabeth sagt gar nichts, sondern macht sich lediglich Notizen und nickt ab und zu. Jack ist zwar ein streitlustiger, aber durchaus charmanter Gesprächspartner, und ich ertappe mich dabei, dass mein anfänglicher Argwohn mit jeder Minute abnimmt.

»Und wo sehen Sie sich in fünf Jahren?«, erkundigt er sich.

An Christian Greys Seite, schießt es mir unwillkürlich durch den Kopf. Ich runzle die Stirn.

»Als Lektorin, vielleicht? Oder als Literaturagentin. Ich bin mir noch nicht ganz sicher. Ich bin für alles offen.«

Er grinst. »Sehr gut, Ana. Ich habe für den Augenblick keine weiteren Fragen. Sie?«

»Wann könnte ich anfangen?«

»So schnell wie möglich«, schaltet sich Elizabeth ein. »Wann ginge es bei Ihnen?«

»Ab nächste Woche.«

»Gut zu wissen«, sagt Jack.

»Wenn das alles ist« – Elizabeth sieht zwischen Jack und mir hin und her –, »würde ich sagen, wir machen Schluss für heute.« Sie lächelt.

»Es war mir ein Vergnügen, Sie kennen zu lernen, Ana«, sagt Jack leise, nimmt meine Hand und drückt sie kaum merklich.

Ich sehe auf.

Ein leises Unbehagen beschleicht mich, als ich zum Wagen gehe, auch wenn ich nicht sagen kann, weshalb. Ich habe das Gefühl, als wäre das Gespräch ganz gut gelaufen, aber das ist schwer zu sagen. Vorstellungsgespräche haben immer etwas Gekünsteltes – jeder zeigt sich von seiner Schokoladenseite und bemüht sich verzweifelt, sein wahres Ich hinter einer Fassade der Professionalität zu verbergen. Hat ihnen meine Nase gefallen? Ich beschließe, einfach abzuwarten, was passiert.

Ich steige in meinen Audi und fahre nach Hause. Ich bin auf dem Nachtflug mit einem Zwischenstopp in Atlanta gebucht, aber meine Maschine geht erst um 22:25 Uhr, deshalb habe ich mehr als genug Zeit.

Kate ist gerade dabei, weitere Kartons auszupacken, als ich nach Hause komme.

»Und? Wie ist es gelaufen?«, fragt sie aufgeregt. Kate ist der einzige Mensch auf der Welt, der auch in einem ausgeleierten T-Shirt und zerschlissenen Jeans noch umwerfend aussieht.

»Gut. Danke, Kate. Allerdings bin ich nicht sicher, ob mein Outfit so ganz das Richtige war.«

»Wirklich?«

»Boho-Chic hätte voll und ganz ausgereicht.«

Kate hebt eine Braue. »Du und Boho-Chic.« Sie legt den Kopf schief – aaaah! Wieso zum Teufel erinnert mich jeder an Christian Grey? »Rein zufällig gehörst du zu den wenigen, die diesen Look wirklich tragen können.«

Ich grinse. »Der zweite Verlag war wirklich toll. Ich glaube, dort könnte ich gut reinpassen. Der Typ, der das Gespräch geführt hat, war zwar ein bisschen nervig, aber …« Ich verstumme. Mist – ich rede hier mit Kate Kavanagh, der Erfinderin des Klatsch-Rundrufs. *Halt die Klappe, Ana!*

»Ach so?« Kates Radar für pikante Details ist bereits auf Empfang – Details, die meist in den peinlichsten, ungünstigsten Momenten wieder ans Tageslicht kommen. Apropos peinlich.

»Könntest du endlich damit aufhören, Christian zuzusetzen? Die Bemerkung über José gestern Abend war absolut unmöglich. Du weißt genau, wie eifersüchtig Christian ist. Du tust niemandem einen Gefallen damit, das ist dir hoffentlich klar.«

»Wäre er nicht Elliots Bruder, hätte ich noch ganz andere Sachen gesagt. Der Typ ist ein Kontrollfreak. Keine Ahnung, wie du das aushältst. Ich habe doch bloß versucht, ihn ein bisschen eifersüchtig zu machen und ihm zu helfen, seine Bindungsphobie zu überwinden.« Sie hebt resigniert die Hände. »Aber wenn du nicht willst, dass ich mich einmische, lasse ich es natürlich bleiben«, fügt sie hastig hinzu, als sie meinen finsteren Blick sieht.

»Gut. Das Leben mit Christian ist schon kompliziert genug, das kann ich dir versichern.«

Meine Güte, jetzt klinge ich schon so wie er.

»Ana.« Sie hält inne. »Ist auch wirklich alles in Ordnung? Oder ist dieser Besuch bei deiner Mutter in Wahrheit eine Art Flucht?«

Ich laufe rot an. »Nein, Kate, ist es nicht. Du bist doch diejenige, die gesagt hat, ich bräuchte dringend ein bisschen Abstand.«

Sie tritt vor mich und nimmt meine Hände – eine höchst ungewöhnliche Geste für Kate. *O nein … jetzt bloß nicht weinen.*

»Du bist nur irgendwie … keine Ahnung … anders als sonst. Ich will doch nur, dass es dir gut geht, das ist alles. Und welche Probleme du auch immer mit deinem Mr. Geldsack haben magst – du kannst jederzeit zu mir kommen. Ich werde ihn auch nicht mehr auf die Palme bringen, obwohl das ziemlich schwierig werden wird, weil er wegen jeder Kleinigkeit die Wände hochgeht. Sollte irgendetwas nicht in Ordnung sein, Ana, dann sag es mir. Ich werde dir bestimmt keinen Strick daraus drehen, sondern versuchen, es zu verstehen.«

Ich blinzele gegen die Tränen an. »Oh, Kate.« Ich umarme sie. »Ich glaube, ich habe mich ernsthaft in ihn verliebt.«

»Das sieht jeder Blinde, Ana. Und er ist in dich verliebt. Der Typ ist völlig verrückt nach dir.«

Ich lache unsicher. »Glaubst du?«

»Hat er dir das denn nicht längst gesagt?«

»Nicht mit so vielen Worten.«

»Hast du es ihm gesagt?«

»Auch nicht mit so vielen Worten.« Ich zucke mit den Schultern.

»Ana! Einer muss den ersten Schritt machen, sonst verläuft sich das Ganze.«

Wie bitte … ich soll ihm sagen, wie ich für ihn empfinde?

»Ich habe Angst, ihn zu vergraulen.«

»Und woher willst du wissen, dass es ihm nicht ebenfalls so geht?«

»Christian? Angst? Ich kann mir beim besten Willen nicht vorstellen, dass er vor irgendetwas Angst hat.« In diesem Moment sehe ich ihn als kleinen Jungen vor mir. Vielleicht war Angst das Einzige, was er damals kannte. Bei dem Gedanken blutet mir das Herz.

Kate mustert mich mit geschürzten Lippen und zusammengekniffenen Augen, wie mein Unterbewusstsein es immer tut – fehlt nur noch die Lesebrille.

»Ihr müsst euch hinsetzen und über alles reden.«

»Geredet haben wir in letzter Zeit nicht allzu viel«, räume ich errötend ein. Stattdessen haben wir eher auf nonverbale Kommunikation gesetzt. Was okay war. Mehr als okay sogar.

Sie grinst. »Hauptsache, der Sex ist gut. Wenn es im Bett funktioniert, ist das schon die halbe Miete. Ich werde jetzt etwas vom Chinesen holen. Hast du deine Sachen schon gepackt?«

»Ja. Wir haben noch zwei Stunden, bis wir los müssen.«

»Nein, ich hole dich in zwanzig Minuten ab.« Sie schnappt sich ihre Jacke und stürmt hinaus, ohne die Tür hinter sich zuzumachen. Ich schließe sie und gehe in mein Zimmer. Mir gehen immer noch ihre Worte im Kopf herum.

Hat Christian Angst vor seinen Gefühlen für mich? Hegt er überhaupt Gefühle für mich? Er legt sich ziemlich ins Zeug und sagt ständig, ich würde nur ihm gehören – aber das hängt wohl eher mit seinem Wunsch zusammen, jeden um sich herum zu dominieren und zu kontrollieren. Tja, mir wird wohl nichts anderes übrig bleiben, als all unsere Gespräche noch einmal Revue passieren zu lassen und sie auf verräterische Hinweise zu überprüfen, solange ich weg bin.

Ich werde dich auch vermissen ... mehr als dir bewusst ist ...

Du hast mich vollkommen verzaubert ...

Ich schüttle den Kopf. Jetzt ist nicht der richtige Zeitpunkt, um darüber nachzudenken. Ich musste den Akku meines Black-Berrys laden, deshalb hatte ich ihn den ganzen Nachmittag über nicht dabei. Vorsichtig checke ich das Display und stelle enttäuscht fest, dass keine Nachrichten eingegangen sind. Ich fahre den Laptop hoch, doch ich habe auch keine Mails bekommen. *Ist doch logisch, die Mailadresse ist ein und dieselbe, Ana* – mein Unterbewusstsein verdreht die Augen. Zum ersten Mal kann ich nachvollziehen, wieso Christian der Wunsch überkommt, mich übers Knie zu legen, wenn ich in seiner Gegenwart die Augen verdrehe.

Okay. Dann schreibe ich ihm eben eine Mail.

Von: Anastasia Steele
Betreff: Vorstellungsgespräche
Datum: 30. Mai 2011, 18:49 Uhr
An: Christian Grey

Sehr geehrter Mr. Grey,
meine Vorstellungsgespräche heute liefen sehr gut.
Ich dachte, das interessiert Sie vielleicht.
Wie war Ihr Tag?
　Ana

Ich starre auf den Bildschirm. Normalerweise antwortet Christian innerhalb von Sekunden. Ich warte … und warte. Endlich höre ich das vertraute Ping.

Von: Christian Grey
Betreff: Mein Tag
Datum: 30. Mai 2011, 19:03 Uhr
An: Anastasia Steele

Sehr geehrte Miss Steele,
alles, was Sie tun, interessiert mich. Sie sind die faszinierendste Frau, die ich kenne.
Freut mich, dass die Gespräche gut gelaufen sind.
Mein Morgen hat all meine Erwartungen übertroffen.
Mein Nachmittag war im Vergleich dazu sterbenslangweilig.
CHRISTIAN GREY
CEO, Grey Enterprises Holdings, Inc.

Von: Anastasia Steele
Betreff: Schöner Morgen
Datum: 30. Mai 2011, 19:05 Uhr
An: Christian Grey

Sehr geehrter Mr. Grey,
der Morgen war auch für mich schön – trotz Ihres Grauls, mit dem Sie mich nach unserem untadeligen Schreibtischsex vertrieben haben. Bilden Sie sich bloß nicht ein, ich hätte es nicht gemerkt.
Danke übrigens noch für das Frühstück. Beziehungsweise danke an Mrs. Jones.
Ich hätte da eine Frage zu Mrs. Jones – will aber nicht riskieren, schon wieder Ihren Graul zu erregen.
   Ana

Mein Finger verharrt über der »Senden«-Taste. Das Einzige, was mich in diesem Moment beruhigt, ist die Gewissheit, dass ich morgen um diese Uhrzeit am anderen Ende des Kontinents sein werde.

Von: Christian Grey
Betreff: Sie und eine Verlagskarriere?
Datum: 30. Mai 2011, 19:10 Uhr
An: Anastasia Steele

Anastasia,
»Graul« ist kein Substantiv und sollte folglich nicht von jemandem in den Mund genommen werden, der eine Karriere in der Verlagsbranche anstrebt. Untadelig? Im Vergleich wozu, bitte? Welche Frage haben Sie denn zu Mrs. Jones? Ich bin neugierig.
CHRISTIAN GREY
CEO, Grey Enterprises Holdings, Inc.

Von: Anastasia Steele
Betreff: Sie und Mrs. Jones
Datum: 30. Mai 2011, 19:17 Uhr
An: Christian Grey

Sehr geehrter Mr. Grey,
Sprache verändert und entwickelt sich ständig weiter. Sie ist organisch und sitzt nicht in einem Elfenbeinturm voll teurer Kunstgegenstände, mit einem Helikopterlandeplatz auf dem Dach und einem Ausblick über die Skyline von Seattle. Untadelig – im Vergleich zu den restlichen Malen, als wir – wie lautete Ihre Bezeichnung nochmal? – gefickt haben. Meiner bescheidenen Meinung nach war das Ficken ziemlich untadelig, andererseits verfüge ich, wie Sie ja wissen, lediglich über einen beschränkten Erfahrungsschatz.
Ist Mrs. Jones eine Exsub von Ihnen?
    Ana

Wieder schwebt mein Finger über der Taste. Ich drücke sie.

Von: Christian Grey
Betreff: Vorsicht! Wortwahl!
Datum: 30. Mai 2011, 19:22 Uhr
An: Anastasia Steele

Anastasia,
Mrs. Jones ist eine Mitarbeiterin, die ich zwar sehr schätze, zu der ich jedoch nie eine Beziehung gepflegt habe, die über unser Arbeitsverhältnis hinausging. Ich stelle niemanden an, mit dem ich sexuell verkehre. Es schockiert mich, dass Sie mir so etwas zutrauen. Die Einzige, bei der ich eine Ausnahme machen würde, sind Sie – weil Sie eine sehr kluge junge Frau mit bemerkenswertem Verhandlungsgeschick sind. Wenn Sie sich aber weiterhin derartige verbale Ausfälle leisten, werde ich

diese Möglichkeit vielleicht noch einmal überdenken müssen. Ich bin froh, dass Ihr Erfahrungsschatz beschränkt ist, und so wird es auch bleiben – beschränkt auf mich. Ich werte den Begriff »untadelig« als Kompliment – auch wenn ich mir bei Ihnen nie sicher bin, ob Sie meinen, was Sie sagen, oder ob, wie so oft, Ihre Ironie mit Ihnen durchgeht.

CHRISTIAN GREY
CEO, Grey Enterprises Holdings, Inc.
(aus seinem Elfenbeinturm)

Von: Anastasia Steele
Betreff: Nicht für alle Reichtümer dieser Erde
Datum: 30. Mai 2011, 19:27 Uhr
An: Christian Grey

Sehr geehrter Mr. Grey,
ich glaube, ich habe meine Vorbehalte gegenüber einer Tätigkeit in Ihrem Unternehmen bereits zum Ausdruck gebracht. Meine Meinung hierzu hat sich nicht geändert und wird sich auch in naher und ferner Zukunft nicht ändern. Ich muss Sie jetzt verlassen, weil Kate mit dem Essen gekommen ist. Mein Sinn für Ironie und ich wünschen Ihnen eine gute Nacht. Ich melde mich, sobald ich in Georgia angekommen bin.
    Ana

Von: Christian Grey
Betreff: Armut ist keine Schande, Reichtum auch nicht
Datum: 30. Mai 2011, 19:29 Uhr
An: Anastasia Steele

Gute Nacht, Anastasia.
Ich wünsche dir und deinem Sinn für Ironie einen guten Flug.

CHRISTIAN GREY,
CEO, Grey Enterprises Holdings, Inc.

Kate hält vor dem Abflugbereich des Flughafens Sea-Tac an, beugt sich über den Sitz und umarmt mich.

»Viel Spaß auf Barbados, Kate. Amüsier dich gut.«

»Wir sehen uns, wenn ich zurück bin. Lass dich nicht von alten Geldsäcken niedermachen.«

»Das werde ich nicht.«

Wir umarmen uns ein letztes Mal, dann bin ich allein. Ich stelle mich mit meinem Handgepäck in die Schlange am Check-in-Schalter – einen Koffer brauche ich nicht, nur den praktischen Rucksack mit Rollen, den Ray mir zum Geburtstag geschenkt hat.

»Ticket, bitte«, sagt der gelangweilte junge Mann und streckt die Hand aus, ohne mich eines Blickes zu würdigen.

Ebenso gelangweilt reiche ich ihm mein Ticket und meinen Führerschein. Hoffentlich kann ich wenigstens einen Fensterplatz ergattern.

»Okay, Miss Steele. Sie sind in die Firstclass upgegradet worden.«

»Was?«

»Ma'am, wenn Sie in der Lounge der Firstclass warten möchten, bis Ihr Flug aufgerufen wird …« Plötzlich scheint er aus seiner Lethargie erwacht zu sein und strahlt mich an wie der Weihnachtsmann und der Osterhase in Personalunion.

»Hier muss ein Missverständnis vorliegen.«

»Nein, nein.« Er sieht auf seinen Bildschirm. »Anastasia Steele – Upgrade in die First.« Er lächelt affektiert.

Ich starre ihn mit zusammengekniffenen Augen an. Er reicht mir mein Ticket, und ich mache mich leise schimpfend auf den Weg zur Lounge. Dieser elende Christian Grey, dieser verdammte Kontrollfreak, kann einfach keine Ruhe geben.

ZWEIUNDZWANZIG

Meine Nägel sind frisch maniküt, außerdem habe ich eine Massage genossen und zwei Gläser Champagner intus. In der Lounge gibt es viele Möglichkeiten, sich zu entspannen und die Zeit totzuschlagen. Mit jedem weiteren Schluck Moët wächst meine Bereitschaft, Christian zu verzeihen, dass er wieder einmal über meinen Kopf hinweg entschieden hat. Ich klappe meinen Laptop auf – mal sehen, ob das Werbeversprechen, dass er überall auf dem Planeten einsatzfähig ist, auch stimmt.

Von: Anastasia Steele
Betreff: Übermäßig großzügige Gesten
Datum: 30. Mai 2011, 21:53 Uhr
An: Christian Grey

Sehr geehrter Mr. Grey,
am meisten entsetzt mich, dass Sie wussten, auf welchem Flug ich gebucht bin.
Ihre Stalking-Neigungen sprengen jede Grenze. Hoffen wir, dass Dr. Flynn bald wieder aus den Ferien zurück ist.
Ich habe mir eine Maniküre, eine Rückenmassage und zwei Gläser Champagner gegönnt – ein herrlicher Urlaubsbeginn.
Danke
Ana

Von: Christian Grey
Betreff: Gern geschehen
Datum: 30. Mai 2011, 21:59 Uhr
An: Anastasia Steele

Sehr geehrte Miss Steele,
Dr. Flynn ist zurück. Ich habe diese Woche noch einen Termin
bei ihm.
Wie war die Rückenmassage?

CHRISTIAN GREY
CEO, Grey Enterprises Holdings, Inc.

Aha! Zeit für die Rache. Unser Flug wurde inzwischen aufgerufen, deshalb werde ich erst zurückmailen, wenn ich in der Maschine sitze. Das ist sicherer. Ich muss mich beherrschen, vor
Schadenfreude nicht im Kreis zu tanzen.

Unglaublich, wie viel Platz man als Fluggast in der ersten Klasse
hat. Mit einem Champagnercocktail in der Hand lasse ich mich
in den üppigen Ledersessel am Fenster sinken, während sich
die Kabine allmählich füllt. Ich rufe Ray an, um ihm zu erzählen, wo ich bin – nur ganz kurz, weil es für seine Begriffe schon
schrecklich spät ist.

»Ich hab dich lieb, Dad«, murmle ich.

»Ich dich auch, Annie. Grüß deine Mutter schön. Gute
Nacht.«

»Gute Nacht.« Ich lege auf.

Ray geht es also gut. Der Mac steht auf meinem Schoß. Ich
spüre, wie mich dieselbe kindische Schadenfreude erfasst wie
zuvor, und klappe ihn auf.

Von: Anastasia Steele
Betreff: Starke, kundige Hände
Datum: 30. Mai 2011, 22:22 Uhr
An: Christian Grey

Sehr geehrter Mr. Grey,
ein netter junger Mann hat mir den Rücken massiert. Er war sogar sehr nett. Im Abflugbereich für die normalsterblichen Passagiere wäre ich Jean-Paul niemals begegnet – deshalb nochmals vielen Dank für das Upgrade. Ich weiß nicht, ob ich den Computer nach dem Abflug weiter anlassen darf, außerdem brauche ich meinen Schönheitsschlaf, der in letzter Zeit reichlich knapp ausgefallen ist.
　　Angenehme Träume, Mr. Grey ... ich denke an Sie
　　Ana

Oh, wenn er das liest, flippt er aus. Und ich bin längst in der Luft und unerreichbar. Geschieht ihm recht. Hätte ich im normalen Abflugbereich warten müssen, wäre ich tatsächlich nicht in den Genuss von Jean-Pauls Händen gekommen. Und er war tatsächlich ein sehr netter und attraktiver Mann, wenn man auf blonde Typen mit Dauerbräune steht – aber mal ehrlich, wer ist in Seattle schon ständig braun? Das passt doch überhaupt nicht. Außerdem bin ich ziemlich sicher, dass er schwul war, aber das behalte ich natürlich für mich. Ich sehe auf den Bildschirm. Kate hat völlig Recht. Es ist ein Kinderspiel, ihn auf die Palme zu bringen. Mein Unterbewusstsein sieht mich an und verzieht den Mund: *Willst du ihn allen Ernstes ärgern? Ich meine, was er getan hat, war doch unheimlich süß! Er mag dich und will, dass du stilvoll reist.* Schön und gut, aber er hätte mich fragen oder vorher Bescheid sagen können, dann hätte ich nicht wie eine komplette Vollidiotin am Check-in-Schalter gestanden. Ich drücke auf »Senden« und warte. Was bin ich nur für ein böses, böses Mädchen!

»Miss Steele, Sie müssen während des Starts bitte Ihren Computer ausschalten«, sagt die viel zu stark geschminkte Flugbegleiterin höflich zu mir. Augenblicklich bekomme ich ein schlechtes Gewissen.

»Oh, tut mir leid.«

Mist. Jetzt muss ich auch noch warten, bis ich nachsehen kann, ob er geantwortet hat. Sie reicht mir eine weiche Decke und ein Kissen und entblößt dabei ihre perfekten Zähne. Ich breite die Decke über meinen Knien aus. Manchmal ist es einfach nur schön, so verwöhnt zu werden.

Inzwischen hat sich die erste Klasse gefüllt, nur der Sitz neben mir ist immer noch leer. *O nein ...* ein schrecklicher Verdacht keimt in mir auf. *Vielleicht hat Christian den Platz für sich reserviert. Scheiße ...* aber nein, das würde er nicht tun. Oder? Ich habe ihm doch gesagt, dass ich lieber allein fliegen will. Nervös sehe ich auf meine Uhr, als die körperlose Stimme aus dem Lautsprecher dringt. »*Cabin crew, doors to automatic and cross check.*«

Was heißt das? Machen sie die Türen zu? Meine Kopfhaut prickelt, während ich angespannt warte. Der Platz neben mir ist der einzig leere. Die Maschine löst sich vom Flugsteig und rollt rückwärts. Ich stoße einen erleichterten Seufzer aus, trotzdem kann ich einen leisen Anflug von Enttäuschung nicht leugnen. Vier Tage ohne Christian. Verstohlen werfe ich einen Blick auf das Display meines BlackBerrys.

Von: Christian Grey
Betreff: Genießen Sie es, solange Sie es noch können
Datum: 30. Mai 2011, 22:25 Uhr
An: Anastasia Steele

Sehr geehrte Miss Steele,
ich weiß genau, was Sie da tun – und mit Erfolg, das kann ich

Ihnen versichern. Beim nächsten Mal werde ich dafür sorgen, dass Sie gefesselt und geknebelt in einem Käfig im Frachtraum sitzen. Eines können Sie mir glauben: Sie in diesem Zustand zu sehen wird mir noch viel mehr Vergnügen bereiten, als Ihnen ein Upgrade zu spendieren.

Ich freue mich schon auf Ihre Rückkehr.

CHRISTIAN GREY
CEO mit einer juckenden Handfläche
Grey Enterprises Holdings, Inc.

Scheiße. Genau das ist das Problem mit Christians Humor – ich kann nie genau sagen, ob er Witze macht oder stinksauer ist. In diesem Fall tippe ich allerdings auf Letzteres. Im Schutz der Decke, damit es die Flugbegleiterin nicht mitbekommt, tippe ich eine Antwort.

Von: Anastasia Steele
Betreff: Ist das ein Witz?
Datum: 30. Mai 2011, 22:30 Uhr
An: Christian Grey

Ich habe keine Ahnung, ob das ein Scherz ist. Wenn nein, bleibe ich lieber gleich in Georgia. Käfige sind eindeutig ein Hard Limit für mich. Tut mir leid, dass ich Sie wütend gemacht habe. Bitte sagen Sie mir, dass Sie mir verzeihen.

A.

Von: Christian Grey
Betreff: Ist es
Datum: 30. Mai 2011, 22:31 Uhr
An: Anastasia Steele

Wie können Sie jetzt noch mailen? Riskieren Sie etwa das Leben sämtlicher Passagiere an Bord, einschließlich Ihr eigenes, indem Sie mit Ihrem BlackBerry herumhantieren? Ich würde sagen, das verstößt gegen unsere Regeln.

CHRISTIAN GREY
CEO mit zwei juckenden Handflächen
Grey Enterprises Holdings, Inc.

Zwei juckende Handflächen? Eilig verstaue ich den BlackBerry, während die Maschine zur Startbahn rollt, und ziehe meine zerfledderte Ausgabe von *Tess* heraus, eine leichte Lektüre für den Flug. Kurz nach dem Start klappe ich meinen Sitz nach hinten und schlafe ein.

Die Flugbegleiterin weckt mich, als wir uns im Landeanflug auf Atlanta befinden. Es ist 05:45 Uhr Ortszeit, aber ich habe nur etwa vier Stunden geschlafen und bin ziemlich müde. Dankbar nehme ich das Glas Orangensaft entgegen, das sie mir anbietet, und schiele nervös auf meinen BlackBerry. Keine weiteren Nachrichten von Christian. Na ja, in Seattle ist es kurz vor drei Uhr morgens, und wahrscheinlich will er verhindern, dass ich die Bordelektronik lahmlege, weil ich den BlackBerry eingeschaltet habe.

Mein Zwischenaufenthalt in Atlanta dauert nur eine Stunde. Wieder schwelge ich im Luxusangebot der Firstclass-Lounge. Einen Moment lang bin ich versucht, es mir auf einem der üppig gepolsterten Sofas bequem zu machen und ein bisschen zu schlafen, aber die Zeit reicht nicht. Um mich wach zu halten, klappe ich meinen Laptop auf und verfasse eine lange Mail, in der ich Christian detailliert schildere, was in mir vorgeht.

Von: Anastasia Steele
Betreff: Machst du mir gern Angst?
Datum: 31. Mai 2011, 06:52 Uhr EST
An: Christian Grey

Du weißt genau, wie sehr es mir gegen den Strich geht, dass du so viel Geld für mich ausgibst. Okay, du bist reich, trotzdem ist mir nicht wohl dabei. Ich komme mir dabei vor, als würdest du mich für Sex bezahlen. Allerdings muss ich zugeben, dass es Spaß macht, erster Klasse zu fliegen. Es ist so viel stilvoller als in der Holzklasse. Deshalb danke ich dir dafür. Das ist mein voller Ernst – Jean-Pauls Massage war sehr angenehm. Und er war sehr schwul. Dieses Detail habe ich dir in meiner vorherigen Mail verschwiegen, um dich zu ärgern, weil ich wütend auf dich war. Ich entschuldige mich dafür.

Aber wie üblich reagierst du total über. Du kannst nicht einfach solche Dinge schreiben – gefesselt und geknebelt in einem Käfig. (Hast du das ernst gemeint, oder war das tatsächlich bloß ein Scherz?) Das macht mir Angst … du machst mir Angst … ich bin völlig hingerissen von dir und ziehe ernsthaft einen Lebensstil in Betracht, von dem ich bis vergangene Woche noch nicht einmal gewusst habe, dass er überhaupt existiert, und dann kommst du und schreibst solche Dinge, bei denen ich am liebsten schreiend davonlaufen würde, wenn ich sie lese. Was ich natürlich nicht tun werde, weil du mir fehlst. Sehr sogar. Ich wünsche mir sehr, dass das zwischen uns funktioniert, aber die Tiefe meiner Gefühle macht mir Angst wie auch die Abgründe, in die du mich hineinziehst. Was du mir anbietest, ist wahnsinnig erotisch und sexy, und ich bin ein neugieriger Mensch, aber ich habe auch Angst, verletzt zu werden – körperlich und emotional. Du könntest ohne Weiteres nach drei Monaten mit mir Schluss machen, und was bliebe mir dann? Andererseits besteht dieses Risiko ja immer, egal mit wem man sich einlässt. Das hier ist nun einmal nicht die Art von Beziehung, die ich mir vorgestellt hatte, schon gar nicht als die erste in meinem Leben.

Du hattest völlig Recht, als du sagtest, ich hätte absolut nichts Devotes an mir … in diesem Punkt stimme ich dir inzwischen zu. Trotzdem will ich mit dir zusammen sein, und wenn ich dafür deine Sub sein muss, werde ich es versuchen. Allerdings fürchte ich, dass ich am Ende grün und blau sein werde, und diese Vorstellung gefällt mir ganz und gar nicht.

Ich bin überglücklich, dass du dich darum bemühst, mehr zwischen uns entstehen zu lassen als eine rein körperliche Beziehung. Allerdings muss ich darüber nachdenken, was dieses »mehr« für mich zu bedeuten hat.

Das ist einer der Gründe, weshalb ich ein bisschen Abstand wollte. Du bringst mich so um den Verstand, dass ich kaum einen klaren Gedanken fassen kann, wenn ich in deiner Nähe bin.

Mein Flug wird aufgerufen. Ich muss los.

Später mehr.

> Deine
> Ana

Ich drücke auf »Senden«, schleppe mich zum Gate und steige in meine Maschine. Diesmal hat die erste Klasse nur sechs Plätze. Kaum sind wir in der Luft, kuschle ich mich unter meine Decke und schlafe ein.

Viel zu früh weckt mich eine der Flugbegleiterinnen und bietet mir einen weiteren Orangensaft an, während wir zum Anflug auf den Savannah International Airport ansetzen. Todmüde nippe ich an meinem Glas und gestatte mir ein Fünkchen Vorfreude. Gleich sehe ich meine Mutter zum ersten Mal nach sechs Monaten wieder. Verstohlen checke ich noch einmal meinen BlackBerry. Ich erinnere mich nur vage, dass ich eine ellenlange Mail an Christian geschrieben habe – aber er hat nicht darauf geantwortet. In Seattle ist es fünf Uhr morgens. Hoffentlich schläft er tief und fest und spielt nicht irgendwelche todtraurigen Stücke auf dem Klavier.

Das Tolle an Rucksäcken mit Rollen ist, dass man einfach gehen kann, ohne sich vorher stundenlang am Gepäckband anstellen und auf die Koffer warten zu müssen. Und das Tolle an der Firstclass ist, dass man als Erste aussteigen darf.

Meine Mom und Bob erwarten mich bereits. Es ist so schön, sie endlich wiederzusehen. Keine Ahnung, ob es an dem langen Flug, meiner Erschöpfung oder an der schwierigen Situation mit Christian liegt, aber kaum nimmt Mom mich in den Arm, breche ich in Tränen aus.

»Oh, Ana, Schatz. Du musst völlig erledigt sein.« Sie wirft Bob einen besorgten Blick zu.

»Nein, Mom, es ist nur … es ist so schön, dich zu sehen.« Ich drücke sie fest an mich.

Sie fühlt sich wunderbar an. Widerstrebend löse ich mich von ihr und lasse mich von Bob in eine unbeholfene Umarmung ziehen. Er schwankt ein klein wenig, und mir fällt wieder ein, dass er sich ja eine Bänderdehnung zugezogen hat.

»Willkommen, Ana. Aber weshalb weinst du denn?«, fragt er.

»Oh, Bob, ich freue mich nur, dich zu sehen.« Ich blicke in sein markantes Gesicht mit den blauen Augen, die mich liebevoll betrachten. *Ich mag deinen Mann, Mom. Der darf gern bleiben.* Er nimmt meinen Rucksack.

»Meine Güte, was schleppst du denn da mit dir herum?«

Das muss an dem Mac liegen. Arm in Arm verlassen wir das Flughafengebäude.

Ich vergesse jedes Mal, wie unerträglich heiß es in Savannah ist. Die feuchte Hitze ist wie ein Schlag ins Gesicht, als wir aus der klimatisierten Kühle des Flughafens treten. Verdammt! Innerhalb von Sekunden bricht mir der Schweiß aus. Ich muss mich aus Moms und Bobs Umarmung lösen, um meine Kapuzenjacke auszuziehen. Ein Glück, dass ich Shorts eingesteckt habe. Manchmal fehlt mir die trockene Hitze von Las Vegas, wo ich mit Mom und Bob gelebt habe, als ich siebzehn war. Diese drückende Schwüle, die einen bereits um halb neun Uhr früh umhaut, ist dagegen ziemlich gewöhnungsbedürftig. Als ich auf dem Rücksitz von Bobs herrlich kühlem Tahoe-Geländewagen sitze, fühle ich mich wie ein nasser Waschlappen, und mein Haar kräuselt sich als Zeichen des Protests gegen die ungewohnte Wärme. Ich schreibe Ray, Kate und Christian eine SMS:

Bin gut in Savannah angekommen. A ☺

Einen Moment lang muss ich an José denken, als ich auf »Senden« drücke. Nächste Woche findet seine Vernissage statt. Soll ich mit Christian hingehen, obwohl ich weiß, dass er José nicht ausstehen kann? Wird es nach meiner Mail überhaupt noch ein nächstes Mal mit Christian geben? Ich erschaudere bei dem Gedanken und verdränge ihn. Damit werde ich mich später auseinandersetzen. Jetzt will ich erst einmal die Zeit mit meiner Mutter genießen.

»Schatz, du musst todmüde sein. Möchtest du dich ein bisschen hinlegen, wenn wir zuhause sind?«

»Nein, Mom. Ich will gleich an den Strand.«

Ich liege in meinem blauen Neckholder-Bikini und einer Dose Cola light in der Hand auf einem Liegestuhl. Vor mir erstreckt sich die endlose Weite des Atlantiks. Unglaublich, wenn man bedenkt, dass ich gestern noch auf den Sund geblickt habe, der in den Pazifik mündet. Meine Mutter liegt mit einem lächerlich riesigen Sonnenhut und einer Jackie-O.-Sonnenbrille neben mir und nippt ebenfalls an einer Coke. Wir sind am Tybee Island Beach, gerade einmal drei Blocks von zuhause entfernt. Sie hält meine Hand. Inzwischen ist meine Müdigkeit verflogen. Ich genieße die warmen Sonnenstrahlen und fühle mich wohl, sicher und behaglich. Zum ersten Mal seit einer halben Ewigkeit spüre ich, wie die Anspannung von mir abfällt.

»Also, Ana … erzähl mir von diesem Mann, der dich so von den Füßen reißt.«

Von den Füßen reißt? Woher weiß sie das? Was soll ich darauf antworten? Meine Verschwiegenheitsklausel verbietet mir, ihr allzu viele Details über Christian zu verraten, aber selbst wenn ich es könnte – würde ich ausgerechnet meiner Mutter die Besonderheit unserer Beziehung beichten? Allein bei der Vorstellung wird mir ganz anders.

»Und?« Sie drückt meine Hand.

»Er heißt Christian. Er sieht unglaublich gut aus. Er ist reich … viel zu reich. Und er ist sehr kompliziert und launenhaft.«

Ja. Ich bin hochzufrieden mit meiner knappen und präzisen Beschreibung. Ich wende mich ihr zu und blicke geradewegs in ihre leuchtend blauen Augen.

»Kompliziert und launenhaft sind die beiden Punkte, auf die ich gern eingehen will, Ana.«

Mist …

»Oh, Mom, seine Stimmungsschwankungen machen mich ganz verrückt. Er hatte eine ziemlich schlimme Kindheit, deshalb ist er sehr verschlossen und schwer einzuschätzen.«

»Magst du ihn?«

»Mehr als das.«

»Wirklich?«

»Ja, Mom.«

»Eigentlich sind Männer gar nicht so kompliziert, Ana. In Wahrheit sind sie sehr schlicht strukturierte Geschöpfe, die meistens genau das meinen, was sie sagen. Wir bringen Stunden damit zu, jedes Wort zu analysieren, das aus ihrem Mund kommt, obwohl es gar nichts zu deuten gibt. Ich an deiner Stelle würde einfach auf das hören, was er sagt. Das könnte vielleicht hilfreich sein.«

Ich sehe sie verblüfft an. Das klingt nach einem klugen Ratschlag. Auf das hören, was er sagt. Augenblicklich fallen mir einige Dinge ein:

Ich will dich nicht verlieren …

Du hast mich verhext …

Du hast mich völlig verzaubert …

Ich werde dich auch vermissen … mehr als dir bewusst ist …

Wieder sehe ich meine Mutter an. Sie ist zum vierten Mal verheiratet – vielleicht kennt sie sich ja inzwischen mit Männern aus.

»Die meisten Männer sind launisch. Der eine mehr, der andere weniger. Dein Vater zum Beispiel …« Ein weicher, trauriger Ausdruck tritt in ihre Augen, wann immer sie von meinem Vater spricht. Mein leiblicher Vater, den ich nicht kennen gelernt habe, ist bei einem tragischen Unfall während eines Kampftrainings der Marines getötet worden. In gewisser Weise glaube ich, dass Mom seither immer nach einem Mann wie ihm gesucht hat … und möglicherweise hat sie ihn in Bob gefunden. Ein Jammer, dass Ray ihr nicht geben konnte, was sie brauchte.

»Ich dachte auch immer, dass dein Vater launisch ist. Aber heute, rückblickend betrachtet, glaube ich eher, es lag daran, dass er so viel gearbeitet hat, um für uns zu sorgen.« Sie seufzt. »Er war noch so jung. Wir beide waren noch so jung. Vielleicht war genau das unser Problem.«

Na ja, Christian ist nicht gerade das, was man als alt bezeichnen würde. Ich lächle sie liebevoll an. Wenn sie an meinen Vater denkt, kann sie ziemlich sentimental sein, aber ich bin einigermaßen sicher, dass seine Launen nichts im Vergleich zu Christians Stimmungsschwankungen sind.

»Bob will uns heute Abend zum Essen einladen. In seinen Golfclub.«

»O nein! Bob hat mit dem Golfen angefangen?«, rufe ich ungläubig.

»Ich kann dir sagen …« Stöhnend verdreht sie die Augen.

Nach einem leichten Mittagessen packe ich meine Sachen aus und beschließe, mir eine kleine Siesta zu gönnen. Meine Mutter ist weg – wahrscheinlich zu irgendeinem Kurs zum Kerzenziehen oder was weiß ich –, und Bob ist bei der Arbeit, so dass ich Zeit habe, ein bisschen Schlaf nachzuholen. Ich fahre den Mac hoch. In Georgia ist es zwei Uhr nachmittags, in Seattle elf Uhr am Morgen. Mal sehen, ob Christian mir eine Antwort geschickt hat. Nervös rufe ich meine Mails ab.

Von: Christian Grey
Betreff: Endlich!
Datum: 31. Mai 2011, 07:30 Uhr
An: Anastasia Steele

Anastasia,
ich bin stinksauer, weil du wieder einmal so offen und ehrlich mit mir bist, sobald du nicht mehr in meiner Nähe bist. Wieso kannst du das nicht, wenn wir zusammen sind?
Ja, ich bin reich. Gewöhn dich dran. Weshalb sollte ich kein Geld für dich ausgeben? Du hast mich deinem Vater als deinen Freund vorgestellt, Herrgott. So etwas tut ein fester Freund doch, oder etwa nicht? Und als dein Dom erwarte ich von dir, dass du ohne Widerrede akzeptierst, wenn ich etwas für dich bezahle. Und da wir schon dabei sind, kannst du es deiner Mutter auch gleich erzählen.
Ich habe keine Ahnung, wie ich auf deine Bemerkung reagieren soll, dass du dich wie eine Hure fühlst. Natürlich hast du es nicht explizit so ausgedrückt, aber genau das meinst du damit. Ich weiß nicht, was ich sagen oder tun kann, um dir dieses Gefühl zu nehmen. Wenn es nach mir geht, sollst du immer nur das Beste bekommen. Ich arbeite außergewöhnlich hart und kann mein Geld für die Dinge ausgeben, die ich für wichtig erachte. Ich könnte dir jederzeit jeden Herzenswunsch erfüllen, Anastasia, und genau das habe ich auch vor. Nenn es von mir

aus Umverteilung von Vermögen, wenn du dich dann besser fühlst. In jedem Fall muss dir klar sein, dass ich dich niemals als das betrachten könnte, was du angedeutet hast. Und es macht mich sehr wütend, dass du dich so siehst. Du bist eine sehr kluge, witzige, bildschöne junge Frau und hast offenbar massive Probleme mit deinem Selbstwertgefühl, deshalb überlege ich ernsthaft, ob ich nicht einen Termin bei Dr. Flynn für dich vereinbaren sollte.

Ich muss mich dafür entschuldigen, dass ich dir Angst gemacht habe. Die Vorstellung, dich in Angst und Schrecken zu versetzen, ist grauenhaft. Glaubst du allen Ernstes, ich würde dich in den Frachtraum sperren lassen? Ich habe dir meinen Privatjet angeboten, verdammt nochmal. Ja, das war ein Witz, und ein mieser noch dazu. Allerdings gebe ich zu, dass mich die Vorstellung, dich gefesselt und geknebelt zu sehen, antörnt – und das ist kein Witz, sondern die Wahrheit. Auf den Käfig kann ich hingegen problemlos verzichten. Ich weiß, dass du Probleme mit dem Knebeln hast – das haben wir ja bereits besprochen –, und wenn/falls ich dich knebeln will, werden wir noch einmal darüber reden. Ich glaube, dir ist noch nicht ganz klar, dass in einer Dom/Sub-Beziehung der Sub sagt, wo es langgeht. Du hast die Macht, über alles zu bestimmen, was zwischen uns passiert. Noch einmal zum Mitschreiben – du bist diejenige, die die Macht hat. Nicht ich. Im Bootshaus hast du Nein gesagt. Wenn du Nein sagst, darf ich dich nicht anrühren – dafür haben wir ja den Vertrag abgeschlossen –, und du darfst sagen, was du tun willst und was nicht. Wenn wir Dinge ausprobieren und sie dir nicht gefallen, können wir die Vereinbarung jederzeit ändern. Die Entscheidung liegt bei dir, nicht bei mir. Und wenn du nicht gefesselt und geknebelt in einem Käfig sitzen willst, wird es auch nicht dazu kommen.

Ich möchte meinen Lebensstil gern mit dir teilen. Ich habe mir noch nie etwas so sehr gewünscht. Ehrlich gesagt, kann ich dich nur bewundern. Dass jemand so Unschuldiges bereit ist, sich auf ein solches Arrangement einzulassen. Das bedeutet mir mehr, als du dir vorstellen kannst. Dir ist nicht bewusst, dass du mich völlig in deinen Bann gezogen hast, obwohl ich es dir schon x-mal gesagt habe. Ich will dich nicht verlieren.

Es macht mich nervös, dass du dreitausend Meilen weit geflogen bist, nur um eine Weile von mir getrennt zu sein, weil du in meiner Nähe keinen klaren Gedanken fassen kannst. Mir geht es genauso, Anastasia. Sobald wir zusammen sind, ist mein Verstand ausgeschaltet – das sind die Gefühle, die ich dir entgegenbringe.

Ich verstehe, dass du Angst hast. Ich habe mich bemüht, mich von dir fernzuhalten. Ich wusste, dass du unerfahren bist, obwohl ich nie im Leben versucht hätte, etwas mit dir anzufangen, wäre mir das Ausmaß deiner Unschuld bewusst gewesen. Und doch gelingt es dir, mich in einer Art und Weise zu entwaffnen, wie es noch nie jemand zuvor gelungen ist. Zum Beispiel deine E-Mail: Ich habe sie wieder und wieder gelesen, um deinen Standpunkt zu verstehen. Drei Monate sind ein willkürlich gewählter Zeitraum. Wir können auch sechs Monate oder ein Jahr daraus machen. Wie lange soll es deiner Meinung nach sein? Sag es mir.

Ich verstehe, dass ich dir einiges an Vertrauen abverlange; Vertrauen, das ich mir erst verdienen muss, aber umgekehrt musst du es mir auch sagen, wenn es mir nicht gelingt. Auf der einen Seite wirkst du so stark und unabhängig, aber dann lese ich, was du hier schreibst, und sehe eine völlig andere Seite von dir. Wir müssen uns gegenseitig anleiten, Anastasia, und ich bin darauf angewiesen, dass du mit mir sprichst. Du musst mir gegenüber aufrichtig sein, und wir müssen beide einen Weg finden, damit diese Beziehung funktionieren kann.

Du hast Angst, du könntest vielleicht nicht devot sein. Nun ja, das wäre möglich. Der einzige Ort, an dem du das korrekte Verhalten einer Sub an den Tag legst, ist das Spielzimmer. Es sieht so aus, als könntest du nur dort zulassen, dass ich die Kontrolle über dich übernehme, und tun, was ich von dir verlange – sogar geradezu mustergültig, würde ich sagen. Und ich würde dich niemals grün und blau schlagen. Ich ziehe Rosa vor. Außerhalb des Spielzimmers wünsche ich mir sehr wohl, dass du mir Paroli bietest. Das ist eine ganz neue und ungewohnte Erfahrung für mich, die ich nicht missen möchte. Deshalb wäre ich froh, wenn du mir sagen würdest, was genau du damit meinst, wenn du sagst, du willst »mehr« von mir. Ich will gern versuchen, für alles offen zu sein. Ich werde mich bemühen, dir den Freiraum zu geben, den du brauchst, und dir nicht auf die Pelle rücken, solange du in Georgia bist. Ich freue mich schon auf deine nächste Mail.

In der Zwischenzeit amüsier dich. Aber nicht allzu sehr.

CHRISTIAN GREY
CEO, Grey Enterprises Holdings, Inc.

Heilige Scheiße! Der Mann hat ja einen richtigen Aufsatz geschrieben, so wie früher in der Schule. Und das meiste davon ist gut. Mit klopfendem Herzen liege ich auf dem Bett, den Mac fest an mich gedrückt, und lese seinen Brief wieder und wieder. *Ein Jahr daraus machen? Ich habe die Macht?* O Mann, darüber muss ich erst einmal in Ruhe nachdenken. *Hör auf das, was er sagt*, hat meine Mutter mir geraten. Er will mich nicht verlieren! Das hat er sogar zweimal gesagt. Auch er will, dass es mit uns beiden funktioniert. *Oh, Christian, ich doch auch!* Er wird versuchen, mir nicht auf die Pelle zu rücken. Bedeutet das, dass es ihm aber leider nicht gelingt? Plötzlich hoffe ich es. Ich will ihn unbedingt sehen. Nicht einmal vierundzwanzig Stunden sind vergangen, seit wir uns das letzte Mal gesehen haben, und vier weitere Tage liegen noch vor mir, und mir wird bewusst, wie sehr ich ihn vermisse. Wie sehr ich ihn liebe.

»Ana, Schatz.« Die Stimme ist weich und warm, voller Liebe und Erinnerungen an längst vergangene Zeiten.

Eine Hand streicht mir behutsam über die Wange. Meine Mom weckt mich. Ich liege auf dem Bett, die Arme fest um meinen Mac geschlungen.

»Ana, Liebes«, fährt sie mit ihrer samtigen Singsangstimme fort, während ich langsam zu mir komme und mich blinzelnd im fahlrosa Licht der frühen Abenddämmerung umsehe.

»Hi, Mom.« Ich strecke mich und lächle.

»Wir wollten in einer halben Stunde zum Abendessen aufbrechen. Hast du überhaupt noch Lust?«, fragt sie freundlich.

»Aber ja, Mom, natürlich.« Ich bemühe mich vergeblich, ein Gähnen zu unterdrücken.

»Na, das ist ja ein sehr eindrucksvolles technisches Wunderwerk.« Sie zeigt auf den Laptop.

Mist.

»Oh, das?« Ich mime erstaunte Lässigkeit.

Ob Mom mich durchschaut? Seit sie weiß, dass ich einen »Freund« habe, ist es, als höre sie das Gras wachsen.

»Christian hat ihn mir geliehen. Ich glaube, mit dem Ding könnte man auch das Spaceshuttle lenken, aber ich benutze es nur, um meine Mails zu checken und ins Internet zu gehen.«

Alles ganz entspannt, ganz ehrlich. Sie mustert mich argwöhnisch, setzt sich auf die Bettkante und streicht mir eine Haarsträhne hinters Ohr.

»Hat er dir gemailt?«

Verdammt, verdammt!

»Ja.« Meine Fassade der Lässigkeit beginnt zu bröckeln. Ich werde rot.

»Vielleicht vermisst er dich ja, hm?«

»Das hoffe ich, Mom.«

»Und was schreibt er?«

Verdammt, verdammt, verdammt! Fieberhaft durchforste ich mein Gehirn nach etwas Gesellschaftsfähigem, das ich meiner Mutter erzählen kann, denn bestimmt will sie nichts von Doms und Subs und Bondage und Knebeln hören, andererseits kann ich ihr ohnehin nichts davon erzählen, weil diese Dinge unter die Verschwiegenheitsvereinbarung fallen.

»Er schreibt, ich soll mich nicht zu sehr amüsieren.«

»Klingt doch vernünftig. Ich gehe jetzt, damit du dich fertig machen kannst, Schatz.« Sie beugt sich vor und gibt mir einen Kuss auf die Stirn. »Ich freue mich so, dass du hier bist, Ana. Es ist so schön, dich zu sehen.« Mit diesen liebevollen Worten verlässt sie das Zimmer.

Hm, Christian und vernünftig ... zwei Begriffe, von denen ich immer geglaubt habe, sie schlössen sich gegenseitig aus, aber nach seiner heutigen Mail ist vielleicht alles möglich. Ich schüttle den Kopf. Es wird wohl eine Weile dauern, bis ich seine Worte verdaut habe. Ich werde einfach bis nach dem Essen warten und ihm dann eine Antwort mailen. Ich stehe auf, ziehe mein T-Shirt und die Shorts aus und gehe unter die Dusche.

Ich habe Kates graues Neckholder-Kleid mitgebracht, das ich bei der Abschlussfeier getragen habe – mein eigener Kleiderschrank gibt leider nichts wirklich Schickes her. Einen Vorteil hat die feuchte Schwüle hier – die Knitterfalten haben sich inzwischen von ganz allein geglättet. Für ein Essen im Golfclub sollte es reichen. Ich öffne den Laptop noch einmal. Keine Mail von Christian. Ich verspüre einen Anflug von Enttäuschung. Hastig tippe ich eine Mail.

Von: Anastasia Steele
Betreff: Wortreichtum?
Datum: 31. Mai 2011, 19:08 Uhr EST
An: Christian Grey

Sie gehören offenbar zu denen, die gern viele Worte machen, Sir. Ich muss jetzt zum Abendessen in Bobs Golfclub; und nur damit Sie's wissen: Ich verdrehe die Augen, wenn ich nur daran denke. Aber Sie und Ihre juckende Handfläche sind ja glücklicherweise weit weg, so dass mein Hinterteil zumindest für den

Augenblick in Sicherheit ist. Ihre Mail hat mich sehr berührt. Ich werde darauf antworten, sobald ich dazu komme. Ich vermisse Sie jetzt schon. Schönen Nachmittag noch.

Ana

Von: Christian Grey
Betreff: Ihr Hinterteil
Datum: 31. Mai 2011, 16:10 Uhr
An: Anastasia Steele

Sehr geehrte Miss Steele,
ich kann mich nur schwer konzentrieren, weil ich ständig den Betreff dieser Mail vor Augen habe. Unnötig zu erwähnen, dass er in der Tat sicher ist – vorläufig.
Viel Spaß beim Abendessen. Ich vermisse Sie ebenfalls, vor allem Ihr Hinterteil und Ihr vorlautes Mundwerk.
Ich habe einen ziemlich langweiligen Nachmittag vor mir, der lediglich von den Gedanken an Sie und die Art, wie Sie die Augen verdrehen, erhellt wird. Ich glaube sogar, Sie waren diejenige, die mir schonend beigebracht hat, dass auch ich diese unschöne Angewohnheit besitze.
CHRISTIAN GREY
CEO & Augenroller,
Grey Enterprises Holdings, Inc.

Von: Anastasia Steele
Betreff: Verdrehte Augen
Datum: 31. Mai 2011, 19:14 Uhr EST
An: Christian Grey

Sehr geehrter Mr. Grey,
hören Sie auf, mir zu mailen. Ich versuche, mich fürs Abendessen fertig zu machen. Und Sie lenken mich bloß ab, selbst wenn Sie sich am anderen Ende des Kontinents befinden. Und

wer legt eigentlich Sie übers Knie, wenn Sie die Augen verdrehen?

Ana

Ich drücke auf »Senden«. Augenblicklich kommt mir Mrs. Robinson, diese alte Hexe, in den Sinn. Es will einfach nicht in meinen Kopf – die Vorstellung, wie Christian von einer Frau versohlt wird, die so alt ist wie meine Mutter, erscheint mir so absurd, so verkehrt. Nicht zum ersten Mal frage ich mich, welchen Schaden sie angerichtet hat. Grimmig presse ich die Lippen aufeinander. Ich wünschte, ich hätte eine Stoffpuppe und ein paar Nadeln. Vielleicht würde das ja helfen, meine Wut auf diese Frau loszuwerden, die ich noch nicht einmal persönlich kenne.

Von: Christian Grey
Betreff: Ihr Hinterteil
Datum: 31. Mai 2011, 16:18 Uhr
An: Anastasia Steele

Sehr geehrte Miss Steele,
ich ziehe trotzdem in vielerlei Hinsicht meinen Titel dem Ihren vor. Zum Glück bin ich mein eigener Herr, und niemand züchtigt oder bestraft mich. Mit Ausnahme meiner Mutter und natürlich Dr. Flynn. Und Ihnen.

CHRISTIAN GREY
CEO, Grey Enterprises Holdings, Inc.

Von: Anastasia Steele
Betreff: Züchtigen ... Ich?
Datum: 31. Mai 2011, 19:22 Uhr EST
An: Christian Grey

Sehr geehrter Mr. Grey,
wann habe ich jemals den Mut besessen, Sie zu züchtigen? Sie

müssen mich mit jemandem verwechseln, was ich ziemlich
besorgniserregend finde. Ich muss mich jetzt wirklich beeilen.
   Ana

Von: Christian Grey
Betreff: Ihr Hinterteil
Datum: 31. Mai 2011, 16:25 Uhr
An: Anastasia Steele

Sehr geehrte Miss Steele,
das tun Sie schon die ganze Zeit. Darf ich den Reißverschluss
an Ihrem Kleid hochziehen?

CHRISTIAN GREY
CEO, Grey Enterprises Holdings, Inc.

Als ich die Worte auf dem Bildschirm lese, beginnt mein Herz
zu klopfen … Oh, ihm steht der Sinn also nach Spielchen.

Von: Anastasia Steele
Betreff: Nicht jugendfrei
Datum: 31. Mai 2011, 19:28 Uhr EST
An: Christian Grey

Es wäre mir lieber, Sie würden ihn herunterziehen.

Von: Christian Grey
Betreff: Pass bloß auf, was du dir wünschst
Datum: 31. Mai 2011, 16:31 Uhr
An: Anastasia Steele

MIR AUCH.

CHRISTIAN GREY
CEO, Grey Enterprises Holdings, Inc.

Von: Anastasia Steele
Betreff: Keuchend
Datum: 31. Mai 2011, 19:33 Uhr EST
An: Christian Grey

Ganz langsam ...

Von: Christian Grey
Betreff: Stöhnend
Datum: 31. Mai 2011, 16:35 Uhr
An: Anastasia Steele

Ich wünschte, ich wäre bei dir.
CHRISTIAN GREY
CEO, Grey Enterprises Holdings, Inc.

Von: Anastasia Steele
Betreff: Seufzend
Datum: 31. Mai 2011, 19:37 Uhr EST
An: Christian Grey

ICH AUCH!

»Ana!« Die Stimme meiner Mutter lässt mich vor Schreck zusammenfahren. *Scheiße!* Wieso habe ich eigentlich ein schlechtes Gewissen?

»Komme schon, Mom!«

Von: Anastasia Steele
Betreff: Seufzend
Datum: 31. Mai 2011, 19:39 Uhr EST
An: Christian Grey

Muss los.
Ciao, ciao, Baby.

Ich haste aus meinem Zimmer in die Diele, wo Bob und meine Mutter bereits auf mich warten. Mom runzelt die Stirn.

»Alles in Ordnung, Schatz? Du wirkst ein bisschen erhitzt.«

»Alles bestens.«

»Du siehst sehr hübsch aus, Liebes.«

»Oh, das Kleid gehört eigentlich Kate. Gefällt es dir?«

Sie mustert mich noch eine Spur argwöhnischer. »Wieso trägst du ein Kleid von Kate?«

Verdammt.

»Ach, mir gefällt es so gut, ihr aber nicht«, improvisiere ich eilig.

Wieder sieht sie mich durchdringend an, während Bob ihr einen verzweifelten Hundeblick zuwirft. Offenbar kommt er beinahe um vor Hunger.

»Ich gehe morgen mit dir einkaufen«, verkündet sie.

»Mom, das ist nicht nötig. Ich habe genug Sachen.«

»Kann ich nicht mal meiner eigenen Tochter etwas zum Anziehen kaufen? Los, komm jetzt, Bob hat Hunger.«

»Allerdings«, stöhnt Bob, massiert sich den Bauch und setzt eine gequälte Miene auf.

Ich kichere, als er die Augen verdreht, und folge ihnen hinaus.

Später gönne ich mir eine lauwarme Dusche zum Abkühlen und lasse den Abend noch einmal Revue passieren. Mom ist vollkommen verändert und war voll und ganz in ihrem Element: aufgeweckt und keck. Außerdem scheinen sie im Golfclub jede

Menge Freunde zu haben. Und auch Bob hat sich von seiner liebevollsten und aufmerksamsten Seite gezeigt. Wie es aussieht, verstehen sich die beiden prächtig. Ich freue mich von ganzem Herzen für sie. Das bedeutet, dass ich mir endlich keine Sorgen mehr um sie machen und mich nicht länger fragen muss, ob ihre Entscheidung richtig war. Und wir können die unerfreulichen Zeiten mit Ehemann Nummer drei endgültig vergessen. Bob ist definitiv ein guter Mann. Aber sie erteilt mir einen guten Ratschlag nach dem anderen. *Seit wann das denn?* Seit ich Christian kennen gelernt habe. *Und wieso?*

Ich trockne mich eilig ab, um möglichst schnell wieder an meinen Laptop zurückzukehren. Christian hat mir eine Mail geschickt, gleich nachdem ich vor zwei Stunden zum Abendessen aufgebrochen bin.

Von: Christian Grey
Betreff: Plagiat
Datum: 31. Mai 2011, 16:41 Uhr
An: Anastasia Steele

Du hast mir meinen Abschiedssatz gestohlen.
Und du hast mich mittendrin hängen lassen.
Viel Spaß beim Essen.
CHRISTIAN GREY
CEO, Grey Enterprises Holdings, Inc.

Von: Anastasia Steele
Betreff: Das sagt ja der Richtige
Datum: 31. Mai 2011, 22:18 Uhr EST
An: Christian Grey

Sir, soweit ich mich erinnere, ist das Elliots Spruch.
Hängst du immer noch?
   Ana

Von: Christian Grey
Betreff: Schwebezustände
Datum: 31. Mai 2011, 19:22 Uhr
An: Anastasia Steele

Sehr geehrte Miss Steele,
Sie sind also vom Essen zurück. Ihr Aufbruch war reichlich abrupt – gerade als es anfing, interessant zu werden.
Elliot besticht nicht gerade durch Originalität. Bestimmt hat er den Spruch auch jemandem geklaut.
Wie war das Abendessen?
CHRISTIAN GREY
CEO, Grey Enterprises Holdings, Inc.

Von: Anastasia Steele
Betreff: Schwebezustände?
Datum: 31. Mai 2011, 22:26 Uhr EST
An: Christian Grey

Hängen lassen? Inwiefern?
    Ana

Von: Christian Grey
Betreff: Schwebezustände – ganz eindeutig
Datum: 31. Mai 2011, 19:30 Uhr
An: Anastasia Steele

Sind Sie absichtlich so begriffsstutzig? Wenn ich mich recht entsinne, hatten Sie mich gerade gebeten, den Reißverschluss Ihres Kleids zu öffnen.
Worauf ich mich sehr gefreut hatte. Und ich vernehme mit Befriedigung, dass Sie etwas gegessen haben.
CHRISTIAN GREY
CEO, Grey Enterprises Holdings, Inc.

Von: Anastasia Steele
Betreff: Tja … Bleibt immer noch das Wochenende
Datum: 31. Mai 2011, 22:36 Uhr EST
An: Christian Grey

Natürlich esse ich etwas … Die Unsicherheit, wenn ich in Ihrer Nähe bin, verschlägt mir einfach nur den Appetit.
Und ich würde mich nie mit Absicht begriffsstutzig stellen, Mr. Grey.
Aber das wissen Sie ja inzwischen bestimmt schon ☺

Von: Christian Grey
Betreff: Kann es kaum erwarten
Datum: 31. Mai 2011, 19:40 Uhr
An: Anastasia Steele

Ich werde es mir merken, Miss Steele, und dieses Wissen zweifellos bei Gelegenheit zu meinem Vorteil einsetzen.
Tut mir leid, dass ich Ihnen den Appetit verschlage. Ich hätte gedacht, ich hätte eine anregendere Wirkung auf Ihre Fleischeslust. Zumindest habe ich diese Erfahrung gemacht, die ich nur als sehr angenehm beschreiben kann.
Ich freue mich schon aufs nächste Mal.

CHRISTIAN GREY
CEO, Grey Enterprises Holdings, Inc.

Von: Anastasia Steele
Betreff: Sprachliche Turnübungen
Datum: 31. Mai 2011, 22:42 Uhr EST
An: Christian Grey

Fleischeslust? Wieder mal den Thesaurus bemüht?

Von: Christian Grey
Betreff: Durchschaut
Datum: 31. Mai 2011, 19:45 Uhr
An: Anastasia Steele

Sie kennen mich inzwischen zu gut, Miss Steele.
Ich bin zum Abendessen mit einer alten Freundin verabredet,
deshalb werde ich mich jetzt auf den Weg machen.
Ciao, ciao, Baby ☺

CHRISTIAN GREY
CEO, Grey Enterprises Holdings, Inc.

Welche alte Freundin? Ich kann mir nicht vorstellen, dass Christian irgendwelche alten Freundinnen hat, mit Ausnahme von … ihr. Ich runzle die Stirn. Wieso muss er sich immer noch mit ihr treffen? Gallig-grüne Eifersucht steigt in mir auf. Am liebsten würde ich auf etwas einprügeln, vorzugsweise auf Mrs. Robinson. Ich knalle den Laptop zu und gehe ins Bett.

Eigentlich sollte ich ja auf seine Mail von heute Morgen antworten, aber dafür bin ich viel zu wütend. Wieso sieht er sie nicht als das, was sie ist – eine Frau, die kleine Jungs missbraucht? Ich schalte das Licht aus und liege schäumend vor Wut in der Dunkelheit. Wie kann sie es wagen? Wie kann sie sich an einem verletzlichen Jugendlichen vergreifen? Tut sie es heute noch? Wieso haben die beiden ihre Beziehung beendet? Die unterschiedlichsten Szenarien kommen mir in den Sinn: Wenn er tatsächlich genug von ihr hatte, wieso ist er dann immer noch mit ihr befreundet? Und sie – ist sie verheiratet? Geschieden? Gütiger Himmel, hat sie vielleicht sogar selbst Kinder? *Von Christian?* Mein Unterbewusstsein zeigt seine hässlichste Fratze. Allein bei der Vorstellung wird mir speiübel. Weiß Dr. Flynn von ihr?

Ich stehe auf und fahre den Computer noch einmal hoch. Ich *muss* es wissen. Ungeduldig warte ich darauf, dass der blaue

Bildschirm erscheint, öffne Google und gebe »Christian Grey« ins Suchfeld ein, woraufhin zahllose Fotos von ihm erscheinen: im Smoking, im Anzug … du meine Güte, Josés Fotos aus dem Heathman, im weißen Hemd und der grauen Flanellhose. Wie um alles in der Welt kommen die denn ins Internet? O Mann, er sieht so unfassbar gut aus.

Ich sehe mir die restlichen Fotos an – mehrere von Christian mit Geschäftspartnern, dann folgt eine Aufnahme nach der anderen vom fotogensten Mann, den ich in- und auswendig kenne. *In- und auswendig?* Kenne ich Christian tatsächlich in- und auswendig? Ich hatte Sex mit ihm, gut und schön, aber vermutlich gibt es noch so einiges, von dem ich nichts ahne. Ich weiß, dass er launenhaft, witzig, eiskalt, aber auch sehr warmherzig sein kann. Gütiger Himmel, dieser Mann ist der Widerspruch auf zwei Beinen. Ich gehe auf die nächste Seite; auch hier gibt es ausschließlich Fotos, auf denen er allein zu sehen ist. Mir fällt wieder ein, dass Kate meinte, es gebe kein einziges Foto mit einer weiblichen Begleitung, was sie zu ihrer Vermutung geführt hatte, dass er schwul sein muss. Schließlich, auf der dritten Seite, erscheint ein Foto zusammen mit mir bei der Abschlussfeier. Die einzige Aufnahme mit einer Frau ist die, auf der er mit mir abgelichtet ist.

Scheiße! Ich bin bei Google. Ich starre das Foto an, betrachte mein Gesicht, das aussieht, als hätte mich die Kamera überrascht. Ich wirke nervös, verunsichert. Christian dagegen ist wie gewohnt unfassbar attraktiv, kühl und gelassen, und er trägt wieder *diese* Krawatte. Ich sehe ihn an. Dieses Gesicht. So wahnsinnig schön. Ein bildschönes Gesicht, das die beschissene Mrs. Robinson in diesem Augenblick vor sich haben könnte. Ich gebe die Fotos zu meiner Favoritenliste und klicke die restlichen achtzehn Seiten über ihn durch … nichts. Keine Mrs. Robinson bei Google. Aber ich muss wissen, ob er mit ihr zusammen ist. Ich tippe eine rasche Mail an ihn.

Von: Anastasia Steele
Betreff: Essen mit Freunden
Datum: 31. Mai 2011, 23:58 Uhr EST
An: Christian Grey

Ich hoffe, du und deine Freundin, ihr hattet einen schönen
Abend.
   Ana
PS: War es Mrs. Robinson?

Ich drücke auf »Senden« und gehe wieder ins Bett, mit dem
festen Entschluss, Christian bei nächster Gelegenheit über seine
Beziehung zu dieser Frau auszuquetschen. Auf der einen Seite
will ich unbedingt mehr über sie erfahren, auf der anderen würde ich am liebsten vergessen, dass er mir je von ihr erzählt hat.
Meine Periode hat eingesetzt, das heißt, ich muss morgen Früh
das erste Mal die Pille nehmen. Ich stelle den Wecker meines
BlackBerrys, lege ihn auf den Nachttisch und falle schließlich
in einen unruhigen Schlaf. Ich wünschte, wir wären in derselben
Stadt und nicht knapp dreitausend Meilen voneinander entfernt.

Nach einem Einkaufsbummel am Vormittag und einem an-
schließenden Ausflug an den Strand hat meine Mutter darauf
bestanden, dass wir den Tag in einer Bar ausklingen lassen. Also
haben wir Bob vor dem Fernseher zurückgelassen und sitzen in
der Nobelbar des teuersten Hotels von Savannah. Ich bin beim
zweiten Cosmopolitan, meine Mutter beim dritten und gibt mir
weitere Einblicke in das fragile Ego der Männer. Ich finde das
Ganze reichlich befremdlich.
   »Weißt du, Ana, die Männer glauben immer, alles, was aus
dem Mund einer Frau kommt, ist automatisch ein Problem, das
gelöst werden muss. Ihnen kommt nicht einmal ansatzweise in
den Sinn, dass wir nur gern eine Weile herumdiskutieren und

das Ganze dann wieder vergessen. Bei Männern muss immer irgendetwas passieren.«

»Mom, wieso erzählst du mir das?«, frage ich mit mühsam verhohlener Gereiztheit. Sie geht mir schon den ganzen Tag mit ihren Weisheiten auf die Nerven.

»Schatz, du klingst, als wärst du völlig durcheinander. Du hast nie einen Jungen mit nach Hause gebracht. Nicht mal in Vegas hattest du einen Freund. Eine Zeit lang dachte ich, mit diesem Typ aus dem College, diesem José, könnte sich etwas entwickeln.«

»Mom, José ist nur ein Freund von mir.«

»Das weiß ich ja, Schatz, aber ich habe das Gefühl, dass du mir etwas verschweigst.« Mütterliche Besorgnis zeichnet sich auf ihrer Miene ab.

»Ich brauchte nur etwas Abstand von Christian, um in Ruhe über alles nachzudenken, mehr nicht. Er neigt dazu, mich zu erdrücken.«

»Erdrücken?«

»Ja. Trotzdem vermisse ich ihn.« Ich runzle die Stirn.

Ich habe den ganzen Tag nichts von Christian gehört. Keine Mails, gar nichts. Es juckt mich in den Fingern, ihn anzurufen, um zu hören, ob alles in Ordnung ist. Meine größte Angst ist, dass er einen Autounfall gehabt haben könnte; meine zweitgrößte, dass Mrs. Robinson erneut ihre gierigen Krallen in sein Fleisch gegraben hat. Natürlich ist das idiotisch, aber wenn es um Mrs. Robinson geht, verlässt mich jede Vernunft.

»Schatz, ich muss mal auf die Toilette.«

Sie verschwindet, was mir Gelegenheit gibt, die Nachrichten auf meinem BlackBerry zu checken – was ich den ganzen Tag über in regelmäßigen Abständen getan habe. Und siehe da, endlich eine Nachricht von Christian!

Von: Christian Grey
Betreff: Essen mit Freunden
Datum: 1. Juni 2011, 21:40 Uhr EST
An: Anastasia Steele

Ja, ich habe tatsächlich mit Mrs. Robinson zu Abend gegessen.
Und sie ist nur eine alte Freundin, Anastasia.
Ich freue mich, dich bald wiederzusehen.

CHRISTIAN GREY
CEO, Grey Enterprises Holdings, Inc.

Er war also doch mit ihr essen. Meine Kopfhaut prickelt, als das Adrenalin durch meine Adern rauscht. Ich bin stocksauer. All meine schlimmsten Befürchtungen haben sich bewahrheitet. Wie konnte er so etwas tun? Kaum bin ich zwei Tage weg, rennt er los und trifft sich mit diesem elenden Miststück.

Von: Anastasia Steele
Betreff: Essen mit ALTEN Freunden
Datum: 1. Juni 2011, 21:42 Uhr EST
An: Christian Grey

Sie ist nicht nur irgendeine alte Freundin.
Hat sie etwa einen neuen knackigen Jungen gefunden, den sie sich einverleiben kann?
Bist du ihr inzwischen zu alt?
Ist das der Grund, weshalb ihr nicht mehr zusammen seid?

Gerade als meine Mutter zurückkommt, drücke ich auf »Senden«.

»Du bist ja so blass, Ana. Was ist los?«

Ich schüttle den Kopf.

»Gar nichts. Lass uns noch etwas bestellen«, erwidere ich starrköpfig.

Sie runzelt die Stirn, sagt jedoch nichts, sondern gibt einem der Kellner ein Zeichen – »noch eine Runde«. Er nickt. Wieder checke ich den BlackBerry.

Von: Christian Grey
Betreff: Vorsicht …
Datum: 1. Juni 2011, 21:45 Uhr EST
An: Anastasia Steele

Das möchte ich nicht per Mail mit dir besprechen.
Wie viele Cosmos willst du eigentlich noch trinken?

CHRISTIAN GREY
CEO, Grey Enterprises Holdings, Inc.

Verdammte Scheiße, er ist hier!

DREIUNDZWANZIG

Nervös sehe ich mich in der Bar um, kann ihn aber nirgendwo entdecken.

»Was ist los, Ana, du siehst aus, als hättest du ein Gespenst gesehen.«

»Christian. Er ist hier.«

Ich habe versäumt, meiner Mutter von Christians Stalking-Neigungen zu erzählen.

Da ist er. Ich sehe ihn. Mein Herz macht einen Satz und beginnt zu hämmern, als er auf uns zukommt. *Er ist tatsächlich hier – meinetwegen.* Meine innere Göttin springt jubelnd von ihrem Sofa auf. Er bahnt sich einen Weg durch die Gäste. Im Schein der Halogenspots schimmert sein Haar in einem satten Kupferton. Seine grauen Augen funkeln – vor Wut? Vorfreude? Sein Mund ist zu einer schmalen Linie zusammengepresst, sein Kiefer angespannt. *Oje … bitte nicht.* Ich bin stinksauer auf ihn. Aber vor meiner Mutter?

Inzwischen steht er in seinem gewohnten Outfit aus Jeans und weißem Hemd vor unserem Tisch.

»Hi«, krächze ich und versuche vergeblich, mir nicht anmerken zu lassen, wie schockiert und erschrocken ich über sein Auftauchen bin.

»Hi«, sagt er, beugt sich vor und küsst mich zu meiner Verblüffung auf die Wange.

»Christian, das ist meine Mutter Carla.« Zum Glück lassen mich wenigstens meine Manieren nicht im Stich.

Er wendet sich meiner Mutter zu. »Mrs. Adams, es freut mich sehr, Sie kennen zu lernen.«

Woher kennt er ihren Nachnamen? Er schenkt ihr sein bewährtes Strahlelächeln, dessen Charme sich niemand entziehen kann. Sie hat keine Chance. Ihre Kinnlade schlägt förmlich auf der Tischplatte auf. *Liebe Güte, reiß dich gefälligst zusammen, Mom.* Sie ergreift seine ausgestreckte Hand und schüttelt sie. Bisher ist noch kein Wort über ihre Lippen gekommen. Oh, der spontane Komplettverlust meines Sprachvermögens ist also genetisch bedingt. Das wusste ich ja gar nicht.

»Christian«, stammelt sie schließlich atemlos.

Er lächelt wissend, und seine grauen Augen funkeln. Ich beobachte das Szenario mit zusammengekniffenen Augen.

»Was machst du denn hier?« Meine Frage klingt spröder als beabsichtigt. Sein Lächeln verfliegt, und ein reservierter Ausdruck tritt auf seine Züge. Natürlich bin ich völlig aus dem Häuschen vor Freude, weil er hier ist, aber immer noch viel zu verblüfft, um es mir anmerken zu lassen, außerdem brodelt meine Wut wegen dieser Sache mit Mrs. Robinson nach wie vor direkt unter der Oberfläche. Ich habe keine Ahnung, wie ich mich verhalten soll – ihn anschreien oder mich in seine Arme werfen – ich glaube, keines davon würde ihm sonderlich gefallen –, außerdem würde mich interessieren, wie lange er uns schon beobachtet. Außerdem ist mir nicht ganz wohl beim Gedanken an die letzte Mail, die ich ihm geschrieben habe.

»Ich bin hergekommen, weil ich dich sehen wollte, ganz einfach.« Er mustert mich ausdruckslos. Was denkt er wohl gerade? »Ich wohne hier im Hotel.«

»Du wohnst hier?«, quieke ich mit einer Stimme wie eine Zehntklässlerin auf Amphetaminen.

»Na ja, du sagtest doch gestern, du wünschst dir, dass ich hier wäre.« Er hält inne und sieht mich abwartend an. »Und wir wollen doch, dass Sie zufrieden sind, Miss Steele.« Kein Fünkchen Humor liegt in seiner Stimme.

Verdammt. Ist er wirklich sauer auf mich? Vielleicht liegt es ja an meinen spitzen Bemerkungen über Mrs. Robinson. Oder daran, dass ich inzwischen beim dritten, bald schon beim vierten Cosmopolitan bin. Meine Mutter sieht beklommen von einem zum anderen.

»Möchten Sie sich vielleicht zu uns setzen, Christian?« Sie winkt dem Kellner, der augenblicklich neben ihr steht.

»Ich nehme einen Gin Tonic«, sagt er. »Hendricks, wenn Sie haben, oder Bombay Sapphire. Den Hendricks mit Gurke, den Bombay lieber mit Zitrone.«

Meine Güte … nur Christian schafft es, aus einer einfachen Getränkebestellung eine ganze Abendmahlzeit zu machen.

»Und noch zwei Cosmos, bitte«, füge ich mit einem verstohlenen Seitenblick auf Christian hinzu. Ich bin mit meiner Mutter etwas trinken gegangen – deswegen kann er doch nicht sauer auf mich sein.

»Bitte, nehmen Sie sich doch einen Stuhl, Christian.«

»Danke, Mrs. Adams.«

Christian zieht einen Stuhl heran und nimmt mit einer eleganten Bewegung Platz.

»Also bist du zufällig in dem Hotel abgestiegen, in dem wir etwas trinken gegangen sind?«, frage ich, um einen unbeschwerten Tonfall bemüht.

»Oder ihr beide seid zufällig in dem Hotel etwas trinken gegangen, in dem ich abgestiegen bin«, erwidert Christian. »Ich war essen, bin hier vorbeigekommen und habe dich gesehen. Ich war mit den Gedanken bei deiner letzten E-Mail, und dann sitzt du auf einmal hier. Was für ein Zufall, nicht?« Er legt den Kopf schief, und ich entdecke den Anflug eines Lächelns auf seinem Gesicht. *Gott sei Dank* – vielleicht lässt sich der Abend ja doch noch retten.

»Meine Mutter und ich waren den ganzen Vormittag shoppen und danach am Strand. Wir haben beschlossen, uns heute Abend ein paar Cocktails zu genehmigen.« Keine Ahnung, wieso, aber ich habe das Gefühl, ihm eine Erklärung zu schulden.

»Ist dieses Top neu?«, fragt er mit einem Nicken auf mein

grünes Seidenoberteil. »Es steht dir gut. Und du hast ein bisschen Farbe bekommen. Du siehst sehr hübsch aus.«

Ich werde rot.

»Eigentlich wollte ich dich erst morgen besuchen kommen, aber jetzt bist du ja hier.«

Er nimmt meine Hand und streicht mit dem Daumen über meine Fingerknöchel, hin und her … prompt spüre ich das vertraute Ziehen, die elektrische Spannung, die sich unter meiner Haut ausbreitet, durch meine Venen pumpt, meinen ganzen Körper zum Pulsieren bringt. Wir haben uns seit mehr als zwei Tagen nicht mehr gesehen. *Verdammt, ich will ihn.* Mein Atem stockt. Ich lächle ihn schüchtern an und registriere erleichtert das Lächeln, das um seine Mundwinkel spielt.

»Ich wollte dich überraschen, Anastasia. Aber wie immer bist du diejenige, die mich überrascht.«

Ich sehe flüchtig zu Mom hinüber, deren Blick wie gebannt an Christian hängt. *Lass das, Mom.* Als wäre er irgendein seltenes Geschöpf, das sie noch nie vorher gesehen hat. Okay, ich weiß ja, dass ich noch nie einen festen Freund hatte und Christian der perfekte Kandidat ist – aber ist es so schwer vorstellbar, dass mich ein Mann anziehend findet? Dieser Mann? *Ja, ehrlich gesagt schon – sieh ihn dir doch bloß mal an!*, blafft mein Unterbewusstsein mich an. Halt die Klappe! Wer hat dich überhaupt nach deiner Meinung gefragt? Ich werfe meiner Mutter einen finsteren Blick zu, doch sie scheint es nicht mitzubekommen.

»Ich wollte dich bei deinem Plausch mit deiner Mutter nicht stören. Ich trinke nur kurz etwas mit euch, dann verschwinde ich auch schon. Ich habe noch zu arbeiten«, erklärt er mit ernster Miene.

»Christian, ich freue mich so, Sie endlich kennen zu lernen«, sagt Mom, die offenbar endlich ihre Stimme wiedergefunden hat. »Ana hat so von Ihnen geschwärmt.«

Er lächelt sie an. »Tatsächlich?« Er hebt eine Braue und sieht mich amüsiert an, woraufhin ich erneut rot anlaufe.

Der Kellner kommt mit unseren Getränken.

»Hendricks, Sir«, verkündet er triumphierend.

»Danke«, murmelt Christian.

Nervös nippe ich an meinem frischen Cosmo.

»Wie lange werden Sie in Georgia bleiben, Christian?«, fragt Mom.

»Bis Freitag, Mrs. Adams.«

»Oh, hätten Sie Lust, morgen mit uns zu Abend zu essen? Und nennen Sie mich doch bitte Carla.«

»Das wäre mir ein großes Vergnügen, Carla.«

»Hervorragend. Wenn ihr beide mich für einen Moment entschuldigen würdet.«

Mom, du warst doch gerade erst auf der Toilette. Ich werfe ihr einen flehenden Blick zu, als sie aufsteht und uns verlässt.

»Du bist also sauer auf mich, weil ich mit einer alten Freundin essen war.« Christian hebt meine Hand an seine Lippen und küsst zärtlich jeden einzelnen Fingerknöchel, ohne seinen durchdringenden Blick von mir zu lösen.

Meine Güte, will er ausgerechnet jetzt darüber reden?

»Ja«, antworte ich leise und spüre, wie die Hitze durch meinen Körper schießt.

»Unsere körperliche Beziehung ist schon lange beendet, Anastasia. Ich will keine andere, nur dich. Hast du das immer noch nicht begriffen?«

»Für mich ist sie eine Frau, die kleine Kinder missbraucht, Christian.« Ich warte mit angehaltenem Atem auf seine Reaktion.

Er wird blass. »Du bist voreingenommen. So war es nicht«, flüstert er, sichtlich schockiert, und lässt meine Hand los.

Voreingenommen?

»Ach ja? Wie war es denn dann?« Die Cosmos verleihen mir offenbar Mut.

Er sieht mich bestürzt an.

»Sie hat einen verletzlichen fünfzehnjährigen Jungen benutzt«, fahre ich fort. »Wärst du ein fünfzehnjähriges Mädchen und Mrs. Robinson ein Mr. Robinson gewesen, der versucht hätte, dich zu seiner Partnerin einer BDSM-Beziehung zu machen, wäre das für dich in Ordnung gewesen? Wenn es, sagen wir, Mia gewesen wäre?«

Er schnappt nach Luft. »Ana, so war es nicht.«

Ich erwidere seinen finsteren Blick.

»Ich habe es jedenfalls nicht so empfunden«, räumt er leise ein. »Sie hat mich auf den richtigen Weg gebracht. Und genau das habe ich damals gebraucht.«

»Das verstehe ich nicht.«

»Anastasia, deine Mutter kommt gleich zurück. Ich will jetzt nicht darüber reden. Später, vielleicht. Wenn es dir nicht recht ist, dass ich hier bin, kann ich jederzeit wieder gehen. Am Flughafen Hilton Head steht eine Maschine auf Stand-by. Ich kann jederzeit verschwinden.«

Er ist sauer auf mich ... nein.

»Nein, geh nicht. Bitte. Ich freue mich so, dass du hier bist. Ich will doch nur, dass du mich verstehst. Ich bin wütend, weil du mit ihr essen gegangen bist, kaum dass ich weg war. Überleg doch nur, wie wütend du bist, wenn ich auch nur in Josés Nähe komme. Und José ist nur ein guter Freund von mir. Ich habe nie mit ihm geschlafen. Wohingegen du und sie ...« Ich lasse meine Stimme verklingen.

»Du bist eifersüchtig?«, fragt er völlig verblüfft, während der Ausdruck in seinen Augen weich wird.

»Ja, und wütend auf das, was sie dir angetan hat.«

»Anastasia, sie hat mir geholfen. Mehr sage ich nicht dazu. Und was deine Eifersucht angeht – versetz dich bitte einmal in meine Lage. In den letzten sieben Jahren musste ich niemandem Rechenschaft ablegen. Niemandem. Ich tue, was mir gerade in den Sinn kommt, Anastasia. Ich liebe meine Unabhängigkeit. Ich habe mich nicht mit Mrs. Robinson getroffen, um dich eifersüchtig zu machen. Sondern weil wir uns ab und zu mal sehen. Sie ist eine alte Freundin und Geschäftspartnerin.«

Geschäftspartnerin? Das ist ja etwas ganz Neues, verdammt.

Er sieht mich abschätzend an. »Ja, wir sind Geschäftspartner. Sexuell läuft nichts mehr zwischen uns. Schon seit Jahren nicht mehr.«

»Und wieso ging es zu Ende?«

Er presst die Lippen aufeinander, und seine Augen funkeln. »Ihr Mann hat es herausgefunden.«

Scheiße!

»Könnten wir vielleicht ein anderes Mal darüber reden? Irgendwo, wo es ruhiger ist?«, knurrt er.

»Du wirst mich wohl kaum davon überzeugen können, dass sie keine Kinderschänderin ist.«

»Das ist sie für mich nicht. War sie nie. Und jetzt reicht's!«, schnauzt er mich an.

»Hast du sie geliebt?«

»Und? Wie läuft's bei euch beiden?« Meine Mutter ist zurückgekehrt, ohne dass wir es bemerkt haben.

Schuldbewusst fahren Christian und ich auseinander, während ich mir ein falsches Lächeln abringe. Sie mustert mich angespannt.

»Prima, Mom.«

Christian nippt an seinem Drink und sieht mich an. Wieder liegt dieser reservierte Ausdruck auf seinen Zügen. Was geht in seinem Kopf vor? Hat er sie geliebt? Wenn ja, flippe ich aus, und zwar so richtig.

»Tja, Ladys, dann werde ich euch beide jetzt allein lassen.«

Nein ... nein ... er kann jetzt nicht einfach verschwinden.

»Bitte schreiben Sie die Drinks auf Zimmer 612. Ich rufe dich morgen früh an, Anastasia. Bis morgen, Carla.«

»Oh, es ist so schön zu hören, wie dich jemand mit deinem vollen Namen anspricht.«

»Ein schöner Name für ein schönes Mädchen«, murmelt Christian und schüttelt ihr die Hand.

Ein verzücktes Wimmern entfährt ihr.

Mom! Auch du, Brutus? Ich stehe auf und sehe ihn an, flehe stumm, meine Frage zu beantworten, doch er gibt mir nur einen züchtigen Kuss auf die Wange.

»Ciao, ciao, Baby«, flüstert er mir ins Ohr, dann ist er verschwunden.

Dieser elende Kontrollfreak. Wieder kocht die Wut mit unverminderter Stärke in mir hoch. Ich lasse mich auf meinen Stuhl fallen und starre meine Mutter finster an.

»Ana, ich bin völlig sprachlos. Der Mann ist unglaublich. Ich weiß ja nicht, was da zwischen euch läuft, aber ich habe den Eindruck, als müsstet ihr dringend miteinander reden. Und dieses Knistern ... Wahnsinn! Puh!« Theatralisch fächelt sie sich Luft zu.

»MOM!«

»Los, geh und rede mit ihm.«

»Ich kann nicht. Ich bin hier, weil ich dich besuchen wollte.«

»Ana, du bist hergekommen, weil du wegen dieses Jungen komplett durcheinander bist. Jeder Blinde sieht, dass ihr völlig verrückt nacheinander seid. Du musst mit ihm reden. Er ist gerade dreieinhalbtausend Meilen geflogen, nur um dich zu sehen. Und du weißt ja selbst, wie unerträglich diese Fliegerei ist.«

Ich werde rot. Bisher habe ich ihr noch nichts von seinem Privatflugzeug erzählt.

»Was ist denn nun schon wieder?«, herrscht sie mich an.

»Er hat ein eigenes Flugzeug«, gestehe ich verlegen. »Außerdem sind es nicht mal dreitausend Meilen.«

Wieso ist mir das Ganze bloß so peinlich?

Sie reißt die Augen auf. »Wow«, stößt sie hervor. »Ana, zwischen euch ist doch irgendetwas. Ich versuche schon die ganze Zeit, aus dir herauszukitzeln, was es ist. Aber es gibt nur eine Möglichkeit, das Problem zu lösen, was auch immer es sein mag. Du musst mit ihm reden. Du kannst noch so lange darüber nachgrübeln, solange du nicht mit ihm redest, kommst du der Lösung keinen Schritt näher.«

Ich sehe sie stirnrunzelnd an.

»Ana, Schatz, du neigst dazu, alles zu Tode zu analysieren. Das war schon immer so. Hör auf dein Bauchgefühl. Was sagt dir dein Bauch, Schatz?«

Ich starre auf meine Hände. »Ich glaube, ich liebe ihn«, gestehe ich leise.

»Ich weiß, Schatz. Und er liebt dich.«

»Nein!«

»Doch, Ana. Lieber Himmel, was brauchst du denn noch? Eine Leuchtanzeige auf seiner Stirn?«

In meinen Augenwinkeln sammeln sich Tränen.

»Ana, Schatz, wein doch nicht.«

»Ich glaube nicht, dass er mich liebt.«

»Niemand lässt einfach alles stehen und liegen und fliegt mit seiner Privatmaschine quer durchs halbe Land, um ein Tässchen Tee zu trinken, selbst wenn man noch so reich ist. Los, geh zu ihm! Das Hotel ist wunderschön, sehr romantisch. Außerdem seid ihr hier auf neutralem Terrain.«

Ich weiß nicht, was ich tun soll. Zu ihm gehen oder nicht?

»Du brauchst nicht mit mir nach Hause zu kommen, Schatz. Ich will nur, dass du glücklich bist, und im Augenblick liegt der Schlüssel zu deinem Glück da oben in Zimmer 612. Und solltest du es dir später anders überlegen – der Schlüssel liegt unter der Yucca-Palme auf der Veranda. Wenn du hierbleibst … tja … du bist erwachsen. Pass nur gut auf dich auf.«

Ich laufe tiefrot an. *Meine Güte, Mom.*

»Aber zuerst trinken wir aus.«

»Schon besser. Das ist mein Mädchen.« Sie grinst.

Schüchtern klopfe ich an die Tür von Zimmer 612. Christian macht mit dem Handy am Ohr auf. Einen Moment lang sieht er mich verblüfft an, dann hält er die Tür auf und winkt mich herein.

»Die Sozialpläne sind in trockenen Tüchern ... und die Kosten?« Er stößt einen Pfiff aus. »Junge, Junge ... das war ein teurer Fehler ... Und Lucas?«

Ich sehe mich um. Es ist eine Suite, ähnlich wie im Heathman, ultramodern eingerichtet, in gedämpften Violett- und Goldtönen und mit bronzenen Strahlenkränzen an den Wänden. Christian tritt vor eine Anrichte aus dunklem Holz und öffnet eine Tür, hinter der eine Minibar zum Vorschein kommt. Er bedeutet mir, mich zu bedienen, dann verschwindet er ins Schlafzimmer; vermutlich, damit ich der Unterhaltung nicht länger lauschen kann. Ich zucke mit den Schultern. Auch als ich zu ihm ins Arbeitszimmer gekommen bin, hat er weitertelefoniert. Ich höre Wasser rauschen ... offenbar lässt er ein Bad ein. Sekunden später kehrt er ins Wohnzimmer zurück.

»Andrea soll mir die Grafiken schicken. Barney meinte, er hätte das Problem geknackt.« Christian lacht. »Nein, am Freitag ... Hier gibt es ein Grundstück, das ganz interessant sein könnte ... Ja, Bill soll mich anrufen ... Nein, morgen ... Ich will zuerst hören, was Georgia anbietet, wenn wir einsteigen ...«, sagt er, ohne den Blick von mir zu wenden, reicht mir ein Glas und deutet auf den Eiskübel.

»Wenn sie genug Fördergelder bieten ... Wir könnten es zumindest ins Auge fassen, auch wenn ich wegen dieser verdammten Hitze hier unten so meine Bedenken habe ... Das stimmt. Detroit hat eindeutig seine Vorteile, außerdem ist es kühler dort ...« Für einen Moment verdüstern sich seine Züge. *Warum?* »Bill soll mich anrufen. Morgen ... aber nicht zu früh.« Er legt auf und sieht mich mit undurchdringlicher Miene an. Die Stille liegt schwer im Raum.

Okay ... ich muss etwas sagen.

»Du hast meine Frage nicht beantwortet.«

»Nein, habe ich nicht.« Ein wachsamer Ausdruck liegt in seinen grauen Augen.

»Nein, du hast meine Frage nicht beantwortet, oder nein, du hast sie nicht geliebt?«

Er verschränkt die Arme vor der Brust und lehnt sich mit dem Anflug eines Lächelns gegen die Wand.

»Weshalb bist du hier, Anastasia?«

»Das habe ich dir doch gerade gesagt.«

Er holt tief Luft. »Nein, ich habe sie nicht geliebt.« Er sieht mich mit einer Mischung aus Amüsement und Verwirrung an.

Fassungslos registriere ich, dass ich den Atem angehalten habe. Ich lasse ihn entweichen und schrumpfe zusammen wie ein schlaffer Luftballon. *Dem Himmel sei Dank dafür.* Was hätte ich getan, wenn er diese Hexe auch noch geliebt hätte?

»Du bist ja richtig eifersüchtig. Wer hätte das gedacht?«

»Machen Sie sich etwa über mich lustig, Mr. Grey?«

»Das würde ich nie wagen.« Er schüttelt feierlich den Kopf, aber seine Augen glitzern verschmitzt.

»Ich glaube eher, Sie wagen es sehr wohl, und noch dazu ziemlich oft.«

Er grinst, als er seine eigenen Worte wiedererkennt. Seine Augen werden dunkel.

»Bitte hör auf, auf deiner Lippe zu kauen. Du bist in meinem Zimmer, ich habe dich seit fast drei Tagen nicht gesehen und bin quer durchs Land geflogen, nur um mit dir zusammen zu sein.« Ein weicher, sinnlicher Tonfall schwingt in seiner Stimme mit.

Das Summen seines BlackBerrys reißt uns in die Realität zurück. Er stellt ihn aus, ohne nachzusehen, wer angerufen hat. Ich halte die Luft an. Ich weiß genau, was jetzt kommt … *aber wir sollten doch reden.* Er tritt auf mich zu. In seinen Augen liegt jener sexy Raubtierblick, den ich so gut kenne.

»Ich will dich, Anastasia. Jetzt. Und du willst mich. Deshalb bist du hergekommen.«

»Ich musste es wissen«, verteidige ich mich.

»Und was tust du jetzt, da du es weißt? Kommen oder gehen?«

Er steht ganz dicht vor mir.

»Ich komme«, murmle ich.

»Oh, das möchte ich doch hoffen.« Er sieht mich an. »Du warst so wütend auf mich.«

»Ja.«

»Ich kann mich nicht erinnern, dass irgendjemand außer meiner Familie jemals wütend auf mich gewesen wäre. Aber es gefällt mir.«

Er streicht mir mit der Fingerspitze über die Wange. *O Gott*, seine Nähe, sein herrlicher Geruch. Eigentlich sollten wir reden, aber mein Herz hämmert, und mein Blut rauscht singend durch meinen Körper, lässt meine Lust erwachen … überall. Christian beugt sich vor und streicht mit der Nase über meine Schulter bis hinauf zu meinem Ohr. Seine Finger berühren mein Haar.

»Wir sollten reden«, sage ich leise.

»Später.«

»Aber es gibt so vieles, was ich dir gern sagen würde.«

»Ich dir auch.«

Er haucht einen zarten Kuss auf die Stelle unter meinem Ohrläppchen, packt mein Haar etwas fester und zieht meinen Kopf nach hinten. Er beginnt, meinen Hals zu küssen und mit kleinen Bissen zu liebkosen.

»Ich will dich«, raunt er.

Stöhnend hebe ich die Arme und packe seine Hände.

»Hast du deine Tage?« Er küsst mich weiter.

Scheiße. Entgeht diesem Mann denn überhaupt nichts?

»Ja«, flüstere ich beschämt.

»Hast du Krämpfe?«

»Nein.« *Großer Gott …*

Er hält inne und sieht mich an. »Nimmst du die Pille schon?«

»Ja.« Wie peinlich ist das denn?

»Lass uns ein Bad nehmen.«

Oh?

Er nimmt mich bei der Hand und führt mich ins Schlafzimmer, in dessen Mitte ein riesiges, überbreites Bett mit kunstvoll arrangierten Vorhängen steht. Wir betreten das großzügige, aus zwei Räumen bestehende Badezimmer – ein Traum aus weißem Kalkstein und Aquamarin. Im zweiten Raum steht eine im Boden eingelassene Wanne mit Stufen, in der ohne Weiteres vier Personen Platz finden würden und die sich langsam mit Wasser füllt. Dampfwolken wabern über dem bauschigen Badeschaum, und ich mache eine steinerne Bank aus, die ringsum an der Wand verläuft. Der Raum ist in flackerndes Kerzenlicht getaucht. Wow … all das hat er offenbar arrangiert, während er am Telefon war.

»Hast du etwas, um dein Haar zusammenzubinden?«

Ich krame ein Zopfband aus meiner Jeanstasche.

»Bind dein Haar zusammen«, befiehlt er sanft, und ich gehorche.

Es ist drückend warm, und ich spüre, wie mir der Schweiß ausbricht. Er beugt sich vor und dreht den Hahn zu, dann führt er mich in den vorderen Teil des Badezimmers, schiebt mich vor den Wandspiegel über den beiden Glaswaschbecken und tritt hinter mich.

»Zieh deine Sandalen aus«, murmelt er.

Eilig streife ich sie mir von den Füßen und lasse sie auf den Boden fallen.

»Heb die Arme.« Wieder gehorche ich. Er zieht mir das Top über den Kopf. Mit nacktem Oberkörper stehe ich vor ihm. Ohne den Blick von mir zu lösen, greift er um mich herum, öffnet den Knopf meiner Jeans und zieht den Reißverschluss herunter.

»Ich werde dich hier im Badezimmer nehmen, Anastasia.«

Er beugt sich vor und küsst meinen Hals. Ich lege den Kopf schief, um es leichter für ihn zu machen. Er schiebt die Daumen in meine Jeans und streift sie langsam über meine Hüften und Schenkel. Schließlich liegen sie, mit meinem verhedderten Höschen darin, auf dem Boden.

»Steig aus deinen Jeans.«

Ich halte mich am Waschbeckenrand fest und trete heraus. Nun bin ich splitternackt. Er kniet hinter mir und beginnt, mein Hinterteil mit Küssen und zarten Bissen zu bedecken. Ich schnappe nach Luft. Er richtet sich wieder auf und sieht mich erneut im Spiegel an. Ich bemühe mich, ganz still dazustehen, und unterdrücke mein instinktives Bedürfnis, die Arme um ihn zu schlingen. Er legt seine Hand auf meinen Bauch. Seine ausgestreckten Finger reichen beinahe von einer Seite meiner Taille zur anderen.

»Sieh dich an. Du bist so wunderschön«, sagt er leise. »Und dich zu spüren …« Er nimmt meine Hände, spreizt meine Finger, verschränkt sie mit seinen und legt sie auf meinen Bauch. »Fühl doch nur, wie weich deine Haut ist.« Seine Stimme ist leise und butterweich. Er beschreibt einen Kreis auf meinem Bauch, dann wandert seine Hand nach oben, in Richtung meiner Brüste. »Fühl nur, wie voll deine Brüste sind.« Er hält meine Hände so, dass sie meine Brüste bedecken, während er behutsam mit den Daumen meine Brustwarzen liebkost.

Ich stöhne und wölbe mich nach vorn, seinen Händen entgegen. Vorsichtig drückt er meine Brustwarzen zwischen unseren Daumen zusammen und zieht ganz leicht daran. Fasziniert betrachte ich die Frau im Spiegel, die sich vor Lust windet. *Oh, es fühlt sich so gut an.* Wieder stöhne ich und schließe die Augen, um nicht länger mit ansehen zu müssen, wie dieses hemmungslose Geschöpf im Spiegel unter seinen Händen dahinschmilzt … unter ihren eigenen Händen … wie sie meine Haut so spürt, wie er sie spürt, wie sie am eigenen Leib erlebt, wie erregend es sich anfühlt – seine Berührung, seine leisen, ruhigen Kommandos.

»So ist es richtig, Baby«, murmelt er.

Er schiebt meine Hände seitlich an meinem Körper entlang, über meine Taille und Hüften und mein Schamhaar. Dann drängt er sein Bein zwischen meine Schenkel, so dass ich die Beine spreizen muss, und streicht mit der Hand über meine Vulva, immer abwechselnd zuerst die eine Hand, dann die andere. Es ist unglaublich erotisch. Er ist der Puppenspieler, ich seine Marionette.

»Sieh nur, wie du von innen heraus leuchtest, Anastasia«, raunt er, während er sich mit einer Reihe von Küssen über meine Schulter arbeitet. Ich stöhne. Unvermittelt lässt er von mir ab.

»Mach weiter.« Er tritt zurück und sieht mir zu.

Ich massiere mich selbst. *Nein.* Ich will, dass er es tut. Es ist nicht dasselbe. Ohne ihn bin ich verloren. Er zieht sich das Hemd über den Kopf und schlüpft aus seinen Jeans.

»Es wäre dir lieber, wenn ich das tun würde?« Seine grauen Augen suchen meinen Blick im Spiegel.

»Oh, ja … bitte«, stöhne ich.

Wieder schlingt er die Arme um mich, nimmt meine Hand und führt sie nach unten, liebkost meine Vagina, meine Klitoris. Sein Brusthaar kratzt auf meinem Rücken, ich spüre seine Erektion an meinen Hüften. *Oh, gleich … bitte.* Er zieht die Haut in meinem Nacken zwischen die Zähne. Ich schließe die Augen und gebe mich den Myriaden an Empfindungen hin, die mich durchströmen – an meinem Hals, meinem Unterleib … ihn hinter mir zu spüren. Abrupt hält er inne und dreht mich herum. Er umfasst meine Handgelenke und hält sie hinter meinem Rücken fest, während ich mich gegen ihn presse. Ohne mich loszulassen, küsst er mich voller Leidenschaft. Sein Atem kommt stoßweise, ebenso wie mein eigener.

»Wann hat deine Periode eingesetzt, Anastasia?«, fragt er aus heiterem Himmel und sieht mich an.

»Äh … gestern.« Vor Erregung bringe ich kaum einen Ton heraus.

»Gut.« Er lässt mich los und dreht mich wieder um.

»Halt dich am Waschbecken fest«, befiehlt er und zieht mich an den Hüften nach hinten, so wie in seinem Spielzimmer.

Dann greift er zwischen meine Beine, langt nach dem blauen Faden – *wie bitte!?* –, zieht mir behutsam den Tampon heraus und wirft ihn in die Toilette neben uns. *Scheiße! Gütige Mutter Gottes* ... Und dann ist er plötzlich in mir ... *ah!* Haut an Haut ... Er bewegt sich, langsam zuerst und vorsichtig ... *o ja.* Ich umfasse das Waschbecken noch fester und presse mich mit dem Rücken gegen ihn, während er sich in mir bewegt. Oh, der köstliche Schmerz, die Lust ... Er packt meine Hüften und verfällt in einen erbarmungslosen Rhythmus ... Seine Finger finden meine Klitoris und massieren sie ... *Gütiger Gott!*

»So ist es richtig, Baby«, stöhnt er mit rauer Stimme und versenkt sich wieder und wieder in mir. Und mit einem Mal ist es, als würde ich fliegen, ganz hoch oben.

O Gott. Ich komme, laut und stöhnend. Mit aller Kraft klammere ich mich am Waschbecken fest, als der Orgasmus über mich hinwegspült und sich alles um mich herum zu drehen beginnt. Er folgt mir, hält mich fest umfasst, seine Brust gegen meinen Rücken gepresst, als er zum Höhepunkt gelangt und meinen Namen ruft, immer wieder, wie ein Gebet oder eine Litanei.

»Oh, Ana!« Ich höre seine schweren Atemzüge im Gleichklang mit meinen eigenen. »Oh, Baby, kriege ich jemals genug von dir?«

Langsam sinken wir zu Boden. Er schlingt die Arme um mich und hält mich fest. Wird es immer so sein? So überwältigend, so alles umschlingend, so verwirrend und betörend zugleich? Eigentlich bin ich hergekommen, um mit ihm zu reden, aber jetzt bin ich viel zu erschöpft und benommen von seinen Künsten als Liebhaber. Werde ich jemals genug von diesem Mann bekommen?

Ich liege zusammengerollt auf seinem Schoß. Mein Kopf ruht an seiner Brust, während wir allmählich wieder zu Atem kommen. Verstohlen sauge ich seinen herrlichen Duft in meine Lunge. *Ich darf ihn nicht streicheln, ich darf ihn nicht streicheln.* Ich wiederhole das Mantra im Geiste ein ums andere Mal, obwohl die Versuchung groß ist. Wie gern würde ich die Hand ausstrecken und mit den Fingerspitzen Muster in sein Brusthaar zeichnen … Aber ich reiße mich zusammen, weil ich genau weiß, wie sehr er es hasst. Eine Weile liegen wir schweigend da, jeder verloren in seinen eigenen Gedanken. Ich habe mich verloren … in ihm.

In diesem Moment fällt mir wieder ein, dass ich ja meine Periode habe.

»Ich blute«, murmle ich.

»Das macht mir nichts aus«, sagt er.

»Das habe ich gemerkt.« Mir entgeht nicht, dass meine Stimme spröde klingt.

Er versteift sich. »Macht es dir etwas aus?«, fragt er.

Ob es mir etwas ausmacht? Vielleicht sollte es mir ja etwas ausmachen … oder? Nein, eigentlich ist es mir egal. Ich lehne mich gegen ihn und sehe in seine grauen Augen, in denen ein weicher Ausdruck liegt.

»Nein, überhaupt nicht.«

Er grinst. »Los, lass uns in die Wanne steigen.«

Er löst sich von mir und steht auf. Dabei fällt mein Blick erneut auf die kleinen runden Narben auf seiner Brust. Sie stammen nicht von den Masern. Grace hat selbst erzählt, die Symptome seien bei ihm nur schwach ausgeprägt gewesen. *O Gott …* dann müssen es Verbrennungen sein. Aber wovon? Ich werde blass, als der Groschen fällt. Ekel und blankes Entsetzen packen mich. Stammen sie etwa von Zigaretten? Und wer hat ihm das angetan? Mrs. Robinson oder seine leibliche Mutter? Aber vielleicht gibt es ja eine plausible Erklärung dafür, und ich bin nur hysterisch. Ein Hoffnungsschimmer keimt in mir auf. Hoffnung, dass ich mich irre.

»Was ist?« Christian sieht mich erschrocken an.

»Deine Narben«, flüstere ich. »Sie stammen nicht von den Masern.«

Innerhalb von Sekundenbruchteilen ist er verschlossen wie eine Auster. Seine entspannte Gelassenheit schlägt in Trotz um ... oder sogar Wut. Seine Miene verfinstert sich.

»Nein«, herrscht er mich an, macht jedoch keine Anstalten fortzufahren. Stattdessen nimmt er meine Hand und zieht mich hoch.

»Sieh mich nicht so an.« Seine Stimme ist eisig. Er lässt meine Hand los.

Ich werde rot und blicke verlegen auf meine Hände. Jemand hat Zigaretten auf Christians Haut ausgedrückt. Ich *weiß* es. Mir ist speiübel.

»Hat sie das getan?« Die Worte kommen über meine Lippen, bevor ich es verhindern kann.

Er schweigt, deshalb bleibt mir nichts anderes übrig, als ihn anzusehen. Er mustert mich mit finsterem Blick.

»Sie? Du meinst Mrs. Robinson? Die Frau ist kein Tier, Anastasia. Natürlich war sie es nicht. Ich verstehe nicht, weshalb du sie unbedingt dämonisieren musst.«

Er steht vor mir, splitternackt in seiner vollen männlichen Pracht und meinem Blut, das an ihm klebt ... und endlich führen wir das Gespräch, weswegen ich eigentlich hier bin. Auch ich bin nackt – keiner von uns kann sich verstecken, es sei denn, in der Badewanne. Ich hole tief Luft, trete an ihm vorbei und steige in die Wanne. Das Wasser ist herrlich warm und beruhigend. Ich lasse mich in den duftenden Schaum sinken und sehe aus dem Meer von Blasen zu ihm hoch.

»Ich frage mich nur, wie du wohl wärst, wenn du sie nicht kennen gelernt hättest. Wenn sie dich nicht in ihren ... Lebensstil eingeführt hätte.«

Seufzend tritt er über die Stufen in die Wanne. Sein Kiefer ist angespannt, sein Blick eisig, als er sich mit einer eleganten Bewegung gegenüber von mir ins Wasser sinken lässt, sorgsam darauf bedacht, mich nicht zu berühren. *Meine Güte – habe ich ihn schon wieder so sehr verärgert?*

Er mustert mich mit ausdrucksloser Miene. Wieder hängt die Stille wie eine düstere Wolke über uns, aber diesmal gebe ich nicht nach. *Jetzt bist du dran, Grey.* Mein Unterbewusstsein kaut nervös an den Nägeln. Alles könnte passieren. Wir starren einander an, aber ich bin fest entschlossen, mich nicht ins Bockshorn jagen zu lassen. Nach einer Weile, die mir wie eine Ewigkeit vorkommt, schüttelt er den Kopf und grinst.

»Ohne Mrs. Robinson hätte mir wahrscheinlich dasselbe Schicksal geblüht wie meiner leiblichen Mutter.«

Ich sehe ihn verblüfft an. Was meint er damit? Cracksucht oder Strich? Oder beides?

»Sie hat mich auf eine Art und Weise geliebt, die für mich … annehmbar war«, fügt er achselzuckend hinzu.

Was zum Teufel soll das denn bedeuten?

»Annehmbar?«, frage ich leise.

»Ja.« Er betrachtet mich angespannt. »Sie hat mich von dem destruktiven Weg abgebracht, den ich eingeschlagen hatte. Es ist sehr schwer, in einer perfekten Familie aufzuwachsen, wenn man selbst nicht perfekt ist.«

Mein Mund ist staubtrocken. Ich sehe ihn an, doch ich kann den Ausdruck auf seinem Gesicht nicht deuten. Es liegt auf der Hand, dass er nicht mehr preisgeben wird. Wie frustrierend. Ich weiß nicht, was ich von all dem halten soll. Er scheint so voller Selbsthass zu sein, und Mrs. Robinson hat ihn geliebt. *O Gott …* tut sie es vielleicht sogar heute noch? Es ist, als hätte mir jemand einen Schlag in die Magengrube verpasst.

»Liebt sie dich immer noch?«

»Ich glaube nicht. Zumindest nicht auf diese Weise.« Er runzelt die Stirn, als wäre ihm dieser Gedanke noch nie vorher gekommen. »Ich sage doch die ganze Zeit, dass es lange her ist. Vergangenheit. Ich könnte es nicht ändern, selbst wenn ich es wollte, was ich aber nicht tue. Sie hat mich vor mir selbst gerettet.« Aufgewühlt fährt er sich mit der Hand durch sein feuchtes Haar. »Ich habe noch nie mit jemandem darüber geredet.« Er hält inne. »Außer mit Dr. Flynn natürlich. Und es gibt nur einen Grund, weshalb ich mit dir darüber rede – weil ich will, dass du mir vertraust.«

»Ich vertraue dir auch, aber ich will dich besser kennen lernen, und wann immer ich versuche, über etwas mit dir zu reden, weichst du mir aus. Es gibt aber so vieles, was ich gern wissen möchte.«

»Herrgott nochmal, Anastasia. Was brauchst du denn noch? Was muss ich tun?« Seine Augen funkeln, und obwohl er die Stimme nicht erhoben hat, sehe ich ihm an, dass er um seine Beherrschung ringt.

Ich starre auf den Schaum, der bereits in sich zusammenfällt.

Vielleicht liegt es an den vier Cosmos, dass ich auf einmal so mutig bin, aber mit einem Mal ertrage ich die Distanz zwischen uns keine Sekunde länger. Ich gleite durchs Wasser und schmiege mich an ihn. Im ersten Moment spannt er sich an und beäugt mich misstrauisch, als hätte er Angst, dass ich ihn beiße. *Das ist ja mal etwas ganz Neues.* Meine innere Göttin betrachtet ihn mit stillem Staunen.

»Bitte sei nicht mehr böse auf mich«, flüstere ich.

»Ich bin nicht böse auf dich, Anastasia. Ich bin nur nicht daran gewöhnt, solche Gespräche zu führen, diese bohrenden Fragen. Normalerweise führe ich diese Art von Unterhaltung nur mit Dr. Flynn und mit …« Er hält abrupt inne.

»Mit ihr. Mrs. Robinson. Du redest mit ihr.« Nun bin ich diejenige, die um ihre Beherrschung ringt.

»Ja.«

»Worüber redet ihr genau?«

Er dreht sich so um, dass er mir direkt ins Gesicht sehen kann, wobei das Wasser über den Wannenrand schwappt. Er legt den Arm um meine Schulter.

»Du gibst nicht so schnell auf, was?«, fragt er mit einem Anflug von Verärgerung in der Stimme. »Wir reden über das Leben, über Gott und die Welt – übers Geschäft. Sie und ich kennen uns eine halbe Ewigkeit, Anastasia. Wir können über alles reden.«

»Auch über mich?«

»Ja.« Noch immer sieht er mich aufmerksam an.

Ich beiße mir auf die Lippe und kämpfe gegen den Anflug von Verärgerung an.

»Wieso redest du mit ihr über mich?« Eigentlich will ich nicht weinerlich und bockig klingen, aber es gelingt mir nicht. Mir ist völlig klar, dass ich es gut sein lassen sollte. Wieder einmal hat mein Unterbewusstsein das Gesicht zu einer Munch-Fratze verzogen.

»Ich habe noch nie jemanden wie dich kennen gelernt, Anastasia.«

»Was heißt das? Jemanden, der gleich alles unterschreibt, was du ihm vorlegst, ohne auch nur einmal nachzufragen?«

Er schüttelt den Kopf. »Ich brauchte einen Rat.«

»Und was Mrs. Pädo dir rät, befolgst du?«, blaffe ich ihn an. Offenbar habe ich mein Temperament weniger gut im Griff, als ich dachte.

»Das reicht jetzt, Anastasia«, herrscht er mich an. Seine Augen sind zu Schlitzen verengt.

Ich bewege mich auf dünnem Eis und riskiere, jederzeit einzubrechen.

»Sonst lege ich dich übers Knie. Ich habe keinerlei sexuelles oder romantisches Interesse an ihr. Sie ist eine enge Freundin und Geschäftspartnerin, mehr nicht. Zwischen uns war früher einmal etwas, wovon ich mehr profitiert habe, als ich sagen kann, dafür hat es sie ihre Ehe gekostet – aber diese Phase liegt längst hinter uns.«

Das ist ein weiterer Punkt, der mir beim besten Willen nicht in den Kopf will. Sie war auch noch verheiratet. Wie konnten sie so lange zusammen sein, ohne dass jemand dahinterkam?

»Und deine Eltern haben es nie herausgefunden?«

»Nein, das habe ich dir doch gesagt.«

Mir ist klar, dass ich so nicht weiterkomme. Ich kann ihn nicht mit weiteren Fragen löchern, ohne Gefahr zu laufen, dass er vollends ausflippt.

»War's das jetzt?«, fährt er mich an.

»Fürs Erste.«

Er holt tief Luft und entspannt sich sichtlich, als wäre ihm eine zentnerschwere Last von den Schultern genommen worden.

»Gut, jetzt bin ich an der Reihe.« Ein stählerner Ausdruck tritt in seine Augen. »Du hast nicht auf meine Mail geantwortet.«

Ich hasse es, im Mittelpunkt zu stehen. Und wann immer wir unterschiedlicher Meinung sind, scheint er wütend zu werden. Er ist eben nicht daran gewöhnt, dass ihm jemand Paroli bietet – eine Erkenntnis, die mir ganz und gar nicht gefällt.

»Ich wollte antworten, aber jetzt bist du ja hier.«

»Wäre es dir lieber, wenn ich nicht hergeflogen wäre?« Wieder ist seine Miene ausdruckslos.

»Nein, ich freue mich sogar darüber«, antworte ich leise.

»Gut.« Sichtlich erleichtert, lächelt er mich an. »Ich freue mich auch, hier zu sein, trotz deines Verhörs. Du glaubst also, es ist völlig in Ordnung, mich in die Mangel zu nehmen, während du eine Art diplomatische Immunität genießt, nur weil ich durchs halbe Land geflogen bin, um dich zu sehen? Vergiss es. Ich will wissen, wie du empfindest.«

O nein …

»Das habe ich doch gerade gesagt. Ich freue mich, dass du hergekommen bist. Danke, dass du den langen Weg auf dich genommen hast«, antworte ich lahm.

»War mir ein Vergnügen.« Seine Augen leuchten, als er sich vorbeugt und mich zärtlich küsst.

Ich ertappe mich dabei, wie ich seinen Kuss reflexartig erwidere. Das Wasser ist immer noch warm, der Dampf wabert über unseren Köpfen. Er löst sich von mir und sieht mich an.

»Nein. Ich will zuerst ein paar Antworten, bevor mehr passiert.«

Mehr? Schon wieder dieses Wort. Und er will Antworten … aber worauf? Ich habe keine geheimnisvolle Vergangenheit, keine schreckliche Kindheit, die ich in den Ring werfen könnte. Was könnte er über mich erfahren wollen, das er nicht schon längst weiß?

Ich seufze resigniert. »Also gut. Was willst du wissen?«

»Wie stehst du zum Beispiel zu unserem möglichen Arrangement?«

Ich starre ihn verblüfft an. Wahrheit oder Pflicht. Mein Unterbewusstsein und meine innere Göttin sehen einander nervös an. *Pfeif drauf, nehmen wir die Wahrheit.*

»Ich glaube nicht, dass ich es über einen längeren Zeitraum schaffen werde, beispielsweise ein ganzes Wochenende über jemand zu sein, der ich nicht bin«, gestehe ich und blicke auf meine Hände.

Er umfasst mein Kinn und zwingt mich, ihn anzusehen. Zu meiner Verblüffung spielt ein belustigtes Lächeln um seine Mundwinkel.

»Nein, das glaube ich auch nicht.«

Seine Bemerkung kränkt mich beinahe ein bisschen. »Lachst du mich etwa aus?«, frage ich trotzig.

»Ja, aber ich meine es nicht böse«, antwortet er, immer noch lächelnd.

Er beugt sich vor und küsst mich flüchtig.

»Deine Talente als Sub sind nun mal nicht besonders groß«, sagt er, ohne mein Kinn loszulassen. Immer noch funkeln seine Augen vor Belustigung.

Überrascht blicke ich ihn einen Moment lang an, dann breche ich in schallendes Gelächter aus – und er stimmt ein.

»Vielleicht liegt es ja an meinem Lehrer.«

Er schnaubt. »Kann sein. Vielleicht sollte ich strenger mit dir sein.« Er legt den Kopf schief und grinst verschlagen.

Ich schlucke. *Oje.* Doch gleichzeitig spüre ich wieder dieses köstliche Ziehen im Unterleib. Das ist seine Art, mir zu zeigen, dass ich ihm etwas bedeute; vielleicht die einzige Art und Weise, wie er es zeigen kann, das ist mir mittlerweile klar geworden. Er sieht mich abwartend an.

»War es so schlimm, als ich dich das erste Mal übers Knie gelegt habe?«

Ratlos erwidere ich seinen Blick. *War es so schlimm?* Ich weiß noch, dass mich meine Reaktion völlig durcheinandergebracht hat. Es hat wehgetan, aber nicht so sehr, wie man hätte annehmen können. Er hat mir wieder und wieder gesagt, dass mein Kopf das Problem sei. Und beim zweiten Mal … war es gut … heiß.

»Eigentlich nicht«, flüstere ich.

»Es geht also mehr ums Prinzip?«, hakt er nach.

»Vermutlich. Darum, Lust zu empfinden, obwohl man es eigentlich nicht dürfte.«

»Mir ging es am Anfang ebenfalls so. Es dauert eine Weile, bis man sich an den Gedanken gewöhnt hat.«

Damals war er noch ein Teenager, verdammt nochmal!

»Du hast immer noch die Möglichkeit, das Safeword zu sagen, Anastasia. Vergiss das nicht. Und solange du dich an die Regeln hältst, die mein tiefes Bedürfnis nach Kontrolle befriedigen und deiner eigenen Sicherheit dienen, finden wir vielleicht einen Weg.«

»Wieso hast du das Bedürfnis, mich zu kontrollieren?«

»Weil genau dieses Bedürfnis während der Prägephase in meinem Leben nicht befriedigt wurde.«

»Also ist das Ganze eine Art Therapie für dich?«

»So habe ich es bisher noch nie betrachtet, aber, ja, vermutlich ist es das.«

Das kann ich nachvollziehen. Ein sehr hilfreicher Ansatz.

»Aber das Problem ist, dass du in der einen Sekunde sagst, ich soll mich dir nicht widersetzen, in der nächsten aber willst, dass ich dir Paroli biete. Dich zufrieden zu stellen ist eine echte Gratwanderung.«

Er sieht mich einen Moment lang an, dann runzelt er die Stirn. »Das sehe ich ein. Aber bislang machst du deine Sache sehr gut.«

»Aber zu welchem Preis? Mir sind die Hände gebunden.«

»Ich mag es, wenn dir die Hände gebunden sind.« Er grinst.

»Das habe ich nicht damit gemeint.« Ich spritze ihm eine Handvoll Wasser ins Gesicht.

Er hebt eine Braue. »Hast du mich etwa gerade angespritzt?«

»Ja.« *Oje – dieser Blick schon wieder.*

»Oh, Miss Steele.« Er zieht mich so schwungvoll auf seinen Schoß, dass ein weiterer Schwall Badewasser über den Wannenrand schwappt. »Genug geredet.«

Er umfasst meine Hände und küsst mich. Leidenschaftlich. Drückt meinen Kopf zur Seite … kontrolliert mich. Ich stöhne. So gefällt es ihm. Darin ist er Experte. Ich spüre, wie meine Lust abermals erwacht, erwidere seinen Kuss voller Inbrunst, presse mich gegen ihn – es ist die einzige Art, wie ich ihm sagen kann, dass auch ich ihn will. Stöhnend zieht er mich an sich, so dass ich rittlings auf ihm sitze. Ich spüre seine Erektion an meiner Vulva. Er lehnt sich zurück und sieht mich mit verschleiertem Blick an. Seine Augen flackern vor Lust. Ich beuge mich vor und stütze mich am Wannenrand ab, doch er packt meine Hände, dreht sie auf meinen Rücken und hält sie fest, so dass ich sie nicht mehr bewegen kann.

»Ich werde dich jetzt nehmen«, sagt er leise und hebt mich ein Stück hoch. »Bist du bereit?«, raunt er.

»Ja«, flüstere ich.

Mit köstlicher Langsamkeit schiebt er seinen Penis in mich hinein, ohne mich aus den Augen zu lassen.

Stöhnend schließe ich die Augen, ergebe mich meinem Verlangen, dem Gefühl, wie er jeden Millimeter von mir ausfüllt. Er hebt die Hüften ein Stück an. Ich schnappe nach Luft, lasse mich nach vorn sinken und lehne meine Stirn gegen seine.

»Bitte lass meine Hände los«, wispere ich.

»Aber fass mich nicht an«, sagt er, lässt meine Hände los und umklammert mit seinen meine Hüften.

Mit beiden Händen stütze ich mich auf den Wannenrand, ziehe mich daran hoch und lasse mich wieder herabsinken, ganz langsam. Ich schlage die Augen auf und begegne seinem Blick. Sein Mund ist leicht geöffnet, seine Atemzüge sind schwer. Ich sehe seine Zunge zwischen seinen Zähnen aufblitzen. Er sieht so ... unglaublich heiß aus. Unsere nassen, glitschigen Leiber reiben sich aneinander. Ich beuge mich vor und küsse ihn. Er schließt die Augen. Zögernd löse ich die Hände und vergrabe sie in seinem Haar, ohne meine Lippen von seinem Mund zu lösen. Das darf ich. Und es gefällt ihm. Wir bewegen uns im Gleichklang. Ich ziehe seinen Kopf nach hinten und vertiefe meinen Kuss, während ich ihn reite – schneller, immer schneller. Ein Stöhnen entfährt mir. Er beginnt, mich noch schneller zu bewegen, erwidert meinen Kuss. Das Verlangen durchströmt mich ... reißt mich mit sich. Ich spüre, dass ich dicht davor bin ... Ich spüre bereits das köstliche Ziehen ... Das Wasser schwappt um uns herum, wie ein Whirlpool, den wir selbst erschaffen haben, ein heftiger Strudel ... eine kaum zu bändigende Woge, die widerspiegelt, was in meinem Innern geschieht. Doch es kümmert mich nicht.

Ich liebe diesen Mann. Ich liebe seine Leidenschaft, die Wirkung, die ich auf ihn habe. Ich liebe es, dass er den weiten Weg hierhergekommen ist, nur um mich zu sehen. Ich liebe es, dass ich ihm etwas bedeute. Denn genau das tue ich. Die Erkenntnis kommt unerwartet, und sie ist wunderbar. Er gehört mir, und ich gehöre ihm.

»Ja, so ist es gut, Baby«, stöhnt er.

In diesem Moment komme ich. Der Orgasmus erschüttert

mich, ein leidenschaftlicher Höhepunkt, der wie eine Woge über mich hinwegschwappt und mich unter sich begräbt. Und dann kommt auch Christian. Er schlingt die Arme um mich und hält mich fest an sich gepresst, als er Erlösung findet.

»Ana, Baby!«, schreit er laut und voller Inbrunst, und ich spüre, wie sein Schrei bis tief in mein Innerstes vordringt und meine Seele berührt.

Wir liegen einander zugewandt in Christians riesigem Hotelbett. Blaue Augen sehen in graue Augen. Wir sind nackt unter dem dünnen Laken. Wir berühren uns nicht. Sondern sehen einander nur bewundernd an.

»Willst du schlafen?«, fragt Christian mit besorgter Stimme.

»Nein. Ich bin nicht müde.« Stattdessen fühle ich mich seltsam erfrischt und energiegeladen. Es war so schön, mit ihm zu reden – und ich will, dass es weitergeht.

»Was willst du dann machen?«

»Reden.«

Er lächelt. »Worüber denn?«

»Über Dinge.«

»Was für Dinge?«, fragt er.

»Über dich.«

»Was ist mit mir?«

»Was ist dein Lieblingsfilm?«

Wieder grinst er. »Heute ist es *Das Piano*.«

Sein Grinsen ist ansteckend.

»Natürlich. Das hätte ich mir denken können. Die Filmmusik ist so traurig und spannungsgeladen. Bestimmt kannst du die Stücke selbst spielen. So viele Erfolge, Mr. Grey.«

»Und Sie sind der größte Erfolg von allen, Miss Steele.«

»Also bin ich Nummer sechzehn.«

Er sieht mich verständnislos an.

»Sechzehn?«

»Die Anzahl der Frauen, mit denen du … äh … Sex hattest.«

Seine Mundwinkel heben sich zuckend. »Nicht ganz.«

»Aber du hast doch von fünfzehn gesprochen«, erwidere ich verwirrt.

»Damit war die Zahl der Frauen gemeint, die in meinem Spielzimmer waren. Ich dachte, danach hättest du mich gefragt. Du hast mich nicht gefragt, mit wie vielen Frauen ich Sex hatte.«

»Oh.« *Scheiße, es sind also mehr, aber wie viele?* Ich starre ihn mit offenem Mund an. »Blümchensex?«

»Nein, du bist meine einzige Blümchensex-Eroberung.« Noch immer grinsend, schüttelt er den Kopf.

Was ist daran so lustig? Und wieso grinse ich wie eine Idiotin zurück?

»Ich kann dir keine genaue Zahl nennen, weil ich keine Kerben in den Bettpfosten geritzt habe oder so was.«

»Aber wovon reden wir hier? Mehrere Dutzend, hunderte … tausende?« Meine Augen weiten sich mit jedem Wort.

»Du liebe Güte, auf jeden Fall unter hundert.«

»Und sie waren alle devot?«

»Ja.«

»Hör endlich mit dem Gegrinse auf«, tadle ich milde und versuche vergeblich, ernst zu bleiben.

»Ich kann nicht. Du bist so komisch.«

»Komisch im Sinne von seltsam oder komisch-witzig?«

»Ein bisschen von beidem, würde ich sagen.«

Etwas in dieser Art habe ich schon einmal zu ihm gesagt.

»Ziemlich dreist, dass ausgerechnet du so etwas sagst.«

Er beugt sich vor und küsst mich auf die Nasenspitze. »Ich werde dir jetzt etwas sagen, was dich schockieren wird. Bist du bereit?«

Ich nicke, noch immer mit weit aufgerissenen Augen und diesem idiotischen Grinsen auf dem Gesicht.

»Sie waren allesamt Subs in der Ausbildung, als ich meine Ausbildung erhalten habe. In Seattle gibt es eine ganze Reihe an

Etablissements, wo man zum Üben hingehen kann. Und lernen kann, was ich gelernt habe.«

Wie bitte?

»Ja, ich habe für Sex bezahlt, Anastasia.«

»Nichts, worauf man stolz sein könnte«, stoße ich aufgebracht hervor. »Und du hast völlig Recht – ich bin schockiert darüber. Und wütend, weil es nichts gibt, womit ich dich schockieren kann.«

»Du hast meine Unterwäsche getragen.«

»Hat dich das schockiert?«

»Ja.«

Meine innere Göttin nimmt den Stab und schwingt sich über die 4,50-Meter-Hürde.

»Und du bist ohne Höschen zum Abendessen bei meinen Eltern erschienen.«

»Hat dich das auch schockiert?«

»Ja.«

Prima. Die Stange liegt bei 4 Metern 80.

»Sieht ganz so aus, als könnte ich dich nur mit irgendwelchen Unterwäscheabenteuern schockieren.«

»Du hast mir erzählt, du seist noch Jungfrau. Das war der größte Schock meines Lebens.«

»Ja, dein Gesichtsausdruck war wirklich sehenswert«, kichere ich.

»Du hast mir erlaubt, dich mit einer Reitgerte zu züchtigen.«

»Hat dich das auch schockiert?«

»Ja.«

Ich grinse. »Ich glaube, dazu könnte ich mich noch einmal überreden lassen.«

»Oh, das hoffe ich doch, Miss Steele. Am Wochenende vielleicht?«

»Okay«, sage ich verschämt.

»Okay?«

»Ja. Ich gehe mit dir in die Kammer der Qualen.«

»Und du sprichst mich mit meinem Namen an.«

»Das schockiert dich etwa auch?«

»Eher die Tatsache, dass es mir gefällt.«

»Christian.«

Wieder grinst er. »Ich habe für morgen etwas vor.« Seine Augen funkeln vor Aufregung.

»Was denn?«

»Eine Überraschung. Für dich.« Seine Stimme ist butterweich.

Interessiert hebe ich eine Braue und muss ein Gähnen unterdrücken.

»Langweile ich Sie etwa, Miss Steele?«, fragt er süffisant.

»Niemals.«

Er beugt sich vor und küsst mich zärtlich auf den Mund.

»Schlaf jetzt«, befiehlt er und macht das Licht aus.

Ich liege in der dunklen Stille, völlig erschöpft und befriedigt, und schließe die Augen. Für einen Moment ist es, als befände ich mich mitten im Auge eines Hurrikans. Trotz allem, was er gesagt und nicht gesagt hat, bin ich so glücklich wie noch nie zuvor in meinem Leben.

VIERUNDZWANZIG

Christian steht vor einem Stahlkäfig. Er trägt seine zerschlissenen Jeans, sein Oberkörper und seine Füße sind nackt, und er starrt mich an. Bewundernd lasse ich den Blick über seinen Körper wandern. Dieses typisch amüsierte Grinsen spielt um seinen wunderschönen Mund, seine Augen schimmern wie flüssiger Stahl. In der Hand hält er eine Schale Erdbeeren. Anmutig schlendert er vor den Käfig und sieht mich eindringlich an, dann nimmt er eine dicke, reife Erdbeere und streckt die Hand durch die Gitterstäbe.

»Iss«, sagt er. Das Wort fließt mit sinnlicher Langsamkeit über seine Zunge, seine Lippen.

Ich versuche, die Erdbeere zu erreichen, doch ich kann mich nicht bewegen. Meine Hände sind mit irgendetwas gefesselt, das mich daran hindert, zu Christian zu gelangen. *Loslassen!*

»Komm, iss«, lockt er. Dieses verführerische Lächeln spielt um seine Mundwinkel.

Ich ziehe und zerre … *loslassen!* Am liebsten würde ich schreien, doch kein Laut dringt aus meiner Kehle. Ich bin stumm. Er beugt sich etwas weiter vor, so dass die Erdbeere meine Lippen berührt.

»Iss, Anastasia.« Seine Lippen liebkosen genüsslich jede einzelne Silbe meines Namens.

Ich öffne den Mund und beiße zu. Mit einem Mal ist der Käfig verschwunden, meine Hände sind frei. Ich strecke sie aus, will durch sein Brusthaar streichen.

»Anastasia.«

Nein. Ich stöhne.

»Komm schon, Baby.«

Nein. Ich will dich anfassen.

»Wach auf.«

Nein. Bitte. Für den Bruchteil einer Sekunde heben sich meine Lider, ohne dass ich es will. Ich liege im Bett. Jemand knabbert an meinem Ohrläppchen.

»Wach auf, Baby«, flüstert er. Seine Stimme durchströmt mich wie warmer, geschmolzener Karamell.

Es ist Christian. Draußen ist es noch dunkel, und die Bilder aus meinem Traum, erotisch und verwirrend zugleich, lassen mich nicht los.

»Nein«, stöhne ich. Ich will wieder zurück, zu seiner Brust, zu meinem Traum. Wieso weckt er mich? Es ist mitten in der Nacht. Zumindest fühlt es sich so an. *Mist.* Will er etwa Sex – jetzt?

»Zeit aufzustehen, Baby. Ich mache jetzt das Licht auf dem Nachttisch an.«

»Nein«, stöhne ich erneut.

»Ich will die Dämmerung mit dir verjagen«, sagt er und bedeckt mein Gesicht mit Küssen, meine Lider, meine Nasenspitze, meine Lippen. Ich schlage die Augen auf. Die Nachttischlampe brennt. »Guten Morgen, meine Schöne«, sagt er.

Abermals entfährt mir ein Stöhnen.

Er grinst. »Du bist nicht gerade ein Morgenmensch, was?«

Ich blinzle gegen das Licht an. Christians Gesicht schwebt über mir. Belustigt. Er amüsiert sich über mich. Und er ist angezogen. Ganz in Schwarz.

»Ich dachte schon, du willst Sex«, knurre ich.

»Ich will immer Sex mit dir, Anastasia. Und es wärmt mir das Herz, dass es dir offenbar ebenfalls so geht«, gibt er trocken zurück.

Allmählich gewöhnen sich meine Augen an die Helligkeit. Er scheint immer noch belustigt zu sein – Gott sei Dank.

»Natürlich geht es mir genauso. Aber nicht so spät.«

»Es ist nicht spät, sondern früh. Los, komm schon, steh auf. Wir müssen los. Den Sex vertagen wir auf später.«

»Ich habe gerade so schön geträumt«, jammere ich.

»Wovon denn?«, fragt er geduldig.

»Von dir.« Ich werde rot.

»Und was habe ich diesmal getan?«

»Du hast versucht, mich mit Erdbeeren zu füttern.«

Der Anflug eines Lächelns erscheint auf seinem Gesicht. »Dr. Flynn wäre außer sich vor Begeisterung, wenn er das hören würde. Los jetzt, zieh dich an. Die Dusche kannst du dir schenken, das können wir später nachholen.«

Wir!

Ich setze mich auf. Das Laken rutscht herunter und entblößt meine Brüste. Er steht auf. Seine Augen sind dunkel vor Begierde.

»Wie spät ist es?«

»Halb sechs.«

»Für mich fühlt es sich wie drei Uhr morgens an.«

»Die Zeit drängt. Ich habe dich so lange wie möglich schlafen lassen. Komm.«

»Kann ich nicht zuerst duschen?«

Er seufzt. »Wenn du jetzt duschen gehst, will ich mitkommen, und wir wissen beide, wie das endet – damit, dass wir den Tag vergessen können. Komm jetzt.«

Er ist völlig außer Rand und Band, wie ein kleiner Junge, der vor Aufregung und Vorfreude beinahe platzt. Ich muss lächeln.

»Was machen wir überhaupt?«

»Ich habe dir doch gesagt, dass ich eine Überraschung für dich habe.«

»Okay.« Ich stehe auf und mache mich auf die Suche nach meinen Sachen. Natürlich liegen sie ordentlich zusammengefaltet auf einem Stuhl neben dem Bett. Er hat auch Boxershorts aus Jersey danebengelegt – Ralph Lauren. Ich ziehe sie an, und er grinst. Hm. Noch ein weiteres Stück aus Christians Unterwäscheschrank – eine Trophäe für meine Sammlung, zu der bereits der Audi, der BlackBerry, der Mac, sein schwarzes Jackett und drei Bände einer seltenen Erstausgabe gehören. Beim Gedanken an seine Großzügigkeit kann ich nur den Kopf schütteln. In diesem Moment kommt mir eine Szene aus *Tess* in den Sinn: die Erdbeer-Szene. Sie hat offenbar meinen Traum ausgelöst. Pfeif auf Dr. Flynn – Freud wäre außer sich vor Begeisterung. Und am Ende würde er sich vermutlich für den Rest seiner Tage an Christian die Zähne ausbeißen.

»Ich lasse dich jetzt eine Weile allein«, sagt er und verzieht sich ins Wohnzimmer, während ich ins Badezimmer gehe, um mir wenigstens das Gesicht zu waschen. Sieben Minuten später stehe ich mit gekämmtem Haar, geputzten Zähnen, in Jeans, meinem neuen Top und Christians Unterhose im Wohnzimmer. Christian sitzt an dem kleinen Esstisch und sieht von seinem Frühstück auf. Frühstück! Um diese Uhrzeit! Großer Gott!

»Iss«, sagt er.

O Gott. Mein Traum. Ich starre ihn an und muss an seine Zunge denken. Seine geschickte Zunge, die nur allzu genau weiß, was sie tut.

»Anastasia«, sagt er streng und reißt mich aus meiner Trance.

Es ist noch viel zu früh für mich. Aber wie soll ich ihm das klarmachen?

»Ich möchte nur ein bisschen Tee. Kann ich mir ein Croissant für später mitnehmen?«

Er beäugt mich misstrauisch. Ich setze mein hinreißendstes Lächeln auf.

»Verdirb mir nicht die Laune, Anastasia«, warnt er leise.

»Ich werde später etwas essen, wenn mein Magen wach ist. Gegen halb acht … okay?«

»Okay.«

Es kostet mich gewaltige Mühe, ihm keine Grimasse zu schneiden.

»Am liebsten würde ich jetzt die Augen verdrehen.«

»Tu's ruhig. Du würdest mir eine Riesenfreude damit bereiten«, erwidert er streng.

Ich blicke gen Zimmerdecke.

»Eine kleine Runde über dem Knie würde mich bestimmt aufwecken.« Ich schürze die Lippen, als würde ich ernsthaft darüber nachdenken.

Christian bleibt der Mund offen stehen.

»Andererseits will ich nicht, dass dir allzu heiß wird und du dich überanstrengst. Schließlich bist du nicht an die Hitze hier unten gewöhnt.« Mit gespielter Lässigkeit habe ich die Achseln.

Christian klappt den Mund zu und bemüht sich um eine finstere Miene, was ihm jedoch kläglich misslingt. Ich sehe die Belustigung in seinen Augen glitzern.

»Sie schaffen es doch immer wieder, mich an meine Grenzen zu bringen, Miss Steele. Und jetzt trink deinen Tee.«

Ich registriere das Twinings-Schildchen, das aus der Kanne hängt, und juble innerlich. *Du bedeutest ihm also doch etwas*, sagt mein Unterbewusstsein. Ich setze mich und betrachte ihn. Wie schön er ist. Werde ich mich jemals an ihm sattsehen können?

Beim Hinausgehen wirft Christian mir ein Sweatshirt zu.

»Hier, das wirst du brauchen.«

Ich sehe ihn verwirrt an.

»Vertrau mir.« Grinsend drückt er mir einen flüchtigen Kuss auf den Mund, nimmt mich bei der Hand und zieht mich hinter sich her nach draußen.

In der relativen Kühle vor der Morgendämmerung reicht der Hoteldiener Christian die Schlüssel zu einem schicken Sportcabrio. Ich hebe viel sagend eine Braue.

»Manchmal macht es einfach Spaß, Christian Grey zu sein«, sagt er mit einem verschwörerischen, wenn auch leicht blasierten Grinsen, das ich nur erwidern kann – er ist unwiderstehlich, wenn er so sorglos und unbeschwert ist. Mit einem übertriebenen Diener hält er mir die Tür auf. Ich kann über seine gute Laune nur staunen.

»Wohin fahren wir überhaupt?«

»Das wirst du schon sehen.« Grinsend lässt er den Wagen an und fährt auf den Savannah Parkway. Er programmiert das GPS und betätigt einen Knopf am Lenkrad, woraufhin Orchester- klänge das Wageninnere erfüllen.

»Was ist das?«, frage ich, als uns die liebliche Süße von hun- dert Geigen umschmeichelt.

»Das ist aus *La Traviata*, einer Oper von Verdi.«

Es ist wunderschön.

»*La Traviata?* Davon habe ich schon mal irgendwo gehört, allerdings weiß ich nicht, wo. Was bedeutet es?«

Christian wirft mir einen Blick zu. »Na ja, wörtlich übersetzt heißt es ›die vom rechten Weg abgekommene Frau‹. Die Ge- schichte basiert auf Alexandre Dumas' Roman *Die Kamelien- dame.*«

»Ah. Den habe ich gelesen.«

»Das dachte ich mir fast.«

»Die dem Untergang geweihte Kurtisane.« Ich verlagere unbehaglich mein Gewicht auf dem Sitz. Versucht er, mir ir- gendetwas damit zu sagen? »Eine ziemlich deprimierende Ge- schichte«, füge ich leise hinzu.

»Zu deprimierend? Willst du lieber etwas anderes hören? Ich habe meinen iPod dabei.« Wieder spielt dieses geheimnisvolle Lächeln um seine Lippen.

Ich kann seinen iPod nirgends entdecken. Er tippt auf den Bildschirm im Armaturenbrett vor uns – und siehe da, eine Playlist erscheint.

»Such dir etwas aus.« Seine Mundwinkel zucken.

Das ist ein Test.

Christians iPod. Das könnte interessant werden. Ich scrol- le den Touchscreen hinunter, bis ich den perfekten Song ge- funden habe, und drücke auf »Play«. Ich hätte nicht gedacht, dass er gern Britney Spears hört. Die Clubmix-Techno-Klänge dröhnen aus den Boxen. Christian dreht die Lautstärke herunter. Vielleicht ist es ja noch ein bisschen früh. Britney ist jedenfalls in Hochform.

»*Toxic*, ja?« Christian grinst.

»Ich weiß nicht, wovon du sprichst«, erwidere ich mit Unschuldsmiene.

Er dreht die Lautstärke noch ein wenig herunter, während ich mir innerlich auf die Schulter klopfe. Meine innere Göttin steht bereits auf dem obersten Podest und wartet darauf, die Goldmedaille umgehängt zu bekommen. Er hat die Musik heruntergedreht. Sieg!

»Ich habe diesen Song nicht auf meinen iPod geladen«, erklärt er beiläufig und tritt das Gaspedal durch, so dass ich in meinen Sitz gepresst werde.

Was? Das hat er mit Absicht getan, dieser elende Mistkerl. *Wer war es dann?* Und ich darf mir jetzt endlos Britneys Gedudel anhören. *Wer dann? Wer?*

Endlich ist der Song vorüber, und Damien Rices traurige Stimme erklingt. *Wer? Wer?* Ich starre aus dem Fenster. Mein Magen verkrampft sich. *Wer?*

»Es war Leila«, sagt er, als hätte er meine Gedanken gelesen.

Wie macht er das bloß?

»Leila?«

»Eine Ex. Sie hat den Song auf meinen iPod geladen.«

Damien klagt im Hintergrund sein Leid, während ich wie erstarrt dasitze. Eine Ex … Exsub? Exwas?

»Eine von den fünfzehn?«

»Ja.«

»Was ist aus ihr geworden?«

»Wir haben Schluss gemacht.«

»Wieso?«

Oje, es ist noch viel zu früh für so ein Gespräch. Aber er wirkt so entspannt, beinahe glücklich und, was noch viel wichtiger ist, redselig.

»Sie wollte mehr.« Seine Stimme ist leise, fast so, als würde er zu sich selbst sprechen. Der Satz hängt zwischen uns, und wieder ist es dieses kurze gewichtige Wort, das im Raum steht.

»Aber du nicht?«, frage ich, bevor ich die Schranke zwischen Gehirn und Mund herunterlassen kann. *Scheiße.* Will ich das wirklich wissen?

Er schüttelt den Kopf. »Bis ich dir begegnet bin, wollte ich nie mehr.«

Ich schnappe nach Luft. Ist es nicht genau das, was ich mir die ganze Zeit gewünscht habe? Er will mehr. *Er will es also auch!* Meine innere Göttin hat einen Rückwärtssalto vom Podest gemacht und arbeitet sich Rad schlagend quer durchs Stadion. Er will es auch!

»Und was ist aus den anderen vierzehn geworden?«, frage ich. Er ist in Redelaune, das muss ich ausnutzen.

»Willst du eine Liste haben? Geschieden, geköpft, gestorben?«

»Du bist nicht Heinrich VIII.«

»Okay. Abgesehen von Elena hatte ich nur vier längere Beziehungen.«

»Elena?«

»Mrs. Robinson für dich.« Wieder erscheint dieses Grinsen auf seinem Gesicht, als amüsiere er sich innerlich über etwas.

Elena! Scheiße. Damit hat das Böse einen Namen, und noch dazu einen, der überaus exotisch klingt. Ein atemberaubender Vamp mit bleicher Haut, rabenschwarzem Haar und rubinroten Lippen taucht vor meinem inneren Auge auf. Sie muss eine Schönheit sein. *Denk nicht darüber nach. Nicht darüber nachdenken.*

»Und was ist mit den vier passiert?«, frage ich, um mich abzulenken.

»So neugierig, Miss Steele«, tadelt er scherzhaft.

»Ja. Mr. Wann-bekommst-du-deine-Periode.«

»Ein Mann muss über solche Dinge Bescheid wissen, Anastasia.«

»Ach ja?«

»Ich schon.«

»Wieso?«

»Weil ich nicht will, dass du schwanger wirst.«

»Das will ich auch nicht. Zumindest während der nächsten paar Jahre nicht.«

Christian blinzelt erschrocken, dann entspannt er sich sichtlich. Okay. Christian will also keine Kinder. Überhaupt keine oder nur jetzt im Moment nicht? Dieser unvorhergesehene Anfall von Offenheit ist neu für mich und bringt mich ein wenig aus dem Konzept. Vielleicht liegt es ja an der frühen Tageszeit. Oder ist irgendetwas im hiesigen Trinkwasser? Oder in der Luft? Was will ich sonst noch von ihm wissen? Ich muss die Gunst der Stunde nutzen.

»Wir waren bei den vier anderen. Was ist mit ihnen passiert?«

»Eine hat sich in jemand anderen verliebt. Und die anderen drei wollten … mehr. Aber ich war nicht bereit dafür.«

»Und der Rest?«, bohre ich nach.

»Es hat eben nicht funktioniert.«

Du meine Güte, das ist ja eine ganze Wagenladung an Informationen. Ich werfe einen Blick in den Außenspiegel und sehe, wie sich der Horizont in weichen Rosa- und Aquamarintönen zu färben beginnt. Die Dämmerung ist uns auf den Fersen.

»Wohin fahren wir?« Vor uns erstreckt sich die Interstate 95. Wir fahren in südliche Richtung, mehr weiß ich nicht.

»Zu einem Flugplatz.«

»Aber wir fliegen doch nicht nach Seattle zurück, oder?«, frage ich erschrocken. Ich habe mich nicht einmal von meiner Mutter verabschiedet. Außerdem erwartet sie uns heute zum Abendessen.

Er lacht. »Nein, Anastasia. Jetzt werden wir meiner zweit-liebsten Freizeitbeschäftigung nachgehen.«

»Zweitliebste?«

»Ja. Meine liebste habe ich dir ja heute Morgen schon ver-raten.«

Mein Blick gleitet über sein atemberaubendes Profil, wäh-rend ich mir das Hirn zermartere.

»Mich mit Ihnen zu vergnügen, Miss Steele. Das steht ganz oben auf meiner Liste. Auf jede erdenkliche Art und Weise.«

Oh.

»Das hat auf der Liste meiner perversen Freizeitbeschäfti-gungen auch einen der obersten Plätze«, murmle ich und wer-de rot.

»Freut mich zu hören.«

»Wir fahren also zu einem Flugplatz?«

Er grinst. »Wir gehen segelfliegen.«

Ich erinnere mich, dass er schon einmal von seiner Leiden-schaft gesprochen hat.

»Wir werden die Dämmerung verjagen, Anastasia.« Er wen-det sich mir zu, während die Stimme aus dem GPS eindringlich mahnt, nach rechts abzubiegen. Schließlich hält er vor einem großen weißen Industriegebäude mit einem Schild: BRUNS-WICK SEGELFLUGSCHULE.

»Bist du bereit?«, fragt er und stellt den Motor aus.

»Und du fliegst?«

»Ja.«

»Ja! Bitte«, sage ich, ohne eine Sekunde zu zögern. Grinsend beugt er sich herüber und küsst mich.

»Noch eine Premiere, Miss Steele«, sagt er und steigt aus dem Wagen.

Premiere? Was für eine Premiere? Dass er zum ersten Mal selbst ein Segelflugzeug fliegt? Das kann nicht sein. Er hat er-wähnt, dass er es schon früher getan hat. Er tritt um den Wa-gen herum und öffnet mir die Tür. Mittlerweile hat der Horizont eine beigegraue Färbung angenommen, mit vereinzelten, wie von Kinderhand gezeichneten Wölkchen. Nicht mehr lange bis Tagesanbruch.

Christian nimmt meine Hand und führt mich um das Gebäude herum zu einem breiten, asphaltierten Rollfeld, auf dem diverse Flugzeuge stehen. Neben einem von ihnen warten Taylor und ein wild aussehender Typ mit kahl rasiertem Schädel.

Taylor! Macht Christian eigentlich irgendeinen Schritt ohne ihn? Ich strahle ihn an, woraufhin er freundlich lächelt.

»Mr. Grey, das ist Mark Benson, der Pilot Ihres Schleppflugzeugs«, stellt Taylor den Kahlköpfigen vor. Christian und Benson schütteln einander die Hand und beginnen, über Wind, Flugrichtungen und andere technische Details zu fachsimpeln.

»Hallo, Taylor«, sage ich schüchtern.

»Miss Steele.« Er nickt mir zu. »Ana«, korrigiert er sich. »Er war in den letzten Tagen nur schwer zu ertragen. Bloß gut, dass wir endlich hier sind«, sagt er mit Verschwörermiene.

Ach ja? Wieso? Wohl kaum meinetwegen! Das sind ja ganz neue Töne. Heute ist offenbar der Tag der großen Enthüllungen. Scheinbar ist tatsächlich irgendetwas im Trinkwasser von Savannah, das die Männer redselig macht.

»Komm, Anastasia.« Christian streckt die Hand nach mir aus.

»Bis dann.« Ich lächle Taylor zu, der zackig salutiert, ehe er sich auf den Weg zurück zum Parkplatz macht.

»Mr. Benson, das ist meine Freundin, Anastasia Steele.«

»Freut mich«, sage ich und gebe ihm die Hand.

Benson strahlt mich an. »Gleichfalls«, sagt er mit einem unüberhörbar britischen Akzent.

Ich spüre, wie ich ganz aufgeregt werde. *Segelfliegen! Wow.* Wir folgen Mark Benson zur Startbahn, während die Männer sich weiter unterhalten. Nach allem, was ich heraushöre, werden wir mit einer Blanik L-23 fliegen, die offenbar mehr taugt als die L-13, obwohl man darüber geteilter Meinung sein kann. Benson wird uns mit einer Piper Pawnee auf Flughöhe schleppen.

Er fliegt seit fünf Jahren Spornradflugzeuge. Für mich sind all das böhmische Dörfer, aber Christian so zu sehen, unübersehbar voll in seinem Element, ist eine wahre Freude.

Das Flugzeug selbst ist schnittig, mit orangefarbenen Streifen an der Seite; es besitzt ein Cockpit mit zwei hintereinander angeordneten Sitzen und ist mit einem weißen Kabel mit einer Ein-Propeller-Maschine verbunden. Benson klappt eine große Plexiglaskuppel auf und tritt beiseite, um uns ins Cockpit steigen zu lassen.

»Als Erstes müssen wir den Fallschirm anlegen«, sagt er.

Fallschirm!

»Das übernehme ich.« Christian nimmt ihm das Geschirr aus der Hand.

»Ist ja schließlich deine Lieblingsbeschäftigung«, bemerke ich trocken.

»Du hast ja keine Ahnung, wie gern ich das tue. Du musst einfach nur reinsteigen.«

Eine Hand auf seine Schulter gestützt, trete ich zwischen die Gurte, woraufhin er den Fallschirm nach oben zieht, so dass ich sie mir über die Schultern streifen kann. Beherzt lässt er die Verschlüsse einrasten und zieht die Gurte stramm.

»So«, sagt er sanft, doch das Funkeln in seinen Augen lässt keinen Zweifel daran, was hinter seiner Stirn vorgeht. »Hast du deinen Haargummi noch?«

Ich nicke.

»Soll ich sie zusammenbinden?«

»Ja.«

Eilig gehorche ich.

»Gut. Und jetzt rein mit dir«, erklärt er im Befehlston.

Ich mache Anstalten, auf den hinteren Sitz zu klettern.

»Nein, auf den vorderen. Der Pilot sitzt hinten.«

»Aber kannst du so überhaupt etwas sehen?«

»Mehr als genug.« Er grinst.

Ich kann mich nicht erinnern, ihn jemals so glücklich gesehen zu haben – trotz seines Befehlstons. Ich klettere in die Maschine und lasse mich in den weichen Ledersitz sinken, der sich als erstaunlich bequem entpuppt. Christian beugt sich über mich, zieht das Geschirr über meine Schultern, dann greift er zwischen meine Beine, um den unteren Teil des Gurts herauszuziehen, schiebt ihn in den Verschluss und lässt ihn einrasten, ehe er die restlichen Gurte festzurrt.

»Hm. Gleich zweimal an einem Morgen. Ich bin ein echter Glückspilz«, sagt er leise und gibt mir einen Kuss. »Es wird nicht allzu lange dauern. Zwanzig Minuten, höchstens eine halbe Stunde. Um diese Uhrzeit ist die Thermik nicht besonders gut, der Ausblick aber absolut sensationell. Ich hoffe, du hast keine Angst.«

»Nein, ich bin nur aufgeregt«, erwidere ich und strahle ihn an.

Wieso um alles in der Welt grinse ich so dämlich?, frage ich mich, denn in Wahrheit macht sich ein Teil von mir vor Angst in die Hose. Und meine innere Göttin kauert längst mit einer Decke über dem Kopf unterm Sofa.

»Gut.« Er grinst ebenfalls, streicht mir ein letztes Mal über die Wange und verschwindet.

Ich spüre ein Rumpeln, als er hinter mir auf seinen Sitz klettert. Natürlich hat er die Gurte so festgezurrt, dass ich mich nicht umdrehen kann ... typisch. Uns trennt nur ein kleines Stück vom Boden. Unmittelbar vor mir befindet sich ein Armaturenbrett mit diversen runden Anzeigen, Schaltern und Hebeln, von denen ich allerdings schön die Finger lasse.

Mark Benson erscheint neben mir und überprüft ein letztes Mal meine Gurte und den Cockpitboden, wo sich, soweit ich weiß, der Ballast befindet.

»Okay, alles bestens. Ist das Ihr erstes Mal?«, fragt er.

»Ja.«

»Sie werden begeistert sein.«

»Danke, Mr. Benson.«

»Sagen Sie ruhig Mark zu mir.« Er wendet sich an Christian. »Okay?«

»Ja. Los geht's.«

Ich bin nur froh, dass ich aufs Frühstück verzichtet habe. Meine Aufregung wächst mit jeder Sekunde, und ich kann mir nicht vorstellen, dass mein Magen die Mischung aus Essen, Anspannung und der Tatsache, dass ich gleich keinen Boden mehr unter den Füßen haben werde, sonderlich gut verkraftet hätte. Wieder einmal lege ich mein Schicksal in die erfahrenen Hände dieses Mannes. Mark schließt das Cockpit, geht zu seinem Schleppflugzeug und steigt ein.

Der Einzelpropeller der Piper erwacht zum Leben, und mein nervöser Magen macht sich für einen kurzen Moment selbstständig. O *Mann ... jetzt gibt es kein Zurück mehr.* Marks Maschine setzt sich in Bewegung, bis Zug auf das weiße Kabel kommt. Mit einem Ruck werden wir nach vorn gerissen. Los geht's. Stimmen dringen aus dem Funkgerät neben mir. Ich glaube, das ist Mark, der mit dem Tower kommuniziert – allerdings verstehe ich kein Wort von dem, was er sagt. Die Piper gewinnt an Geschwindigkeit. Wir ebenso. Wir holpern über den Asphalt. Die Schleppmaschine ist immer noch am Boden. Meine Güte, fliegen wir eigentlich jemals los? In diesem Augenblick löst sich mein Magen aus meiner Kehle und sackt im freien Fall abwärts. Wir fliegen!

»Los geht's, Baby!«, schreit Christian hinter mir – wir sind ganz allein, nur er und ich in unserer Plexiglasblase. Die einzigen Geräusche sind das Pfeifen des Winds und das leise Summen der Piper in der Ferne.

Mit beiden Händen klammere ich mich an meinem Sitz fest, so sehr, dass meine Fingerknöchel weiß hervortreten. Wir fliegen in westliche Richtung, gen Landesinneres, weg von der aufgehenden Sonne. Wir gewinnen immer mehr an Höhe, schweben über Felder und Waldstücke, über Wohnhäuser und die Interstate 95.

Das ist der absolute Wahnsinn. Über uns ist nichts als der Himmel. Auch das Licht ist unglaublich, ganz weich und gedämpft. Mir fällt wieder ein, wie José von der »magischen Stunde« geschwärmt hat, von dieser Tageszeit, die Fotografen so lieben – unmittelbar nach Sonnenaufgang. Und ich bin hier, mittendrin, mit Christian.

Unvermittelt kommt mir Josés Vernissage in den Sinn. Ich muss Christian erzählen, dass ich nächste Woche eingeladen bin. Einen Moment lang frage ich mich, wie er darauf reagieren wird. Aber jetzt ist nicht der richtige Zeitpunkt, um sich deswegen Gedanken zu machen. Ich genieße den Flug. Meine Ohren gehen zu, als wir weiter aufsteigen und der Boden unter uns in weite Ferne rückt. Es ist so friedlich hier oben. Inzwischen kann ich nachvollziehen, weshalb Christian so gern hoch oben in den Lüften ist – weit weg von seinem BlackBerry und den Belastungen seiner Arbeit.

Wieder erwacht das Funkgerät zum Leben. Mark sagt irgendetwas von dreitausend Fuß. Wow, das ist ziemlich hoch. Ich riskiere einen Blick, doch mittlerweile ist der Boden unter uns zu einer undefinierbaren Masse verschwommen.

»Okay. Loslassen«, befiehlt Christian über Funk. In diesem Augenblick verschwindet die Piper und mit ihr das Ziehen, und wir schweben. Wir schweben in luftiger Höhe über Georgia hinweg.

Mein Gott – es ist der reine Wahnsinn. Der Flügel neigt sich zur Seite, woraufhin sich die Maschine zu drehen beginnt. Kreiselnd steigen wir auf, der Sonne entgegen. *Wie Ikarus!* Ich fliege zur Sonne, ganz dicht, doch diesmal ist er bei mir, führt mich. Was für ein erhebender Gedanke. Kreiselnd steigen wir immer weiter auf. Der Ausblick im frühen Licht des Morgens ist spektakulär.

»Halt dich fest!«, schreit er. Wieder neigen wir uns zur Seite, nur dass er diesmal die Maschine nicht abfängt. Ehe ich mich's versehe, hänge ich kopfüber in meinem Sitz und blicke durch das Plexiglasdach geradewegs auf die Erde hinunter.

Kreischend reiße ich instinktiv die Arme hoch und presse mit den Händen gegen die Scheibe, um nicht zu fallen. Ich höre ihn hinter mir lachen. *Elender Dreckskerl!* Aber seine Freude ist ansteckend, und auch ich breche in Gelächter aus, als er die Maschine wieder umdreht.

»Nur gut, dass ich nicht gefrühstückt habe!«, schreie ich.

»Ja, rückblickend betrachtet schon, weil ich das gleich noch einmal machen werde.«

Er dreht die Maschine ein zweites Mal, so dass wir wieder kopfüber am Himmel hängen. Diesmal jedoch bin ich darauf vorbereitet und hänge in meinem Geschirr – grinsend und kichernd, als wäre ich nicht ganz bei Trost.

»Klasse, was?«, ruft Christian und bringt die Maschine wieder in die Gerade.

»Ja.«

Mit majestätischer Grazie gleiten wir durch die frühmorgendliche Luft und lauschen dem Pfeifen des Windes. Gibt es etwas Schöneres?

»So, und jetzt übernimmst du.«

O nein. Er will, dass ich das Flugzeug fliege. *Nein!*

»Los, Anastasia, nimm den Steuerknüppel«, drängt er.

Zögernd greife ich nach dem Steuerknüppel und spüre die Bewegungen des Höhen- und Seitenruders oder womit man dieses Ding auch immer navigiert.

»Halt ihn fest und ganz gerade. Siehst du die Anzeige vor dir? Die Nadel muss genau in der Mitte sein.«

Mir springt fast das Herz aus der Kehle. *O Gott.* Ich steuere ein Segelflugzeug …

»Braves Mädchen«, lobt Christian.

»Es wundert mich, dass du mir die Kontrolle überlässt!«, brülle ich.

»Du würdest staunen, was ich dir sonst noch so alles überlassen würde. Aber jetzt übernehme ich wieder.«

Ich spüre, wie sich der Steuerknüppel abrupt bewegt, und lasse los. Kreiselnd verlieren wir an Höhe, und meine Ohren gehen mit einem Ploppen wieder auf. Mit beängstigender Geschwindigkeit nähern wir uns dem Boden. *Lieber Gott.*

»BG N Papa Drei Alpha an BMA Tower. Gegenanflug für die null sieben Gras.« Der gewohnte autoritäre Tonfall liegt wieder in Christians Stimme. Der Tower erteilt quäkend irgendwelche Anweisungen, die ich jedoch nicht verstehen kann. Wir beschreiben einen großen Kreis, während wir langsam an Höhe verlieren. Ich kann den Flugplatz und die Landebahn bereits erkennen, dann taucht die Interstate 95 unter uns auf.

»Gut festhalten, Baby. Könnte ein bisschen ruppig werden.«

Die Maschine beschreibt einen weiteren Kreis, dann rumpelt es, und wir sind am Boden und schlittern im Affenzahn übers Gras. Meine Zähne schlagen klappernd aufeinander, als das Flugzeug über die Erde holpert, bis es schließlich zum Stehen kommt und nach rechts kippt. Ich hole tief Luft. Christian klappt den Cockpitdeckel hoch, klettert heraus und streckt sich.

»Und? Wie fandest du es?«, fragt er. Ein silbriges Glitzern liegt in seinen Augen, als er sich vorbeugt, um mich aus meinem Geschirr zu befreien.

»Unglaublich. Danke«, flüstere ich.

»War es *mehr*?«, fragt er mit unüberhörbarer Hoffnung in der Stimme.

»Viel mehr.«

Er grinst. »Komm.« Er reicht mir die Hand und hilft mir heraus.

Kaum stehe ich auf dem Boden, schlingt er die Arme um mich und zieht mich an sich. Seine Hand vergräbt sich in meinem Haar, während seine zweite mein Rückgrat entlangfährt. Er küsst mich innig und voller Leidenschaft. Seine Zunge drängt sich in meinen Mund. Seine Atemzüge beschleunigen sich ... *O Mann* ... Ich spüre seine Erektion. Du liebe Güte, wir stehen mitten auf einem Feld. Aber das ist mir egal. Ich packe ihn bei den Haaren. Ich will ihn, hier, gleich hier auf dem Boden. Er löst sich von mir und sieht mich an. Seine Augen glühen dunkelgrau im frühmorgendlichen Licht, und ich sehe die unverbrämte, arrogante Sinnlichkeit in seinem Blick. Der Anblick raubt mir den Atem.

»Frühstück«, raunt er und schafft es, selbst dieses banale Wort köstlich erotisch klingen zu lassen.

Wie kann jemand Eier und Speck wie verbotene Früchte klingen lassen? Ich kenne niemanden, der diese Gabe besitzt. Er zieht mich zum Wagen.

»Was ist mit dem Flugzeug?«

»Darum kümmert sich gleich jemand«, sagt er mit einer abfälligen Geste. »Wir werden jetzt erst einmal etwas essen.« Sein Tonfall lässt keinen Widerspruch zu.

Essen! Er spricht vom Frühstücken, obwohl ich doch nur einen Gedanken habe – *ich will dich.*

»Komm.« Er lächelt mich an.

So habe ich ihn noch nie erlebt. Hand in Hand gehen wir nebeneinander her, während sich erneut dieses dämliche Idiotengrinsen auf meinem Gesicht ausbreitet – wie damals, als ich zehn Jahre alt war und mit Ray einen ganzen Tag in Disneyland verbracht habe. Es war ein perfekter Tag, und es sieht ganz so aus, als würde der heutige ähnlich unvergesslich werden.

Über die Interstate 95 fahren wir in Richtung Savannah zurück, als mein Handywecker läutet. Ach ja … meine Pille.

»Was ist denn das?«, fragt Christian neugierig.

Ich krame die Schachtel aus meiner Handtasche.

»Das Signal für meine Pille.«

Ein Lächeln spielt um seine Mundwinkel. »Sehr schön. Gut gemacht. Ich hasse Kondome.«

Schon wieder dieser herablassende Tonfall.

»Ich fand es schön, dass du mich Mark als deine Freundin vorgestellt hast«, sage ich leise.

»Wieso? Bist du das denn nicht?« Er hebt eine Braue.

»Bin ich das? Ich dachte, du willst eine Sklavin.«

»Das dachte ich auch, Anastasia, und daran hat sich nichts geändert. Aber ich habe dir ja bereits gesagt, dass ich mir auch noch etwas anderes wünsche. Mehr.«

Endlich spricht er es aus! Ich spüre einen Hoffnungsschimmer.

»Es freut mich sehr, dass du mehr willst«, stoße ich atemlos hervor.

»Wir wollen doch, dass Sie zufrieden sind, Miss Steele.« Grinsend biegt er von der Straße ab und hält vor dem International House of Pancakes an.

»IHOP.« Ich grinse ebenfalls. Nicht zu fassen. Wer hätte gedacht, dass Christian Grey einen Fuß in eine IHOP-Filiale setzen würde?

Es ist halb neun Uhr früh, trotzdem herrscht wenig Betrieb. Es riecht nach Pfannkuchenteig, Frittierfett und Desinfektionsmittel. Nicht sonderlich verführerisch. Christian geht vor mir her zu einer Nische.

»Ich hätte nicht gedacht, dass du in solchen Restaurants isst«, sage ich, als ich ihm gegenüber auf meinen Platz rutsche.

»Mein Dad hat uns immer mitgenommen, wenn meine Mom bei einem Kongress war. Das war unser Geheimnis.« Er grinst verschmitzt, streicht sich sein wirres Haar glatt und greift nach der Speisekarte.

Oh, wie gern würde ich ihm durchs Haar streichen. Ich werfe einen Blick auf die Speisekarte und stelle fest, dass ich einen Bärenhunger habe.

»Ich weiß schon, was ich will«, raunt er mit rauer Stimme.

Ich hebe den Kopf. Er mustert mich mit diesem Blick, unter dem sich sämtliche Muskeln in meinem Unterleib zusammenziehen, und in seinen Augen liegt wieder dieses lodernde Flackern. *Gütiger Gott!* Ich sehe ihn an und spüre, wie mein Blut in Wallung gerät.

»Ich will das, was du willst«, hauche ich.

Er saugt scharf den Atem ein. »Hier?«, fragt er und lächelt anzüglich, während sich seine Zungenspitze zwischen seine Zähne schiebt.

Sex in einem Pfannkuchen-Schnellrestaurant? Das Grau seiner Augen verdunkelt sich.

»Nicht auf der Lippe kauen«, warnt er. »Nicht hier. Nicht jetzt.« Für einen kurzen Moment wird der Ausdruck in seinen Augen stählern, was ihn immer so herrlich gefährlich aussehen lässt. »Reiz mich nicht auch noch, wenn ich dich hier drin schon nicht haben kann.«

»Hi, ich bin Leandra. Was kann ich … Ihnen … an diesem schönen Morgen … bringen?« Beim Anblick des bildschönen Mannes entfällt ihr glatt ihr Sprüchlein. Sie läuft tiefrot an. Für den Bruchteil einer Sekunde bin ich fast dankbar für ihr Auftauchen, weil es mir gestattet, mich für einen kurzen Moment seinem sinnlichen Blick zu entziehen.

»Anastasia?«, sagt er, ohne sie zu beachten. Ich glaube nicht, dass irgendjemand meinen Namen lüsterner aussprechen könnte als er.

Ich schlucke und bete, dass mein Gesicht nicht dieselbe Farbe annimmt wie das der armen Leandra.

»Ich habe doch schon gesagt, dass ich dasselbe will wie du«, sage ich leise. Sein gieriger Blick ruht auf mir. *Liebe Güte*, säuselt meine innere Göttin, *schaffe ich es, dieses Spielchen mitzuspielen?*

Leandra sieht von einem zum anderen. Inzwischen hat ihr Teint dieselbe Farbe wie ihr leuchtend rotes Haar.

»Brauchen Sie vielleicht noch ein paar Minuten?«

»Nein. Wir wissen, was wir wollen.« Ein sexy Lächeln spielt um Christians Mundwinkel. »Wir nehmen zwei Portionen Buttermilchpfannkuchen mit Ahornsirup, dazu eine Extraportion Speck, zwei Gläser Orangensaft, schwarzen Kaffee mit Magermilch und einen English Breakfast Tea, falls Sie welchen haben.«

»Danke, Sir. Sonst noch etwas?«, wispert Leandra, sorgsam darauf bedacht, uns bloß nicht anzusehen. Wir wenden uns ihr zu, woraufhin sich ihr Gesicht noch dunkler färbt und sie eilig den Rückzug antritt.

»Es ist absolut unfair«, sage ich, um einen lässigen Tonfall bemüht, und fahre mit dem Finger das Muster auf der Resopaltischplatte nach.

»Was ist unfair?«

»Wie du die Leute um dich herum außer Gefecht setzt. Frauen. Mich.«

»Setze ich dich etwa außer Gefecht?«

Ich schnaube. »Ununterbrochen.«

»Reine Optik, das ist alles, Anastasia«, sagt er milde.

»Nein, Christian, es ist mehr als das.«

Er runzelt die Stirn. »Dabei sind Sie diejenige, die mich außer Gefecht setzt, Miss Steele. Ihre Unschuld, die aus der Masse der Gewöhnlichkeit hervorsticht.«

»Hast du deine Meinung deshalb geändert?«

»Meine Meinung geändert?«

»Ja. Über … äh … über uns.«

Er streicht sich mit seinen langen Fingern übers Kinn. »Ich glaube nicht, dass ich generell meine Meinung geändert habe. Wir mussten nur unsere Parameter neu festlegen, unsere Kampflinien neu ziehen, wenn man so will. Inzwischen bin ich ziemlich sicher, dass es mit uns funktionieren wird. Ich will, dass du dich mir innerhalb meines Spielzimmers unterordnest, und ich werde dich bestrafen, wenn du gegen die Regeln verstößt. Abgesehen davon kann man über alles reden. Das sind meine Voraussetzungen. Was sagst du dazu?«

»Also werde ich auch weiterhin mit dir schlafen? In deinem Bett?«

»Willst du das?«

»Ja.«

»Einverstanden. Außerdem schlafe ich sehr gut, wenn du neben mir liegst. Das hätte ich nicht gedacht.«

»Ich dachte, du verlässt mich, wenn ich nicht mit allem einverstanden bin, was du dir vorstellst«, flüstere ich.

»Ich werde dich nicht verlassen, Anastasia. Außerdem …« Er hält nachdenklich inne. »Wir halten uns an deinen Vorschlag – den Kompromiss. So wie es in deiner Mail an mich stand. Und bisher komme ich gut damit klar.«

»Ich freue mich sehr darüber, dass du auch mehr willst«, sage ich.

»Ich weiß.«

»Woher?«

»Ich weiß es einfach.«

Er verschweigt mir irgendetwas. *Aber was?*

In diesem Augenblick kommt Leandra mit unserem Frühstück. Zufrieden sieht Christian zu, wie ich meinen Teller bis auf den letzten Krümel leeresse.

»Darf ich mich revanchieren?«, frage ich.

»Wofür?«

»Indem ich fürs Frühstück bezahle.«

Er schnaubt verächtlich. »Ganz bestimmt nicht.«

»Bitte. Ich möchte es aber gern.«

»Versuchst du, mich zu kastrieren?«

»Das ist wahrscheinlich das einzige Restaurant, in dem ich's mir leisten kann, die Rechnung zu übernehmen.«

»Das ist sehr lieb von dir, Anastasia, wirklich, aber, nein.«
Ich schürze die Lippen.

»Vorsicht«, mahnt er und funkelt mich drohend an.

Natürlich fragt er mich nicht nach der Adresse meiner Mutter. Er kennt sie bereits. Schließlich ist er der König der Stalker. Als er vor dem Haus anhält, verkneife ich mir eine Bemerkung. Es würde ohnehin nichts nützen.

»Willst du mit reinkommen?«, frage ich.

»Ich muss arbeiten, Anastasia, aber wir sehen uns heute Abend. Um wie viel Uhr?«

Verblüfft registriere ich den Anflug von Enttäuschung. Wieso bin ich so versessen darauf, jede Sekunde des Tages mit einem kontrollsüchtigen Sexgott zu verbringen? Ach, stimmt ja – ich habe mich in ihn verliebt, außerdem kann er Flugzeuge und Hubschrauber fliegen.

»Danke ... für das *mehr*.«

»Das Vergnügen ist ganz meinerseits, Anastasia.« Er küsst mich.

Ich sauge tief seinen köstlichen Duft in meine Lunge.

»Wir sehen uns später.«

»Darauf kannst du wetten.«

Ich stehe im herrlichen Sonnenschein eines Südstaaten-Morgens und winke ihm nach. Noch immer trage ich sein Sweatshirt, in dem mir allmählich warm wird.

Ich finde meine Mutter völlig aufgelöst in der Küche. Schließlich hat sie nicht jeden Tag einen Multimillionär zum Abendessen im Haus, und diese Tatsache macht ihr schwer zu schaffen.

»Na, Schatz, wie geht es dir?«, fragt sie.

Ich laufe rot an – sie weiß garantiert, was ich gestern getan habe.

»Gut. Christian hat mich heute Morgen zum Segelfliegen mitgenommen«, antworte ich, in der Hoffnung, das Gespräch in eine andere Richtung zu lenken.

»Segelfliegen? In so einem winzigen Flugzeug ohne Motor?«

Ich nicke.

»Wow.« Sie ist sprachlos – eine echte Premiere. Sie sieht mich völlig verblüfft an, erholt sich jedoch schnell wieder und knüpft genau an der Stelle an, wo sie gestern Abend aufgehört hat.

»Und habt ihr geredet? Gestern Abend, meine ich?«

Ach du liebe Güte. Ich laufe tiefrot an.

»Haben wir. Gestern Abend und heute Morgen auch. Und es hat geholfen.«

»Gut.« Sie wendet sich wieder den vier Kochbüchern zu, die aufgeschlagen auf dem Küchentisch liegen.

»Mom, wenn du willst, kann ich mich auch ums Essen kümmern.«

»Oh, Schatz, das ist sehr lieb von dir, aber ich mache es lieber selbst.«

»Okay.« Ich schneide eine Grimasse. In Küchenfragen herrscht bei meiner Mutter das Prinzip »Topp oder Flop«. Vielleicht hat sie ja Fortschritte gemacht, seit sie mit Bob nach Savannah gezogen ist. Es gab Zeiten, in denen ich nicht einmal meinen schlimmsten Feind von ihr hätte bekochen lassen – außer vielleicht … Mrs. Robinson … Elena. Bei ihr würde ich wohl eine Ausnahme machen. *Werde ich dieses verdammte Miststück eigentlich auch mal persönlich kennen lernen?*

Ich beschließe, Christian eine kurze Mail zu schicken und mich zu bedanken.

Von: Anastasia Steele
Betreff: Durch die Lüfte
Datum: 2. Juni 2011, 10:20 Uhr EST
An: Christian Grey

Manchmal verstehst du es wirklich, einem Mädchen zu zeigen, wie man sich anständig amüsiert.

Danke.

Ana X

Von: Christian Grey
Betreff: Durch die Lüfte
Datum: 2. Juni 2011, 10:24 Uhr EST
An: Anastasia Steele

Und definitiv besser, als dir beim Schnarchen zuzuhören. Ich habe mich auch gut amüsiert.
Aber das tue ich ja immer, wenn du bei mir bist.
CHRISTIAN GREY
CEO, Grey Enterprises Holdings, Inc.

Von: Anastasia Steele
Betreff: SCHNARCHEN
Datum: 2. Juni 2011, 10:26 Uhr EST
An: Christian Grey

ICH SCHNARCHE NICHT.
Und falls doch, ist es höchst ungalant, es mir aufs Brot zu schmieren.
Sie sind kein Gentleman, Mr. Grey! Und das, obwohl Sie mitten im guten alten Süden zu Gast sind.
    Ana

Von: Christian Grey
Betreff: Somniloquie
Datum: 2. Juni 2011, 10:28 Uhr EST
An: Anastasia Steele

Ich habe nie behauptet, ein Gentleman zu sein, Anastasia, was ich, wenn ich mich recht entsinne, im Rahmen zahlloser Gelegenheiten auch bewiesen habe.
Von deinen marktschreierischen GROSSBUCHSTABEN lasse ich mich jedenfalls nicht einschüchtern, allerdings bin ich bereit, eine kleine Lüge einzugestehen: Nein, du schnarchst nicht,

aber dafür sprichst du im Schlaf. Und es ist höchst faszinierend. Was ist aus meinem Kuss geworden?

CHRISTIAN GREY
CEO & Flegel, Grey Enterprises Holdings, Inc.

Verdammter Mist. Ich weiß, dass ich im Schlaf spreche. Das hat Kate schon oft erzählt. Aber was zum Teufel habe ich gesagt?

Von: Anastasia Steele
Betreff: Raus mit der Sprache
Datum: 2. Juni 2011, 10:32 Uhr EST
An: Christian Grey

Du bist tatsächlich ein Flegel und ein übler Schurke – definitiv kein Gentleman.
Also, was habe ich gesagt? Los, raus damit, sonst ist Schluss mit Küssen!

Von: Christian Grey
Betreff: Schlafende Schönheit mit Kommunikationsbedürfnis
Datum: 1. Juni 2011, 10:35 Uhr EST
An: Anastasia Steele

Es wäre höchst ungalant, es zu verraten, außerdem wurde ich dafür ja bereits gemaßregelt. Aber wenn du brav bist, erzähle ich es dir vielleicht heute Abend. Jetzt habe ich einen Termin. Ciao, ciao, Baby.

CHRISTIAN GREY,
CEO & Flegel & übler Schurke, Grey Enterprises Holdings, Inc.

Ja, sonst noch was! Ich soll also bis zum Abend schön stillhalten. Ich schäume vor Wut. *O Mann!* Was, wenn ich im Schlaf gesagt habe, dass ich ihn hasse, oder, viel schlimmer noch, dass ich ihn liebe. O Gott, hoffentlich nicht. Ich bin einfach noch nicht bereit, es laut auszusprechen, und ich bin sicher, er ist noch nicht bereit, es zu hören, falls er es überhaupt jemals sein sollte. Ich beschließe spontan, ein Brot zu backen. Meinen Frust am Teig auszulassen hilft bestimmt, mich wieder besser zu fühlen.

Mom hat sich für eine Gazpacho und Steaks vom Grill entschieden, die sie in einer Mischung aus Olivenöl, Knoblauch und Limonen mariniert. Christian isst gern Fleisch, außerdem ist es einfach zuzubereiten. Bob wird den Grill höchstpersönlich übernehmen. *Wieso sind Männer eigentlich so wild auf alles, was mit Feuer zusammenhängt?*, frage ich mich, als ich meiner Mutter mit dem Einkaufswagen durch den Supermarkt folge.

Als wir an der Fleischtheke vorbeikommen, läutet mein Handy. Ich krame es heraus. Bestimmt ist es Christian, aber ich erkenne die Nummer nicht.

»Hallo?«, frage ich atemlos.

»Anastasia Steele?«

»Ja.«

»Hier ist Elizabeth Morgan von SIP.«

»Oh, hi.«

»Ich rufe an, weil ich Ihnen den Job als Assistentin von Mr. Hyde anbieten wollte. Könnten Sie am Montag anfangen?«

»Wow. Das ist ja toll. Vielen Dank!«

»Das Gehalt ist in Ordnung?«

»Ja. Ja … das heißt, ich nehme, was Sie mir angeboten haben. Ich würde schrecklich gern für Sie arbeiten.«

»Wunderbar. Dann sehen wir uns am Montag um halb neun.«

»Ja, gern. Und nochmals vielen Dank.«

Ich lege auf und strahle meine Mutter an.

»Du hast einen Job?«

Ich nicke begeistert, woraufhin sie einen spitzen Schrei ausstößt und mir mitten im Supermarkt um den Hals fällt.

»Glückwunsch, Schatz! Wir müssen dringend Champagner

kaufen!« Sie klatscht in die Hände und hüpft vor Freude auf und ab. *Wie alt ist sie? Zweiundvierzig oder zwölf?*

Stirnrunzelnd blicke ich auf das Display meines Handys. Ein Anruf in Abwesenheit. Von Christian. Eilig rufe ich zurück.

»Anastasia«, meldet er sich beim ersten Läuten mit leiser Stimme.

»Hi.«

»Ich muss nach Seattle zurück. Es gibt ein Problem. Ich bin schon auf dem Weg zum Flughafen. Bitte sag deiner Mutter, dass es mir äußerst leidtut, aber ich kann nicht zum Abendessen kommen.« Er klingt sehr geschäftsmäßig.

»Ich hoffe, es ist nichts Schlimmes.«

»Es gibt da eine Situation, um die ich mich kümmern muss. Ich sehe dich morgen. Ich schicke Taylor, damit er dich vom Flughafen abholt, falls ich es selbst nicht schaffen sollte.« Er klingt eisig. Beinahe wütend. Aber zum ersten Mal gehe ich nicht automatisch davon aus, dass es etwas mit mir zu tun hat.

»Okay. Ich hoffe, du bekommst die Situation in den Griff. Guten Flug.«

»Dir auch, Baby«, erwidert er sanft. Da ist er wieder – mein Christian. Er legt auf.

Ach du liebe Güte! Die letzte »Situation« war meine Jungfräulichkeit. Ich hoffe nur, diesmal ist es nichts in dieser Richtung. Ich sehe meine Mutter an, deren überschwängliche Begeisterung inzwischen in Besorgnis umgeschlagen ist.

»Das war Christian. Er muss nach Seattle zurück. Es tut ihm leid, aber er kann heute Abend nicht kommen.«

»Oh, wie schade, Schatz. Aber grillen können wir ja trotzdem. Außerdem haben wir ja etwas zu feiern – deinen neuen Job! Du musst mir alles darüber erzählen!«

Es ist später Nachmittag. Mom und ich liegen am Pool. Nun, da klar ist, dass Mr. Superkohle nicht zum Abendessen kommen wird, befindet sich meine Mutter in einem Zustand beinahe komatöser Tiefenentspannung. Während wir in der Sonne brutzeln, wandern meine Gedanken zu gestern Abend und heute Morgen. Ich denke an Christian, und prompt habe ich wieder dieses alberne Grinsen auf dem Gesicht, das einfach nicht weggehen will. Es breitet sich auf meinen Zügen aus, unaufgefordert und irritierend, während ich im Geiste unsere Gespräche und all das Revue passieren lasse, was wir getan haben … was *er* getan hat.

Christians Einstellung scheint sich von Grund auf geändert zu haben. Zwar streitet er es ab, aber er gibt immerhin zu, dass er versucht, mir mehr zu geben. Was könnte diesen Sinneswandel ausgelöst haben? Was hat sich seit seiner langen, offenen Mail und unserem Wiedersehen gestern Abend verändert? Was hat er getan? Ich setze mich so abrupt auf, dass meine Limonade um ein Haar überschwappt. Er war mit ihr Abendessen … mit Elena.

Verdammte Scheiße!

Meine Kopfhaut beginnt zu prickeln. Hat sie ihm irgendetwas eingeredet? Oh, hätte ich bei ihrem Essen doch nur eine harmlose Fliege an der Wand sein können. Ich wäre geradewegs in ihre Suppe oder in ihr Weinglas geflogen und hätte dafür gesorgt, dass ihr das Zeug im Hals stecken bleibt.

»Was ist denn los, Schatz?«, fragt meine Mutter, die ich offenbar aus ihrer Sonnenanbeterstarre gerissen habe.

»Mir ist nur gerade etwas eingefallen, Mom. Wie spät ist es?«

»Kurz vor halb sieben, Schatz.«

Hm, er kann noch nicht in Seattle gelandet sein. Kann ich ihn danach fragen? Sollte ich es vielleicht sogar tun? Aber vielleicht hat sie auch gar nichts damit zu tun. Ich hoffe es inbrünstig. Was habe ich im Schlaf gesagt? Bestimmt irgendetwas Unbedachtes, als ich gerade von ihm geträumt habe. Was auch immer der Auslöser gewesen war – ich kann nur hoffen, dass der Wunsch nach diesem grundlegenden Wandel in ihm selbst gereift und die Idee nicht auf *ihrem* Mist gewachsen ist.

Ich bin schweißgebadet. Diese verdammte Hitze. Ich muss dringend nochmal in den Pool springen.

Später, als ich in meinem Zimmer bin und mich bettfertig mache, fahre ich den Computer hoch. Ich habe nichts mehr von Christian gehört. Nicht einmal eine kurze Meldung, dass er sicher gelandet ist.

Von: Anastasia Steele
Betreff: Gut angekommen?
Datum: 2. Juni 2011, 22:32 Uhr EST
An: Christian Grey

Sehr geehrter Mr. Grey,
bitte lassen Sie mich wissen, ob Sie sicher gelandet sind. Ich mache mir allmählich Sorgen. Und denke ständig an Sie.
Ana X

Drei Minuten später kommt seine Antwort.

Von: Christian Grey
Betreff: Tut mir leid
Datum: 2. Juni 2011, 19:36 Uhr
An: Anastasia Steele

Sehr geehrte Miss Steele,
ja, ich bin gut angekommen. Bitte entschuldigen Sie, dass ich mich nicht schon früher gemeldet habe. Es war nicht meine Absicht, dass Sie sich Sorgen um mich machen. Aber es ist ein schönes Gefühl zu wissen, dass Ihnen mein Wohlergehen am Herzen liegt. Ich denke auch ständig an Sie und freue mich schon, Sie morgen wiederzusehen.
CHRISTIAN GREY
CEO, Grey Enterprises Holdings, Inc.

Ich seufze. Er ist wieder mal im Förmlichkeitsmodus.

Von: Anastasia Steele
Betreff: Die Situation
Datum: 2. Juni 2011, 22:40 Uhr EST
An: Christian Grey

Sehr geehrter Mr. Grey,
ich denke, es liegt auf der Hand, dass Sie mir sehr viel bedeuten. Wie könnten Sie Zweifel daran haben?
Ich hoffe, Ihre »Situation« ist mittlerweile unter Kontrolle.
   Ana
PS: Wollen Sie mir vielleicht jetzt verraten, was ich im Schlaf gesagt habe?

Von: Christian Grey
Betreff: Verfassungsmäßiges Recht auf
             Aussageverweigerung
Datum: 2. Juni 2011, 19:45 Uhr
An: Anastasia Steele

Sehr geehrte Miss Steele,
es ist ein schöner Gedanke, dass ich Ihnen etwas bedeute. Leider ist die »Situation« hier nach wie vor nicht bereinigt.
Was Ihr PS angeht – die Antwort lautet Nein.
CHRISTIAN GREY
CEO, Grey Enterprises Holdings, Inc.

Von: Anastasia Steele
Betreff: Plädiere auf Unzurechnungsfähigkeit
Datum: 2. Juni 2011, 22:48 Uhr EST
An: Christian Grey

Ich hoffe nur, es war etwas Lustiges. Aber Sie
sollten wissen, dass ich für das, was im Schlaf
über meine Lippen kommt, nicht zur Verantwortung
gezogen werden kann. Höchstwahrscheinlich haben Sie
mich nicht richtig verstanden.
Männer in den reiferen Jahren neigen ja bekanntermaßen zur
Schwerhörigkeit.

Von: Christian Grey
Betreff: Schuldig im Sinne der Anklage
Datum: 2. Juni 2011, 19:52 Uhr
An: Anastasia Steele

Sehr geehrte Miss Steele,
könnten Sie bitte etwas lauter sprechen? Ich kann Sie so
schlecht hören.
CHRISTIAN GREY
CEO, Grey Enterprises Holdings, Inc.

Von: Anastasia Steele
Betreff: Plädiere erneut auf Unzurechnungsfähigkeit
Datum: 2. Juni 2011, 22:54 Uhr EST
An: Christian Grey

Sie treiben mich in den Wahnsinn.

Von: Christian Grey
Betreff: Das hoffe ich …
Datum: 2. Juni 2011, 19:59 Uhr
An: Anastasia Steele

Sehr geehrte Miss Steele,
genau das hatte ich mir für Freitagabend vorgenommen. Ich freue mich schon darauf.
;)
CHRISTIAN GREY
CEO, Grey Enterprises Holdings, Inc.

Von: Anastasia Steele
Betreff: Grrr
Datum: 2. Juni 2011, 23:02 Uhr EST
An: Christian Grey

Hiermit erkläre ich offiziell, dass ich sauer auf Sie bin.
 Gute Nacht
 Miss A. R. Steele

Von: Christian Grey
Betreff: Wildkatze
Datum: 2. Juni 2011, 20:05 Uhr
An: Anastasia Steele

Fauchen Sie mich etwa an?
Ich habe bereits eine Katze, die das erledigt.
CHRISTIAN GREY
CEO, Grey Enterprises Holdings, Inc.

Eine Katze? Ich habe noch nie eine Katze in seiner Wohnung gesehen. Nein, ich werde nicht darauf antworten. Dieser Mann kann einem manchmal dermaßen auf den Geist gehen. Nervtötend in fünfzig verschiedenen Facetten. Ich lege mich ins Bett und starre an die Zimmerdecke, während sich meine Augen allmählich an die Dunkelheit gewöhnen. In diesem Moment ertönt das nächste Ping. Ich werde nicht nachsehen. Auf keinen Fall. Nein, ich werde nicht nachsehen. Verdammt! Natürlich kann ich nicht widerstehen.

Von: Christian Grey
Betreff: Deine Worte im Schlaf
Datum: 2. Juni 2011, 20:20 Uhr
An: Anastasia Steele

Anastasia,
was du im Schlaf gesagt hast, würde ich lieber im Wachzustand aus deinem Mund hören. Deshalb will ich es dir nicht verraten. Und jetzt schlaf. Für das, was ich morgen mit dir vorhabe, musst du ausgeruht sein.

CHRISTIAN GREY
CEO, Grey Enterprises Holdings, Inc.

O nein! Was habe ich nur gesagt? Es muss etwas Schlimmes sein; genau wie ich befürchtet habe.

FÜNFUNDZWANZIG

Meine Mutter drückt mich fest an sich.

»Hör auf dein Herz, Schatz, und bitte, bitte versuch, nicht alles zu Tode zu analysieren. Sei locker und hab Spaß. Du bist noch so jung, meine Süße. Dein ganzes Leben liegt noch vor dir. Wehr dich nicht dagegen, sondern lebe einfach. Du verdienst nur das Beste«, flüstert sie mir ins Ohr. Ihre aufrichtig empfundenen Worte trösten mich ein wenig. Sie küsst mich.

»Oh, Mom.« Ich klammere mich an sie, und meine Augen füllen sich mit heißen Tränen.

»Du kennst doch das alte Sprichwort, Schatz. *Man muss viele Frösche küssen, bevor man einen Prinzen findet.*«

Ich verziehe das Gesicht zu einem bittersüßen Grinsen. »Ich glaube, einen Prinzen habe ich schon geküsst, Mom. Ich hoffe nur, er verwandelt sich nicht in einen Frosch.«

Sie schenkt mir ein wunderbares mütterliches Lächeln voll bedingungsloser Liebe, und wieder einmal kann ich nur über die Tiefe meiner Gefühle für sie staunen.

»Ana, dein Flug wird aufgerufen«, sagt Bob besorgt.

»Kommst du mich bald besuchen, Mom?«

»Aber natürlich, Schatz. Ganz bald. Ich hab dich lieb.«

»Ich dich auch.«

Ungeweinte Tränen brennen in meinen Augen, als sie sich von mir löst. Ich hasse Abschiede. Ich umarme Bob, dann wende ich mich ab und gehe zum Gate – heute bleibt mir keine Zeit für die Firstclass-Lounge. Ich zwinge mich, einfach weiterzugehen und mich nicht umzudrehen, aber dann tue ich es doch. Bob hat den Arm um meine Mutter gelegt, die bitterlich weint.

Jetzt kann auch ich meine Tränen nicht länger zurückhalten. Mit gesenktem Kopf gehe ich zum Gate, den Blick eisern auf den glänzenden, weiß gefliesten Boden geheftet, der vor meinen tränenblinden Augen verschwimmt.

An Bord gehe ich zu meinem Platz in der ersten Klasse, rolle mich auf dem weichen Sitz zusammen und versuche, mich ein wenig zu beruhigen. Die Abschiede von meiner Mutter sind jedes Mal fürchterlich schmerzhaft. Mom mag zerstreut und chaotisch sein, aber diesmal habe ich sie einfühlsamer erlebt als je zuvor. Und ihre Liebe für mich ist bedingungslos – genau das, was jedes Kind von seinen Eltern verdient. Entschlossen verdränge ich meine tiefsinnigen Gedanken, ziehe meinen BlackBerry heraus und blicke bedrückt auf das Display.

Was versteht Christian von der Liebe? Nach allem, was ich weiß, hat er in den frühen Jahren seiner Kindheit keineswegs die bedingungslose Liebe bekommen, die er verdient hat. Mir blutet das Herz, als ich daran denke, und die Worte meiner Mutter kommen mir wieder in den Sinn: *Lieber Himmel, Ana, was brauchst du denn noch? Ein Leuchtschild auf seiner Stirn?* Sie ist fest davon überzeugt, dass Christian mich liebt. Andererseits muss sie das auch. Schließlich ist sie meine Mutter. Sie findet, ich verdiene nur das Beste. Ich runzle die Stirn. Sie hat Recht. In einem kurzen Moment absoluter Klarheit wird mir klar, was hier passiert. Im Grunde ist es ganz einfach: Ich will seine Liebe. Ich *brauche* sie. Christian Grey *muss* mich lieben. Das ist der Grund, weshalb ich im Hinblick auf unsere Beziehung so zurückhaltend bin – weil mir bewusst ist, dass tief in mir das unbezwingbare Bedürfnis schlummert, geliebt und gemocht zu werden.

Und da ich weiß, dass ich es mit einem Menschen mit mindestens fünfzig unterschiedlichen Facetten zu tun habe, bin ich nicht bereit, mich ihm mit ganzem Herzen und in allerletzter Konsequenz hinzugeben. Diese BDSM-Sache ist nur eine Ablenkung vom eigentlichen Problem. Der Sex mit Christian ist Wahnsinn, er ist steinreich und sieht gut aus, aber all das ist völlig wertlos ohne seine Liebe, und das Schmerzhafte daran ist, dass ich nicht sicher bin, ob er wirklich zu wahrer Liebe fähig ist. Er schafft es ja noch nicht einmal, sich selbst zu lieben. Ich muss wieder daran denken, mit welchem Selbsthass er über sich gesprochen hat; darüber, dass Mrs. Robinsons Liebe die einzig *annehmbare* Form für ihn gewesen sei. Eine Liebe, die daraus bestand, bestraft, ausgepeitscht, geschlagen und Gott weiß was noch alles zu werden. Er scheint zu glauben, er verdiene es nicht, geliebt zu werden. Aber warum? Wie kommt er nur darauf? Seine Worte kommen mir wieder in den Sinn. *Es ist sehr schwer, in einer perfekten Familie aufzuwachsen, wenn man selbst nicht perfekt ist.*

Ich schließe die Augen und versuche mir vorzustellen, wie schmerzhaft all das für ihn sein muss, doch es gelingt mir nicht einmal annähernd. Erschaudernd denke ich daran, was ich im Schlaf preisgegeben haben könnte. Was habe ich gesagt? Welche Geheimnisse habe ich enthüllt?

Ich halte den BlackBerry in der Hand und starre auf das Display, in der vagen Hoffnung, dass es mir vielleicht Antworten auf meine Fragen gibt. Aber wie nicht anders zu erwarten, entpuppt er sich als wenig hilfreich. Da wir noch am Boden sind, beschließe ich, Christian eine Mail zu schicken.

Von: Anastasia Steele
Betreff: Auf dem Heimweg
Datum: 3. Juni 2011, 12:53 Uhr EST
An: Christian Grey

Sehr geehrter Mr. Grey,
wieder einmal sitze ich in der ersten Klasse, wofür ich mich bei Ihnen bedanken muss. Ich zähle bereits die Minuten, bis ich Sie heute Abend wiedersehen und Ihnen möglicherweise unter

Gewaltanwendung die Wahrheit über meine nächtlichen Geständnisse entlocken kann.

Ana X

Von: Christian Grey
Betreff: Auf dem Heimweg
Datum: 3. Juni 2011, 09:58 Uhr
An: Anastasia Steele

Anastasia, ich freue mich schon, dich bald wiederzusehen.

CHRISTIAN GREY
CEO, Grey Enterprises Holdings, Inc.

Stirnrunzelnd lese ich seine Antwort – so knapp und förmlich; keine Spur von seinem gewohnt witzig-spritzigen Stil.

Von: Anastasia Steele
Betreff: Auf dem Heimweg
Datum: 3. Juni 2011, 13:01 Uhr EST
An: Christian Grey

Liebster Mr. Grey,
ich hoffe, mit der »Situation« ist alles in Ordnung. Der Tonfall Ihrer Mail macht mir etwas Sorgen.

Ana

Von: Christian Grey
Betreff: Auf dem Heimweg
Datum: 3. Juni 2011, 10:04 Uhr
An: Anastasia Steele

Anastasia,
es könnte besser laufen. Ist die Maschine schon abgeflogen? Wenn ja, solltest du keine Mails mehr schreiben. Du bringst

dich selbst in Gefahr, was einen klaren Verstoß gegen die Regeln zu deiner persönlichen Sicherheit darstellt. Was ich über die Strafe gesagt habe, war ernst gemeint.

CHRISTIAN GREY
CEO, Grey Enterprises Holdings, Inc.

Mist. Okay. Was hat ihn jetzt schon wieder verärgert? Vielleicht ist ja »die Situation« schuld. Vielleicht hat Taylor ihn hängen lassen, oder aber er hat eine Million Dollar auf dem Aktienmarkt verloren, keine Ahnung.

Von: Anastasia Steele
Betreff: Überreagiert
Datum: 3. Juni 2011, 13:06 Uhr EST
An: Christian Grey

Sehr geehrter Mr. Miesepeter,
die Türen sind noch geöffnet. Wir haben Verspätung, aber nur zehn Minuten. Mein Wohlergehen – und das meiner Mitpassagiere – ist also gewährleistet. Sie können Ihre juckende Hand also vorläufig noch in der Hosentasche lassen.
    Miss Steele

Von: Christian Grey
Betreff: Entschuldigung – Juckende Hand verstaut
Datum: 3. Juni 2011, 10:08 Uhr
An: Anastasia Steele

Sie und Ihr vorlautes Mundwerk fehlen mir, Miss Steele. Kommen Sie sicher nach Hause zurück.

CHRISTIAN GREY
CEO, Grey Enterprises Holdings, Inc.

Von: Anastasia Steele
Betreff: Entschuldigung angenommen
Datum: 3. Juni 2011, 13:10 Uhr EST
An: Christian Grey

Gerade werden die Türen geschlossen. Von mir hörst du keinen Mucks mehr – was bei deiner Schwerhörigkeit nicht weiter schwierig werden sollte.
   Ciao, ciao
   Ana

Ich schalte den BlackBerry aus. Trotz allem gelingt es mir nicht, mein Unbehagen abzuschütteln. Irgendetwas stimmt mit Christian nicht. Vielleicht ist »die Situation« ja aus dem Ruder gelaufen. Ich sehe zum Gepäckfach hinauf. Mit Moms Hilfe habe ich es heute Morgen noch geschafft, Christian ein kleines Geschenk zu kaufen, als Dankeschön für das Upgrade und den Ausflug zum Segelfliegen. Das Segelfliegen – was für ein Morgen. Ich muss lächeln, als ich daran denke. Noch bin ich nicht sicher, ob ich ihm mein albernes Geschenk überhaupt geben soll. Vielleicht findet er es ja kindisch – oder er kann nicht darüber lachen, weil er wieder einmal miese Laune hat. Einerseits freue ich mich darauf, nach Hause zu kommen, andererseits ist mir nicht wohl beim Gedanken daran, was mich dort vielleicht erwartet. Eine ganze Reihe von Szenarien, wie sich die »Situation« darstellen könnte, kommt mir in den Sinn. Dabei wird mir bewusst, dass auch jetzt der Platz neben mir als einziger in der Firstclass frei ist. Vielleicht hat Christian ja beide Sitze reserviert, um zu verhindern, dass ich mit jemandem rede, doch die Vorstellung erscheint mir zu absurd. Kein Mensch kann so kontrollsüchtig und eifersüchtig sein. Ich schließe die Augen, als die Maschine zur Startbahn rollt.

Acht Stunden später betrete ich den Ankunftsbereich des Flughafens Sea-Tac. Taylor erwartet mich bereits mit einem Schild in der Hand. MISS A. STEELE. Also wirklich! Trotzdem freue ich mich, ihn zu sehen.

»Hallo, Taylor.«

»Miss Steele«, begrüßt er mich förmlich. Trotzdem sehe ich den Anflug eines Lächelns in seinen dunkelbraunen Augen aufblitzen. Wie gewohnt ist er wie aus dem Ei gepellt – gut geschnittener dunkelgrauer Anzug, weißes Hemd und eine graue Krawatte dazu.

»Sie hätten kein Schild mitbringen müssen, Taylor. Ich weiß doch, wie Sie aussehen. Außerdem wünschte ich, Sie würden Ana zu mir sagen.«

»Darf ich Ihnen das Gepäck abnehmen, Ana? Bitte.«

»Nein, es geht schon. Vielen Dank.«

Er presst unübersehbar frustriert die Lippen aufeinander.

»Aber … aber wenn Sie sich wohler fühlen … bitte«, stammle ich.

»Danke.« Er nimmt meinen Rucksack und mein nagelneues Rollköfferchen mit den Sachen, die mir meine Mutter gekauft hat. »Hier entlang, Ma'am.«

Ich seufze. Er ist so wahnsinnig höflich. Unwillkürlich muss ich daran denken, dass dieser Mann mir sogar Unterwäsche gekauft hat – obwohl ich froh wäre, wenn ich diese Erinnerung für immer aus meinem Gedächtnis streichen könnte. Am schlimmsten ist, dass er der einzige Mann ist, der das bisher für mich getan hat. Selbst Ray blieb diese Peinlichkeit erspart. Schweigend gehen wir zu Christians schwarzem Audi SUV, und Taylor öffnet mir die Tür. Ich steige ein und frage mich flüchtig, ob es eine gute Idee war, in meinem kurzen Rock nach Seattle zurückzufliegen. In der Hitze Georgias war er das perfekte Kleidungsstück, wohingegen ich mir hier vorkomme, als würde ich halb nackt herumlaufen. Taylor verstaut mein Gepäck im Kofferraum und setzt sich hinters Steuer.

Es herrscht dichter Feierabendverkehr. Taylor sieht stur geradeaus auf die Straße. Ihn als wortkarg zu bezeichnen wäre eine blanke Untertreibung.

Irgendwann ertrage ich die Stille keine Sekunde länger.

»Wie geht es Christian, Taylor?«

»Mr. Grey hat im Moment sehr viel um die Ohren, Miss Steele.«

Oh, er spricht offenbar von der »Situation«. Aha. Offenbar bin ich auf eine Goldader gestoßen.

»Sehr viel um die Ohren?«

»Ja, Ma'am.«

Ich mustere ihn stirnrunzelnd. Taylor begegnet meinem Blick im Rückspiegel. Er verfällt wieder in Schweigen. Du meine Güte, der Kerl kann genauso verstockt sein wie Mr. Kontrollfreak selbst.

»Geht es ihm gut?«

»Ich denke schon, Ma'am.«

»Fühlen Sie sich wohler, wenn Sie mich Miss Steele nennen können?«

»Ja, Ma'am.«

»Okay.«

Tja, damit sind wir bereits beim Ende unserer Unterhaltung angelangt. Abermals senkt sich Stille über das Wageninnere. Allem Anschein nach war Taylors Bemerkung von gestern Vormittag, Christian sei nur schwer zu ertragen gewesen, ein einmaliger Ausrutscher. Vielleicht ist es ihm unangenehm, und er hat Angst, seinem Boss gegenüber illoyal gewesen zu sein. Die Stille im Wagen hat etwas Bleiernes.

»Würden Sie bitte Musik einlegen?«

»Gewiss, Ma'am. Was möchten Sie gern hören?«

»Etwas Ruhiges.«

Ich sehe ein Lächeln um Taylors Lippen spielen, als sich unsere Blicke flüchtig im Rückspiegel begegnen.

»Ja, Ma'am.«

Er drückt ein paar Knöpfe am Lenkrad, woraufhin die sanften Klänge von Pachelbels Kanon die Stille erfüllen. O ja … das ist genau das Richtige.

»Danke.« Ich lehne mich auf dem Rücksitz zurück, während wir langsam, aber stetig über die Interstate nach Seattle kriechen.

Fünfundzwanzig Minuten später hält er vor der eindrucksvollen Fassade des Escala an.

»Bitte sehr, Ma'am«, sagt er und hält mir die Tür auf. »Ich bringe Ihr Gepäck sofort.« Seine Miene ist freundlich, sanft, beinahe onkelhaft.

Du meine Güte … Onkel Taylor. Was für ein Gedanke.

»Danke fürs Abholen.«

»War mir ein Vergnügen, Miss Steele.« Er lächelt.

Ich trete durch die Tür. Der Portier winkt mir zu.

Auf dem Weg in den dreißigsten Stock spüre ich, wie tausend Schmetterlinge in meinem Bauch hektisch ihre Flügel ausbreiten. *Wieso bin ich bloß so angespannt?* Aber ich kenne die Antwort längst – weil ich nicht weiß, in welcher Stimmung ich Christian gleich vorfinden werde. Mir ist durchaus klar, auf welche Gemütsverfassung meine innere Göttin hofft, meinem Unterbewusstsein und mir hingegen flattern die Nerven vor Beklemmung.

Die Aufzugtüren öffnen sich. Es ist ein seltsames Gefühl, ausnahmsweise nicht von Taylor in Empfang genommen zu werden. Ich betrete das Wohnzimmer, wo Christian mit seinem BlackBerry am Ohr vor den riesigen Panoramafenstern steht und auf die frühabendliche Skyline von Seattle hinausblickt. Er trägt einen grauen Anzug, dessen Jackett aufgeknöpft ist, und rauft sich das Haar. Er ist sichtlich aufgebracht. *Mein Gott, was ist passiert?* Aufgebracht hin oder her – bei seinem Anblick stockt mir der Atem. Wie kann ein Mann nur so … faszinierend sein?

»Keine Spur … Okay … Ja.« Er dreht sich zu mir um, und ich kann sehen, wie die Anspannung unvermittelt einer tiefen Erleichterung weicht. Und noch etwas anderem: Der Blick, den er mir zuwirft, ist so voller sexueller Lust und Begierde, dass meine innere Göttin schlagartig sämtliche Beklommenheit vergisst.

Mein Mund fühlt sich trocken an, und das Verlangen durchströmt mich … *wow.*

»Ich will auf dem Laufenden gehalten werden«, stößt er barsch hervor, klappt das Telefon zu und kommt mit entschlossenen Schritten auf mich zu. Wie gelähmt stehe ich da und sehe ihm in die Augen, die mich zu verschlingen scheinen. Doch irgendetwas stimmt nicht mit ihm. Ich bemerke den besorgten Zug um seinen Mund. Er streift sich das Jackett von den Schultern, löst seine Krawatte und wirft beides auf die Couch, ohne seine Schritte zu verlangsamen. Dann steht er vor mir, schlingt die Arme um mich und zieht mich an sich, wild und ungestüm. Er packt meinen Pferdeschwanz und zieht meinen Kopf nach hinten, um mich mit einer Leidenschaft zu küssen, als hinge sein Leben davon ab. *Was um alles in der Welt ist nur mit ihm los?* Brutal zerrt er das Gummiband aus meinem Haar, doch es kümmert mich nicht. Sein Kuss hat etwas Verzweifeltes, Raues, Ursprüngliches. Er braucht mich jetzt, aus welchem Grund auch immer. Noch nie habe ich mich so begehrt gefühlt. Sein Kuss ist düster und sinnlich, dennoch macht er mir Angst. Ich erwidere ihn mit derselben Hingabe und fahre mit meinen Fingern durch sein Haar. Unsere Zungen finden sich zu einem wilden Tanz, während die Leidenschaft und die Lust gleichermaßen in uns erwachen. Er schmeckt göttlich, heiß, sexy. Sein Geruch – nach dieser magischen Mischung aus Duschgel und Christian – erregt mich. Er löst sich von mir und starrt mich für einen Moment an, doch ich kann nicht sagen, was er empfindet.

»Was ist los?«, stoße ich atemlos hervor.

»Ich bin so froh, dass du wieder hier bist. Geh mit mir duschen – jetzt gleich.«

Ich bin nicht sicher, was das ist – eine Bitte oder ein Befehl.

»Ja«, flüstere ich.

Er nimmt meine Hand und führt mich aus dem Wohnzimmer, quer durch sein Schlafzimmer ins Bad.

Er dreht den Wasserhahn in der riesigen Dusche auf, dann wendet er sich wie in Zeitlupe zu mir um und mustert mich. Sein Blick ist verschleiert vor Gier.

»Dein Rock gefällt mir. Sehr kurz«, stellt er leise fest. »Du hast tolle Beine.«

Er schlüpft aus seinen Schuhen, bückt sich, um sich die Socken von den Füßen zu ziehen, ohne den Blick von mir zu wenden. Der hungrige Ausdruck in seinen Augen raubt mir den Atem. Ich streife mir die flachen Sandalen von den Füßen. Unvermittelt streckt er die Hände nach mir aus, drückt mich mit dem Rücken gegen die Wand und küsst mein Gesicht, meinen Hals, meinen Mund. Ich spüre die Fliesen im Rücken, als er sich gegen mich presst, eingezwängt zwischen der Hitze seines Körpers und der Kühle der Keramik. Zögernd lege ich meine Finger um seine Oberarme und drücke leicht zu. Ein Stöhnen entfährt ihm.

»Ich will dich. Jetzt. Hier. Schnell, hart«, stößt er hervor. Seine Hände wandern zu meinen Schenkeln und ziehen meinen Rock hoch. »Hast du noch deine Tage?«

»Nein.« Ich werde rot.

»Gut.«

Er schiebt beide Daumen unter den Saum meines weißen Baumwollhöschens, dann lässt er sich auf die Knie sinken und zieht es nach unten. Mein Rock bauscht sich in meiner Taille, so dass ich von den Hüften abwärts nackt bin. Schwer atmend stehe ich da und warte. Er drückt mich erneut gegen die Wand und beginnt, die Innenseite meiner Schenkel zu küssen, während er mit einer Hand meine Beine spreizt. Ein lautes Stöhnen entfährt mir, als seine Zunge meine Klitoris umkreist.

Oh. Ich lege den Kopf in den Nacken. Ein weiteres Stöhnen dringt aus meiner Kehle. Meine Finger verkrallen sich in seinem Haar.

Seine Zunge kennt kein Erbarmen. Wieder und wieder umkreist sie beharrlich die empfindsamste Stelle meines Körpers. Die Intensität des Gefühls ist lustvoll und beinahe an der Grenze zum Schmerz. Mein Körper spannt sich an. Unvermittelt lässt Christian von mir ab. *Was? Nein!* Mein Atem geht stoßweise. Ich blicke auf ihn hinab, kann es kaum noch erwarten. Er steht auf, legt die Hände um mein Gesicht und zwängt seine Zunge in meinen Mund, so dass ich meine eigene Erregung schmecken kann. Dann zieht er den Reißverschluss seiner Hose herunter, befreit sich, umfasst meine Schenkel und hebt mich hoch.

»Schling deine Beine um mich, Baby«, sagt er eindringlich.

Ich gehorche und lege meine Arme um seinen Hals. Mit einer heftigen Bewegung bohrt er sich in mich. *Ah!* Er schnappt nach Luft. Ich stöhne. Er hält meine Hinterbacken fest. Seine Finger krallen in mein weiches Fleisch, dann beginnt er sich zu bewegen, langsam zuerst, in einem bedächtigen, stetigen Rhythmus, doch dann wird er schneller, heftiger, tiefer. *Aaah!* Er stößt zu, immer schneller und härter, und ich spüre, wie mein Körper zu fliegen scheint … immer weiter dem Höhepunkt entgegen, bis ich in einem unglaublichen Orgasmus explodiere. Mit einem dumpfen Grollen versenkt er sich ein letztes Mal laut ächzend in mir, als auch er seine Erlösung findet.

Schwer atmend küsst er mich, noch immer in mir, während ich ihm blinzelnd in die Augen sehe. Als es mir endlich gelingt, seine Züge auszumachen, zieht er sich behutsam aus mir zurück und stellt mich vorsichtig auf die Füße. Inzwischen ist das Badezimmer von heißem Dunst erfüllt. Ich bin zwar halb nackt, trotzdem habe ich das Gefühl, viel zu viel anzuhaben.

»Du scheinst dich ja mächtig zu freuen, mich zu sehen.« Ich lächle verschämt.

Seine Lippen zucken. »Ja, Miss Steele, ich glaube, meine Freude ist unübersehbar. Und jetzt ab unter die Dusche.«

Er löst die Manschettenknöpfe an seinem Hemd, zieht es sich über den Kopf und lässt es auf den Boden fallen. Dann streift er seine Hose und die Boxershorts ab und tritt beides zur Seite. Er macht sich an den Knöpfen meiner Bluse zu schaffen, während ich ihn ansehe und das Bedürfnis unterdrücke, über seine Brust zu streichen.

»Wie war dein Flug?«, erkundigt er sich beiläufig. Inzwischen wirkt er wesentlich ruhiger, als wäre die Anspannung von ihm abgefallen, vertrieben von unserem heißen, gnadenlosen Sex.

»Gut, danke«, erwidere ich, immer noch atemlos. »Nochmal danke für das Upgrade. Es ist wirklich wesentlich angenehmer, so zu reisen.« Ich lächle ihn an. »Übrigens habe ich Neuigkeiten«, füge ich nervös hinzu.

»Ach ja?« Er sieht mich an, öffnet den letzten Knopf, streift mir die Bluse über die Arme und wirft sie zu den anderen Sachen auf den Haufen.

»Ich habe einen Job.«

Er hält kurz inne, dann lächelt er. Der Ausdruck in seinen Augen ist warm und weich. »Glückwunsch, Miss Steele. Und darf ich jetzt auch erfahren, wo?«

»Weißt du das etwa nicht?«

Er schüttelt den Kopf. »Woher sollte ich?«

»Bei deinen Stalker-Fähigkeiten hätte ich gedacht …« Ich halte inne, als ich sein finsteres Gesicht sehe.

»Anastasia, ich würde nicht einmal im Traum daran denken, mich in deine Karriere einzumischen. Es sei denn, natürlich, du bittest mich darum.« Er wirkt gekränkt.

»Also hast du keine Ahnung, wo ich anfangen werde?«

»Nein. Ich weiß, dass es in Seattle vier Verlage gibt, deshalb wird es wohl einer davon sein.«

»SIP.«

»Oh, der kleinste also. Sehr gut. Gut gemacht.« Er beugt sich vor und küsst meine Stirn. »Kluges Mädchen. Wann fängst du an?«

»Am Montag.«

»So schnell? Dann sollte ich mir wohl lieber alles nehmen, was ich von dir kriegen kann, solange ich noch Gelegenheit dazu habe. Dreh dich um.«

Sein beiläufiger Befehl bringt mich zwar ein wenig aus dem Konzept, trotzdem gehorche ich. Er öffnet den Verschluss meines BHs und zieht den Reißverschluss meines Rocks herunter. Als er ihn über meine Schenkel streift, küsst er meine Schulter und legt die Hände auf meine Gesäßbacken, dann beugt er sich vor, verbirgt die Nase in meinem Haar und holt tief Luft, während er beide Backen fest zusammendrückt.

»Sie berauschen mich, Miss Steele, und gleichzeitig gelingt es Ihnen, dass ich in Ihrer Gegenwart ruhiger werde. Was für eine betörende Mischung.« Er ergreift meine Hand und zieht mich unter die Dusche.

»Aua«, quieke ich. Das Wasser ist beinahe kochend heiß. Christian grinst, als der Strahl auf mich niederprasselt.

»Es ist doch nur ein bisschen heißes Wasser.«

Eigentlich hat er Recht. Es fühlt sich herrlich an, den Schmutz des Morgens in Georgia und die Klebrigkeit unseres Liebesspiels von mir abzuwaschen.

»Dreh dich um«, ordnet er an, woraufhin ich mich mit dem Gesicht zur Wand umdrehe. »Ich will dich waschen.« Er nimmt das Duschgel und drückt einen kleinen Klecks in seine Hand.

»Ich muss dir noch etwas sagen«, murmle ich, als seine Hände über meine Schultern gleiten.

»So?« Sein Tonfall ist milde.

Ich hole tief Luft und wappne mich. »Die Vernissage meines alten Freunds José findet am Donnerstag in Portland statt«, sage ich, wobei ich bewusst die Betonung auf die Worte »alter Freund« lege.

Er hält inne. Einen kurzen Moment verharren seine Hände auf meinen Brüsten. »Und was ist damit?«, fragt er streng.

»Ich habe versprochen, dass ich kommen werde. Willst du mitkommen?«

Nach einer gefühlten Ewigkeit nehmen seine Hände ihre Tätigkeit wieder auf. »Um wie viel Uhr?«

»Um halb acht geht's los.«

Er küsst mein Ohr. »Okay.«

Mein Unterbewusstsein entspannt sich und sackt in einem alten Lehnsessel zusammen.

»Hattest du Angst, mich zu fragen?«

»Ja. Woher weißt du das?«

»Anastasia, dein ganzer Körper hat sich schlagartig entspannt, als ich Ja gesagt habe«, gibt er trocken zurück.

»Na ja, du scheinst eher der … eifersüchtige Typ zu sein.«

»Das bin ich auch«, bestätigt er finster. »Und es ist nur klug, dass du das nicht vergisst. Aber danke, dass du mich gefragt hast. Wir werden mit Charlie Tango hinfliegen.«

Oh, der Hubschrauber. Natürlich. Wie dumm von mir, nicht daran zu denken. Schon wieder fliegen … toll. Ich grinse.

»Darf ich dich auch waschen?«, frage ich.

»Nein.« Er küsst meinen Nacken, um dem Wort etwas von seiner Schärfe zu nehmen.

Schmollend starre ich die gefliese Wand vor mir an, während er meinen Rücken einseift. »Wirst du mir jemals erlauben, dich anzufassen?«, frage ich geradeheraus.

Wieder verharren seine Hände für einen kurzen Moment auf meinem Körper. »Stütz dich an der Wand ab, Anastasia. Ich werde dich noch einmal nehmen«, murmelt er in mein Ohr und umfasst meine Hüften – ein unmissverständliches Signal, dass die Diskussion damit beendet ist.

Später sitzen wir in Bademänteln an der Frühstückstheke und verschlingen Mrs. Jones' hervorragende Spaghetti alle Vongole.

»Noch etwas Wein?«, fragt Christian. Seine grauen Augen leuchten.

»Ein kleines Glas, bitte.«

Der Sancerre schmeckt köstlich und frisch. Christian schenkt zuerst mir, dann sich selbst ein Glas ein.

»Was ist mit der ... Situation, die dich gezwungen hat, nach Seattle zurückzufliegen?«, erkundige ich mich vorsichtig.

»Leider ist sie völlig aus dem Ruder gelaufen«, antwortet er verbittert. »Aber das ist nichts, worüber du dir den Kopf zerbrechen musst, Anastasia. Ich habe für heute Abend Pläne mit dir.«

»Ach ja?«

»Ja. Ich will dich in einer Viertelstunde in meinem Spielzimmer sehen.« Er steht auf. »Du kannst dich in deinem eigenen Zimmer fertig machen. Im begehbaren Schrank hängen inzwischen jede Menge Sachen für dich. Und ich will kein Wort darüber hören.« Er kneift die Augen zusammen, als warte er nur darauf, dass ich Einwände erhebe. Als ich schweige, geht er in Richtung seines Arbeitszimmers davon.

Ich? Einwände erheben? Gegen etwas, was Sie angeordnet haben, Mr. Fünfzig-Facetten? Dafür ist mir mein Hintern eindeutig zu schade. Einen Moment lang sitze ich wie betäubt auf meinem Barhocker. Diese Neuigkeiten muss ich erst einmal verdauen. Er hat mir also Sachen zum Anziehen gekauft. Im sicheren Wissen, dass er mich nicht sehen kann, verdrehe ich übertrieben die Augen – Auto, Telefon, Computer ... Klamotten. Fehlt nur noch eine eigene Wohnung, dann steht einem Dasein als Mätresse ja nichts mehr im Wege.

Haha! Mein Unterbewusstsein hat das Gesicht zu seinem typisch höhnischen Grinsen verzogen. Ich beachte es nicht, sondern gehe nach oben in mein Zimmer. Es ist also immer noch meines ... wieso? Ich dachte, er sei damit einverstanden, dass ich in seinem Bett schlafe. Vermutlich ist er nicht daran gewöhnt, jemanden so dicht an sich heranzulassen; andererseits gilt dasselbe auch für mich. Ich tröste mich mit dem Gedanken, dass ich wenigstens einen Ort habe, an dem ich ihm für eine Weile entfliehen kann.

Ich stelle fest, dass die Tür zwar ein Schloss hat, aber weit und breit kein passender Schlüssel zu sehen ist. Ob Mrs. Jones einen Ersatzschlüssel hat? Ich nehme mir vor, sie danach zu fragen. Ich öffne die Schranktür und knalle sie sofort wieder zu. *Großer Gott … er hat ein halbes Vermögen ausgegeben.* Dieser Schrank könnte es ohne Weiteres mit Kates aufnehmen – massenhaft Anziehsachen, allesamt fein säuberlich auf Bügeln. Und mein Instinkt sagt mir, dass mir jedes Stück davon passen wird. Aber ich habe keine Zeit, alles anzuprobieren. Ich muss in ein paar Minuten in der Kammer der Qualen knien – die sich hoffentlich heute Abend als Kammer der Lust entpuppt.

Nur mit meinem Höschen bekleidet, kauere ich auf Knien direkt neben der Tür. Mein Herz hämmert. Meine Güte, eigentlich hätte ich gedacht, dass Christian nach unseren Begegnungen im Badezimmer genug hätte. Aber dieser Mann ist unersättlich. Vielleicht sind ja alle Männer so, keine Ahnung, schließlich fehlt mir der Vergleich. Ich schließe die Augen und versuche, mich zu beruhigen und die Sub in mir heraufzubeschwören. Ich weiß, dass sie da ist, irgendwo hinter meiner inneren Göttin versteckt.

Vorfreude durchströmt mich, prickelnd wie Champagnerbläschen. Was hat er mit mir vor? Ich hole tief Luft, um meine Aufregung in den Griff zu bekommen, trotzdem kann ich nicht leugnen, dass ich erregt, längst feucht bin. Das hier ist – das Wort *verkehrt* kommt mir in den Sinn, aber aus irgendeinem Grund ist es nicht verkehrt. Für Christian ist es richtig. Es ist genau das, was er will. Und nach allem, was in den letzten Tagen passiert ist, was er getan hat, muss ich mich zusammennehmen und mich mit allem arrangieren, was er will, was er zu brauchen glaubt.

Die Erinnerung an seinen Blick, als ich heute Abend hereingekommen bin, an die Sehnsucht in seinen Augen und an die Entschlossenheit in seinen Schritten ist wie eine Oase in einer endlosen Wüste für mich. Ich würde fast alles dafür tun, um diesen Blick noch einmal sehen zu dürfen. Ich presse die Schenkel zusammen, als ich mir die köstliche Erinnerung ins Gedächtnis rufe, doch dann fällt mir ein, dass ich sie ja spreizen muss, also schiebe ich meine Beine wieder auseinander. Wie lange will er mich noch warten lassen? Das Warten macht mich nervös. Ein dunkles, qualvolles Verlangen durchströmt mich. Ich lasse meinen Blick durch den Raum schweifen – das Kreuz, der Tisch, die Couch, die Bank … das Bett. Riesig und drohend steht es in der Ecke, bereits mit roter Bettwäsche bezogen. Welche Teile seiner vielen Instrumentarien wird er heute benutzen?

Die Tür geht auf, und Christian kommt herein. Doch er beachtet mich nicht. Eilig senke ich den Blick, richte ihn auf meine Hände, die auf meinen nackten Schenkeln ruhen. Er legt etwas auf die Kommode neben der Tür und schlendert gemächlich zum Bett. Ich gestatte mir einen kurzen Blick auf ihn und spüre, wie mir beinahe das Herz stehen bleibt. Bis auf seine zerrissenen Jeans, deren obersten Knopf er geöffnet hat, ist er nackt. *Er sieht so verdammt heiß aus.* Mein Unterbewusstsein fächelt sich hektisch Luft zu, während meine innere Göttin in einem lustvollen Rhythmus vor Erregung zu zucken beginnt. Sie ist bereit, so bereit. Reflexartig fahre ich mir mit der Zunge über die Lippen. Das Blut pulsiert in meinen Venen, dick und zähflüssig vor Begierde. *Was wird er mit mir anstellen?*

Er dreht sich um, schlendert zu der Kommode, öffnet eine Schublade, nimmt irgendwelche Gegenstände heraus und legt sie darauf. Die Neugier droht mich zu übermannen, doch ich besiege den unwiderstehlichen Drang, einen Blick auf ihn zu erhaschen. Schließlich tritt er vor mich. Ich kann seine nackten Füße sehen und würde am liebsten jede Zehe einzeln küssen … meine Zunge über sie gleiten lassen, sie in den Mund nehmen und daran saugen. *Verdammt!*

»Du siehst hübsch aus«, raunt er.

Ich halte den Kopf gesenkt, wohl wissend, dass er mich anstarrt, während ich praktisch nackt vor ihm knie. Ich spüre die Röte, die sich auf meinem Gesicht ausbreitet. Er beugt sich herab und hebt mein Kinn an, so dass ich gezwungen bin, ihn anzusehen.

»Du bist eine bildschöne Frau, Anastasia. Und du gehörst mir ganz allein«, sagt er leise. »Steh auf.« Seine Stimme ist weich, voll sinnlicher Verheißung.

Zitternd komme ich auf die Füße.

»Sieh mich an.«

Ich blicke in seine grauen Augen, die mich zu durchbohren scheinen. Das ist sein Dom-Blick – kalt, hart, verdammt sexy, sieben Facetten der Sünde in einem einzigen Blick. Mein Mund fühlt sich staubtrocken an. Ich weiß, dass ich alles tun werde, was er von mir verlangt. Ein fast grausames Lächeln spielt um seine Lippen.

»Noch haben wir unseren Vertrag nicht unterschrieben, Anastasia. Aber die Grenzen haben wir bereits festgelegt. Und ich will dich an unsere Safewords erinnern.«

Verdammte Scheiße … was hat er mit mir vor, dass ich möglicherweise die Safewords brauchen könnte?

»Wie lauten sie?« Sein Tonfall ist autoritär.

Ich runzle leicht die Stirn, woraufhin sich seine Züge verhärten.

»Wie lauten die Safewords, Anastasia?«, fragt er langsam und betont.

»Gelb«, murmle ich.

»Und?« Er presst die Lippen zu einer schmalen Linie zusammen.

»Rot«, hauche ich.

»Vergiss sie nicht.«

In diesem Moment kann ich mich nicht länger beherrschen, ich hebe den Kopf, um ihn daran zu erinnern, dass ich immerhin einen Uni-Abschluss habe, doch ein Blick in seine frostig grauen Augen lässt mich innehalten.

»Zügeln Sie Ihr vorlautes Mundwerk, solange wir hier drin sind, Miss Steele, sonst werde ich es Ihnen mit meinem Schwanz stopfen, während Sie vor mir knien. Verstanden?«

Ich schlucke reflexartig. *Okay.* Ich blinzle mehrmals schnell hintereinander. Offen gestanden, flößt mir eher sein Tonfall Respekt ein als die Drohung selbst.

»Und?«

»Ja, Sir«, sage ich eilig.

»Braves Mädchen. Ich habe nicht die Absicht, etwas zu tun, wofür du das Safeword benutzen musst, weil du Schmerzen hast. Was ich mit dir vorhabe, wird intensiv werden, sogar sehr intensiv. Und du musst mich anleiten. Verstehst du das?«

Nicht so ganz. Intensiv? Wow.

»Diesmal werde ich dich berühren, Anastasia. Du wirst mich weder sehen noch hören können. Dafür umso deutlicher spüren.«

Ich runzle die Stirn. *Ich werde ihn nicht hören können?* Wie soll das gehen? Er dreht sich um. Mein Blick fällt auf ein kleines, flaches, mattschwarzes Kästchen über der Kommode, das mir bisher nicht aufgefallen ist. Er wedelt kurz mit der Hand, woraufhin sich die schwarze Oberfläche teilt und ein CD-Player mit diversen Tasten zum Vorschein kommt. Christian drückt mehrere nacheinander. Im ersten Moment geschieht gar nichts, doch er scheint zufrieden zu sein. Mir hingegen ist das Ganze ein Rätsel. Als er sich mir zuwendet, spielt wieder dieses geheimnisvolle, wissende Lächeln um seine Lippen.

»Ich werde dich jetzt an dieses Bett fesseln, Anastasia. Aber zuerst werde ich dir die Augen verbinden, und« – er hält seinen iPod in die Höhe – »du wirst mich nicht hören, sondern nur die Musik, die ich für dich spiele.«

Okay. Ein musikalisches Vorspiel. Nicht gerade das, was ich

erwartet hatte. Aber tut er überhaupt jemals, was ich von ihm erwarte? *O Gott, ich hoffe nur, er hat keinen Rap ausgesucht.*

»Komm her.« Er nimmt meine Hand und führt mich zu dem antik aussehenden Himmelbett. An allen vier Ecken sind Fesseln angebracht, schmale Ketten mit Ledermanschetten daran, die silbrig auf der roten Satinbettwäsche schimmern.

O Mann, ich glaube, mir springt gleich das Herz aus der Brust. Gleichzeitig fühlt es sich an, als würde ich von innen heraus zerschmelzen, als das Verlangen heiß durch meinen Körper strömt.

»Stell dich hier hin.«

Ich gehorche.

Er beugt sich vor und flüstert mir ins Ohr: »Warte hier. Sieh immer auf das Bett. Stell dir vor, du liegst darauf. Gefesselt und mir auf Gedeih und Verderb ausgeliefert.«

Oh.

Er verschwindet, und ich höre, wie er zur Tür geht, um irgendetwas zu holen. All meine Sinne sind hellwach und geschärft. Es ist, als könnte ich jedes noch so winzige Geräusch deutlich hören. Er hat etwas aus dem Regal mit den Peitschen und Paddles neben der Tür genommen. *Was um alles in der Welt hat er vor?*

Ich spüre, wie er hinter mich tritt. Er nimmt mein Haar und flicht es zu einem Zopf.

»Ich mag es zwar, wenn du Zöpfe trägst, Anastasia, aber ich kann es kaum erwarten, dich endlich zu nehmen, deshalb wird einer genügen müssen.« Seine Stimme ist leise und weich.

Während er mein Haar zu einem Zopf bindet, streifen seine Finger hier und da die nackte Haut meines Rückens – bei jeder einzelnen Berührung durchzuckt mich ein köstlicher elektrischer Schlag. Er befestigt das Ende mit einem Haarband und zieht vorsichtig daran, so dass ich gezwungen bin, einen Schritt nach hinten zu treten. Unsere Körper berühren sich. Er zieht ein weiteres Mal an meinem Zopf. Gehorsam neige ich den Kopf leicht zur Seite, um ihm ungehinderten Zugang zu meinem Hals zu gewähren, dann beugt er sich vor und beginnt, meinen Hals mit Küssen zu bedecken. Behutsam bahnt er sich mit Zunge und Zähnen einen Weg von meinem Ohrläppchen bis zu meiner Schulter. Dabei gibt er ein leises Summen von sich, das auf meiner Haut vibriert, quer durch meinen ganzen Körper, bis ganz nach unten … tief in meinem Unterleib. Unwillkürlich entfährt mir ein leises Stöhnen.

»Still«, sagt er leise, ohne die Lippen von meiner Haut zu lösen. Er streckt die Hände vor, so dass sich unsere Arme berühren. In seiner Rechten hält er einen Flogger. Ich erinnere mich an den Namen von meinem ersten Besuch in diesem Raum.

»Fass ihn an«, fordert er mich leise auf. Er klingt wie Satan höchstpersönlich.

Die Hitze flackert durch meinen Körper. Zögernd strecke ich die Hand vor und streiche über die Peitsche, die aus zahlreichen weichen Wildlederriemen mit kleinen Perlen an den Enden besteht.

»Gleich werde ich sie benutzen. Es wird nicht wehtun, sondern nur die Durchblutung fördern und deine Haut dadurch empfindsamer machen.«

Oh. Es wird also nicht wehtun.

»Wie lauten die Safewords, Anastasia?«

»Äh … gelb und rot, Sir.«

»Braves Mädchen. Und denk daran, die größte Angst ist die in deinem Kopf.«

Er lässt den Flogger aufs Bett fallen und legt die Hände um meine Taille.

»Das wirst du nicht brauchen«, sagt er leise, schiebt die Finger unter den Rand meines Höschens und streift es mir über die Beine. Eine Hand um den Bettpfosten gelegt, trete ich umständlich heraus.

»Steh still«, befiehlt er, küsst mein Hinterteil und kneift mich zweimal kurz nacheinander zärtlich. Ich versteife mich. »Jetzt leg dich hin, mit dem Gesicht nach oben«, fügt er hinzu und verpasst mir einen kräftigen Schlag, der mich zusammenzucken lässt.

Eilig krabble ich auf die harte, unnachgiebige Matratze und sehe ihn an. Der Satinstoff fühlt sich kühl und glatt auf meiner Haut an. Seine Miene ist ausdruckslos, mit Ausnahme seiner Augen, in denen die mühsam beherrschte Begierde flackert.

»Hände über den Kopf«, ordnet er an. Ich gehorche.

O Gott, ich sehne mich bereits mit jeder Faser meines Körpers nach ihm. Ich will ihn. Jetzt schon.

Er wendet sich ab. Aus den Augenwinkeln registriere ich, dass er zur Kommode geht und mit dem iPod und einer Art Augenmaske zurückkehrt, die so ähnlich aussieht wie die, die ich auf dem Flug nach Atlanta aufhatte – eine schöne Erinnerung, trotzdem scheinen meine Lippen nicht gehorchen und sich zu einem Lächeln verziehen zu wollen. Ich bin viel zu aufgeregt und gespannt, was als Nächstes kommt. Mit regloser Miene und weit aufgerissenen Augen blicke ich zu ihm hoch.

Er setzt sich auf die Bettkante und zeigt mir den iPod, an den eine merkwürdig aussehende Antenne und Kopfhörer angeschlossen sind. Wie seltsam. Ich runzle die Stirn.

»Hiermit wird das, was auf dem iPod gespielt wird, auf die Anlage übertragen«, beantwortet Christian meine unausgesprochene Frage. »Ich höre, was du hörst, und kann es mit einer Fernbedienung steuern.« Wieder tritt dieses wissende Lächeln auf seine Züge, als er ein kleines, flaches Ding in die Höhe hält, das wie ein supermoderner Taschenrechner aussieht. Er beugt sich über mich, steckt mir behutsam die Ohrstöpsel in die Ohren und legt den iPod irgendwo über mir aufs Bett.

»Heb den Kopf«, befiehlt er.

Ohne zu zögern, gehorche ich.

Langsam legt er mir die Maske aufs Gesicht und schiebt das elastische Band über meinen Hinterkopf. Und dann bin ich blind. Das Gummiband gewährleistet, dass die Ohrstöpsel nicht herausfallen. Ich höre, wie er aufsteht, wenn auch nur gedämpft. In der nahezu vollständigen Stille ist das Geräusch meiner eigenen Atemzüge – schnell und flach, ein Spiegel meiner Aufregung – geradezu ohrenbetäubend laut. Christian nimmt meinen linken Arm, zieht ihn nach links oben und legt die Ledermanschette um mein Handgelenk, dann streichen seine langen Finger über die Innenseite meines Arms. *Oh!* Die Berührung durchzuckt mich wie ein winziger delikater Stromstoß. Ich höre, wie er langsam auf die andere Seite geht und mir auch dort die Ledermanschette anlegt. Wieder wandert sein Finger an meinem Arm entlang. *O Gott* ... ich halte es schon jetzt fast nicht mehr aus. Wieso um alles in der Welt ist all das so unglaublich erotisch?

Er tritt ans Fußende und umfasst meine Fußgelenke.

»Heb noch einmal den Kopf«, sagt er.

Ich gehorche. Er zieht mich so weit nach unten, dass meine Arme vollständig ausgestreckt sind. Ich kann sie nicht mehr bewegen, verdammte Scheiße. Ein beklommener Schauder überläuft mich, vermischt mit Erregung. Ich spüre, wie ich noch feuchter werde. Ein Stöhnen entfährt mir. Er spreizt meine Beine und fesselt zuerst meinen rechten, dann meinen linken Knöchel mit den Ledermanschetten, bis ich mit ausgebreiteten Armen und Beinen auf dem Bett liege, verletzlich und hilflos ausgeliefert. Es passt mir überhaupt nicht, dass ich ihn nicht sehen kann. Ich lausche ... was macht er jetzt? Bis auf meine Atemzüge, den schnellen Schlag meines Herzens und das Rauschen meines Blutes in den Ohren höre ich nichts.

Unvermittelt wird die Stille von einem Zischen und Knacken durchbrochen, als der iPod zum Leben erwacht. Eine engelsgleiche Stimme in meinem Kopf hebt zum Gesang an – eine süße, scheinbar endlose Note, dann setzt eine zweite Stimme ein, gefolgt von weiteren ... ein Kirchenchor, der ein altertümliches Kirchenlied singt. *Was um alles in der Welt ist das?* So etwas habe ich noch nie vorher gehört. Etwas fast unerträglich Weiches streicht über die Haut an meinem Hals, bewegt sich müßig über meine Kehle, über meine Brüste, liebkost mich ... zieht behutsam an meinen Brustwarzen. Ich habe keine Ahnung, was es sein könnte, aber es schweift federleicht über meine Haut. Es fühlt sich so ungewohnt an! *Es ist ein Fell! Ein Pelzhandschuh?*

Genüsslich und ohne jede Eile lässt Christian seine Hand über meinen Bauch streifen. Er umkreist meinen Nabel, während ich mir vorstelle, welche Körperstelle als Nächstes an der Reihe ist ... Doch die Musik, es ist, als wäre sie in meinem Kopf ... Sie zieht mich mit sich ... Das Fell fährt über den schmalen Streifen meines Schamhaars ... zwischen meine Beine, an meinen Schenkeln entlang, am einen hinab ... am anderen wieder herauf ... fast kitzelnd ... aber nur ganz leicht ... Noch mehr Stimmen fallen ein, der himmlische Chor mit all den engelsgleichen Stimmen, die in einer Melodie verschmelzen, schöner und harmonischer als alles, was ich je in meinem Leben gehört habe. Ein einzelnes Wort – *deus* – löst sich aus dem melodiösen Gewirr, und mir wird bewusst, dass sie auf Latein singen. Währenddessen umschmeichelt das Fell unablässig meinen Körper, meine Arme, meine Taille ... wieder zurück über meine Brüste. Meine Brustwarzen richten sich auf ... Mein Atem beschleunigt sich ... Mit einem Mal ist das Fell verschwunden, stattdessen spüre ich die langen Riemen des Floggers, die über meine Haut streichen und demselben Weg über meinen Körper folgen. Es fällt mir unendlich schwer, mich zu konzentrieren, da ständig die Musik in meinem Kopf erklingt. Es ist, als wehten hundert Stimmen in meinem Kopf umher, die einen hauchzarten Teppich aus feinen Gold- und Silberfäden weben, vermischt mit dem Gefühl der weichen Lederriemen auf meiner Haut, die umherstreichen ... Aber ... *oh,* plötzlich sind sie verschwunden. Sekunden später spüre ich einen scharfen, brennenden Schmerz auf meinem Bauch.

»Aaaah!«, schreie ich vor Schreck, aber eigentlich tut es nicht weh. Es ist eher wie ein Prickeln, das meinen Körper erfasst. Er schlägt ein zweites Mal zu, diesmal fester.

»Aaah!«

Ich will mich bewegen, mich winden, mich den Schlägen entziehen … oder sie willkommen heißen – ich kann es nicht sagen. Es ist ein überwältigendes Gefühl … Ich kann meine Arme nicht bewegen, meine Beine sind gefesselt … ich bin gefangen … Wieder lässt er den Flogger herabsausen, diesmal auf meine Brüste, und erneut schreie ich auf. Doch es ist ein süßer Schmerz, an der Grenze des Erträglichen … fast angenehm, nein, nicht im ersten Moment, doch als meine Haut mit jedem Hieb im perfekten Kontrapunkt mit der Musik in meinem Kopf zu singen beginnt, spüre ich ihn, diesen unwiderstehlichen Sog. Er zieht mich in jenen tief verborgenen Teil meines Selbst, der sich dieser höchst erotischen Empfindung ergibt. *Ja – jetzt verstehe ich endlich.* Er lässt den Flogger auf meine Hüften knallen, gefolgt von einer Reihe kurzer Schläge über mein Schamhaar und meine Schenkel, an der Innenseite meiner Schenkel entlang … und wieder zurück … über meine Hüften. Er macht weiter, bis die Musik zum Höhepunkt gelangt und abrupt endet, genauso wie er. Dann setzt der Gesang erneut ein … baut sich immer weiter auf, während er im selben Rhythmus die Schläge auf meine Haut niederregnen lässt. Ich stöhne und winde mich vor Lust. Dann hört es erneut auf. Alles ist still, bis auf meine raschen, abgehackten Atemzüge … und mein ungezügeltes Verlangen. Was passiert jetzt? Was tut er als Nächstes? Die Spannung ist schier unerträglich. Doch inzwischen bin ich rettungslos verloren, versunken in einer Welt der dunklen, wollüstigen Begierde.

Ich spüre, wie das Bett nachgibt, als er über mich hinwegklettert, dann setzt die Musik von neuem ein. Das Ganze beginnt von vorn, nur dass nun seine Lippen an die Stelle des Fells treten … Sie küssen meinen Hals, meine Kehle und … meine

Brüste. *Ah!* Abwechselnd necken sie meine Brustwarzen … Seine Zunge umkreist die eine, während seine Finger erbarmungslos die zweite reizen … Ich stöhne – laut, glaube ich, bin mir aber nicht sicher, weil ich mich nicht hören kann. Ich verliere mich. Verliere mich in ihm … in den astralen, engelsgleichen Stimmen … in all den Empfindungen, denen ich mich nicht entziehen kann … Ich bin auf Gedeih und Verderb seinen erfahrenen, kundigen Händen ausgeliefert.

Er wendet sich meinem Bauch zu – seine Zunge umkreist meinen Nabel, folgt dem Weg des Floggers und des Fells … Abermals stöhne ich auf. Er küsst, saugt, knabbert, immer weiter abwärts … und dann gelangt seine Zunge an jene Stelle, wo sich meine Beine begegnen. Ich werfe den Kopf zurück und schreie auf, als ich um ein Haar in einem Orgasmus explodiere … ich bin kurz davor. Und er hält inne.

Nein! Wieder gibt das Bett unter mir nach. Dann kniet er zwischen meinen Beinen und beugt sich in Richtung Bettpfosten. Plötzlich ist die Ledermanschette um meinen Knöchel verschwunden. Ich ziehe mein Bein an. Er beugt sich in die andere Richtung, um auch meinen zweiten Knöchel zu befreien, und beginnt mit geübten Bewegungen, meine Beine zu kneten und zu drücken, um die Blutzirkulation anzuregen. Er hebt mein Becken an, so dass nur noch meine Schultern auf der Matratze liegen. *Was soll das?* Er richtet sich auf und stößt mit einer einzigen flüssigen Bewegung in mich hinein … *Scheiße* … wieder entfährt mir ein lauter Schrei. Ich spüre das Beben des nahenden Orgasmus. Er hält inne. Das Beben verebbt … *Scheiße, nein* … er wird mich weiter foltern.

»Bitte«, wimmere ich.

Er packt mich noch fester. Soll das eine Warnung sein? Keine Ahnung. Seine Finger graben sich in das weiche Fleisch meines Hinterns, während ich mich ihm schwer atmend entgegenwölbe … in vollkommener Reglosigkeit gefangen. Ganz langsam beginnt er, sich erneut zu bewegen … hinein und wieder heraus … Und als immer mehr Stimmen einfallen und der Choral in meinem Kopf anzuschwellen beginnt, beschleunigt er seine Bewegungen in kaum merklichen Schritten, kontrolliert … und perfekt im Rhythmus mit der Hymne. Ich ertrage es keine Sekunde länger.

»Bitte«, flehe ich.

Er lässt mich zurück aufs Bett sinken und liegt auf mir, die Hände neben meinen Brüsten aufgestützt, und stößt wild und ungestüm zu. Als die Musik ihren Höhepunkt erreicht, bin ich plötzlich schwerelos … stürze im freien Fall … geradewegs in den intensivsten, qualvollsten Orgasmus hinein, den ich je erlebt habe … Augenblicke später folgt mir Christian … noch drei weitere Stöße, dann verharrt auch er abrupt, ehe er über mir zusammensackt.

Als ich allmählich wieder zu Bewusstsein komme, zieht er sich aus mir zurück. Die Musik ist verklungen. Ich spüre, wie er die Ledermanschette um mein rechtes Handgelenk löst. Ich keuche auf, als meine Hand endlich befreit ist. Eilig macht er sich an der linken Manschette zu schaffen, zieht mir behutsam die Maske vom Gesicht und nimmt die Ohrstöpsel heraus. Ich blinzle im weichen Dämmerlicht und sehe ihn an, in seine durchdringenden grauen Augen.

»Hi«, sagt er leise.

»Hi«, hauche ich schüchtern.

Seine Lippen verziehen sich zu einem Lächeln. Er beugt sich vor und küsst mich zärtlich.

»Gut gemacht«, raunt er. »Dreh dich um.«

O Gott – was hat er jetzt vor? Ein weicher Ausdruck tritt in seine Augen.

»Ich will nur deine Schultern massieren.«

»Oh, okay.«

Steif drehe ich mich auf den Bauch. Ich bin völlig erledigt. Christian setzt sich rittlings auf mich und massiert mit geübten Bewegungen meine Schultern.

»Was war das für eine Musik?«, murmle ich, doch die Worte wollen kaum über meine Lippen kommen.

»Das Stück heißt *Spem in Alium* und ist eine vierzigstimmige Motette von Thomas Tallis.«

»Es war ... absolut überwältigend.«

»Ich wollte schon immer mal dazu vögeln.«

»Also eine weitere Premiere für Sie, Mr. Grey?«

»Allerdings.«

»Für mich war es auch das erste Mal, dass ich dazu gevögelt habe«, erwidere ich schläfrig.

»Hm, wir werden einander noch viele weitere Premieren schenken, du und ich«, sagt er mit sachlicher Stimme.

»Was habe ich im Schlaf gesagt, Chris... äh, Mr. Grey?«

Seine Hände verharren einen Moment reglos auf meiner Haut.

»Viele Dinge, Anastasia. Du hast von Käfigen und Erdbeeren gesprochen, davon, dass du mehr willst und dass du mich vermisst.«

Gütiger Gott, ich danke dir.

»Ist das alles?«, frage ich mit unüberhörbarer Erleichterung.

Christian beendet seine himmlische Massage, legt sich neben mich, stützt den Kopf auf den Ellbogen und mustert mich mit gerunzelter Stirn. »Was dachtest du denn, was du gesagt hast?«

Mist.

»Dass ich dich für einen potthässlichen, arroganten Mistkerl halte, der noch dazu schlecht im Bett ist.«

Die Furchen auf seiner Stirn vertiefen sich. »Tja, all das bin ich natürlich. Aber jetzt haben Sie meine Neugier endgültig geweckt, Miss Steele. Was verbergen Sie vor mir?«

Ich blinzle unschuldig. »Gar nichts.«

»Du bist eine hoffnungslos schlechte Lügnerin, Anastasia.«

»Ich dachte, Sie wollten mich nach dem Sex grundsätzlich zum Lachen bringen, Mr. Grey. Aber so wird Ihnen das wohl kaum gelingen.«

Ein Lächeln spielt um seine Mundwinkel. »Leider kann ich keine Witze erzählen.«

»Es gibt also allen Ernstes etwas, was Sie nicht können, Mr. Grey?« Ich grinse ihn an, und er grinst zurück.

»Ja. Ich bin ein hoffnungslos schlechter Witzeerzähler.« Er scheint so stolz darauf zu sein, dass ich unwillkürlich kichern muss.

»Ich auch.«

»Ich liebe es, dieses Kichern zu hören«, sagt er leise, beugt sich vor und küsst mich. »Und du verbirgst etwas vor mir, Anastasia. Vielleicht muss ich dich ja foltern, damit du es mir verrätst.«

SECHSUNDZWANZIG

Ich schrecke aus dem Schlaf. Soweit ich mich erinnere, bin ich im Traum eine dunkle Treppe hinuntergefallen. Einen Moment lang sitze ich kerzengerade im Bett und habe keine Ahnung, wo ich bin. Etwas hat mich geweckt, irgendein Gedanke, der mir keine Ruhe lässt. Ich werfe einen Blick auf den Wecker auf seinem Nachttisch. Es ist fünf Uhr morgens, trotzdem fühle ich mich frisch und ausgeruht. Wie ist das möglich? Ach ja – der Zeitunterschied. In Georgia ist es acht Uhr morgens. *Verdammt ... ich muss meine Pille nehmen.* Ich kann froh sein, dass mich etwas aus dem Schlaf gerissen hat, was auch immer es gewesen sein mag. Leise Musik weht heran. Christian spielt offenbar Klavier. Das darf ich mir nicht entgehen lassen. Ich liebe es, ihm beim Spielen zuzusehen. Ich stehe auf, schnappe meinen Bademantel und folge leise den traurigen, melodischen Klängen ins Wohnzimmer.

Christian sitzt inmitten einer Blase aus Licht in dem ansonsten stockdunklen Raum. Einzelne Strähnen seines dichten Haars schimmern in einem leuchtenden Kupferrot. Auf den ersten Blick sieht es so aus, als wäre er nackt, aber ich weiß, dass er seine Pyjamahose trägt. Er wirkt konzentriert, vollkommen versunken in der Schönheit der melancholischen Musik. Zögernd bleibe ich stehen und sehe ihm aus der Ferne zu, will ihn nicht stören. Wie gern würde ich ihn jetzt in den Armen halten. Er sieht so verloren aus, regelrecht traurig und unsäglich einsam – aber vielleicht liegt es auch nur an der kummervollen Musik. Er kommt zum Ende, hält für den Bruchteil einer Sekunde inne, dann fängt er noch einmal von vorn an. Vorsichtig trete ich auf ihn zu, angezogen wie eine Motte vom Licht ... bei dem Gedanken muss ich lächeln. Er sieht auf und runzelt die Stirn, dann heftet sich sein Blick wieder auf seine Hände.

Mist. Ist er sauer, weil ich ihn störe?

»Du solltest doch schlafen«, sagt er mit mildem Tadel.

Ich sehe ihm an, dass ihn irgendetwas beschäftigt.

»Du auch«, gebe ich, nicht ganz so milde, zurück.

Wieder hebt er den Kopf. Ein leises Lächeln spielt um seine Mundwinkel. »Schimpfen Sie etwa mit mir, Miss Steele?«

»Ja, Mr. Grey, genau das tue ich.«

»Tja, ich kann nicht schlafen.« Wieder schleicht sich ein Anflug von Verärgerung oder Frustration auf seine Züge. Hat es etwas mit mir zu tun? Wohl kaum.

Ich beschließe, seinen Unmut nicht zu beachten, und setze mich tapfer neben ihn auf den Klavierstuhl, lege meinen Kopf auf seine nackte Schulter und sehe zu, wie seine langen Finger über die Tasten gleiten.

»Was war das?«, frage ich ihn leise.

»Chopin. Prelude, Opus 28. In E-Dur, falls es dich interessieren sollte.«

»Mich interessiert alles, was du tust.«

Er wendet sich mir zu und drückt mir einen Kuss aufs Haar. »Ich wollte dich nicht wecken.«

»Das hast du nicht. Spiel noch einmal das andere.«

»Welches?«

»Das Bach-Stück, das du gespielt hast, als ich das erste Mal über Nacht hiergeblieben bin.«

»Oh, der Marcello.«

Er beginnt zu spielen, langsam und voller Hingabe. Ich spüre die Bewegung seiner Finger in seinen Schultern und schließe die Augen. Die beseelten Noten schweben durch den Raum, langsam und voller Trauer hallen sie von den Wänden wider. Es ist ein Stück von qualvoller Schönheit, noch trauriger als der Chopin, und ich verliere mich in den klagenden Tönen. In gewisser Weise spiegelt das Stück meine eigene Verfassung wider, meine Empfindungen – die tiefe, brennende Sehnsucht, diesen außergewöhnlichen Mann besser kennen zu lernen, seine Traurigkeit besser zu verstehen. Viel zu schnell endet das Stück.

»Wieso spielst du immer nur so traurige Sachen?«

Ich setze mich auf und sehe ihn an, doch er zuckt nur mit den Schultern. Auf seinem Gesicht liegt ein argwöhnischer Ausdruck.

»Du hast also mit sechs Jahren angefangen, Klavier zu spielen, ja?«, sage ich.

Er nickt, während sich der Argwohn in seinem Blick verstärkt. »Ich wollte unbedingt Klavierspielen lernen, um meiner neuen Mutter eine Freude zu machen.«

»Um in diese perfekte Familie zu passen?«

»Ja, gewissermaßen«, antwortet er ausweichend. »Wieso bist du aufgewacht? Musst du dich nicht von den gestrigen Strapazen erholen?«

»Für mich ist es acht Uhr früh. Außerdem muss ich meine Pille nehmen.«

Er hebt erstaunt die Brauen. »Gut, dass du daran gedacht hast«, sagt er, sichtlich beeindruckt. »Typisch für dich, ausgerechnet dann mit der Pille anzufangen, wenn du in einer anderen Zeitzone bist. Vielleicht solltest du einfach heute und morgen eine halbe Stunde warten, damit du zu einer halbwegs annehmbaren Uhrzeit gelangst.«

»Gute Idee. Und was machen wir in dieser halben Stunde?«, frage ich unschuldig.

»Mir würde da so einiges einfallen.« Er grinst lüstern.

Ich bemühe mich um eine ausdruckslose Miene, doch ich spüre, wie sich die Muskeln in meinem Unterleib zusammenziehen und ich unter seinem wissenden Blick zerfließe.

»Wir könnten uns natürlich auch unterhalten«, schlage ich vor.

Er runzelt die Stirn. »Das, was ich im Sinn habe, wäre mir lieber.« Er zieht mich auf seinen Schoß.

»Du würdest Sex grundsätzlich einem Gespräch vorziehen.«
Ich muss lachen und lege Halt suchend die Hände um seine
Oberarme.

»Das stimmt. Vor allem mit dir.« Er beginnt, sich mit einer
Reihe von Küssen von meinem Ohr zu meinem Hals vorzu-
arbeiten. »Vielleicht ja sogar auf dem Klavier.«

O Mann. Allein beim Gedanken daran wird mir ganz anders.
Auf dem Klavier. Wow.

»Nur eines muss ich wissen«, flüstere ich, als mein Puls sich
beschleunigt und meine innere Göttin die Augen schließt und
sich seinen Küssen hingibt.

Er hält für einen kurzen Moment inne, ehe er zur nächsten
Runde seines sinnlichen Angriffs übergeht.

»Immer auf der Jagd nach Informationen, Miss Steele. Was
ist es denn diesmal?«

Ich spüre seine Lippen an meinem Hals, die sanften Küsse,
mit denen er ihn liebkost.

»Es geht um uns.«

»Hm. Und was ist mit uns?« Er unterbricht seine Wander-
schaft.

»Der Vertrag.«

Ich sehe die Belustigung in seinen Augen, als er den Kopf
hebt. Seufzend streicht er mit der Fingerspitze über meine
Wange.

»Also, ich finde, der Vertrag ist irrelevant, du nicht auch?«
Seine Stimme ist ganz leise und rauchig, seine Augen sanft.

»Irrelevant?«

»Irrelevant.« Er lächelt.

Ich sehe ihn fragend an. »Aber du warst doch so versessen darauf, dass wir ihn abschließen.«

»Das war vorher. Außerdem gilt das ja nicht für die Regeln
an sich. Die bleiben bestehen.« Seine Züge verhärten sich kaum
merklich.

»Vorher? Vor was?«

»Vor …« Er hält inne. Wieder erkenne ich den Argwohn auf seiner Miene. »Vor dem Mehr.« Er zuckt mit den Schultern.

»Oh.«

»Außerdem waren wir inzwischen zweimal in meinem Spielzimmer, und du bist immer noch nicht schreiend davongelaufen.«

»Hast du denn damit gerechnet, dass ich es tun würde?«

»Du bist die Unberechenbarkeit in Person, Anastasia«, gibt er trocken zurück.

»Okay, nur damit ich es richtig verstehe – du willst, dass ich mich die ganze Zeit über an die Regeln halte, die im Vertrag stehen, aber der Rest hat keine Gültigkeit?«

»Nur im Spielzimmer. Ich will, dass du dich dort im Sinne des Vertrags verhältst. Und du siehst es völlig richtig: Ich will auch, dass du die Regeln befolgst – und zwar ständig. Auf diese Weise kann ich sicher sein, dass dir nichts passiert. Und ich kann dich jederzeit haben, wenn mir der Sinn danach steht.«

»Und wenn ich gegen eine der Regeln verstoße?«

»Dann werde ich dich bestrafen.«

»Aber dafür brauchst du meine Erlaubnis nicht?«

»Doch.«

»Und wenn ich Nein sage?«

Er sieht mich einen Moment lang verwirrt an. »Wenn du Nein sagst, sagst du Nein. Dann muss ich mir eben Mittel und Wege überlegen, wie ich dich überzeugen kann.«

Ich löse mich von ihm und stehe auf. Ich brauche etwas Abstand.

Wieder liegt dieser argwöhnische Ausdruck in seinen Augen.

»Die Bestrafung bleibt also.«

»Ja, aber nur, wenn du gegen die Regeln verstößt.«

»Ich muss sie mir noch einmal durchlesen«, sage ich und versuche, mir die Details in Erinnerung zu rufen.

»Ich werde sie dir holen«, erwidert er in geschäftsmäßigem Tonfall.

Hoppla. Im Handumdrehen ist aus unserem harmlosen Geplänkel eine todernste Sache geworden. Er steht auf und verschwindet in seinem Arbeitszimmer. Meine Kopfhaut prickelt. Ich brauche dringend eine Tasse Tee. Du liebe Güte, es ist Viertel vor sechs Uhr morgens, und wir diskutieren über die Zukunft unserer sogenannten Beziehung, obwohl er augenscheinlich völlig andere Sorgen hat. Ist das wirklich klug? Ich gehe in die Küche, mache das Licht an und setze den Wasserkessel auf. *Meine Pille!* Eilig krame ich das Päckchen aus meiner Handtasche, die immer noch auf der Frühstückstheke steht, und schlucke eine davon. Christian kehrt zurück, setzt sich auf einen der Barhocker und mustert mich eindringlich.

»Hier, bitte.« Er schiebt mir ein bedrucktes Blatt Papier zu. Mir fällt auf, dass einige Passagen durchgestrichen sind.

REGELN

Gehorsam:

Die Sub befolgt sämtliche Anweisungen des Dom, ohne zu zögern, vorbehaltlos und umgehend. Die Sub stimmt allen sexuellen Aktivitäten, die der Dom als angemessen und angenehm erachtet, ausgenommen die in Abschnitt »Hard Limits« aufgeführten (Anhang 2), zu. Sie tut dies bereitwillig und ohne Zögern.

Schlaf:

Die Sub stellt sicher, dass sie pro Nacht mindestens acht Stunden schläft, wenn sie nicht mit dem Dom zusammen ist.

~~Essen:~~

~~Die Sub isst regelmäßig, orientiert sich an einer vorgegebenen Liste von Nahrungsmitteln (Anhang 4), um ihre Gesundheit und ihr Wohlergehen zu bewahren. Abgesehen von Obst nimmt die Sub zwischen den Mahlzeiten nichts zu sich.~~

Kleidung:

Innerhalb der Vertragsdauer trägt die Sub ausschließlich vom Dom genehmigte Kleidung. Der Dom stellt der Sub ein Budget für Kleidung zur Verfügung, das die Sub nutzt. Der Dom begleitet die Sub ad hoc beim Kleiderkauf. Wenn der Dom das wünscht, trägt die Sub während der Vertragsdauer von ihm ausgewählten Schmuck, in Gegenwart des Dom und zu allen anderen Zeiten, die der Dom für angemessen hält.

Körperliche Ertüchtigung:

Der Dom stellt der Sub einen Personal Trainer ~~viermal~~ dreimal die Woche für jeweils eine Stunde zu Zeiten zur Verfügung, die zwischen dem Personal Trainer und der Sub zu vereinbaren sind. Der Personal Trainer informiert den Dom über die Fortschritte der Sub.

Hygiene/Schönheit:

Die Sub ist zu allen Zeiten sauber und rasiert und/oder gewaxt. Die Sub sucht zu Zeiten, die der Dom bestimmt, einen Kosmetiksalon auf, den der Dom auswählt, um sich Behandlungen zu unterziehen, die der Dom für angemessen hält. Sämtliche Kosten übernimmt der Dom.

Persönliche Sicherheit:

Die Sub unterlässt übermäßigen Alkoholkonsum, raucht nicht, nimmt keine Partydrogen und begibt sich nicht in unnötige Gefahr.

Persönliches Verhalten:

Die Sub lässt sich auf keine sexuellen Aktivitäten mit anderen als dem Dom ein. Das Verhalten der Sub ist zu allen Zeiten respektvoll und züchtig. Ihr muss klar sein, dass ihr Benehmen auf den Dom zurückfällt. Sie muss sich für sämtliche Missetaten und Verfehlungen verantworten, derer sie sich in Abwesenheit des Dom schuldig macht.

Ein Verstoß gegen irgendeine der oben aufgeführten Vereinbarungen hat sofortige Bestrafung zur Folge, deren Art durch den Dom festgelegt wird.

»Also gilt der Punkt *Gehorsam* nach wie vor?«
»Allerdings.« Er grinst.

Amüsiert schüttle ich den Kopf und verdrehe unwillkürlich die Augen.

»Hast du etwa gerade die Augen verdreht, Anastasia?«, stößt er hervor.

Verdammt.

»Könnte sein. Das hängt von deiner Reaktion ab.«

»Es ist dieselbe wie sonst auch.« Er schüttelt den Kopf, und ich sehe bereits die Vorfreude in seinen Augen funkeln.

Ich schlucke. Ein Schauder der Erregung überläuft mich. »Also …« *Mist. Was mache ich jetzt bloß?*

»Ja?« Er befeuchtet seine Unterlippe mit der Zunge.

»Also willst du mich jetzt versohlen.«

»Ja. Und ich werde es auch tun.«

»Tatsächlich, Mr. Grey?«, necke ich grinsend. Dieses Spielchen kann ich auch.

»Willst du mich etwa daran hindern?«

»Dafür musst du mich aber erst mal kriegen.«

Seine Augen weiten sich, dann breitet sich ein Grinsen auf seinem Gesicht aus, und ganz langsam steht er auf.

»Ach ja, Miss Steele?«

Die Frühstückstheke befindet sich zwischen uns. Noch nie war ich dankbarer für ihre Existenz als in diesem Moment.

»Und du kaust auf deiner Unterlippe.« Langsam geht er nach links.

Ich tue dasselbe.

»Vergiss es«, foppe ich ihn. »Außerdem verdrehst du ständig die Augen.« Ich versuche es mit der Beschwichtigungstaktik.

Er macht noch einen Schritt. Ich ebenfalls.

»Das stimmt, aber du hast die Latte gerade selber höher gelegt. Damit wird das Spiel erst richtig interessant.« Seine Augen funkeln vor unverhohlener Vorfreude.

»Ich bin ziemlich flink, musst du wissen«, warne ich mit gespielter Lässigkeit.

»Ich auch.«

Er jagt mich. In seiner eigenen Küche.

»Kommst du freiwillig?«

»Hm. Tue ich das überhaupt jemals?«

»Ich weiß nicht, wovon Sie sprechen, Miss Steele.« Er grinst. »Wenn ich Sie erst fangen muss, wird es umso schlimmer.«

»Aber nur, wenn du mich erwischst, Christian. Und ich habe ganz bestimmt nicht die Absicht, mich erwischen zu lassen.«

»Du könntest hinfallen und dir wehtun. Was einen klaren Verstoß gegen Regel Nummer sieben, jetzt Nummer sechs, darstellen würde.«

»Ich schwebe schon in Gefahr, seit ich dir das erste Mal begegnet bin, Mr. Grey, ob mit deinen Regeln oder ohne.«

»Das ist wahr.« Er bleibt stehen und runzelt die Stirn.

Ohne Vorwarnung macht er einen Satz nach vorn. Kreischend weiche ich zurück und stürze zum Esszimmertisch. Es gelingt mir, ihn zu umrunden, so dass er sich zwischen uns befindet. Mein Herz hämmert, und das Adrenalin pulsiert durch meinen Körper … Wahnsinn … Mit einem Mal bin ich wieder Kind. Aber, nein, das stimmt nicht. Misstrauisch verfolge ich, wie er sich Zentimeter um Zentimeter nähert, und weiche weiter zurück.

»Du verstehst es, einem Mann Zerstreuung zu schenken, Anastasia.«

»Wir wollen doch, dass Sie zufrieden sind, Mr. Grey. Zerstreuung wovon?«

»Vom Leben. Vom Universum.« Er winkt mit einer vagen Geste ab.

»Vorhin, am Klavier, hatte ich das Gefühl, dich beschäftigt etwas.«

Er bleibt stehen und verschränkt amüsiert die Arme vor der Brust. »Von mir aus können wir dieses Spielchen den ganzen Tag spielen, Baby. Am Ende kriege ich dich sowieso. Und dann wird es nur umso schlimmer für dich.«

»Nein, wirst du nicht.« *Nicht zu siegesgewiss*, sage ich mir immer wieder. Mittlerweile hat mein Unterbewusstsein die Nike-Turnschuhe herausgekramt und steht in den Startlöchern.

»Man könnte glatt glauben, du willst gar nicht, dass ich dich schnappe.«

»Tue ich auch nicht. Genau das ist der springende Punkt. Ich will genauso wenig bestraft werden, wie du dich von mir anfassen lassen willst.«

Innerhalb von Sekundenbruchteilen ist der ausgelassene Christian verschwunden; stattdessen steht ein Mann vor mir, der aussieht, als hätte ich ihm eine schallende Ohrfeige verpasst. Sein Gesicht ist aschfahl.

»So empfindest du also?«, stößt er kaum hörbar hervor.

Diese vier Worte – die Art, wie er sie sagt – sprechen Bände. *O nein.* Sie verraten mir viel mehr über ihn und darüber, wie er empfindet. Über seine Ängste. Ich runzle die Stirn. Na ja, *so* schlimm ist es nun auch wieder nicht. Oder? Empfinde ich es als so schlimm?

»Nein, so tragisch ist es nicht, aber es gibt dir zumindest einen Anhaltspunkt, wie es mir dabei geht.« Ich sehe ihn beklommen an.

»Oh.«

Mist. Er scheint wie vor den Kopf geschlagen. Es ist, als hätte ich ihm mit meiner Erklärung den Boden unter den Füßen weggerissen.

Ich hole tief Luft, gehe um den Tisch herum und trete vor ihn.

»So sehr hasst du das alles?«, fragt er. Das blanke Entsetzen spiegelt sich in seinen Augen wider.

»Na ja … nein«, wiegle ich beschwichtigend ab. *O Gott – so empfindet er also, wenn ihn jemand berührt.* »Nein, ich bin hin- und hergerissen. Es gefällt mir nicht, aber hassen tue ich es nun auch wieder nicht.«

»Aber gestern Abend, im Spielzimmer, hast du doch …«

»Ich tue all das für dich, Christian. Weil du es brauchst. Ich nicht. Du hast mir gestern Abend nicht wehgetan. Die Umstände waren völlig anders. Damit komme ich klar. Und ich vertraue dir. Aber wenn du mich bestrafst, habe ich Angst, dass du mir wehtust.«

Seine Augen verdüstern sich, als ziehe ein regelrechter Sturm in ihnen auf. Eine scheinbare Ewigkeit stehen wir einander schweigend gegenüber.

»Ich *will* dir auch wehtun«, sagt er schließlich leise. »Aber nicht mehr, als du ertragen kannst.«

Scheiße!

»Wieso?«

Er fährt sich mit der Hand durchs Haar und zuckt mit den Achseln. »Ich brauche es eben.« Er wirft mir einen gequälten Blick zu, dann schließt er die Augen und schüttelt den Kopf. »Warum, kann ich dir nicht sagen.«

»Du kannst nicht oder willst nicht?«

»Ich will nicht.«

»Also kennst du den Grund.«

»Ja.«

»Aber du willst ihn mir nicht verraten.«

»Wenn ich es täte, würdest du schreiend davonlaufen und nie wieder zurückkehren.« Er sieht mich argwöhnisch an. »Das kann ich nicht riskieren, Anastasia.«

»Du wünschst dir also, dass ich bleibe.«

»Mehr als du ahnst. Ich könnte es nicht ertragen, dich zu verlieren.«

Junge, Junge.

Er sieht mich an. Unvermittelt zieht er mich an sich und küsst mich, innig, hingebungsvoll. Seine Leidenschaft trifft mich völlig unvorbereitet. Ich spüre die Panik und die Verzweiflung, die in seinem Kuss mitschwingen.

»Verlass mich nicht. Du hast gesagt, dass du mich nicht verlässt, und du hast mich angefleht, dich nicht zu verlassen. Im

Schlaf«, murmelt er, ohne den Mund von meinen Lippen zu lösen.

O Gott … meine nächtlichen Bekenntnisse.

»Ich will ja gar nicht weg.« Mein Herz zieht sich zusammen. Vor mir steht ein Mann, der dringend Hilfe braucht. Was aus ihm spricht, ist die nackte Angst, doch er ist verloren … irgendwo in der Dunkelheit, die in seinem Innersten herrscht. Er sieht mich aus weit aufgerissenen Augen an, in denen die blanke Qual steht. Aber kann ich ihm helfen, kann ich zu ihm hinabsteigen, in seine Dunkelheit, und ihn ins Licht holen.

»Zeig es mir«, flüstere ich.

»Dir zeigen?«

»Zeig mir, wie sehr es wehtun kann.«

»Was?«

»Bestraf mich. Und zeig mir, wie schlimm es werden kann.«

Christian löst sich von mir und sieht mich völlig perplex an. »Du würdest es tatsächlich probieren?«

»Ja. Das habe ich doch gerade gesagt.« Aber meine Bereitschaft, es zu versuchen, hat noch einen anderen Grund: Wenn ich das hier für ihn tue, erlaubt er mir vielleicht, ihn anzufassen.

Er blinzelt ungläubig. »Du verwirrst mich, Ana.«

»Ich bin auch verwirrt. Ich bemühe mich darum, eine Lösung für uns zu finden. Damit du und ich ein für alle Mal wissen, ob ich es schaffen kann. Wenn ich damit klarkomme, kannst du vielleicht …« Ich halte inne.

Seine Augen weiten sich. Er weiß genau, worauf ich anspiele. Einen Moment lang scheint er Zweifel zu haben, doch dann tritt ein entschlossener Ausdruck auf seine Züge, und er sieht mich mit zusammengekniffenen Augen an, als müsse er die Alternativen abwägen.

Unvermittelt ergreift er meinen Arm, macht kehrt und zieht mich hinter sich her quer durchs Wohnzimmer, die Treppe hinauf und in sein Spielzimmer. Lust und Schmerz, Belohnung und

Strafe – all das, wovon er gesprochen hat, kommt mir wieder in den Sinn.

»Ich werde dir zeigen, wie schlimm es sein kann, dann kannst du dir selbst ein Urteil bilden.« Vor der Tür bleibt er stehen. »Bist du bereit?«

Ich nicke. Ich habe mir mein Urteil bereits gebildet. Ein leichtes Schwindelgefühl erfasst mich, und ich spüre, wie sämtliche Farbe aus meinem Gesicht weicht.

Er öffnet die Tür und nimmt etwas – ein Gürtel, wie es aussieht – aus dem Regal neben der Tür, ohne mich loszulassen, dann führt er mich zu der roten Lederbank in der hinteren Ecke des Zimmers.

»Leg dich über die Bank«, sagt er leise.

Okay. Ich kann das. Ich lege mich über das weiche Lederpolster. Bisher hat er mich nicht gezwungen, meinen Bademantel auszuziehen – ein winziger, tief verborgener Teil meines Bewusstseins registriert diese Tatsache mit leiser Überraschung. *Scheiße, das wird mächtig wehtun. Ganz bestimmt.*

»Wir sind hier, weil du es wolltest, Anastasia. Außerdem bist du vor mir davongelaufen. Ich werde dich sechs Mal schlagen, und du wirst mitzählen.«

Was soll das? Wieso fängt er nicht einfach an? Wieso muss er jedes Mal diesen Heidentanz um die Bestrafung veranstalten? Ich verdrehe die Augen, in der Gewissheit, dass er es nicht mitbekommt.

Er hebt den Saum meines Bademantels an. Aus irgendeinem Grund empfinde ich diese Geste als intimer, als wenn ich splitternackt vor ihm stehen würde. Zärtlich streicht er mit seinen warmen Händen über meine Hinterbacken und die Rückseiten meiner Schenkel.

»Ich werde dich bestrafen, damit du nicht vergisst, dass du nicht vor mir weglaufen sollst. So aufregend es auch sein mag, aber ich will nicht, dass du vor mir wegläufst. Niemals«, flüstert er.

Die Ironie seiner Worte entgeht mir nicht. Ich bin weggelaufen, um all dem hier zu entgehen. Hätte er die Arme ausgebreitet, wäre ich zu ihm gelaufen und hätte mich hineingeworfen.

»Und du hast schon wieder die Augen verdreht. Du weißt, was ich davon halte.« Mit einem Mal ist die angespannte Angst aus seiner Stimme verschwunden. In welcher inneren Finsternis er auch immer während der vergangenen Minuten gewesen sein mag – er hat sie hinter sich gelassen. Ich höre es an seinem Tonfall, spüre es an der Art und Weise, wie sich seine Finger auf meinen Rücken legen und mich festhalten. Die Atmosphäre im Raum hat sich vollkommen verändert.

Ich schließe die Augen und wappne mich für den Schlag. Und er kommt. Direkt auf mein Hinterteil. Und er ist genauso schmerzhaft, wie ich es mir ausgemalt habe. Unwillkürlich schreie ich auf und schnappe nach Luft.

»Zähl, Anastasia!«, befiehlt er.

»Eins!«, schreie ich, und es klingt wie ein Schimpfwort.

Er schlägt das zweite Mal zu.

Der Schmerz pulsiert auf meiner Haut, hallt auf dem ledernen Gürtel wider. *Es brennt wie die Hölle, verdammte Scheiße nochmal!*

»Zwei!«, brülle ich. Es tut gut, so zu schreien.

Ich höre seinen schweren, abgehackten Atem hinter mir. Mein eigener Atem ist fast vollständig erstorben – ich bin viel zu beschäftigt damit, in meinem Innern verzweifelt nach irgendeiner Kraft zu suchen, die mich die Qual noch länger ertragen lässt.

Erneut schneidet sich das Leder in meine Haut.

»Drei!« Die Tränen schießen mir in die Augen. O Gott, es ist schlimmer, als ich dachte. Viel schlimmer als das Versohlen, wie ich es bisher kannte. Und er schlägt mit aller Härte und Gnadenlosigkeit zu.

»Vier!«, brülle ich, als der Gürtel zum wiederholten Male auf meine Backen schnellt. Inzwischen laufen mir die Tränen ungehindert übers Gesicht. Ich will nicht weinen. Es macht mich wütend, dass ich die Tränen nicht zurückhalten kann.

Der nächste Schlag.

»Fünf.« Mein Schrei ist nur noch ein ersticktes, gequältes Schluchzen. In diesem Moment glaube ich ihn zu hassen. Noch ein Hieb. Ich kann es schaffen. Mein Hinterteil fühlt sich an, als stünde es in Flammen.

»Sechs«, flüstere ich, als mich der brennende Schmerz ein letztes Mal durchfährt. Ich höre, wie er den Gürtel fallen lässt. Er will mich in seine Arme ziehen, atemlos und voller Mitgefühl … aber ich will es nicht. Nichts von alldem.

»Lass mich … los … nein!« Ich wehre mich gegen seine Umarmung, stoße ihn wütend von mir, kämpfe gegen ihn an.

»Fass mich nicht an!«, fauche ich ihn an und richte mich auf. Er sieht mich mit weit aufgerissenen Augen an, als fürchte er, ich könnte die Flucht ergreifen. Wütend wische ich mir mit dem Handrücken die Tränen ab und starre ihn finster an.

»So gefällt es dir also? Ich? So?« Mit dem Ärmel meines Bademantels wische ich mir die Nase ab. »Du bist ein komplett abgefuckter Dreckskerl!«

»Ana«, fleht er schockiert.

»Komm mir bloß nicht mit dieser Ana-Scheiße. Sieh zu, dass du deine Scheiße in den Griff kriegst, Grey.« Ich wende mich steifbeinig um, verlasse den Raum und schließe die Tür hinter mir. Eine Hand noch um den Knauf gelegt, lasse ich mich für einen kurzen Moment gegen sie sinken. Wohin soll ich gehen? Soll ich weglaufen? Hierbleiben? Ich bin so unglaublich wütend. Die Tränen strömen mir immer noch über die Wangen. Zornig reibe ich sie weg. Am liebsten würde ich mich irgendwo verstecken. Mich zusammenrollen, mich erholen, wieder zu Kräften kommen. Mein erschüttertes Vertrauen wieder aufbauen. Wie konnte ich nur so dumm sein? Natürlich musste es wehtun.

Vorsichtig streiche ich über meine Gesäßbacken. Au! Sie sind wund. Wohin soll ich gehen? In sein Zimmer jedenfalls nicht!

In mein eigenes? Mein Zimmer oder das Zimmer, das einmal meines werden sollte, mein Zimmer ist ... nein, *war*. Deshalb wollte er, dass ich es behalte. Er wusste, dass ich Abstand von ihm brauchen würde.

Mit steifen Schritten mache ich mich auf den Weg, wohl wissend, dass Christian mir folgen könnte. Es ist noch dunkel, die Dämmerung kaum mehr als ein erster heller Streifen am Horizont. Umständlich klettere ich ins Bett, sorgsam darauf bedacht, mich nicht auf meine schmerzende Kehrseite zu setzen. Ich ziehe den Bademantel enger um mich, rolle mich zusammen und lasse endlich los – haltlos schluchze ich in die Kissen.

Was habe ich mir nur dabei gedacht? Wieso habe ich zugelassen, dass er mir das antut? Ich wollte diese dunkle Seite unbedingt kennen lernen, wollte wissen, wie schlimm sie sein könnte – aber diese Dunkelheit ist zu viel für mich. Ich kann das nicht. Er schon. Genau das ist es, was ihm einen Kick verpasst.

Endlich bin ich aufgewacht. Der Traum ist ausgeträumt. Und fairerweise muss ich zugeben, dass er mich gewarnt hat, wieder und wieder. Er ist nicht normal. Er hat Bedürfnisse, die ich nicht befriedigen kann. Das ist mir inzwischen klar. Ich will nicht, dass er mich noch einmal so schlägt. Auf keinen Fall. Ich denke an die anderen Gelegenheiten zurück, daran, wie behutsam er im Vergleich dazu mit mir umgegangen ist. Genügt ihm das? Mein Schluchzen wird immer verzweifelter. Ich werde ihn verlieren. Wenn ich ihm das nicht geben kann, wird er nicht mehr mit mir zusammen sein wollen. Wieso, wieso, wieso musste ich mich in ihn verlieben? Wieso konnte es nicht José, Paul Clayton oder sonst wer sein? Jemand, der so ist wie ich?

Ich muss an seinen verstörten Blick denken, als ich ihn einfach stehen gelassen habe. Ich war so grausam zu ihm, weil mich seine Brutalität so schockiert hat. Wird er mir jemals verzeihen. Werde ich ihm jemals verzeihen? Meine Gedanken, wirr und konfus, hallen in meinem Kopf wider. Mein Unterbewusstsein schüttelt traurig den Kopf. Und von meiner inneren Göttin ist weit und breit nichts zu sehen. Was für ein entsetzlicher Morgen. Ich fühle mich so einsam. Ich will zu meiner Mom. Ihre Worte vom Flughafen kommen mir wieder in den Sinn:

»Hör auf dein Herz, Schatz, und bitte, bitte versuch, nicht alles zu Tode zu analysieren. Sei locker und hab Spaß. Du bist noch so jung, meine Süße. Dein ganzes Leben liegt noch vor dir. Wehr dich nicht dagegen, sondern lebe einfach. Du verdienst nur das Beste.«

Ich habe auf mein Herz gehört. Und was habe ich davon? Einen wunden Arsch und eine zerbrochene Seele, die Höllenqualen leidet. Ich muss hier weg. Genau … Ich muss gehen. Er tut mir nicht gut, und ich tue ihm nicht gut. Wie soll das jemals mit uns funktionieren? Aber allein bei der Vorstellung, ihn nie wiederzusehen, schnürt es mir die Luft ab … Christian und seine fünfzig Facetten.

Ich höre, wie die Tür aufgeht. *O nein – er ist hier.* Er legt etwas auf den Nachttisch, dann spüre ich, wie das Bett unter seinem Gewicht nachgibt.

»Shhh«, haucht er.

Am liebsten würde ich von ihm abrücken, mich auf die andere Seite des Bettes legen, aber ich bin wie gelähmt. Ich kann mich nicht bewegen.

»Stoß mich nicht weg, Ana. Bitte.« Behutsam zieht er mich in seine Arme und küsst meinen Nacken. »Bitte, hass mich nicht.« Sein Atem streicht sanft über meine Haut. Seine Stimme ist von einer unerträglichen Traurigkeit erfüllt. Wieder zieht sich mein Herz zusammen, während eine neuerliche Tränenflut in mir aufsteigt. Er küsst mich, weich, sanft, doch meine Distanziertheit und mein Misstrauen lassen sich nicht vertreiben.

So liegen wir eine scheinbare Ewigkeit da. Keiner von uns sagt etwas. Er hält mich fest, und ganz allmählich entspanne ich mich. Meine Tränen versiegen. Die Dämmerung zieht auf, das weiche Licht des Morgens wird heller, während die Stunden vergehen. Und wir liegen da, reglos nebeneinander.

»Ich habe dir ein paar Schmerztabletten und Arnikasalbe mitgebracht«, sagt er schließlich.

Ich drehe mich ganz langsam zu ihm um und lege meinen Kopf auf seinen Arm.

Ein reservierter Ausdruck liegt in seinen grauen Augen.

Ich betrachte sein wunderschönes Gesicht. Seine Miene verrät nichts, doch sein Blick ist auf mich geheftet. Er ist so atemberaubend attraktiv. Wieder einmal kann ich nur staunen, wie schnell er mir so sehr ans Herz gewachsen ist. Ich hebe die Hand und streiche mit den Fingerspitzen über sein Gesicht, seine Bartstoppeln. Er schließt die Augen und lässt den Atem entweichen.

»Es tut mir leid«, flüstere ich.

Er schlägt die Augen wieder auf und sieht mich verwirrt an. »Was tut dir leid?«

»Was ich gesagt habe.«

»Du hast nichts gesagt, was ich nicht längst weiß.« Die Erleichterung ist ihm ins Gesicht geschrieben. »Mir tut es leid, dass ich dir wehgetan habe.«

Ich zucke mit den Schultern. »Ich wollte es schließlich so.« Und jetzt weiß ich es. Ich schlucke. Es ist so weit. Ich muss es aussprechen. »Ich glaube nicht, dass ich dir alles sein kann, was du dir wünschst«, flüstere ich.

Der verängstigte Ausdruck tritt wieder in seine Augen. »Du *bist* alles, was ich mir wünsche.«

Was?

»Das verstehe ich nicht. Ich bin nicht gehorsam, und ich werde ganz bestimmt nicht zulassen, dass du das noch einmal tust, das kann ich dir verdammt nochmal sagen. Aber genau das brauchst du. Das hast du selbst gesagt.«

Erneut schließt er die Augen. Zahllose Gefühlsregungen zeichnen sich auf seinen Zügen ab. Doch als er sie wieder aufschlägt, ist seine Miene ausdruckslos.

Mist.

»Du hast Recht. Ich sollte dich gehen lassen. Ich bin nicht gut für dich.«

Meine Kopfhaut prickelt, und die Härchen auf meinem Körper richten sich auf. Mit einem Mal ist es, als falle meine Welt auseinander, und ein gähnender Abgrund tut sich vor mir auf.

Oje.

»Ich will nicht gehen«, flüstere ich. Scheiße – das war's. Friss oder stirb. Wieder kommen mir die Tränen.

»Ich will auch nicht, dass du gehst«, sagt er mit heiserer Stimme. Er hebt die Hand und streicht zärtlich über meine Wange, wischt mit dem Daumen eine Träne ab. »Seit ich dich kenne, fühle ich mich, als würde ich zum ersten Mal wirklich leben.« Sein Daumen fährt die Kontur meiner Unterlippe nach.

»Ich auch«, wispere ich. »Ich habe mich in dich verliebt, Christian.«

Wieder weiten sich seine Augen, doch nun steht die blanke Angst darin.

»Nein«, stößt er erstickt hervor. »Aber du darfst mich nicht lieben, Ana. Nein … das ist falsch.«

»Falsch? Wieso falsch?«

»Sieh dich doch an. Ich kann dich nicht glücklich machen«, erwidert er mit unüberhörbarer Qual.

»Aber du machst mich doch glücklich.«

»Im Augenblick nicht. Und nicht mit dem, was ich tue.«

Verdammt! Das ist es also. Darauf läuft alles hinaus – Inkompatibilität. Ich muss an all die anderen Subs denken.

»Wir kriegen es nicht in den Griff, stimmt's?« Wieder prickelt meine Kopfhaut aus Angst vor seiner Antwort.

Er schüttelt niedergeschlagen den Kopf.

Ich schließe die Augen, weil ich es nicht ertrage, ihn anzusehen. »Tja … dann sollte ich jetzt wohl besser gehen.« Ich zucke vor Schmerz zusammen, als ich mich aufsetze.

»Nein, geh nicht.« Ich höre die Panik in seiner Stimme.

»Zu bleiben würde nichts bringen.« Mit einem Mal bin ich so müde, unendlich müde. Ich will gehen. Ich stehe auf.

Christian erhebt sich ebenfalls.

»Ich werde mich jetzt anziehen und hätte gern ein bisschen Privatsphäre«, sage ich mit tonloser Stimme und verlasse den Raum.

Ich gehe nach unten, lasse den Blick durchs Wohnzimmer schweifen. Vor wenigen Stunden habe ich noch hier gesessen und meinen Kopf an Christians Schulter gelehnt, während er Klavier gespielt hat. So viel ist seitdem passiert. Es hat mir die Augen geöffnet und einen Blick auf das Ausmaß seiner Verderbtheit gestattet. Ich weiß jetzt, dass Liebe etwas Unmögliches für ihn ist – er kann sie weder geben, noch kann er sie annehmen. Meine schlimmsten Befürchtungen haben sich bewahrheitet. Aber merkwürdigerweise hat diese Erkenntnis etwas Befreiendes.

Der Schmerz ist so gewaltig, dass ich mich weigere, ihn an die Oberfläche kommen zu lassen. Ich bin wie betäubt. Es ist, als hätte ich meinen Körper verlassen und würde die Tragödie aus der Perspektive eines neutralen Betrachters beobachten. Ich dusche, schnell und methodisch, die Gedanken stur auf das gerichtet, was ich als Nächstes tun werde. Duschgel aus der Flasche drücken. Flasche zurückstellen. Duschgel auf dem Gesicht verteilen, auf den Schultern … immer weiter; einfache, mechanische Handbewegungen, die einfache, mechanische Gedanken erfordern.

Ich trete aus der Dusche – da ich mein Haar nicht gewaschen habe, bin ich im Handumdrehen fertig. Ich nehme eine frische Jeans und ein T-Shirt aus meinem Köfferchen. Der Stoff scheuert auf meiner wunden Haut, aber ich heiße den Schmerz willkommen, weil er mich von dem Schmerz meines gebrochenen Herzens ablenkt.

Ich klappe den Koffer zu, als mein Blick auf das Geschenk für Christian fällt – das Modell einer Blanik L-23. Wieder spüre ich Tränen in meinen Augen aufsteigen. *O nein* ... Glücklichere Zeiten, als noch Hoffnung auf mehr zwischen uns bestand. Ich nehme das Modellflugzeug heraus. Ich *muss* es ihm geben. Ich reiße ein Blatt aus meinem Notizbuch, kritzle ein paar Worte darauf und lege den Zettel auf die Verpackung.

Das hier hat mich an eine glückliche Zeit erinnert.
 Danke
 Ana

Ich sehe in den Spiegel, sehe das bleiche Gespenst mit dem gehetzten Blick darin. Ich schlinge mein Haar zu einem Knoten zusammen. Meine Augen sind rot und verquollen vom Weinen. Mein Unterbewusstsein nickt – selbst ihm geht meine Misere nahe genug, um sich nicht zu einer bissigen Bemerkung hinreißen zu lassen. Noch immer kann ich nicht fassen, dass meine Welt tatsächlich zusammenfällt, zu einem Häuflein Asche, unter dem all meine Hoffnungen und Sehnsüchte begraben liegen. *Nein, nein, nicht daran denken.* Nicht jetzt. Ich hole tief Luft, hebe mein Köfferchen auf und gehe ins Wohnzimmer, nachdem ich ihm das Segelflugzeugmodell und meine Nachricht aufs Kopfkissen gelegt habe.

Christian telefoniert. Er trägt schwarze Jeans und ein T-Shirt und ist barfuß.

»Was hat er gesagt?«, schreit er so laut, dass ich zusammenzucke. »Er hätte uns verdammt nochmal die Scheißwahrheit sagen können. Wie ist seine Nummer? Ich muss ihn anrufen. Welch, das Ganze ist eine einzige riesige Katastrophe. Findet sie.« Er hebt den Kopf und mustert mich mit düsterem Blick.

Ich gehe zur Couch, sorgsam darauf bedacht, ihn nicht zu beachten. Ich nehme den Mac aus meinem Rucksack, trage ihn in die Küche und stelle ihn vorsichtig auf dem Tresen ab, gemeinsam mit dem BlackBerry und den Wagenschlüsseln. Als ich mich umdrehe, sehe ich, dass er mich mit entsetzter Miene anstarrt.

»Ich brauche das Geld, das Taylor für Wanda bekommen hat.« Meine Stimme ist ruhig und klar und völlig emotionslos ... ziemlich ungewöhnlich für mich.

»Ana, ich will die Sachen nicht. Sie gehören dir.« Er sieht mich ungläubig an. »Nimm sie.«

»Nein, Christian. Ich habe sie nur angenommen, weil du darauf bestanden hast. Und ich will sie nicht mehr.«

»Ana, sei doch vernünftig.« Selbst jetzt besitzt er noch die Stirn, mich zu tadeln.

»Ich will nichts, was mich an dich erinnert. Ich brauche nur das Geld, das Taylor für meinen Wagen bekommen hat.« Meine Stimme ist monoton.

»Willst du mich so sehr kränken?«, fragt er.

»Nein.« Ich runzle die Stirn. Natürlich nicht ... ich liebe dich. »Das will ich nicht. Ich versuche nur, mich selbst zu schützen«, flüstere ich. Weil du mich nicht in derselben Art und Weise willst wie ich dich.

»Bitte, Ana, nimm die Sachen.«

»Christian, ich will mich nicht streiten. Ich brauche nur das Geld.«

Er sieht mich mit zusammengekniffenen Augen an, aber davon lasse ich mich nicht länger einschüchtern. Na ja, ein kleines bisschen vielleicht. Ich erwidere seinen Blick mit ausdrucksloser Miene.

»Nimmst du auch einen Scheck?«, fragt er bissig.

»Ja. Er wird schon nicht platzen.«

Er lächelt nicht, sondern macht auf dem Absatz kehrt und geht in sein Arbeitszimmer. Ich lasse ein letztes Mal den Blick durchs Wohnzimmer schweifen – über die Kunstwerke an den Wänden, allesamt abstrakt, von heiterer Gelassenheit, kühl ... ja, regelrecht kalt. *Wie passend*, denke ich. Mein Blick bleibt am Klavier hängen. O Gott, hätte ich vorhin den Mund gehalten, hätten wir uns auf diesem Klavier geliebt. Nein, wir hätten gevögelt. Wir hätten auf dem Klavier gevögelt. Nur für mich wäre es mit einem Gefühl der Liebe verbunden gewesen. Der traurige Gedanke legt sich schwer auf meine Seele und das, was von meinem Herz noch übrig ist. Er hat nie mit mir geschlafen. Für ihn war es immer nur Ficken.

Christian kehrt zurück und reicht mir einen Umschlag.

»Taylor hat einen guten Preis dafür bekommen. Der Wagen ist ein Klassiker. Du kannst ihn gern fragen. Er wird dich nach Hause fahren«, sagt er und nickt in Richtung Diele.

Ich drehe mich um. Taylor steht, wie immer makellos in seinem Anzug, im Türrahmen.

»Nicht nötig. Ich komme schon allein nach Hause, danke.«

Als ich mich wieder Christian zuwende, sehe ich die mühsam gezügelte Wut in seinen Augen flackern.

»Musst du mir bei allem widersprechen?«

»Weshalb ausgerechnet jetzt mit einer lebenslangen Gewohnheit brechen?«, gebe ich mit einem angedeuteten entschuldigenden Achselzucken zurück.

Frustriert schließt er die Augen und fährt sich mit der Hand durchs Haar. »Bitte, Ana, lass dich von Taylor nach Hause bringen.«

»Ich hole den Wagen, Miss Steele«, erklärt Taylor bestimmt.

Christian nickt ihm zu, und ich höre Taylor gehen.

Christian und mich trennen nicht einmal anderthalb Meter. Er tritt vor. Instinktiv weiche ich zurück. Er bleibt stehen. Seine Qual ist förmlich mit Händen greifbar. Seine grauen Augen glühen.

»Ich will nicht, dass du gehst«, sagt er mit sehnsuchtsvoller Stimme.

»Ich kann aber nicht bleiben. Ich weiß, was ich brauche, und du kannst es mir nicht geben. Und ich kann dir nicht geben, was du brauchst.«

Er tritt noch einen Schritt vor.

Ich hebe abwehrend die Hände. »Nicht. Bitte.« Ich weiche abermals zurück. Ich kann unmöglich zulassen, dass er mich jetzt berührt. Es würde mich umbringen. »Ich kann das nicht.«

Ich nehme meinen Koffer und meinen Rucksack und gehe hinaus. Er folgt mir, wenn auch mit einigem Abstand. Er drückt den Aufzugknopf, und als die Türen aufgleiten, steige ich ein.

»Auf Wiedersehen, Christian«, sage ich leise.

»Ana, auf Wiedersehen.« Seine Stimme ist nur noch ein leises Flüstern. Er ist am Boden zerstört, voll unbeschreiblichem Schmerz und Qualen – ein perfektes Spiegelbild dessen, wie ich mich fühle.

Ich zwinge mich, den Blick abzuwenden und wegzusehen, bevor ich es mir anders überlegen kann und versuchen würde, ihn zu trösten.

Die Türen schließen sich, und der Aufzug setzt sich in Bewegung und bringt mich hinab in die Eingeweide des Gebäudes und in meine eigene Hölle.

Taylor hält mir die Tür auf. Ich setze mich auf den Rücksitz, sorgsam darauf bedacht, ihm nicht in die Augen zu sehen. Eine Woge der Verlegenheit und der Scham erfasst mich. Ich habe versagt. Auf der ganzen Linie. Ich hatte gehofft, Christian auf die helle Seite des Lebens ziehen zu können, doch ich muss mir eingestehen, dass diese Aufgabe meine dürftigen Fähigkeiten übersteigt. Verzweifelt ringe ich darum, nicht von meinen Gefühlen übermannt zu werden. Als wir die Fourth Avenue entlangfahren, starre ich aus dem Fenster, ohne etwas zu erkennen, während mir das Ausmaß dessen, was ich gerade getan habe, allmählich bewusst wird. *Ich habe ihn verlassen. Scheiße!* Den einzigen Mann, den ich je geliebt habe. Den einzigen Mann, mit dem ich je geschlafen habe. Ich schnappe nach Luft, als sich der Schmerz durch mein Inneres bohrt und sämtliche Dämme brechen. Tränen strömen mir ungehindert übers Gesicht, die ich zornig mit der Hand fortwische. Ich krame meine Sonnenbrille aus der Handtasche. Als wir an einer Ampel anhalten, reicht

Taylor mir ein weißes Leinentaschentuch. Er sagt nichts, sieht noch nicht einmal in meine Richtung. Dankbar nehme ich es entgegen.

»Danke«, murmle ich. Diese winzige diskrete Geste gibt mir endgültig den Rest. Ich lasse mich auf dem luxuriösen Sitz zurücksinken und weine hemmungslos.

Das Apartment ist leer und fremd. Ich wohne noch nicht lange genug hier, als dass es ein echtes Zuhause wäre. Ich gehe geradewegs in mein Zimmer. Über dem Bettpfosten schwebt, schlaff und traurig, der Luftballon. Charlie Tango. Er sieht so aus, wie ich mich fühle. Wütend zerre ich an der Schnur, reiße ihn ab und drücke ihn an mich. Was habe ich nur getan?

Ich lasse mich aufs Bett fallen, vollständig bekleidet und mit Schuhen. Der Schmerz ist unbeschreiblich – körperlich, psychisch ... metaphysisch ... Er ist überall, breitet sich in jeder Zelle meines Körpers aus und dringt bis ins Mark. Kummer. Unsägliche Seelenqual. Und ich bin selbst schuld daran. Ganz tief in meinem Innern formt sich ein hässlicher Gedanke, von meiner inneren Göttin, deren Mund zu einem hämischen Grinsen verzogen ist: Der körperliche Schmerz vom Hieb eines Gürtels ist nichts im Vergleich zu der Seelenqual, die ich gerade durchleide. Ich rolle mich zusammen, den halb leeren Luftballon und Taylors Taschentuch an meine Brust gepresst, und gebe mich ungeniert meinem Schmerz hin.

DANK

Dank an alle für ihre Hilfe und Unterstützung:

Meinem Mann Niall dafür, dass er meine Obsession toleriert, im Haushalt göttliche Qualitäten beweist und sich mit der ersten Überarbeitung dieses Romans herumgeschlagen hat.

Meiner Chefin Lisa dafür, dass sie mich im vergangenen Jahr ertragen hat, als ich in diesen Wahnsinn vertieft war.

CCL, ich werde es nie verraten, aber danke.

Den »original bunker babes« für ihre Freundschaft und ihren unerschütterlichen Beistand.

SR für die wertvollen Ratschläge von Anfang an und für die Pionierdienste.

Sue Malone fürs Organisieren.

Amanda und allen bei TWCS, The Writer's Coffee Shop Publishing House, dafür, dass sie das Risiko eingegangen sind.

Um die ganze Welt des
GOLDMANN Verlages
kennenzulernen, besuchen Sie uns doch
im Internet unter:

www.goldmann-verlag.de

Dort können Sie
nach weiteren interessanten Büchern *stöbern*,
Näheres über unsere *Autoren* erfahren,
in *Leseproben* blättern, alle *Termine* zu Lesungen und
Events finden und den *Newsletter* mit interessanten
Neuigkeiten, Gewinnspielen etc. abonnieren.

Ein *Gesamtverzeichnis* aller Goldmann Bücher finden
Sie dort ebenfalls.

Sehen Sie sich auch unsere *Videos* auf YouTube an und
werden Sie ein *Facebook*-Fan des Goldmann Verlags!

www.goldmann-verlag.de
www.facebook.com/goldmannverlag

GOLDMANN
Lesen erleben